國家出版基金項目

明清戲曲序跋纂箋

二

郭英德
李志遠 纂箋

人民文學出版社

卷三　戲曲劇本

明清雜劇傳奇一（明洪武至隆慶）

金童玉女嬌紅記（劉兌）

劉兌（？——一四三五後），一説當作劉兑，見王鋼《校訂録鬼簿三種》（中州古籍出版社，一九九一，頁二二三校記［五二四］），字東生，紹興（今屬浙江）人。撰雜劇二種，并存於世。傳見《録鬼簿續編》。

《金童玉女嬌紅記》，簡稱《嬌紅記》，《太和正音譜》著録，現存明宣德十年乙卯（一四三五）序金陵積德堂刻本（日本長澤規矩也舊藏，今歸京都大學文學部圖書館），日本昭和三年（一九二八）東京九皋會據以影印，《古本戲曲叢刊初集》據影印本影印。

嬌紅記序

丘汝乘〔一〕

元清江宋梅洞嘗著《嬌紅記》一編，事俱而文深，非人莫能讀。余每恨不得如《崔張傳》獲王實甫易之以詞，使途人皆能知也。竊待於人，久未①見之。

越人東生劉先生，待予以忘年之交。一旦過顧，示以若編，繼索爲序。展而讀之，一唱三歎，鏗乎金石，燦乎文錦也。夙以淅者，於斯見矣，可覺言哉？於戲！是詞所能，非褐寬博也，必沉潛聲律，厭飫絲竹，抵其極者，唯東生孰能任歟！且夫其詞之才，朱絃翠管不足以盡其華，聯珠駢玉不足以似其美，月夕風宵不足以□□清，倒峽奔流不足以壯其□。□若己懷，歡若己出，鈎深彰德，宛極事態，靡靡盡於是矣。

白居易有言：『元微之能遣人。』室中事，東生良及矣。李溉之嘗題《崔張傳》曰：『安得斯人復生，相與弄琴舉酌？逝西江之水，酹長安之月，□括巫山一夜秋，風流未必下其人也。』余謂劉先生誠能盡其美矣，故敍。

時宣德乙卯七月既望日，江都丘汝乘書。金陵樂安新刊，積德堂刊行。

（《古本戲曲叢刊初集》影印明宣德十年乙卯刻本《金童玉女嬌紅記》卷首）

【校】

①未，底本作『來』，據文義改。

【箋】

〔一〕丘汝乘：江都（今江蘇揚州市江都區）人，字號、生平均未詳。

鐵拐李度金童玉女(賈仲明)

賈仲明(一三四三—一四二二後)，一作仲名，號雲水散人，别署雲水翁，淄川(今山東淄博)人，後寓居蘭陵(今屬山東棗莊)。曾作朱棣(一三六〇—一四二四)即位前的文學侍從，與楊景言(一作景賢)、湯舜民同受寵遇。著有《雲水遺音》等，撰雜劇十六種。傳見《録鬼簿續編》。《鐵拐李度金童玉女》，簡稱《金童玉女》，一名《金安壽》，《太和正音譜》著録，現存《脈望館鈔校本古今雜劇》本(《古本戲曲叢刊四集》據以影印)、萬曆間陳氏繼志齋刻《元明雜劇》本(《古本戲曲叢刊四集》據以影印)、萬曆間刻《元曲選》本等。

(鐵拐李)題注

闕名

《太和正音》作本朝人，非。人①也，今正之。

(《古本戲曲叢刊四集》影印明趙琦美鈔稿本《脈望館鈔校本古今雜劇》所收《鐵拐李度金童玉女》卷端眉批)

【校】

①『人』字前，疑脱『元』字。

（鐵拐李）跋

趙琦美

于小穀本校。丁巳六月十一日〔一〕，清常。

（同上《鐵拐李度金童玉女》卷末）

【箋】

〔一〕丁巳：萬曆四十五年（一六一七）。

呂洞賓桃柳昇仙夢（賈仲明）

《呂洞賓桃柳昇仙夢》，簡稱《昇仙夢》，《徐氏家藏書目》卷三著録，現存《脈望館鈔校本古今雜劇》本（《古本戲曲叢刊四集》據以影印）等。

（昇仙夢）題注

闕　名

《太和正音》不載。

（同上《呂洞賓桃柳昇仙夢》卷端）

蕭淑蘭情寄菩薩蠻（賈仲明）

《蕭淑蘭情寄菩薩蠻》，簡稱《菩薩蠻》，《録鬼簿續編》著録，現存《脈望館鈔校本古今雜劇》本（《古本戲曲叢刊四集》據以影印）、萬曆間顧曲齋刻《古雜劇》本（《古本戲曲叢刊四集》據以影印）、萬曆間刻《元曲選》本等。

（菩薩蠻）題注

闕　名

《太和正音》不載。

（同上《蕭淑蘭情寄菩薩蠻》卷端）

（菩薩蠻）跋

闕　名〔一〕

萬曆四十五年丁巳季夏初八日，校于〔後闕〕。

（同上《蕭淑蘭情寄菩薩蠻》卷末）

【箋】

〔一〕據筆迹，此跋當爲趙琦美撰。

荆楚臣重對玉梳記（賈仲明）

《荆楚臣重對玉梳記》，簡稱《玉梳記》、《對玉梳》，《録鬼簿續編》著録，現存萬曆間陳與郊編刊《古名家雜劇》本、《脈望館鈔校本古今雜劇》本（《古本戲曲叢刊四集》據以影印）、萬曆間顧曲齋刻《古雜劇》本（《古本戲曲叢刊四集》據以影印）、萬曆間刻《元曲選》本等。

（玉梳記）題注

闕　名

《太和正音》不載。

（同上《荆楚臣重對玉梳記》卷端）

劉晨阮肇誤入天台（王子一）

王子一，字號、籍里、生平均未詳。朱權《太和正音譜》在『國朝一十六人』中列於榜首。撰雜劇四種。

《劉晨阮肇誤入天台》，簡稱《劉阮天台》，一名《誤入桃源》，《太和正音譜》著錄，現存明嘉靖間刻李開先《改定元賢傳奇》本（《續修四庫全書》據以影印）、萬曆間息機子刻《古今雜劇》本、《脈望館鈔校本古今雜劇》本（《古本戲曲叢刊四集》據以影印）等。

（劉阮天台）跋

趙琦美

丁巳六月初八日四鼓〔一〕，侍班待漏次，校于小穀本。自八月而後，此日方有雨寸許。清常道人。

（同上《劉晨阮肇誤入天台》卷末）

【箋】

〔一〕丁巳：萬曆四十五年（一六一七）。

黄廷道夜走流星馬（黄元吉）

黄元吉，字號、籍里、生平均未詳。當爲元末明初人。撰雜劇《黄廷道夜走流星馬》，《録鬼簿續編》著録於『失載名氏』，《也是園藏書目》卷一〇著録，題黄元吉撰。現存《脈望館鈔校本古今雜劇》本（《古本戲曲叢刊四集》據以影印）等。

（黄廷道夜走流星馬）跋

闕　名〔一〕

（同上《黄廷道夜走流星馬》卷末）

于小穀本錄校。

【箋】

〔一〕據筆迹，此跋爲趙琦美撰。

卓文君私奔相如（朱權）

朱權（一三七八—一四四八），號涵虚子、丹丘先生、臞仙，少自稱大明奇士。明太祖朱元璋第十七子。洪武二十四年（一三九一）封於大寧（今屬内蒙古），故稱寧王。永樂元年（一四〇三），改封於南昌（今屬江西），王號仍舊。卒謚獻，世稱『寧獻王』。博學好古，著述甚豐，有《通鑒博論》、《史斷》、《文譜》、《詩譜》、《大雅詩韻》、《原始祕書》、《陰符性命集解》、《命宗大乘五字訣》、《内丹節要》、《神奇祕譜》、《琴阮啓蒙》等。曲學專著三種：《太和正音譜》今存，《務頭集韻》、《瓊林雅韻》皆佚。傳見《國朝徵獻錄》卷一、《名山藏》卷三七、《明史》卷一一七、《明史稿》卷一〇九、《明書》卷八七、《列朝詩集小傳》乾下等。
撰雜劇作品十二種。《卓文君私奔相如》，簡稱《私奔相如》，《太和正音譜》著録，現存《脈望館鈔校本古今雜劇》本（《古本戲曲叢刊四集》據以影印）等。

（卓文君私奔相如）跋

趙琦美

于小谷本。丁巳六月初七日校。清常。

（同上《卓文君私奔相如》卷末）

沖漠子獨步大羅天（朱權）

《沖漠子獨步大羅天》，簡稱《獨步大羅天》，《太和正音譜》著録，現存《脈望館鈔校本古今雜劇》本（《古本戲曲叢刊四集》據以影印）等。

（沖漠子獨步大羅天）跋

趙琦美

丁巳正月廿八日，校于小谷本。清常道人。

（同上《沖漠子獨步大羅天》卷末）

張天師明斷辰鈎月（朱有燉）

朱有燉（一三七九—一四三九），號誠齋，別署全陽子、全陽道人、全陽翁、錦窠老人、老狂生、梁園客等，鳳陽（今屬安徽鳳陽）人。朱元璋第五子周定王橚（一三六一—一四二五）長子。洪武二十四年（一三九一）受册爲世子，洪熙元年（一四二五）嗣位，就藩開封。卒謚憲，世稱周憲王。喜吟詠，工書畫。著有《誠齋錄》、《誠齋新錄》、《誠齋集》、《誠齋遺稿》、《誠齋詞》、《誠齋樂府》等。傳見《明史》卷一一六、《明史稿》卷一〇八、《國朝獻徵錄》卷一、《列朝詩集小傳》乾下、萬曆《開封府志》卷六等。參見朱仰東《朱有燉年譜長編》（蘭州大學出版社，二〇一四）。

撰雜劇三十一種，總名《誠齋傳奇》（或誤作《誠齋樂府》）。參見［日］八木澤元《明代劇作家研究》第二章之《誠齋雜劇傳本一覽表》、曾永義《明雜劇概論》第三章之《誠齋雜劇傳本及著錄一覽表》、朱仰東《朱有燉雜劇研究》第三章《朱有燉的著述》『朱有燉雜劇著錄與版本』。

《張天師明斷辰鈎月》，簡稱《辰鈎月》，《遠山堂劇品》著錄，現存明宣德間周藩原刻本（《奢摩他室曲叢》第二集據以重排，卷首無《引》）、萬曆四十五年（一六一七）脈望館校鈔于小穀本（《古本戲曲叢刊四集》據以影印）、清宣統元年（一九〇九）王國維據明宣德刻本鈔校本等。

張天師明斷辰鈎月引

朱有燉〔一〕

世人常以鬼神爲戲言，或馳騁於文章以爲傳記者，予每病其媟瀆之甚也。夫后土地祇、上元夫人、河洛之英、太陰之神，若此者不一，是皆天地之間至精至靈、正直之氣，安可誣以荒淫，配之伉儷，播於人耳，聲於筆舌間也？暇日，因見元人吳昌齡所撰《辰鈎月》傳奇，予以爲幽明會合之道，言之木石之妖，或有此理，若以陰陽至精之正氣，與天地而同行化育者，安可誣之若此耶？遂泚筆抽思，亦製《辰鈎月》傳奇一本，使付之歌喉，爲風月解嘲焉。

永樂二年歲在甲申仲秋中澣書。

（明宣德間周藩原刻本《新編張天師明斷辰鈎月》卷首）

【箋】

〔一〕《古本戲曲叢刊四集》影印明趙琦美鈔稿本《脈望館鈔校本古今雜劇》所收《張天師明斷辰鈎月》，卷首有此文，題名後署『周王誠齋』。

張天師明斷辰勾月跋

趙琦美

丁巳三月廿八日校〔一〕。清常道人。

（《古本戲曲叢刊四集》影印明趙琦美鈔稿本《脈望館鈔校本古今雜劇》所收《張天師明斷辰勾月》卷末）

【箋】

〔一〕丁巳：萬曆四十五年（一六一七）。

張天師明斷辰勾月題記〔一〕

王國維

明周憲王朱有燉所撰雜劇六種，均見錢遵王書目。宣統改元夏五月，從黃陂陳士可假録〔二〕，裝畢志。王國維〔三〕。

（清宣統元年王國維據明宣德刻本鈔校本《張天師明斷辰勾月》內封）

【箋】

〔一〕底本無題名。

〔二〕陳士可：名毅，字士可，其所藏明宣德間刻本朱有燉雜劇六種，今歸臺北「中央研究院」史語所圖書館。

〔三〕題署之末有題識：『此種乃忠慤手自影寫。羅振常志。』

附　誠齋樂府跋

吴　梅

誠齋爲明周憲王（有燉）。王爲定王長子，洪熙元年襲封，景泰三年薨。錢牧齋云：『憲王遭世隆平，奉藩多暇，勤學好古，留心翰墨。製《誠齋樂府》若干種，音律諧美，流傳內府，至今中原絃索多用之。李夢陽《汴中元宵》絶句云：「中山孺子倚新妝，趙女燕姬總擅場。齊唱憲王春樂府，金梁橋外月如霜。」由今思之，東京夢華之感，可勝道哉！』（《列朝詩集》）是憲王之詞，固盛行一時也。

案明朱灌甫《萬卷堂》、《聚樂堂》兩書目，均有憲王所撰《誠齋樂府》十冊。近百年間，惟錢唐汪氏《振綺堂書目》尚有此書，後歸朱氏結一廬，繼由朱氏入豐潤張氏。辛亥金陵之亂，張氏之書散亡略盡，此書恐無從物色矣。

余自京師得此書，計二十二種，爲謙牧堂舊藏。謙牧堂者，清初揆敍藏書處也。揆敍字愷功，太傅明珠子，成德弟。官至左都御史，卒謚文端。好聚書，後盡獻內府。《天祿琳琅書目》有謙牧堂印記者，皆其故物也。錢遵王《也是園書目》載憲王雜劇有三十種，顧《踏雪尋梅》一劇尚不在內。余既得二十二種，益以明清各曲，成此彙刊。友人張君菊生（元濟），復輾轉假得《八仙慶壽》、《蟠桃會》二劇，實存二十四種。自來藏憲藩雜劇之多，遵王而外，當以不佞爲最矣。他如《海棠仙》、《文殊菩薩》、《義勇辭金》（此一種見《十段錦》）、《東華仙》、《呂洞賓》、《靈芝慶壽》、《賽嬌容》諸種（憲藩劇本至富，恐不止此），未識海內有無藏弆者，余日望之也。

霜厓。

附　辰鈎月跋

吴　梅

此劇用『嫦娥愛少年』一語，反演出之，結構頗生動。四折皆旦唱，亦合格式。惟每折各换一人，如首折桃仙唱，二折乳母唱，三折、四折皆嫦娥唱，未免雜湊。余意四折皆用桃仙唱，嫦娥一面，不必登場，較爲整潔。但古人傳作，未便輕議也。首折世英守禮，不愧慎獨之君子。繼以桃仙欲去，卽便俯順，轉捩處微露痕迹，能再圓融較佳。元劇中，如《封陟遇上元夫人》、《襄王會神女》諸作，皆不傳。今讀此劇，亦可揣測知之矣。

劇中措詞，備極柔媚。如【寄生草】云：『則你這塵靴踏到廣寒宫，抵多少布衣走上黄金殿。』【紅繡鞋】云：『又不曾翠被暮寒生，那裏也西廂和月等。』【二煞】云：『恰便似指山賣磨、緣木求魚，望梅止渴、畫餅充飢。』皆字字馨逸，決非屠長卿、梅禹金輩所能道隻字也。

嫦娥受屈，須訴諸天師，細思殊可嘔噱。然由此觀之，『名節』二字，雖天上亦復鄭重，益笑《周秦行紀》之無謂矣。

霜厓。

（以上均《奢摩他室曲叢》第二集《誠齋樂府跋》）

甄月娥春風慶朔堂（朱有燉）

《甄月娥春風慶朔堂》，簡稱《甄月娥》，《遠山堂劇品》著錄，現存明宣德間周藩原刻本（《奢摩他室曲叢》第二集據以重排）、崇禎間刻《古今名劇合選·柳枝集》所收本等。

春風慶朔堂傳奇引

闕　名〔一〕

偶觀俞文豹《吹劍錄》，載范文正公守饒，喜妓籍一小鬟。既去，以詩寄魏介曰：『慶朔堂前花自栽，便移官去未曾開。年年常有別離恨，已託春風幹當來。』介遂買送公。王衍曰：『情之所鍾，正在我輩。』以范公而不能免。慧遠曰：『順境如磁石遇針，不覺合爲一處。無情之物尚爾，況我終日在情裏做活計耶？』又云：杜子美詠内云：『香霧雲鬟濕，清輝玉臂寒。何時倚虛幌，雙照淚痕乾。』歐文忠公、范文正公矯矯風節，而歐公詞云：『寸寸柔腸，盈盈粉淚，樓高莫近危欄倚。』又云：『薄倖辜人終不憤，何時枕上分明問。』文正公云：『都來此事，眉間心上，無計相回避。』又云：『明月樓高休獨倚，酒入愁腸，化作相思淚。』林和靖詞云：『君淚盈，妾淚盈，羅帶同心結未成，江頭潮已平。』情之所鍾，雖賢者不能免，此豈皆少年所作耶？　又云：『昔張衡作《定情賦》，蔡邕作《靜情賦》，淵明作《閑情賦》，蓋尤物能移人，情蕩則難復，故防閑之。』予三復思之，誠如是言。及覽《范文正公集》，亦有寄魏介之《懷慶朔堂》詩。因考其遷轉，摭其事實，編作傳奇。固知情欲之蕩人如此，惟當謹慎以防閑之。雖然，是編之作，聊復助文人才士席間爲一段風流佳話耳。所謂『詩人老筆佳人口，再喚春風到眼前。』

永樂歲在丙戌孟春良日書。

（明永樂宣德正統間自刻《誠齋雜劇》二十五卷本《新編甄月娥春風慶朔堂》卷首）

【箋】

〔一〕此文當爲朱有燉撰。

附　慶朔堂跋

吴　梅

《慶朔堂》四折，記范文正、甄月娥事。劇中情節，本子虛烏有，而詞華豐豔，實爲王之佳構也。元劇首折，皆用【點絳脣】，憲王諸作，亦復如是。或以爲聲調未免雷同，不知此套譜法，本有兩類，一用『小工』，一用『正工』，兩調任用，無礙奏演。況此劇首折【寄生草】下，用【村裏迓古】、【元和令】等七曲，又與他劇不同，此又見王之心細矣。又【遊四門】有一字韻句，如《西廂》云：『偏，宜貼翠花鈿』。此一字句，作家每多失檢，王此曲正合律也。

第二折煞曲，明書【二煞】，而曲祇一支，恐有脱譌。但原刊如是，不敢更易。

第三折【石榴花】，首句作五字。余初以爲非，繼檢《北詞廣正譜》引《西廂》『大師一一問行藏』曲，將『大師』二字作襯，方知首句實止五字。清代各譜，皆未能塙考也。又【耍孩兒】、【一煞】兩曲，爲【般涉調】，不屬【中呂】，因管色相同，可以聯套，北詞中謂之借宮（凡同管曲，皆可借宮），不獨【中呂】之與【般涉】也。

惟以月娥屬諸范希文，卻是奇特。與《青衫淚》之裴興奴爲白太傅舊伎，同是荒唐。劇家事實，泰半假託，必欲雪中郎之冤，闢龜溪之謗，未免嘵嘵辭費矣。

霜厓。

（《奢摩他室曲叢》第二集《誠齋樂府跋》）

惠禪師三度小桃紅（朱有燉）

《惠禪師三度小桃紅》，簡稱《三度小桃紅》，《遠山堂劇品》著錄，現存明宣德間周藩原刻本（《奢摩他室曲叢》第二集據以重校排印）、明萬曆間脈望館鈔校本、明崇禎間刻《古今名劇合選·柳枝集》所收本等。

惠禪師三度小桃紅引

闕　名〔一〕

予昔於南中見《小桃記》，其文章典雅，事理清新，非老於詞翰者不能爲也。又於每篇之下，繫以詩詞，雖佳章麗句，膾炙人口，而音調古遠，人莫能歌。偶於暇日，編作傳奇。付之秦娥，爲一暢其音律，流於耳，和於心，以發揚其醞藉耳，豈不快哉？故爲引。

永樂歲在戊子仲春良日書。

（明宣德間周藩刻本《惠禪師三度小桃紅》卷首）

【箋】

〔一〕此文當爲朱有燉撰。

附　小桃紅跋

吴　梅

《小桃紅》四折，與元劇《任風子》、《柳翠》相類，而敷演宗門教旨，又極精微，非沉潛内典者不能也。

首折【混江龍】爲增句格，自『晉潘安容貌』至『尾生實誠』，皆是增添者。按格，凡增句不拘多少，而收處總須仍用本調，『平平去，平平仄仄，仄仄平平』三語，以還【混江龍】本格。此劇云：

『不憑錢贍表得成歡，空握拳入馬和他併』，不依『平平去』原格，蓋用《西廂》『才高難入俗人機，時乖不遂男兒願』之例，亦不可謂失律也。【混江龍】增句，以《牡丹亭·冥判》爲最多，洋洋數百言。於是洪昉思《長生殿》之《覓魂》，蔣心餘《臨川夢》之《說夢》，皆有意顯神通，多至千餘言，實可不必也。

此劇用方言至富。如『贍表』，謂子弟俊美也；『入馬』，謂夜度也；『豫章城』，卽雙漸趕蘇卿事，元人常用之，皆一時勾闌中語。通體詞藻，皆映帶『桃』字，語語貼切。第三折【端正好】下注『子母調』，子母調者，不用高喉，僅用平調歌也。賓白中參禪問答，凡劇中皆如此式。如臨川《南柯記》，西堂《桃花源》，皆襲用之，但詩句不同耳。

此劇亦歌舞戲。末用十六天魔隊舞作結，排場尤爲熱鬧。元人以有唱有做者爲旦末雙全，此作得之矣。

霜厓。

（《奢摩他室曲叢》第二集《誠齋樂府跋》）

神后山秋獮得騶虞（朱有燉）

《神后山秋獮得騶虞》，簡稱《獲騶虞》、《得騶虞》，《遠山堂劇品》著錄，現存明宣德間周藩原刻本，《奢摩他室曲叢》第二集據以重排。

神后山秋獮得騶虞傳奇引

闕　名〔一〕

《書》不云乎？『作善，降之百祥。』又云：『國家之興，必有禎祥。』是皆感應之理，不期然而然者也。上古聖人，治致雍熙，皆有禎祥感應。若麒麟之在於苑囿，游於郊藪，鳳凰之巢於阿閣，舞於殿庭，若此者不一，惟其德化之所及。故《禮運》有云：『聖人在位，天不愛道，地不愛寶，則有禎祥現焉。』

乃今永樂甲申之歲，仲秋朔日，騶虞出於鈞州神后山之陽，州牧聞於藩府，卽上奏於朝，鶴駕親率護衛及近邑之民往觀之。越二日，至神后，遂令卒伍闖山而北上，設大籠於密林中，及於日午，尚未得覩。適有本土居民以瓜果獻者，捧盤置果。忽一青蛇，可長尺餘，綠背而丹腹，自果盤中出，蜿蜒而入草中。俄頃風雨驟至，天地陰晦。及晡，稍霽，而騶虞已入於籠中矣。將校歡呼，聲震山壑，遂扛捧於鶴駕前。形大若虎，白質玄文，尾長於身，性不猛烈。當時眾目快覩，叩首稱賀。予時侍從在彼，目覩此瑞，喜慶之情，何可云喻！

既而鶴駕回國，乃親奉表及騶虞，自汴達淮，而貢於朝。遠邇聚觀，咸以聖德仁恩，廣敷海宇，雍熙之治，實隆三代，以垂萬萬年太平之世也。於是賜以藩府金敕重禮，樂章七奏，衛士三百，以嘉美焉。

予惟《騶虞》、《麟趾》之篇，詩人乃美文王之化，以聲於歌詠耳。今之詠騶虞者，詩詞文賦何啻千百，但以去古既遠，欲以詩詞付之歌詠之聲，人莫能也。予因暇日，特以時曲，用其俗樂，隱括詩詞之意，編作傳奇，使人歌之，以讚揚太平之盛事於萬一耳。故爲引。

永樂六年歲在戊子九月重陽日書。

（北京大學圖書館藏鈔本《傳奇引》）

【箋】

〔一〕此文當爲朱有燉撰。

附　得騶虞跋

吴　梅

此劇亦古祥文字。以汴中神后山發現騶虞，由細民喬三報知州官，發兵秋獮，因得瑞獸，上獻藩府，進貢朝廷。劇情原無大勝人處，惟排場結構頗有可取。如第一折，喬三婦以淨角扮演，極詼諧之致。第二折秋獮，分五色軍隊，次第獻技，排場遂不冷落。第三折，用四探子演述打圍情狀，帶唱帶舞，結構又復生動。末以典樂官讚歎瑞應作結，立意亦高。如此枯窘題目，能通體不懈，且寫得如火如荼，足見王之才大矣。

至劇詞亦樸質可喜。首折【混江龍】增句，『牛王廟裏』四語，並不協韻，元人原有此格，不足爲病。【油葫蘆】、【天下樂】二曲，語語絶倒，描寫醉態，非常靈動。【賺煞】云：『也不願高官重爵，也不願精銀響鈔，只願得將俺一方民庶免差徭』，深得盛世良民情狀。此等亦頌揚語，第不似館閣文章之陳腐，讀之遂覺戛戛獨造。學者可悟作文之法也。通劇楔子亦有二處，此是誤。

霜厓。

（《奢摩他室曲叢》第二集《誠齋樂府跋》）

李亞仙花酒曲江池（朱有燉）

《李亞仙花酒曲江池》，簡稱《曲江池》、《花酒曲江池》，《遠山堂劇品》著錄，現存明宣德間周藩原刻本（《奢摩他室曲叢》第二集據以重排）、嘉靖間刻《雜劇十段錦》乙集本、明脈望館校藏《古名家雜劇選》本（《元明雜劇》據以影印）等。

李亞仙花酒曲江池引

闕　名〔一〕

嘗觀《青瑣①高議》、羅燁《紀聞》，互載李娃之事。予乃歎其雖爲妾婦者，亦皆有天理人心之不可泯焉。人之性本善，因習而相遠，始有善惡高下之分，此物慾蔽之也。李娃爲狹斜之伎女，而能勉其夫爲學，以取仕進，始終行止，不違於名教，可謂貞潔能守者也。近元人石君寶爲作傳奇，詞雖清婉，敍事不明，鄙俚尤甚，止可付之俳優，供歡獻笑而已，略無發揚其行操，使人感歎而欣羨也。予因陳迹，復繼新聲，製作傳奇，以嘉其行。就用書中所載李娃事實，備錄於右云。

永樂己丑穀雨前一日書〔二〕。

（明宣德間周藩原刻本《李亞仙花酒曲江池》卷首）

【校】

①瑣，底本作『鎖』，據原書名改。

【箋】

〔一〕此文當爲朱有燉撰。

〔二〕按此文後錄李娃故事，略。

附 曲江池跋

吴梅

此卽明鄭若庸《繡襦記》祖本。惟通劇用五折，與《趙氏孤兒》同，雜劇體例間有之。非如王辰玉《鬱輪袍》，合南北詞七折成書，非驢非馬，斯不可爲訓耳。

按元人賦滎陽生事者，有高文秀之《鄭元和風雪打瓦罐》，及石君寶①之《李亞仙花酒曲江池》二種。今此劇題目正名，正與高、石二劇相合，因有疑憲藩此作，爲改易舊詞者，此説非也。據《太和正音譜》所載，《破窯記》二本，一爲王實甫作，一爲關漢卿作；《麗春園》二本，一爲王實甫作，一爲庚吉甫作。《譜》中並列，決非因襲舊文。卽明代傳奇，如《白兔記》有二本（一爲富春堂本，一爲汲古閣本），《紅梨記》有二本（一爲洛誦生作，一爲快活庵本），古詞儘有名同文異者，不獨此劇然也。且《打瓦罐》一劇，雖遺佚不可見，而石作《曲江池》，固儼然在《元曲選》中。兩相比較，殊不相類。惟楔子【賞花時】【幺篇】，與石作同，此非王之襲石作也，或卽臧晉叔據此劇以改石作，而删去【端正好】一曲耳。又石作第三折，有【商調·上京馬】一支，卽此劇第四折中曲文，亦疑是晉叔改竄，而王之原作，固昭如星日也。

惟【四季蓮花落】四曲，與若庸《繡襦》中『鵝毛雪』不同，顧各有妙處。余謂『鵝毛雪』一套，專尚白描，決非若庸所能辦，恐是别一元人所作。昔人如王伯良、沈詞隱輩，已有疑之者矣。余未見此劇時，以爲若庸【蓮花落】詞，或借用王作。今讀全豹，又爽然自失焉。

霜厓。

（《奢摩他室曲叢》第二集《誠齋樂府跋》）

【校】

①寶，底本作『實』，據元代人名改。

關雲長義勇辭金（朱有燉）

《關雲長義勇辭金》，簡稱《義勇辭金》，《遠山堂劇品》著録，現存明宣德間周藩原刻本、明嘉靖間刻《雜劇十段錦》甲集本等。

關雲長義勇辭金傳奇引

闕　名〔一〕

人之有生，惟忠孝者爲始終之大節。忠孝之道，必以誠而立焉。予觀自古高名大節之人，誠乎忠孝，載之簡冊，流芳於永世，歷歷可數耳。非惟流芳於永世，而其精誠之氣，升而爲神明，降而司災福，載在祀典，於無窮矣。故古之忠臣孝子，本乎誠而行乎忠孝之道。若單騎見虜，拜井濟渴，奉母臥冰，救父搏虎者，是人之渴、虜之忍、冰之寒、虎之猛，豈可以聲音笑貌而能免之哉？然而皆遂其所願，而成乎忠孝者，本乎一誠，而勇於忠、勇於孝也。

予每讀史，至關羽辭曹操而歸劉備，未嘗不掩卷三歎，以爲雲長忠義之誠，通於神明，達乎天地焉。夫曹瞞之心，姦雄殘忍，又非虎與虜輩之可比矣。然而雲長卒能遂其忠義之願，而操不忍加害者，非操有英雄之量，若漢高祖、唐太宗之爲也，乃雲長忠義之心，精誠所致，若虎與虜輩自不能加害耳。宜乎後世載在祀典，爲神明，司災福，正直之氣，長存於天地之間也。予嘉其行，爲作傳奇，以揚其忠義之大節焉。故爲引。

永樂歲在丙申八月朔日書。

（明宣德間周藩原刻本《新編關雲長義勇辭金》卷首）

【箋】

〔一〕此文當爲朱有燉撰。

李妙清花裏悟眞如（朱有燉）

《李妙清花裏悟眞如》，簡稱《花裏悟眞如》，《遠山堂劇品》著錄，現存明宣德間周藩原刻本，《奢摩他室曲叢》第二集據以重排。

李妙清花裏悟眞如引

闕　名〔一〕

嘗聞妓女柳翠者，柳參政之女也，因墮花衢，一日參問禪師云：『身居五漏，又處風塵，恐墮劫中，難爲解釋。望師指示眞端的，免墮三塗惡趣中。』師答云：『洞房莫接花間客，身上休披五色羅。紅粉少粧甘淡薄，清朝早起念彌陀。』柳翠大悟，因而坐化。宋之康伯可製於詞曲〔二〕，元之李壽卿編作傳奇〔三〕，使人歌誦，以爲美談。娼優之門，可謂錚錚者也。

近年汴中妓女妙清者，李賽恩喜之妻也，孀居不嫁，守志終身。其母强之，以死自誓。又參佛法於古峯長老，受密教於河西上師，髮愈白而心愈堅，年愈老而身愈健。臨終之時，跏趺端坐，口誦偈云：『散花仙女，降臨凡世。對境無心，逢場作戲。傀儡棚中，八十有四。』誦畢，儼然端坐而逝。荼毗之日，光相現空。此亦奇異之事也。使夫柳翠，豈特專美於前耶？不寧惟是，且其孀居守志，不污其行，於良人婦女，猶且難得，今娼妓之中，乃能有此，於風教豈無少補哉？因詳其事實，編作傳奇，用壽諸梓，庶不泯其貞操，以爲勸善之一端云。

永樂歲在壬寅仲春良日書。

（明宣德間周藩原刻本《新編李妙清花裏悟眞如》卷首）

【箋】

〔一〕此文當爲朱有燉撰。

〔二〕康伯可：即康與之（？—一一五五後），字伯可，一字叔聞，號順庵，又號退軒，滑州（今河南滑縣）人，一説洛陽（今屬河南）人。南宋建炎初，上《中興十策》，遂以名聞。授承務郎，尋坐盜庫錢免官。紹興初，依附秦檜，爲「秦門十客」之一，擢監尚書六部門，遷軍器監丞。秦檜死後，編管欽州，終移送新州牢城以卒。著有《順庵樂府》等。

〔三〕李壽卿：太原（今屬山西）人。官將仕郎，除縣丞。與鄭廷玉同時。撰雜劇十種。以柳翠爲題材者爲《月明三度臨歧柳》，簡名《臨歧柳》，一名《月明和尚度柳翠》，《録鬼簿》著録，現存明萬曆間刻息機子《雜劇選》所收本、萬曆間刻《元曲選》所收本、明崇禎間刻《古今名劇合選·柳枝集》所收本等。

附　悟眞如跋

吴　梅

此劇以毗盧尊者點化散花仙女，及蓮花童子淹貫宗乘，深德禪家三昧。元劇如《月明和尚》、

《馬丹陽》等，皆非敵手。卽徐文長之《翠鄉夢》，屠赤水之《曇花記》，亦瞠乎其後也。

劇中情節，妙在不以仙女童子爲眷屬，而以哈舍人爲遊客，同受古峯師訓誨，得登覺路，省去多少葛藤。雜劇結構，輒傷冗雜，此作布局，實爲簡淨矣。

楔子【賞花時】四支，第二句皆協仄韻，頗不經見。元劇及憲藩他作，概用平韻，不知此劇何以獨用仄韻？又通體凡四曲，而標名爲【三轉賞花時】，或係誤刊歟？任婆用淨色，哈舍人用孤色。淨本可飾女，孤則當場裝官者，舍人爲丞相不花子，故以孤飾之也。

首折【那吒令】、【鵲踏枝】、【寄生草】諸曲，可作冶遊子弟座右銘，並可與《誠齋樂府》中『風月擔兒』各曲，參互讀之（詞見《詞林摘豔》），亦少年場中一服清涼散也。【青哥兒】末二句，用紅蓮故事，調侃僧伽，亦殊有風趣。第二折起，語語禪機，耐人籀諷。論其造詣，惟西堂《桃花源》劇可與頡頏。第三折問答機鋒，不作七言尋常語，亦脫參禪舊套。第四折以茶婆作收科，得言外妙意。佛光照座，開示愚蒙，此等境界，參學人自能領悟。通劇楔子亦用二處。鄙意不如將『坐化』一段，別作鐃戲，當更醒豁，且免疊牀架屋之弊也。劇詞俊語絡繹，可藥囁嚅之病。

霜厓。

（《奢摩他室曲叢》第二集《誠齋樂府跋》）

羣仙慶壽蟠桃會（朱有燉）

《羣仙慶壽蟠桃會》，簡稱《蟠桃會》，《遠山堂劇品》著錄，現存明宣德間周藩原刻本（《奢摩他室曲叢》第二集據以重排）、明刻《古名家雜劇選》本、明脈望館鈔校明内府本、舊鈔本（《不登大雅堂珍本戲曲叢刊》第一一冊據以影印）等。

羣仙慶壽蟠桃會引

朱有燉

自昔以來，人遇誕生之日，多有以詞曲慶賀者，筵會之中，以效祝壽之誠①。今年值予初度，偶記舊日所製【南呂宮】一曲，因續成傳奇一本，付之歌喉，以②資宴樂之嘉慶耳。

宣德歲在己酉正月良日書③。

（中國國家圖書館藏明永樂宣德正統間自刻本《誠齋雜劇》二十五卷所收《羣仙慶壽蟠桃會》卷首）

【校】

①誠，《不登大雅堂珍本戲曲叢刊》第一一冊影印舊鈔本同，《奢摩他室曲叢》第二集重排明宣德間周藩原刻本作『忱』。

②『以』字前，《奢摩他室曲叢》第二集重排明宣德間周藩原刻本有『唯』字。
③『書』字前，《不登大雅堂珍本戲曲叢刊》第一一册影印舊鈔本有『錦窠老人』四字。

附　蟠桃會跋

吴　梅

此亦慶賀祝壽之詞。宣德己酉，爲王初度，因就舊作《南吕宫》一套，演成劇本也。劇情以金母設蟠桃宴，邀集羣真，又以仙樂歌舞，俾通場不致寂寞，結構之冷熱，恰到好處。又以東方朔偷桃，爲仙女偵察，略涉詼諧，亦復藴藉。因念楊笠湖《吟風閣劇》中《偷桃捉住東方朔》一折，或即胎脱於此。惟楊作諧謔，此作僅點綴一二語，乍讀之，幾疑出藍矣。

通體頗言修鍊工夫，又合『神仙道化』體格。蓋明代宗室大半好道，如寧獻王權，晚慕沖舉，自號『臞仙』。王亦喜作遊仙語，蓋身既富貴，所冀者惟長生耳。秦皇漢武，惑於方士，亦此意也。第二折【正宫・端正好】一套，全説鍊己之理，雖摭拾道書，而頗合養生之旨，當與集中《悟道吟》參觀（《悟道吟》有『提攜一氣通金界，顛倒三車運玉漿』之句）。余嘗謂寧、周二藩，皆工翰墨，皆嫺音律，皆喜修鍊。寧藩有《囊雲詩》，蓋學陶弘景事，月必令人往廬山，囊雲以歸，就小齋放之，以爲笑樂。周藩有《送雪詩》，蓋汴中風俗，每遇初雪，則以盒子盛之，饋送親故，以爲喜慶。一囊雲，一送雪，皆宗藩之佳話，要其才亦相等也。今讀憲藩各劇，論鍊道之功，備極周至，追憶遺事，記之如此。

霜厓。

（《奢摩他室曲叢》第二集《誠齋樂府跋》）

洛陽風月牡丹仙（朱有燉）

《洛陽風月牡丹仙》，簡稱《牡丹仙》，《遠山堂劇品》著録，現存明宣德間周藩原刻本（《明周憲王樂府三種》據以影印，《奢摩他室曲叢》第二集據以重排）、明萬曆間脈望館藏于小穀鈔校本（《古本戲曲叢刊四集》據以影印）、明崇禎間刻《古今名劇合選·柳枝集》所收本，明崇禎間刻《盛明雜劇二集》所收本等。

洛陽風月牡丹仙引

闕　名（一）

嘗謂太平之世，雖草木之微，亦蒙恩澤所及，以遂其生成繁盛之道焉。若花中之牡丹，亦草木之鍾秀者。自古以來，不遇太平而傷於蒭牧兵燹者，不知其幾也。惟唐開元中，天下和平，故牡丹盛於長安。白居易有詠牡丹詩云：『花開花落二十日，滿城之人皆若狂。』又云：『一叢深色花，十戶中人賦。』可見唐人珍重牡丹若此也。至宋天聖間，洛陽牡丹尤盛於前，遂有姚黃、魏紫之名。若康節邵公、堯夫范公、君實司馬公、永叔歐陽公，皆高名大節之人，亦皆留意於牡丹，歌詠篇什，稱美特甚。康節自植牡丹，而有詩云：『天下惟洛十分春，邵家獨得七八分。』歐公尤好尚之，至爲作記，載其名品之多，詳其種植之法。可見宋人亦重此花也。

予於奉藩之暇，植牡丹數百餘本。當穀雨之時，值花開之候，觀其色香態度，誠不減當年洛陽牡丹之豐盛耳。因假歐陽公作記之意，編製傳奇一帙，以爲牡丹之稱賞，啓翠紅春之清音，發天香圃之明豔，誠爲太平之美事、藩府之嘉慶也。所謂咀五色之靈芝，香生九竅；咽三清之瑞露，美動七情。醞藉風流之士，觀斯麗則之音，亦當稱賞焉。

宣德五年三月穀雨前五日書①。

（《明周憲王樂府三種》影印明宣德間周藩原刻本《洛陽風月牡丹仙》卷首）

【校】

①明萬曆間脈望館藏于小穀鈔校本無題署。

【箋】

〔一〕此文當爲朱有燉撰。

（洛陽風月牡丹仙）跋

趙琦美

丁巳正月廿九日〔一〕，于小谷本校鈔。清常道人。

（《古本戲曲叢刊四集》影印趙琦美鈔校本《脈望館鈔校本古今雜劇》所收《洛陽風月牡丹仙》卷末）

【箋】

〔一〕丁巳：萬曆四十五年（一六一七）。

附　牡丹仙跋

吳梅

此亦歌舞劇。憲藩府中，牡丹最盛。觀《誠齋樂府》賞花諸詞，以牡丹爲多，故曲劇亦多及此，如《牡丹品》、《牡丹園》諸作，皆是也。此劇情節，本無奇異。特以紅亭讌賞，作記題芳，於是九仙好名，亦邀品騭，瑤池歌舞，慶賀昇平，足見奉藩之安逸矣。

劇詞妍雅飽滿，自是盛世元音。惟第二折【草池春】，及第四折【轉調青山口】，增句至多，讀者易爲眩惑，不可不細核之也。按：【草池春】一曲，《正音譜》云：『句字不拘，可以增損。』實則亦有定格。寧獻王《譜》所錄《謁魯肅》一支，卽爲增句。大抵首三句，二句爲三字，一句爲四字；以下六字句與四字句，多少不論；以下七字句一，六字折腰句一，二字句一；收處四字句，或一或二，此【草池春】定式也。此劇首三句，兩句三字，一句五字，似乎舛誤。不知『慶喜色洋洋』句，『慶』字本可作襯，仍四字句也。以下自『正遇豐稔時光』起，至『月延州紅臢廣』，爲六字增句；自『融和春陽』至『麗色流芳』，爲四字增句；『萬年好事』下，仍還【草池春】本格；惟收處四字句，作兩語耳，通體全合格律也。

至【青山口】一調，考訂較難。緣此調自湯若士《邯鄲》《西諜》折別創格式（《長生殿》《合圍》折依之)，王舜耕《西樓樂府》改換句法(《月令承應》又復自立架格)，遂至不可究詰。於是此調與【中呂】之【道和】、【雙調】之【梅花酒】，同爲北詞中之難正者矣。案：此調首四句，應用扇面對。如《伯道棄子》云：『這裏那裏百忙裏，百忙裏取甚的？欲回待回怎生回，亂軍中是怎地？』可以爲證。今云：『獻壽醞斟美醞釀百花露香醞，聽玉笙和錦箏。』僅作一排，自是變體。以下『樂聲頻』至『花下飲芳樽』，爲此調正式，但『穀雨春』下，省去七言疊字兩語而已(如『這壁那壁廝喚只，行裏坐裏廝等只』類)。自『春也麽春』起，至『永長新』止，共十四句，皆是增格。此等增句，可用五字或四字，無一定式也。自『萬朵千枝』下，仍還本調正式。故此曲僅首數句少一排，餘則處處合格。

北詞中有十餘支，皆可增句。詳見余舊著《北詞簡譜》中。實則增添之處，各有定則，非亂次以濟也。討論北曲，當就此等處考核，其他皆迎刃而解矣。

霜厓。

(《奢摩他室曲叢》第二集《誠齋樂府跋》)

天香圃牡丹品(朱有燉)

《天香圃牡丹品》，簡稱《牡丹品》，《遠山堂劇品》著録，現存明宣德間周藩原刻本(《奢摩他室曲叢》第二集據以重排)。

天香圃牡丹品傳奇引

闕　名〔一〕

宣德庚戌春牡丹花時，予既作《牡丹仙傳奇》，以爲樽席間慶賞之音矣。今年，天香圃牡丹尤盛於前，將欲會親友，命音樂以宴賞之。偶憶昔人有云『賞名花安可用舊樂』之語，乃復製《牡丹品傳奇》一帙，并牡丹樂府十五篇，以爲名花之慶賞也。啓翠紅春之清音，發天香圃之明豔。所謂咀五色之靈芝，香生九竅；咽三清之瑞露，美動七情。醖藉風流之士，觀斯麗則之音，亦當稱賞焉。

宣德六年二月清明日書。

（中國國家圖書館藏明宣德間周藩原刻本《天香圃牡丹品》卷首）

【箋】

〔一〕此文當爲朱有燉撰。

附　牡丹品跋

吴　梅

右《牡丹品》四折，爲内府賞花之樂。誠齋散套中，亦載《宴賞牡丹》散曲，卽與此劇第四折相類。中以内庭教習爲主角，而以歌姬爲輔佐，蓋純爲歌舞劇也。此劇情節本無足論，惟爲名花品藻，宴樂昇平，足徵奉藩安逸。明初藩邸能讀書屬文者，寧獻以外，必推憲府，此亦千古之公論矣。

首折【點絳脣】套内【寄生草】下，用【金盞兒】四支，二折【滚繡球】、【倘秀才】疊用，後接【叨叨令】一支。四折所用牌名，多別立新目，如【寶樓臺】、【慶天香】、【紫雲芳】、【海天霞】等，皆故作狡獪。而【金盞兒】、【叨叨令】二牌，律以套曲次序，亦覺緩急不合。此皆大醇中小疵也。通體詞藻雖多，頗能樸拙無雕繢氣，是可貴矣。

霜厓。（《奢摩他室曲叢》第二集《誠齋樂府跋》）

美姻緣風月桃源景（朱有燉）

《美姻緣風月桃源景》，簡稱《風月姻緣》，《遠山堂劇品》著錄，現存明宣德間周藩原刻本（《奢摩他室曲叢》第二集據以重排）。

美姻緣風月桃源景傳奇引

闕　名（一）

予聞執事者嘗言：老嫗臧氏，河南武陟之人也。其女名桃源景，流落於伎籍。尤善歌曲，精通樂藝。立志貞潔，不嫁娼夫，捨富而就貧，遂從良於一舉子。及其試中，授職知縣。未幾責爲卒伍，既而復還前職，榮辱交至。臧氏之女，未嘗失節，可嘉也矣。因執事者有請於予，遂詳其事實，製作傳奇，爲之賞音焉。

宣德六年孟春良日書。

（明宣德間周藩原刻《新編美姻緣風月桃源景》卷首）

【箋】

〔一〕此文當爲朱有燉撰。

附　桃源景跋

吴　梅

《桃源景》四折，記李釗、韓桃兒事。雖烟花粉黛之辭，而情節卻能曲折。如李赴試及第，忽受失儀遣戍，一也；韓改妝尋夫，又爲店人窺破，致遭淩謔，二也；及至口北滌器當壚，又遇胡人調笑，三也。此皆尋常劇曲所無也。

通體用方言至多，如『吞子』爲『嗓子』，『撇末』爲『演劇』，『猱兒』爲『雛伎』，『撅丁』爲『龜奴』，此各劇通有之，無足爲異。至用蒙古語入曲，則此劇所獨有。臨川諸曲，喜以番語協律，實皆沾丐於憲藩也。如第四折【滚繡毬】曲云『蒙豁是阿堵兀赤』，言蒙古放馬人也。又【倘秀才】曲云『哈撒』，言問訊也；云『埽兀』，言坐地也；云『鎖陀八』，言酒醉也；云『倒剌』，言歌也；云『孛知』，言舞也。設非自爲詮釋，正不知於意云何。此實是曲中壞處，後人不察，遞相祖述。如

《邯鄲》之《西諜》，《長生殿》之《合圍》，以及西堂《吊琵琶》之《楔子》，作者紛紛，實非曲家之正宗，特無人爲之拈出而已。

又通本楔子有二，末折後多饒戲一曲，亦非正格。惟創自王手，未敢明斥其非耳。若第一折【賞花時】二曲，以數目字湊合成文，自一至十，錯雜見巧；而【賺煞】一曲，復自十至一，倒出作句，係游戲手筆，原無深意。湯若士《牡丹亭》效之，亦偶然興到之作。而後人乃云：『自一至十者，爲小措大；自十至一者，爲大措小。』不知《南九宫譜》本無『大措小』之名，此説亦殊無謂。苟讀此劇，當亦爽然自失矣。

霜厓。

（《奢摩他室曲叢》第二集《誠齋樂府跋》）

瑤池會八仙慶壽（朱有燉）

《瑤池會八仙慶壽》，簡稱《八仙慶壽》，《遠山堂劇品》著録，現存明正統間周藩原刻本（《奢摩他室曲叢》第二集據以重排）、明嘉靖間刻《雜劇十段錦》丙集本、明萬曆間脈望館校鈔本、舊鈔本（《不登大雅堂珍本戲曲叢刊》第一一册據以影印）等。

瑤池會八仙慶壽引

朱有燉

慶壽之詞，於酒席中，伶人多以神仙傳奇爲壽。然甚有不宜用者，如《韓湘子度韓退之》、《呂洞賓岳陽樓》、《藍采和》、《心猿意馬》等體，其中未必言詞盡皆善也。故予製《蟠桃會》〔一〕、《八仙慶壽》傳奇，以爲慶壽佐樽之設，亦古人祝壽之意耳。

宣德七年季冬良日，錦窠老人書。

（中國國家圖書館藏明永樂宣德正統間自刻本《誠齋雜劇》二十五卷所收《瑤池會八仙慶壽》卷首）

【箋】

〔一〕《蟠桃會》：全名《羣仙慶壽蟠桃會》，詳見本卷該條解題。

附　八仙慶壽跋

吴　梅

《八仙慶壽》四折，純爲祝嘏佐尊之詞。觀憲王《小引》，以神仙傳奇爲不宜用，知當時忌諱之深。無怪清嘉、道間，官場忌演《邯鄲夢》，以爲不吉也。通本以西王母蟠桃宴集，邀福、祿、壽三星、八洞天仙，慶賀桃實，而以香山九老作陪，卽取人瑞之意，合天地人同慶也。

劇中第三折前，毛女上唱，用【出隊子】四支，以漁筒、簡子合歌，最爲可聽。後人學者蓋鮮，惟尤西堂《桃花源》劇，武陵漁登場，曾一效之，分述桃源四時景狀，亦娓娓動人。末後用【端正好】，以明【出隊子】非楔子之用，此最賓主分明。西堂曾讀此劇，故能摹仿之也。

此劇通本末唱，中間用旦曲數支，佈置既匀，耳目亦新，不獨節省末角之勞而已。【正宮·端正好】一套，以【醉太平】、【叨叨令】二曲，置【倘秀才】、【滚繡毬】後，其誤與《牡丹品》同。至其演藍采和瘋癲狀態，恐元人手筆，亦無以過之矣。

霜厓。

孟浩然踏雪尋梅（朱有燉）

《孟浩然踏雪尋梅》，簡稱《踏雪尋梅》，《遠山堂劇品》著錄，現存明宣德間周藩原刻本（《奢摩他室曲叢》第二集據以重排）、明脈望館校藏息機子《古今雜劇選》本等。

踏雪尋梅引

闕　名〔一〕

梅花之見愛於人，以其姿容高潔，香味清遠，榮於冬末春初之間，於風雪嚴寒之際，先百花而放。比之高人隱士，貞姬烈女，鐵石肝腸，冰霜資質，豈可造次而能近狎者也。又其成實，昭著於詩書，非尋常果木之可擬。

予亦愛梅者，西閣所植，又非尋常之梅可比也。其樹正圓，無斜枝曲幹，無密葉穠花，瓣修而萼綠，色素而蕊香。每開於深冬臘雪之時，自有一段仙風道骨，誠足以爲佳玩而可好尚之。

予既吟詩百篇，爲之清賞，意有未盡，復製於音調。乃假唐之詩人孟浩然輩，設爲故事，亦不暇論其同時先後，製作傳奇一帙。付之知音之士，或善歌之人，使夫行雲遏而梁塵飛，魚出聽而馬仰秣，素容映雪而愈覺光輝，清影傳香而尤添旖旎。梅之知遇，又何幸耶！是編之作，非惟炫耀於目，膾炙於口，塤篪於耳，和暢於心，寔將謂於有鼻孔者道焉。

宣德七年季冬中澣〔二〕，書於蘭雪軒。

（明宣德間周藩原刻本《新編孟浩然踏雪尋梅》卷首）

【箋】

〔一〕此文當爲朱有燉撰。

〔二〕宣德七年季冬中澣：公元已入一四三三年。

附　踏雪尋梅跋

吴梅

此譜孟襄陽、賈浪仙事，而以李白、羅隱爲輔，未免荒唐。惟用《憶秦娥》、《清平調》諸作，聯綴成套，亦復可喜。此蓋從《集異記》旗亭故事，變換成文，詞藻亦能渾協，洵可傳也。末以孟浩然由太白舉薦，得入翰林，尤想入非非，與張志和西塞山封拜，杜子美輞川園授官，（《張志和》劇，見《吟風閣》。《杜子美》劇，見王九思《碧山樂府》内。）同一詭譎，同一雋妙。清尤西堂曾作《李白登科記》，即用作者之意，閲之，輒忍俊不禁。昔人辨張、崔之訛，雪中郎之枉，嘵嘵不已，殊屬多事。作劇之道，在入情入理而已，必欲證時代之後先，考故實之眞僞，即是笨伯矣。

此劇之妙，在濃淡得宜。首折之酒家呼伎，二折之野店尋梅，一濃一淡也。三折之牡丹、梅花，錯落賡詠，前喁後于，各不相讓，亦一濃一淡也。即浩然始則自甘隱遯，後則策名木天，亦先淡後濃也。或謂羅隱未有結束，是爲漏筆。顧明人作劇，未必一一收束。如《玉簪》之耿衙女，《紫釵》之盧太尉，皆未當場歸結。此等處不必吹求矣。

首折之【一半兒】，實即【憶王孫】調，惟末句用『一半兒』云云，遂立今名。與詞中之『大江東去』、『如此江山』，同一標題。南北曲中，此類正多。如【綵樓春】名【拋球樂】，【鸚鵡曲】名【黑漆弩】，指不勝屈焉。二折之【黄鐘尾】，六字增句，亦可不拘，可量才作之。末折之【淩波仙】，即【水仙子】，亦名【湘妃怨】；又【蟾宫曲】，即【折桂令】也。

霜厓。

（以上均《奢摩他室曲叢》第二集《誠齋樂府跋》）

趙貞姬身後團圓夢（朱有燉）

《趙貞姬身後團圓夢》，簡稱《團圓夢》，《遠山堂劇品》著錄，現存明宣德間周藩原刻本（《奢摩他室曲叢》第二集本據以重排）、明嘉靖間刻《雜劇十段錦》己集本、明脈望館校藏《古名家雜劇選》本（《元明雜劇》、《古本戲曲叢刊四集》據以影印）等。

貞姬身後團圓夢傳奇引

朱有燉

宣德八年，歲在癸丑，仲冬之月，予聞執事者言，今秋山東濟寧有軍士之妻，因其夫亡而自縊，守志貞烈，爲衆所稱。既而又得雜劇《同棺記》〔一〕，乃濟寧士人爲之作也。予以勸善之詞，人皆得以發揚其藴奥，被之聲律，以和樂於人之心焉。遂訪其事實，執筆抽思，亦製傳奇一帙，名之曰《貞姬身後團圓夢》。中間關目詳細，詞語整齊，且能曲盡貞姬之態度，所謂『詩人之賦麗以則』也，觀之者鑒兹。

十一月長至後八日，錦窠老人書。

（中國國家圖書館藏明永樂宣德正統間自刻本《誠齋雜劇》二十五卷所收《趙貞姬身後團圓夢》卷首）

【箋】

〔一〕雜劇《同棺記》：《古典戲曲存目彙考》據此文著錄，誤入『明清傳奇』。明濟寧（今屬山東）士人撰，姓名、生平均未詳。已佚。

附　團圓夢跋

吴梅

此劇寫義夫烈婦，甚爲可敬，雜劇十二科中，所謂『孝義廉節』者是也。錢、趙二姓，貧富不均，改易昏約，本劇中常事。所難者，貞姬耳。早歲訂盟，中更險阻；艱難合巹，倉卒從軍；迨至哭奠靈幃，從容自盡，寫『貞』字，眞到十二分地步。而語語簡潔，頭緒不多，此又見筆墨之淨，雖高東嘉且不及也。

元人稱公子爲衙内，或稱舍人。此劇爿舍，猶云『爿公子』。第『爿』字含有瓦罐意味，瓦罐爲乞兒用物，大有調笑之思。所以正淨登場，自云：『小子姓字奇拗也。』

第一折【混江龍】曲，歷舉孟德耀、魏溥妻以下諸婦名，蓋借作渲染。且元劇著手處，皆裝點飽滿。喬夢符所云『鳳頭』，即指首折耳。【賺尾】云：『侍養的年老慈親樂有餘，奉晨昏康健安居。自供廚將飲撰甘腆，則願的當軍去的兒夫歸故廬。』琢詞拙樸，如家常話，而安貧守分之意，自於言外見之，安知爲天潢貴胄之筆哉？

又劇中贈銀一節，最有斟酌。盜泉惡木，且汙我高潔，況有爿舍伺其旁乎？否則父賜女金，極是正大，姬之故作一曲折者，不獨見其不忘舅姑也。此等皆作劇者細心處。至鎖兒之守義，讀者皆知之矣。

霜厓。

（《奢摩他室曲叢》第二集《誠齋樂府跋》）

劉盼春守志香囊怨（朱有燉）

《劉盼春守志香囊怨》，簡稱《香囊怨》，《遠山堂劇品》著録，現存明宣德間周藩原刻本（《奢摩他室曲叢》第二集據以重排）、明脈望館校藏《古名家雜劇選》本（《元明雜劇》、《古本戲曲叢刊四集》據以影印）、明脈望館藏于小穀鈔校本（《孤本元明雜劇》據以校印）、明崇禎間刻《盛明雜劇二集》所收本等。

劉盼春守志香囊怨序

朱有燉

三綱五常之理，在天地間未嘗泯絕，惟人之物欲交蔽，昧夫天理，故不能咸守此道也。近者山東卒伍中，有婦人死節於其夫。予喜新聞之事，乃爲之作傳奇一帙，表其行操。繼而思之，彼乃良家之子，閨門之教，或所素聞，猶可以爲常理耳。至若构肆中女童，而能死節於其良人，不尤爲難耶？

去歲，河南樂籍中樂工劉鳴高之女，年及笄，配於良民周生者，與之情好甚篤。而生之父母訓嚴，苦禁其子，拘繫之不令往來，自後遂絶不通。女子亦能守志，貞潔不汙。女之父母以衣食之艱，逼令其女復爲迎送之事。值富商賫金帛往求之，母必欲奪其志，加之捶楚，女終不從。周生聞之，致書綴詞，令其從彼父母之命，勿以生爲念累。女得詞，笑而謂曰：『妾豈常人比也？既委身於子，豈可他適耶？』居數日，其父母復逼之，使與富商爲配。女從容入房，自縊而死。及火其屍，焚其餘燼，而所佩香囊尚存。其父母取而觀之，中藏所得生寄之詞簡一紙，宛然如故。衆嘆驚異，以爲情之所鍾，堅如金石，雖經乎水火，終不能消其怨也。

予因爲製傳奇，名之曰《香囊怨》，以表其節操。惜乎此女出於風塵之中，不能如良家者，聞諸上司，旌表其行。憐其生於難守節操之所，而又難能表白於後世，可爲之深嘆也矣。故爲之序。

宣德八年十一月下澣，錦窠老人書。

（中國國家圖書館藏明永樂宣德正統間自刻本《誠齋雜劇》二十五卷所收《劉盼春守志香囊怨》卷首）

附　香囊怨跋

吴　梅

此劇述妓女守義，以一死報所歡，亦深得情之正者。余獨爲此詞在雜劇上頗①有關繫。如第一折所述各種劇名，多有曲家所未及見者。計所提劇目有二十八種，如《氣張飛》、《漁樵記》、《單刀會》、《薛仁貴》、《曲江池》、《薦福碑》、《雙鬬醫》、《進西施》、《貶夜郎》、《遊赤壁》、《田眞泣樹》、《管寧割席》、《劉弘嫁婢》、《秋胡戲妻》、《張生煮海》、《臨江驛》、《霸王别姬》、《鑿壁偷光》、《舉案齊眉》、《黑旋風》、《孟母三移》、《銀箏怨》、《金線池》、《西廂記》、《東牆記》、《留鞋記》、《貶茶船》、《玉盒記》等，見諸《元曲選》者，不過十餘種（如《漁樵記》、《薛仁貴》、《曲江池》、《薦福碑》、《秋胡戲妻》、《張生煮海》、《臨江驛》、《舉案齊眉》、《黑旋風》、《金線池》、《留鞋記》等）。至《氣張飛》、《雙鬬醫》、《田眞泣樹》，且不見各家著錄。是此劇於戲曲史上大有價值也。又《貶茶船》，爲王實甫作；《進西施》、《鑿壁偷光》、《管寧割席》，爲關漢卿作；《東牆記》、《銀箏怨》，爲白仁甫作；《霸王别姬》，爲②張時起作。此等劇詞，亡佚已久，今劇中一一臚列，足徵明代宜、正間尚有流傳，而臧《選》不及，遂至泯沒，滋可惜矣。

至詞内情節，盡在周生一書。殘軀已灰，香囊未燼，海枯石爛之情，於此可見。此其所以爲怨歟？大體與《團圓夢》相類，而一則雙殉，一則獨殉，各極其妙，在『烟花粉黛』劇中，可云巨擘焉。

余又愛其第二折【滾繡毬】、【倘秀才】諸曲，備述風塵苦況，較《復落娼》、《桃源景》、《半夜朝元》中各詞，更親切有味。必如此下筆，方有精采，否則易落元人窠臼矣。

霜厓。

（《奢摩他室曲叢》第二集《誠齋樂府跋》）

【校】

①頗，底本作『願』，據文義改。

②爲，底本作『於』，據文義改。

紫陽仙三度常椿壽（朱有燉）

《紫陽仙三度常椿壽》，簡稱《常椿壽》，《遠山堂劇品》著錄，現存明宣德間周藩原刻本（《奢摩他室曲叢》第二集據以重排）、明脈望館校藏《古名家雜劇選》本等。

紫陽仙三度常椿壽引

朱有燉

大塊中萬物之有生，而來來者不息，往往者莫留，此陰陽消長之常理耳。來者固不可辭，而往者亦不可逃，此爲大塊中生化之氣使然也。萬物中至靈者莫踰於人，而人之靈，有可以奪天地生化之氣、陰陽消長之理者，世亦恆有也，故名爲仙。惟仙道則弗順乎理，竊其生化之氣，以長生不死，無來而無往，逃出乎此一大塊之表，不與天地陰陽生化消長之氣而同歸矣。上古聖人得斯道者，若軒轅、廣成之徒，歷歷可數，名書紫府，位列仙班。中古以來，仙師愍後學之無聞，故以坎離鉛汞，木龍金虎，乾坤爐鼎，姹女嬰兒，鍛煉采取，川源藥物，金丹玉液，多方取喻。而世之聞仙道者，轉增訛舛，各宗其學，眞僞莫辨也。及乎紫陽仙師張平叔，始肯全露心腑，言之親切。尚且世之富室聰明者，多以其淺易輕忽而不信；貧困愚濁者，多以其艱得難悟而莫能。故雖有仙師大開方便之門，而得其道者亦希矣。

予生也，夙慕仙風，南游於江漢，北歷於沙漠，嘗遇道人指授金丹祕訣。後得《悟眞篇》一觀，與吾初聞授者，若合符節。信矣神仙之道，惟此可謂眞者矣。因感先師眞人之恩德，乃製傳奇一帙，以歌詠眞人之神通妙用，以盡吾之仰慕之心焉。

宣德八年龍集癸丑季冬良日，全陽道人書於黍珠丹室。

（明宣德間周藩刻本《新編紫陽仙三度常椿壽》卷首）

附　常椿壽跋

吳　梅

此爲『神仙道化』劇，與《馬丹陽》、《月明和尚》、《岳陽樓》等相類。惟必將老椿轉世，花王作眷，然後爲之度脫，未免多一轉折。若云土木形骸，不能證道，顧既能幻化人形，何不直捷超度？此微傷冗泛也。

末折【水仙子】，將八仙姓名，一一點述，亦落窠臼。雜劇之道，亦須去盡陳言。所謂陳言者，不獨在詞藻間也，排場科介，尤當簇簇生新。李笠翁譏並世傳奇，『但有耳所未聞之姓名，從無目不經見之事實』。王作固不至此，而此劇略覺落套耳。

第就曲文論，首折之【油葫蘆】、【醉扶歸】，第二折之【梁州】、【牧羊關】，第三折之【倘秀才】、【呆骨朵】，皆是妙詞。凡作游仙語，不可貪襲道家言。王作妙就椿樹、牡丹發揮，便合本地風光，非憑空結撰也。第三折中【三轉小梁州】，蓋疊用三曲。【尾聲】增句，蓋用《風雲會》《訪普》折格，唱時仍用板，惟末句散唱，與尋常散板尾不同。此尾增句，亦不拘多寡云。

霜厓。

（《奢摩他室曲叢》第二集《誠齋樂府跋》）

黑旋風仗義疏財（朱有燉）

《黑旋風仗義疏財》，簡稱《仗義疏財》，《遠山堂劇品》著錄，現存明宣德間周藩原刻本（《奢摩他室曲叢》第二集據以重排）、明嘉靖間刻《雜劇十段錦》庚集本、明崇禎間刻《古今名劇合選·酹江集》本等。明代教坊據此改編，現存明萬曆間脈望館鈔校内府本（《古本戲曲叢刊四集》據以影印）。

黑旋風仗義疏財傳奇引

朱有燉

嘗謂仁義之道，在天地間人人皆具此心，但以物欲交蔽，而有不善存焉。所以南華眞人而有《盜跖》之篇，不可謂之寓意空談也。予昔居於滇南，聞有爲盜者，竊一富家之財，見有爲其母造佛像經典之銀數十兩，至第二夕，默送其銀，并其老母之衣一大袱，置於其屋上以還之。又予曾經五溪，聞彼土人言，山中蠻獠，晝常出沒，劫奪行客之財者甚衆，獨遇儒服與僧道貧困老幼之人，並不截取。此可見天理人心，雖下愚夷狄，亦未嘗泯絶於仁義之道也。

小說多載宋徽宗時，有宋江之徒者，亦義賊也。惟名李逵者，尤能疏財仗義。後皆歸順於宋朝，除武功大夫，分注諸路巡檢使。後以平方臘有功，封節度使。《宣和遺事》中載之甚詳。予乃戲作『偷兒傳奇』一帙〔一〕，使伶人搬演歌唱，觀其輕健驍捷之勢，以取歡笑。雖爲佐樽而設，然亦可使人知彼下愚無賴之徒，尚能知仁義忠順之一端耳。世之君子，忍能違一毫於仁義忠順耶？

宣德八年季冬良日，錦窠老人書。

（中國國家圖書館藏明永樂宣德正統間自刻《誠齋雜劇》二十五卷本《黑旋風仗義疏財傳奇》卷首）

【箋】

〔一〕『偷兒傳奇』：即以宋江水滸好漢爲題材之戲曲作品，後世稱『水滸戲』。

附　仗義疏財跋

吴　梅

此劇以李逵、燕青爲主，摹寫都巡淫濫，實堪髮指。李、燕二人，以遊俠身手，救護𢤱古，足爲義士生色。余嘗謂：梁山遺事，傳述繁多，耐庵一《傳》，未盡搜集。即如元劇中《燕青博魚》、《雙獻功》等事，皆出耐庵《水滸》之外，不獨此劇情節軼出施氏手也。元人詠黑旋風事者，以東平高文秀爲最富，如《黑旋風鬭雞會》、《黑旋風詩酒麗春園》、《黑旋風窮風月》、《黑旋風大鬧牡丹園》、《黑旋風喬教學》、《黑旋風敷衍劉要和》、《黑旋風雙獻頭》（即《雙獻功》劇）、《黑旋風借屍還魂》。此八種中，雖僅存《雙獻頭》一劇，此外事實，無從概見，第就劇目推測，大半非耐庵所紀録者，可云極詭妄之趣矣。

通劇用五折，亦爲少見（與《趙氏孤兒》同）。第末折點綴平方臘事，有曲無白，亦可視爲饒戲，仍無礙全劇結構也。

第二折【紅繡鞋】【么篇】所引李師師上元驛，趙玄奴、楊太尉諸事，皆《宣和遺事》所未及。而劇中引此數事，言外可見時政矣。余最愛【石榴花】下半曲云：『便做是窮莊家不敢違尊命，也存些天理人情。卻怎生走將來不下些花紅定，平白地奪了個女俜婷。』其俊爽疏朗，直與《㩳梅香》相等，非尋常劇本所能也。

劇中用方言頗多，如『樺老』謂『衙役』也，『撇道』謂『脚』也，『爪老』謂『面』也，『幫老』謂『盜夥』也。蓋王之時代，去元人未遠，故一切皆仍舊稱。由此亦可知言語之沿革矣。

又『貨郎』之名，雖見元劇，而所販貨物，從未説過。《爛柯山》《寄信》一折，亦言之未詳。此劇【新水令】、【駐馬聽】、【雁兒落】、【水仙子】、【沽美酒】、【太平令】諸曲，詳載貨郎各物，據此又可見元明風俗之一斑，不當僅視爲詞藻，輕易讀過也。

【收江南】末句云：『俺三十六人活擒方臘見明均。』余案：『均』字當作『君』，恐原刊之誤。霜厓。

（《奢摩他室曲叢》第二集《誠齋樂府跋》）

豹子和尚自還俗（朱有燉）

《豹子和尚自還俗》，簡稱《豹子和尚》，《遠山堂劇品》著録，現存明宣德間周藩原刻本（《奢摩他室曲叢》第二集據以重排）、明嘉靖間刻《雜劇十段錦》壬集本等。

豹子和尚自還俗傳奇引

朱有燉

文章之在世，有關於風教者，有不關於風教者。其關於風教者，若《原道》、《原鬼》、《進學》、

《種樹》、《送窮》、《乞巧》等文，皆合乎理性，精妙抑揚，無非開悟後學，使知性命之道，故有補於世也。其或有文章而無補於世，不關於風教者，若《毛穎》、《革華》、《天問》、《河間》等篇。此乃鴻儒碩士，問學有餘，以文爲戲，但欲馳騁於筆端之英華，發洩於胷中之藻思耳，未可求夫至理，而與《原道》等文同日而語也。

昔法雲道人勸黄山谷勿作小辭，魯直云：『空中語耳，不致坐此，便墮惡道。』予亦云然。暇日觀元之文人有製『偷兒傳奇』者，其間形容模寫，曲盡其態，此亦以文爲戲，發其胷中之藻思也。予乃效其體格，亦製『偷兒傳奇』一帙，名之曰《豹子和尚自還俗》，用是以適閑中之趣，且令樂工演之，觀其態度，以爲佐樽之一笑耳。君子恥一物之不知，欲令後學，以廣其異聞焉。

宣德八年歲在癸丑臘月初吉〔一〕，錦窠老人書。

（明宣德間周藩原刻本《新編豹子和尚自還俗》卷首）

【箋】

〔一〕宣德八年歲在癸丑臘月初吉：公元已入一四三四年。

附　豹子和尚跋

吴　梅

《豹子和尚》四折，演魯智深出家事。此事不見耐庵《水滸傳》。元劇中儘有賦梁山事爲《水滸》所未載者，不獨此劇然也。劇中以魯智深作末，四折末唱，頗有聰俊語，實與花和尚不類。又智深有妻子、有母，亦爲耐庵所未及。

全劇曲文，皆整潔可誦。套數次第，亦有法度。惟第三折【尾聲】後，再用【窮河西煞】二曲，殊不可解，元劇從無此格也。又【端正好】、【滚繡毬】首二支，用襯字至多，較原格不啻三倍字。此因散板曲內，可以多襯，若是有節拍之曲，勢必多加板式，而正襯反不分明矣。元人以多襯爲能，輒有一牌字數增至二三倍者，故用板至無定格。明末沈伯明、龍子猶，欲定北詞板數，而迄未成書，非考訂之難，實字數多寡之不同，乃至拍數亦不能劃一也。

又劇中所述張善友家，當如柳隆卿、胡子傳例，意是實有其人。柳、胡爲衆惡所歸，張則百善皆集，所謂『世言方朔奇，奇事皆歸方朔』。否則，如陳員外、趙大公、小劉屠、郭橐駝、瘸王二、馬回回、黄鑾子、何仙姑、楊大姐、丁娘子、秦二嫂、褚師婆、鄭媽媽、審八姨、陸姐姐、劉老娘、蘇媒婆等，決不能憑空臆造多人也。

此劇結構，與《不伏老》略同。《不伏老》以尉遲託疾，徐勣計賺之；此則以智深逃禪，宋江計賺之。古人於排場間不甚措意如此。

霜厓。

（《奢摩他室曲叢》第二集《誠齋樂府跋》）

清河縣繼母大賢(朱有燉)

《清河縣繼母大賢》,簡稱《繼母大賢》,《遠山堂劇品》著録,現存明宣德間周藩原刻本(《奢摩他室曲叢》第二集據以重排)、《雜劇十段錦》辛集本、明脈望館校藏《古名家雜劇選》本(《元明雜劇》、《古本戲曲叢刊四集》據以影印)等。

繼母大賢傳奇引

朱有燉

予觀近代文人才士,若喬夢符、馬致遠、宮大用、王實甫之輩,皆其天材俊逸,文學富贍。故作傳奇,清新可喜,又其關目詳細,用韻穩當,音律和暢,對偶整齊,韻少重複,爲識者珍。國朝惟谷子敬所作傳奇,尤爲精妙,誠可望而不可及者也。故爲傳奇,當若此數人,始可與之言樂府矣。偶觀前人無名氏《繼母大賢傳奇》〔一〕,甚非老作。以其材不富贍,故用韻重複,句語塵俗,關目不明,引事不當。每聞人歌詠搬演,不覺失聲大笑。予遂不揣老拙,另製《繼母大賢傳奇》一帙,雖不能追蹤前人之盛,亦可以少滌其張打油之語耳。是爲引。

宣德甲寅季夏中澣,老狂生書。

(《古本戲曲叢刊四集》影印明趙琦美鈔稿本《脈望

館鈔校本古今雜劇》所收《繼母大賢傳奇》卷首）

【箋】

〔一〕《繼母大賢傳奇》： 元明間雜劇，撰者未詳，《太和正音譜》著錄，已佚。

附 繼母大賢跋

吳 梅

此劇情節頗佳，寫賢母處，語語生動。世之爲繼母者，往往漠視前妻子女，藉作避嫌之地；而於親生者，則愛護惟恐不至。及其老也，彼避嫌者未必皆惡，而愛護者輒復破家。讀此劇，可憬然悟矣。

通本皆用本色語，無餖飣習氣，猶有元劇體思。明葉文莊（盛）《水東日記》云：『今書坊相傳射利之徒，僞爲小說雜書，南人喜談如漢蕭王光武、楊六使文廣，北人喜談如《繼母大賢》等事甚多。農工商販，鈔寫繪畫，家畜而人有之。癡騃婦女，尤所酷好。』據此，則此劇在當日，固風靡一世。惟文莊不知爲王作，疑出坊人射利，遂有貶詞。苟知之，恐未必如是云云也。

元劇中，凡幫閒鑽懶者，皆用胡子傳、柳隆卿二人，或實有其人，遂致衆惡皆歸耳。此劇用費達、苗畝，不拾元人牙慧，固佳。而第三折【太平令】曲云：『他比那胡子傳心腸很煞，柳隆卿行藏尤賽。』仍提二人姓名，此亦可見劇場習慣矣。

【草池春】一曲，首三句云：『心似刺，難自理，止不住哭哭啼啼。』較《牡丹仙》中一支，句法更明顯。其六字句，大氏以六句爲則；　四字句，大氏以四句爲則。過此限者，皆爲有意顯神通。第四折用封贈作收，亦極飽滿，略似南戲，不妨也。

霜厓。

（《奢摩他室曲叢》第二集《誠齋樂府跋》）

呂洞賓花月神仙會（朱有燉）

《呂洞賓花月神仙會》，簡稱《神仙會》，《遠山堂劇品》著錄，現存明宣德間周藩原刻本、明脈望館校藏《古名家雜劇選》本（《孤本元明雜劇》據以校印）等。

呂洞賓花月神仙會引

朱有燉

予觀紫陽張眞人《悟眞篇》內，有上陽子陳致虛注解，引用呂洞賓度張珍奴成仙證道事迹。予以爲長生久視、延年永壽之術，莫逾於神仙之道，乃製傳奇一帙，以爲慶壽之詞。抑揚歌頌於酒筵佳會之中，以佐樽歡暢於賓主之懷，亦古人祝壽之義耳。今就錄上陽子注詞於後，以爲學仙者覽焉。

宣德十年十二月朔日，全陽子製。

（中國國家圖書館藏明永樂宣德正統間自刻本《誠齋雜劇》二十五卷《呂洞賓花月神仙會》卷首）

南極星度脱海棠仙（朱有燉）

《南極星度脱海棠仙》，簡稱《海棠仙》，《遠山堂劇品》著録，現存明正統間周藩原刻本、明萬曆間脈望館藏于小穀鈔校本（《孤本元明雜劇》據以校印）等。

詠懷慶海棠嶺上海棠花吟有引

朱有燉

正統三年春，予遣童僕采藥於懷慶之地，太行之陽。僕回，具言太行山之海棠嶺海棠之盛，入山可行五十里，有高嶺深澗，其間盡是海棠，不下千萬餘本，皆長於叢林荒草之中，人迹罕到之處。訪其彼土之老，但云自古稱爲海棠嶺，人亦不知罕，人家亦不栽植。每遇春時，滿山如錦，但樵牧者折其花以爲玩，斫其木以爲薪耳。予聞之，卽命數十人，荷鍤而往，移得三十餘本，植於苑中。及清明之時，奇葩豔質，百媚千嬌，紅紫芳菲，照耀人目，誠有睡未足之嬌態之比也。特詠《海棠吟》一篇，以寄興焉。

正統四年，節近清明，復覩嬌豔之姿，欲置酒合樂以賞之。因念詩不能歌於席上，遂隱括《海棠吟》之意，假托於神仙，作《海棠仙》傳奇一帙，以爲佐樽賞花云耳。

時二月花朝日，全陽道人書於海棠圃之海棠亭。

海棠吟

太行之陽海棠嶺，自昔相傳多麗景。妖嬈千樹媚韶光，綠嫩紅嬌春睡醒。可憐絕豔少人知，開遍東風誰管領。細雨輕寒夜慘悽，疎星淡月挂芳枝。應同蔓草藤蘿長，只伴幽禽野鳥棲。我聞有此深嘆息，中原何苦無曾識。旋呼童僕去尋芳，涉水登山訪蹤迹。移根植向海棠軒，時當三月豔陽天。淺暈半開紅玉軟，紫綿未吐胭脂鮮。只饒有色嬌凝目，便是無香亦可憐。乾坤秀氣眞堪愛，不限地土皆成全。王嬙西子來南國，玉環薛濤生西川。要當得遇與不遇，此則天數將何言。今觀此花誠有幸，自從荒嶺移名園。雕闌玉砌午風暖，珠樓寶殿春光妍。朝朝宴樂得玩賞，歲歲花開聽管絃。喜見芳姿今赫奕，不負天生好材質。老夫特爲《海棠吟》，古來多少成抛擲。

（明正統間周藩原刻本《新編南極星度脱海棠仙》卷首）

（海棠仙）題注

闕名

《誠齋集》，前有《海棠吟》。

（《古本戲曲叢刊四集》據中國國家圖書館藏趙琦美鈔稿本《脈望館鈔校本古今雜劇》影印《南極星度脫海棠仙》卷首）

（海棠仙）跋

趙琦美

于小谷本。丁巳王正月二十二日校〔一〕。清常道人。

（《古本戲曲叢刊四集》據國家圖書館藏趙琦美鈔稿本《脈望館鈔校本古今雜劇》影印《南極星度脫海棠仙》卷末）

【箋】

〔一〕丁巳：萬曆四十五年（一六一七）。

河嵩神靈芝慶壽（朱有燉）

《河嵩神靈芝慶壽》，簡稱《靈芝慶壽》，《遠山堂劇品》著錄，現存明正統間周藩原刻本、明萬曆間脈望館藏于小穀校鈔本（《孤本元明雜劇》據以校印）等。

河嵩神靈芝慶壽傳奇引

朱有燉

予欽蒙聖恩，奉藩守國，於今十五載。仰賴聖世雍熙，天下和平，中原豐稔，雨暘時若，藩國安康，宫闈吉慶。

乃今正統四年春二月，有靈芝生於正宫中佛堂之東，紫蓋金莖，形大若盎，高可六寸，燁燁光輝，色如赤瑛，堅而潤澤。寔社稷之衍慶，河嵩之效靈，爲聖朝之祥瑞，開萬萬年太平之應也。顧予菲薄，何德以堪。然有此瑞應，豈無歌詠以美之？因作傳奇一帙，載歌載詠，以答荷社稷河嵩之恩眷，以慶喜聖世明時之嘉禎，以增延全陽老人之福壽耳。故爲引。

正統四年二月十九日，全陽老人年六十一歲，書於存心殿〔一〕。

（明正統間周藩原刻本《新編河嵩神靈芝慶壽》卷首）

【箋】

〔一〕題署之後有陽文方章三枚：「周府圖書」、「河嵩高清」、「忠慎維藩」。

（靈芝慶壽）題注

闕　名

《誠齋樂府》，有序。

（同上《河嵩神靈芝慶壽》卷端）

闕　名〔一〕

（同上《河嵩神靈芝慶壽》卷末）

（靈芝慶壽）跋

于小谷本錄。

【箋】

〔一〕據筆迹，此跋爲趙琦美撰。

蘭紅葉從良烟花夢（朱有燉）

《蘭紅葉從良烟花夢》，簡稱《烟花夢》，《遠山堂劇品》著錄，現存明宣德間周藩原刻本（《奢摩他室曲叢》第二集本據以重排）、明嘉靖間刻《雜劇十段錦》癸集本等。

烟花夢傳奇引

闕　名〔一〕

嘗聞蔣蘭英者，京都樂籍中伎女也，志行貞烈，捐軀於感激談笑之頃。錢塘楊訥爲作傳奇而深許之〔二〕。何則？蓋志行貞烈者，雖良家婦女，亦爲難得，況居於樂籍，而其所習見者，又與良家爲不侔矣。《野有死麕》，《國風》所載，夫子不刪，以戒後世，言女已貞而男未正也。

洪武辛酉之歲，河南陽武縣伎籍蘭氏，既適人而終身不再辱，以死自誓於神。縣尹及惡少，淩逼萬狀，未嘗失節，終老於爲民之妻，可嘉也矣。二女者，不幸生於樂籍，而不能見白於世，又可愍焉。故予爲作傳奇，少攄其情態耳，特引於篇端云。

（明宣德間周藩原刻本《新編蘭紅葉從良烟花夢》卷首）

【箋】

〔一〕此文當爲朱有燉撰。

〔二〕楊訥：生平詳見本卷《西遊記》條解題。其以蔣蘭英故事爲題材之戲曲，未見著録。元闕名有《蔣蘭英》戲文，《寒山堂曲譜》、《南曲九宮正始》著録，《宋元戲文輯佚》録佚曲六支。疑朱有燉誤記爲楊訥撰。

附　烟花夢跋

吴　梅

《烟花夢》四折，記蘭紅葉、徐翔事。案寧獻王《太和正音譜》，雜劇有十二科，而『烟花粉黛』列在十一。元劇中如《兩世姻緣》、《紅梨花》、《曲江池》等，皆此類也。劇中情節，不過男女燕媟之辭，而詞華精警，不讓關、馬。且運用方言，亦有大都、東平之風，較明人以餖飣爲能者，不啻霄壤。

首折極寫倡伎苦況，又與《兩世姻緣》不同。喬作僅言伎藝之高下，此則直陳門戶中惡習矣。他如【一枝花】、【梁州】之高爽，【耍孩兒】、【五煞】之淒苦，皆是妙詞，非憲王不能，蓋妙在質樸也。惟通劇楔子亦用二處，其誤與《牡丹園》同。而【三轉賞花時】，亦劇中少見。【端正好】增句格，自『守布襖』至『兩和諧』，多至十六句，爲【仙呂·端正好】創格，此固無礙於歌者也。又首折夾唱詞【離亭宴】一支，爲馬東籬《秋思》套【煞尾】；末折【新水令】一套，全學關漢卿《憶別》散曲，又名『二十換頭』，因通套二十支也；此則詞家所未盡悉者焉。

又劇中好用劇詞典故，如『販①茶船』，即王實甫之《蘇小卿月夜販茶船》事；『陽臺夢』，用王子一之《楚陽臺》事；『藍橋驛』，用庾天錫之《裴航遇雲英》事。元人喜以劇中故實運入曲中，憲王此等處，正得古意也。

霜厓。

（《奢摩他室曲叢》第二集《誠齋樂府跋》）

【校】

①販，底本作『貶』，據文義改。下同。

搊搜判官喬斷鬼（朱有燉）

《搊搜判官喬斷鬼》，簡稱《喬斷鬼》，《遠山堂劇品》著錄，現存明宣德間周藩原刻本（《奢摩他室曲叢》第二集據以重排）。

搊搜判官喬斷鬼傳奇引

闕　名〔一〕

嘗論鬼神報應之理，或有而或無，其伸也則無，其屈也則有。故雖聖賢，或可測，或不可測。可測者，理之常也；不可測者，情之變也。若今之伴讀徐行，其平日諄諄然一儒者，可謂達理之士矣。而所失者小，所棄者大，鬼神報應，如影如響，不爽毫末。所謂情之變者，雖聖賢安可測耶？徐行有古畫，賫付匠者，爲其裝潢成軸。經一載，而匠者弗還。徐行求之數而不得，深自懊怒，致疾而終。臨終，囑其子安曰：『我生爲儒者，因一畫，豈可與賤役經官府耶？待終之時，汝付紙一幅，筆一枝，置吾懷袖，吾必至冥府告之。』不數日，其匠者亦無疾而死。人皆以爲徐行果告於冥府矣，匠者果因此畫而受報矣。

予聞之而嘆曰：『此政所謂情之變者也。』以理之常而論之，閻羅老子豈爲盜其數幅畫，便致殞一人之命耶？必無是理也。以情之變者言之，釋氏所謂『念頭』者，其徐行失畫之情，念頭則重也。既不能經官追取償之，又不能痛責其人，使其心悒悒不舒，朝夕之間，無頃刻而不留意於此畫，怨恨於是匠也。既殞其身，又遺言付紙筆，是其生死未忘之也。其氣之屈而莫伸，復有甚於此者乎？予故曰：『鬼神之情狀，屈則誠有也。』又聞其匠者，甚不孝而不悌，手搏其母，刃傷其弟，麤惡之言，詈其母之常事也，此豈鬼神容之耶？姑置鬼神之論。而思徐行爲一儒者，所爲若是，其無涵養，無識量，區區於玩物喪志，流而不止，死而不厭，遺笑後世，亦可爲士君子之戒焉。特製傳奇一帙，使人歌詠搬演，亦可少補於世教也。故爲引。

（明宣德間周藩原刻本《新編搊搜判官喬斷鬼》卷首）

【箋】

〔一〕此文當爲朱有燉撰。

附　喬斷鬼跋

吴　梅

《喬斷鬼》四折，摹寫文人結習，可云妙肖。徐行以畫幅六幀，命工封聚潢治，聚乾沒之，行索取不與，憤恨而死。通本事實止此。至鬼神報應之事，雖儒者所不談，而爲下愚人說法，亦可爲治道之助。傳奇家佈置事迹，務極奇詭，遇山窮水盡，輒假神鬼爲轉圜餘地，但期不詭於理，固君子所許也。憲王此作，即是此意。

首折述三教源流，不無迂腐語，此正得元劇之意，如《范張雞黍》、《㑳梅香》，皆如是也。此劇【混江龍】，較《小桃紅》更長，勿爲所眩，卽增句略多而已。通劇樸素，無餖飣詞藻，更不可及。曲家摹豔情、狀山水等作，文人皆優爲之，至屏絕藻飾，實寫本色，則百無一二。劇中各曲，如【賺煞】，如【一枝花】，如【醋葫蘆】，如【滾繡毬】、【倘秀才】等，僅工綺語者，恐一語做不得。元劇中

《燕青博魚》之記賭狀，《柳毅傳書》之記龍鬭，皆非詞章家所能辨，曲至此方爲神技。余心折焉，而未能也。

【梁州第七】一支，寫鄉居之樂，此蓋本白無咎《鸚鵡曲》。白詞云：『儂家鸚鵡洲邊住，是箇不識字漁父。浪花中一葉扁舟，睡煞江南烟雨。覺來時滿眼青山，抖擻著緑蓑歸去。算從前錯怨天公，甚也有安排我處。』以此劇相較，可知裁翦之工矣。

又第三折【後庭花】、【青哥兒】二曲，亦有增句。【後庭花】『覷著畫手不停』下三句，【青哥兒】『來往陰陵』四字四句，皆是也。此二曲增句亦無限制，與【混江龍】同。

霜厓。

（《奢摩他室曲叢》第二集《誠齋樂府跋》）

小天香半夜朝元（朱有燉）

《小天香半夜朝元》，簡稱《半夜朝元》（或作《夜半朝元》），《遠山堂劇品》著録，現存明宣德間周藩原刻本（《奢摩他室曲叢》第二集據以重排）。

小天香半夜朝元引

闕　名〔一〕

世之有精神血氣者，則有死生；　有形像物色者，則有成壞。　此皆造化必然之理，陰陽消長之道，不可違也。　惟能保精神、煉氣血，於千萬年而不死者，故名曰仙。　然爲仙者，有天仙、地仙、神仙、鬼仙之類不一，或有羽化飛昇、出神棄屍之名各等。

予觀今世楊仙姑，可謂天仙也。　仙姑京兆妓籍人，姓楊名小天香，道號守靜。　在元時，適河南安生右丞。　早寡，年甫二十一歲，惟撫幼子以度日。　其母憐其寡居，自河南取回京兆，欲其復爲迎送之事。　仙姑怒曰：『妾聞婦無再醮之理。　妾雖出於妓籍，斷不可從此，以累婦德。』其後，母欲强逼之，遂潛遁入華山玉女峯頭修道。　蓬首跣足，外棄形骸，寒暑不易其志，煉就神形，遂得悟道。後遇陳希夷，點化朝元。　京兆人有夜聞空中仙樂和鳴，覩一老仙，攜數女仙西行，其中仿佛一人若昔日名妓小天香也。

予聞斯事而嘆曰：　異哉！　神仙之化，爲不誣矣。　向之所謂精神血氣之不耗而致然與？　不寧惟是，而仙姑能守婦道，雖出於倡優之門，而節義俱全，比之良家婦女不能守志者爲何如耳？於世教豈無補哉？　特以次第，編爲傳奇，庶可繼乎麗則之音，非若淫詞豔曲之比也。　政所謂『詩人老筆佳人口，再喚春風到眼前』，誠如是言耳！　故爲引。

（中國國家圖書館藏明永樂宣德正統間自刻本《誠齋雜劇》二十五卷所收《小天香半夜朝元》卷首）

附　半夜朝元跋

吳　梅

【箋】

〔一〕此文當爲朱有燉撰。

此劇以伎女修眞入道，爲劇家別開生面。涵虛子論劇，分爲十有二科，中有『神仙道化』與『烟花粉黛』二類，此劇則合而爲一矣。憲王《自序》云：『仙姑能守婦道，雖出倡優之門，而節義俱全，比之良家婦女不能守志者爲何如？』是作詞宗旨，亦復正大。明中葉詞人好作麗語，王蓋唾棄之矣。劇中警策處頗多。如首折【混江龍】增句，『指山賣磨，見景生情』等語，屬對工巧。【後庭花】引用《楚陽臺》、《曲江池》、《翫江樓》等，皆劇場故實，亦得元人運典之法。他如第二折【滾繡毬】諸曲，第三折【梁州】、【感皇恩】諸曲，第四折【新水令】、【雁兒落】、【折桂令】諸曲，尤精心結撰，爲劇中勝處。

又，元劇凡詠神仙事者，末折輒數述八仙作結。卽如臨川聖手，《邯鄲·合仙》亦未脫爛調。此劇以細樂步虛作收，不拾前人牙慧，更爲高潔。其中【青天歌】，倘亦以步虛聲歌之，當令人耳目一新也。

霜厓。

（《奢摩他室曲叢》第二集《誠齋樂府跋》）

文殊菩薩降獅子（朱有燉）

《文殊菩薩降獅子》，簡名《降獅子》，《遠山堂劇品》著錄，現存明宣德間周藩原刻本、明初刻《古今雜劇殘存十種》本等。

附　文殊菩薩降獅子序

史寶安〔一〕

案《明史》載：太祖第五子，周定王橚，洪武十四年就藩開封。王好學，能詞賦，嘗作《元宮詞》百章。子憲王有燉，博學善書云云。然則製斯劇之全陽老人，卽太祖之孫、定王之子、世所稱憲藩者是也。王父子既擅詞曲，解音律，又承元季劇學昌明，競思標新領異，鬭豔爭妍，故所編雜劇，均屬一代傑作。余家棗花閣書庫中，珍藏多種，內有數齣，爲世界祕本，人所罕見，茲劇卽其一臠。

斯書本名《誠①齋樂府》，種凡百，今存者已損之又損，不及半矣。每聞劇家言，有明一代詞曲，以全陽老人父子爲開山鼻祖。馴至末季所演之《春燈謎》、《燕子箋》、《桃花扇》諸傳奇，其流風餘韻，尤有耐人深長思者。

寶安家本中州，與王同里。而所遇之時，所履之境，適相反也。避地薊門，著述多暇，取文房四寶之古雅而精良者，對花書之，對月書之，錄爲副本，助其豔麗。當操觚時，珠玉琳琅，燦然滿目，得意疾書，長歌嗚嗚，時作天際眞人想。及情之所倦，境之既遷，又忽忽若忘，不復少置於懷。任性而動，意無固必。與古爲徒，與天爲徒。當是時也，貌蘧蘧然，意陶陶然，適其所適，羌不知人間何世矣。僕本傷心人，今也得意忘言，得言忘象，其所以歡忻鼓舞於斯劇者，不更有在於牝牡驪黄之外也耶！

豫西史寶安序於京邸棗花閣。

【校】

①誠，底本作『成』，據書名改。

【箋】

（一）史寶安（一八七五—一九四一）：字吉甫，號熙彪，盧氏縣（今屬河南）人。光緒二十八年壬寅（一九〇二）舉人，次年癸卯（一九〇三）進士，官翰林院編修。宣統初，曾預修《德宗實錄》。民國時任北洋政府參議院議員、河南教育司司長等職。著名藏書家，藏書樓稱『棗花閣書庫』。主持纂修《大清宣統政紀》，輯錄《棗花閣詩話吉金》。著有《周易心解》、《明季五百遺民忠義錄》、《棗花閣燕臺雜詩》、《棗花閣書錄》、《棗花閣圖書題跋記》、《寅卯詩草》等。另有《棗花閣祕籍叢書詳目》，擬收書六十種，惜未刻。傳見《中國藏書家通典·近現代》。

東華仙三度十長生(朱有燉)

《東華仙三度十長生》，簡名《十長生》，《遠山堂劇品》著録，現存明宣德間周藩原刻本、明萬曆間脈望館鈔校《古名家雜劇選》本(《孤本元明雜劇》據以排印)等。

附 (東華仙三度十長生)序

史寶安

神仙之學，神祕之科學也。人人可習而至，時時可奏厥功，不知者驚爲神奇異説，或輕爲虚無恍惚，謬之甚矣。自《道德經》、《參同契》、《陰符》、《黄庭》，下至紫陽、純陽、三豐各家談仙之書，不下千百家，撮其大旨，一言以蔽之曰：男子懷胎而已。女受男精，則生人；男子自煉精化氣，内返丹田，則成仙。此極眞切、極平易之事，凡屬血氣之倫，盡人可指爲有仙根仙基者也。然修道者繁夥若鯽，而證果全眞者，杳如捕風，茫如捉影，則又何也？推原其故，一由知易，一在行難。

夫綜論仙之全功，鍊精化氣，鍊氣歸神，鍊神還虚，如是而已。故自煉己，築基采藥，化入丹田，此爲第一關。復運用周天，從尾閭、夾脊，衝重樓、玉枕，而上頂門，此爲第二關。再經十月溫養，九年面壁，陽神出竅，身外有身，此爲第三關。仙經之奥，盡於是矣。雖匹夫匹婦，類能知之，能行之，別無神奇，別無祕訣也。

然當采藥時，爐鼎之配置，火候之冷暖，稍一不慎，即有漏丹之虞，此一難也。運用大小周天，循環無端，進火退符，卯酉沐浴，偶失自然，潰決立至，大戾隨之，危及生命，此二難也。十月出胎之時，全部神經血脈，盡行振動變易，須經大死一番，方能由人而仙，由凡而聖，涉有一陰未盡，立見功敗垂成。昔人所謂『一陽不盡則不死，一陰不盡則不仙』，此三難也。其尤難之難者，人感情欲而生，故其生也，亦隳於情欲而不能自外。自非大聖上智，夙具仙根，視天地如逆旅，視人生如過客，不知悲歡離合，等夷生死禍福，方能推情合性，修眞證道。下此者，一日在形氣之中，即一日在情感之中，與生俱有，不與生俱盡。此關不能打破，一切仙家功行，雖犄具規模，盡屬皮毛，毫無實際矣。故世之從事仙術者，以之衛生卻病、延年養性則有餘，若求一眞正全眞之士，敻敻乎並世不一遇也。

全陽道人，爲明初豫藩。值永樂建國之時，尤多猜疑顧忌，故當時諸藩，每每假託神仙，藉以養晦自全。予家棗花閣書庫中，藏有憲藩所編雜劇多種，强半涉及神仙家言，可恍然而知其故矣。斯劇尤爲世界祕本。所詮取坎塡離，抽鉛添汞，金公木母，黃婆媒介，允符玄旨，深合道妙，直可奉爲仙經淺說，甚未可以劇學小道目之也。

秋窗明淨，紙墨精良，提筆四顧，得意疾書。覺仙風道氣，拂拂從十指而生，頓時身廣由旬，衣輕半銖，天風泠泠，撩耳而過。彷佛從上界仙子，翺翔於十洲三島間矣。

豫西史寶安序於京邸棗花閣。

四時花月賽嬌容（朱有燉）

《四時花月賽嬌容》，簡名《賽嬌容》，《遠山堂劇品》著録，現存明宣德間周藩原刻本、明初刻《古今雜劇殘存十種》本、明萬曆間脈望館鈔校本（《孤本元明雜劇》據以排印）等。

附 （四時花月賽嬌容）序言

史寶安

予家棗花閣祕笈中，藏有明初豫藩全陽老人所編雜劇多種。内有八齣，乃世界祕本，兹劇卽八中之一。予前纂《史晟》，供職内廷，曾蒙德宗景皇帝頒賜上方康熙製羅紋箋成帙。京居著録餘暇，自磨明貢烟，用雞毫筆仿黄庭楷法書之，亦文章游戲中一消遣法也。

書既竟，客調之曰：『以如是之麗曲，如是之紙、之墨、之筆，又佐以我公書法，可稱劇界五絕。恐自唐開元教坊製曲以來，雖《霓裳羽衣》調絕千古，亦未必曾享受若是之待遇，涉獵若是之豔福。此劇僅後生小輩，竟坐獲各種奇異供養，助之張目。字裏行間，不知當如何自鳴得意。』

予曰：『唯唯，否否。我書本庸陋，常爲荒傖所不滿。劇果有知，豈其性與人殊，想隱隱中，當亦負冤呼屈不已。而吾子反偏袒以觸渠怒，恐斯劇將號召儕輩，紙、墨、筆等，羣以身爲利器，挺起而驅逐之，以痛詈夫己氏之無目也。』客默然退，似面從而有後言。

豫西史寶安古甫氏，並書於京邸棗花閣。

（以上均蔡毅《中國古典戲曲序跋彙編》卷七〔一〕）

【箋】

〔一〕查《國家圖書館藏古籍題跋叢刊》第二六冊影印史寶安稿本《棗花閣圖書題跋記》，卷三著録『明初藩槧明人雜劇二十六回十四本』，並無以上諸序。未詳以上諸序出處及作期，姑作附録。

性天風月通玄記（蘭茂）

蘭茂（一三九七—一四七六或一四七一），一作藍茂，字廷秀，號止庵，别署和光道人、玄壺子、風月子，原籍洛陽（今屬河南），後遷嵩明楊林（今雲南曲靖）。明正統時，大司馬王驥（一三七八—一四六〇）征麓川，授以方略，遂得成功。後返求經學，不樂仕進，以著述自娱。著有《玄壺集》、《韻略易通》、《滇南本草》、《醫門學要》（二書收入《雲南叢書》）、《聲律發蒙》、《止庵吟稿》、《山堂雜稿》等。傳見正德《雲南志》、道光《雲南通志》卷一五六、袁文典《滇南詩略·蘭茂傳》、民國《嵩明縣志》卷二六、民國《雲南通志》卷二三二等。參見吴曉鈴《蘭茂》（《吴曉鈴集》第五卷，河北教育出版社，二〇〇六）、張玉來《韻略易通研究》（天津古籍出版社，一九九九）。

撰傳奇《性天風月通玄記》，《國立北平圖書館戲曲音樂展覽會目録》著録（誤作『清方士藍撰』)、《明清傳奇綜錄》著錄。現存乾隆五十七年壬子(一七九二)鈔本(《古本戲曲叢刊五集》據以影印)、道光十九年(一八三九)鈔本、民國間石印本。

性天風月通玄記題詞〔一〕

蘭　茂

〔前闋〕論出家到也深,學得些□假修眞。迴光返照常清靜,識破了身外生身。那管他塵世山林,行持常把黄庭運。愛的是養氣凝神,喜的是陰降陽昇。靈光現出圓如鏡,頃刻間竅竅光明,黄河水昇。轉崑崙,如今認得眞玄牝。

大明隱士蘭先生諱茂著。

【箋】

〔一〕底本無題名。

性天風月通玄記引

闕　名

予於甲戌春暇〔一〕,一日,風月子持《風月通玄》以閲。予覽之,佳其言,用意曲折紆徐,敍事且有條理,遂以敍之。

雖然,記不可以率易也。古人善記者,專如荀,博如楊,未免來昌黎之笑,記不可以率易也。

風月子既云《風月通玄》，則風月之情，風月子果能記之乎？且風月子號風月，而記復云《風月通玄》，則宜或有見者。

然歟否，予不敢必，姑以風月之概，相與論之。如有因風狂，捉月采石，徜徉詩酒之風月也；如云思家步月，臥起溪月，與夫追逐雲月，則雄於文翰之風月也；惟迎風弄月、柳風梧月者，則爲性天之風月也。斯三者，風月子果有之乎？夫謂之風月均也，要知詩酒不如文翰，文翰不如性天，不俟醒者而後覺。

予觀茲帖，辭意懇至，且知忠孝大節，固以超於塵俗矣，然非吾之所謂風月也。則是風月之情，自風月子言之，亦自風月子得之也，異乎吾所聞者。要必斂茲風月，而進之詩酒，再進之文翰，進之性天而後已，則吾之道味風月子，亦竟以風月得之而不愧。僭爲之引。

（以上均《古本戲曲叢刊五集》影印清乾隆五十七年壬子鈔本《性天風月能玄記》卷首）

【箋】

〔一〕甲戌：景泰五年（一四五四）。

性天風月通玄記序〔一〕

坦弱道人〔二〕

詳夫《性天風月通玄記》者，乃學道修仙之玄範也。蓋玄道幽深，理微機顯，莫過於此。經書萬卷，皆是設言譬喻。倘如根基深厚，得遇明師指點，打破迷關，看之則頭頭是道，句句通玄，即可貫萬卷丹經，千聖心法，莫作戲局，實乃宗風。

滇南之東，馬隆之邑，有先輩高賢，姓藍名茂。廣博仙經，參訪仙宗，修煉金丹性命之旨，得受異人指教，修成不壞金身，脱胎神化，位列仙班。特著斯文，留爲舟楫，以度後賢。其中分析條目，節次工夫，必求明師指破。家家活佛，處處眞人，信不誣矣。

至誠學道之士，熟玩此文，更加深悟，神仙之道將已過半也。立心公正，忠厚仁孝，以立德立功，感天神而呵護，蒙仙聖以垂慈，庶幾前途可進，仙籙可登，克明峻德，皆自明也。

昆明坦弱道人謹序。道光己亥仲春〔三〕，雲間道人鈔。道號守中子。

（清鈔本《性天風月通玄記》卷首）

【箋】

〔一〕底本無題名。

〔二〕坦弱道人：昆明（今屬雲南）人。姓名、生平均未詳。

〔三〕道光己亥：即道光十九年（一八三九）。

五倫全備記（丘濬）

丘濬（一四二一—一四九五），字仲深，號深庵，又號瓊臺，別署玉峯、赤玉峯道人、玉峯道人、再世迂愚叟，瓊山（今屬海南）人。正統九年甲子（一四四四）舉人，景泰五年甲戌（一四五四）進士，歷仕景泰、天順、成化、弘治四朝，官至文淵閣大學士，謚文莊。著有《朱子學的》、《家禮儀節》、《大學衍義補》、《世史正綱》、《瓊臺集》、《瓊臺類稿》等。參見王國棟《丘文莊公年譜》（于浩輯《宋明理學家年譜》第九册，北京圖書館出版社，二〇〇五）、周偉明等《丘濬年譜》（《海南大學學報》二〇〇〇年第一至三期）、李焯然《丘濬評傳》（南京大學出版社，二〇〇五）。

撰戲曲《五倫全備記》、《高漢卿羅囊記》等。《五倫全備記》，全名一題《伍倫全備記》、《伍倫全備忠孝記》、《綱常記》，簡名《五倫記》或《伍倫記》，高儒《百川書志》、《遠山堂曲品》著錄。現存明萬曆間金陵世德堂刻本（《古本戲曲叢刊初集》據以影印），題《新刊重訂附釋標注出相伍倫全備忠孝記》；韓國漢城大學奎章閣藏朝鮮教誨廳刊印本（殘存上卷元、亨二集），題《新編勸化風俗南北雅曲五倫全備記》；《伍倫全備諺解》，朝鮮司譯院刊本（一七二一年）；韓國啓明大學圖書館古書室藏四卷本，題《新編勸化風俗南北雅曲五倫全備記》；法國國立東洋語學院圖書館藏四卷本，題《新編勸化風俗南北雅曲五倫全備記》（韓國中央圖書館古典運營室藏縮微膠卷）。

關於此劇作者與版本之辯證，參見吳秀卿《奎章閣藏本〈伍倫全備記〉初考》（《中華戲曲》第二〇輯，一九九七），徐朔方《奎章閣藏本〈伍倫全備記〉對中國戲曲史研究的啓發》（《徐朔方說戲曲》，上海古籍出版社，二〇〇〇），吳秀卿《奎章閣藏本〈伍倫全備記〉新探》（《明清戲曲國際研討會論文集》，臺北：文哲研究所籌備處，一九九八），孫崇濤《關於奎章閣藏本〈伍倫全備記〉——致吴秀卿女士》（《戲曲研究》第五四輯，文化藝術出版社，一九九八），周明初《〈伍倫全備記〉非丘濬所作考——兼考成書地域及年代》（《文史》第五十輯，中華書局，二〇〇〇），余偉英《〈伍倫全備記〉研究》（廣州大學碩士學位論文，二〇〇九），吴秀卿《再談〈五倫全備記〉——從創作、改編到傳播接受》（《文學遺産》二〇一七年第三期），吴秀卿《〈五倫全備記〉朝鮮文獻資料輯考》（黄仕忠主編《戲曲與俗文學研究》第四輯，社會科學文獻出版社，二〇一八）等。

五倫全備序

丘　濬

歲在庚午〔一〕，余倦遊，歸寓金陵新河之旅邸〔二〕。偶觀優戲，見座中有欷歔流涕者。嘆曰：『此樂之士苴爾，顧能感人如此夫？則夫樂道大成之際，其感人又何如邪？』先儒謂：『古人之詩，如今之歌曲。』古詩多出於閭巷賤隸小夫、婦人女子之口，今世之詩，非士大夫不能爲也。而所謂南北曲調者，夫人能之，其言語易知，其感人易入，無以異乎古人之詩。惜乎，所作皆淫哇之聲也。若以義理之言，協以時世之曲調，使人諷詠而有所得焉，蓋亦納約自牖也。庶有補於世矣乎？

客中病起，信筆書此。仿莊子寓言之意，循子虛烏有之例。一本彝倫之理，而文以淺近之言，協以今世所謂南北曲調者，蓋因今人所易曉者，以感動之也。使夫閭巷小人、婦女，皆得於觀聽之際，聞之耳，感於心，庶或有所警發焉。其於風化，未必無少補云。

是歲之菊節後一日，再世迂愚叟書於新河之寓言軒〔三〕。

【箋】

〔一〕庚午：景泰元年（一四五〇）。

〔二〕歸寓金陵新河之旅邸：丘濬《夜宿江館詩序》：『歲庚午，歸至金陵，寓新河客邸。』（《瓊臺會稿》卷六，《景印文淵閣四庫全書》本）又《歲庚午來自金臺寓新河，有金陵卽事之作。明年復至……雜詠二首》（《瓊臺會稿》卷五）。金陵，卽今江蘇南京。

〔三〕再世迂愚叟：按宋吳曾《能改齋漫錄》卷一五《方物·〈牡丹榮辱志〉》條云：『丘寺丞濬道源，自號爲迂愚叟。嘗爲牡丹著書十卷，號《洛陽貴尚錄》。又爲《牡丹榮辱志》，曰：「花卉蕃蕪於天地間，莫逾牡丹……迂愚叟覩造化意，以榮辱志其事，欲姚之黃爲王，魏之紅爲妃，無所忝冒。」』《牡丹榮辱志》撰者丘濬，字道源，號迂愚叟，黟縣（今屬安徽）人。宋天聖間進士，官至殿中丞。故明丘濬據以署『再世迂愚叟』。參見吳秀卿《再談〈五倫全備記〉——從創作、改編到傳播接受》。

五倫全備記凡例

闕　名〔一〕

一、自古傳奇皆是主於戲謔，此獨主於倫理，蓋因人之所好尚者以化誘之。其間不免隨俗譏刺，蓋借此以誘之觀聽，而因以義理感動之，亦《三都》、《兩京》賦，前極鋪張而終之以諷諫之意也。

一、戲劇多是曲調多而說白少，此作獨白多曲少者，欲人易曉也。

一、近世所作南北曲調，凡成套數者，必先【引子】而終之以【尾聲】。此第一段，即以【引子】、【尾聲】并唱者，寓夫有始有終之意也。

一、此記主於勸化風俗，其間言語多有諷刺。於人多有所妨礙，只可對時節，於通衢寺廟前搬演，與眾人雜觀之，冀其萬一有所感悟。若於酒席間，恐有所妨礙，須知迴避減節。

一、此記非他戲文可比，凡有搬演者，務要循禮法，不得分外有所增減，作爲淫邪不道之語，及作淫蕩不正之態。

一、所作曲子，不主於聲音，而主於義理。歌唱之際，必須曲中有字，使人易曉。雖於腔調不盡合，亦不妨。

一、記中諸曲調，多有出入，不合家數，蓋借聲調以形容義理，觀者不必區區拘泥可也。

（以上均韓國啓明大學圖書館古書室藏四卷本《五倫全備記》卷首〔一〕）

【箋】

〔一〕此本未見，據吳秀卿《〈五倫全備記〉朝鮮文獻資料輯考》迻錄。

五倫全備記序

玉山高並〔一〕

昔者聖人既作經書以教人，又布之象魏以示教，尤恐其不帥教也。又歲時屬民讀法以開導之，諄諄詳悉，惟恐斯人不入於善也。後世所謂象魏、讀法之制盡廢，而所以垂世示教者，僅經書存焉耳。然其辭雅奥而理深邃，非自幼習儒書以爲士者，不能盡通也，而况市井田里之人哉！又况於婦人女子哉！陳古靈爲仙居令，作文以諭民。□公先生□□□而載之小學書，又因論《周禮》屬民讀法，而謂今有司能一歲三四舉行之，其於風化，不無少助。然此僅可使在官及爲士者知之耳，其於細民，固亦不能使之盡知也。

予偶於士大夫家得赤玉峯道人所作《五倫全備記》，讀之惟恐其盡，然不盡亦不肯止也。書凡二十有八段，其中所述者，無非五經、十九史、諸子百家中嘉言善行之可以爲世勸戒者，言雖俚近，而至理存乎其中。其比之懸布示教、屬民讀法者，尤爲詳備。况又體之以人身，見之於行事，言而易知，行而易見。凡天下之大彝倫、大道理，忠君孝親之理，處常應變之事，一舉而盡在是焉。其間雖不能無恢諧之談，然皆不失其正。蓋假此以誘人之觀聽，不然則不終卷而思睡矣。

後又於一士大夫家見有以人搬演者，座中觀者不下數百人，往往有感動者，有奮發者，有追悔者，有惻然嘆息者，有泫然流涕者。人非一人，人莫不有一事之切其身，無脱然無者。嗟乎，何其曲而盡、詳而切如此哉！其於國家化民成俗之意，深有所補助。回視插架萬軸之書，議論多而得效少者，顧有所不如也，雖多亦奚用哉？假錄以歸，藏諸篋笥，觀者其無例以小説家視之哉！

歲在上章敦牂嘉平月〔二〕，玉山高並書於兩峯寒翠樓。

（韓國漢城大學奎章閣藏朝鮮教誨廳刊印本《新編勸化風俗南北雅曲五倫全備記》卷首）

【箋】

〔一〕玉山高並：語本杜甫《九日藍田崔氏莊》詩『玉山高並兩峯寒』。徐朔方認爲此序作者可能是張情。張情，字約之，崑山（今屬江蘇蘇州）人。明嘉靖十七年戊戌（一五三八）進士，官至福建副使。嘉靖四十三年（一五六四）除夕，文徵明之子文嘉曾爲張氏撰《不負碧山窠記》。梁辰魚（一五一九—一五九一）曾以集句爲張氏不負碧山樓題詩，中有『玉山高並兩峯寒』句（參見張丑《清河書畫舫》卷一二上）。崑山附近之馬鞍山，一名玉山，山頂有楊維禎題匾『玉山高處』。元末詩人顧德輝有玉山草堂。參見徐朔方《奎章閣藏本〈伍倫全備記〉對中國戲曲史研究的啓發》（《徐朔方說戲曲》，上海古籍出版社，二〇〇〇）。

〔二〕上章敦牂：庚午。嘉平月：十二月。疑即隆慶四年庚午（一五七〇）。

五倫全備記跋〔一〕

葉　疊〔二〕

此《五倫全備記》四卷，迂愚叟少年所述也。嗚呼！叟之爲此記，豈得已哉？蓋降下一等以教人也。隆古之世，聖賢以言立教，未有書也。中古始有書焉。近古之書愈多，而人之讀之者愈少。凡讀書者，皆世所謂士大夫也。而庸衆之人，非但目不之見，而耳亦不之聞。此叟所以移下一等述此書，以廣教於人人乎？

或曰：記中所引，多聖經賢傳之語。倫理之事，豈可假爲？經典之言，豈容褻用？不幾於侮乎？吁，是不然。莊周作《盜跖》篇，以詆先聖，世猶傳其書以至於今，餘千載不廢。宋玉、相如之流，所作詞賦，類多導奢而誨淫，而世之儒者，亦或不棄焉。矧茲記以五倫爲名，蓋假世俗之事、時人之語，以發明人倫大道，亦猶欲行禮者假綿蕝以習儀，欲行兵者用婦人以習戰之比也。夫綿蕝、婦人，豈行禮、用兵之具哉？即其易爲者以演試之，使其易曉耳。此記之作，蓋就世俗所好尚者以誘引之，使天下之人凡有心知耳目者，皆得之於觀聽之頃，不假講解誦習、約束驅劫，自然有所感悟而啓發焉。其補助世教，豈小小哉？噫！觀茲記者，尚當以是求叟之心。叟之爲此，其心欲何爲哉？爲世教而已。

或者又曰：叟之心固善矣。其爲是記，誠有益於世教矣。但其中多正言雅辭，但恐觀者不終場而思睡也。蓋放世俗用所謂諢刺者，錯置其間，以此誘致夫人之觀聽，而醒其昏倦，庶幾因此而得以入焉。請屬筆於予，予遂肆意代爲之逐段以補入，然亦皆平正之言，稍加滑稽，亦如東方生之云云者耳。《詩》所謂『善戲謔兮，不爲虐兮』，殆此類也。其與世俗所用者，固自不同。嗚呼！予之爲此，亦豈得已哉？是又再降下一等矣。嗚呼！愈移愈下，亦可以觀世變矣夫！

是歲嘉平月〔三〕，點溪葉疊青錢父識。

（韓國中央圖書館古典運營室藏縮微膠卷法國國立東洋語學院圖書館藏四卷本《新編勸化風俗南北雅曲五倫全備記》卷四卷首〔四〕）

【箋】

〔一〕底本無題名。

〔二〕點溪葉疊青錢父：當爲化名，語本杜甫《杜工部集》卷一一《絕句漫興》九首之七『點溪荷葉疊青錢』句。此人或爲吳語地區文人，故改編此劇，時人吳方言。

〔三〕此跋可能寫於明正德五年庚午（一五一〇），參見吳秀卿《再談〈五倫全備記〉——從創作、改編到傳播接受》。

〔四〕此本未見，據吳秀卿《〈五倫全備記〉朝鮮文獻資料輯考》迻錄。

伍倫全備注釋諺解序

高時彦〔一〕

中華之語，天地正音，國無内外，所當通曉。況我東世謹侯度，辭令繹續，則華語爲重，又非諸象鞮之比而已。故自祖宗朝，每令文士質語於中朝。今其責專在譯院，有本業講肄之方，而其字母清濁之辨，齒舌闔闢之用，古今雅俗之别，皆有妙理，非以方諺繙釋，則莫得以盡其形容，而使人易曉，此本業之不可無諺解者也。本業三書，初用《老》、《朴》及《直解小學》，中古以《小學》非漢語，易以此書。蓋其爲語雅俚并陳，風諭備至，最長於譯學。而《老》、《朴》則前人皆已奉教撰諺解，爲後學南針。獨此書口耳傳來，師説互殊，訛謬胥承，物名語類又多難曉處，學者病之。

始自丙子歲，本院命若而人，撰修諺解，未幾廢輟。越至己丑，復令教誨、廳官等賡修，而累年聚訟，就緒無期。逮我夢窩金相國領院，另加獎掖，頻復提命。至其釐訛質疑之最難者，多所稽考，以相其役。由是遂不住手，以庚子秋告訖。凡句讀之解，訓義之釋，無不備矣。相國覽而嘉之。而前銜劉克慎等，自請捐緡刊布，仍令不佞等益加校正以印之。於是諸人屬不佞爲文序其顛末。

不佞竊謂撰述之能，必待博雅之士。今以區區末學，爲此解釋，僭猥之譏，固知不免；而本業之不能講明，乃譯者職責，則此又不可推讓於後人而已。第是役也，首尾幾十餘年，前後出入校修者殆十數人。考校文義，則獺祭於充汗；證訂字母，則毫察於點畫。役既汗漫，人易玩愒，不有相國振作之勤，則安知其終不至於廢輟？而百年未遑之業，幸而成就，剞劂而行世，使自今以逞學者，開卷瞭然，不勞負笈，而家有餘師，其受相國之賜，豈不大哉！噫！相國當興廢之世，獨以華語爲重，汲汲於勸獎修明，以繼述祖宗質語之意者，可以垂示於後世矣。敢以是說爲序。

歲舍辛丑季春上浣〔二〕，高時彦謹序。

【箋】

〔一〕高時彦（一六七一—一七三四），朝鮮開城人，字國美，號省齋。一六八七年譯科及第，作爲譯官多次訪問清朝，對清外交有功，授二品官。熟於經史，又能詩，被稱爲委港文學四大詩人之一。編有朝鮮民謠集《昭代風謠》，著有《省齋集》。參見吳秀卿《〈五倫全備記〉朝鮮文獻資料輯考》。

〔二〕辛丑：即康熙六十年，公元一七二一年。

（伍倫全備注釋諺解）凡例

闕　名（一）

一、學譯者以《老乞大》、《朴通事》及此編津梁，而《老》、《朴》則有崔公世珍所撰《諺解》、《輯覽》，爲後學指南。惜此編之出後時，獨未經講解流傳，師說各自異同，眩於適從，故作此解，庶使岐說歸一焉。

一、華語異於方言，專用文字，文皆有義，字皆有訓。若昧其義，難通其話。況此編以丘瓊山之賅博，所引用多出於經史百家，語意深奧，文義講究，尤不可闕。故茲致意於注釋。

一、句讀諺解，從其語錄文理，而如遇疑岐處，則廣集眾思，參互諸家師說而折衷之。引用文語，則皆搜考出處，錄其書目，以爲證據。如無書目者，則用『按』字、『恐』字以別之。

一、四聲之字，各屬於三十一母，又有清濁七音之分。所謂母者，全清九母，見ㄱ、端ㄷ、幫ㅂ、非ㅸ、精ㅈ、照ㅈ、心ㅅ、審ㅅ、影ㆆ。次清六母，溪ㅋ、透ㅌ、滂ㅍ、清ㅊ、穿ㅊ、曉ㅎ。全濁九母，羣ㄲ、定ㄸ、並ㅃ、奉ㅹ、從ㅉ、牀ㅉ、邪ㅆ、禪ㅆ、匣ㆅ。不清不濁七母，疑ㆁ、泥ㄴ、明ㅁ、微ㅱ、喻ㅇ、來ㄹ、日ㅿ。所謂音者，見、溪、羣、疑，牙音，角，木。端、透、定、泥，舌頭音，徵，火。幫、滂、並、明，重脣音；非、奉、微，輕脣音，皆羽，水。精、清、從、心、邪，齒頭音；照、穿、牀、禪、審，正齒音，皆商，金。影、曉、匣、喻，喉音，宮，土。來，半舌音，半徵；日，半齒音，半商也。

一、凡字音一遵《四聲①通解》，而字有正、俗音，音有初、中、終三聲。正音者，《通解》之元音；俗音者，《通解》之變音。初聲ㄱ、ㄴ、ㄷ、ㅊ之類，中聲ㅏ、ㅓ、ㅣ、ㅜ、ㅗ之類，終聲ㆁ、△、ㅸ、ㅱ之類。合三聲爲一音，故每字下雙書諺字，右從所讀音，左表其清濁七音。至於終聲支韻，平、上、去、正齒、齒頭之類，則以△別之。蕭、爻、尤韻，平、上、去以ㅱ別之。侵、覃、鹽三韻，終聲本ㅁ音，而俺、甚、怎三字外，皆從ㄴ聲。入聲，並以ㆁ別之，而獨、藥韻用ㅸ者，其音間類蕭，故以此別之耳。

一、《四聲通解》中，字或見漏，音或異同者，則從錢塘虞德升《諧聲品字箋》。如呸、瞇之類。

一、《通解》字音，多有從俗者，而今中國行話，又多變於《通解》之俗音，然此由於正音之日趨訛舛，今不敢從之。

一、字承豕亥，音襲銀根者，不顧僭猥，隨文義而訂誤。如閤門之爲閣，蹶作瘸，憋音펴，躧音ㅅㅡㅅ，趲音ㅈㅊ之類。

一、此篇意主勸化，辭寓場戲，故語言之間，多有歇後及倒說者，或全無意義而只取同音者，此類隨其語意而解之。

一、此篇以場戲文字，問答句頭，皆著生、旦、丑、淨、末等字爲圈而別之。故解語之間，隨其圈字而區辨其語意。蓋此命名之義，出於元院本、雜劇及胡應麟②《筆叢》諸書。凡優戲，設事皆無根，命名皆顛倒。所謂生者，曲欲熟而命以生也。旦者，婦宜夜而命以旦也。末者，開場始事而命以末也。淨者，塗污不潔而命以淨也。古無外、丑，至明朝有之。丑卽副淨，外卽副末也。

一、凡訓釋已悉於前者，後只書見第幾篇；如一編之中則否，以省重複。

一、見局一斑，書乏二酉，未能博考而廣究。其文義未詳，及缺文闕誤者，姑存之，以俟博雅云。

（以上均韓國奎章閣圖書館藏本《伍倫全備諺解》卷首〔二〕）

【校】

①聲，底本作『降』，據下文書名改。

②麟，底本作『獜』，據人名改。

【箋】

〔一〕此凡例當爲高時彥撰。

〔二〕此本未見，據吳秀卿《〈五倫全備記〉朝鮮文獻資料輯考》迻錄。

香囊記（邵璨）

邵璨，字文明，或云一字宏治，宜興（今屬江蘇）人。生活在明成化、弘治年間（一四六五—一五〇五）。著有《樂善集》。撰傳奇《香囊記》，呂天成《曲品》著錄，現存萬曆間金陵世德堂刻本、萬曆間繼志齋刻本、明末刻本《三刻五種傳奇》本、明末汲古閣原刻初印本、汲古閣刻《六十種曲》

本、紅格鈔本等。

香囊記總評

闕名

此邵半江表揚先德之作也，詞雖陳色，卻有文心。此中最可傳者，無如朋友代難一節。末世有如此友誼，亦足傳矣！

（明末刻本《三刻五種傳奇》所收《李卓吾先生批評香囊記》卷首）

附　香囊記跋

吴梅

此記譜張九成、九思弟兄事。九成兄弟同榜進士，以老母在堂，同請終養。而九成對策時，適觸秦檜之忌，遂矯旨參岳武穆軍。九思歸里養親。武穆轉戰勝利，論功陞轉，九成補授兵部侍郎，又奉使往五國城省視二帝，十年不歸。所謂香囊者，蓋九成母手製，臨行佩帶者也，參贊岳軍，遺失戰地，殘軍拾得，歸報故鄉，於是老母生妻，皆謂九成死矣。又值遷都臨安，紛紛移徙，張氏姑婦，乃至散失，重歷十載，始得完聚。此其大略云。記中頗襲《琵琶》、《拜月》格調，如《辭昏》、《驛會》，皆胎脱二書。今録《辭婚》不取《驛會》者，以襲君美之語太形似也。《藝苑巵言》云：『《香囊》雅而不動人。』余謂此記詞藻殊不工麗，惟通本好用儷語，已開《浣紗》、《玉合》之先矣。

霜崖。

（民國十九年上海商務印書館排印本吴梅《曲選》卷一）

五福記（徐時敏）

徐時敏，字學父，籍里、生平均未詳。嘗遊都門，遇沙彌授《徐勉之傳》，據以作《五福記傳奇》，已佚。曾潤飾南戲《殺狗記》。

五福記自敘〔一〕

徐時敏

往歲予遊都門，過招提小院。有沙彌者，延問姓氏，出一編云：『此《徐勉之傳》也。勉之爲南州孺子後，得非與足下同譜也。』予覽之，乃謝不敢。因思勉之本丘園布衣，祇以作善，享天厚賚。而其間兩惡人，一震於阿香女，一焚於祝融氏。彼蒼蒼者，報應之不爽如此。勉之始終事可爲世人龜鑒，久擬編次以風天下，碌碌未遑也。今歲改《孫郎埋犬傳》，筆研精良，因成此編，題曰

《五福》。從天之所賚，與勉之所享云。

（一九五九年北京人民文學出版社排印本《曲海總目提要》卷五）

【箋】

〔一〕題名據《曲海總目提要》卷五《五福記》條。

杜子美沽酒遊春記（王九思）

王九思（一四六八—一五五一），字敬夫，號渼陂，别署紫閣山人，鄠縣（今陝西西安市鄠邑區）人。明弘治九年丙辰（一四九六）進士，選庶吉士，授翰林院檢討。歷官至吏部郎中。後坐劉瑾黨，降壽州同知，尋致仕。以文學見稱，與李夢陽（一四七三—一五三〇）、何景明（一四八三—一五二一）、康海（一四七五—一五四〇）等並稱『弘德七子』。著有《渼陂集》、《渼陂續集》、《碧山新稿》、《碧山續稿》、《碧山詩餘》、《碧山樂府》等，合集爲《王渼陂全集》。與李開先（一五〇二—一五六八）合著《南曲次韻》。傳見李開先《李中麓閒居集》卷一〇《傳》、《列朝詩集小傳》丙集、《明史》卷二八六等。

撰雜劇《杜子美沽酒遊春記》、《中山狼》，均存。《杜子美沽酒遊春記》，簡名《沽酒遊春》，一名《曲江春》，《遠山堂劇品》著録，現存嘉靖間刻本、萬曆三十三年乙巳（一六〇五）新安孫學禮刻

《四太史雜劇》本（《日本所藏稀見中國戲曲文獻叢刊》第二輯據以影印）、萬曆間陳氏繼志齋刻《元明雜劇》本、崇禎十三年（一六四〇）張宗孟刻《重刻渼陂王太史先生全集》附《碧山樂府》卷七本（一九七六年臺北偉文圖書出版有限公司《明代論著叢刊》據以影印）、崇禎間刻《盛明雜劇二集》卷一八本、崇禎間刻《古今名劇合選·酹江集》本、精鈔本（題《新鐫杜子美沽酒遊春記雜劇》，日本神戶市立中央圖書館吉川文庫藏）等。

題紫閣山人子美遊春傳奇〔一〕

康　海〔二〕

夫抉精抽思、盡理極情者，激之所使也；從容舒徐、不迫不怒者，安之所應也。故杞妻善哀，阮生善嘯，非異物也。情有所激，則聲隨而遷；事有所感，則性隨而決，其分然也。

予曩遊京師，會見館閣諸書，有元人傳奇幾千百種，而所躬自閱涉者，才二三十。意雖假借，而詞靡隱遜，蓋咸有所依焉。予讀之，每終篇，或潸然涕焉，曰：『嗟乎！士守德抱業，謂可久遠於世，以成名亮節也。如此，乃不能當其才，故托而鳴焉。其激昂之氣，若謬乎其毋已也。此其所感，且何如哉，且何如哉！』今乃讀《子美遊春記》，悲紫閣山人之志，亦或猶是云爾。故題諸其首，使觀者易識其所指，可以觀士於窮達之際矣。

時正德己卯秋七月八日己卯，滸東漁父序。

（明崇禎十三年張宗孟刻《重刻渼陂王太史

先生全集》卷七《杜子美沽酒遊春記》卷首）

【箋】

〔一〕版心題《遊春記序》。日本神戶市立中央圖書館吉川文庫藏鈔本《新鐫杜子美沽酒遊春記雜劇》卷首，此序題《子美遊春雜劇序》，署『洴東漁父康海題』，見黄仕忠《日藏中國戲曲文獻綜錄》（頁五〇）。

〔二〕康海（一四七五—一五四〇）：別署洴東漁父，生平詳見本書卷十四《洴東樂府》條解題。

遊春記後跋①

友山道人〔一〕

《遊春記》之作也，其當正德之時耶？作記者其大有所拂鬱耶？李林甫其有所指耶？是故其氣激而切，其詞怨而婉，匪直爲己私也，抑亦爲天下善類傷也。

時嘉靖己丑秋八月，門人友山道人書於濩澤樂亭。

（《日本所藏稀見中國戲曲文獻叢刊》第二輯影印明萬曆三十三年乙巳新安刻本《四太史雜劇》所收《杜子美沽酒遊春記》卷末）

【校】

①跋，底本作『拔』，據文義改。

【箋】

〔一〕友山道人：姓名、籍里、生平均未詳。

附　杜子美沽酒遊春記跋〔一〕

吳　梅

渼陂此劇與康對山《中山狼》劇，皆盛年屏棄，感憤之作。錢受之《列朝詩集》：『敬夫之再謫，以及永錮，皆長沙李西涯枋國時事①。盛年屏棄，無所發怒，作爲歌謠，及《杜甫春遊雜劇》，力詆西涯，流傳騰涌。關隴之士，雜然和之。嘉靖初，纂修實錄，議起敬夫，有言於朝者曰：「《遊春記》，李林甫固指西涯，楊國忠得非石齋，賈婆婆得非南塢耶？」吏部聞之，縮舌而止。』據此，則此劇亦文人口孽也。余愛其語語流麗，才情橫溢，不在元人之下。王弇州云：『敬夫與康德涵俱以詞曲名，其秀麗雄爽，康大不如也。』是在當日，已有定論矣。

丁巳二月廿四日〔二〕，長洲吳梅跋。

（明崇禎十三年張宗孟重刻《王渼陂全集》卷七《杜子美沽酒遊春記》卷末）

【校】

①『皆長沙』句，《列朝詩集小傳》作『皆長沙秉國時』（上海古籍出版社，一九八三，頁三一四）。

【箋】

〔一〕底本無題名。

〔二〕丁巳：民國六年（一九一七）。

中山狼（王九思）

《中山狼》，《明代雜劇全目》著録，現存崇禎十三年庚辰（一六四〇）張宗孟刻《重刻渼陂王太史先生全集》附《碧山樂府》卷八本（一九七六年臺北偉文圖書出版有限公司《明代論著叢刊》據以影印、周貽白《明人雜劇選》據以校録）、光緒三年丁丑（一八七七）陳爾茀刻本。

中山狼院本序

張宗孟〔一〕

先生諸刻皆有序，而院本獨闕，似若待其人者。周《雅》云：『取彼譖人，投畀豺虎。』『投畀』云者，欲豺虎之食之也。其食與不食不可知，而雅人惡惡之嚴，應若是矣。夫狼，亦豺虎類也，以之食譖人則可，以之食恩人則不可。乃此狼則竟食恩人矣，且以飽其腹爲恩於彼也，其負恩如此，其望恩之必欲盡如此。使豺虎有知，必不引爲類矣。先生所謂狼者，蓋不可指尋。大抵世之遇此狼者不少，至託之土地神以懲其奸，蒼天與直，則亦無可奈何之辭耳。余故慨焉而爲之序。

時崇禎庚辰歲春三月，晉人張宗孟書於鄠衙之思補堂。

（明崇禎十三年庚辰張宗孟刻《重刻渼陂王太史先生全集》卷七《中山狼院本》卷首）

【箋】

〔一〕張宗孟：字泗源，定襄（今屬山西）人。天啓四年甲子（一六二四）舉人，崇禎元年戊辰（一六二八）進士，授河南商丘知縣。八年（一六三五），補陝西鄠縣知縣，特陞潼關道按察司僉事。曾主修《鄠縣志》。傳見康熙《定襄縣志》卷六、乾隆《鄠縣新志》卷三等。

中山狼傳題詞〔一〕

康海

平生愛物未籌量，那計當時救此狼。笑我救狼狼噬我，物情人意各無妨。

康對山讀傳題。

（清光緒三年丁丑陳爾茀刻本《中山狼傳奇》卷末）

【箋】

〔一〕底本無題名。

中山狼傳奇序〔一〕

陳爾茀〔二〕

《中山狼傳奇》，何爲而作也？蓋不平則鳴，故四時以鳥雷蟲風應之，《詩三百篇》以賦興比叶之。匡時敗名，以怨報德，施固不望報，受竟忘所因。當瑾之專權竊政，海內爭攀，望風懷想，欲一登瑾門而不可得者若若哉，惟康招之不至，誘之不往。迺因夢陽之獄，迫於國計，僅一履姦閹門，失足沉淵，遂成羅案，猝無可白。嗟乎！救夢陽者，康對山也；羅對山者，李夢陽也。不平者演《中山狼傳奇》。

是余髫年，讀書塾中，曾聞是談，未閱其傳，否悉底蘊。壬申夏〔三〕，出宰邰封先生故里，得讀《縣志》一篇及文集、樂府。其裔孫康茂才棲鳳，出《詩經心訣》，余亟梓行矣。都人士復贈是傳，讀之，恍悟昔聞。

藏者皆鈔本。客冬，徐生煥宗來，語及司徒曹振鏻，雅非梓人伍。余善之，授以壽梨棗。工既，序其由。

光緒三年歲丁丑清和之初，金堂陳爾茀小蕘氏識於盡力所能行心所安之齋。

（清光緒三年丁丑陳爾茀刻本《中山狼傳奇》卷首）

【箋】

〔一〕底本無題名。

〔二〕陳爾茀：字小蕘，金堂（今屬四川）人。清監生。同治元年（一八六二），從軍至漢中，任洋縣縣丞，保陞直隸州知州。二年（一八六三），署西鄉知縣。同治十一年（一八七二）至光緒四年（一八七八），任陝西武功知縣。著有《風雨懷人館》。傳見民國《西鄉縣志·秩官志》。

〔三〕壬申：同治十一年（一八七二）。

南西廂記（李日華）

李日華，字實甫，吴縣（今屬江蘇蘇州）人。撰傳奇《南西廂記》、《四景記》二種。《南西廂記》，吕天成《曲品》著録，現存明刻本（題《仇池洞天李西廂記藏本》）、萬曆間金陵富春堂刻本（《古本戲曲叢刊初集》據以影印）、明刻本、萬曆二十八年（一六〇〇）序周居易校刻本《合併西廂》本、明末閔遇五校刻《會眞六幻》本、明末汲古閣原刻初印本、汲古閣刻《六十種曲》本、民國初年貴池劉氏重編《暖紅室彙刻傳劇》『西廂附録十三種』之十二（據《會眞六幻》本重刻）。

李日華西廂序〔一〕

梁辰魚〔二〕

樂府變而爲詞，詞變而爲曲，故曲莫盛於元，而猶以《西廂》壓卷。實甫而下，作者繽紛，其餘不足觀也已。姑蘇李日華氏翻爲南曲①，蹈襲句字，割裂詞理，曾不堪與②天池作敵，而用③列諸衆④之末者，豈⑤成其賤工之誚耶？凡曲，北字多而調促，促則辭情多而聲情少；南字多而調緩，緩則辭情少而聲情多。李氏無乃欲便優人之謳，而快里耳之聽也？議者又何足深讓乎？特采存之，彙⑥成四帙⑦。若曰毁西子之粧，合習倚門，碎荊山之玉，飾成花勝，繩以攟易，則予誠不得爲之解矣。

仇池外史梁辰魚伯龍序。

（明刻本《仇池洞天李西廂記藏本》卷首〔三〕）

【校】

①曲，底本闕，據萬曆間周居易校刻本《新刊合併陸天池西廂記》卷首《南西廂記序》補。

②堪與，底本闕，據《南西廂記序》補。

③用，《南西廂記序》無。

④眾，《南西廂記序》作『家』。

⑤豈，底本闕，據《南西廂記序》補。

⑥彙，《南西廂記序》作『以』。

⑦四帙，《南西廂記序》作『全劇』。

【箋】

〔一〕中國藝術研究院圖書館藏萬曆二十八年（一六〇〇）序周居易校刻本《合併西廂》所收《新刊合併陸天池西廂記》卷首，有梁辰魚撰《南西廂記序》，與此序文字略同。

〔二〕梁辰魚（一五一九—一五九一）：生平詳見本卷『浣紗記』條解題。

〔三〕此本藏南京圖書館，參見孫書磊《梁辰魚批訂〈仇池洞天李西廂記藏本〉考論》（《南京圖書館藏孤本戲曲叢考》）。

南西廂記識語〔一〕

閔齊伋

梁伯龍謂〔二〕：此崔時佩筆，日華特較增耳。間有換韻幾調，疑李增也。崔割王腴，李攘崔有，俱堪冷齒〔三〕。

閔遇五識。

（明末閔遇五校刻《會眞六幻》所收「更幻」《李日華西廂記》卷末）

【箋】

〔一〕底本無題名。

〔二〕梁伯龍：即梁辰魚（一五一九—一五九一），生平詳見本卷《浣紗記》條解題。

〔三〕梁辰魚此評見南京圖書館藏明刻本《仇池洞天李西廂藏本》第一折眉批。民國間貴池劉氏暖紅室重編《暖紅室彙刻傳劇》「西廂附錄十三種」之十二《南西廂記》卷末亦有此文。

附　南西廂記跋〔一〕

劉世珩

焦理堂《劇說》謂：「李日華改實甫北曲爲南曲，所爲《南西廂》，今梨園演唱者是也。」閔遇五據梁伯龍說，以爲本崔時佩筆，「李攘崔有，崔割王腴，俱堪齒冷」云云。今讀其曲詞，一沿王、關之舊，甚至直鈔不改一字，無怪當時有『齒冷』之譏。

日華，字實甫，蘇之長洲人，非字君實，嘉興人，著《恬致堂集》、《六硯齋筆記》之李日華也。王靜庵《曲錄》亦誤從之。此本汲古閣曾刻入《六十種曲》，今依閔遇五《會眞六幻》本付刻。然兩本曲牌，皆多訛誤，又有脱字，不合律調處，並爲一一正訂，直可駕毛、閔兩刻而上矣。

夢鳳識。

（民國間貴池劉氏暖紅室重編《暖紅室彙刻傳劇》『西廂附錄十三種』之十二《南西廂記》卷末）

【箋】

〔一〕底本無題名。

洞天玄記（楊慎）

楊慎（一四八八—一五五九），字用修，號升庵，别署洞天貞逸，新都（今屬四川）人。大學士楊廷和（一四五九—一五二九）子。正德六年辛未（一五一一）進士第一，選庶吉士，授翰林院修撰。嘉靖初，任經筵講官，與修《武宗實錄》。三年，擢翰林學士。尋以『議大禮』，謫戍雲南永昌衛，終卒於戍所。天啓中追謚文憲。著有《韻藻》、《韻林原訓》、《六書練證》、《六書索隱》、《丹鉛總錄》、《藝林伐山》、《升庵集》、《歷代史略十段錦詞話》及散曲集《陶情樂府》、《十二段錦》等。

近人編《楊升庵著述目錄》（四川省圖書館編，一九六一），著錄達二百九十八種。傳見何喬遠《名山藏》卷八五、鄭曉《吾學編》卷三六、《明史》卷一九二等。參見陳文燭《楊升庵年譜》（收入焦竑《國朝獻徵錄》卷二一）、簡紹芳《楊文憲公年譜》（道光間刻《古棠書屋叢書》本）等。

撰雜劇《洞天玄記》，全名《宴清都作洞天玄記》，《遠山堂劇品》著錄，現存萬曆三十三年乙巳（一六〇五）新安孫學禮刻《四太史雜劇》本（《日本所藏稀見中國戲曲文獻叢刊》第二輯據以影印）、萬曆間《脈望館鈔校本古今雜劇》所收《古名家雜劇》本（《古本戲曲叢刊四集》據以影印、《孤本元明雜劇》據以排印）等。或謂此劇係據陳自得《太平仙記》刪改而成。或謂《泰和記》亦爲楊慎所撰。

洞天玄記序①

玄都浪仙〔一〕

劉子曰：《洞天玄記》，洞天貞逸閉關草玄，休暇而戲爲之者也。夫貞逸以玉堂仙史，遠遊荒徼，浮雲富貴，葆嗇性靈，此其有感而云云也。或曰：『貞逸酒邊寄興，則有陶情之作；養生寓言，則有《玄中》之記。養生則守中而貞，陶情則和平而逸，是故非放言，非自苦也。』或曰：『今之傳者，直指爲陳自得〔二〕，眎此蓋差異云。』予曰：『世之贋書無限，如《雲仙散錄》、《周秦行紀》、《碧雲騢》者，假託名流，幻惑時輩，甚則公取人長而據爲己有，極可惡已。昔東陽柴廓作《行路難》，乃僧寶月竊而有之，遂使後世流傳，不知有廓。若自得者，其諸寶月之徒與？此雖一事之微，而人之無良，風之偷薄，孰甚焉。君子是以重爲之感也。』

嘉靖丁酉春日，玄都浪仙漫題。

【校】

①『序』字，萬曆三十三年乙巳新安刻《四太史雜劇》本無。

【箋】

〔一〕玄都浪仙：或姓劉，名字、籍里、生平均未詳。

〔二〕陳自得（約一四二五—一五〇一後）：號竹泉，福建人。早年讀書，粗知禮義。及長，好神仙術，財產費盡而不悔。明伍陽《仙佛合宗語錄》，著錄佛道諸家著作，云：『陳自得之《外丹敲爻歌》（嘉靖時福建人也），之《黄白直指》，之《金谷歌》，之《竹泉詞》。』撰《太平仙記》雜劇，《晁氏寶文堂書目》卷中著錄，未題作者。現存明萬曆間脈望館鈔校本（《古本戲曲叢刊四集》據以影印）。經比勘，楊慎《洞天玄記》當據陳本删削而成。

洞天玄記前序①

楊　悌〔一〕

《三百篇》之作，有益於風教尚矣。世降俗末，今不古若；冬葛夏裘，不無恐泥。是以古詩之體，一變而爲歌吟律曲，再變而爲詩餘樂府，體雖不同，其感人則一也。世之好事者，因樂府之感，又捃摭故事，若忠臣烈士、義夫節婦、孝子順孫，編作戲文，被之聲容，悦其耳目。雖曰俳優末技，而亦有感人之道焉。

波及瞿曇氏，亦有《西遊記》之作。其言荒誕，智者斥其非，愚者信其眞。予常審思其說，其曰唐三藏者，謂己眞性是也；其曰猪八界者，玄珠謂目也；其曰孫行者，猿精謂心也；其曰白馬者，謂意白則言其清靜也；其曰九度至流沙河，七度被沙和尚吞噉，沙和尚者，嗔怒之氣也；其曰常得觀世音救護，觀世音者，智慧是也；其曰一陣香風，還歸本國者，言成道之易也。人能先以眼力看破世事，纔能鎖心猿、拴意馬，又以智慧而制嗔怒、伏羣魔，則成道有何難哉？吁，什氏之用意密矣！

惟夫道家者流，雖有《韓湘子藍關記》、《呂洞賓修仙》等記，雖足以化愚起懦，然於闡道則未也。吾師伯兄太史升庵，居滇一十七載，遊神物外，遂仿道書，作《洞天玄記》，與所謂《西遊記》者同一意。其曰形山者，身也；崑崙者，頭也；六賊者，心、意、眼、耳、口、鼻也；降龍伏虎者，降伏身心也。人能如此，則仙道可冀矣。此書當與《西遊記》並傳可也。

愚也不揣凡骨，孜孜於神仙之學，其於明道立功，亦分内事也。偶覩斯文，有益吾教，敢不爲吹棘爇檀之助耶？因祝羽士玄流，撚筠戞簡之下，因言會意，得意忘言，庶乎不負所作。若曰恣取諧謔，貪婪哺啜，則吾何取於爾哉，何取於爾哉！

嘉靖壬寅冬十月吉旦，門下弟飛雲山人紫庭眞逸楊悌用安序。

（《古本戲曲叢刊四集》影印明趙琦美鈔稿本《脈望館鈔校本古今雜劇》所收《古名家雜劇》本《洞天玄記》卷首）

【校】

①序，萬曆三十三年乙巳新安刻《四太史雜劇》本作『敘』。

【箋】

〔一〕楊悌：　字用安，號仁庵，別署飛雲山人、紫庭眞逸。籍里、生平均未詳。

洞天玄記後序

楊際時〔一〕

屈原被謫，作《遠遊篇》，曰：『毋滑爾魂兮彼將自然，一氣孔神兮於中夜存，虛以待之兮無爲之先。』朱晦翁什之曰：『雖廣成子之告黃帝，不過如此，實修仙之要訣也。』夫當屈子之時，《參同契》諸書俱未作，彼何以知其然？ 良由其天資英邁，智識超人，灼見道妙故也。

予友仁庵子，一日將伯兄太史升庵公所作《洞天玄記》示予。予讀而歎曰：『升庵公以俊才甲科，危言被謫，信不凡矣。然於修煉家夙未留心，今此作，何其與靈均異世而同符耶！』諺云：『英雄回首卽神仙』，彼有取爾也。嗚呼！ 太史公其人傑也哉！ 謹用識於篇末。

嘉靖壬寅冬十月吉旦，龜山居士七十二①翁邑人楊際時景明頓首拜識。

【校】

①『二』字後，明萬曆三十三年乙巳新安刻《四太史雜劇》本有『歲』字。

【箋】

（一）楊際時（一四七一——一五四二後）：字景明，號龜山居士，新都（今屬四川）人。生平未詳。

洞天玄記跋

張天粹〔一〕

嘉靖甲寅冬古上元甲子日，愚自京師之任，抵瀘，再見洞天眞逸仙翁。喜出《洞天玄記》，示曰：『此刻稍嘉，奉霞川仙友一覽。』愚拜受之，珍韞笥篋。至任，剪燭朗誦之餘，一心湛若，百體豁然，志意軒明，精神清粹，不翅翱翔於三山五嶽之巔也。

於戲！《記》義之陳微辭奥旨，意在言爲，雖伯陽、紫陽之復授，不足過也。《參同契》、《悟眞篇》、《玄關祕》諸篇，皆奥衍閎深，難以揣測。此《記》如日星燦然，江山流峙。春花秋月之鋪張，露洩大道之始終，演出先天之祕旨，足拭千載之盲焉。曰形山道人者，吾之主人翁也。曰崑崙六賊者，吾人物交之蠹性也。先欲寂然不動，克去視聽言動之兆，然後感而自通，以復吾天然自有之眞也。曰中秋賞月者，喻金精之旺盛也。曰三日月出庚者，指大藥之時至也。曰沒絃琴、無孔簫者，喻二氣絪縕，造化爭馳之機也。曰降蒼龍、捉金虎者，取坎內之陽精，伏離宮之陰氣也。曰收嬰兒、奪姹女者，取先天之未判，奪後天之初弦也。又曰『兩弦會花開上苑，一陽動漏永中宵』，是羌采地癸之初生，用天壬之始判也。曰虎變金釵者，見九鼎火符，抽添之用也。曰六賊馴伏者，顯抱元守一，無爲之旨也。曰山頂鳴雷者，示九載羽化，妙隱顯之神也。

噫！此傳於玉液金液之機，全形延命之術，無不具載。洞洩玄機，闡古先不闡之祕，神化性命，通一無二者矣。得意忘言，循而行之，何憂乎弗回陽換骨也哉！噫嘻！眞逸仙翁蓋欲洩造化之祕藏，引後人以同登道岸，其至人之心也。吁，用心何其仁哉！然至道玄微，非凡庸可測，愚雖無知，蓋亦欲推眞逸道翁之仁，而進人於仁壽之域也。

嘉靖戊午孟夏，門生威楚作類子張天粹謹跋。

（以上均《古本戲曲叢刊四集》影印明趙琦美鈔稿本《脈望館鈔校本古今雜劇》所收《古名家雜劇》本《洞天玄記》卷末）

【箋】

〔一〕張天粹：號作類子，威楚（今雲南楚雄）人。生平未詳。

明珠記（陸采）

陸采（一四九七—一五三七），原名灼，字子玄，號天池，一作天池山人，別署清癡叟，長洲（今江蘇蘇州）人。少爲校官子弟，以例陞太學，累試不第。著有《天池山人小稿》、《壬辰稿》、《陸子玄詩集》、《天池聲雋》、《冶城客論》、《覽勝紀談》等。參見徐朔方《陸粲陸采年譜》（收入《晚明曲家年譜·蘇州卷》）。撰傳奇《明珠記》、《南西廂記》、《韓壽偷香記》、《存孤記》、《分鞋記》等。

《明珠記》，一名《王仙客無雙傳奇》，呂天成《曲品》著錄，現存萬曆間刻本、明刻清初讀書坊重修《寶晉齋明珠記》本、明刻李卓吾先生批評本、明末吳興閔氏校刻朱墨套印本、明末師儉堂刻《二刻六合同春》本（卷端署『雲間陳繼儒眉公批評』、『古閩徐肅穎敷莊删潤』、『潭陽蕭儆韋鳴盛校閲』，日本大谷大學圖書館藏，《日本所藏稀見中國戲曲文獻叢刊》第二輯據以影印）、明末汲古閣原刻初印本、汲古閣刻《六十種曲》本等。

明珠記總評

李贄

昔聞之至人云，凡事以不盡爲大家。如《明珠記》，殊不盡也，而作者之意則似以爲盡矣，此所以不能升爲大家也。

傳奇有曲，有白、有介、有諢，如耳目口鼻，不可相廢。《明珠》一以曲收之，亦其病也。頗盡才人之致，未登大雅之堂，以評《明珠》，其然乎！

凡瓶滿者不鳴，瓶半者鳴，先正之格言也。天池樂府，鳴乎？半乎？滿乎？可以定其品矣。

（明刻本《李卓吾先生批評無雙明珠記》卷首）

明珠記引

野烋子居〔一〕

語云：『古來俠士，無如古押衙。』然非王仙客與無雙遭際之奇，則押衙之俠何以千古侈人口？大抵俠士任俠，不於極都顯，必於極顛沛。極都顯，人不肯；極顛沛，人不能。惟俠士一片熱腸，觸人金石精神，而以金石投之。押衙之肯爲仙客死、能爲無雙生者，以兩人戛戛錚錚，故不令照乘雙明珠，不及蕤賓一寸鐵也。部中情事，牽合世態，不無作俠士羞，識者置奇問傳則得焉，置仙客問無雙則得①焉，置無雙問押衙則得焉。

野烋子居題〔二〕。

（《日本所藏稀見中國戲曲文獻叢刊》第二輯影印日本大谷大學圖書館藏明末師儉堂刻本《二刻六合同春》所收徐肅穎刪潤本《陳眉公先生批評明珠記》卷首）

【校】

①『得』字，底本漫漶，據文義補。

【箋】

〔一〕野烋子居：別署慧蘭外史，姓名、籍里、生平均未詳。

〔二〕題署之後有印章二枚：陽文方章『埜休子居』，陰文方章『慧蘭外史』。

附　明珠記跋〔一〕

吴　梅

此記譜王仙客、無雙事，通本悉據唐小說。雖云子元作，實則子元之兄粲具草，而天池踵成之者。錢牧齋云：『子元少爲校官子弟，不屑守章句。年十九，作《王仙客無雙傳奇》，兄子餘助成。

曲既成，集吳門教師精音律者，逐腔改定，然後妙選梨園子弟，登場教演，期盡善而後出。』（《列朝詩集》）今讀此記，仍多失律處，蓋訂譜固非教師輩所能從事也。

子元所作，有《懷香》、《椒觴》、《分鞋》、《南西廂》等五種，今僅存《懷香》、《南西廂》及此記，餘皆不傳。余止選《西廂》與此種，顧文之佳者殊不多覯也。《煎茶》折，李笠翁曾有改本，略謂塞鴻男子，給事嬪妃，不可爲訓，因改使采蘋入驛，令主婢相會，得知仙客消息，情理更屬周到。通折改易賓白，不易原詞一字，尤爲得體。今存笠翁集中。

霜厓。

（民國十九年上海商務印書館排印本吳梅《曲選》卷三）

【箋】

〔一〕底本無題名。

南西廂記（陸采）

《南西廂記》，呂天成《曲品》著錄，現存明萬曆二十八年（一六〇〇）序周居易校刻本《合併西廂》本、明末閔遇五校刻《會眞六幻》本（民國初年貴池劉氏重編《暖紅室彙刻傳劇》『西廂附錄十三種』之十三據以重刻）。

南西廂記自序〔一〕

陸　采

唐元相微之，蘊抱情癖，假張生以自宣，宋王性之辨之詳矣。自《侯鯖錄》記時賢所著詞曲，而優戲之源始開。逮金董解元演爲《西廂記》，元初盛行。顧當時專尚小令，率一二闋，即改別宫。至都事王實甫易爲套數，本朝周憲王又加【賞花時】於首，可謂盡善盡美，眞能道人意中事者，固非後世學士所敢輕議而可改作爲哉！迨後，李日華取實甫之語，翻爲南曲，而措詞命意之妙，幾失之矣。

予自退休之日，始①綴此編，固不敢媲美前哲，然較之生吞活剝者，自謂差見一班。若夫正人君子，責我以桑間、濮上之音，燕女溺志者，予則不敢辭。雖然，予倦遊矣，老且無用，不藉是以陶寫凡慮，何由遣日？況嘲風弄月，又吾儕常事哉！微之，唐名士也，首惡之名，彼且蒙之，予亦薄乎云爾。書此，不覺一笑，呼童子歌吾曲以進酒。

清癡叟陸采天池自序。

（明崇禎十三年秋烏程閔遇五輯刻校注本《會眞六幻》之『幻住』陸天池《南西廂記》卷首）

【校】

①始，暖紅室本作『時』。

【箋】

〔一〕底本題《南西廂記》。《暖紅室彙刻傳劇》『西廂附錄十三種』之十三《明陸天池南西廂記》卷首有此文，題《南西廂記自序》。

南西廂記敍〔一〕

梁辰魚〔二〕

樂府變而爲詞，詞變而爲曲，故曲莫盛於元，而猶以《西廂》壓卷。實甫而下，作者繽紛，其餘不足觀也已。姑蘇李日華氏翻爲南曲，蹈襲句字，割裂詞理，曾不堪與天池作敵，而①列諸家②之末者，豈成其賤工之誚耶？凡曲，北字多而調促，促則辭情多而聲情少；南字多而調緩，緩則辭情少而聲情多。李氏無乃欲便優人之謳，而快里耳之聽也？議者又何足深讓乎？特采存之，以③成全刻④。若曰毀西子之粧，合習倚門，碎荊山之玉，飾成花勝，繩以攙易，則予誠不得爲之解矣。

仇池外史梁伯龍題〔三〕。

（明萬曆二十八年序周居易刻本《合併西廂》所收《新刊合并陸天池西廂記》卷首）

【校】

①『而』字後，明刻本《仇池洞天李西廂記藏本》卷首《李日華西廂序》有『用』字。

②家，《李日華西廂序》作『衆』。
③以，《李日華西廂序》作『彙』。
④全刻，《李日華西廂序》作『四帙』。

【箋】

〔一〕南京圖書館藏明刻本《仇池洞天李西廂記藏本》卷首梁辰魚《李日華西廂序》，與此序略同，見本卷。
〔二〕梁辰魚（一五一九—一五九一）：生平詳見本卷《浣紗記》條解題。
〔三〕題署之後有陽文花章『梁伯龍』。

附　陸天池南西廂記跋〔一〕

劉世珩

《南音三籟》云：『陸天池作《南西廂》，悉以己意自創，不襲北劇一語，志可謂悍矣。然元調在前，豈易角勝耶？』余按天池《自序》，言其所作，因李日華有《南西廂》而遂成此。雖難角勝元調，不似日華信筆鈔襲，宜其與《明珠》並稱。

天池，名采，字子元，長洲人。《芳畬詩話》謂：『子元年十九，作《王仙客無雙傳奇》。』《列朝詩集》言：『子元少爲校官弟子，不屑守章句。年十九，作《王仙客無雙傳奇》，兄子餘助成之。』《無雙傳》即《明珠記》，《曲品》謂：『乃天池之兄給練具草，而天池踵成之者。』與《芳畬詩話》、《列朝詩集》之説小異。天池所箸，尚有《韓壽偷香記》、《陳同甫椒觴記》、《程德遠分鞋記》。

此據閔遇五《會眞六幻》刻本，中有訛奪，皆爲定正。前人所謂『四《西廂》』者，卽董解元一本，王實甫、關漢卿正續本，李日華一本，與此本耳。閔遇五銓次《會眞六幻》，以此本爲『幻住』。今同李本，刊入《西廂》附錄，俾世知有四《西廂》也，而不與解元、王、關並列，亦本黄嘉惠所言『薰蕕不可以共器』之意焉。

夢鳳識。

（民國間貴池劉氏重編《暖紅室彙刻傳劇》『西廂附錄十三種』之十三《明陸天池南西廂記》卷末）

【箋】

〔一〕底本無題名。版心題『陸天池西廂記跋』。

附　南西廂記跋〔一〕

吴梅

吾鄉崔時佩，疾《西廂》原文不便於吴騷清唱，因將王詞改作南曲，時人未之知也。同時李日華好塡詞，輒轉得崔作，竄易己名，付之管絃。於是人知實甫（日華字）有《南西廂》，時佩轉湮沒無稱，卽世所傳《南西廂》刻入汲古《六十種》者是也。梁伯龍云：『崔割王腴，李奪崔席，俱堪齒冷。』（見梁伯龍《南西廂題詞》）蓋卽指此。

天池又以李作爲非，因取張、崔傳重作之，不襲實甫原文一字，頗自矜許。其自序云：『（上略）迨後，李日華取實甫之語，翻爲南曲，而措詞命意之妙，失之遠矣。余自退休之日，時綴此編，固不敢媲美前哲，然較之生吞活剝者，自謂差見一斑。（下略）』顧傳中失律出宮及不協平仄處，亦復不少。如《遺鄭》折用【催拍】四支，以【一撮棹】收，通齣無慢曲。《嘯聚》折【薔薇花】引子，《九宮譜》並無此名，不知何本。《閨情》折【行香子】一支，實是北詞，見《詞林摘豔》，而誤作引子用。《遺難》折將【麻婆子】置【泣顏回】前，緩急不倫。此皆顯而易見者。蓋天池實不知律，而好爲大言，以動世人也。

余嘗謂張、崔事作者至多，而佳者特少，要以王、關爲最。自微之《會眞記》後，爲趙德麟【蝶戀花】詞，其後爲《鶯鶯六幺》，其後爲董解元、爲王實甫、爲關漢卿、爲睢①景臣（睢有《鶯鶯牡丹記》，見《正音譜》），其後爲崔時佩、李日華，其後爲陸天池、卓珂月，此皆元明人之作也。清則有查伊璜之《續西廂》，有碧蕉軒主人之《不了緣》，有旴江韻客之《昇仙記》。其間有未盡見者，要非妙文也。中惟卓珂月《新西廂》，最爲得體，段落悉合《會眞》，而參之以崔、鄭墓碣，又旁證《微之年譜》，雖不能與王、關爭衡，亦不致蹈襲諸家牙慧，頗有勝斯記者。獨張、崔不克團圓，或不饜觀場之目。而舊時傳奇能不脫團圓套數者，十不一見也，此亦見作者用心之高矣。

霜崖。

（民國十九年上海商務印書館排印本吳梅《曲選》卷三）

【校】

①睢，底本作『雎』，據人名改。下同。

【箋】

〔一〕底本無題名。

八義記（徐元）

徐元，字叔回，錢塘（今浙江杭州）人。少聰敏好學，曾師事李夢陽（一四七三—一五三〇）。一生未得志，隱居終老。改編戲文爲《八義記》傳奇，《遠山堂曲品》著録，現存萬曆間金陵陳氏繼志齋刻本，德國國家圖書館藏。參見趙林平《徐元〈八義記〉新探》（《中國古代小説戲劇研究》第一四輯，甘肅人民出版社，二〇一八）。

古八義記序

李夢陽

《三百篇》遞而爲詞曲也，亦愈俚下矣，士胡述焉？雖然，所繇貴乎《詩》可興、可觀，動人於意氣之微者。今試萃市夫田氓，而爲之陳『二南』之風，繹《雅》、《頌》、列國之變，彼有瞠目掩耳卻走耳。俳優侏儒，抵掌叔敖，道古今善惡而貌之以行，投袂遺聲，雜以諧謔，未有不囅然悦、艴然怒、愀然悲者，佛乘所謂是某身卽現某身，而爲説法也。

春秋固多奇烈，若趙宣之强諫，嬰、杵之全孤，觸槐之氣激，翳桑之感報，甘患飴義，羣於一時，皆可悲可涕，可絃可歌。徐叔回氏游翰其間，演爲《八義記》。叔回胷中固磊落多奇，是記直貌其所欲爲而寄之徵言耳。若夫徵詞列狀，曲寫毫芬，千古英英勃勃之氣，恍矣如存，以興以觀，詎有後焉？是記也行，令山陬海隅，市夫田氓，咸知有數子之忠義，數子更藉不朽，而記數子者與數子記者亦不朽。則文負徐生乎？徐生負文乎？

嘉靖六年秋九月，崆峒山人李夢陽題。萬曆丁未冬孟〔一〕，謝山樵子陳邦泰書。

【箋】

〔一〕萬曆丁未：萬曆三十五年（一六〇七）。

古八義記考異

陳邦泰

一、攷徐叔回者名元，浙之錢唐人也。質明敏，好學問，嘗從李崆峒先生遊。長而奇偉，有王佐才，月旦比之謝安、王猛。年四十不遇，退隱九華山，莫知所終。後又傳叔回乘白麋入黃山云。

一、《八義記》有張、沈校，刻閩，卽時本也。有徐叔回本，又名《接纓記》，恐致混淆，特加『古』字，以便鑒別。

一、程嬰，趙朔友也，公孫杵臼客也，時本列如臧獲，甚非體統。

一、晉侯無割人手作熊掌事，有宰夫胹熊蹯，不熟，去兩手事，非竟不經。

一、嗾犬在宣孟侍宴之際，古本從史，自是妥雅。時本以岸賈引犬入奏，抑何紐捏。

一、屠岸賈爲司寇，托治靈公賊黨，禍及趙盾。時本不以趙穿、董狐入傳，則岸賈釁何由生？

一、屠岸賈殺趙朔於下宫，並無周堅替死。兩本俱有者，爲傳奇始終張本。

一、景公因韓厥之衆以脅諸將，而見趙孤，則出孤時厥未死也。時本謂厥刎、放孤，是厥先孤以死，復孤其誰之功？

一、程嬰詐首孤時，史未變易姓名。時本易爲張鼎，何反支離？

一、程嬰與趙孤俱匿山中，時本謂嗣岸賈，豈不畏人耳目？

一、趙武之復，實由晉侯病夢醫卜。時本不以入傳，則趙武復立何來？大失關脈。

一、岸賈未嘗爲僧，古本故醜姦雄，激勸後世。

一、時本會合陰陵，古本會合靈壽寺，原非實錄，各隨意興所到。

一、時本詞曲粗鄙，事多不與《左》、《國》、《史》、《鑒》相合，校古本大有異同，觀者自見。

秣陵陳邦泰大來父書。

（以上均明萬曆間金陵陳氏繼志齋刻本《重校古八義記》卷首）

一笑散院本（李開先）

李開先（一五〇二—一五六八），字伯華，號中麓，別署中麓子、中麓山人、中麓放客，章丘（今屬山東)人。明嘉靖八年己丑(一五二九)進士，授戶部主事。歷官至太常寺少卿、提督四夷館。二十年，罷官歸里，以詩文詞曲自娛。與王慎中(一五〇九—一五五九)、唐順之(一五〇七—一五六〇)等並稱『嘉靖八才子』。喜藏書，築『萬卷樓』。編纂《詞謔》、《市井豔詞》，選訂《改定元賢傳奇》。著有《李中麓閒居集》，及散曲《中麓小令》、《臥病江皋》等。撰雜劇《一笑散院本》、《皮匠參禪》等，傳奇《寶劍記》、《斷髮記》、《登壇記》。二〇一四年上海古籍出版社出版卜鍵編《李開先全集》。傳見焦竑《國朝獻徵錄》卷七〇、《明史》卷二八七等。參見卜鍵《李開先傳略》(中國戲劇出版社，一九八九)、曾遠聞《李開先年譜》(齊魯書社，一九九一)、李永祥《李開先年譜》(黃河出版社，二〇〇二)。

《一笑散院本》，包括《打啞禪》、《園林午夢》、《攪道場》、《喬坐衙》、《昏廝謎》、《三枝花大鬧土地堂》六種雜劇，原有明嘉靖間刻本，已佚；現存清初鈔本，僅收《打啞禪》、《園林午夢》二種，中國國家圖書館藏。

一笑散序①

李開先

中麓子塵事應酬之暇，古書講讀之餘，戲爲六院本，總名之曰《一笑散》：一《打啞禪》，二《園林午夢》，其四乃《攪道場》、《喬坐衙》、《昏廝謎》，並改竄《三枝花大鬧土地堂》。借觀者眾，從而失之。失者無及，其存者恐久而亦如失者矣。遂鋟②之以梓③，印之以楮，裝訂數十本，藏之巾笥。有時取玩，或命童子扮之，以代百尺掃愁之箒，而千丈釣詩之鈎。更因雕工貧甚，願減價售伎。自念古人遇歲荒，乃以興造事濟貧，諺又有『油貴點燈，米貴齋僧』之説，遂以二院本付之，不然，刻不及此④。

（《續修四庫全書》第一三四〇册『集部・别集類』影印明刻本《李中麓閒居集・文》卷五）

【校】

①中國國家圖書館藏清初鈔本《園林午夢院本》卷首有此文，題爲《一笑散院本短引》。

②鋟，清初鈔本《園林午夢院本》卷首《一笑散院本短引》作『刻』。

③梓，清初鈔本《園林午夢院本》卷首《一笑散院本短引》作『木』。

④清初鈔本《園林午夢院本》此篇末有題署：『嘉靖歲在上章涒灘除月嘉平日，中麓子李開先自序。』嘉靖歲在上章涒灘，即嘉靖三十九年庚申（一五六〇）。除月，農曆十二月。嘉平日，即臘祭之日，指十二月初八日。

園林夢打啞禪二院本總跋

李開先

至人無夢，太上忘言。《午夢》甚於夜夢，《啞禪》涉於多言。視至人、太上，不深有愧乎？

中麓。

園林夢打啞禪二院本總跋

崔元吉〔一〕

夫無夢爲至人，無欲爲上人。以其静定絶慮，豁達大觀，一切富貴利達、言語文章，皆歸於空。世人淺識妄念，挾私而爭爾我者，如夢中有爭，覺則一空而已。二院本，一則如癡人前説夢，雖指點極明，而瞢騰愈甚；一則如婦人弔喪，守著別人靈牀，卻哭自家爺娘，不能無夢無欲。中麓師嘗以此語余，余因推廣其意，跋而書諸簡末云。

濟南門人崔元吉跋。

【箋】

〔一〕崔元吉：歷城（今山東濟南歷城區）人。明嘉靖間舉人。嘉靖四十四年（一五六五），任章丘知縣。傳見同治《徐州府志》卷二二下。

園林夢打啞禪二院本總跋

楊　善〔一〕

吾師矢口著作，不下百卷。四方積書之家，莫不求爲至寶。敝囊收有數十種，但恨不全耳。至於《一笑散》，得之最晚，浴目讀之，不覺大笑出聲。山妻叩之，從而仿像。雖無知婦人，亦能共發一笑，此書一出，得以展眉解頤如我輩者，不知幾千萬人也。

就《午夢》以覺門，感《啞禪》而悟道。功名事視之雖甚輕，然以殘夢未醒，俗緣未了，買山土子口之北，地名水壑。少入城市，時復讀書科舉，尚得一等。惜乎歲月漸加，見聞不廣，即作魁元之教，不敢不勉，但不敢必耳。大笑出門，竊願效李謫仙；見笑妻嫂，恐終爲蘇季子云。

便中望多惠數十本，當轉送相知，以爲散鬱破悶之良劑，萬幸也。《樵談》有曰：『畫工數筆，術者片言，僧道一經半呪，輒得千金；文士刳精鉥心，不博人一笑。士也賤，何獨在茲？』此特未見《一笑散》云耳，見則當不爲是言矣。

萊蕪門人楊善跋。

（以上均清初鈔本《一笑散院本》所收《打啞禪院本》卷末）

【箋】

〔一〕楊善：萊蕪（今屬山東濟南）人，字號、生平均未詳。

園林午夢（李開先）

《園林午夢》，《寶文堂書目》卷中、《遠山堂劇品》著錄，未題撰者；《今樂考證》著錄，誤爲李日華作。《一笑散院本》第二種，原有嘉靖間刻本，已佚，現存萬曆間喬山堂劉龍田刻本《重刻元本題評音釋西廂記》卷末附刻本、萬曆間胡文煥《羣音類選》『北腔類』卷一收錄本、崇禎十三年（一六四〇）秋烏程閔遇五輯刻校注本《會眞六幻》之『幻住』陸采《南西廂記》附刻本（民國五年貴池劉氏輯刻《暖紅室彙刻傳劇西廂記》附錄本據以覆刻）、清鈔本《一笑散院本》本、姚燮《今樂府選》本等。

園林午夢院本跋語

李開先

呂東萊曰：『形接爲事，神遇爲夢。』樂廣曰：『形神所不接，而夢豈想耶？』予年三十以前，晝所接見人物，經遊境界，夜則夢之，非接見經遊，通宵無入夢者，所以無異夢，且不喜談夢，不甚信夢云。嗣後年長而神不清，名成而心患失，妄想過憂，出入蚍蜉穴，而遨旋槐蟻宮，冀江淹五色之筆，而歆丁固三公之貴，異夢時時來枕上，兼有兩重虚而夢中説夢者。及退居園林，如夢覺來，心定而神復清，栩蝶成莊，而周公不復親孔矣。《午夢》院本之作，其在何時耶？觀者不待予言自知。但望更索諸言外，是則爲幸不淺耳！

嘉靖辛酉年端陽前一日，中麓李開先書。

（清初鈔本《一笑散院本》所收《園林午夢院本》卷末）

附　李伯華園林午夢跋〔一〕

劉世珩

《園林午夢》，閔遇五《會眞六幻》本附『幻住』後，徐士範、羅懋登、大業堂亦附此種，皆無作者姓名。按周亮工《賴古堂集》、《章丘追懷李中麓前輩》詩自注：『公所著雜劇，如《園林午夢》類，總名曰《一笑散》。』又載《也是園書目》，不列之雜劇中，而列之《詞林摘豔》、《盛世新聲》之前。此二書皆選錄小令、套數，則《一笑散》卽中麓自集其小令、套數之作，與亮工詩注正合。今觀此本，前後僅四曲，其爲小令、套數可知。

中麓，名開先，字伯華，章丘人，官至太常寺少卿。《列朝詩集》：伯華罷歸，『治田產，蓄聲伎，徵歌度曲，爲新聲小令，搊彈放歌，自謂馬東籬、張小山無以過也』。《曲錄》錄其所著傳奇，尚有《寶劍記》、《斷髮記》二種。前人刻《西廂》，以此曲涉及鶯、紅，均爲附入，今亦刊存，並據亮工詩注，爲補作者姓字云。

夢鳳識。

（民國間貴池劉氏《暖紅室彙刻傳劇》『西廂附錄十三種』之十一《園林午夢》卷末）

【箋】

〔一〕底本無題名，據版心題。

打啞禪（李開先）

《打啞禪》，《一笑散院本》第一種，《明代雜劇全目》著錄，現存清初鈔本《一笑散院本》本。

打啞禪院本跋語

李開先

嘗謂虛聲頓息，法空之正印旋生；猛焰俄消，靈潤之眞誠立驗。六塵之境本空，鏡中照影；三界之塗無體，谷外傳聲。理事該羅，當世諦而明眞諦；始終互徹，卽凡心而見佛心。實際無差，與三世佛而一時成道；眞空平等，共十類生而同日涅槃。說證說知，背天眞而永沉苦海；不靈不悟，失圓修而常鎖空門。眞性與緣起同籌，不思議而可思議；有量共無量均運，居見聞而非見聞。阿難、商那之儔，迦葉、文殊之輩，會菩提場而說經梵，昇金剛座而講法輪。不空之空，是曰『眞空』；不有之有，名爲『妙有』。

若其健羨難除，聰明未黜，縱瑣瑣之無已，忘己身之至親，踐不測之畏途，徇無端之熾欲，內膠爲識想，外妄爲飾名，則雖削髮披緇，出家居寺，與禪宗爲罪人，在釋家爲大盜。此又在小乘禪、野狐禪之下，面命耳提，猶且不省，況可打啞禪乎哉？

無有二寶焉，持二寶以參禪，無不了了得證果者，啞禪不待打而自無不中矣。一曰如意淨明珠，既圓且朗，能破一切昏暗而珠無染著；一曰降魔金剛杵，既利且堅，能破一切障礙而杵無損虧。但有志禪學者，吾先贈之以二寶，而後繼之以院本刻本焉。

嘉靖辛酉年端陽後一日，中麓李開先書。

寶劍記（李開先）

（清初鈔本《一笑散院本》所收《打啞禪院本》卷末）

《寶劍記》，呂天成《曲品》著錄，現存嘉靖二十六年（一五四七）原刻本（《古本戲曲叢刊初編》據以影印）。

寶劍記序〔一〕

蘇　洲〔二〕

《琵琶記》冠絕諸戲文，自勝國已遍傳宇內矣。作者乃錢塘①高則誠。闔關謝客，極力苦心。歌詠則口吐涎沫②，按節拍則腳點樓板皆穿。積之歲月，然後出以示人。猶且神其事而侈其說，以二燭光合，遂名其樓爲『瑞光』云。予性頗嗜曲調，醉後狂歌，只覺【鴈魚錦】、【梁州序】、【四朝元】、【本序】及【甘州歌】等六七闋爲可耳，餘皆懈鬆支漫，更用韻差池，甚有一詞四五韻者。是記則蒼老渾成，流麗款曲，人之異態隱情，描寫殆盡，音韻諧和，言辭俊美，終篇一律，有難於去取者。兼之起引散說，詩句塡詞，無不高妙者，足以寒姦雄之膽而堅善良之心。才思文學，當作古今絕倡。雖《琵琶記》遠避其鋒，下此者毋論也。但不知作者爲誰。予游東國，只聞歌之者多，而章丘尤甚，無亦章人爲之耶？或曰：『坦窩始之，蘭谷繼之，山泉翁正之，中麓子成之也。』然哉？非哉？聞其對客灑翰，如不經意，纔兩閱月而脱稿矣。固不待持久，亦不借燭光爲之瑞應也。果爾，是則詞林之幸，而中麓之不幸也。

近見有貽中麓書者〔三〕，其略曰：『時從門下游者，候問行藏，云：「多注疏古六經。」或云：「多通賓客，歌舞酒弈，以自頹放。而其所著者，間或雜引謔之詞。」』客或以此病之，然僕獨竊笑客之陋者，又非所揣摩③於賢者之深微也。

天之生才，及才之在人，各有所適。夫既不得顯施，譬之千里之馬，而困槽櫪之下，其志常在奮報也，不得不齧足而悲鳴。是以古之豪賢俊偉之士，往往有所托焉，以發其悲涕慷慨、抑鬱不平之衷。或隱於釣，或乞於市，或困於鼓刀，或歌，或嘯，或擊節，或暗啞，或醫卜，或恢諧駁雜。之數者，非其故爲與時浮湛者歟？而其中之所持，則固有④溷於世之耳目，而非其所見與聞者矣。

中麓復書曰：『僕之蹤迹，有時注書，有時摛文，有時對客調笑，聚童放歌，而編揑南北詞曲，則時時有之。士大夫⑤獨聞其放，僕之得意處正在乎是，所謂「人不知之味更長」也。觀此，則其無志於世可知也已。近因賢内之喪〔四〕，嘆流影之似飛，悟生人之如寄，一切勞心事罷棄不爲。小令且難見之矣，況乎文與經解，及如《寶劍記》數萬言耶！』

嘗拉數友款予，搬演此戲，坐客無不泣下沾襟。恐其累吾道心，酒半而先逃。然猶爲此言者，將以闡其微而表其素。有才如此，使之甘爲溝中之斷，不亦深可惜耶？過此以往，將與之嘘吸沖和，珍攝玄液，以圖超出塵壒之外，而遨遊蓬閬之區，不猶賢於徵逐騷壇、墮落苦海耶？聞者若以爲狂，則其狂滋甚矣！

邑侯平岡〔五〕，恐是記失傳，托刻之，蓋政而兼文者也。誠心直道，以翰林清貴而出是官，勞心撫字，苦志辭章，不知身爲遷客，宜其有是舉也。繼此刻者，當不啻《琵琶⑥記》之多。古有一藝成名者，以是刻名出高⑦則誠之上，較諸得志一時富貴，必不肯相博也。若是者，則又中麓之幸矣。

嘉靖丁未歲八月念五日，雪蓑漁者漫題⑧。序因行書，恐久而磨滅難辨，今再眞書之⑨。

（《古本戲曲叢刊初集》影印明嘉靖二十六年原刻本《新編林沖寶劍記》卷首）

【校】

①錢塘，《李中麓閒居集》本作『陳留』。

②『涎沫』二字後，《李中麓閒居集》本有『不絕』二字。

③摩，《李中麓閒居集》本、眞書之《序》均無。

④有，《李中麓閒居集》本、眞書之《序》均無。

⑤士大夫，底本作『大夫士』，據《李中麓閒居集》本改。

⑥琶，底本作『巴』，據《李中麓閒居集》本、眞書之《序》改。

⑦高，《李中麓閒居集》本無。

⑧題署以下文字，《李中麓閒居集》本無。

⑨底本行書之《序》後，另附眞書之《序》，茲不錄。

【箋】

〔一〕《續修四庫全書》第一三四一冊影印明刻本《李中麓閒居集》卷六有此文，題下注：「改竄雪蓑之作。」

〔二〕蘇洲：號雪蓑，別署雪蓑漁者、雪蓑道人、雪蓑漁隱、六和狂士、江南弄客，又號三十六洞天牧鶴使者雪蓑子，原籍杞縣（今屬河南），徙居唐縣（今河南唐河）。工琴、琵琶，能歌吳曲，又善書法。嘉靖間寄居章丘，與李開先游。壽至七十四歲以上。傳見李開先《李中麓閒居集》卷一〇《雪蓑道人傳》、康熙《章丘縣志》卷一一、道光《濟南府志》卷六二等。著有《沉香亭》傳奇，《曲海總目提要》卷一五著錄，云：「明初人作，不知誰筆。」已佚。

〔三〕近見有貽中麓書者：指茅坤《與李中麓太常書》（明萬曆間刻本《茅鹿門文集》卷一）。

〔四〕近因賢内之喪：李開先妻子張氏逝於嘉靖二十六年八月十九日。見《李中麓閒居集》文之八《誥封宜人亡妻張氏墓志銘》。

〔五〕邑侯平岡：指陳東光（？—一五六六後），字平岡，一字叔晦，鈞州（今河南禹縣）人。嘉靖十三年甲午（一五三四）舉人，十四年乙未（一五三五）進士，任翰林院檢討、江西瑞州府知府、山東副使參政、四川右布政等。二十五年，任章丘知縣，二十七年卸任。傳見乾隆《章丘縣志》卷七。《李中麓閒居集》文之五有《送陳平岡大名別駕序》。

寶劍記後序〔一〕

姜大成〔二〕

或有問乎松澗子者：「世鮮知音，何以謂之知音也？」曰：「知填詞，知小令，知長套，知雜劇，知戲文，知院本，知北「十法」，知南九宮，知節拍指點，善作而能歌，總之曰知音。」

問者乃笑曰：『若是者，不惟世鮮，且無之矣。』予曰：『子不見中麓《寶劍記》耶？又不見其童輩搬演《寶劍記》耶？嗚乎，備之矣！園亭揭一對語云：「書藏古刻三千卷，歌擅新聲四十人。」有一老教師，亦以一對褒之：「年幾七十歌猶壯，曲有三千調轉高。」久負「詩山曲海」之名，又與王渼陂、康對山二詞客相友善。壯年謝政，鎮日延賓。備是數者，謂之知音，蓋舉世絶無而僅有者也。』

問者更大笑絶倒，曰：『有才如此，不宅心經術，童子不使之讀書，歌古詩，而乃編詞作戲，與平日所爲大不相蒙，中麓將如斯已乎？盍勸之火其書而散其童？』予曰：『此乃所以爲中麓也。古來抱大才①者，若不得乘時柄用，非以樂事繫其心，往往發狂病死。今借此以坐消歲月，暗老豪傑，奚不可也？如不我然，當會中麓而問之。』問又不之答，遂書之以俟知其心者。

嘉靖丁未閏九月，同邑松澗姜大成序②。

【校】

①抱大才，《李中麓閒居集》本作『以才自負』。

②《李中麓閒居集》本正文末無題署。

【箋】

〔一〕《續修四庫全書》第一三四一册影印明刻本《李中麓閒居集》文之六有此序，題下注：『托姜松澗爲之言。』據此，則此篇或爲李開先撰。原本眞書之《後序》後，附有行書之《後序》。

〔二〕姜大成（一四九六—一五五四）：字子集，號松澗，章丘（今屬山東）人。嘉靖十六年丁酉（一五三七），由拔貢中順天舉人，歷任河南鄢城、山西屯留知縣。傳見《濟南府志》卷四九、康熙《章丘縣志》卷五等。

書寶劍記後

王九思

音律之學，余未之能深知也。罷官後，間嘗命筆，直以取快一時耳，非作家手也。乃對山康子持去，刻諸梓云。

往年乙巳春〔一〕，東山中麓李公以其所製《傍粧臺》百首寄余〔二〕。余不自量，輒敢次韻，序而並刻之，不自知其不可也。後獲公序其有《西野子樂府》〔三〕，品題南北，下上今古，極爲精當。余聞之，殊增愧汗，自恨不獲早領公言，鹵莽至此，貽笑人人，固知其不能免矣。昔人謂『詞爲詩外一重天』，豈非然哉，豈非然哉！

乃今使者至，辱公手書，以新製《寶劍記》見示，且命爲之序。乃倩歌之，憑几而聽之既，於是仰而歎曰：『嗟乎！至圓不能加規，至方不能加矩，一代之奇才，古今之絕昌也。雪蓑子序之悉矣，余復曷言？』出腹心，讓才美，書諸其後如此。公如不棄，得以托名不朽，幸矣，幸矣！山林盲叟，復不自量，得隴望蜀。公之《六經注疏》，想已著成，風便無惜見教，俾瀕朽之人得以飫聞至論，此生不虛，尤爲一大幸也。

嘉靖己酉秋九月九日，渼陂八十二山人王九思書。

（以上均《古本戲曲叢刊初集》影印明嘉靖

二十六年原刻本《新編林沖寶劍記》卷末）

【箋】

〔一〕乙巳：嘉靖二十四年（一五四五）。

〔二〕東山中麓李公：即李開先。《傍粧臺》：明刻本《李中麓閒居集》文之六有《傍粧臺小令序》，參見本書卷十四《中麓小令》條解題。

〔三〕公序其有《西野子樂府》：殆指李開先《西野春游詞序》（明刻本《李中麓閒居集》文之六）。其有：即袁崇冕（一四八六—一五六六），初名袞，字其有，號西野，別署西野子，祖籍冀州，移居章丘（今屬山東）。以布衣終其身，雅善金元詞曲。著有《袁崇冕詩集》、《春游詞》、《秋懷草》、《拾聞野意》、《西野樂府》等。傳見道光《章丘縣志》卷一〇、道光《濟南府志》卷四九等。

紅線金盒記（胡汝嘉）

胡汝嘉（一五二九—一五七八），字懋禮，一作懋中，一字沁南，號秋宇，別署蒨園、白下山人，金陵（今江蘇南京）人，鷹揚衛籍。嘉靖三十一年壬子（一五五二）舉人，次年進士，選庶吉士，授編修。以言事忤執政，隆慶元年（一五六七）謫爲趙州判官，以母憂去。後陞南京禮部儀制司郎中，轉廣西按察事僉事、浙江僉事、四川右參議。萬曆元年（一五七三），改補河南參議。四年，陞山西副使。六年，任浙江分巡金衢道兵備副使，因疾致仕，尋卒。善書畫，工詩文。著有《沁南稿》、《蒨園集》等，撰小說《韋十一娘傳》、雜劇《紅線金盒記》。傳見《式古堂朱墨書畫史·書史》卷五一、道光《上元縣志》卷一〇、同治《上江兩縣志》卷二四等。

《紅線金盒記》，簡名《金盒記》、《紅線記》，一名《暗掌銷兵》，《遠山堂劇品》著錄，現存萬曆三十三年乙巳（一六〇五）新安孫學禮刻《四太史雜劇》本（《日本所藏稀見中國戲曲叢刊》第二輯據以影印）。

金盒記題辭

鴻江子〔一〕

秋宇胡太史雜劇眾刻，惟此冊詞語精妙，首尾無鄙俚之談。暇日歌玩，亦足遣興。

時萬曆甲申中秋日，鴻江子題。

（《日本所藏稀見中國戲曲叢刊》第二輯影印明萬曆三十三年乙巳新安孫學禮刻《四太史雜劇》所收《紅線金盒記》卷首）

【箋】

〔一〕鴻江子：姓名、籍里、生平均未詳。

目連救母勸善記（鄭之珍）

鄭之珍（一五一八—一五九五），字汝席，一字子玉，號高石，別署高石山人，祁門（今屬安徽）

人。弱冠補邑庠生，困於場屋。編修《祁門清溪鄭氏家乘》。撰傳奇《目連救母勸善記》、《五福記》。參見趙蔭湘、陳長文《鄭之珍生平史料的新發現》（《戲曲研究》第二二輯，文化藝術出版社，一九八七）。

《目連救母勸善記》，全名《新編目連救母勸善戲文》，簡稱《勸善記》，《遠山堂曲品》著錄，未題撰者，現存萬曆間高石山房原刻本（《古本戲曲叢刊初集》據以影印）、萬曆間金陵富春堂刻本、種福堂翻刻富春堂本、咸豐九年己未（一八五九）經國堂仿富春堂刻本、清友于堂刻本、清光緒間石印本等。

（勸善記）序

鄭之珍

昔夫子志三代之英，不得位以行其政教，於是假魯史作《春秋》，以褒善而貶惡。夫善者褒之，人既樂於爲；惡者貶之，人將憚而不爲矣。故曰：『孔子成《春秋》，而亂臣賊子懼。』是非懼之以勢也，以斯民之心之道也。子不云乎？『斯民也，三代之所以直道而行也。』使道非斯民之同具，此顧懼之，彼顧違之，聖人之心，吾見其窮矣。然道能懼者，猶爲中人之資。若夫中人以下，愚夫愚婦懵焉而莫之懼者，尤衆也。況世變江河，日不逮於古者乎？

余不敏，幼學夫子而志《春秋》，惜以文不趨時，而志不獲遂。於是萎念於翰場，而游心於方外。時寓秋浦之剡溪，乃取目連救母之事，編爲《勸善記》三冊。敷之聲歌，使有耳者之共聞；著之象形，使有目者之共覩。至於離合悲歡，抑揚勸懲，不惟中人之能知，雖愚夫愚婦，靡不悚惻涕洟、感悟通曉矣，不將爲勸善之一助乎！

有客過我，嘆余詞而病其號。余應之曰：『夫夫是也。盤庚遷殷，民不適有居，於是懼之以神道，盤庚之弗獲已也。余學夫子，不見用於世，於是懼之以鬼道，亦余之弗獲已也。蓋懼則悟矣，悟則改矣，改則善矣。余學夫子之心亦少慰矣。』

客曰：『然則子敢自方於夫子乎？』曰：『夫子何敢當也？乃所願則學夫子也。以獲麟之筆而擅天子之權，道隆則從而隆也；以臂鷹之手而送佛前之錢，道汙則從而汙也。而欲人之從善，則一也。』客笑曰：『唯唯！』因書之。

時萬曆壬午孟秋月，高石山人鄭之珍書。

敍勸善記

葉宗春〔一〕

夫鉛槧不割，畫龍不雨，文匪關世，文哉文哉！六經之爲要也，孟闢楊墨，孔祕怪神，思深哉，爲世道慮也如是。而異家者每每以詭譎之譚，飾妄誕之旨，大而無當，虛而不經，此何以稱焉，而秦火不烈也。

鶴墩子曰：以吾讀其書，蓋各有說者，存聖賢經傳，要於人倫無贅矣。彼如列、莊之曠達，管、申之覈實，屈、宋之慷慨，楊、馬之博洽，豈盡軌於聖人，而咀之令人感奮思慕，駸駸起者，意精光在天地，要有不可磨滅者歟？夫天蒼蒼者，其正色邪；俄而怪雲飄風，迅雷淫雨，變態萬狀，惟有益於物生，斯不詭於天道。譬則舟車詣京，各取便途；牛鼠飲河，任隨滿腹。猶之聖道君臨，而百氏大至，府部細及里胥，各分一職，以司萬民，曷可少諸？蓋自釋老出而聖道三分，吾無取焉耳；及其清淨無爲，絶業緣而度苦海，吾有取焉耳。彼目犍連者，釋而翹也。夫釋氏，無我相人相，衆生壽者，相而連也；急急於父母之恩，死生之際，相甚矣。何釋之道也！高石鄭子，世儒哉，乃取而傳之，神以輪迴，幻以鬼魅，鼓以聲律，舞以侏儒，誠不啻傳注之訓聖經。然是遵何儒哉？

鄭子曰：吾竊有取焉。夫人情，饜藜藿則思甘脆，足麻枲則慕綺縠，何者？喜新也。是故聽古樂則思睡，而聽《鄭》、《衛》之音則終日而不厭，大都然矣。昔衛鞅之説孝公，説之以帝王道則不懌，説之以伯强則喜。土梗之喻，海大魚之説，皆能轉移主心。雖二世之愚，且可以漆城動者，微哉其術也！吾豈儒而互釋哉？吾以此勸善也。夫人之惡生於忍，忍生於吝，而吝生於無所感。夫戲，聖人所以象感也。設有人於此，左規榘而右準繩，佩韋甫而坐通衢，執聖人之經，鳴鼓而集衆聽，其不望望而去者有幾？終不肯發一笑，終不肯輸一錢。此傳行，則優未臺而邑中之履滿矣，遠者裹糧而近者效後矣，富者捐財而病者起臥矣，此其小也。感傳相之登假，則勸於施佈矣；感四眞之幽囚，則勸於悲慈矣；感益利之報主，則勸於忠勤矣；感曹娥之潔身，則勸於烈節矣；感羅卜之終慕，則勸於孝思矣；此其小也。人之所崇者釋，而釋亦急親矣；釋之亂儒者無親，而急親則儒矣。由是而夷不亂華，墨可歸儒矣，是余之心也夫？

鶴墩子輾爾而笑曰：譩，有是哉！夫士君子抱志當時，達則行之，窮則言之。偉偉鄭子，不得一官以行，而此傳在，以教天下後世無艾矣，其六藉之怪雲，豈文匠之畫龍哉？由前之說，吾取其術；由後之說，吾取其心。乃爲序。

時萬曆己卯歲首春之吉，賜進士第、中憲大夫、雲南按察司副史、前左都郎中、知金華府事、眷侍生鶴墩葉宗春拜書。

【箋】

〔一〕葉宗春（一五二〇—一五九五後）：字仁卿，號鶴墩、鶴墩子，祁門（今屬安徽）人。鄭之珍壻。嘉靖三十五年丙辰（一五五六）進士，授戶部主事。擢金華知府，陞雲南按察司副史。傳見萬曆《祁門縣志》卷三。鄭之珍去世後，撰《明庠生高石鄭公暨配汪孺人合葬墓志銘》。

勸善記序

陳昭祥〔一〕

蓋余讀《勸善記》，而知鄭子之心之可悲矣。夫丈夫之生也，誦法孔、孟，習先王禮樂名物之教，豈不欲身律聲度，以效用於當年，以表儀於天下後世？顧乃時不我與，龍蛇斯蟄，幽憂沈思，吐詞發鬱。蓋楚平逐而著《離騷》，左丘明退而述《國語》。韓非擯韓，《說難》乃成；馬遷蠶室，

《史記》斯就。此其人皆意有所抑鬱，不能通其道，故托之往事，著之文彩，以自見也。

鄭子幼爲諸生時，負高世之雄才，擅淩雲之逸響，而屢困於藝場。於是退而深惟曰：『吾身不用矣，何可以名沒世而不稱也？乃今眩惑人耳目，而淫蕩人心志，以蠱害吾先王禮樂之教者，莫甚於俳優之習。至於今風靡波頽，淪心浹髓，跳踉狂瞽而胥溺者，奚翅十九。吾何以易之哉？傳不云乎？「善者因之，其次整齊之，其次教誨之，最下者與之爭矣。」吾聞之先王之教人也，莫深於孝。故卽目犍連救母事而編次之，而陰以寓夫勸懲之微旨焉。婉麗其辭情，而興其聽視之眞；朱玄其鬼狀，而悚其敬畏之念。使夫觀之者不曰「此戲劇也」，而曰「吾何以置吾父母於天堂而滅度之，吾何以懺悔吾罪戾而毋鬼獄吾也」，此豈不有潛移默奪之者耶？』

嗟乎！今世俗之所嚴事而尊信之者，無佛氏踰矣。今欲勸人以善，因其所嚴事者而象教之，譬之順風而呼，不亦易乎其爲聲邪？說者以其事誕，無可徵信，蓋亦拘儒曲學，內典罔聞，並昧玄旨。乃《南華》三十三篇，重言十七，寓言十九，豈其一言一事，盡可覈實者否耶？然而至實者該矣。況乎目犍連在釋迦牟尼時，居然一大阿羅漢，稱摩訶薩，是爲耆艾，是重言也。至於救母事略，褒善罪惡諸節目，雖未盡然，所謂藉外論之者也。以法眼觀，何幻不眞？奚必盡規陳迹，泥往實，而後爲能教於世也？若鄭子者，其亦良工苦心者矣。其自謂『誰料平生臂鷹手，挑燈自送佛前錢』，則千古英雄扼腕不平之氣也。故曰：『余讀《勸善記》，而知鄭子之心之可悲矣。』

雖然，藉令鄭子得一官，效一職，其設施不朽之業，吾不知其得失，於此何如也？刻成，屬序於余，余故爲之解嘲如此。鄭子者，高石子也。

萬曆壬午孟春之吉，天游人陳昭祥少明甫書於石竹山房〔二〕。

【箋】

〔一〕陳昭祥：字少明，號味川，別署天游人、玉芝居士，祁門（今屬安徽）人。少負奇志，不求仕進。以布衣遨遊名山，發爲詩歌，合集爲《石竹山房天遊稿》。與祝世祿（一五四〇—一六一一）爲莫逆交。同陳履祥、陳明良合輯《文堂詩選》。入清，隱居讀書，不求聞達。另著有《玉芝草》、《潁西社集》等。參見民國《祁門縣志·藝文考》。

〔二〕題署之後有印章三枚：陰文方章『天游人』，陽文方章『少明氏』，陰文方章『石竹山房』。其後另行署『歙邑黃鋌刻』。

讀鄭山人目連勸善記

倪道賢〔一〕

愚讀孟軻氏詰『夷子二本』之說，未嘗不掩卷嘆曰：『嗟乎！天理在人心，要非習俗所能蔽。』墨者兼愛，以薄待其親者，顧厚葬焉，謂非良心之不終昧者乎？乃鄭山人高石所構《目連勸善記》，孝子之心有不爨然興耶！夫佛氏之道軌於墨，離親棄本，習化益深，宜其徒弁髦其親可矣。矧厭知見，夢幻人世，身且爲空，何有於母？逮曹溪以下，比比然也，誰能不梏宗旨？連獨偲偲然，抑鬱不堪，勞形罫礙，務脫母於苦海而後已。若連者，由親以顯眞性，與吾儒敦倫竭力者等耳。良心之驗，吾誰欺乎？

山人性至孝，童齔逮壯，左右志養，無毫髮違父母心。在諸生中，英氣勃勃，自負文武才。喜譚詩，兼習吳歈。宏詞奧義，一於調笑中發之。顧數奇，跲踔場屋，垂三十年。晚謝博士去，作而言曰：『大丈夫不能乘時策勳，以自表見於世，孰若秉仁義，竊風雅，默挽人心濟俗於千載之下，俾閭閻藝苑聆其音節耶？爰摘連救母事，宮商其節而神赫之，庶偷薄者由良心入吾彀，曰：此鄭某化俗之遺響也。「三不朽」之謂何？時海內稱道德文章，家揭旗鼓而登壇者，各相訾議，反藉禪宗晤學，甚則褰裳波焉，若曇陽傳是已。試取吾言而繩墨之，彼援儒入墨之夫何說焉？』

草莽子曰：善。山人是作也，自謂倚劍吹於一吷，託轂音於九皋。天竅雖微，吾知諧八音而應咸池，其所和者眾矣。昔唐蘇晉豪舉，飲中而佞佛。人謂晉所習非所事，奈何？晉曰：『是佛酣米汁，性與吾同，吾願事之。』山人之取連，無亦蘇晉『同性』之謂乎？是可以觀山人矣。

天王萬曆癸未春正月，新都草莽之臣倪道賢惟德甫書於渾噩齋之擊壤亭〔二〕。

【箋】

〔一〕倪道賢：字惟德，別署草莽子，新都（今屬四川成都）人。生平未詳。

〔二〕題署之後有印章三枚：陽文方章『草莽之臣』，陰文方章『倪惟德印』，陽文方章『耕讀遺策』。

勸善記評

陳　瀾〔一〕

目連救母，事恠說誕，智士弗道焉，焉著此？然以正法眼觀，則志於勸善，是第一義。故其愛敬君親，崇尚節義，層見疊出，其與高則誠君《伯喈》勸孝，丘文莊公《五倫》輔治，同一心也。至於地獄罰惡，天堂賞善，則與夜臺鬼造，白日仙登，同一劇也。水月鑒象，勿以迹拘，斯惟智者神會焉爾。因表其微，以與智者道。

壬子進士通家眷侍生左泉陳瀾汝觀甫頓首拜書〔二〕。

（以上均《古本戲曲叢刊初集》影印明萬曆間高石山房原刻本《新編目連救母勸善戲文》卷首）

【箋】

〔一〕陳瀾：字汝觀，號左泉，貴池（今屬安徽）人。嘉靖三十一年壬子（一五五二）舉人。竹溪王邦憲服其品學，高田吳應箕嘗師之。其孫遐齡，中天啓元年辛酉（一六二一）副車。傳見光緒《貴池縣志》卷二七。

〔二〕壬子：嘉靖三十一年（一五五二）。

勸善記跋〔一〕

葉柳沙〔二〕

先儒謂：『文字無關於世教，雖工何益？』是編假一目連，生出千枝萬葉，有開闔，有頓挫，有抑揚，有勸懲，其詞既工，而關於世教者不小也。豈特爲梨園之絶響而已乎？

葉柳沙批。

【箋】

〔一〕底本無題名。

〔二〕葉柳沙：名字、籍里、生平均未詳。

勸善記跋

胡天禄〔一〕

高石鄭先生，予母太孺人之表弟也。弱冠補邑庠，較藝屢冠諸士，人以異材目之，先生亦以天下爲己任。予自幼聆先生緒論，見其學貫天人，識超古今。里人有不決之疑，不平之鳴，咸質成焉，先生弌言，靡不涣然冰釋瓦解也。中年棄舉子業，遨遊於山水間，常謂人曰：『予不獲立功於國，獨不能立德立言，以垂訓天下後世乎？』暇日，取《目連傳》，括成《勸善記》叁冊。予詳觀之，不過假借其事，以寓勸善懲惡之意。至於崇正之説，未嘗不嚴，其有關於世教不小矣。好事者不憚千里求其稿，瞻寫不給，迺繡之梓，以應求者。鶴墩葉副憲翁已敍諸首矣。予不文，僭跋於末簡，亦以見先生立言之弌端也。

時萬曆壬午夏五月吉旦，都昌承敕進修職佐郎、光祿寺掌鹽署監事、眷甥胡天祿惟賢頓首拜書。

（以上均《古本戲曲叢刊初集》影印明萬曆間高石山房原刻本《新編目連救母勸善戲文》卷末）

【箋】

〔一〕胡天祿：字惟賢，祁門（今屬安徽）人。萬曆十年（一五八二），任都昌承敕進修職佐郎、光祿寺掌鹽署監事。

勸善記原序

馮□□

湯城風雨，正遇重陽。晴①旭蒸窗，疏牖欲倦。適有友以《目連救母》請敍於余，余愧不才，焉敢佛頭著糞？惟就其大略言之。

此書出自安徽，或云係瞽者所作，余亦未敢必也。觀其次第層新，無不處處緊合，情文相生，有善必感，無惡不懲，報應昭彰，未嘗有絲毫之或爽也。『舉頭三尺，自有神明』，覩此洵非虛語，殊與話鬼弄神者不同。惟《下山》一折，較爲憾事，不知諳藝場中，雜此妙舞，更覺可觀，大有畫家絢染之法爾，余不爲之咎。今重加繪圖，詳爲校正，付諸石印，以便尋商按徵家，可以舟車攜覽云爾。

光緒二十年歲次甲午菊月，主江南試者馮識於白下行舍。

（清光緒間石印本《目連救母勸善記》卷首〔一〕）

【校】

①晴，底本作『睛』，據文義改。

【箋】

〔一〕此本未見，據蔡毅《中國古典戲曲序跋彙編》卷五逸錄（頁六二一）。

浣紗記（梁辰魚）

梁辰魚（一五一九—一五九一），字伯龍，號少白，別署仇池外史，崑山（今屬江蘇）人。以例貢爲太學生，弗就。嘉靖四十一年（一五六二），浙江總督胡宗憲（一五一二—一五六五）聘爲書記。因胡攀附嚴嵩（一四八〇—一五六七）下獄，旋即歸鄉。著有《遠遊稿》、《鹿城集》及散曲集《江東白苧》。撰傳奇《浣紗記》、《鴛鴦記》，雜劇《紅線女》、《無雙傳補》、《紅綃妓》。參見徐朔方《梁辰魚年譜》（《晚明曲家年譜·蘇州卷》）。一九八八年上海古籍出版社出版吴書蔭點校本《梁辰魚集》。

《浣紗記》，一名《吳越春秋》，呂天成《曲品》著錄。現存萬曆三十六年（一六〇八）武林陽春堂刻本（題《重刻吳越春秋浣紗記》）、萬曆間刻本（題《新刻吳越春秋樂府》，殘存下卷）、萬曆間金陵富春堂刻本（題《重刻出像浣紗記》）、萬曆間金陵繼志齋刻本（題《重校浣紗記》）、明末刻李卓吾先生批評本、崇禎間刻本（題《怡雲閣浣紗記》，《古本戲曲叢刊初集》據以影印）、明末汲古閣原刻初印本、汲古閣刻《六十種曲》所收本、康熙間鈔本、乾隆間內府鈔本（殘存上卷）、乾隆二十五年（一七六〇）龔天佑鈔本（殘存下卷）、同治元年（一八六二）京師瑞鶴山房鈔本、清張氏鈔本（馬廉不登大雅堂舊藏，今歸北京大學圖書館）、李翥風藏手鈔本（題《珍本浣紗記》，蘇州市戲曲研究室據以翻印）等。參見吳書蔭《浣紗記版本概述》（《面向二十一世紀：中外文化的衝突與融合學術研討會論文集》，一九九八年八月）。

序浣紗記

朱其輪〔一〕

戊申春〔二〕，余偕二三友人，讀書於里之旌德祠。病餘，偶檢詩歌，時遣煩悶。閱《浣紗》劇，則三歎范大夫之始終忠越也。

方夫差帥師長驅搗會稽時，句踐特煢煢亡國寡君耳，何思請成，何思守土哉？自種幣一行，而甘心臣妾幽囚，拘係於其廷，非不小有所屈也，而吳則大爲之愚矣。讒張忠間，君若臣得幸脫虎口，復見祖宗基業。蚤夜佐其君，嘗膽臥薪，以圖恢復。乘十年生聚之盛，當三吳驕諂之時，貢神異以窮彼物力，獻佳冶以蠱其心志。此雖治吳之祕計，而越於是日就强大矣。

功成雠雪，正幹國者勒勳策伐之會，而蠡獨以扁舟載西子，放浪湖山烟景中，富貴功名，若罔聞之。人咸誦彼之糠粃顯達，爲善識事機，而予獨嘉其忠於越。語曰：『般樂怠傲，是自求禍。』矧容粉白黛綠者之日廁吾君側也，不無以斃吳者斃越，故不忍以媚夫差者媚吾君。則有身與之相周旋而已，何五湖笑傲之非上大夫深謀遠慮哉！固知不與其君共安樂，第世俗之鄙見，而區區解脫，尤非所以次大夫矣。若夫二國之興亡强弱，則有班班史策在，又何俟予之序論？

萬曆戊申孟秋朔日，修翎主人朱其輪書〔三〕。

（明萬曆三十六年武林陽春堂刻本《重刻吳越春秋浣紗記》卷首）

【箋】

〔一〕朱其輪：字式庸，別署修翎主人。籍里、生平均未詳。

〔二〕戊申：萬曆三十六年（一六〇八）。

〔三〕題署之後有印章二枚：陽文方章『式庸氏』，陰文方章『朱其輪印』。

浣紗記總評

禿翁〔一〕

敵國報仇雪恥，謀士設計陷人，俱以美色投之，是美色不止利刃矣。世人何甘心利刃者之多也！此之謂自相吳越。

范大夫既以西子沼吳，後乃載之而去，識者謂渠恐越爲吳續也。噫！於越忠矣，但大難爲自家耳。一笑，一笑。

西子可謂攻心上將。吴人受此大毒，而吴之惑於西子者較前更甚。吴人亦可謂甘心伏侍大將軍矣。噫！豈獨吴人也哉！

西子殺人，亦所甘心，可恨今人俱死於東家娘子之手耳。雖然情眼出西施，彼亦安知其爲東家娘子哉？噫！

秃翁。

（明末刻本《李卓吾先生批評浣紗記》卷首）

【箋】

〔一〕秃翁：或以爲李贄（一五二七—一六〇二）別署。然此本評語，恐出於葉晝僞托。葉晝（？—一六二五後），字文通，號錦翁，別署葉五葉、葉不夜、梁無知等，梁谿（今江蘇無錫）人。萬曆二十二年（一五九四），就學於顧憲成（一五五〇—一六一二）。天啓四年（一六二四），作客開封，倡海金社。卒於天啓五年後。著有《四書評》、《中庸頌》、《悦客編》等。評點小説《水滸傳》、《三國志演義》、《西遊記》及多種戲曲。生平事迹見清錢希言《戲瑕》卷三、周亮工《因樹屋書影》卷一等。

附　浣紗記跋〔一〕

吴　梅

此記吴越興廢事。伯龍【漢宫春】詞所云『看今古《浣紗》新記，舊名《吴越春秋》』是也。記中事實與史不符處頗多，此是搬演家舊習，不足深辨。《靜志居詩話》云：『伯龍雅擅詞曲，所撰《江東白紵》，妙絕時人。時邑人魏良輔，能喉轉音聲，始改弋陽、海鹽爲崑腔，伯龍塡《浣紗記》付之。王元美詩：「吳閶白面冶遊兒，爭唱梁郎雪豔詞」是已。同時又有陸九疇、鄭思笠、包郎郎、戴梅川輩，更唱迭和，清詞豔曲，流播人間，今已百年。傳奇家曲別本，弋陽子弟，可以改調歌之，惟《浣紗》不能，故是詞家老手。』據此則當時推重之者，幾風靡天下。

今按其詞，韻律時有錯誤。如第二折【玉抱肚】云：『感卿贈我一縑絲，欲報慚無明月珠。』第七折【出隊子】云：『八九寸彎彎兩道眉，盡道輕盈，略嫌胖些。』尤爲顯然謬誤。至如《打圍》折，【南普天樂】、【北朝天子】合套，爲伯龍創格，而【朝天子】每支換韻。《迎施》折【三換頭】二曲，一云『這其間只是我不合我來溪邊獨行』，一云『這壁廂只得把那壁廂暫時承領』，誤作一句，不知《琵琶》原文，爲兩句協韻，此又大舛律者也。惟曲白研鍊雅潔，無《殺狗》、《白兔》打油鉸釘之習。在明曲中，除《四夢》外，當推此種爲最矣。

霜崖。

（民國十九年上海商務印書館排印本吳梅《曲選》卷一）

【箋】

〔一〕底本無題名。

陽春六集（張鳳翼）

張鳳翼（一五二〇——一六一三），字伯起，號靈虚，别署泠然居士，長洲（今江蘇蘇州）人。嘉靖四十三年甲子（一五六四）舉人，後四次會試均落第，乃絶意仕進。晚年以賣字傭書爲生。著有《處實堂前後集》、《談輅》、《夢占類考》、《文選纂注》等，及散曲集《敲月軒詞稿》。參見徐朔方《張鳳翼年譜》（《晚明曲家年譜·蘇州卷》）。

撰戲曲集《陽春六集》，包括《紅拂記》、《灌園記》、《竊符記》、《虎符記》、《祝髮記》、《扊扅記》六種傳奇。另有傳奇《平播記》，已佚。

陽春堂五傳跋

徐　𤊹〔一〕

壬辰秋〔二〕，余有故蘇之役，借居張幼于曲水園〔三〕。而長公伯起先生常避客，不樂應酬。余以幼于故，始得見伯起者再，而所著作，時時窺一斑。會吴友劉仲卿出此《五傳》見贈，一《紅拂》，一《竊符》，一《灌園》，一《虎符》，一《祝髮》。藏之齋頭六年，忽一披覽，伯起風流，宛然在目也。

丁酉初春二十四日〔四〕，興公識。

（《叢書集成三編》第一册影印《峭帆樓叢書》本民

國繆荃孫重輯《重編紅雨樓題跋》卷一，頁五一七）

【箋】

〔一〕徐𤊹（一五七〇—一六四二）：　字惟起，號興公，別署鰲峯居士，閩縣（今福建閩侯）人。終身未仕，喜遊歷。博學工詩文，萬曆間主閩中詩壇，後進稱『興公詩派』。藏書極富，藏書樓名宛羽樓、紅雨樓，有《紅雨樓書目》。編選《閩南唐雅》。著有《榕陰新檢》、《徐氏筆精》、《雪峯寺志》、《紅雨樓題跋》、《鰲峯集》、《紅雨樓集》等。傳見《明史》卷二八六。參見［美］富路特、房兆楹主編，李小林等譯《明代名人傳》。

〔二〕壬辰：　萬曆二十年（一五九二）。

〔三〕張幼于：　即張獻翼（一五三四—一六〇四），字幼于，後更名敉，長洲（今江蘇蘇州）人。張鳳翼弟。嘉靖間國子監生。精於《易》。著有《讀易紀聞》、《讀易韻考》、《文起堂集》、《紈綺集》等。傳見王世貞《弇州山人續稿》卷一〇九《張幼于生志》等。

〔四〕丁酉：　萬曆二十五年（一五九七）。

紅拂記（張鳳翼）

《紅拂記》傳奇，呂天成《曲品》著錄，現存萬曆二十九年（一六〇一）金陵繼志齋刻本、萬曆間杭州容與堂刻本（題《李卓吾先生批評紅拂記》）、萬曆間金陵文林閣刻本、明書林游敬泉刻本、明汪氏玩虎軒刻本、明末吳興淩玄洲校刻朱墨套印本、明末書林師儉堂刻本、明末汲古閣原刻初印本、汲古閣刻《六十種曲》本、乾隆間修文堂輯《六合同春》本、民國初年貴池劉世珩輯刻《暖紅室彙刻傳劇》本等。參見李國强《珍稀的明建本〈紅拂記〉》（載《紫禁城》二〇〇六年第三期）。

紅拂序〔一〕

李贄

此記關目好，曲好，白好，事好。樂昌破鏡重合，紅拂智眼無雙，虬髯棄家入海，越公並遺雙姬①，皆可師可法，可敬可羡。孰謂傳奇不可以興，不可以觀，不可以羣，不可以怨乎？飲食宴樂之間，起義動概多矣。今之樂猶古之樂，幸無差別視之其可。

溫陵卓吾李贄撰②。

（明萬曆間容與堂刻本《李卓吾先生批評紅拂記》卷首）

【校】

①姬，《李溫陵文集》卷八《雜述·紅拂》作「妓」。

②《李溫陵文集》卷八《雜述·紅拂》文末無題署。

【箋】

〔一〕此文亦載明萬曆二十九年（一六〇一）金陵繼志齋刻本《重校紅拂記》卷首，題《紅拂記題辭》，末署「萬曆辛丑人日秣陵陳邦泰書」（後鈐陰文方章「大來」）。見《傳惜華藏古典戲曲珍本叢刊》第六册影印本。此文收入《續修四庫全書》集部第一三五二册影印明刻本《李溫陵文集》卷八《雜述》，題爲《紅拂》（頁一一二〇）。

紅拂序

陳繼儒

余讀《紅拂記》，未嘗不嘖嘖歎其事之奇也。紅拂一女流耳，能度楊公之必死，能燭李生之必興，從萬衆中蟬脫鷹揚，以濟大事，奇哉，奇哉！何物女流，有此物色哉？虬髯龍行虎步，高下在心，一見李公子，知其必君；一見李靖，知其必相讓天下於一局棋。十五年後，旗鼓震於東南，籌策絲毫不爽，不尤奇乎？其妻以尺緘寸楮，盡付家儲於素不相識之人，而毫無留滯，不更奇乎？然而李靖翊際聖明，決機制勝，而出沒若神韜之傳，迄今爲□胄嚆矢，奇又何如？予謂傳中所載，皆奇人也，事奇文亦奇，雲蒸霞變，卓越凡調。不佞取而詮之譯之，永爲好奇者歌吟。

雲間陳繼儒題〔一〕。

（明末書林師儉堂刻本《陳眉公先生批評紅拂記》卷首）

【箋】

〔一〕題署之後有印章二枚：陰文方章『陳繼儒印』，陽文方章『中醇』。

（紅拂記）總評〔一〕

闕名〔二〕

《西廂》風流，《琵琶》離憂，大抵都作兒子態耳。《紅拂》以立談而物色英雄，半局而坐定江山，奇陽落落，雄氣勃勃，翻傳奇之局，爲掀乾揭坤之猷。不有斯文，何伸豪興？洵乎黄鐘大吕之奏，天地放膽文章也。

（民國間貴池劉氏刻《暖紅室彙刻傳劇》本《陳眉公批評紅拂記》卷末）

【箋】

〔一〕底本無題名。

〔二〕此書既係陳繼儒批評，則《總評》當爲陳繼儒撰。

附　紅拂記跋〔一〕

吴　梅

此記取張燕公《虬髯客傳》，布局成詞，伯起少年筆也。初脱稿即傳誦一時，惜協韻時有通假處。沈景倩《顧曲雜言》論《紅拂》云〔二〕：『以意用韻，便俗唱而已。余每問之，若云「子見高則誠《琵琶記》否？余用此例，奈何訝之。」』據此則韻律不協，伯起固自知之也。弇州《曲藻》云：『紅拂佳句，有「愛他風雪耐他寒」語，不知爲朱希眞詞，其起句云：「檢盡曆頭冬又殘，愛他風雪耐他寒。拖條竹杖家家酒，上個籃輿處處山。」亦自瀟灑有致。』伯起所作有六種，《紅拂》爲少作，演習者已遍國中。後以丙戌上太夫人壽，作《祝髮記》，母已八旬，而身亦耳順矣。其繼作者，則有《竊符》、《灌園》、《扊扅》、《虎符》，共刻，函爲《陽春六集》，盛傳於世，亦可以止矣。暮年值播事奏功，大將李應祥求作傳奇，潤筆稍溢，不免張大，似多此一蛇足。今其曲亦不傳云。

霜崖。

（民國十九年上海商務印書館排印本吴梅《曲選》卷一）

【箋】

〔一〕底本無題名。

〔二〕沈景倩：卽沈德符（一五七八—一六四二），初名麟禎，後改名德符，字景倩，一作景伯，號虎臣，嘉興（今屬浙江）人。萬曆四十六年戊午（一六一八）舉人，屢應春試不第。著有《清權堂集》、《萬曆野獲編》、《敝帚軒剩語》等。後人從《萬曆野獲編》輯録有關戲曲之資料，單獨成書，題《顧曲雜言》，現存《學海類編》本等。傳見重慶圖書館藏沈椿齡乾隆己丑（三十四年，一七六九）題識鈔本《萬曆野獲編》卷首沈純祉撰《行狀》、錢謙益《列朝詩集小傳》丁集下、曹溶輯《明人小傳》、朱彝尊《静志居詩話》卷一七、盛楓《嘉禾獻徵録》卷一一等。

灌園記（張鳳翼）

《灌園記》，吕天成《曲品》著録，現存萬曆間金陵富春堂刻本（《古本戲曲叢刊初集》據以影印）、萬曆三十三年乙巳（一六〇五）茅彦徵重刻巾箱本（《美國哈佛大學哈佛燕京圖書館藏中文善本彙刊》第三六册據以影印）、明末汲古閣原刻初印本、汲古閣刻《六十種曲》本。馮夢龍據以改編爲《新灌園》傳奇，參見本書卷四該條解題。

灌園小引

茅　茹〔一〕

予童而嗜奇，棲心韻語，敢於聲律，稍窺一班。其半縻於公車業，私心未竟也。歲在閼逢執徐〔二〕，犬馬齒長矣。懷剌莫投，英雄氣短，老驥伏櫪，空懷千里之思。

適覽張伯起《灌園》一記，可知人生若轉蓬，榮枯聚散，天實有靈。緣是遂生欣戚，想終杲骨矣。樂將軍以一戰下齊七十餘城，反以讒去。王太傅抗疏批鱗，赤忠貫日，祇令魂迷芳樹，骨掩愚公。田世子貸力火攻，嗣基東海，人侈其雄，緬維埋名。太史園中，長蓑圓笠，插棘荷鋤時，屬何境界？至若裙釵慧眼，潛渡鵲橋，帝子皇英，兩諧連理，彼固有夙緣耶？若翁老不解事，猶譙責不休也，冤哉！伯起氏之嘔血於斯也，蓋自有深心歟？

嗟嗟！寒窗疏雨，皓魄驚秋。按節而歌，令人腸熱。伯起氏負才不羈，博綜典籍。間以駒隙之暇，勒成新響。豈曰鼓吹四筵耶？舌端隱隱現青蓮矣。試就辭壇而叩曰：『誰爲執牛耳者？』敢不共推伯起氏哉！予弟公美〔三〕，有同好焉，乃裒而附之剞劂氏。

七月既望，茅茹仲連甫書於生花館〔四〕。

（《美國哈佛大學哈佛燕京圖書館藏中文善本彙刊》第三六册影印明萬曆三十三年乙巳茅彦徵重刻巾箱本《齊世子灌園記》卷首）

【箋】

〔一〕茅茹：字仲連，室名生花館，歸安（今浙江湖州）人。生平未詳。

〔二〕閼逢執徐：即甲辰。該本卷三末刻有『萬曆乙巳年菊月梓於千里臺，不二道人雲津父校。』然則此甲辰當爲萬曆三十二年（一六〇四）。

〔三〕公美：即茅彦徵，字公美，歸安（今浙江湖州）人。生平未詳。

〔四〕題署之後有陽文方章二枚：『仲連氏』、『生花館』。

祝髪記（張鳳翼）

《祝髪記》，吕天成《曲品》著録，現存明萬曆間金陵富春堂刻本、萬曆間金陵陳氏繼志齋刻本（《古本戲曲叢刊初集》據以影印）、萬曆間玩虎軒刻本等。

祝髪記序

蔣子徵〔一〕

予丱歲交伯起。丁丑之役〔二〕，下第春官，以太夫人春秋高，不復赴公車。予輩惜其才，强之不獲。癸未秋〔三〕，予讀《禮》之暇，時過伯起園居，見几間《梁書》有徐孝克事，相與歎賞久之。予謂伯起：『樂府新聲，駕高軼王，當因此作一傳奇，有裨風化者不淺。』伯起笑而頷之。浹旬再過，則稿半具，越月而告成。且云：『以太夫人生辰將及，用以娱賓。』

夫以孝義人吐孝義語，宜其根情苗言，華聲實義。語近理勝，不務强澀；詞逸調諧，賢庸并通。雖詩人之感發懲創，史氏之是非勸沮，無以踰此。讀此記而不潸然泣下者，非孝子也；不慨然割情者，非烈士也；不毅然輕生者，非貞女也。且壯征討則推勤王，述逃禪則重名教，豈曰樂府而已哉？

昔白樂天《長恨歌》諸作，爲時所重，上達禁中，下至爲娼妓所自詫大。然其自敍，乃以爲時之所重，僕之所輕。伯起少嘗作《紅拂記》，爲尊君稱壽，海内多以此豔慕伯起。不知伯起意之所托，更有《灌園》，復有二《符》，後有此記。賞音者誠能以引商刻羽視之，則不必優孟登場，秦青出口，而自當有擊節不暇者，此可與知者道也。

魯山蔣子徵撰。

（明萬曆間金陵陳氏繼志齋刻本《重校孝義祝髮記》卷首）

【箋】

〔一〕蔣子徵：魯山（今屬河南）人。字號、生平均未詳。

〔二〕丁丑：萬曆五年（一五七七）。

〔三〕癸未：萬曆十一年（一五八三）。

題祝髮記①

鄭　鄤〔一〕

《琵琶》，南曲之祖也。然其關目有不可解者：糟糠之婦，先不能見信於翁姑，及一見信，遂致痛傷以死，非慈孝也；公車就試，曾幾何時？幾何道里？父母顛連，不聞音耗，直待其妻行乞相尋而後知之，非事理也；伯喈一家，□死於荒，設兵荒洊至，更何處乎？君命所强，遽爾就婚，碌碌清華，徘徊短氣，假如强寇迫協，更有什百於此者，遂無道以全乎？此《祝髮記》之所爲作也。母與妻不並存，則妻可弃。弃妻，子道；弃身以養姑，亦婦道也。生與義當並存，則髮可祝。留身養母，爲子道；潔身全節，亦臣道也。然則爲人子者，雖極貧苦之時，亦自有曲全之術；爲人臣者，雖極艱危之際，決難靦就列之顔。

此記聞成於張伯起之手。伯起，吴中高士，老於公車，思借一命，以奉高堂，而遇蹇食貧，傷懷時事，竟臥不起，曠然有問道之思，乃感徐博士事，爲之點筆。其志潔，其行芳，其情深，其文至，讀之者淚淫淫不知其下也。余愛而誦之。

《琵琶》云：『不關風化體，縱好也徒然。』如此記，乃眞關於風化也，已天下之至情、天下之至道也。若塡詞之工，至《琵琶》無以勝矣。《祝髮》力稍單，故不妨雙行也。

（《四庫禁燬書叢刊》集部第一二六册影印民國間刊《峚陽草堂文集》卷之九）

【校】

①祝髮記，底本作『髮祝記』，據文義改。

【箋】

〔一〕鄭鄤（一五九四—一六三九），生平詳見本書卷十一《選曲》條解題。

附　祝髮記跋〔一〕

許之衡〔二〕

《祝髮記傳奇》，明張鳳翼撰。鳳翼字伯起，又字靈墟，長洲人。著有傳奇七種，《紅拂》、《灌園》已入《汲古閣六十種曲》中，此外各本大半已佚。《新傳奇品》評《祝髮記》云：『伯起以之壽母，境趣淒楚逼眞，佈置安插，段段恰好，稱爲七傳之最。』明沈德符《顧曲雜言》云〔三〕：『伯起以丙戌上太夫人壽，作《祝髮記》，則母已八旬，而身亦耳順矣。』此本從明富春堂刻本轉鈔，雖非家刻本，然在今日，亦是鳳毛麟角矣。至其老筆紛披，文情曲律，穩妥無匹，洵老斲輪手也。

壬戌十二月〔三〕，許飲流記。

（《綏中吳氏藏鈔本稿本戲曲叢刊》第二冊影印舊鈔本《祝髮記》卷末）

【箋】

〔一〕底本無題名。

〔二〕許之衡（一八七七—一九三五）：字守白，號飲流，別署曲隱道人、冷道人、餘姚公，室名飲流齋、環翠樓,番禺(今屬廣東)人。清光緒二十九年癸卯(一九〇三)歲貢生。曾留學日本,畢業於日本明治大學。民國十一年(一九二二)起,歷任北京大學國文系、北平大學女子師範學院國文系等教職。著有《曲律易知》、《曲律通論》、《曲學研究》、《聲律學》、《戲曲史》(一題《戲曲源流》)、《曲選》、《守白詞》、《守白詞乙稿》、《中國音樂小史》、《飲流齋說瓷》等。撰傳奇《玉虎墜》、《錦瑟記》、《霓裳豔》等。鈔錄數百種戲曲劇本,世稱『飲流齋本』。

〔三〕壬戌:民國十一年(一九二二)。

四聲猿(徐渭)

徐渭(一五二一—一五九三),初字文清,更字文長,號天池,別署天池漱生、天池山人、天池生、青藤道士、青藤山人、鵬飛處人、漱老人、山陰布衣、白鷴山人、田水月、海笠、佛壽等,山陰(今浙江紹興)人。嘉靖十九年(一五四〇)諸生,累躓場屋。入浙閩總督胡宗憲(一五一二—一五六五)幕,掌書記。胡宗憲被下獄,徐渭懼禍發狂,自殺未遂。四十五年,因殺後妻張氏入獄,終得赦免。晚年困頓,鬻詩文書畫度日。著有《青藤山人路史》、《分釋古注參同契》、《四書解》、《徐文長三集》、《徐文長逸稿》、《徐文長佚草》、《畸譜》、《南詞敍錄》等。撰雜劇《狂鼓史漁陽三弄》、《玉禪師翠鄉一夢》、《雌木蘭替父從軍》、《女狀元辭鳳得凰》四種,合集爲《四聲猿》。傳見陶望齡《歇庵集》卷一二《傳》(《國朝獻徵錄》卷一一五)、袁宏道《袁中郎全集》卷一一《傳》、《明史》卷二八八等。參見徐渭《畸譜》(天啓三年張維城刻本《徐文長文集》附錄)、徐朔方《徐渭年譜》

（《晚明曲家年譜·浙江卷》）。一九八二年中華書局出版孔凡禮編校《徐渭集》。

《四聲猿》，王驥德《曲律》卷四著録，現存明趙琦美鈔稿本《脈望館鈔校本古今雜劇》本（此本後有牌記『萬曆戊子（一五八八）夏五，西山樵者校正，龍峯徐氏梓行』，《古本戲曲叢刊四集》據以影印），萬曆二十八年（一六〇〇）陶望齡校、商維濬刻《徐文長三集》附刻本（署『公安袁宏道中郎評點』），萬曆間刻本（有黄汝亨序），萬曆間黄伯符刻本（《古本戲曲叢刊初集》據以影印、《續修四庫全書》第一七六六册據影印本影印），萬曆四十二年（一六一四）《徐文長文集》三十卷本附刻本，明末讀書坊刻、閔德美校訂《徐文長文集》三十卷本附刻本，崇禎間延閣刻、沈景麟校本，崇禎間刻《盛明雜劇初集》本，康熙間刻澂道人評本，民國間貴池劉氏刻《暖紅室彙刻傳劇》第九種本等；周中明校注《四聲猿》（上海古籍出版社，一九八四）。

四聲猿引

鍾人傑〔一〕

徐文長，牢騷骯髒士。當其喜怒窘窮，怨恨思慕，酣醉無聊，有動於中，一一於詩文發之。第文規詩律，終不可逸轡旁出，於是調謔褻慢之詞，入樂府而始盡。所爲《四聲猿》，《漁陽》鼓快吻於九泉，《翠鄉》淫毒憤於再世，木蘭、春桃以一女子而銘絕塞，標金閨，皆人生至奇至快之事，使世界駭咤震動者也。文長終老縫掖，蹈死獄，負奇窮，不可遏滅之氣，得此四劇而少舒。所謂峽猿啼夜，聲寒神泣，嬉笑怒駡也，歌舞戰鬭也，遼之丸、旭之書也，腐史之列傳、放臣之《離騷》也。

顧其詞，風流則脱巾嘯傲，感慨則登樓悵望，幽幻則冢土荒魂，刻畫則地獄變相，較之漢卿、實甫作喁喁兒女語者，何啻千里？ 袁中郎先生未識文長名，見四劇，驚歎以爲異人，海内始知有文長，此《太玄》之於桓譚也。

余因得中郎所點評者，圖而行之。 或謂點評，詞受其妍媸，不礙板乎？ 圖奚爲？ 圖以發劇之意氣也。 北拍在絃而不在板，余固審所從矣。

錢塘鍾人傑瑞先撰〔二〕。

（中國藝術研究院圖書館藏明末鍾人傑刻本《徐文長四聲猿》卷首〔三〕）

【箋】

〔一〕鍾人傑： 字瑞先，錢塘（今浙江杭州）人。 明末刻書家，刻印自編《性理大全會通》及《續編》，自輯《唐宋叢書》一百三種、《漢書批評》一百卷，以及《儀禮注疏》、《爾雅注疏》、《晉書》、《通鑑箋注》、《徐文長文集》、《四聲猿》等。 參見瞿冕良《中國古籍版刻辭典》。

〔二〕題署之後有印章二枚： 陰文方章『鍾人傑印』，陽文方章『瑞先氏』。

〔三〕此文原載明萬曆二十八年（一六〇〇）陶望齡校、商維濬刻《徐文長三集》附刻本《四聲猿》卷首。 鄭振鐸《劫中得書續記》云： 『《四聲猿》刊本最多，余舊所得者已有三種。 此爲明末刊本，首有鍾人傑序。 插圖四幅：「漁陽意氣」，「暮雨扣門」，「秋風雁塞」，「玉樓春色」，爲歙人汪修所畫，意態綿遠，鐫印精工，惜未知鐫者爲何人，殆亦新安名手之作也。 余舊有此本，遍覓未得，當已於南北遷徙中失去。 此本初印可愛，因復收之。 人傑序云：「袁中郎先生未識文長名，見四劇驚歎，以爲異人，海内始知有文長，此《太玄》之於桓譚也。 予因得中郎所點評者，圖而行之。或謂點評，詞受其妍媸，不礙板乎？圖奚爲？圖以發劇之意氣也。北拍在絃而不在板，予固審所從矣。」萬曆以來，無劇不圖。人傑固從俗也。』（《鄭振鐸全集》第六卷，頁八八六）

徐文長集序

黄汝亨〔一〕

今人見異人異書，如見怪物焉。然天下之尋常人多矣，而竟亡稱，何也？古之異人不可勝數，予所知當世如桑民悅、唐伯虎、盧次楩與山陰之徐文長，其著者也。唐、盧俱有奇禍，而文長尤烈。按其生平，卽不免偏宕亡狀，偪仄不廣，皆從正氣激射而出，如劍芒江濤，政復不可遏滅。其詩文與書畫法，傳之而行者也。畫予不盡見。詩如長吉文，崛發無媚骨。書似米顛，而稜稜散散過之，要皆如其人而止。此予所爲異也。然文長見知督府胡公，胡公被讒收，文長亦以牢騷困厄死。而其詩文與書畫法，與胡公之勳伐，至今照爍，不與其人俱往。當時鄢、趙諸人安在哉！世安可無異人如文長者也？鍾生瑞先嗜異人，常三復其集，因得中郎帳中本，遂喜而校刻之。

武林黄汝亨序〔二〕。

（同上《徐文長四聲猿》卷首）

【箋】

〔一〕黄汝亨（一五五八—一六二六）：字貞父，一字寓庸，別署寓庸居士，仁和（今浙江杭州）人。萬曆二十六年戊戌（一五九八）進士，授進賢知縣。歷官至江西提學僉事，轉江西布政參議。著有《寓林集》、《天目記游》、

《廉吏傳》、《古秦議》、《寓庸子游記》等。傳見鄒漪《啓禎野乘》卷七、雍正《浙江通志》卷一三九等。

〔二〕題署後有方章二枚：陰文『黄汝亨印』，陽文『貞父氏』。

四聲猿序

劉志選〔一〕

夫文長，曠世逸才也。其所著《四聲猿》，若《狂鼓史》之恢豪，《玉禪師》之玄幻，《黄崇嘏》、《花木蘭》之雄才俠節，疇不異其筆傳而墨肖者。嗟嗟！《漁陽》意氣，泉路難灰。世人假慈悲，學大菩薩，而勤王斷國之徒，多在塗脂調粉之輩，此文長所爲額蹙心痛者乎？是以淋漓腐紙間，如長吉囊中，鄴侯架上，古而瓦棺篆鼎，奇而海市闉婆，勇而風檣陣馬，貴而赤球碧璜，感而寒烟荒樹，幽而深巖曲澗，清素而落梅飛雪，悲淒而嘯鬼啼神，恨怨而頽垣陊殿、梗莽丘隴，怪誕而龍光蛇化、鯨呿鼇擲，蓋誠得乎君臣、父子、夫婦之正，大快言之。而《玉通》一劇，尤其宗風之衍矣。宗子相曰：『朝廷可使無文章之士，則鳳鳥不必鳴岐山，而麒麟爲檮杌。』想徐氏以文章持世，甚赫矣，而傳奇雖海錯一臠，安在非聖世鼓吹名教云。

天放道人書於鑒湖舟次〔二〕。

【箋】

〔一〕劉志選：一名志禪，號海日，别署天放道人，四明（今浙江寧波）人。參見本卷《李丹記》條解題。《古本戲曲叢刊初集》影印明天啓元年（一六二一）閔光瑜刻朱墨套印本《邯鄲夢記》卷首『題辭』，署『四明天放道人劉志禪題』。

〔二〕題署之後有陽文方章『天放道人』。

敍四聲猿

李成林〔一〕

哀哉眾生，沉淪三界，匍匐九居，啄不破螺螄殼，跳不出猢猻圈。其間恨塞鬼胷，冤迷胎舍，以至雄伏雌飛，陰顛陽倒，總如空裏之華，夢中之物。何故想薪愛油，魔軍烟屯；念風怨火，業障絲纏。種種悽傷，令人腸斷。

吾鄉文長先生，骯髒徒深，抑鬱誰語，耽情墨矢，淫意筆津。其所作《四聲猿》，黑闇地獄，裸體敲槌，數落得曹丞相入地無門，越顯出禰先生上天有路。然銅雀臺空，英雄氣盡，猶仗判官擡舉，還到陰司闊綽。紅蓮一宿，誰鉗其吞？不記石牛生象，木女孕嬰，諸佛從此出世。還要筋斗蜻蜓，柳囊投奪試翰。雪山篅中藥味，豈能暫出而恆存？大地底下金剛，豈能穿塹而不壞？還錢償債，生死輪迴，甚而瞽智眼，鎖眞覺。致使元帥旌旗，換得臙脂枕席；狀元官帽，掇在紅粉骷髏。女握男符，眾將官那能分黑白；鳳遭凰偶，兩狀元畢竟有雌雄。翻轉陰陽，倒騰姦直。便是禰正平被曹瞞罵一頓，柳刺史鑽入和尚肚裏，花狀元、黃將軍調頭做作，搯腳模糊，也不見得。何必借中著鬼，夢裏覓針哉？

嗟嗟！野賓夜嘯，山冷月飛，水顛石哭。而文長以驚魂斷魄之聲，呼起睡鄉酒國之漢，和雲四叫，痛裂五中，眞可令渴鹿罷馳，癡猿息弄，雖看劍讀《騷》，豪情不減。予竊擬古自命，曰：『數日不讀《四聲猿》，覺舌本閒强。』因得劉海日先生評點〔二〕，而出之梓。

山陰李成林①告辰父題於醉窗〔三〕。

（以上均明崇禎間沈景麟校、延閣刻本《四聲猿》卷首〔四〕）

【校】

①成林，周中明校注《四聲猿》附錄此文（頁二〇四）作『廷謨』。

【箋】

〔一〕李成林：此本卷首分行署：『山陰徐渭文長編』，『山陰沈景麟鍾嶽父、李成林告辰父較』。版心下方鐫『延閣』。然則李成林當卽李廷謨，一名成林，字告辰，別署延閣主人，參見本書卷二《徐文長先生批評北西廂記凡例》條箋證。周中明校注《四聲猿》附錄此文，云錄自明崇禎間沈景麟校刻本《四聲猿》卷首。

〔二〕劉海日：卽劉志選，參見本卷《李丹記》條解題。

〔三〕題署之後有陰文方章『告辰氏』。中國國家圖書館藏本，題署之後有吳梅批語：『此序爲他本所無。瞿安。』『此本眉間以瀔道人批加錄，不知出誰手。瞿又注。』

〔四〕中國國家圖書館藏本卷首，有吳梅題識：『《四聲猿》。吾十八歲卽喜曲子，遇書肆中有傳奇，卽購歸，而《四聲猿》久不可得。後博古齋柳蓉林售我一冊，隨行篋有年矣。今復得此帙，惜多塗抹，而印本較舊藏爲勝，亦吾人都後一樂也。瞿安識。』卷末有吳梅跋語：『壬申三月，霜厓重讀一過。』壬申，民國二十一年（一九三二）。

四聲猿引

澂道人〔一〕

袁石公令錢塘，於蠹簡中，得天池生文集二種，詫爲奇珍。因目本朝詩文，文長第一，文長名從此大著。余謂文長之視七子，猶於越諸峯，非不幽折森秀，以較雲端廬阜、天半峨眉，尚覺瞠乎其後。至於《四聲猿》之作，俄而鬼判，俄而僧妓，俄而雌丈夫，俄而女文士，借彼異蹟，吐我奇氣。豪俊處，沈雄處，幽麗處，險奥處，激宕處，青蓮、杜陵之古體耶？長吉、庭筠之新聲耶？腐遷之《史》耶？三閭大夫之《騷》耶？蒙莊之《南華》、金仙氏之《楞嚴》耶？寧特與實父、漢卿輩爭雄長，爲明曲之第一，卽以爲有明絕奇文字之第一，亦無不可。

西陵澂道人漫題。

【箋】

〔一〕澂道人：姓顧，別署澂園居士、澂園主人，西陵（今湖北宜昌）人。名字、生平均未詳。曾敍《徐文長批評北西廂》，參見本書卷二《徐文長先生批評西廂敍》條箋證。按，錢塘（今屬浙江杭州）女詩人顧若璞（一五九二—一六八一），有弟若羣，字石公，一字不黨，號超士。明諸生，入清後落髮爲僧，名大瓛，主西湖雲棲寺。著有《石公稿》。明天啓六年丙寅（一六二六）、崇禎十年丁丑（一六三七），嘗二次爲若璞《臥月軒稿》撰敍。澂道人未知是否其人。參見下條。

讀四聲猿（調寄【沁園春】）

闕　名〔一〕

才子禰衡，《鸚鵡》雄詞，錦繡心腸。恨老瞞開宴，視同鼓史，摻檛罵座，聲變《漁陽》。豪傑名高，姦雄膽裂，地府重翻姓字香。玉禪老，嘆失身歌妓，何足聯芳？　木蘭代父沙場，更崇嘏名登天子堂。眞武堪陷陣，雌英雄將；文堪華國，女狀元郎。豹賊成擒，鸝裘新賦，誰識閨中窈窕娘？鬚眉漢，就石榴裙底，俯伏何妨？

此余歸黄伯姊和知氏①所作也。伯姊著有《臥月軒稿》行世，今年春秋八十矣〔二〕，揮毫不倦。間塡此闋，其音節豪壯，褒貶謹嚴，堪與是編同垂不朽。因附刻焉。（澂道人）

（以上均清康熙間刻澂道人評本《新鐫繡像批評四聲猿》卷首〔三〕）

【校】

①和知氏，底本作『知和氏』，據顧若璞字改。

【箋】

〔一〕據澂道人識語，此詞當爲顧若璞撰。顧若璞（一五九二—一六八一），字和知，錢塘（今屬浙江）人。上林署丞顧友白女，黄汝亨（一五五八—一六二六）兒媳，黄東生（一五八八—一六一九）婦。萬曆四十七年（一六一九），黄東生病逝，持家謹嚴，以節孝著。著有《臥月軒稿》（又名《嘯餘吟稿》）。傳見馬元調《顧若璞小傳》（清光緒丁酉嘉惠堂丁氏刻本《臥月軒稿》卷首）。

〔二〕據此，澂道人識語當作於康熙十年（一六七一），然則此本應刻於是年或稍後。
〔三〕傅惜華《明代雜劇全目》、周中明校注《四聲猿》附錄、黄仕忠《日藏中國戲曲文獻綜錄》，以此本爲明崇禎間刻本，誤。

四聲猿跋〔一〕

澂道人

評《四聲猿》竟，投筆隱几，惝恍間，有若朗吟杜陵『聽猿實下三聲淚』句者，驚躍狂叫曰：『異哉！此余所未及評者也，其殆天池生之靈歟？』然聽猿淚下，非獨杜陵云然。《宜都山水記》有云：『巴東三峽猿聲悲，猿鳴三聲淚沾衣。』《荊州記》漁者歌曰：『巴東三峽巫峽長，猿鳴三聲淚霑裳。』則猿嘯之哀，卽三聲已足墮淚，而况益以四聲耶！其託意可知已。

每值深秋岑寂，百慮塡膺，試挾是編，覩其悲凉憤惋之詞，想其坎壈無聊之況，骨竦神悽，淚浹巫峽，何待猿啼？誠有如天池生之命名者。若夫花月閒宵，琴尊自適，展讀是編，爽氣謔音，幽異之致，橫翔軼出，令我心曠情怡，不禁起舞，則又如聞天池生中夜嘯呼，羣鶡相應也。至其抑姦卽以揚善，戒淫卽以啓悟，奬勇卽以振懦，憐才卽以厲頑，爲勸爲懲，似有過二十一史。故將擬爲晴空之霆擊，清夜之鐘鳴，豈僅爲猿嘯之哀而已哉！讀《四聲猿》者，不特宜玩其詞，更當辨其聲耳。

澂道人又題。

【箋】

〔一〕底本無題名。以下四篇跋語同。此五篇跋語，原載清康熙間刻澂道人評本《新鐫繡像批評四聲猿》卷末，見黃仕忠《日藏中國戲曲文獻綜錄》。中國藝術研究院藏清康熙間刻澂道人評本無此五篇跋語。

四聲猿跋

磊珂居士〔一〕

徐山陰，曠代奇人也。行奇，遇奇，詩奇，文奇，畫奇，書奇，而詞曲爲尤奇然。而石公之《傳》遒宕而奇，澂公之序與評俊逸而奇，後先標映，彙爲奇書。吾不辨其是徐、是袁、是顧，而祇覺其爲奇而已。願與天下後世好奇之士，讀是書而共賞其奇也。噫嘻，快哉！

磊砢居士敬跋。

【箋】

〔一〕磊珂居士：姓名、籍里、生平均未詳。

四聲猿跋

盤譚〔一〕

《四聲猿》好處，卻被澂園居士一口說盡，惹得天華紛紛欲墜，那許餘人饒舌？以我看來，演舊案爲新，就迷途起覺者，都是禪機。卽雌英雄、女學士爭奇千載，無非是如來變見，激厲羣生。

讀《西廂記》可悟道，讀《四聲猿》不更可悟道耶？居士批閱是書，全得是意，但襟懷落落，文采翩翩，俗士不識耳。我嘗謂澂園居士不愛逃禪，種種行事，暗合如來心地。即此一編，金光透露。

西子湖濱顛頭陀槃譚。

【箋】

〔一〕顛頭陀盤譚：或爲杭州（今屬浙江）人，姓名、生平均未詳。

四聲猿跋

西寧子長公〔一〕

余讀澂道人《仙崑記》，心眼至慧，夢寐通靈，不獨文章奇絕，而實獲麟生之兆。觀其佳嗣，岐嶷特出，望而知爲奇男子云。道人生平喜讀奇書，又最賞徐山陰《四聲猿》，稱其抑姦戒淫，獎勇憐才。山陰故已另闢洞天，道人且爲山陰大開生面，知己僅石公也哉！厥聲相感，眞足動天地而變日星矣。道人直與山陰振衣巫峽顛，中夜猿聞，英雄淚落。千載賞心，當在流水高山之外。

西寧子長公謹識。

【箋】

〔一〕西寧子長公：姓名、籍里、生平均未詳。

四聲猿跋

雙柏砉學人〔一〕

大塊中不生異人，雖有億萬人，謂之無人可。然生一異人而止，覺太寂寞。惟生一異人以爲之先，而復生數異人以爲之後，始覺此中花花錦錦，活活潑潑，喧喧闐闐，有無限聲情，無限意味。譬之梨園，有生無旦則不韻，有旦無外則不快耳。

余小子嘗謂：文長先生異人也，不可無石公先生異人之傳；文長先生《四聲猿》異曲也，不可無澂公先生異人之評與序跋，猶之梨園生、旦、外之相須也。吾輩復評澂公先生之評，復跋澂公先生之序跋，人皆以爲蛇足，我以爲鳳故不可無尾；人皆以爲屋下屋，我以爲山外不妨有山。何也？旦之外不有貼旦乎？外之外不有丑與淨乎？惟其有之，則韻者益韻，快者益快，此中花花錦錦，活活潑潑，諠諠闐闐，聲情意味，更倍於前矣。嗟嗟！三異人鼎立萬古，光明俊偉，烏得無吾輩讀異書、探異趣者承其後哉！

雙柏砉學人百頓首書。

【箋】

〔一〕雙柏砉學人：姓名、籍里、生平均未詳。

附　四聲猿校記

吴　梅

青藤《四聲猿》，各有寄託。據正定王定柱序桂未谷《後四聲猿》云：『青藤佐胡梅林（宗憲）幕，平賊徐海，其功由海妾翠翹。及事平，翠翹矢①志死。又，青藤受山陰某寺僧侮，曾嗾梅林以他事殺寺僧，後頗爲厲。又，青藤繼室張，美而才，以狂疾手殺之，既悟痛悔，爲作《羅鞋詞》寄恨。故《翠鄉夢》，懺僧冤也；《雌木蘭》，弔翠翹也；《女狀元》，悼張也；惟《狂鼓史》爲自己寫生耳。』此説爲前人所未發，諒非鑿空之談。

余獨愛其字字本色，直奪關、馬之席，明人北詞，似此者少矣。昔臨川湯海若見此劇曰：『《四聲猿》詞壇飛將，輒爲唱演數過，安得生致文長，自拔其舌！』在當時已推重至此。余謂青藤才氣淩厲，往往不就繩檢，正與玉茗同病。嘗爲校勘一過，紕繆正多。

《狂鼓史》【油葫蘆】曲末二句，一應七字，一應五字。如《西廂》『我待賢賢易色將心戒，怎當他兜的上心來』是也。今云『在宮中長大，卻怎生把龍雛鳳種做一甕鮓魚蝦』，顯與《西廂》不合。【鵲踏枝】曲，多『幾遍幾乎』一句。【寄生草】第一曲多『僭車旗直按到朝廷胯』一句，第二曲多『兇屠放片刻猪羊假』一句。【葫蘆草混】一曲，係合【油葫蘆】、【寄生草】、【混江龍】三牌，從來詞家並無此格。《九宮大成譜》雖收此套，亦明言其失。此皆舛律之甚者，顧傳唱已久，不便更易也。

《翠鄉夢》二折，牌名大略相同。而【雁勝令】作【得勝令】，【沽酒令】作【收江南】，在第一折猶無大礙也。至第二折，【沽酒令】用短柱句法，（兩字一韻，爲短柱。虞伯生曾作【折桂令】一曲，賦三國事，世所傳『鸞輿三顧茅廬』是也。見陶氏《輟耕録》。）才大如海，眞是前無古人，後無來者。其實爲增句格之【沽酒令】耳。所謂【沽酒令】者，合【沽美酒】、【太平令】二曲也。【太平令】第五句，本係短柱，有作一句三韻者，如《周公攝政》劇云『口來豁開兩腮』，無名氏小令云『舞低羽衣整齊』是；有作二句四韻者，如《葛衣記》云『談交賄交，窮交量交』，《還魂記》云『人雄氣雄，深躬淺躬』是。文長據二句四韻格，重疊作之，自『俺如今改腔換妝』起，至『交還他放光洗腸』止，多至四十句，實即此二句也。若作【收江南】，有此句法乎？因將此曲毅然改正焉。

《雌木蘭》第一折【油葫蘆】曲『怎生就湊得滿幫兒楦』下少三字兩句，【寄生草】第二曲多『一彎頭平踹了狐狸塹』一句。其誤與《狂鼓史》同，亦未敢增減。《女狀元》第四折，『傳言玉女』二支，與舊譜迥異，究不知是何調，更難訂正。第五折【滴溜子】用《琵琶記》『漫説道』一體，不用疊句。起語云：『難道女兒假妝男出外』，殊不合調，今作『難道是女兒家假妝男出外』，庶與《琵琶記》調相符合也。

楚園先生此刻〔一〕，據公安袁中郎評點本，澂道人評本，並以《盛明雜劇》本，山陰沈景麟、李成林校本參訂。余所見者，沈、李之本也。今爲訂律，記之如此。

丁巳二月朔〔二〕，長洲吳梅校記。

（以上均民國間貴池劉氏刻《暖紅室彙刻傳劇》第九種《四聲猿》卷末）

【校】

①矢，底本作『失』，據文義改。

【箋】

〔一〕楚園先生：即劉世珩（一八七五—一九二六），號楚園。

〔二〕丁巳：民國六年（一九一七）。

（狂鼓史漁陽三弄）音釋

闕　名〔一〕

歪剌，牛角尖臭肉也。故娼家以比無用之妓。獻帝取饌，李傕以臭牛骨與之，非操也，借用耳。

檾，音傾。

（《古本戲曲叢刊初集》影印明黃伯符刻本《四聲猿·狂鼓史漁陽三弄》卷末）

【箋】

〔一〕此音釋或即徐渭所撰。以下三篇同。

（玉禪師翠鄉一夢）音釋

闕名

科唱處，凡生字俱是玉字。蓋玉通師能耍者即扮耍，不拘生、外、淨也。

（《古本戲曲叢刊初集》影印明黄伯符刻本《四聲猿·玉禪師翠鄉一夢》第一齣末）

（雌木蘭替父從軍）音释

闕名

凡木蘭試器械，换衣鞋，須絕妙踢腿跳打。每一科打完方唱，否則混矣。

行路，扮一人執長鞭、搭連、弓刀，作趕腳人。每木唱一曲完，即下馬入内，云：『俺去買什①麽。』或明云『解手』。從人持鞭，催衆走如飛，三②四轉，共唱北小令趕腳曲。木去，從徑路又出。

瘺，音鱉。

指決，音濟斤，濟上聲。

揝，音攢，北人以把握爲揝。

臉，音斂，不作檢。

（同上《四聲猿·雌木蘭替父從軍》卷末）

【校】

①什，《古本戲曲叢刊四集》影印明趙琦美鈔稿本《脈望館鈔校本古今雜劇》本《木蘭女》作『麽』。

②三，《脈望館鈔校本古今雜劇》本《木蘭女》作『二』。

（女狀元辭凰得鳳）音釋

闕　名

跑，上聲。籠，上聲。

三①老，蜀人呼舟子也。杜②詩『長年三老遙憐汝，峨岢蜀人船呼然』也。

沽，平聲。索，音灑。脬，音抛。瘺，音鱉。

（同上《四聲猿·女狀元辭凰得鳳》卷末）

【校】

①三，底本作『二』，據《古本戲曲叢刊四集》影印明趙琦美鈔稿本《脈望館鈔校本古今雜劇》本《黄崇嘏女狀元》改。

②杜，底本作『社』，據《脈望館鈔校本古今雜劇》本《黄崇嘏女狀元》改。

歌代嘯（徐渭？）

《歌代嘯》，《明代雜劇全目》著錄，作徐渭撰。孫書磊《南圖藏舊精鈔本〈歌代嘯〉作者考辨》

《戲曲藝術》二〇一〇年第三期），認爲此劇作者當爲沖和居士，而沖和居士、清溪道人均爲方汝浩別署。可備一説。沖和居士生平，參見本書卷十一《纏頭百練》條解題。現存道光間山陰沈氏鳴野山房精鈔本（民國二十年江蘇省立國學圖書館據以影印）、民國十二年（一九二三）吳梅據道光本鈔錄校訂本。

（歌代嘯）序

袁宏道〔一〕

袁石公曰：唐詩外，卽宋詞、元曲絶今古，而《雙文》一劇，尤推勝國冠軍。要其妙衹在流麗曉暢，使觀之目與聽之耳、歌若誦之口，俱作歡喜緣，此便出人多多許。耳食者數以駢縟相求，如《藝苑》所稱舉已盡，而『淡黄嫩綠』等業久載詩餘，何如『影郎』、『畫籠』之爲風流本色也？

《歌代嘯》不知誰作，大率描景十七，摛詞十三，而呼照曲折，字無虛設，又一一本地風光，似欲直問王、關之鼎。説者謂出自文長。昔梅禹金譜《崑崙奴》，稱典麗矣，徐猶議其白爲未窺元人藩籬，謂其用南曲《浣紗》體也。據此，前説亦近似。而按以《四聲猿》，尚覺彼如王丞相談玄，未免時作吳語。此豈才富者後出愈奇，抑諷時者之偶有所托耶？石簣云〔二〕：『姑另刻單行之，無深求。』亟如議，俟知音者〔三〕。

【箋】

〔一〕袁宏道（一五六八—一六一〇）：字仲卿，又字中郎，號石公，又號六休，室名瓶花齋、破硯齋，公安（今屬湖北)人。萬曆二十年壬辰(一五九二)進士,授吴縣知縣。歷官順天教授、國子助教、禮部主事、吏部考功司員外郎等。著有《袁中郎全集》等。傳見袁中道《珂雪齋集·前集》卷一七《行狀》、《明史》卷二八八等。參見任訪秋《袁中郎年譜》(《袁中郎研究》,上海古籍出版社,一九八三)。

〔二〕石簣:即陶望齡(一五六二—一六〇九),字周望,號石簣,室名歇庵,學人稱歇庵先生,會稽(今浙江紹興)人。萬曆十三年乙酉(一五八五)舉人,十七年己丑(一五八九)進士,授翰林院編修,官至國子監祭酒。卒謚文簡。著有《制草》、《解莊》、《歇庵集》、《天水閣集》等。傳見《明儒學案》卷三六、《明史》卷二一六等。參見何冠彪《陶望齡、奭齡兄弟生卒年表考略》(《中華文史論叢》一九八五年第一輯,上海古籍出版社,一九八五)。

〔三〕文末有印章二枚:陰文方章『石公』,陽文方章『袁氏中郎』。

(歌代嘯)敍

脱　士〔一〕

世盛行徐文長氏《四聲猿》,聞其外又有《歌代嘯》四齣,脱士欲索而讀之,未獲也。偶從浙友一卒業,始知爲憤世之書。慨然曰:嗟哉!古今是非、曲直、名實之數,果且有定乎哉?使天下是非、曲直、名實,若高山之與深谿,白堊與黑漆,了然明白,則天地亦覺不韻,人生其間,亦將如草木魚蟲,乘氣俯仰,而無從與其摶捖乾坤、掀翻宇宙之力。致令天下無學問,無文章,無事業,成何世界?惟是是者非之,直者曲之,有其名者不必有其實,有其實者又不必有其名,而後得以一身主持於中,學問、文章、事業相偪而成,此正吾人之生趣,而造化小兒亦無從與力焉者也。

嗟乎！名實果有定乎？鄰之子實不竊鈇①，而當疑者目，遂動作、態度無一不竊鈇者。生而眇不識日，或告之曰『日之狀如銅槃』，扣槃得聲，迺聞鐘以爲日矣。及告之『日光如燭』，而捫燭得形，復謂籥與之類。其於名與實何如也！相劍者曰：『白所以爲堅也，黄所以爲牣也，黄白雜則堅且牣也。』難者曰：『白所以爲不牣也，黄所以爲不堅也，黄白雜則不堅且不牣也。』嗟哉！名實果有定乎哉？吉甫慈父伯奇冤，漢文賢君賈生屈。讒人高張，烈士無聲，忠臣去國，不潔其名，此有心者之所切齒撫心，憤懣悲歌，而繼之以泣也。抑知名與實不能兩成，從古已然。似虎之圍，投麞之誚，大聖人猶爾，而況顧學之者乎？然則名實顛倒之中，而學問通，而文章出，而事業起，茲焉在矣。故與其寄俯仰於天地，毋寧從顛倒場中撐持一番，斷不爲造化小兒所弄，而又何慮夫洩憤嫁禍、糊心眯目者哉！願讀者共作是觀。

歲前二日，脫士題。

【校】

①鈇，底本作『鉄』，據文義改。下同。

【箋】

〔一〕脫士：姓名、籍里、生平均未詳。

歌代嘯題辭

慧業髪僧〔一〕

蓋自《三百》風邈，《離騷》繼作。《涉江》、《哀郢》，去國之念何殷；頌橘、問天，憂讒之情如昨。玉《賦》多悲，誼《鵩》自薄，《楚詞》一書，大抵皆勞人志士憂愁幽思之所爲託也。若乃流連景物，寄短詠於詩餘；傳合奇蹤，寫長歌於曲拍。勝國風流，辭壇稱霸，豈無爲崑崙寫照，古押繪神，壯萬古之鬚眉，愧一世之巾幗者哉！然而竽吹觴濫，未免情寡而辭多；芳草王孫，因之增悲而導欲。此四筵之所驚，非獨座之所録也。

文長先生溟渤文場，嵩華藝苑。田水月自會稽架見賞於公安，《歌代嘯》從帳中藏流行於山史。老婆心切，唤醒三千大千；正法眼藏，照透恒河弱水。其殆以嬉笑身得度，即現嬉笑身而說法矣。於是僕本書癡，更耽恨癖。每大白之夜浮，藉史策爲殽核。武安膝席何驕，灌夫罵座奚責。感從中來，聟爲阨搤。噫嘻！曾參本不殺人，孔貌何嘗似虎。聆《鈞天》而充耳，覿夷光若無覩。避喧長信，惜彼班姬；掩迹朝隮，有嗟季窶。若夫《貨殖》寄嘆於家貧，《說難》稱孤於口吃。謫仙銷骨於《清平》，髯蘇蔽郣於咏物。吾嘯誠不可以枚舉，安得挹洗耳之淵，以浣吾肺腑之所鬱哉？

慧業髪僧題於澹庵〔二〕。

【箋】

〔一〕慧業髮僧：　姓李，名字、籍里、生平均未詳。

〔二〕題署後有陰文方章二枚：　『若木齋』，『青蓮世家』。

（歌代嘯雜劇）凡例

沖和居士〔一〕

一、此曲以描寫諧謔爲主，一切鄙談猥事俱可入調，故無取乎雅言。

一、今曲於傳奇之首，總序大綱，曰『開場』。元曲於齣内或齣外，另有小令，曰『楔子』；　至曲盡，又别有正名，或四句，或二句，櫽括劇意，亦略與開場相似。余意一劇自宜振綱，勢既不可處後，故特移正名向前，聊準楔子，亦所以存舊範也。且正名亦未必出歌者口中，今於曲盡仍作數語，若今之散場詩者，大率可有可無。至各齣末，則一照元式，不用詩。

一、元曲不拘正旦、正末，四齣總出一喉，蓋總敍一人事也。此曲四齣四事，原無主名，故不妨四分之。然一齣終是一人主唱，此猶存典型意乎？

一、每齣既歸一喉，則餘角祇供問答。其白之詳略，自宜婉轉赴之，總期達意而止。

一、齣惟一韻，俱從《中原》。其入聲派歸三聲者，自宜另有讀法。甚有有其聲無其字者，亦須想像其近似者讀之。若從休文韻，則棘喉多矣。

一、四唱者俱宜花面無已，王之妻或姑用旦角，而其花面則以厥夫代之，蓋縱妻終非俊物也。

一、四事雖分四齣，而穿插埋照，俱各有致，觀者亦未宜草草。

虎林沖和居士識。

（以上均民國二十年江蘇省立國學圖書館影印清道光間山陰沈氏鳴野山房精鈔本《歌代嘯雜劇》卷首）

【箋】

〔一〕沖和居士：生平詳見本書卷十一《纏頭百練》條解題。

歌代嘯雜劇題識〔一〕

蔡名衡〔二〕

道光丙戌清明，僑寓沈氏鳴野山房。霞西主人手橅精本見視，擬假錄一過，以志夙緣。

詩船子蔡名衡。

（同上《歌代嘯雜劇》首封背頁）

【箋】

〔一〕底本無題名。

〔二〕蔡名衡：字陸士，號詩船，別署詩船子，蕭山（今屬浙江）人。清諸生。工楷隸書。著有《小柯亭詩文集》、《蔡詩船詩稿》、《望古遙集》、《翠微亭題名考》等。傳見《皇清書史》卷二八。

附　歌代嘯雜劇跋〔一〕

柳詒徵〔二〕

館藏《歌代嘯》雜劇，題徐文長撰。各家書録多未載，亦未見刊本。游戲之筆，前人故不甚重視。要其意，以滑稽當鑄鼎，非漫作也。冥棼瞀亂，終古如斯，涉世稍深，即知邏輯爲無用，而一切禮教、法制、戒律，罔非塗飾耳目之具。傷心人不痛哭而狂歌，豈得已哉，豈得已哉！

辛未夏四月〔三〕，鎮江柳詒徵。

（同上《歌代嘯雜劇》卷首）

【箋】

〔一〕底本無題名。

〔二〕柳詒徵（一八八〇—一九五六）：字翼謀，一字希兆，號知非，别署劬堂、龍蟠迂叟，丹徒（今屬江蘇鎮江）人。清諸生。民國後，歷任南京高等師範學校（後改名東南大學）、清華大學、北京女子大學、東北大學、中央大學等校教授，並曾任江蘇省立國學圖書館館長、南京圖書館館長、江蘇省參議員、中央研究院院士等。一九四九年後，任復旦大學教授。主編《江蘇省立國學圖書館圖書總目》《江蘇省立國學圖書館現存書目》等。著有《歷代史略》、《中國商業史》、《中國教育史》、《中國文化史》、《國史要義》、《劬堂學記》等。

〔三〕辛未：民國二十年（一九三一）。

附　歌代嘯雜劇跋〔一〕

吴　梅

癸亥秋仲〔二〕，自南京龍蟠里圖書館鈔録。此劇刻本，從未見過。館中藏弆者，亦舊鈔本也。同里沈氏，亦有借鈔本。合吾書訂之，世間恐無第四本耳。是歲臘月，手校一過，略易訛字，未遑按律也。

長洲吴梅。

（《中國古代雜劇文獻輯録》第四冊影印吴梅鈔本《歌代嘯》卷末）

【箋】

〔一〕底本無題名。

〔二〕癸亥： 民國十二年（一九二三）。

芙蓉記（江楫）

江楫（？—約一五八〇），字葵南，别署百萊主人，荊門（今屬湖北）人。明嘉靖間，先後赴秋闈十一次，皆不得志於有司。隆慶四年庚午（一五七〇）明經。萬曆三年（一五七五），任河南汝南府眞陽縣尹，居官三載。因忤當事，挂冠歸里，詩酒娛樂以終老。撰傳奇《芙蓉記》。參見鄧長風《十二位明清戲曲作家的生平材料・江楫》（《明清戲曲家考略續編》）。

《芙蓉記》，《明清傳奇綜錄》著錄，現存康熙間刻本，《古本戲曲叢刊五集》據以影印。

芙蓉記原序

江　楫

余少治諸生，資喜動，好音調，卽率就有道者檢飭。而故性庸行，莫齒反初服，得滋怡曠，坐起漢上小樓，閱今古籍。兒自會城歸，持野史與閱，中間今者、古者、信者、幻者類不一。中載《芙蓉小傳》，反復頂踵，節義周眞，可以風也。爰據少質，作戲劇，凡三十章。卽文非金石可以流表，而彰義耀彩，冀通眾頤，事寔而演情，卽辭俚文謬不恤也。對酒浩歌，顧好事者取否爾矣。作《芙蓉記序》。

楚荊門百萊主人江楫葵南甫識。

（芙蓉記）序

江鼎金（一）

吾曾祖葵南公，幼稱神童，五歲能對，七歲能詩。稍長，凡經史百家，寓目成誦，見者無不以南宮第一人相期。無何數奇，赴棘闈十一次，連不得志於有司。遂以明經，筮仕河南汝寧府眞陽縣尹，居官三載，善政纍纍。但其胷中磊落不可一世之意，時形於事上接下間，以致忤當事意，即挂冠歸里，囊無長物，惟圖書數卷。家於漢濱之新城鎮，構小樓，教子課孫。與二三老友詩酒娱樂，時或痛飲高歌，一舒其憤懣不平之氣，壯志雄心，至老未艾。晚與曾祖母李孺人，成同里中婚姻數家。偶閲野史，見崔英小傳，援筆作《芙蓉記》戲文三十章。詞内所稱高御史，蓋自況也；所稱李夫人，況吾曾祖母也。記成付梓，一時遠近傳誦演習，膾炙人口。兵燹後，灰燼無餘矣。

余幼善記，先大夫偶得舊稿於故老家，袖以歸。余方七八歲，每於日暮出塾時，即口授十數語，久之，全本皆成誦。然但能記其詞，亦不知音調爲何物也。後且日習舉子業，不復記憶。自通籍以來，宦海升沈，奔波萬狀，此記束之高閣久矣。今奉天子命，特授口北監司。余次子曾圻叨甲午鄉薦〔二〕，隨余署中肄業，嗜博覽。繙舊笥，偶見此記，問余根由，余告以故。隨披閲再四，宛見吾曾祖之聲音笑貌於一百三十餘年之前，並憶余七八歲過庭時先大夫之提命，儼如昨日事，不禁嗚咽至再。爰付剞劂，以志不忘云爾。

曾孫鼎金謹識。

（以上均《古本戲曲叢刊五集》影印清康熙間刻本《芙蓉記》卷首）

【箋】

〔一〕江鼎金（一六五二—一七二五後）：字紫九，號惺齋，荊門（今屬湖北）人。江楫曾孫。康熙二十年辛酉（一六八一）舉人，二十四年乙丑（一六八五）進士。三十一年，任山東高苑知縣。遷刑部郎中、陝西按察使司僉事提調學政等，官至口北道監司。年七十三，乞休歸。著有《問心堂詩》。傳見同治《荊門直隸州志・仕績》、嘉慶

《青州府志》卷三七、宣統《山東通志》卷七七等。

〔二〕甲午： 康熙五十三年（一七一四）。劇當刻於此年或稍後。江曾圻，字樹霞，傳見《晚晴簃詩彙》卷五九。

詞場合璧（陳完）

陳完（？—一五八七前），字名甫，號海沙，南通州（今江蘇南通）人。少時從兄陳堯（嘉靖十四年進士）學《毛詩》，以穎敏稱於世。嘉靖二十五年丙午（一五四六），以《詩經》中南畿鄉魁。後屢試不售，居鄉未仕。著有《海沙文集》、《皆春園集》。萬曆十五年丁亥（一五八七），湯顯祖爲撰《皆春園集敍》。傳見光緒《通州直隸州志·人物志·孝友傳》。撰雜劇二十餘種，合集十餘種爲《詞場合璧》，一作《辭場合璧》，凡十卷，已佚。參見江巨榮《一位少爲人知的戲劇家：陳完和他的戲劇》（《劇史考論》）。

詞場合璧小引

陳　完

古之賢達甘於隱淪者，各有所托，或托之詩，或托之酒，或托之聲色，要非無意也者。余初以母老，絕意公車。已而母歿，無心捧檄。且鄙性不羈，又不能僕僕以逐時好。見世之升沉靡定，勝負不常，總是逢場作戲。於是感時憂事，觸目激衷，輒著雜劇，塡新詞，久之遂成十餘種。凡聲之高下，字之陰陽，靡不統之九宮，得之三昧，揣切分別，務臻妙境，不然不已也。至於伎倆雜陳，每顧周郎之曲；宮商迭奏，頗善中郎之聽。雖奇事足堪抵掌，而良工未免苦心矣。然戲，戲耳。余固托之乎戲，大都本人倫，關世教，卽感應可以觀父子焉，觸邪可以觀君臣焉，輪迴可以觀人生之變幻焉。而諸本又以四樂爲首，四樂者，余之所托而逃焉者也。蓋有深意焉，豈徒流連光景，以耗壯心，頤養情性，以遣餘年已哉！

比歲杜門抱痾，百念俱廢，回視舊業，如弁髦然。偶檢笥中，不忍自棄，彙成十帙，貽厥同好，見余之托此，亦不爲無意云。

（《四庫全書存目叢書・集部》第一八二冊影印明萬曆間刻本《皆春園集》卷三）

還金記（張瑀）

張瑀，字、號未詳，正定（今屬河北）人。明嘉靖、隆慶間，六次應試不第，乃寓意聲歌。撰傳奇《還金記》。傳見梁清遠《祓園集・文集》卷三《眞定三子傳》（康熙二十七年梁允桓刻本）、乾隆《正定府志》卷三四、光緒《正定縣志》卷三九等。

《還金記》傳奇，《古典戲曲存目彙考》著錄，誤列入清人劇目中；《明清傳奇綜錄》著錄。現存清初鈔本，與《鴛鴦墜》雜劇合爲一冊，總題《方疑子二種曲》，《不登大雅文庫珍本戲曲叢刊》第四冊據以影印。參見周明初《〈還全記〉考論：中國戲曲史上第一部自傳體戲曲及其獨特價值》（《文學遺產》二〇一六年第五期）、吳書蔭《〈還金記〉傳奇和〈鴛鴦墜〉雜劇》（載《中國文化研究》二〇一七年秋之卷）。

還金記序〔一〕

張瑀

記也事皆實錄，窮巷悉知。唯石麟誕瑞，玉詔頒恩，頗涉虛僞，然非此無以勸世。況天道福善，君道彰善，亦理之常，雖虛而同歸於實矣。嗚呼！文勝質則史，在秉彤管者且然，詞人蓋無嫌於藻繪，余復托此以自道。大雅君子，幸垂諒焉。

張瑀。

（《不登大雅文庫珍本戲曲叢刊》第四冊影印清初鈔本《還金傳奇》卷首）

【箋】

〔一〕底本無題名。

大雅堂雜劇（汪道昆）

汪道昆（一五二五—一五九三），初字玉卿，改字伯玉，號南溟，又號太函，别署高陽生、函翁、泰茅氏、天游子、高陽酒徒等，歙縣（今屬安徽）人。嘉靖二十六年丁未（一五四七）進士，授義烏知縣。歷官至兵部侍郎。著有《春秋左傳節文》、《太函集》、《太函副墨》、《太函遺書》、《大雅堂雜劇》等。傳見喻均《山居文稿》卷七《墓志銘》、《明史》卷二八七等。參見徐朔方《汪道昆年譜》（《晚明曲家年譜·皖贛卷》）。

雜劇集《大雅堂雜劇》，包括《高唐夢》（一作《高唐記》）、《洛水悲》（一作《洛神記》）、《五湖遊》（一作《五湖記》）、《遠山戲》（一作《京兆記》）四種，《遠山堂劇品》著錄，現存萬曆間新安原刻本、萬曆間尊生館刻《陽春奏》卷八所收本、崇禎間刻《盛明雜劇》初集所收本等。又有《唐明皇七夕長生殿》雜劇，已佚。參見劉彭冰《汪道昆文學研究》（復旦大學博士學位論文，二〇〇八）

大雅堂序〔一〕

東圃主人〔二〕

襄王孫曰〔三〕：『《國風》變而爲樂府，樂府變而爲傳奇，卑卑甚矣。』然或譚言微中，其滑稽之流與？迺若江漢之間，湘纍、郢客之遺，猶有存者。頃得兩都遺事，而文獻足徵，竊比吳趨，被之歌舞。賓既卒爵，迺令部下陳之，貴在屬饜一臠足矣。彼或端冕而臥，其無求多於予哉！

嘉靖庚申冬十二月既望，東圃主人書。

（明萬曆間新安原刻本《大雅堂雜劇》卷首）

【箋】

〔一〕底本無題名，據版心題。

〔二〕東圃主人：王永寬、王鋼《中國戲曲史編年·元明卷》，劉彭冰、徐志林《〈大雅堂序〉考論》（《文學遺產》二〇〇四年第六期），均以爲即朱祐柯。朱祐柯，號東圃、圃翁，別署東圃主人，鎮寧恭靖王朱見濼少子，授鎮國將軍。汪道昆《太函集》卷二九《王子鎮國少君傳》誤作厚柯。金寧芬《大雅堂序的作者究竟是誰？》（《文學遺產》二〇〇四年第六期），則認爲是汪氏自序。

〔三〕襄王孫：劉彭冰、徐志林《〈大雅堂序〉考論》以爲即襄莊王朱厚熲（？—一五六六），明嘉靖三十一年（一五五二）進封襄王，傳見《明史》卷一一九。汪道昆《太函集》卷八一《祭襄王文》云：『道昆昔以天子守吏，待罪邦域之中，王不以其無良，禮遇逾溢，久而不替。』潘之恆《鸞嘯小品》（明崇禎二年刻本）卷三云：『汪司馬伯玉守襄陽，製《大雅堂》四目。《畫眉》、《泛湖》以自壽，《高唐》、《洛浦》以壽襄王，而自寓於宋玉、陳思之列。』

蔡趷跲（汪道昆？）

《蔡趷跲》，未見著錄，已佚。叶德均引明衛泳《冰雪攜》卷上陳弘緒《方外司馬雜劇序》，云：

『按明汪道昆署「方外司馬」，見萬曆刻本《弘明集》。汪撰有雜劇四種，總名《大雅堂雜劇》，見呂天成《曲品》卷上。惟未有以蔡䖍踏事爲題材者，此「方外司馬」，不知爲汪氏否耳。』（《戲曲小説叢考》）按《羣音類選·北腔類》卷四，收錄《黄花峪跌打蔡紇踏》，未知與此劇有何關係。

方外司馬雜劇序

陳弘緒〔一〕

屈原之後無《騷》，子美之後無詩歌。屈原之《騷》，子美之詩歌，皆其幽愁抑鬱、悲憤感慨、不容自已而後見者也。去屈原千年至子美，去子美更千年至於今，士之幽愁抑鬱、悲憤感慨者，未嘗不同，其所爲詩騷之類，既不能如兩人之雄偉，則才宜別有所寄，以獨出而不可掩。小説、彈詞、詩餘、雜劇之流，皆其繼詩、騷之餘，別有所寄，以自泄其懷者也。然以是數者論之，備小説之奇、攬詩餘之秀、去彈詞之鄙者，則惟雜劇，尤不易工。

方外司馬何人乎？《蔡䖍踏》雜劇何爲而作乎？其幽愁抑鬱、悲憤感慨，誠不可知，然其技則幾與屈原之《騷》、子美之詩爭勝矣。夫其技何以至於此也？可嘆也！嘗試於高堂靜夜、燈燭交熒、鼉鼓逢逢、嗶呼雷發之際，進俳優發場而歌之，當必有髮上指而髩怒張者。有之，其爲我謝曰：『休明之時，士無不平之意，幸毋爲諸俳優所動也。』

（《國學珍本文庫》第一集所收衛泳《冰雪攜》排印本）

【箋】

〔一〕陳弘緒（一五九七—一六六五）：字士業，號石莊，新建（今屬江西）人。明南京兵部尚書陳道亨子。明末以任子授晉州知州。因故謫湖州經歷，署長興、孝豐二縣事。入清，屢薦不起，移居章江，輯《南宋遺民錄》以見志。主纂《南昌郡乘》、《洪乘編遺》等。著有《周易備考》、《詩經解義》、《尚書廣義》、《輿地備考》、《敦宿堂留書》、《江城名迹記》、《酉陽山房藏書目》、《石莊集》、《鴻桷集》、《埴山存稿》、《陳士業先生集》等。傳見施閏章《學餘文集》卷二〇《墓志銘》、《明史》卷二四一、《清史稿》卷四八四、《清史列傳》卷七〇、《國朝耆獻類徵初編》卷四二四、《國朝先正事略》卷三七、《皇明遺民傳》卷二、《小腆紀傳補遺》卷四、《明遺民錄》卷三、《漁洋山人感舊錄》卷三、《清儒學案小傳》卷三等。

玉簪記（高濂）

高濂（約一五三二—一六〇三後），字深甫，號瑞南，別署湖上桃花漁、千墨主、萬家居，錢塘（今浙江杭州）人。明隆慶元年（一五六七），入北京國子監。屢赴秋試失利。六年，入貲待選鴻臚寺。後因父喪，未及補官，歸隱於西湖。著有《雅尚齋詩集》、《芳芷樓詞》、《遵生八箋》等，及傳奇《玉簪記》、《節孝記》。參見徐朔方《高濂行實繫年》（《晚明曲家年譜·浙江卷》）、曾莉莉《高濂〈遵生八箋〉研究》（高雄師範大學國文學系碩士學位論文，二〇一二）、朱璟《明代戲曲家高濂的生卒問題新考》（《浙江藝術職業學院學報》二〇一七年第一期）。

《玉簪記》傳奇,吕天成《曲品》著錄,現存萬曆二十六年(一五九八)觀化軒重刻本,萬曆二十七年(一五九九)繼志齋刻本(《古本戲曲叢刊初集》據以影印),萬曆間文林閣刻本,萬曆間還雅齋校正點板、金陵長春堂刻本(《日本所藏稀見中國戲曲文獻叢刊》第一輯第十册據以影印),萬曆間刻白綿紙印本,萬曆間陳氏尺蠖堂重訂、唐氏世德堂校刻本,明末陳繼儒評、慶雲蕭騰鴻刻本,明末刻李卓吾批評本,明末新都青藜館刻本,崇禎間蘇州寧致堂刻本,明末刻本(題《一笠庵批評玉簪記》,輯入日本宫内廳書陵部藏《傳奇四十種》),明末汲古閣原刻初印本,汲古閣刻《六十種曲》本,明刻清印本(題《新刻重會女貞觀玉簪記大全》),康熙間内府鈔本,乾隆十年(一七四五)鈔本,明末師儉堂刻、清乾隆間修文堂輯印《六合同春》本等。

玉簪記序(一)

李　贄

余矚《拜月》、《西廂》、《紅拂》,其事大相類,曾爲宇内傳奇矣。玆復閲《玉簪》一記,所爲潘、陳之會合,風流不減,逸興遄飛,洵謂奇而又奇者。彼兩人於女貞觀中,嫵媚相憐,邂逅情投①魚水,雖屬一時私慾,然二嚴宦遊指腹②,兩人卽不期而遇,不媒而通,何莫非天啓其緣哉?雖然,謬亦甚矣。兵火投觀,世固不無此事,未必觀主卽潘尼也,又未必佳偶卽指腹之人也。玆不遑吹索,唯據一種瀟湘之致,湊合之巧,不可不爲奇遇。余寧不並志其奇,以廣宇内一全覽云云。

溫陵卓吾李贄撰。

（上海圖書館藏明末新都青藜館刻本《李卓吾先生批評玉簪記》卷首）

【校】

①『相令邂逅情投』六字，底本無，據《一笠庵批評玉簪記》卷首《一笠庵批評平簪記序》補。

②『二嚴宦遊指腹』六字，底本無，據《一笠庵批評玉簪記》卷首《一笠庵批評平簪記序》補。

【箋】

〔一〕日本宮内廳書陵部藏《傳奇四十種》所收明末刻本《一笠庵批評平簪記》卷首有此文，題《一笠庵批評平簪記序》，文字略同，殆爲剽襲。

玉簪序

陳繼儒

潘必正、陳妙常二人指腹爲婚，玉簪鸞墜，爲聘已定，夙世緣矣。無端虞馬南嘶，陳氏子母奔竄而中途分歧，妙常托身女貞觀中，自分頓洗清靜，九品蓮臺願化身矣。必正下第，拜謁姑娘，與妙常會於蓮池，對參傳情。而後一個旅館蕭條，一個佛堂清冷。一個心神惚佛（恍惚？），青燈何嘗親古史；一個情思飄渺，白晝懶去理殘經。情辭入手，出口推收，而一點靈犀，伊付詫矣。秋江一别，淒淒切切，情景如畫，林木振兮，行雲遏兮。余並爲品題，庶當六部鼓吹云。

（明末師儉堂刻《六合同春》本《鼎鐫陳眉公先生批評玉簪記》卷首，大連圖書館藏）

玉簪記總評〔一〕

闕　名〔二〕

科套似散，而夫婦會合甚奇，母女相逢又奇。但傳情不及《西廂》，粧景不及《拜月》，而傳情粧景又不離《西廂》、《拜月》。

母女相見更勝。

陳眉公先生有言：人生四大姻緣，先合後離；傳奇曲本，先離後合。塵圈爲大，戲而可爲，高眼思後一著。

（《不登大雅文庫珍本戲曲叢刊》第十二、十三册影印明末師儉堂刻《六合同春》本《鼎鐫陳眉公先生批評玉簪記》卷末）

【箋】

〔一〕底本無題名。

〔二〕此文當爲陳繼儒撰。

玉簪記·陳妙常改妝跋〔一〕

徐奮鵬

夫自《西廂》、《伯喈》而外，時所競尚者，無過《玉簪》。然予觀《西廂》，自《草橋驚夢》以後，詞陋味短，無足賞焉，豈闞之才情讓於王耶？ 予觀《伯喈》，自《書館題詩》以後，亦苟簡成章，絕不見精神，高公又何至此而末路之難耶？ 《玉簪》雅韻逸致，飄飄不羣矣，而接書、會案以後，風神亦多讓前意。 皤皤九十餘翁，豐采所注，難之難已而，而又責其全也，不亦苛耶？

予故於檗阿館中，經書史子之暇，寄筆游戲於《西廂》、《伯喈》，並已刪潤增改，令其粹然歸於大雅。 而每從末端，謂其煞局關要，尤注神焉。 其於《玉簪》以及《拜月亭》等記，尚未及也。 乃翻舊篋，得先年所著增『陳妙常改妝』一齣，因檢之以附刻於《琵琶記》後。 學者午夜一燈，辰窗萬字，多有滯懷沉鬱，展此玩之，亦覺有灑然之致也。

檗阿館人識於碩人薖中。

（日本東京大學藏影鈔本明徐奮鵬增改《詞壇清玩·伯喈定本》卷末附刻《玉簪記·陳妙常改妝》末）

【箋】

〔一〕底本無題名。

玉簪記序〔一〕

暮仙散人〔二〕

【前闕一頁】卽動也，若陳妙常之投拜女①貞觀，名爲出家，而其慕繁華，思配偶，一點塵心，未能盡滅矣。 觀其閑中之題詞，云『獨坐展孤衾』者，非以寡宿之無侶乎？ 『慾火之難禁』者，非以蕭郎之未遇乎？『凡心之轉盛』者，非以私情之未遂乎？此正意馬莫能拴，心猿莫能繫，未嘗不恨其誤入天台，而莫覯劉、阮也。苟聞相如之琴，寧不起文君之念？是以潘必正獲其詞，而答以『鳳鸞同跨』之言，即投其機，而遂與之苟合耳。

當是時，妙常之在白雲樓也，棲松舍之清幽，聽雲堂之鐘鼓，隱隱沉沉，固一塵不染之境界矣。使其能正色慾之念，而不妄動於思慮，守清淨之規，而不輕露於毫楮，收其視，返其聽，緘其音，調其息，一意規中，從事太陰煉形之術，則必寧意馬，定心猿，先於止念，至於忘念，凝神入炁，聚炁朝元，如張珍奴之遇洞賓，能由教坊而入仙都矣，何至不失節於王公子，而付靈犀於潘必正哉？然必正得以使妙常之歸己者，恃其姑之主觀事；而諧其婚姻也，恃張于湖與之相知，而判其還俗也。及其歸，終舉九子，而必正登第以揚名焉。後人見其終之榮華，而忘其始之苟合，乃深嘉而粉飾之，遂以『玉簪』名記。是記也，其將使人知破尼戒亦得善其終，而示美於天下後世乎？抑將使人知入空門不終守清規，而垂戒於天下後世乎？予昔覩張于湖之傳，今復覽《玉簪》之記，推潘、陳會合之由，肇於閑題之一詞，且見色慾之難絕也。因爲之序云。

時大明萬曆戊戌孟冬下元之吉〔三〕，暮仙散人書於水月庵房〔三〕。

（上海圖書館藏明萬曆二十六年刻本《新鐫女貞觀重會玉簪記》卷首）

【校】

①女，底本漫漶，據文義補。

【箋】

〔一〕底本無題名。

〔二〕暮仙散人： 姓名、字號、籍里、生平均未詳。

〔三〕題署之後刻有『黄近陽鐫』四字。

附　玉簪記跋〔一〕

吴　梅

此記傳唱四百餘年矣，顧其中情節，頗有可議者。潘、陳自幼結姻，陳投女貞觀，雖未通名籍，顧既遇潘生，譎知河南籍貫，豈有不探夫家之理，乃竟用青衿挑撻之語，淫詞相構，殊失雅道，一不合也。王公子慕耿衙小姐，百計鑽求，顧以門客一言，遂移愛於妙常，屬凝春庵主説合，直至篇終，耿衙小姐毫無歸著（記中有『耿衙小姐已嫁王尚書府』一語，不可卽作歸著，須登場作出綰合），二不合也。張于湖先見妙常，止爲日後判決王尼張本，卻不該圍棋挑思，先作輕薄語，況于湖爲外色乎？三不合也。至於用韻之夾雜，句讀之舛誤，更無論矣。編製傳奇，首重結構，詞藻其次也。記中《寄弄》、《耽思》諸折，文彩固自可觀，而律以韻律，則不可爲訓，顧能盛傳於世，深可異也。深甫散曲至多，散見《南詞韻選》、《吴騷合編》、《詞林逸響》者，卓爾可傳，不意作傳奇乃輕率如是，殊不可解。深甫尚有《節孝記》一種，分上下二卷，上卷賦陶潛《歸去來辭》，下卷賦李令伯《陳情表》，合而成書，別是一體。其詞吾未見，不敢評騭。自有此體，而葉六桐之《四豔記》、徐天池之《四聲猿》、沈寧庵之《十孝記》，皆從此出矣，實與傳奇正式不合也。

霜崖。

（民國十九年上海商務印書館排印本吴梅《曲選》卷三）

【箋】

〔一〕底本無題名。此文收入《新曲苑》本《霜厓曲跋》卷三。

何文秀玉釵記（陳則清）

陳則清，號泰宇，新安祁閶（今安徽祁門）人。明萬曆間人。幼習舉業，數奇不售，遂棄去，專意於詩古文詞。撰傳奇《何文秀玉釵記》，未見著録，與明心一山人《玉釵記》（《古本戲曲叢刊初集》據明萬曆間富春堂刻本影印）同題材。參見陳志勇《孤本傳奇〈劍丹記〉〈玉釵記〉的作者問題：兼論古代劇本著作權與署名不對稱現象》（《戲曲藝術》二〇一六年第四期）。《何文秀玉釵記》，現存清鈔本，上海圖書館藏，《稀見明代戲曲叢刊》第三册據以校點整理。

玉釵記敍

姚之典〔一〕

新都姚之典曰：『怨不於深，於其當心。』故古以羊羹亡國，醴酒失士，一飲食猶然，矧關身家性命者乎？其怨毒可勝道哉！夫處世，一大戲場也。離合悲歡，當場做出，場罷便休，何己何人，何恩①何讎，何施何報，總之戲耳。乃樹怨者不以爲戲，錯認爲眞，寧獨世路風波，人與人相讐，即是人心戈戟，心與心相讐矣。此造物之所謂不祥者也。

山人作《玉釵記》，其事之緣飾與否不具論，第剴而直，詳而有體，進乎技矣，豈不得其平而鳴耶？抑山人善詩，詩可以怨，此固詩之餘耶？誠搬演一番，令大衆耳而目之，當必悟怨從何來，亦從何往。水結爲冰，冰復成水，除煩惱見，爲平等心，則是傳記也，即謂證菩提之寶筏可矣。山人者誰？吾郡陳子則清，別號其泰宇也。

賡唐姚之典撰。

（上海圖書館藏清鈔本《何文秀玉釵記》卷首）

【校】

①恩，底本作『思』，據文義改。

【箋】

〔一〕姚之典：歙縣（今屬安徽）人。萬曆二十五年丁酉（一五九七）舉人，曾任商河縣主簿。以子孝思封兵部給事中。傳見道光《歙縣志》卷七之七、民國《商河縣志》卷六。

陳山人玉釵記序

莊持本〔一〕

余素善陳山人。山人豪於詩，居恆沾沾自喜，句轄字束，韻切聲磨，要於鳴其天籟，足以風焉而止。用其餘，譜《玉釵記》。記顛末載譜中，弗序，序所以作記者。

夫記之有曲，詩之變也。詩之至微矣，談何容易。迨於詞曲，托以傳奇，其緯物必弘，其麗情必顯。顯以徵事，憂愉悲快、貞亮淫冶之趣，可以備極其形容；弘以庇材，稗官小史、街談巷說之瑣，無不悉歸其陶鑄。然既涉韻語，自有當行到境，所臻不關才謂，要以聲情欲合，意調必諧，曲終奏雅，勸一諷百，此亦詩之餘教也。山人爲工於詩者，殆其庶乎？

山人曰：『寡和之音，不諧里耳；警世之音，歸於諭俗。故予之譜《玉釵》，稍委宛其事，成人美也；必直致其辭，醒人心也。一以警下石者，報施不爽，而出爾入爾，事正相當。一以儆行露者，沾濡可畏，而淪胥及溺，自完良苦。一以警吠厖①者，凜乎大防之難犯，而反中自驅，適以藉仁人之資，而作戮民之首。恩怨明矣，美刺互矣，勸懲備矣。雖編緝所裁，有慚繡虎，而義旨所合，無取雕蟲。雜雅俗而並陳，合愚智而同諭，冀移人於耳目之外，斯立教於聲伎之中。此自關風化之紀，何暇論文墨之際乎？』

余聞之而憮然，曰：『嗟乎，此《三百篇》「無邪」之教也！山人直泝②流而窮源，信非豪於詩者，不足以有是。是足傳矣！』既詳論之，因次其語而弁之首。

笑鵬生莊持本撰。

（上海圖書館藏清鈔本《何文秀玉釵記》卷首）

【校】

①厖，底本作『龐』，據文義改。②泝，底本作『沂』，據文義改。

【箋】

〔一〕莊持本：號笑鵬生，籍里、生平均未詳。

玉釵記引

倪道賢〔一〕

據梧子倚竿於錦江之上，慨里俗之污囂，而淳莫由挽也。閟閟爾，汶汶爾，嗒然若南郭子綦，仰天而噓。乃從孫券之肄業白蓮社，致余一帙曰：『是《玉釵記》者，蓋桃源陳山人則清氏之所譜也。丐弁之。』余惟聲音之道，與政通焉。鼓舞興起，惟風斯動。余未識山人，而喜其以風教也，爲之卒業焉。

已而嘆曰：嗟乎！以余觀於山人之譜也，其有憂世憫俗之心乎！夫記所載，率脩怯之姦，譎佹網利，席勢肆毒之所爲也夫。夫是叢怨之蛇虺，爲聖王所必放，識者能不悲之！是故自折脇之痛深，而邯鄲之雙騎宵遯；刖足之交慘，而馬陵之萬鏃霜飛。君子以爲假國事而復私冤，律之以經，猶合《周禮》報仇書士之義。若夫羣閹之毒，黨錮於漢，諸武之戕，桃李於唐。下至宋室之章、蔡、秦、史之徒，舉懷嫉賢妒能之腸，藉碩鼠摠雄之位，耽耽視忠義而血牙之。卒使英雄豪俊，游魂於斧鑕；良臣淑士，賫志於荒遐。千載之下，誦其編，想見其時，莫不張目奮詈，怒髮指冠，思爲之籲天而昭雪焉。此山人所以感文秀之冤，故假之歌聲，以泄其胷中憤懣也。憂時淑世之心，顧不淵矣哉！

予聞山人幼習博士業，才高思自表見。顧數奇，較不售，乃厭薄棄去，一意古文詞及漢、魏、盛唐李、杜諸名家言。茲閱所譜，出入於子史百家，而音韻優游和平，足攄所蘊矣。苟四封睚眦之夫，審音以悔禍，感物而革心，不平之竅，融成天籟，蓬然若大塊之噫嘘蘋末而披拂之，化天下之暴而爲良，予知治世之音，將不於于于徐徐而見之乎？山人之功於是神矣。

或曰：『山人所譜，樂府耳，胡然動物？』予曰：獨不聞優孟抵掌，亡相之寠胤獲饘；公治登場，姦壻之奪饔寢慮。此山人風教意也。故蟬繹而豔譚之，以廣其風聲云。

據梧老人倪道賢拜撰。

（上海圖書館藏清鈔本《何文秀玉釵記》卷首）

【箋】

〔一〕底本無題名。

〔二〕倪道賢：字惟德，別署據梧老人，祁門（今屬安徽）人。萬曆十一年癸未（一八五三），爲鄭之珍《目連勸善記》撰序。

玉釵記敍

葉道訓〔一〕

怨毒之於人大矣。始之毫芒，積之尋丈；伏之涓滴，決之江河，慎矣哉！傳曰：『無爲怨府。』又曰：『以直報怨，斯其則矣。』何文秀，常郡彦士也。父君達，以校士山東，汰程練二子。練不能自咎也，而蓄怨君達。暨按江南，卒種奇禍。斯時也，九思自刎於中庭，潘母脱命於禪庵，苟非友訪外郡，冤釋李令，何氏之不絕也如線哉！迨夫托迹雲遊，奇逢指腹，誰云非天作合？顧王宰以賜金觸怒，幾喪湖濱；張堂以奪妻詐誣，垂亡幽户。前險後枕，怨何叢乎？天耶！卒之漁舟拯濟，獄吏曲全，勁節著於閨門，姓字題於金榜，德無不酬，忿無不雪矣。天之玉成也，誰則測之也哉！故曰：名非怨不立，節非怨不揚，善非怨不積，惡非怨不殃。

陳子則清，學淵養粹，其於怨固冰釋矣。獨怪世人，怨僅睚眦，釀成酖毒，不俱僨不止。故取何生而聲施之，提撕警覺，俾同登於太和，志顧不偉歟！若夫引商刻羽，玉振金聲，齊名翰府，獨步詞林，兹特其一班也，於予何言？是爲敍。

眷侍生葉道訓拜撰。

（上海圖書館藏清鈔本《何文秀玉釵記》卷首）

【箋】

〔一〕葉道訓：其稱『眷侍生』，則陳則清乃其孫壻或姪孫壻。籍里、生平均未詳。

雷澤遇仙記（闕名）

《雷澤遇仙記》，撰者未詳，《也是園書目》著録，現存《脈望館鈔校本古今雜劇》本（《古本戲曲叢刊四集》據以影印，《孤本元明雜劇》據以校録）。

（雷澤遇仙記）跋

錄于小谷本。此詞是學究之筆。丁巳仲夏端日〔一〕，清常道人。

（《古本戲曲叢刊四集》影印明趙琦美鈔稿本《脈望館鈔校本古今雜劇》所收《雷澤遇仙記》卷末）

趙琦美

【箋】

〔一〕丁巳：萬曆四十五年（一六一七）。

風月南牢記（闕名）

《風月南牢記》，簡名《南牢記》，撰者未詳，《也是園書目》著錄，現存《脈望館鈔校本古今雜劇》本（《古本戲曲叢刊四集》據以影印，《孤本元明雜劇》據以校錄）。

（風月南牢記）跋

四十三年乙卯季春二之日，校于本。清常記。

趙琦美

（同上《風月南牢記》卷末）

月夜淫奔記（闕名）

《月夜淫奔記》，全稱《慶豐門蘇九淫奔記》，撰者未詳，《也是園書目》著錄，現存《脈望館鈔校本古今雜劇》本（《古本戲曲叢刊四集》據以影印，《孤本元明雜劇》據以校錄）。

（月夜淫奔記）跋

趙琦美

于小穀本鈔校。詞采彬彬，當是行家。乙卯三月初五日，清常道人記。

（同上《月夜淫奔記》卷末）

釋迦佛雙林坐化（闕名）

《釋迦佛雙林坐化》，簡名《雙林坐化》，撰者未詳，《也是園書目》著錄，現存《脈望館鈔校本古今雜劇》本（《古本戲曲叢刊四集》據以影印，《孤本元明雜劇》據以校錄）。

（釋迦佛雙林坐化）跋

闕　名〔一〕

于小谷本。

（同上《釋迦佛雙林坐化》卷末）

【箋】

〔一〕據筆迹，當爲趙琦美撰。

觀音菩薩魚籃記（闕名）

《觀音菩薩魚籃記》，簡名《魚籃記》，撰者未詳，《也是園書目》著録，現存《脈望館鈔校本古今雜劇》本（《古本戲曲叢刊四集》據以影印，《孤本元明雜劇》據以校録）。

（觀音菩薩魚籃記）跋

趙琦美

乙卯七月初三日，校内本。清常記。

（同上《觀音菩薩魚籃記》卷末）

許眞人拔宅飛昇（闕名）

《許眞人拔宅飛昇》，簡名《拔宅飛昇》，撰者未詳，《也是園書目》著錄，現存《脈望館鈔校本古今雜劇》本（《古本戲曲叢刊四集》據以影印，《孤本元明雜劇》據以校錄）。

（許眞人拔宅飛昇）跋

趙琦美

萬曆四十三年七月初三日，校内本。清常道人。

（同上《許眞人拔宅飛昇》卷末）

孫眞人南極登仙會（闕名）

《孫眞人南極登仙會》，簡名《南極登仙》，撰者未詳，《也是園書目》著錄，現存《脈望館鈔校本古今雜劇》本（《古本戲曲叢刊四集》據以影印，《孤本元明雜劇》據以校錄）。

（孫眞人南極登仙會）跋

乙卯正月十七日，校内本。清常道人。

趙琦美

（同上《孫眞人南極登仙會》卷末）

呂翁三化邯鄲店（闕名）

《呂翁三化邯鄲店》，簡名《三化邯鄲》，撰者未詳，《也是園書目》著録，現存《脈望館鈔校本古今雜劇》本（《古本戲曲叢刊四集》據以影印，《孤本元明雜劇》據以校録）。

（呂翁三化邯鄲店）跋

萬曆丁巳四月十八日，校録于小谷本。清常道人。

趙琦美

（同上《呂翁三化邯鄲店》卷末）

呂純陽點化度黄龍（闕名）

《呂純陽點化度黄龍》，簡名《度黄龍》，撰者未詳，《也是園書目》著録，現存《脈望館鈔校本古今雜劇》本（《古本戲曲叢刊四集》據以影印，《孤本元明雜劇》據以校録）。

（呂純陽點化度黄龍）跋

趙琦美

内本録校。清道人。

（同上《呂純陽點化度黄龍》卷末）

邊洞玄慕道昇仙（闕名）

《邊洞玄慕道昇仙》，簡名《洞玄昇仙》，撰者未詳，《也是園書目》著録，現存《脈望館鈔校本古今雜劇》本（《古本戲曲叢刊四集》據以影印，《孤本元明雜劇》據以校録）。

（邊洞玄慕道昇仙）跋

萬曆四拾三年孟夏五日，校内本。清常道人。

（同上《邊洞玄慕道昇仙》卷末）

趙琦美

李雲卿得悟昇眞（闕名）

《李雲卿得悟昇眞》，簡名《李雲卿》，撰者未詳，《也是園書目》著錄，現存《脈望館鈔校本古今雜劇》本（《古本戲曲叢刊四集》據以影印，《孤本元明雜劇》據以校錄）。

（李雲卿得悟昇眞）跋

萬曆四十三年乙卯建辰之月念有五日，校内本。清常。

（同上《李雲卿得悟昇眞》卷末）

趙琦美

太乙仙夜斷桃符記（闕名）

《太乙仙夜斷桃符記》，簡名《桃符記》，撰者未詳，《也是園書目》著録，現存《脈望館鈔校本古今雜劇》本（《古本戲曲叢刊四集》據以影印，《孤本元明雜劇》據以校録）。

（太乙仙夜斷桃符記）跋

趙琦美

于小穀本録校。萬曆四十四年丙辰四月朔日校。是日始雷電雨。清常書於眞如邸中。

（同上《太乙仙夜斷桃符記》卷末）

二郎神鎖齊天大聖（闕名）

《二郎神鎖齊天大聖》，簡名《齊天大聖》，撰者未詳，《也是園書目》著録，現存《脈望館鈔校本古今雜劇》本（《古本戲曲叢刊四集》據以影印，《孤本元明雜劇》據以校録）。

（二郎神鎖齊天大聖）跋

萬曆四十三年二月十七日，校内本。清常記。

（同上《二郎神鎖齊天大聖》卷末）

趙琦美

灌口二郎斬健蛟（闕名）

《灌口二郎斬健蛟》，簡名《斬健蛟》，撰者未詳，《也是園書目》著録，現存《脈望館鈔校本古今雜劇》本（《古本戲曲叢刊四集》據以影印，《孤本元明雜劇》據以校録）。

（灌口二郎斬健蛟）跋

萬曆四十三年七月五之日，校鈔内本。清常道人。

（同上《灌口二郎斬健蛟》卷末）

趙琦美

二郎神射鎖魔鏡(無名氏)

《二郎神射鎖魔鏡》，簡名《鎖魔鏡》，《遠山堂劇品》著録，現存《脈望館鈔校本古今雜劇》本(《古本戲曲叢刊四集》據以影印)。

(二郎神射鎖魔鏡)題注

闕　名[一]

《太和正音》不收。

(同上《二郎神射鎖魔鏡》卷端)

【箋】

[一]據筆迹，此注當爲趙琦美撰。

(二郎神射鎖魔鏡)跋

趙琦美

内本録校。清常道人。

(同上《二郎神射鎖魔鏡》卷末)

奉天命三寶下西洋（闕名）

《奉天命三寶下西洋》，簡名《下西洋》，撰者未詳，《錢遵王述古堂藏書目》著録，注『内府穿關本（鈔）』，現存《脈望館鈔校本古今雜劇》本（《古本戲曲叢刊四集》據以影印，《孤本元明雜劇》據以校録）。

（奉天命三寶下西洋）跋

趙琦美

萬曆四十三年乙卯八月初二日，校内本①。清常道人記。

（同上《奉天命三寶下西洋》卷末）

【校】

①『本』字原無，據文義補。

寶光殿天眞祝萬壽（闕名）

《寶光殿天眞祝萬壽》，簡名《寶光殿》，撰者未詳，《錢遵王述古堂藏書目》著録，歸入『教坊編演』，注『内府穿關本(鈔)』，現存《脈望館鈔校本古今雜劇》本(《古本戲曲叢刊四集》據以影印，《孤本元明雜劇》第二九冊據以校錄)。

(寶光殿天眞祝萬壽)跋

乙卯七月初三日，校内本。清常記。

(同上《寶光殿天眞祝萬壽》卷末)

趙琦美

衆羣仙慶賞蟠桃會(闕名)

《衆羣仙慶賞蟠桃會》雜劇，撰者未詳，《也是園藏書目》著錄，歸入『教坊編演』，實據朱有燉《羣仙慶壽蟠桃會》改編而成，現存明趙琦美鈔稿本《脈望館鈔校本古今雜劇》本(《古本戲曲叢刊四集》據以影印)。

(衆羣仙慶賞蟠桃會)跋

己卯孟秋六之日[一]，校内本。清常記。

趙琦美

（同上《衆羣仙慶賞蟠桃會》卷末）

【箋】

〔一〕己卯：當爲『乙卯』，萬曆四十三年（一六一五）。

祝聖壽金母獻蟠桃（闕名）

《祝聖壽金母獻蟠桃》，簡名《獻蟠桃》，撰者未詳，《錢遵王述古堂藏書目》著録，注『内府穿關本（鈔）』，現存《脈望館鈔校本古今雜劇》本（《古本戲曲叢刊四集》據以影印，《孤本元明雜劇》據以校録）。

（祝聖壽金母獻蟠桃）跋

趙琦美

乙卯正月十一日，鈔内本①並校。清常。

（同上《祝聖壽金母獻蟠桃》卷末）

【校】

①『本』字底本無，據文義補。

降丹墀三聖慶長生（闕名）

《降丹墀三聖慶長生》，簡名《慶長生》，撰者未詳，《也是園書目》著録，歸入『教坊編演』，現存《脈望館鈔校本古今雜劇》本（《古本戲曲叢刊四集》據以影印，《孤本元明雜劇》據以排印）。

（降丹墀三聖慶長生）跋

趙琦美

于小穀本録校。清常道人記。

（同上《降丹墀三聖慶長生》卷末）

衆神聖慶賀元宵節（闕名）

《衆神聖慶賀元宵節》，簡名《賀元宵》，撰者未詳，《也是園書目》著録，歸入『教坊編演』，現存《脈望館鈔校本古今雜劇》本（《古本戲曲叢刊四集》據以影印，《孤本元明雜劇》據以校録）。

（衆神聖慶賀元宵節）跋

趙琦美

萬曆丙辰孟夏二之日，校錄于本。清常。

（同上《衆神聖慶賀元宵節》卷末）

衆神聖慶賀元宵節跋

闕　名〔一〕

此種雜劇不堪入目，當效楚人一炬爲快。

（同上《衆神聖慶賀元宵節》卷末）

【箋】

〔一〕據筆迹，此跋爲董其昌撰。

祝聖壽萬國來朝（闕名）

《祝聖壽萬國來朝》，簡名《萬國來朝》，撰者未詳，《也是園書目》著錄，歸入『教坊編演』，現存《脈望館鈔校本古今雜劇》本（《古本戲曲叢刊四集》據以影印，《孤本元明雜劇》據以校録）。

（祝聖壽萬國來朝）跋

闕　名〔一〕

（同上《祝聖壽萬國來朝》卷末）

小穀本。

【箋】

〔一〕據筆迹，當爲趙琦美撰。

爭玉板八仙過滄海（闕名）

《爭玉板八仙過滄海》，簡名《八仙過海》，撰者未詳，《錢遵王述古堂藏書目》著録，注『内府穿關本（鈔）』，現存《脈望館鈔校本古今雜劇》本（《古本戲曲叢刊四集》據以影印，《孤本元明雜劇》據以校録）。

（爭玉板八仙過滄海）跋

四十三年乙卯五月廿三日，校内本。清常道人。

趙琦美

（同上《爭玉板八仙過滄海》卷末）

慶豐年五鬼鬧鍾馗（闕名）

《慶豐年五鬼鬧鍾馗》，簡名《鬧鍾馗》，撰者未詳，《錢遵王述古堂藏書目》著錄，注『内府穿關本（鈔）』，現存《脈望館鈔校本古今雜劇》本（《古本戲曲叢刊四集》據以影印，《孤本元明雜劇》據以校錄）。

（慶豐年五鬼鬧鍾馗）跋

乙卯七月廿七日，校内本。清常道人。

趙琦美

（同上《慶豐年五鬼鬧鍾馗》卷末）

紫微宮慶賀長春壽（闕名）

《紫微宮慶賀長春壽》，簡名《紫微宮》、《慶賀長春節》，撰者未詳，《也是園書目》著錄，歸入『教坊編演』，現存《脈望館鈔校本古今雜劇》本（《古本戲曲叢刊四集》據以影印，《孤本元明雜劇》據以校錄）。

（紫微宮慶賀長春壽）跋

趙琦美

于小穀本錄校。丁巳仲夏二十三日。清常。

（同上《紫微宮慶賀長春壽》卷末）

賀萬壽五龍朝聖（闕名）

《賀萬壽五龍朝聖》，簡名《五龍朝聖》，撰者未詳，《錢遵王述古堂藏書目》著錄，注『內府穿關本（鈔）』，現存《脈望館鈔校本古今雜劇》本（《古本戲曲叢刊四集》據以影印，《孤本元明雜劇》據以校錄）。

（賀萬壽五龍朝聖）跋

内本録校。清常記。

趙琦美

（同上《賀萬壽五龍朝聖》卷末）

衆天仙慶賀長生會（闕名）

《衆天仙慶賀長生會》，簡名《長生會》，撰者未詳，《錢遵王述古堂藏書目》著録，注『内府穿關本（鈔）』，現存《脈望館鈔校本古今雜劇》本（《古本戲曲叢刊四集》據以影印，《孤本元明雜劇》據以校録）。

（衆天仙慶賀長生會）跋

内本校録。清常記。

趙琦美

（同上《衆天仙慶賀長生會》卷末）

慶冬至共享太平宴（闕名）

《慶冬至共享太平宴》，簡名《太平宴》，撰者未詳，《錢遵王述古堂藏書目》著錄，注『內府穿關本（鈔）』，現存《脈望館鈔校本古今雜劇》本（《古本戲曲叢刊四集》據以影印，《孤本元明雜劇》據以校錄）。

（慶冬至共享太平宴）跋

趙琦美

乙卯孟秋六之日，校內本。清常。

（同上《慶冬至共享太平宴》卷末）

慶千秋金母賀延年（闕名）

《慶千秋金母賀延年》，簡名《慶千秋》，撰者未詳，《錢遵王述古堂藏書目》著錄，注『內府穿關本（鈔）』，現存《脈望館鈔校本古今雜劇》本（《古本戲曲叢刊四集》據以影印，《孤本元明雜劇》據以校錄）。

（慶千秋金母賀延年）跋

內本校錄。清常記。

趙琦美

（同上《慶千秋金母賀延年》卷末）

廣成子祝賀齊天壽（闕名）

《廣成子祝賀齊天壽》，簡名《廣成子》，撰者未詳，《錢遵王述古堂藏書目》著錄，注「內府穿關本（鈔）」，現存《脈望館鈔校本古今雜劇》本（《古本戲曲叢刊四集》據以影印，《孤本元明雜劇》據以校錄）。

（廣成子祝賀齊天壽）跋

校鈔內本。清常道人，乙卯季春七之日。

趙琦美

（同上《廣成子祝賀齊天壽》卷末）

黄眉翁賜福上延年（闕名）

《黄眉翁賜福上延年》，簡名《黄眉翁》，撰者未詳，《錢遵王述古堂藏書目》著錄，注『內府穿關本（鈔）』，現存《脈望館鈔校本古今雜劇》所收本（《古本戲曲叢刊四集》據以影印，《孤本元明雜劇》據以校錄）。

（黄眉翁賜福上延年）跋

趙琦美

萬曆四十三年乙卯季春初九日，校內本。清常道人。

（同上《黄眉翁賜福上延年》卷末）

守貞節孟母三移（無名氏）

《守貞節孟母三移》，簡名《孟母三移》，《錢遵王述古堂藏書目》著錄，現存《脈望館鈔校本古今雜劇》本（《古本戲曲叢刊四集》據以影印，《孤本元明雜劇》據以校錄）。

（守貞節孟母三移）跋

趙琦美

萬曆四十三年七月初三日，校内本。時自四十二年甲寅雨，至是日始得雨寸許，晚禾稍甦矣。清常道人記。

（守貞節孟母三移）跋

闕　名〔一〕

崇禎紀元二月之望，偕友南下。舟次無眠，讀此消夜，頗得卷中之味。

（同上《守貞節孟母三移》卷末）

【箋】

〔一〕此文或爲董其昌（一五五五—一六三六）撰。

吳起敵秦挂帥印（闕名）

《吳起敵秦挂帥印》，簡名《吳起敵秦》，撰者未詳，《也是園書目》著錄，現存《脈望館鈔校本古今雜劇》本（《古本戲曲叢刊四集》據以影印，《孤本元明雜劇》據以校錄）、清宣統元年（一九〇九）王國維鈔校本。

吳起敵秦挂帥印題識〔一〕

丁　丙〔二〕

《吳起敵秦挂帥印》雜劇一卷，明鈔本。錢遵王《述古堂書目》後附《古今雜劇》，春秋故事中有此一種，不著撰人姓名，當屬元明間所著〔三〕。

【箋】

〔一〕底本無題名。

〔二〕丁丙（一八三二—一八九九）：一名國典，字嘉魚，號松生，晚號松存，錢塘（今屬浙江杭州）人。清諸生。其藏書室稱『八千卷樓』。著錄所藏善本書爲《善本書室藏書志》。著有《松夢寮詩稿》、《北郭詩錄》、《三塘漁唱》、《松夢寮文集》等。傳見俞樾《春在堂雜文六編》卷二《家傳》、《續碑傳集》卷八一等。參見丁立中《先考松生府君年譜》（光緒二十六年嘉惠堂丁氏刻《宜堂類編》本）、張慕騫《丁松山先生大事年表》（民國二十二年編印《浙江省立圖書館月刊》一卷七、八合期）。

〔三〕此紙後附王國維識語：『此箋在善本書室舊鈔中，係丁松老手筆也。維志。』

吳起敵秦挂帥印題識〔一〕

王國維

宣統改元夏五，過錄錢唐丁氏善本書室明鈔本。此本見錢遵王《也是園書目》，曲文惡劣，殆優伶所編。以係舊本，故鈔存之。國維。

（以上均清宣統元年王國維鈔校本《吴起敵秦挂帥印》冊内夾紙〔二〕）

【箋】

〔一〕底本無題名。

〔二〕此本未見，據黄仕忠《日藏中國戲曲文獻綜錄》迻錄。

漢公卿衣錦還鄉（無名氏）

《漢公卿衣錦還鄉》，簡名《衣錦還鄉》，《也是園藏書目》著録，現存《脈望館鈔校本古今雜劇》本（《古本戲曲叢刊四集》據以影印，《孤本元明雜劇》據以校録）。

趙琦美

（漢公卿衣錦還鄉）跋

内本校録。清常記。

（同上《漢公卿衣錦還鄉》卷末）

漢姚期大戰邳仝(無名氏)

《漢姚期大戰邳仝》,簡名《大戰邳仝》,《錢遵王述古堂藏書目》著録,現存《脈望館鈔校本古今雜劇》本(《古本戲曲叢刊四集》據以影印,《孤本元明雜劇》據以校録)。

趙琦美

(漢姚期大戰邳仝)跋

乙卯仲春念四日,校内本。清常道人。

(同上《漢姚期大戰邳仝》卷末)

十八學士登瀛洲(無名氏)

《十八學士登瀛洲》,簡名《登瀛洲》,《晁氏寶文堂書目》著録,現存《脈望館鈔校本古今雜劇》本(《古本戲曲叢刊四集》據以影印,《孤本元明雜劇》據以校録)。

（十八學士登瀛洲）跋

趙琦美

于小穀本錄校。乙卯二月初八日，有事昭陵，書于公署。清常道人。

（同上《十八學士登瀛洲》卷末）

飛虎峪存孝打虎（無名氏）

《飛虎峪存孝打虎》雜劇，簡名《存孝打虎》，《錢遵王述古堂藏書目》著錄，注『内府穿關本（鈔）』，當據陳以仁《雁門關存孝打虎》雜劇改編，現存《脈望館鈔校本古今雜劇》本（《古本戲曲叢刊四集》據以影印）。

（飛虎峪存孝打虎）跋

趙琦美

萬曆乙卯四十三年二月十二日，校内本。清常記。

（同上《飛虎峪存孝打虎》卷末）

宋大將岳飛精忠（無名氏）

《宋大將岳飛精忠》，簡名《岳飛精忠》，《錢遵王述古堂藏書目》著録，注「内府穿關本（鈔）」，現存《脈望館鈔校本古今雜劇》本（《古本戲曲叢刊四集》據以影印，《孤本元明雜劇》據以校録）。

（宋大將岳飛精忠）跋

趙琦美

萬曆四十三年六月初五日，校内本。清常道人。

（同上《宋大將岳飛精忠》卷末）

女姑姑説法陞堂記（無名氏）

《女姑姑説法陞堂記》，簡名《女姑姑》，《也是園藏書目》著録，現存《脈望館鈔校本古今雜劇》本（《古本戲曲叢刊四集》據以影印，《孤本元明雜劇》據以校録）。

（女姑姑説法陞堂記）跋

趙琦美

内本校過。乙卯三月初二日，清常記。

（同上《女姑姑説法陞堂記》卷末）

女學士明講春秋（無名氏）

《女學士明講春秋》，簡名《女學士》，《也是園藏書目》著錄（誤「女」字作「五」），現存《脈望館鈔校本古今雜劇》本（《古本戲曲叢刊四集》據以影印，《孤本元明雜劇》據以校錄）。

（女學士明講春秋）跋

趙琦美

于小谷本錄校。此必村學究之筆也。無足取，可去。四十年五月十四日，清常道人。

（同上《女學士明講春秋》卷末）

龍濟山野猿聽經（無名氏）

《龍濟山野猿聽經》，簡稱《猿聽經》、《野猿聽經》，《遠山堂劇品》著録，現存《脈望館鈔校本古今雜劇》本（《古本戲曲叢刊四集》據以影印）。

（龍濟山野猿聽經）題注

闕　名〔一〕

（同上《龍濟山野猿聽經》卷端）

《太和正音》不收。

【箋】

〔一〕據筆迹，此注當爲趙琦美撰。

魯智深喜賞黄花峪（無名氏）

《魯智深喜賞黄花峪》，簡名《黄花峪》，《遠山堂劇品》著録，現存《脈望館鈔校本古今雜劇》本（《古本戲曲叢刊四集》據以影印）。

（魯智深喜賞黄花峪）跋

闕　名〔一〕

校于過。

（同上《魯智深喜賞黄花峪》卷末）

【箋】

〔一〕據筆迹，此爲趙琦美所撰。

金丸記（闕名）

《金丸記》，一名《妝盒記》，又名《金彈記》。《曲品》著録，未題撰者。《古人傳奇總目》誤題「姚靜山所作」，清代諸家曲目均因之。《曲海總目提要》卷三九有此本，據黄宗羲《思舊録》定爲史槃撰，亦誤，既云「此記出在成化年」，而史槃乃徐渭學生，爲嘉靖以後人，不當作此。現存康熙間鈔本（《古本戲曲叢刊初集》據以影印）、紅格鈔本、周明泰幾禮居藏許之衡飲流齋鈔本（上海圖書館藏）。

附　金丸記跋

許之衡

《金丸記》傳奇，明姚茂良撰。茂良字靜山，武康人。所著傳奇共三種：《精忠》已刻《六十種曲》中，前得其《雙忠記》一種，今又得此。姚氏作品，余悉備矣。是本《傳奇彙考》、《曲海目》均有著録，惟向未易見全書。《醉怡情》曾選録《粧盒》、《盤盒》、《收養》、《拷寇》四齣，度當時歌場，頗盛行之。今則蘇州老伶工，亦罕能歌是劇。而海上編爲亂彈，轉極流行，亦足慨盛衰變遷之迹矣。此本雖由梨園家藏所得，然首尾完好，删節尚少，結構極佳，詞筆雖隨意揮灑，然頗得元人遺意。姚氏三種，當以此本爲冠矣。

丁卯四月〔二〕，許飲流記。

（上海圖書館藏許之衡飲流齋鈔本《金丸記》卷末）

【箋】

〔一〕底本無題名。

〔二〕丁卯：民國十六年（一九二七）。

金印記（闕名）

《金印記》，明闕名撰，呂天成《曲品》著錄；《古人傳奇總目》著錄，作『蘇復之』撰。現存萬曆間刻本（《古本戲曲叢刊初集》據以影印）、明刻李卓吾先生批評本、明末刻《三刻五種傳奇》所收本等。

金印記總評

禿　翁〔一〕

人知季子父母兄嫂炎涼，不知此乃彼蒼一副大爐冶也。大抵人非上根，不能無激而奮。昔人云：『激而成之，無上之師』，此有見之言也。如季子者，非父母兄嫂如此激之，又烏能奮乎？余不爲已往季子感恨炎涼，方恐將來季子不得遇如是聖父聖母、賢兄賢嫂耳。勢利不在家庭，猶得掩門謝之；惟在自家骨肉，避之不能，受之不可，方思出頭，做個漢子矣。嗚呼！天何仁愛英雄，百計提醒，千方激勸之也！

最可憐者是季子之妻，彼受舅姑伯姆無限楚毒，稍從夫子發洩之，又以下機見誚矣。凡爲季子者須念之。

禿翁。

（明末刻本《三刻五種傳奇》本《金印記》卷首〔二〕）

【箋】

〔一〕禿翁：或即李贄（一五二七—一六〇二）別署。然此本評語，恐出於葉晝（？—一六二五後）僞托。

〔二〕此文又見上海圖書館藏明刻本《李卓吾先生批評金印記》卷首。

附 金印記跋

吴梅

此記蘇秦事。自十上不遇，至佩六國相印止，通本皆依據《戰國策》。惟云秦之兄素無賴，譏秦於父母，則由『嫂不爲炊』一語而附會之也。劇中文字古樸，確爲明初人手筆。復之字里竟無可考，亦一憾事。

又『支時』、『齊微』、『魚模』等韻，皆混合不分，是承東嘉之弊。明曲皆如是，不能專責復之也。《往魏》一折【武陵花】二曲，爲記中最勝處。《種玉》之《往邊》，《長生殿》之《聞鈴》，概從此出。以此相較，則大略椎輪，氣韻較厚焉。

霜崖。

（民國十九年上海商務印書館排印本吴梅《曲選》卷一）

鳴鳳記（闕名）

《鳴鳳記》，明闕名撰，呂天成《曲品》著錄，列於『作者姓名無可考』之類；《曲海總目提要》卷五著錄，謂『係王世貞門客所作』；《明代雜劇全目》著錄，作『王世貞』撰。現存萬曆間讀書坊刻本、明末李卓吾批評本、明末刻《三刻五種傳奇》本、明末汲古閣原刻初印本（《古本戲曲叢刊初集》據以影印）、汲古閣刻《六十種曲》本、乾隆間内府鈔本、清鈔本等。

鳴鳳記總評

闕　名〔一〕

凡傳奇之勝，乃在結構玲瓏，令人不測。如此部傳奇，塡詞度曲，時人勝境，亦可謂極盡才人之致矣。而小小串插，良工苦心，不謂無之。只恨頭緒太多，支離破碎，難登作者之壇耳。嚴家舉動，趙、鄢施爲，今人俱知笑之。余猶恐陽卻其人而陰用其言者之多也。各人須自照之，毋輕動雌黄之舌，何如？

趙、鄢諸人，是大功德主。何也？各人俱有此心，而彼二人者，獨以身當其醜，非功德而何？一笑一笑。

（明末刻《三刻五種傳奇》本《鳴鳳記》卷首）

【箋】

〔一〕此文當爲葉晝（？——一六二五後）撰。

繡襦記（闕名）

《繡襦記》，明闕名撰，吕天成《曲品》著録。《古人傳奇總目》作「鄭若庸」撰。《明代雜劇全目》作「薛近兖」撰。現存萬曆間讀書坊刻本，萬曆間蕭騰鴻原刻本，明末刻李卓吾批評本，明末刻朱墨套印本（民國十五年開進陶氏涉園輯《喜詠軒叢書》乙編據以石印，《古本戲曲叢刊初集》、《日本所藏稀見中國戲曲文獻叢刊》第一輯第一八册據以影印），明末刻《三刻五種傳奇》本，明末汲古閣原刻初印本，汲古閣刻《六十種曲》所收本，康熙五十九年（一七二〇）沈氏詠風堂鈔本，明末蕭騰鴻刻、清乾隆間修文堂輯印《六合同春》本等。

繡襦記序

余文熙〔一〕

予不奈客塵，讀書曇庵，捧誦《楞嚴》，以爲六賊劫寶，心目爲咎。散步前庭，山花競秀，蛺蝶戀戀其間，倏而風雨卒至，蝶以仆死。予戲挑之窗間，徑跏趺蒲團去，睡魔來也，迺遂夢鄉去，醒來蝶已翩翩飛矣。俄而有客扣扉，索《繡襦》序，予亦倦於筆墨，因爲茶，話眼前景。元和，蛺蝶也；亞仙，山花也。而乞而死，風雨也；貴而賤，賤而又貴，大夢也。剔目之旨，其知盜乎？《繡襦》之序如此矣，予之序《繡襦》以此矣。

蘭亭脩禊日如如學人余文熙書於曇庵。

（明萬曆間師儉堂蕭騰鴻刻本《鼎鐫陳眉公先生批評繡襦記》卷首）

【箋】

〔一〕余文熙：字敬止，號一齋，別署如如學人，籍里、生平均未詳。

繡襦記總評

闕　名〔一〕

據唐白御史《李娃傳》，此婦有大識見、大主張、大經濟，男子所不如也。夫何一經法華之手，裝①點出許多惡態？如馬板湯之類，裝腔拿〔二〕班，種種惡態，不可言盡。及考殺馬煮湯，乃元學士王元鼎與妓女順時秀事蹟，不干元和、亞仙之事，所稱點金爲鐵，非耶？《玉玦》主抑青樓，《繡繻》反之。相傳薛君受青樓之賂，特與鄭若庸相反者也。但娼奴姓李，亞仙亦姓李，今評兩家傳奇者又姓李。李姓者，不爲妓女，則爲和尚，大難爲太上老君也已。客曰：『若況老君，又有一姓李道士矣。』放筆大笑。

（《日本所藏稀見中國戲曲文獻叢刊》第一輯影印明末刻朱墨套印本《李卓吾先生批評繡襦記》卷首）

【校】

①裝，明末刻《三刻五種傳奇》所收《繡襦記》卷首《繡襦記總評》作『粧』。下同。

【箋】

〔一〕據書名，此文蓋托名李贄撰，恐出於葉晝（？——一六二五後）僞托。

〔二〕從標題至『裝腔拿』一葉，中國國家圖書館藏明末刻朱墨套印本原闕，《古本戲曲叢刊初集》編者據東洋文庫藏本鈔補，並仿照原版式重排。《日本所藏稀見中國戲曲文獻叢刊》第一輯第一八册影印本不闕。

繡襦記總評〔一〕

闕　名〔二〕

作者一片苦心，愛世也，憂世也，卻不是□□冷眼，笑世也，駡世也。愛河流戀，總□苦□□色不悛，終是乞骨□也。所擯早□□□□□窟裏，雖養出狀元，終是不成人品。種種現出地獄，總爲癡漢設棒，作者慈悲佛哉！

又曰：千言萬語，卻是一部戒律。

又曰：闢目極可，醜醜中討出嬌嬈，方許讀此妙曲。

（《不登大雅文庫珍本戲曲叢刊》第十三册影印明末蕭騰鴻刻本《鼎鐫陳眉公先生批評繡襦記》卷末）

【箋】

〔一〕底本無題名。

〔二〕此文當爲陳繼儒（一五五八—一六三九）撰。

荔鏡記（闕名）

《荔鏡記》，全名《重刊五色潮泉插科增入詩詞北曲勾欄荔鏡記戲文》，明闕名撰，《傳奇彙考標目》增補本據李氏《海澄樓書目》著録。現存嘉靖四十五年丙寅（一五六六）新安余氏刻本，日本天理大學圖書館、英國牛津大學圖書館均藏。廣東人民出版社一九八五年版《明本潮州戲文五種》，據日本天理大學圖書館藏本影印。

荔鏡記題記

闕名

重刊《荔鏡記》戲文（計有一百五葉）。因前本《荔枝記》字多差訛，曲文減少，今將潮、泉二部，增入顏臣勾欄詩詞北曲，校正重刊，以便騷人墨客，閒中一覽，名曰《荔鏡記》。買者須認本堂余氏新安云耳。

嘉靖丙寅年。

（一九八五年廣東人民出版社《明本潮州戲文五種》影印明嘉靖四十五年丙寅新安余氏刻本《重刊五色潮泉插科增入詩詞北曲勾欄荔鏡記戲文》卷末上欄）

卷四　戲曲劇本

明清雜劇傳奇二（明萬曆至天啓）

夢磊記（史槃）

史槃（約一五三三—一六二九），字叔考，號荷汀，會稽（今浙江紹興）人。諸生，萬曆三年（一五七五）後棄舉子業。工書畫、詞曲，與王驥德（一五五七？—一六二三）同爲徐渭（一五二一—一五九三）門人，其書畫刻模徐渭。著有詩文集《童羖齋集》、散曲集《齒雪餘音》等。撰戲曲十九種，現存傳奇《櫻桃記》、《鵜釵記》、《吐絨記》、《夢磊記》四種。傳見黄宗羲《思舊錄》（民國四年時中書局排印本《梨洲遺著彙刊》）。參見徐朔方《史槃行實繫年》（《晚明曲家年譜·浙江卷》）。

《夢磊記》傳奇，馮夢龍更定，《曲海總目提要》卷九著錄，現存崇禎間墨憨齋刻本、明末刻本《墨憨齋重定傳奇五種》本、明末刻清初印《墨憨齋定本十種傳奇》本、明末刻清鐵瓶書屋印《墨憨齋定本十種傳奇》本、明末刻清乾隆五十七年（一七九二）重修《墨憨齋新曲十種》本等。

（夢磊記）敍

馮夢龍〔一〕

《夢磊傳奇》，山陰史叔考氏所創也。晚母重富欺貧，稍似《金釵》，而侍女代嫁，又易木偶，令人兩不可解。輕紅冒亭亭之疑，文生冒蔡公子之疑，亭亭冒相國姪婦之疑，眞如蜃樓海市，轉展奇幻。文生不認倖元，一股正氣，與劉逵可謂冰玉之配。其姻事功名，雖始終全得宋中貴力，祇見宋公之高，不足爲文生減品也。

叔考氏尚有《合紗》、《雙丸》、《雙梅》、《孿甌》等十餘種，然大率以交錯爲骨，合觀便成一套局。其塡詞亦多輕率之病。余最愛《夢磊》，首爲竄定而行之。更思其次，意者其《合紗》乎？

古吳龍子猶述〔二〕。

【箋】

〔一〕馮夢龍（一五七四—一六四六）：字子猶，別署龍子猶，生平詳見本卷《新灌園》條解題。

〔二〕文末題署後有陽文方印『子猶』。

夢磊記總評

闕　名〔一〕

是記情節錯綜變幻，可謂新奇之極。陳州娘娘，相傳乃鄭虛舟爲人鬻妾事，借入可爲絕倒。

優場無用溫車者，此記開之。以竹分合，染綿紙作帷，不妨攜帶。若如常例用雙旗，不足觀矣。三巨石爲文生婚姻功名之本，演時用紙札匠飾爲石形，當場豎立，其竦目當十倍也。宋用臣，一傳中最得力脚色，必得良老旦頂之爲妙。末折消遣惡舅，更爲快心。黨人碑、花石綱二事，斷送宋朝元氣，千古大可恨事。借一夢發揮，亦快。

（以上均明末刻本《墨憨齋重定傳奇五種》所收《墨憨齋重定夢磊記》卷首）

【箋】

〔一〕此文當爲馮夢龍撰。

芙蓉屏記（邊三崗）

邊三崗，名、字未詳，號三崗，杞縣（今屬河南）人。著有《三崗俚歌》二帙。撰《芙蓉屏記》傳奇，《古典戲曲存目彙考》著録，現存萬曆四年（一五七六）冉夢松序刻本影鈔本，《日本所藏稀見中國戲曲文獻叢刊》第一輯第二册據以影印，黄仕忠《明清孤本稀見戲曲彙刊》據以校録。

刻芙蓉屏記引

冉夢松〔一〕

三崗邊君，杞之名士也。英資贍學，少工文辭。尤長於詞曲，曾刻《三崗俚歌》二帙，傳布遐邇。余垂髫時見之，卽敬羨焉。萬曆三年冬，余在家居。余親宋高庵翁復寄《芙蓉屏》六册，曰：『此三崗近作也，願公序而梓之。』余把玩累日①，其詞條暢清婉，曲盡物態；長短舒促，悉合矩度。中間忠孝節義，凜凜耿耿，可以挽頽俗，維世教，非徒爲戲具已也。命工鋟梓，以垂不朽，奚不宜哉！若彼淫聲豔曲，非不能使人傾耳忘倦，然於風化無補，則亦無所取焉耳。謹弁簡端，以識歲月。

萬曆四年首夏吉旦，中牟友鶴山人冉夢松拜書。

（《日本所藏稀見中國戲曲文獻叢刊》第一輯影印明萬曆四年冉夢松序刻本影鈔本《芙蓉屏記》卷首）

【校】

①日，底本作『曲』，據文義改。

【箋】

（一）冉夢松（一五四四——一五八二），字貴卿，別署友鶴山人，中牟（今屬河南）人。冉崇禮（一五〇二——一五八一）子。嘉靖四十三年甲子（一五六四）舉人，隆慶五年辛未（一五七一）進士，疏請歸鄉侍父。父亡，以哀毁卒。傳見同治《中牟縣志》卷六。

青衫記（顧大典）

顧大典（一五四〇——一五九六），字道行，號衡宇，別署恆獄，吴江（今屬江蘇）人。明隆慶元年丁卯（一五六七）舉人，次年進士，官至福建提學副使。萬曆間爲忌者所劾，坐謫禹州知州，自免歸。著有《清音閣集》、《海岱吟》、《閩遊草》、《園居稿》等。撰傳奇《青衫記》、《葛衣記》、《義乳記》、《風教編》，總名《清音閣傳奇》。參見徐朔方《顧大典年譜》（《晚明曲家年譜·蘇州卷》）。

《青衫記》傳奇，呂天成《曲品》著錄，現存萬曆間金陵鳳毛館刻本、明末汲古閣原刻初印本（《古本戲曲叢刊二集》據以影印）、汲古閣刻《六十種曲》所收本等。

青衫記序

張鳳翼

予讀《白氏長慶集》，至《琵琶行》，不能不掩卷而嘆也。嗟乎！樂天少負才名，既不免入宮之嫉；矧遷謫之日，謗議易騰。自非率眞任性、浮雲赤紱者，疇不存形迹、脩邊幅哉？乃因祖餞，召商人婦彈琵琶，播之聲歌，傳之遠近，不自虞其爲風流罪過。其視厲外穢中，假托聖賢，路上人繩趨尺步，以自桎梏於聲利之場者，爲何如也？

晚近，世陟拘攣而黜宏達，此風不聞久矣。不意有慕其事，復演而爲傳奇，若松陵君者。君科甲高品，釋褐，不樂吏事，即請爲教職。及晉秩爲名郡理，逡巡郎署者數十年，始以憲副督學，蓋拙宦也。無何，以畏途請告，膺薦不起。著述則清音標其風雅，興致則諧賞寓其游觀，所謂率眞任性者，非若人哉！第令香山再社，且當鴈行樂天矣。而又以文舉座滿之興，展公瑾顧曲之藝，編此一記，命名《青衫》，俾童客歌以侑觴，且曰：『知我罪我，吾付之無心矣。』夫以樂天後身，傳樂天往事，何異鏡中寫眞？雖事近《虞初》，而才情互發，無俟入口吐音，蓋擲地可令有聲也，豈獨並驅東嘉哉！即樂天有靈，亦當頷之矣。中間有數字未協，僭爲更定，非敢擬韓之以『敲』易『推』，亦欲望范之去德從風耳。君即欣然諾之，且屬予序其端。是爲序。

（《續修四庫全書》集部第一三五三冊影印明萬曆間刻本《處實堂續集》卷一〇，頁五四二）

題紅記（王驥德）

王驥德（一五五七？—一六二三），字伯良，一字伯驥，號方諸生，别署方諸仙史、方諸外史、秦樓外史、玉陽生、玉陽仙史等，會稽（今浙江紹興）人。師事同里徐渭（一五二一—一五九三）。嘗獻業於南國子祭酒馮夢禎（一五四八—一五九五）門下，然功名終未得意。校注刻印《西廂記》、《琵琶記》等。著有《方諸館集》、《方諸館樂府》、《曲律》、《南詞正韻》等。撰傳奇《題紅記》，雜劇《南王后》、《金屋招魂》、《棄官救友》、《兩旦雙鬟》、《倩女離魂》。參見徐朔方《王驥德呂天成年譜》（《晚明曲家年譜·蘇州卷》）。

《題紅記》傳奇，全名《韓夫人題紅記》，王驥德《曲律》卷四著録，現存萬曆間金陵繼志齋刻本（《古本戲曲叢刊二集》據以影印）。

題紅記敍

屠　隆〔一〕

夫生者，情也。有生則有情，有情則有結。條桑陌上，皇娥因之而援琴；杲日水濱，漢女由斯以解佩。重泉相許，興哀紫玉之歌；來世尋盟，抱痛青陵之曲。天台仙籍，猶興感於懷春；宛洛亡魂，不忘情於思舊。何況深宫怨女，送白日於上陽；穉齒佳人，棄紅顔於淑景。奏笙歌於别院，望玉輦之不來；照鐙火於西宫，愁金鏁之又合。對月有懷，寂寂衣間禁步；看花不語，泠泠臂上守宫。雨滴梧桐，擁錦衾於永夜；霜飄楊柳，聽禁漏於長門。以此言悲，悲可知已。又況水魄雲魂，大饒風格；錦心繡口，夙富才情。玉樹階庭，埒詠絮之謝媪；彩毫閨閫，壓迴文之蕙孃。而以其纏綿婉麗之藻，寫彼悽楚幽怨之情，宜其聞之者傷心，感之者隕涕也。

會稽王生伯良，江南竹箭，蚤負才子之名；海外木難，兼有風人之致。苞武庫之學，驅今古於詞鋒；因樂府之餘，叶宫商於法曲。恨風鬟而慘緑，擷遺事於宫娥；托霜葉以題紅，綴麗情於韓女。情傳天上，新詩兼新恨並深；水到人間，波痕與淚痕俱濕。亦聊寄慇懃於一片，含情欲托何人？乃竟諧伉儷於百年，作合適符冥數。事固奇矣，詞亦斐然。子不云乎：『爲之猶賢乎已。』

蓬萊仙客娑羅主人緯眞氏撰〔二〕。

（《古本戲曲叢刊二集》影印明萬曆間繼志齋刻本《重校韓夫人題紅記》卷首）

【箋】

〔一〕屠隆（一五四三—一六〇五）：字長卿，又字緯真，生平詳見本卷《曇花記》條解題。

〔二〕題署之後有陰文方章三枚：「屠隆」、「緯真氏」、「飛仙閣」。

重校題紅記例目

闕　名〔一〕

一、傳中于生之字祐之，韓夫人之名翠屏，與侍兒之爲玉英，皆雜得之元人諸劇中，不敢臆創。

一、北詞取被絃索，每齣各宫調自爲始終；南詞第取按拍，自《琵琶》、《拜月》以來，類多互用。傳中惟北詞仍全用，章首署曰某宫某調。南詞卽間用，亦不復識别，以眩觀者。

一、周德清《中原音韻》，元人用之甚嚴，亦自二傳始決其藩。傳中惟「齊微」之於「支思」，「先天」之於「寒山」、「桓歡」，沿習已久，聊復通用。「更清」之於「眞文」，「廉纖」之於「先天」，間借一二字偶用。他韻不敢混用一字。至第十九齣【北新水令】諸曲，原用「齊微」韻，卽「支思」韻中，不敢借用一字，以北體更嚴，藉存古典刑萬一也。

一、每齣各過曲並隨引曲，首尾止一韻，亦本古法。

一、各調流傳既久，於聲之平仄、字之增減，譌謬滋多。傳中諸調，務窮原譜，以取宫徵諧和，陰陽調適。其襯字、搶帶等處，俱從中細書，以便歌者。

一、諸調間有配搭，自可以意求合。惟第三十四齣【玉蘭花】一調，戲創新譜，故獨注從某宮。

一、科、介一義，古作科，今從科。

一、音釋時見一二，非爲學士文人設也。

（《古本戲曲叢刊二集》影印明萬曆間繼志齋刻本《重校韓夫人題紅記》卷首）

【箋】

〔一〕此文當爲王驥德撰。

曇花記（屠隆）

屠隆（一五四三—一六〇五），字長卿，又字緯眞，號赤水，別署一衲道人、蓬萊仙客、由拳山人、冥寥子、鴻苞居士、娑羅館居士、娑羅主人、赤松侶等，鄞縣（今屬浙江）人。明萬曆四年丙子（一五七六）舉人，次年進士，歷官至禮部郎中。萬曆十二年（一五八四），因故革職罷歸。著有《由拳集》、《白榆集》、《棲眞館集》、《采眞集》、《鴻苞集》、《考槃餘事》等，輯《鉅文》。撰傳奇《曇花記》、《彩毫記》、《修文記》，總名《鳳儀閣樂府》。參見徐朔方《屠隆年譜》（《晚明曲家年譜・浙江卷》）。

《曇花記》傳奇，呂天成《曲品》著錄，現存萬曆間武林天繪樓刻本（《古本戲曲叢刊初集》據以影印）、萬曆間海陽月池生校刻本（題《新鐫全像曇花記》）、萬曆間刻本（題《玉茗堂重校音釋曇花記》）、明末刻臧懋循評朱墨套印本（《日本所藏稀見中國戲曲文獻叢刊》第一輯據以影印）、明末汲古閣原刻初印本、汲古閣刻《六十種曲》本等。

曇花記序〔一〕

屠　隆

余四十奉道，五十四始長齋持梵行。念罷官早，生平壯心不少展，則手取如來前楊枝水灑之。又念身爲世棄物，無當馬渤牛溲，於世界無毛髮益。學道不成，未能自度度人，索所以小益世界者不可得。士大夫往往縱臾余爲傳奇，余謝不爲。嘲風弄月，鼓吹人代，導欲增悲，業有宿火，余奈何加餤？閒居，想仙佛大道如日中天，人不信；善惡因果報應亦如日中天，人又不信；出自金口，散在諸書，人不覽，覽亦流雲過眼，飄風過耳爾。世有高人，坐而譚是事，非衆所好，則卻不往也；理奧詞文，則聽不解也；非其所好，則機不入也，談不見益。

余偶見唐西來事，乃采摭，又稍緣飾之，爲一傳奇。私度小有益世界，將在此物乎？或曰：『此戲也。子五十四①，長齋修梵而戲耶？戲又何益？秖損耳。』余曰：『否，此余佛事也。』『以戲爲佛事，可乎？』曰：『世間萬緣皆假，戲又假中之假也。從假中之假而悟諸緣皆假，則戲有益無損。認諸緣之假爲眞，而坐生塵勞則損②；認假中之假爲眞，而欲之導而悲之增，則又損。且子不知，閻浮世界，一大戲場也。世人之生老病死，一戲場中之離合悲歡也。如來豈能捨此戲場，而度人作佛事乎？世人好歌舞，余隨順其欲而潛導之，徹其所謂導欲增悲者，而易以仙佛善惡③、因果報應之說。拔趙幟，插漢幟，衆人不知也；投其所好，則衆所必往也。以傳奇語闡佛理，理奧詞顯，則聽者解也；導以所好，則機易入也。往而解，解而入，入而省改，千百人中有一人焉，功也。千百人中必不止一人也。』

曰：『如褻聖賢何？』曰：『非褻也。聖賢像率土木爲之，人以聖賢視土木，則土木亦聖賢也。登場者豈無當土木耶？人以聖賢視登場者，則登場者④亦聖賢也。必也毛髮無信心，而直以戲視之，則褻矣。且褻聖賢，非余始也。如來大士、上帝高眞，見傳奇多矣。余褻與諸家同，而語稍入人，與諸家異。此而不入，余又奈之何？余與諸君約，登場者與觀場者並齋戒爲之，則功無量也。登場者齋戒，則登場者功；觀場者齋戒，則觀場者功也。不及齋戒而有信心，則亦功也。不齋戒又無信心，而直以戲視之，則罪也，亦余罪也。雖然，此世界何嘗乏大乘之器，必有場未畢而拍手大悟，不離場而蹴趺脫化者矣。』時萬曆戊戌九月書⑤〔二〕。

（民國八年旣勤堂版《甬上屠氏宗譜》卷三六『存徵錄』）

【校】

①五十，萬曆間武林天繪樓刻本《曇花記》闕，『四』字殘。

②『認諸緣』二句，萬曆間刻本《玉茗堂重校音釋曇花記》無。

③善惡，底本無，據萬曆間武林天繪樓刻本《曇花記》、萬曆間刻本《玉茗堂重校音釋曇花記》補。

④則登場者，底本無，據萬曆間武林天繪樓刻本《曇花記》、萬曆間刻本《玉茗堂重校音釋曇花記》補。

⑤時萬曆句，萬曆間武林天繪樓刻本《曇花記》作『萬曆二十六年九月一衲道人』，萬曆間刻本《玉茗堂重校音釋曇花記》作『一衲道人書』，後有陰文方章『乙衲道人』。

【箋】

〔一〕《甬上屠氏宗譜》卷三六『存徵錄』屠隆十八世孫屠宗伊鈔錄此文，云爲『自敍』。萬曆間武林天繪樓刻本《曇花記》前闕二頁，不知有無題名，版心題『序』；萬曆間刻本《玉茗堂重校音釋曇花記》前闕二頁，亦不知有無題名，版心題『曇花記序』。

〔二〕屠宗伊於此文末加按語云：『讀此敍，知儀部公開方便門爲衆人說法，非僅懺悔而已。』所謂『懺悔』，即馮夢禎（一五四八—一六〇五）評論《曇花記》：『屠（隆）晚年自悔往時孟浪，致累宋夫人被醜聲。侯方嚮用，亦因以坐廢。此懺悔文也。』見沈德符《顧曲雜言》引。

曇花記凡例〔一〕

闕名〔二〕

一、此記雖本舊聞，多創新意，並不用俗套。

一、雖尚大雅，並取通俗諧衆，絕①不用隱僻學問，艱深字眼。

一、此記廣譚三教，極陳因果，專爲勸化世人，不止供耳目娛玩。

一、博收雜出，頗盡天壤間奇事。然針線連絡，血脈貫通，止爲成就木公一事。

一、此記扮演，俱是聖賢講說，仙宗佛法，不當以嬉戲傳奇目之。各宜齋戒恭敬，必能開悟心貿，增福消罪，利益無方。不許葷穢褻狎。

一、登場梨園，雖在官長貴家，須命坐扮演。緣裝扮多係佛祖上眞，靈神天將，慎之慎之！如好自尊，不許梨園坐演者，不必扮此②。

一、遇聖師天將登場，諸公須坐起立觀。如有官府地方，體統不便起立者，亦當作恭③敬整肅之念。不然，請演他戲。

一、梨園能齋戒扮演，上善大福。如其不能，須戒食牛、犬、鰻、鯉、龜、鱉、大蒜等禁穢物④。本日如有淫慾等事，不許登場。

（《古本戲曲叢刊初集》影印明萬曆間武林天繪樓刻本《曇花記》卷首）

【校】

①眾絕，底本漫漶，據萬曆間刻本《玉茗堂重校音釋曇花記》補。

②扮此，底本漫漶，據《玉茗堂重校音釋曇花記》補。

③作恭，底本漫漶，據《玉茗堂重校音釋曇花記》補。

④禁穢物，底本漫漶，據《玉茗堂重校音釋曇花記》補。

【箋】

〔一〕南京圖書館藏萬曆間刻本《玉茗堂重校音釋曇花記》卷首有此文，題《重校音釋點板曇花記凡例》。

〔二〕此文當爲屠隆撰。

曇花記小序

臧懋循

余幼不善佞佛，竊謂輪迴之説，猶夫抽添之術，皆荒唐也。乃世之達官居士，以及騃兒婦女，靡有不信心皈依者。故屠長卿氏爲作《曇花傳奇》，委婉援引，具有婆心。雖然，既云曲矣，則登場有唱法，有做法，況錯綜照應之間，矩矱森如，焉得以己意加損哉？蓋長卿於音律未甚諧，宫調未甚叶，於搬演情節未甚當行，遂爲聞見所局，往往有紕謬處。因病，多暇日，取而删定焉。亡論奏曲筵上，可謝長卿，而晚始回向，即藉手以謝瞿曇亦可。

若下里人臧晉叔書〔一〕。

（《日本所藏稀見中國戲曲文獻叢刊》第一輯影印明末刻臧懋循評朱墨套印本《曇花記》卷首）

【箋】

〔一〕題署之後有印章二枚：陽文方章『臧懋循印』，陰文方章『博士祭酒』。

曇花記跋〔一〕

金紹倫〔二〕

沈德符景倩《顧曲雜言》云〔三〕：近年屠長卿作《曇花記》，忽以木清泰爲主，嘗怪其無謂。

一日遇屠於武林，命其家僮演此曲，指揮四顧，如辛幼安之歌『千古江山』，自鳴得意。余於席間私問馮開之祭酒云：『屠年伯此記出何典故？』馮笑曰：『子不知耶？「木」字增一蓋成「宋」字，「清」字與「西」爲對，「泰」即「寧」之義也。屠晚年自恨往時孟浪，致累宋夫人被醜聲。侯方嚮用，亦因以坐廢。此懺悔文也。』蓋西寧侯宋世恩夫人，才色音律俱佳。屠每自炫，雜入優中作技。夫人從簾箔中見之，勞以香茶，因以外傳。

又云：俞識軒爲孝廉時，適屠令青浦，以事干謁之。屠不聽，且加侮慢，俞心恨甚。第後授官祇數月，具疏劾屠。睚眦之忿，兩人俱敗。

又云：時虞德園吏部在坐，亦聞之，笑曰：『故不如予作《曇花序》云：「此乃大雅《目連傳》。」』則知尚有虞序，序不傳。

己未嘉平〔四〕，大興金紹綸。

（中國國家圖書館藏明末汲古閣刻《繡刻演劇》本《曇花記》卷首墨筆書）

【箋】

〔一〕底本無題名。

〔二〕金紹綸（約一七五七—一八一八後）：字於釋，號繩齋，別署松溪，大興（今北京）人。從學盧文弨（一七一七—一七九五）、丁傑（一七三八—一八〇七）。校刊《孟子外書》。參見楊大業《宛平改氏和大興金氏——明清回族世家》（《中央民族大學學報》一九九四年第六期）。

〔三〕《顧曲雜言》：現存清初曹溶輯、門人陶越增訂本之《學海類編》本。

〔四〕己未：嘉慶四年（一七九九）。

曇花記跋〔一〕

金紹綸

是本余王父侍御公舊物〔二〕，圈點處皆手澤也。且曾云：『《曇花記》雖屬填詞，然有許多醒悟人語，不可作詞曲觀也。』

嘉慶戊午八月初三日〔三〕，大興金紹綸松溪氏識。

（同上《曇花記》卷末墨筆書）

【箋】

〔一〕底本無題名。

〔二〕余王父侍御公：即金克誠（？——一八〇七前），字孚中，一字恆甫，號愚巖，大興（今北京）人。乾隆間，任江西新昌、萬載、廣昌、宜黃、瑞金以及甘肅碾伯、安定等縣知縣。罷官歸，里居十二年而卒。篤志諸經，議論有根柢。傳見翁方綱《金愚巖小傳》（《碑傳集補》卷二三）、光緒《順天府志》卷一〇二、《大清畿輔先哲傳》卷三三。

〔三〕嘉慶戊午：嘉慶三年（一七九八）。

重訂曇花記傳奇序

金兆燕〔一〕

唐時自金輪修《三教珠英》，而操觚家徵引二氏之書，遂如瓶瀉水，若綱在綱。至玉溪薈萃，偯鯖鬱爲異彩，信乎？象白猩脣，非貧家奠果者可咄嗟辦也。赤水《曇花記》，膾炙人口，正如大官廚富於儲偫，故隨手餖飣，飫人孔多。在傳奇中，亦如三藏之有《華嚴》矣。但枝葉太繁，排場太板，賞心几案則有餘，悅目氍毹則未足也。話山先生爲之薙其冗雜，剔其榛蕪，腔調之未協，搬演之未洽者，一一改絃而更張之。李入郭軍，壁壘改觀，赤水有知，定發後世子雲之歎耳。

（《續修四庫全書》第一四四二冊影印清道光十六年贈雲軒刻本金兆燕《棕亭古文鈔》卷六）

【箋】

〔一〕金兆燕（一七一八—一七九一）：生平詳見本書卷七《旗亭記》條解題。

附　繡刻曇花記定本跋〔一〕

吳　梅

《曇花》爲屠赤水撰。《明史·文苑傳》：隆舉萬曆五年進士，除潁上知縣，調任青浦，以仙吏自許。鬱藍生《曲品》：赤水以西寧侯嬲戲事罷官，故作《曇花記》，託木①西來，猶感宋德；或曰盧相公即指吳縣相公，孟豕韋即糾之者。才人喪檢，亦復常事，不獨臨川也。赤水尚有《彩毫》、《修文》二記。余亦有藏本，皆不如此本之善。長洲徐靈昭稱其塗金縷彩，毫無足取，錢塘汪允莊譏詆其詩，皆非定論也。

壬子九月〔二〕，長洲吳梅。

（中國國家圖書館藏汲古閣刻《繡刻演劇》本《曇花記》卷末墨筆書）

【校】

①木，底本作『本』，據本人姓氏改。

【箋】

〔一〕底本無題名。

〔二〕壬子：民國元年（一九一二）。

附　曇花記跋〔一〕

吴　梅

此記爲赤水懺悔文。《明史・文苑傳》：隆舉萬曆五年進士，除潁上知縣，調繁青浦。時招名士，飲酒賦詩，遊九峯三泖，以仙令自許。然於吏事不廢，士民皆愛戴之。遷禮部主事。西寧侯宋世恩，兄事隆，宴游甚歡。刑部主事俞顯卿者，小人也，嘗爲隆所詆，心恨之，訐隆與世恩淫縱。隆等上疏自理，乃兩黜之，而停世恩俸半載。此記卽爲宋侯作也。

余按，俞爲上海人，爲孝廉時，適屠令青浦，以事干謁之。屠不聽，且加侮慢，俞心恨甚。及得官，遂具疏劾屠淫縱狀。詞連西寧宋夫人，並及屠帷簿，且云：『日中爲市，交易而退。』又有『翠館侯門，青樓郎署』諸媟語。神宗覽之大怒，遂並斥之。屠自邑令內召，甫年餘；俞得第授官，亦祇數月。睚眦之忿，兩人俱敗。人有惜屠之才者，終不以登啓事也。記中木清泰，卽指宋西寧。

蓋『宋』字去蓋爲木，『清』與『西』爲雙聲，『寧』與『泰』爲同義，可一覽知之也。記以清泰去藩府之尊，力求修鍊。自游春遇瘋僧，棄家浪游，家人挽留不得。別時手植曇花一枝，且云：『此花開時，吾成正果。』故名《曇花》。出游後，歷遇艱屯，卒不改操，遂得上昇。其辭穠麗，頗多餖飣語。通本結構，又似《西遊》取經。且貪襲仙佛語，致有晦澀不明處，實非詞家正則。葉譜止錄《點迷》一折，不及其他，可云巨眼。

惟爲西寧洗穢，其意頗爲正大耳。沈德符《顧曲雜言》云：『西寧夫人，有才色，工音律。屠亦能新聲，頗以自炫，每劇場，輒闌入羣優中作技。夫人從簾箔見之，或勞以香茗，因以外傳。至於通家往還亦有之，何至如俞疏云云也。近年屠作《曇花記》，忽以木清泰爲主，嘗怪其無謂。繼問馮開之，方知爲宋侯作也。』是此記在當時，知其命意者已寡矣。

余又有《曇花卻冗》，分上下二卷，刪原文十之三四，雖便歌場，仍不免晦澀之病。赤水尚有《彩毫記》，賦李清蓮事，較此略勝，而塗金錯綵，通本無一疏俊語，不免徐靈昭所誚。又赤水晚年修仙，爲吳人孫棨祖所弄，文人入魔，信以爲實，又作《修文記》，以一家夫婦子女，託名演之，頗極幻妄之趣。事見牧齋《列朝詩集》。余祗見《曇花》、《彩毫》二記，《修文》未見。出宮失調，疵病至多，蓋赤水非深明音律者，故多可議也。

霜崖。

（民國十九年排印本吳梅《曲選》卷三《曇花記》卷末）

詅癡符（陳與郊）

陳與郊（一五四四—一六一一），本姓高，籍里未詳，後徙居海寧（今屬浙江），入贅陳氏爲壻，更姓陳。字廣野，號禺陽，一作隅陽、嵎陽，又作虞陽、虞揚、玉陽，别署隅園、蘋川、高漫卿，室名任誕軒。萬曆元年癸酉（一五七三）舉人，次年進士，授河間府推官。歷官至太常寺少卿、提督四夷館。二十年（一五九二），被劾免官，居家以終。著有《三禮廣義》、《檀弓輯注》、《方言類聚》、《晉書勾玄》、《杜律注評》、《廣修辭指南》、《文選章句》、《隅園集》、《奉常佚稿》、《黄門集》、《蘋川集》、《樂府古題考》等。撰傳奇《櫻桃夢》、《鸚鵡洲》、《麒麟罽》、《靈寶刀》四種，總名《詅癡符》；雜劇《昭君出塞》、《文姬入塞》、《袁氏義犬》、《淮陽侯》、《中山狼》等。傳見李維楨《大泌山房集》卷七八《墓志銘》、康熙《海寧縣志》卷一一等。參見八木澤元《明代劇作家研究·陳與郊》、徐朔方《陳與郊年譜》（《晚明曲家年譜·浙江卷》）。

《櫻桃夢》卷首有《詅癡符總目》：『勘破一生櫻桃夢，姻緣兩世鸚鵡洲。爲國忘家麒麟罽，仗義全貞靈寶刀。』故《詅癡符》四種，當有海昌陳氏合刻本，今僅見各劇單行本。

詅癡符序〔一〕

齊　懿〔二〕

［前闕］①譜或深於意，一遊戲爲之，謂無當譜韻則②不敢，謂中有所寄託則不然，讀自見之。

予卒讀至盡，三跋焉，曰：『噫！此可謂詅癡符耶！』昔顏黃門謂人：『士自號清華、流布醜拙者，曰詅癡符。』漫卿之號若此，而流布若彼，何謂詅癡符？予知之，暗無題識，孰察公閒適，而引人之勝地也。惜予未能棄百事，與漫卿游，飛觴擊節於其間，嗚呼，暢哉！

萬曆甲辰春日，友人齊愨書於任誕軒〔三〕。

【校】

①《曲海總目提要》卷六『櫻桃夢』條引此序，於『予卒讀至盡』前，有以下數句：『近世士大夫，去位而巷處，多好度曲，高漫卿亦有《詅癡符》傳焉。』（頁二八〇）又云：『華亭陳繼儒亦有序。』陳序今不存。

②則，底本無，據文義補。

【箋】

〔一〕底本前闕兩頁，題名未詳。版心上署『詅癡符』，下署『序』，據此題名。

〔二〕齊愨：字號、籍里、生平均未詳。或以爲即陳與郊化名。

〔三〕題署之後有印章二枚：陽文方章『井侯』，陰文方章『云亭閒人』。

詅癡符凡例〔一〕

闕名〔二〕

一、正字

牛食已，復出嚼，曰齝，音笞。傳寫者誤『台』爲『句』，以『齝』作『齣』。而『笞』、『出』相近之音，向在後人，因字書無『齣』字，遂以『出』易之。近又更爲雜劇之『折』，益遠矣。喬夢符曰：『牛口爭先，鬼門讓道。』明謔優人之出，嚼也，當以『齝』爲正。

一、正韻

詞韻不得越周德清，猶詩韻不得越沈約。夫正韻且不敢入詩，況沈韻入曲乎？故記中一以《中原》十九韻爲則。

一、正譜

詞中平仄一乖卽拗，而上去一亂卽不叶。故各詞平、上、去，悉以《南九宮譜》爲準。

一、正入聲

《中原》以入聲分隸三聲者，不但北語無入字，卽南詞平有提音，上有頓音，去有送音，而入下獨無餘音故耳，審音者知之。

一、正南北調

如【二犯江兒水】本南詞，卽【五馬江兒水】犯【朝元歌】、犯【一機錦】耳。北十七宮調中【江兒水】，卽【清江引】，與此詞何涉？

（《古本戲曲叢刊二集》影印萬曆四十四年海昌陳氏原刻本《櫻桃夢》卷首）

【箋】

〔一〕底本無題名。版心上署『詅癡符』，下署『例』，據此題名。

〔二〕此文當爲陳與郊撰。

櫻桃夢（陳與郊）

《櫻桃夢》傳奇，一名《櫻桃記》，呂天成《曲品》著録，現存萬曆四十四年（一六一六）海昌陳氏原刻本（《古本戲曲叢刊二集》據以影印）。

櫻桃夢序〔一〕

夢夢生〔二〕

醇儒云：自古詞場狡獪，偏要在眞人前弄假，卻能使人認假成眞；在癡人前說夢，卻能使人因夢得覺。《櫻桃記》也，假也？眞也？夢也？覺也？然無眞不即假，無覺不由夢。夢因假而覺亦假，假因夢而眞亦夢也。知此，可與讀《櫻桃記》也。

夢夢生題〔三〕。

【箋】

〔一〕底本無題名。

〔二〕夢夢生：姓名、籍里、生平均未詳。

〔三〕題署後有一方章：『拊中』。

鸚鵡洲（陳與郊）

《鸚鵡洲》傳奇，吕天成《曲品》著錄，現存萬曆四十八年（一六二〇）海昌陳氏原刻本（《古本戲曲叢刊二集》據以影印）、萬曆四十八年林于閣刻本、明末師儉堂刻本、萬曆間刻本、清傳鈔本等。

鸚鵡洲序〔一〕

削仙□〔二〕

傳奇，傳奇也。不過演奇事，暢奇情。而近世賢豪，乃欲洩己之蓄，抑亦鼓人之豔慕，至推墮溷濩中，則太奇爾。《雲溪友議》載韋南康二室事，情甚奇；《唐語林》紀薛濤，亦奇。先生合而傳之，盡本事中人，人盡有致，更奇。傳奇□①，傳奇哉！

削仙□。

（《古本戲曲叢刊二集》影印明萬曆四十八年原刻本《鸚鵡洲》卷首）

【校】

①底本闕一字，疑作「哉」。

【箋】

〔一〕底本無題名。

〔二〕削仙□：姓名、籍里、生平均未詳。

附　鸚鵡洲傳奇跋〔一〕

許之衡

《鸚鵡洲傳奇》，明陳與郊撰。與郊字廣野，號玉陽仙史，又號禺陽，海寧人。官太常寺少卿。玉陽所作《昭君出塞》、《文姬入塞》、《義犬記》諸雜劇，已見《盛明雜劇》中，惟傳奇向少傳本。此本《曲品》及《曲海目》、《傳奇彙考》等書，均有著録，惟見者極罕，眞明院本之鳳毛麟角也。所譜爲韋皋、玉簫事，更以元稹、薛濤等作陪，詞華曲律，兩臻美善矣。明人無名氏之《玉環記》，亦譜此事，然與此劇相衡，未免瞠乎其後。得此祕籍，不禁距躍三百矣。

丁卯四月，許飲流記〔三〕。

（《綏中吴氏藏鈔本稿本戲曲叢刊》第四冊飲流齋鈔本《鸚鵡洲傳奇》卷末）

【箋】

〔一〕底本無題名。

〔二〕丁卯：民國十六年（一九二七）。

〔三〕題署之後有陽文長方章『飲流』。

麒麟罽（陳與郊）

《麒麟罽》傳奇，一名《麒麟墜》，《祁氏讀書樓目錄》著錄，現存萬曆間海昌陳氏原刻本（《古本戲曲叢刊二集》據以影印）。

麒麟罽小引

陳繼儒

蓋聞人家發迹，必產曠達英豪，以垂昌熾於先；尤必鍾賢淑媛，以資贊助於內。夫丈夫之曠達，猶易也。至婦人之賢淑，實間世所稀，足爲一家瑞徵。

韓蘄王龍韜豹略，超卓絶羣。幫源獨上，而方臘①就擒；天戈一揮，而苗、劉授首。伏大儀而虜酋敗北，扼金山而兀朮哀求。東南半壁錦乾坤，全賴撑持，豈不轟轟振世烈丈夫哉！夫人梁氏，空門潛蹤，青樓寄迹，終完節操，冰霜比潔。麒麟毯上，因彪形而占英豪，遂以麒麟墜，爰作同心結，而諧伉儷耳。秀州勸進，脱夫於逗撓；蟠頭一疏，免夫於萋菲。江上鼙鼓鼕鼕，貔貅競奮。爲兒贖罪，爲夫奏績，標名凌烟閣上。何物裾釵，有許淵識高丰！蘄王晚年解兵柄，葛巾道服，盤桓西湖之上，口不言時事，而不嬰賊檜之鋒，夫人資助之益，端不誣也。故頌蘄王之烈者，尤稱夫人之美。傳奇者援筆抽寫，敲金戛玉，令千古讚歎之，牙頰猶馨。

雲間陳繼儒撰。

（《古本戲曲叢刊二集》影印萬曆間海昌陳氏原刻本《麒麟罽》卷首）

【校】

①臘，底本作『獵』，據文義改。

附　麒麟罽跋〔一〕

吴　梅

此爲陳廣野重編。廣野字與郊，自號玉陽仙史。《古名家雜劇》即其校刊，宜詞律之細也。蘄王事，余亦擬作一傳奇，飢驅奔走，無暇拈毫。此傳尾末云：『奈譜曲梨園草草，因此上任誕軒中信口嘲。』知與郊又有『任誕軒』之名，亦是詞家一掌故。惜原作姓名無從考索。陳刻各劇，今日極名貴，余破百金購此，亦不爲枉矣。

壬申五月〔二〕，霜崖〔三〕。

此書求諸三十年不可得。今歲春，避倭亂，居海上。時舊存涵芬樓曲本，爲倭焚毁者幾三十種。悲痛之餘，欲將舊藏各曲悉數讓人。適仲淵以此册見示，雅不欲淪於傖荒之手，復以鉅值百金，存之篋衍。近日傳奇之貴，較經史不啻十倍矣。

壬申五月，霜崖吴梅題記〔四〕。

此爲《詅癡符》之一。《詅癡符》者，爲高漫卿作，共四種：《靈寶刀》、《櫻桃夢》、《鸚鵡洲》及此記也。卷首有友人齊愨一序。余在京師日，曾見四記全部，索價至五百金。白首南都，復獲此本，可云幸矣。通本皆與《雙烈記》相類，似卽本《雙烈》而改作者。中用吕小小事，見《避亂錄》。小小，本世忠妓，後歸蘄王，未嘗有出家之說也。

壬申中秋，霜崖〔五〕。

（《古本戲曲叢刊二集》影印明萬曆間海昌陳氏原刻本《麒麟罽》卷末墨筆書）

【箋】

〔一〕底本無題名。

〔二〕壬申：民國二十一年（一九三二）。

〔三〕題署之後有陽文方章「瞿安」。

〔四〕題署之後有陽文方章「吳梅」。

〔五〕題署之後有陽文方章「癯叟」。

靈寶刀（陳與郊）

《靈寶刀》傳奇，《祁氏讀書樓目錄》著錄，現存萬曆四十五年（一六一七）海昌陳氏原刻本（《古本戲曲叢刊二集》據以影印）、精鈔本（據原刻本摹鈔）。

靈寶刀序〔一〕

逢明生〔二〕

自小說稗編興，而世遂多奇文、奇人、奇事，然其最，毋逾於《水滸傳》。而《水滸》林沖一段爲尤最，其婦奇，其婢奇，其夥類更奇，故表而出之，以爲傳奇。不獨此也，傳中有府尹，有孫佛兒，不憚熏天炙手之權謀，而能昭雪無罪，又奇之奇者也。故李卓吾曰：『有國者，自賢宰而下，不可一日不讀《水滸傳》。』

逢明生識。

【箋】

〔一〕底本無題名。

〔二〕逢明生：姓名、籍里、生平均未詳。

靈寶刀跋〔一〕

闕名〔二〕

山東李伯華先生舊稿，重加删潤，凡過曲、引、尾二百四支內，修者七十四支，撰者一百三十支。

（以上均《古本戲曲叢刊二集》影印萬曆四十五年海昌陳氏原刻本《靈寶刀》卷末）

【箋】

〔一〕底本無題名。

〔二〕此文當爲陳與郊撰。

附　靈寶刀傳奇跋〔一〕

許之衡

《靈寶刀傳奇》，明陳與郊撰。與郊字廣野，海寧人。前已得其《鸚鵡洲》一種。此劇題『任誕軒編』，黄文暘《曲海目》因訛爲任誕先。嗣考焦循《劇說》，乃知此劇實廣野所作。『任誕』二字，爲《世說》之篇名，因取以名軒。《曲海目》誤也。此本爲明刻精本，據跋尾云，即山東李伯華《寶劍記》而加以修改，全部引、尾、過曲，共二百零四支，修者七十四支，撰者一百三十支云。伯華《寶劍》，久未易見，得此不啻並獲雙璧。今《夜奔》一折，歌臺猶傳唱之。此劇與傳唱本，有數句少異，可見其修改之迹，更見廣野之精於協律也。

丁卯七月〔二〕，許飲流記〔三〕。

（《綏中吳氏藏鈔本稿本戲曲叢刊》第四冊影印飲流齋鈔本《靈寶刀傳奇》卷末）

【箋】

〔一〕底本無題名。

〔二〕丁卯：民國十六年（一九二七）。

〔三〕題署之後有陽文長方章『飲流』。

崑崙奴（梅鼎祚）

梅鼎祚（一五四九—一六一五），字禹金，一字彦和，號汝南，别署太乙生（一作太一生）、梅真子、無求居士、千秋鄉人、勝樂道人，宣城（今屬安徽）人。明雲南左參政梅守德（一五一〇—一五七七）子。國子監生，屢應鄉試不第。萬曆十八年庚寅（一五九〇）貢士。次年，辭大學士申時行（一五三五—一六一四）之薦，絶意名場，肆力詩文，以讀書、藏書、著書爲樂。編輯《漢魏八代詩乘》、《歷代文紀》、《古樂苑》、《唐樂苑》、《書記洞詮》、《宛雅初編》、《青泥蓮花記》、《唐二家詩鈔》、《才鬼記》、《才妖記》等。著有《鹿裘石室集》。撰雜劇《崑崙奴》，傳奇《玉合記》、《長命縷》，均存於世。傳見過庭訓《本朝分省人物考》卷三八、朱孟震《河上楮談》卷三、錢謙益《列朝詩集小傳》丁集下、曹溶（？）《明人小傳》卷四、《靜志居詩話》卷一七、康熙《寧國府志》卷一九、光緒《宣城縣志》卷一八等。參見八木澤元《明代劇作家研究·梅鼎祚》、徐朔方《梅鼎祚年譜》（《晚明曲家年譜·皖贛卷》）。二〇一六年黄山書社出版侯榮川、陸林校點《梅鼎祚戲曲集》。

《崑崙奴》雜劇，全名《崑崙奴劍俠成仙》，《遠山堂劇品》著録，現存萬曆四十三年（一六一五）山陰劉雲龍刻本（題《崑崙奴劍俠成仙》）、明末刻本（題《陳眉公先生批點崑崙奴》）、崇禎間刻

《古今名劇合選・酹江集》本、崇禎間刻《盛明雜劇》初集卷二二本等。

崑崙奴傳奇自題〔一〕

梅鼎祚

太乙①生好覽外家言，至《崑崙奴傳》，憮然自失矣。噫嘻！人不②易知，知人不易，信夫！惟時上巳，二三同人，修禊於宛，酒間屬余③衍④爲樂府，以佐觴政。

系曰：自荊卿刺秦王，不中以死，而惜者曰：『其不講於劍術也。』後多用劍術顯者，若崑崙奴，亦其人。或以本莊生繆悠，此傳之屬志怪耳。余少而談⑤劍，然未有所遇。年十七八，見劉大司馬，聞客言曾中丞規河套時兩道人事，甚奇，劍亦誠有術。余獨有味乎崑崙之爲人，則以其不難爲人奴也，猶難之難。圯上老人授子房一編，怒期之，其最後辱以履，此其意蓋大較可想云。夫彼一品者，始以其奴易，而卒不可易。今世稍見尊，輒能以易士，士卽賤，乃不奴若也者，心悲之。

此傳稱『一品家』，而別編直稱『汾陽』，豈傳諱耶？汾陽其盛聲色以自污，紅綃一歌伎，本不當御〔二〕。且若茲類者，先頗著，諱何所用也。其置勿問，固大度，欲以崑崙而名爲天下除害，抑其體然？余竊異夫以汾陽之賢不內悔，俾此人終不錄，而又不克除，徒持兵自衛。余故略貶褒⑥之，傳以十餘年後，崑崙復賣藥雒陽⑦市中。古所爲劍仙者，謂其術精，遂可以沖舉，果然乎？是余亂之指也（亂，卒章也）。

萬曆甲申三月六日，書於鄰冢軒竹下。汝南梅鼎祚著。

（浙江省圖書館藏明萬曆四十三年山陰劉雲龍刻本《崑崙奴劍俠成仙》卷首）

【校】

①乙，《鹿裘石室集》卷一八《崑崙奴傳奇引》作「一」。

②不，《崑崙奴傳奇引》作「未」。

③屬余，《崑崙奴傳奇引》作「戲」。

④「衍」字下，《崑崙奴傳奇引》有「其傳」二字。

⑤而談，《崑崙奴傳奇引》作「好譚」。

⑥貶褒，《崑崙奴傳奇引》作「損益」。

⑦陽，《鹿裘石室集》卷一八《崑崙奴傳奇引》作「易」。

【箋】

〔一〕此文收入《續修四庫全書》第一三七九冊影印天啓三年（一六二三）玄白堂刻本《鹿裘石室集》卷一八，題爲《崑崙奴傳奇引》（頁三四二）。

〔二〕此句旁有夾批：「回護紅爲處子。」

題徐文長點改崑崙奴雜劇〔一〕

陳繼儒

雜劇戲，類禪門五家綱宗，最忌直犯本位。如《琵琶記》蔡中郎之牛丞相，《西廂》鶯鶯之張生，何嘗毫許與本傳相涉？自古詞場狡獪，偏要在眞人前弄假，卻能使眞人認假成眞；偏要在癡人前說夢，卻能使癡人因夢得覺。插科打諢，方是當行；嚼字咬文，終非本色。

近代徐文長老子，獨步江東。又有梅禹金《崑崙奴》一劇，亦推高①手。文長揩開毒眼，提出熱腸，不惜爲梅郎滴水滴凍，徹頭徹尾，刮磨點竄一番。知者謂梅郎番②出骨董，不知者謂徐老子攙奪行市。

酧道人曰：此崑崙奴，非仙非鬼，粘附兩人肉上，故暗使梅郎舌頭有骨，徐老子筆頭有眼，更喜得劉秀才手中有刀，重向劍俠場中，轟爆一聲霹靂。但恨蚪髯插入南詞，悶殺英雄，如雷霆作嬰兒啼相似。誰人出頭，補此敗闕？請爲我③拈一瓣香，問之臨川湯海若氏④〔一〕。

（《四庫禁燬書叢刊·集部》第六六冊影印明崇禎間刻本陳繼儒《白石樵眞稿》卷一九）

【校】

①高，萬曆四十三年山陰劉雲龍刻本《崑崙奴劍俠成仙》作「敵」。

②番，《崑崙奴劍俠成仙》作「翻」。

③我字，底本無，據《崑崙奴劍俠成仙》補。

④《崑崙奴劍俠成仙》文末署「酧公陳繼儒」。

【箋】

〔一〕此文又見萬曆四十三年山陰劉雲龍刻本《崑崙奴劍俠成仙》卷首，無題名，版心署「題辭」。然從「雜劇戲』至『獨步』，文字全闕，當因前闕一頁。

〔二〕萬曆四十三年山陰劉雲龍刻本《崑崙奴劍俠成仙》題署之後有印章二枚：陰文方章『陳繼儒印』，陽文方章『中醇』。另頁題『古陵蔡蓋書』，下有陽文印章二枚：『漢』、『逸』。

題崑崙奴雜劇後〔一〕

徐渭

此本於詞家可占立一脚矣，殊爲難得。但散白太整，未免秀才家文字語，及引傳中語，都覺未入家常自然。至於曲中引用成句，白中集古句，俱切當，可謂挐風搶雨手段。

又

閱南北本以百計，無處著老僧棒喝。得梅叔此本，欲折磨成一菩薩。儻梅叔聞之，不知許我作一渡彼岸梢公否？王方平有云：『吾鞭不可妄得也。』一笑，一笑。

又

梅叔《崑崙》劇，已到鵠竿尖頭，直是弄把戲一好漢。尚可攛掇者，直撒手一著耳。語入要緊處，不可著一毫脂粉，越俗，越家常，越警醒。此纔是好水碓，不雜一毫糠衣，眞本色。若於此一恧縮打扮，便涉分該。婆婆猶作新婦，少年鬨趨所在，正不入老眼也。至散白與整白不同，尤宜俗宜眞，不可著一文字與扭捏一典故事，及截多補少，促作整句。錦糊燈籠，玉相刀口，非不好看，討一毫明快，不知落在何處矣！此皆本色不足，仗此小做作以媚人，而不知誤入野狐，作嬌冶也。

又

凡語入緊要處，略著文采，自謂動人，不知減卻多少悲歡。此是本色不足者，乃有此病。乃如梅叔造詣，不宜隨衆趨逐也。點鐵成金者，越俗越雅，越淡薄越滋味，越不扭捏動人越自動人。務濃鬱者，如爨雜牲而炙以蔗醬，非不甘旨，卻頭頭不切當，不痛快，便須報一食單。

又

散白尤忌文字、文句，及扭捏使句整齊，以爲脫舊套，此因小失大也，令人不知痛癢，如麻痹然，且妨照應。□韻險處，語尤要天然。

又

牛僧孺《幽怪錄》有《張老傳》。張老，仙人也，有僕曰崑崙奴。梅君述崑崙奴爲仙人矣，何不用此以證，云在張老時已爲僕幾時矣，今復謫此，則益爲有據。雖皆是說謊，中都有來歷，況張老說是梁天監中人。

（《續修四庫全書》集部第一三五五册影印清初息耕堂鈔本《徐文長佚草》卷七〔二〕）

【箋】

〔一〕此文第一、二、三、六條，見於明萬曆四十三年山陰劉雲龍刻本《崑崙奴劍俠成仙》卷首，題爲《題詞》，末署『古秦田水月』，然無第四、第五兩條。

〔二〕此文收入中華書局編輯部《徐渭集·徐文長佚草》（中華書局，一九八三）卷二。

（崑崙奴）題辭

王驥德

唐人好爲傳奇，《崑崙》特以俠著。宣城梅禹金嘗譜入樂部。吾師徐文長先生復加潤色〔一〕，手墨尚新。友人劉迅侯業授梓以傳〔二〕，好事者而出以示余。禹金於詞故擅，文辭一家俊手；先生稍修本色，其中更易字句，詎以攻瑕，抑多點鐵。淄、澠之較，不啻蒼素，具眼者當亟下一擊節也已。

萬曆乙卯首夏五之日，瑯邪王驥德書於方諸館。

（明萬曆四十三年山陰劉雲龍刻本《崑崙奴劍俠成仙》卷首）

【箋】

〔一〕底本正文首頁分行署『汝南梅鼎祚禹金編』、『會稽王驥德伯良訂』、『山陰徐渭文長潤』、『山陰劉雲龍迅侯校』。

〔二〕劉迅侯：　即劉雲龍，字迅侯，別署貼藏主人，山陰（今浙江紹興）人。生平未詳。王思任稱其『袖中有滄海，筆下無塵氣』（王思任《名園詠序》）。

（崑崙奴雜劇）題後〔一〕

梅守箕〔二〕

大都士有負才而失其職，其不平輒傳之文章詩賦，而金元人傳奇、新樂府，固亦游戲及之已。

小說家奇者，莫如紅綃、崑崙奴事。幸無耳，儻有之而不志，此自後代史臣淺俗不志耳；若太史公、班孟堅，必列於遊俠、列女之間矣。夫紅綃一女子，乃能隱語以示崔生，此與解琴心者殆何異？郭汾陽用兵神武，疑有天威，而崑崙蔑焉，如入無人之境，當其時，豈復能奴畜之乎？此以見貴之不足恃矣。吾獨怪汾陽之門，無足當崑崙者，而爲崔生役，則事之不復可知也又如此。是役也，則吾家太一生所爲。生故以文賦名家，性最介。而爲是者，則以此奇事，補史臣所不足。詞雖極工麗，其蹈厲不平之氣，時時見矣。而其卒章，同歸於道，是亦曲終奏雅之意邪？

余爲之評曰：崔氏蓋唐之著姓，其家雙文託張生以顯，而千牛之名，實由紅綃。自《會眞詩》後，傳鶯鶯者，若王實甫、關漢卿輩；而紅綃事，待太一生而後有歌詠之者。其事本奇，固足傳。諸君之才，又足以相當而適會，益奇矣。

敊客季豹氏書。

【箋】

〔一〕版心題『崑崙奴題後』。

〔二〕梅守箕：字季豹，號文嶽，宣城（今屬安徽）人。梅鼎祚從父。縣學生，不第。遂棄舉業，肆力詩古文辭，名著公卿間，人稱狂士。卒年四十五歲。著有《梅季豹居諸集》。傳見曹溶（？）《明人小傳》、光緒《宣城縣志》卷一八、民國敦睦堂刻本《宛陵梅氏宗譜》等。

崑崙奴雜劇題後〔一〕

江左小謝〔二〕

太一生既爲是編，出以觀客。客曰：『此野史家言，何遽然？』余曰：『何謂不然？若在正史，則崑崙奴者，滄海君使也；勳臣一品，袁泰常也；千牛、紅綃，司馬、卓也。正史失而野史之矣。夫以彼其術，寧不能繫吐蕃、回鶻頸？顧奴顯僚家，又不能不一見其奇。彼所謂劍仙也，既出世，何用世爲？』又曰：『崔、綃，才色絶千古，事成後，乃不復有聞，豈磨勒不能出餘術，資彼夫婦，少建功，若虯髯於衛、拂邪？毋亦三人者，誠謫籍，如太一生所爲亂者乎？』余安能知之？是編也，音韻並《中州》，調乃勝國，多酪蒜豐麗餘事矣。

江左小謝書於太一生封鶴臺①。

【校】

①臺，美國國會圖書館藏《陳眉公先生批點崑崙奴》作『堂』。

【箋】

〔一〕版心題『崑崙奴題後』。

〔二〕江左小謝：名字、籍里、生平均未詳。

（崑崙奴雜劇）跋〔一〕

劉雲龍

《崑崙奴》劇，乃文長先生爲老梅作産羽者，梓公同好，亦僅可窺先生游戲一班耳。梅詞、徐詞，大方具有法眼。昔袁石公讀《四聲猿》而擊節稱奇，使石公在，吾將挾之而聽其擊節也。

帖藏主人劉雲龍書〔二〕。

（以上均浙江省圖書館藏明萬曆四十三年山陰劉雲龍刻本《崑崙奴劍俠成仙》卷末）

【箋】

〔一〕版心題『崑崙奴題後』。

〔二〕題署之後有印章二：『劉雲龍印』、『劉氏迅侯』。印章後隔行，署『蔡文思勒』。

崑崙奴

李贄

許中丞片時計取柳姬，使玉合重圓；崑崙奴當時力取紅綃，使重關不阻。是皆天地間緩急有用人也，是以謂之俠耳。忠臣俠忠，則扶顛持危，九死不悔；志士俠義，則臨難自奮，之死靡他。古今天下，苟不遇俠而妄委之，終不可用也。或不知其爲俠而輕置之，則亦不肯爲我死、爲我用也。俠士之所以貴者，才智兼資，不難於死事，而在於成事也。使死而可以成事，則死眞無難矣；使死而不足以成事，則亦豈肯以輕死哉！貫高之必出張王，審出張王，而後絕吭以死者是也。

若崑崙奴，既能成主之事，又能完主之身，則奴願畢矣，縱死亦有何難？但郭家自無奈崑崙奴何耳！劍術縱精，初何足恃。設使無劍術，郭家四五十人亦能奈之何乎？觀其酬對之語可見矣。況彼五十人者，自謂囊中之物，不料其能出此網矣。一夫敢死，千夫莫當，況僅僅五十人而肯以活命換死命乎？直潰圍出，本自無阻，而奈何以劍術目之。

謂之劍術且不可，而乃謂之劍俠，不益傷乎！劍安得有俠也？人能俠劍，劍又安能俠人？人而俠劍，直匹夫之雄耳。西楚伯王所謂『學劍不成，去，學萬人敵』者是也。夫萬人之敵，豈一劍之任邪？彼以劍俠稱烈士者，眞可謂不識俠者矣。

嗚呼！俠之一字，豈易言哉！自古忠臣孝子，義夫節婦，同一俠耳。夫劍之有術，亦非眞英雄者之所願也。何也？天下無不破之術也。我以術自聖，彼亦必以術自神，術而逢術，則術窮矣。曾謂荊卿而未嘗聞此乎？張良之擊秦王也，時無術士，故子房得以身免。使遇術者，立爲齏粉矣。故黃石老大嗔怪於圯橋之下也。嗣後不用一術，只以無窮神妙不可測識之術應之，滅秦興漢，滅項興劉，韓、彭之俎醢不及，蕭何之械繫不及，呂后之妒悍不及，功成名遂而身退，堂堂大道，何神之有，何術之有，況劍術耶？吾是以深悲魯句踐之陋也，彼其區區，又何足以知荊卿哉！荊卿者，蓋眞俠者也，非以劍術俠也。

（《續修四庫全書》集部第一三五二册影印明刻本《李溫陵文集》卷八《雜述》）

玉合記（梅鼎祚）

《玉合記》傳奇，一名《章臺柳》，又名《章臺傳奇》，呂天成《曲品》著録，現存萬曆間金陵唐氏世德堂刻本、萬曆間秣陵陳大來繼志齋刻本（《日本所藏中國戲曲文獻叢刊》第一輯據以影印）、萬曆間杭州容與堂刻李卓吾批評本（《古本戲曲叢刊初集》據以影印）、明末刻陳繼儒批評本、明末汲古閣原刻初印本、汲古閣刻《六十種曲》本等。

玉合記序〔一〕

李　贄

此記亦有許多曲折，但當要緊處卻緩慢，卻泛散，是以未盡其美，然亦不可不謂之不知趣矣。韓君平之遇柳姬，其事甚奇。設使不遇兩奇人，雖曰奇，亦徒然耳。此昔人所以嘆恨於無緣也。方君平之未得柳姬也，乃不費一毫力氣而遂得之，則李王孫之奇，千載無其匹也。迨君平之既失柳姬也，乃不費一時力氣而遂復得之，則許中丞之奇，唯有崑崙奴，千載可相伯仲也。嗚呼！世之遭遇奇事如君平者，亦豈少哉！唯不遇奇人，卒致兩地含冤，抱恨以死，悲矣！然君平者唯得之太易，故失之亦易，非許俊奇傑，安得復哉？此許中丞所以更奇也。

溫陵卓吾李贄撰。

（明萬曆間杭州容與堂刻《李卓吾先生批評玉合記》）

【箋】

〔一〕此文又見《續修四庫全書》第一三五二冊影印明刻本《李溫陵文集》卷八《雜述》及《李氏焚書》卷四《雜述》，均題《玉合》。

玉合記序〔一〕

湯顯祖

余往春客宛陵，殊闕如邛之遇。猶憶水西官柳，蘇蘇可人。時送我者，姜令、沈君典〔二〕、梅生禹金，賓從十數人，去今十年矣。八月，太常齋出，宛然梅生造焉。爲問故所遊，長者俱銷亡，在者亦多流泊。余泫然久之。爲問水西官柳，生曰：『所謂「縱使君來不堪折」也。』因出其所爲《章臺柳記》若干章示予，曰：『人生若朝暮，聚散喧悲，常雜其半，奈何忘鼓缶之驩，闕遇旬之宴乎？』予觀其詞，視予所爲《霍小玉傳奇》，並其沉麗之思，減其穠長之累。且予曲中乃有譏托，爲部長吏抑止不行，多半《韓蕲王傳》中矣。梅生傳事而止，足傳於時。

第予昔時，一曲纔就，輒爲玉雲生夜舞朝歌而去〔三〕。生故修窈，其音若絲，遼徹青雲，莫不言好，觀者萬人。乃至九紫君之酬對悍捷〔四〕，靈昌子之供頓清饒，各極一時之致也。梅生工曲，獨不獲此二三君相爲賞度，增其華暢耳。九紫、玉雲先嘗題書問梅生，梅生因問：『三君者，一來遊江東乎？』予曰：『自我來斯，風流頓盡，玉雲生容華亦長矣。』嗟夫！事如章臺柳者，可勝道哉！爲之倚風增嘆。

臨川湯義仍纂〔五〕。

（《日本所藏稀見中國戲曲文獻叢刊》第一輯影印明萬曆間秣陵陳大來繼志齋刻本《重校玉合記》卷首）

【箋】

〔一〕此文又見徐朔方箋校《汤显祖集》卷三三，題《玉合記題詞》。

〔二〕沈君典：即沈懋學（一五三九—一五八二），字君典，號少林，別署白雲山樵，宣城（今屬安徽）人。明萬曆五年丁丑（一五七七）殿試第一，授翰林院修撰。致書勸張居正（一五二五—一五八二）奔父喪，不聽，引疾歸，尋卒。福王時，追謚文節。著有《郊居遺稿》。傳見湯賓尹《睡庵文稿》卷一八《墓志銘》、王世貞《弇州山人續稿》卷一二五《墓表》、屠隆《白榆集》卷一九《傳》、沈有則《沈君典先生行實》（明末刻本）、《明史》卷二一六等。

〔三〕玉雲生：即吳橡，字拾芝，一作拾之，號玉雲生，金溪（今屬江西）人。以諸生終老。

〔四〕九紫：即謝廷諒（一五五〇—？），一作庭諒，字友可，號九紫，別署九紫山人，金溪（今屬江西）人。明萬曆十年壬午（一五八二）舉人，二十三年乙未（一五九五）進士，授南京刑部主事。官至四川順慶知府。著有《薄游草》、《逢掖集》、《清暉館集》。傳見《明史》卷二三三。

〔五〕徐朔方箋校《湯顯祖集》卷三三《玉合記題詞》『箋』云：『作於萬曆十四年（一五八六）丙戌八月，時在南京太常博士任。三十七歲。距萬曆四年春宛陵（宣城）之會適十年。』侯榮川《湯顯祖〈玉合記題詞〉新考》（《南京師大學報（社會科學版）》二〇一一年第三期），以爲當作於萬曆十三年（一五八五）。

玉合記跋〔一〕

闕名

昔人小詞賦於雕蟲，惋千里之伏驥，而況伎等俳優，文成調笑者乎？吁嗟嗟！兒女情多，英雄氣短。三十不立，俟河之清。峨峨乎？洋洋乎？歌之疾矣，世不以耳聽而以食矣。

（同上《重校玉合記》卷末）

【箋】

〔一〕底本無題名。

玉合記序

梅守箕

古作者一詩出，則樂人譜而歌之，朝脱於笥中，暮而變國俗矣。今其聲不覆傳，卽律叶金石而調叶宫商，猶之乎暗無聞焉。故南北曲之所爲作，雖則古者，容有降格從之耳。禹金故稱詩，薄新聲，主大雅，既已著矣。至金元之際，三歎而有餘音，遂爲《崑崙奴》雜劇與是役也。蓋其材通敏駿發，博物洽聞，如采玉於藍田，圭璋琮璧具矣。其遺屑之不足器者，可用爲劑此，豈獨以補其時之所不及乎？亦以適其中之所有餘者耶？夫《國風》好色不淫，《離騷》變而深隱。長卿之賦麗以則，子雲奇字日工。乃若繇挽近之變聲，尋邃古之深義，錦繡爲質，綦組成文，聲與調兼之矣。

且夫磨勒，以術隱者也，乃汾陽不能識察，韓君平詞人之流，柳氏以才收之，智不若一女子也。紅綃奔於所期，沙將寇非其媾，故其始終異焉。彼許俊者，出其不意，其疾如風，去若脱兔，若決積水於千仞，又在尊俎之間有折衝焉。貴拙速，不貴巧遲，斯其效也。當羯胡之亂，計若出此。伺其既出，直擣其虛，目不及睫而虜已舉。俊此時不在耶？尺有所短，寸有所長者耶？

禹金於詩，不啻倍蓰君平，而通俠自喜，悲歌慷慨，有俊之意。然察身戒嚴，即狎語不及中冓，爲是靡靡者，亦或有託焉。又文其所少耳，不必皆能忘情於世也。人言君平《寒食詩》見知主上，本繇樂人供奉之力；摩詰①見徵以《鬱綸袍》。末世薦士之權，多有如向者商歌《白水》之意乎？未必作者之無意也。此淺之乎知禹金者也。

贊曰：韓朋妻、綠珠皆不免，柳氏卒能自全，所以奇也。《易》稱『遇主於巷』，『婦喪其茀』，此之謂乎？許俊之勇，過藺相如矣。余初亦有所暱，移以在遠行，歸之西人之子。世非無許俊，或不多柳氏矣。

（《四庫未收書叢刊》第六輯第二四冊影印明崇禎

【校】

①詰，底本作『詩』，據人名改。摩詰，指唐人王維。

章臺柳玉合記敍

屠　隆

夫機有妙，物有宜，非妙非宜，工無當也。雖有驢婢，以充夫人則羞；雖有莊姬，以習冶態則醜。故里謳不入於郊廟，古樂不列於新聲。

傳奇者，古樂府之遺，唐以後有之，而獨元人臻其妙者何？元中原豪傑，不樂仕元，而弢其雄心，洸洋自恣於草澤間，載酒徵歌，彈弦度曲，以其雄俊鶻爽之氣，發而纏綿婉麗之音。故泛賞則盡境，描寫則盡態，體物則盡形，發響則盡節，騁麗則盡藻，諧俗則盡情。故余斷以爲元人傳奇，無論才致，卽其語語當家，斯亦千秋之絕技乎！

其後椎鄙小人，好作里音穢語，止以通俗取妍，閭巷悅之，雅士聞而欲嘔。而後海內學士大夫，則又剔取周秦、漢魏文賦中莊語，悉韻而爲詞，譜而爲曲，謂之雅音。雅則雅矣，顧其語多癡笨，調非婉揚，靡中管絃，不諧宮羽，當筵發響，使人悶然索然，則安取雅？令豐碩頎長之媼，施粉黛，披裲襠，而揚蛾轉喉，勉爲妖麗，夷光在側，能無咍乎？

故曰：非妙非宜，工無當也。傳奇之妙，在雅俗並陳，意調雙美，有聲有色，有情有態。歡則豔骨，悲則銷魂，揚則色飛，怖則神奪。極才致則賞激名流，通俗情則娛快婦豎，斯其至乎！二百年來，此技蓋吾得之宣城梅生云。

梅生禹金，吾友沈君典總丱交。生平所爲歌若詩，洋洋大雅，流播震旦，詞壇①上將，繁弱先登矣。以其餘力爲《章臺柳》新聲，其詞麗而婉，其調響而俊，既不悖於雅音，復不離其本色。洄洑頓挫，凄沈淹抑，叩宮宮應，叩羽羽應。每至情語，出於人口，入於人耳，人快欲狂，人悲欲絕，則至矣，無遺憾矣。故余謂：傳奇一小技，不足以盡②才士，而非才士不辦③，非通才不妙。梅生得之，故足賞也。余頃觀禹金，儻蕩有英雄器略，與君典埒，降心而爲此，季豹所謂有託〔一〕，其然乎？

余少頗解此技，嘗思託以稍自見其洸洋，會奪於他冗。今黄冠入道，舍不復爲。而禹金業爲之而過於余，余復何措意焉？吾聊以敍之，以銷吾胷臆。

（《續修四庫全書》集部第一三六〇册影印明萬曆十八年呂氏棲眞館刻本《棲眞館集》卷一一）

【校】

①壇，底本作『擅』，據文義改。

②盡，底本作『蓋』，據文義改。

③辦，底本作『辨』，據文義改。

【箋】

〔一〕季豹：　即梅守箕。

附　玉合記跋〔一〕

吴　梅

《玉合》譜許堯佐《章臺柳》事，爲禹金最得意筆。禹金尚有《崑崙奴》雜劇，見《盛明雜劇》。此記文情穠麗，科白安雅，較《浣紗》爲純粹。其結構緊嚴，除本傳外，絕鮮妝點增加處，亦較玉茗《還魂》、《紫釵》差勝。學人塡詞，究與才人不同也。禹金棄舉子業，肆力詩文，撰述甚富，有《鹿裘》六十五卷。好聚書，嘗與焦弱侯、馮開之，暨虞山趙玄度，訂約蒐訪，期三年一會於金陵，各出所得異書逸典，互相讎寫。事雖未就，其志尚可以千古矣。今人知禹金能詩，而不知能曲，余故多選數支。此書有三刻本，一爲禹金原刻，一爲富春堂本，一卽汲古閣本。富春本最勝，適不在篋中，因僅據毛刻繕錄之。

（民國十九年上海商務印書館排印本吴梅《曲選》卷一《玉合記》卷末）

【箋】

〔一〕底本無題名。

附　玉合記題識

闕　名

雲間陳眉公評批，古閩徐肅穎刪潤之元詞《玉合記》，有四十齣，原分訂上下兩卷，每卷各二十齣。刻訂精緻，并附圖十四（每卷圖七張），皆係名家手筆。可惜上卷五十三頁大半，或毁於鼠齟，或遭孩童撕碎。眞是前人留書，後人不加愛護，致使洋洋佳作，竟有抱殘之憾，良可痛也。兹經整理重裱，上卷前一二頁殘骸盡失，無法彌補，祇有空之。其他卽係蛛絲馬迹也，不敢棄置，此無非供有志於文史研究者聊窺管豹而已。

（中國國家圖書館藏明末刻陳繼儒批評本《玉合記》卷首墨筆書）

長命縷（梅鼎祚）

《長命縷》傳奇，《祁氏讀書樓目錄》著錄，現存明崇禎間刻本、明末刻本、清初《玉夏齋傳奇十種》翻刻本等。

長命縷記序

梅鼎祚

凡天下喫井水處，無不唱《章臺傳奇》者，而勝樂道人方自以宫調之未盡合也，音韻之未盡叶也，意過沉而辭傷繁也。是時道人年三十餘爾，又三十餘年而《長命縷記》出，抑何其齒之宿、才之新乎？調皈宫矣，而位署得所，無羼牙衡決之失。韻諧音矣，無因重，無强押，猶一串之珠纍纍而不絕，若九連環圓轉而無端。意不必使老嫗都解，而不必傲士大夫以所不知。詞未嘗不藻繢滿前，而善爲增減，兼參雅俗，遂一洗醲鹽赤醬、厚肉肥皮之近累。故以此爲臺上之歌，清和怨適，聆者潤耳；卽以此爲帳中之祕，鮮韶宛篤，覽者驚魂。

夫曲本諸情，而聲以傳諸譜者也。聞道人之言曰：『塡南詞必須吴士，唱南詞必須吴兒。』曩游吴，自度曲而工審音，深爲伯龍、伯起所慨伏〔一〕。道人亦謂：『梁之鴻鬯，屈於用長；張之精省，巧於用短。』然終推重此兩人也。問爾時某某何如〔二〕，曰：『才矣。』問詞隱何如〔三〕，曰：『法矣。』問章丘《寶劍》何如〔四〕，曰：『龜兹王迺贏也。長江者，非天所以限南北耶？』昔人稱『荊劉拜殺』何如？曰：『《拜月》尚已，餘以其時爲之詞乎哉？』道人之持論固若此。

（《續修四庫全書》第一三七九册影印明天啓三年玄白堂刻本《鹿裘石室集》卷四）

【箋】

〔一〕伯龍：卽梁辰魚（一五一九—一五九一）。伯起：卽張鳳翼（一五二〇—一六一三）。

〔二〕某某：當指湯顯祖（一五五〇—一六一六）。

〔三〕詞隱：卽沈璟（一五五三—一六一〇），號詞隱。

〔四〕章丘：卽李開先（一五〇二—一五六八），章丘（今屬山東）人。

錦箋記（周履靖）

周履靖（一五四二—一六二五），字逸之，號梅墟，別署螺冠子、梅顛道人、梅塢居士、鴛湖釣徒、茹翁等，秀水（今浙江嘉興）人。棄經生業，郡縣交辟，不應。著有《梅墟集》、《梅顛稿選》及散曲集《鶴月瑤笙》，與劉鳳（一五一九—一六〇二）、屠隆（一五四四—一六〇五）合輯《賦海補遺》。參見徐朔方《周履靖年譜》（《晚明曲家年譜·浙江卷》）。

撰傳奇《錦箋記》，呂天成《曲品》著録。一説《錦箋記》作者係濮熓（一五四五—一六二五），字抱眞，號草堂，別署水木居士，嘉興（今屬浙江）人。補博士弟子員，屢試不第，遂棄舉子業，肆力詩古文詞，與吴孺子等結詩社。著有《草堂十書》、《濮草堂日記》等。此説始見於清初鈔本及清乾隆五十六年（一七九一）楊志鴻鈔本《曲品》，該書卷上云：『濮草堂，嘉興人。』且評爲『中之上』，並云：『濮叟編掇甚巧，吟詠頗饒，放於葛天、無懷，解乎《南華》、《道德》。』卷下云：『濮草堂所著傳奇一本。《錦箋》。校正。此記煉局遣詞，機鋒甚迅，巧警會心。向云經諸名士而成，今乃知螺冠獨擅其美。』浙江圖書館藏清鈔本濮孟清《濮川志略》卷四有濮煬傳，云：『偶有感觸，作《錦箋》傳奇，別致詎詞，膾炙人口。』（《中國地方志集成》第三三輯第二一冊影印清鈔本，上海書店，一九九二，頁七五）金淮纂、濮鋕續纂《濮川所聞記》卷三濮煬傳亦云：『又著《錦箋》樂府，選入汲古閣六十家中。』（《中國地方志集成》第三三輯第二一冊影印清嘉慶二十五年刻本，上海書店，一九九二，頁二八七）光緒《桐鄉縣志》卷一五有濮煬傳，卷一九記載：『《錦箋》樂府，濮煬撰。』（光緒十三年刻本）據此，此劇或爲濮煬所撰，周履靖校正，待考。參見鄧富華《明傳奇〈錦箋記〉作者新考》（《戲曲研究》第一〇一輯，文化藝術出版社，二〇一七）。

《錦箋記》傳奇，現存萬曆三十六年（一六〇八）金陵繼志齋刻本（《古本戲曲叢刊二集》據以影印）、萬曆間金陵文林閣刻本、明末刻李卓吾評本、明末刻玉茗堂評本、明末汲古閣原刻初印本、汲古閣刻《六十種曲》本等。

錦箋記引〔一〕

陳邦泰

《錦箋記》者，記梅、柳伉儷之終始也，豈①譚風月、資詼笑而已哉？抱眞先生憤世破情，特爲②是以垂閨範③耳。其曰世誼親昵，懲結義也；曰詞箋召釁，禁工文也；曰慕德耀、感乞兒，謂內言外言，毋出入也。遊觀當戒，何論僧尼寺庵，卽家園難免窺覘④；眼色易牽，寧獨淫僧狂客，即性女亦自垂情。兼以三姑六婆，姦詭萬狀，捷如姚江，嚴如帥府，且爲籠絡透漏，況其他乎？若夫勵操全盟，割愛忘妒，捐軀代選，安分辭榮，節義兩全，詎不稱美？而自炫自售之婦，徒取殺身辱名，觀者莫⑤不惕然哉。此先生作記意也。而論者唯⑥曰：『喜堪絕倒，悲足斷腸，是記是已。』予謂不然。語有之⑦：『不關風化，縱好徒然。』先生得之。予重校而梓焉⑧。

萬曆戊申端午前一日，白門陳大來書於吉祥小止處⑨。

（《古本戲曲叢刊二集》影印明萬曆三十六年金陵繼志齋刻本《重校錦箋記》卷首）

【校】

①『豈』字前，濮孟清《濮川志略》卷一二賀燦然《錦箋傳奇序》有『然』字。

②爲，賀燦然《錦箋傳奇序》作『作』。

③範，賀燦然《錦箋傳奇序》作『誡』。

④覘，賀燦然《錦箋傳奇序》作『覰』。

⑤莫，賀燦然《錦箋傳奇序》作『能』。

⑥唯，賀燦然《錦箋傳奇序》作『徒』。

⑦不然語有之，賀燦然《錦箋傳奇序》無。

⑧予重校而梓焉，賀燦然《錦箋傳奇序》作『以作記余亦得之以重先生之記也』。

⑨賀燦然《錦箋傳奇序》無題署。

【箋】

〔一〕濮孟清《濮川志略》卷一二收録《錦箋傳奇序》，署名『明賀燦然，字伯闇』（《中國地方志集成》第三三輯第二一册影印清鈔本，上海書店，一九九二，頁一八八），文字略同此文，或爲此文所本，而陳邦泰據此書版。按，賀燦然（一五四八—一六一一後），字伯闇，號道星，一作道醒，平湖（今屬浙江嘉興）人，世居嘉興雙溪里。明萬曆二十二年甲午（一五九四）舉人，二十三年乙未（一五九五）進士，授行人。陞吏部主事，轉稽勛員外郎。三十三年（一六〇五），因觸怒神宗，革職爲民。著有《書略》、《五欲軒集》、《六欲軒集》。傳見過庭訓《明分省人物考》卷四五、曹溶（？）輯《明人小傳》、盛楓《嘉禾獻徵録》卷二八、康熙《秀水縣志》卷五等。

錦箋記總評

闕名

傳奇中有《錦箋》，眞合時之作也。有致，有味，有詞。以之爲舉業，亦百發百中之技也。作者可謂大宗匠矣！其最妙處是似盡而不盡，委有餘姿。噫！詩文至此，思過半矣，况傳奇乎？

（明末刻本《李卓吾先生批評錦箋記》卷首）

玉茗堂四夢（湯顯祖）

湯顯祖（一五五〇—一六一六），初字義少，後改字義仍，號海若、海若士、若士，晚年號繭翁，自署清遠道人，室名玉茗堂、清遠樓，臨川（今屬江西）人。明隆慶四年庚午（一五七〇）舉人，萬曆十一年癸未（一五八三）進士，歷官至南京禮部祠祭司主事。十九年，貶官廣東徐聞典史。二十一年，遷浙江遂昌知縣。二十六年，上計京師，投劾歸。著有《紅泉逸草》、《問棘郵草》、《玉茗堂全集》等。參見徐朔方《湯顯祖年譜》（《晚明曲家年譜·皖贛卷》）。

撰傳奇《紫簫記》、《紫釵記》、《牡丹亭》、《南柯夢》、《邯鄲夢》五種，後四種合稱《玉茗堂四夢》，或稱《臨川四夢》、《玉茗堂傳奇》、《玉茗堂四種曲》、《玉茗堂樂府》，現存萬曆間吳郡書業草堂刻本，崇禎九年（一六三六）吳郡沈氏刻《獨深居點定玉茗堂集》本，崇禎間沈際飛獨深居點次岑德亨刻本，明末會稽張氏著壇刻、清初重刻本，清初竹林堂輯刻本，乾隆六年（一七四一）金閶映雪草堂覆刻清暉閣著壇刻本等。臧懋循改訂『四夢』本，現存萬曆四十六年（一六一八）雕蟲館刻本，明末吳郡書叢堂刻本，萬曆間刻、乾隆二十六年（一七六一）吳郡書業堂重修本等。

玉茗堂樂府總序

吳之鯨〔一〕

湯若士先生初爲《紫簫記》，後編爲《紫釵》。才子之思，文人之筆，姸弄潛移，清風獨轉。繼復爲《牡丹亭》，三吳咸稱，自《會眞傳》來，今始□①兩。最後爲『二夢』，而極變窮工，又現一奇矣。

齊梁麗曲，首推鮑、謝，要以含意未申，芊眠結鬱，爲傳情之至。故河梁送別，攬袪歸荑，總不若『春草□②色，春水綠波』二語，自足傷神。至讀長卿《長門》，陳思《感甄》，宋玉《諷賦》，令人齒酸氣顫，又何綿藐酩酊也！然粟下簒簒，花上盈盈，風雪襟帶，一時都盡，又何言哉！

若士發小玉之幽悱，抒麗娘之異恫。婉孌乍矜，餘音半逸。擢紫莖③於黄臺，射青磷於白晝。哀響外激，按節欲停。當令鵠將霜飛，飆横芭燦，而乃歸之蕉鹿，等知十千大地，俱屬塵勞。棄海認漚，湛圓悉礙，覺而知夢，未名眞覺也。四編次第以出，意在斯乎？噫！空花泡影，總爲情結。情隨才轉，才高則情深，亦惟情深者能忘情，登徒子皆不及情者耳。

余友德聚〔二〕，耽奇嗜古，喜搜異書。帳無蓄伎，而雅慕洛詠。彙若士先後製，合刻之曰《玉茗堂樂府》，成以示余。時余方晏□④朗閣，詠無言之詩，急攜《邯鄲》，枕游大槐國，命雪兒一再歌之，栩栩然適也。因作囈語數行，弁其首，以償昔之許序『二夢』而未果者〔三〕。

（明刻本《瑤草園初集》卷一）

【校】

①此字底本漫漶，疑當作『無』。

②此字底本漫漶，當作『碧』。

③莖，疑當作『菫』。

④此字底本漫漶，疑當作『臥』。

【箋】

〔一〕吳之鯨（？——一六一二後）：字伯霖，又字伯裔，號朗士，錢塘（今浙江杭州）人。萬曆二十九年（一六〇一）建成閬閣，於其間讀書宴客、參禪禮佛。屢蹶場屋，萬曆三十七年己酉（一六〇九）中舉，謁選浮梁知縣。尋病卒。刻印《蘇長公易解》八卷。著有《武林梵志》、《闐閣草》、《瑤草園初集》、《西湖雙忠傳》等。傳見光緒《浙江通志》卷一八七、丁丙《杭州藝文志》卷五等。

〔二〕德聚：即吴敬，字德聚，休寧(今屬安徽)人。以家貲捐文華殿中書舍人。書齋名尊聞堂，黄汝亨(一五五八—一六二六)爲撰《尊聞堂記》(《寓林集》卷八)。家喜刻書，其父繼美(一五四五—一五九七)字伯實、叔父繼灼(一五五三—一五九九)字仲虚，皆爲湯顯祖、黄汝亨等好友。刻黄汝亨《寓林集》、顧起元《説略》等。

〔三〕據吴書蔭《『玉茗堂四夢』最早的合刻本探索》(《戲曲研究》第七二輯，文化藝術出版社，二〇〇七)考證，此序約撰於萬曆三十五、六年間(一六〇七—一六〇八)。吴敬編刊《玉茗堂樂府》也應成於此時。

玉茗堂傳奇引〔一〕

臧懋循

臨川湯義仍爲《牡丹亭》四記，論者曰：『此案頭之書，非筵上之曲。』夫既謂之曲矣，而不可奏於筵上，則又安取彼哉？且以臨川之才，何必減元人，而猶有不足於曲者，何也？

當元時，所工北劇耳。獨施君美《幽閨》、高則誠《琵琶》二記，聲調近南，後人遂奉爲榘矱。而不知《幽閨》半雜贋本，已失眞多矣。即【天不念】、【拜新月】等曲，吴人以供清唱，而調亦不純，其餘曲名莫可考正。故魏良輔止點《琵琶》板，而不及《幽閨》，有以也。《琵琶》諸曲，頗爲合調，而鋪敍無當。如《登程》折、《賜宴》折，用末、淨、丑諸色，皆涉無謂；陳留、洛陽，相距不三舍，而動稱『萬里關山』，中郎寄書高堂，直爲拐兒紿誤，何繆戾之甚也。至曲每失韻，白多冗詞，又其細矣。

今臨川生不踏吳門，學未窺音律，豔往哲之聲名，逞汗漫之詞藻，局故鄉之聞見，按亡節之弦歌，幾何不爲元人所笑乎？

予病後，一切圖史，悉已謝棄。閒取四記，爲之反覆删訂，事必麗情，音必諧曲，使聞者快心，而觀者忘倦，卽與王實甫《西廂》諸劇並傳樂府可矣。雖然，南曲之盛，無如今日，而訛以沿訛，舛以襲舛，無論作者，第求一賞音人不可得，此伯牙所以輟絃於子期，而匠石廢斤於郢人也。刻既成，撫之三嘆。

（《續修四庫全書》第一三六一册影印明天啓元年臧爾炳刻臧懋循《負苞堂文選》卷三）

【箋】

〔一〕此文又見日本鹽谷溫舊藏萬曆末刻本《還魂記》卷首，末署『萬曆徒維敦牂之歲夏五日東海臧晉叔拜書於雕蟲館』。見黄仕忠《日藏中國戲曲文獻綜錄》。萬曆徒維敦牂之歲，卽萬曆戊午（一六一八）。

玉茗堂傳奇敍

沈際飛〔一〕

若士先生『四奇』，有史材，有詩囊，有詞癖，有法藏。以嘻啼笑罵，當興觀羣怨；以瘖瘵生死，了人我是非。北土思親，南柯議守，使人有忠孝之思焉；白屋黄門，酒樓花市，使人有師友之雅焉；釵歸冢破，劍吼馬嘶，使人有節義之感焉。漂母不再，則香山寶使、槐國金枝可念也；魯連已往，則片檄啓疆、尺書斂衽可愧也；穎士無徒，則荒圃髯奴、驚魂繭足可風也。侍兒嫡庶，一言領《周南》之旨；郡主齊家，數語合孔、思之精。而一篇之中，三致意者。村塢勸農，如春煦煦；沙堤①攀臥，似蟻紛紛。西尹雅度憐鸚，州官恩波鑄鐵，先生其有激於衷乎？若乃徵書懷入朝之妒，軍法佐入宮之嫉。文章不出權門，呼寃曹市；名姓不通豪刺，灑淚沙場。滄海遺珠，以干謁入彀；邯鄲落魄，以賂遺見知。甚至獻賦龜山，可方遇巷；投詩幕府，遂作讒囮。豈非雲雨覆翻，山川閃倏。苟具慧根，不亟思度脱也哉？彼夫濡首喪師於赤駁，恣情譴告於碧翁。爭龍脈之螘封，求長生而短夢。眞中成妄，愛裏生嫌。自非北面空王，洗心眞侶，孰與破除無明，游行自在乎？故『四奇』皆覺世之筏也。或生而死，或死而生，或一夢卽實，或是夢皆虛，極乎中□半滿之義。傀儡場中，泥犁種子，敢位置先生哉？

吴興夢道人沈際飛題於華香散處〔二〕。

【校】

①堤，底本作『提』，據文義改。

【箋】

〔一〕沈際飛：字天羽，號震峰，一號何山，別署震峯居士、古香吟天羽居士、夢道人，室名獨深居、曉閣，崑山（今屬江蘇）人。明天啓、崇禎間評點《草堂詩餘》，選輯《草堂詩餘新集》，編纂《詞譜》。崇禎間刊刻《獨深居點定玉茗堂集》，末附《玉茗堂四種曲》。

〔二〕題署之後有陽文方章二枚：『際飛』、『般若中來』。

（玉茗堂傳奇）集諸家評語

袁中郎曰〔一〕：《紫釵》，筆鋒未展。《南柯》、《邯鄲》，文興未酣，筆雖峻潔，尚多拘局之態。直至《還魂》，筆無不展之鋒，文無不酣之興，眞是『文入妙來無過熟』也。平心箇此四種，便可悟文家生熟之故矣。

詞家最忌逐齣塡去，漫無結構。《紫釵》、《南柯》、《邯鄲》都犯此，所以詞雖峻潔，格欠玲瓏。若《還魂》，庶幾無遺憾乎！

詞家最忌弋陽諸本，俗所云『過江曲子』是也。《紫釵》雖有文采，其骨格卻染過江風味，此臨川不生吳中之故耳。『二夢』尚微有之，《還魂》則絕無之矣。

一部《紫釵》，都無關目，實實塡詞，呆呆度曲，有何波瀾？有何趣味？

凡傳奇，詞是肉，介是筋骨，白、諢是顏色。《紫釵》止有曲耳，白殊可厭也。諢間有之，不能開人笑口。若所謂介，作者尚未夢見在，卻不是肉屍而何？

或曰：『子謂《紫釵》有曲、白而無介、諢，大非元人妙伎。嘗見董解元《西廂》，亦有曲白而無介、諢者也，此又何說？』曰：不可概論。如董解元《西廂》，姿態横生，風情迭出。《紫釵》有之不？不過詩詞富麗，俗眼遂爲其所瞞耳。曾讀過江曲子，知辨臨川與董解元天淵處也。

淩初成曰〔二〕： 近世作家如湯義仍，模仿元人，運以俏思，儘有酷肖處，而尾聲尤佳。惜其使才自造，句腳、韻腳所限，便爾隨心胡湊，尚乖大雅。至於塡調不諧，用韻龐雜，而又忽用鄉音，如『子』與『宰』叶之類，則乃拘於方土，不足深論，止作文字觀，猶勝依樣畫葫蘆而類書塡滿者也。義仍自云：『駘蕩淫夷，轉在筆墨之外。』佳處在此，病處亦在此。彼未嘗不自知，祇以才足以逞而律實未諳，不耐簡核，悍然爲之。況江西弋陽土曲，句調長短，聲音高下，可以隨心入腔，故總不必合調，而終不悟矣。

袁鳧公曰〔三〕： 臨川先生作《紫釵》時，仙骨已具，蒙氣未除。作《邯鄲》時，玄關已透，佛理未深。作《南柯》時，佛法已躍躍在前矣，猶作佛法觀也。及至作《還魂》之日，兒女之事，俱證菩提；遊戲之談，盡歸大藏。生生死死，死死生生，不生不死，不死不生，了然矣，不言佛而無不是佛矣。後卽有作，亦不必再進竿頭一步矣。

呂勤之曰〔四〕： 湯奉常情癡一種，故屬天生；才思萬端，似挾靈氣。搜齊八素，字抽鬼泣之文；摘豔六朝，句疊花翻之韻。熟拈元劇，故琢調之妍俏賞心；妙選佳題，故賦景之新奇觸目。不事刁斗，飛將軍之用兵；亂墜天花，老生公之說法。

方諸生曰〔五〕： 湯臨川妙詞情而越詞簡，沈松陵具詞法而讓詞致。松陵嘗曰：『寧律協而詞不工，讀之不成句，謳之始協，是爲中之之巧。』臨川聞而非之，曰：『彼烏知曲意哉？予意所至，不妨拗折天下人嗓子。』予謂二公不可偏廢。無松陵，詞型弗新；無臨川，詞髓孰抉？倘能守詞隱先生之矩矱，而運以清遠道人之才情，豈非合之雙美者乎？

臨川先生有《紫簫記》，琢調鮮華，鍊白駢麗。向傳先生作酒、色、財、氣四記，有所諷刺，是非頓起，作此以掩之，僅成半本而罷，覺太曼衍。《紫釵》仍《紫簫》者不多，猶帶靡縟。其描寫閨婦怨夫之情，備極嬌苦，眞堪下淚。《還魂》著意發揮，驚心動魄，巧妙疊出，無境不新，眞堪千古。《南柯》眼闊手高，字句超秀。方諸生極賞其《登城北》詞，不減王、鄭，良然良然！

王季重曰〔六〕：若士傳奇靈洞，散活尖酸，史因子用，元以古行，筆筆風來，層層空到。即若士自謂一生『四夢』，得意處惟在《牡丹》。情深一序，讀未三行，人已魂銷肌栗。而安頓齣字，亦自確妙不易。往見徐文長批其卷首曰：『此牛有萬夫之稟。』雖爲妒語，大覺頫心。

沈天羽曰〔七〕：臨川四種，皆透世情，關風化，搭架圓密，描寫靈秀。而《牡丹亭》尤似生成一般，不費絲毫氣力，可擬議處絕少。《邯鄲》離合悲歡，無頭無緒，宛乎夢境，但詞多未醇。《南柯》步步照映，槐蟻嫌敷衍過情，自是一篇好小題文字。《紫釵》不過詩餘集句，四六致語，而擅長處在登場、落場詩詞，摹方應圓，前後貫串，不作閑語，然於四種中居殿矣。其疵者依舊曲填腔，認襯字爲實字，而襯外加襯，好用方言，隨聲溷寫，而別字甚多。至於重韻、出韻、犯韻不一，更無論陰陽輕重、清濁開合矣。安得起臨川，與之尋宮數調，按拍選聲也耶？

【箋】

〔一〕袁中郎：即袁宏道（一五六八—一六一〇）。以下六段評語，略本闕名《紫釵記總評》，見《古本戲曲叢刊初集》影印明末柳浪館刻本《柳浪館批評玉茗堂紫釵記》卷首，當出於袁于令之手。

〔二〕凌初成：　即凌濛初（一五八〇——一六四四）。此段評語，略本凌濛初《譚曲雜劄》，附刻於明末刻本《南音三籟》卷首。

〔三〕袁鳧公：　即袁于令（一五九二——一六七二），生平詳見本書卷五《西樓記》條箋證。此段評語出處未詳，疑爲柳浪館刻『臨川四夢』總序。

〔四〕呂勤之：　即呂天成（一五八〇——一六一八），生平詳見本卷《金合記》條解題。以下三段評語，均摘錄自《曲品》。

〔五〕方諸生：　即王驥德（一五五七？——一六二三）。此段評語，摘錄自《曲律》卷四《雜論》。

〔六〕王季重：　即王思任（一五七五——一六四六）。此段評語，雜錄王思任《批點玉茗堂牡丹亭詞敍》，見明天啓四年（一六二四）跋會稽張氏著壇刻本《清暉閣批點玉茗堂還魂記》卷首。

〔七〕沈天羽：　即沈際飛。

（玉茗堂傳奇）附述

岑德亨〔一〕

北詞《正音譜》，南詞蔣、沈二家《九宮十三調譜》，詞壇高曾，然亦有舛錯。近陵吴興訂正一二〔二〕，闕疑尚多。而馮猶龍以《中原韻》合於北，不合於南，更有《墨憨齋新譜》，惜未行世，不能借之考定臨川。僅有評駁，愧非顧曲辨撾之輩也。

作者苦心，覽者賞心，非字句瑕瑜互攻，精神不出。世本批評，大都野戰，非就事嘲諷，則就意挑翻，縱使解頤，於文字無涉。今作文字觀，一點一抹，幾不負臨川矣。

原本而外，別有刪改，如臧、呂二本，爲臨川所痛恨，有斵小巨木、規方圓竹之譏。兹刻悉仍原本，間有魯魚，盡行蒐覈。

古香岑德亨識。

（以上均明崇禎間沈際飛點次岑德亨刻本《獨深居點次玉茗堂傳奇》卷首）

【箋】

〔一〕岑德亨：號古香，籍里、生平均未詳。

〔二〕吳興：指臧懋循（一五五〇—一六二〇）。

玉茗堂傳奇跋〔一〕

吳　梅

晉叔刪改『四夢』曲〔二〕，余久未得見。《納書楹》譏爲孟浪漢，以爲無足取者耳。及得此本，乃知不然。臨川宮調舛誤，音均乖方，不知凡幾。《牡丹》、《南柯》、《邯鄲》僅有鈕、雷諸子爲之訂譜，而未能盡善。晉叔取四種而盡酌之，則案頭、場上，皆稱便利。惟喜掩人美，不無小疵，究其所詣，亦足並轡奉常。懷庭所以譏誚者，以晉叔所改，就曲律以定文。懷庭製譜，則就文以定律，改過曲爲集曲，變引子作正曲，懷庭亦未能自解也。要皆爲臨川功臣，可斷言者。

辛亥季冬〔三〕，老瞿吳梅志。

人天大夢寄詞章，一曲氍毹淚萬行。身後是非誰管得，吳興晉叔沈吳江〔四〕。半山詩法超陳俗，玉茗詞業邁古賢。十載茂陵聽風雨，而今低首兩臨川。

老臞。

（中國國家圖書館藏明萬曆四十六年臧懋循雕蟲館刻本《紫釵記》卷末）

【箋】

〔一〕此文又見《吳梅全集·理論卷》（河北教育出版社，二〇〇二），題爲《紫釵記（一）》。

〔二〕晉叔：即臧懋循（一五五〇—一六二〇），字晉叔。

〔三〕辛亥：宣統三年（一九一一）。

〔四〕沈吳江：即沈璟（一五五三—一六一〇）。

附 四夢傳奇總跋

吳梅

明之中葉，士大夫好談性理，而多矯飾，科第利禄之見，深入骨髓。若士一切鄙棄，故假曼倩詼諧，東坡笑罵，爲色莊中熱者下一針砭。其自言曰：『他人言性，我言情。』又曰：『理之所必無，安知情之所必有。』又曰：『人間何處説相思，我輩鍾情似此。』蓋惟有至情，可以超生死，忘物我，通眞幻，而永無消滅。否則形骸且虛，何論勳業；仙佛皆妄，況在富貴。世之持買櫝之見者，徒賞其節目之奇，詞藻之麗；而鼠目寸光者，至訶爲綺語，詛以泥犁，尤爲可笑。

夫尋常傳奇，必尊生角。至《還魂》柳生，則秋風一棍，黑夜發丘，而儼然狀頭也。《邯鄲》盧生，則奩具奩緣，徼功縱敵，而儼然功臣也。若十郎慕勢負心，襟裾牛馬，廢弁貪酒縱欲，匹偶蟲蟻，一何深惡痛絕之至於此乎？故就表面言之，則『四夢』中主人爲杜女也，霍郡主也，盧生也，淳于棼也。卽在深知文義者言之，亦不過曰：『《還魂》，鬼也；《紫釵》，俠也；《邯鄲》，仙也；《南柯》，佛也。』殊不知臨川之意，以判官、黃衫客、呂翁、契玄爲主人，所謂鬼、俠、仙、佛，竟是曲中之意，而非作者寄託之意。蓋前四人爲場中之傀儡，而後四人則提掇線索者也；前四人爲夢中之人，後四人爲夢外之人也。旣以鬼、俠、仙、佛爲曲意，則主觀的主人，卽屬於判官等四人；而杜女、霍郡主輩，僅爲客觀的主人而已。玉茗天才，所以超出尋常傳奇家者，卽在此處。彼一切刪改校律諸子，如臧晉叔、鈕少雅輩，殊覺多事矣。

霜崖。

（民國十九年上海商務印書館排印本吳梅《曲選》卷二《南柯記》卷末）

紫釵記（湯顯祖）

《紫釵記》傳奇，呂天成《曲品》著錄。現存版本除『四夢』合刻本外，尚有萬曆三十年（一六〇二）金陵陳氏繼志齋刻本、明末柳浪館刻本、明末汲古閣原刻初印本、汲古閣刻《六十種曲》所收本、民國初年四川成都存古書局刻本等。

紫釵記題詞

湯顯祖

往余所遊謝九紫、吴拾芝、曾粤祥諸君〔一〕，度新詞與戲，未成，而是非蜂起，譌言四方。諸君子有危心，略取所草，具詞梓之，明無所與於時也。記初①名《紫簫》，實未成，亦不意其行如是。帥惟審云〔二〕：『此案頭之書，非臺上之曲也。』姜耀先云〔三〕：『不若遂成之。』南都多暇，更爲删潤，訖，名《紫釵》，中有紫玉釵也。霍②小玉能作有情癡，黄衣客能作無名豪，餘人微各有致。第如李生者，何足道哉？曲成，恨帥郎多病，九紫、粤祥各仕去，耀先、拾芝局爲諸生倅③，無能歌樂之者。人生榮困生死何常，爲驩苦不足，當奈何！

乙未春〔四〕，清遠道人題④。壬寅春〔五〕，秣陵陳大來書〔六〕。

（明萬曆三十年金陵陳氏繼志齋刻本《重校紫釵記》卷首）

【校】

①初，底本作『粗』，據徐朔方箋校《湯顯祖集》卷三三《紫釵記題詞》改。

②霍，底本作『愛』，據徐朔方箋校《湯顯祖集》卷三三《紫釵記題詞》改。

③倅，底本作『猝』，據徐朔方箋校《湯顯祖集》卷三三《紫釵記題詞》改。

④徐朔方箋校《湯顯祖集》卷三三《紫釵記題詞》正文後無題署。《暖紅室彙刻臨川四夢》之三《校正增圖紫釵記》卷首《紫釵記題詞》，末署『萬曆二十三年清遠道人自記於玉茗堂』。

【箋】

〔一〕謝九紫：即謝廷諒。吳拾芝：即吳橡。二人生平見本卷湯顯祖《玉合記序》條箋證。曾粵祥：即曾如海（一五三八—一五九五），字粵祥，臨川（今屬江西）人。萬曆二十年壬辰（一五九二）進士，二十二年（一五九四）官福建同安知縣，次年卒於官。著有《文昌集》、《朱華彩筆集》。傳見同治《臨川縣志》卷四三、民國《同安縣志》卷三五等。

〔二〕帥惟審：即帥機（一五三七—一五九五），字惟審，號謙齋，臨川（今屬江西）人。嘉靖三十一年壬子（一五五二）舉人，隆慶二年戊辰（一五六八）進士，任汝寧府學教授。官至南京刑部郎中。著有《陽秋館集》。傳見王兆雲輯《皇明詞林人物考》卷一一、曹溶（？）輯《明人小傳》、同治《臨川縣志》卷四三等。

〔三〕姜耀先：即姜鴻緒，字耀先，學者稱鯤溟先生，臨川（今屬江西）人。與帥機、湯顯祖結社里中。巡撫夏良心疏薦於朝，下禮部，以明經出身，辭不受。參修《萬曆河渠志》、《三吳水利考》、《長橋志》等，著《大學古義》、《中庸抉微》、《莫釣蘭言》、《赬霞館石樓洞稿》等。傳見同治《臨川縣志》卷四三。

〔四〕乙未：萬曆二十三年（一五九五）。徐朔方箋校《湯顯祖集》卷三三《紫釵記題詞》『箋』云：『按帥機卒於萬曆二十三年七月（據《陽秋館集・惟審先生書履歷》）；粵祥，曾如海字，萬曆二十年中進士，二十二年任福建同安知縣，次年卒（據《泉州府志・名宦傳》）；九紫，謝廷諒號，舉二十三年進士，官南京刑部（據《明史》卷二三三傳）：知《題詞》作於萬曆二十三年三月至七月間。』（頁一〇九七—一〇九八）按《題詞》既署『乙未春』，則當作於三月至四月間。

〔五〕壬寅：萬曆三十年（一六〇二）。

〔六〕陳大來：即陳邦泰。

紫釵記總評

闕　名〔一〕

一部《紫釵》，都無關目。實實填詞，呆呆度曲，有何波瀾？有何趣味？臨川判《紫簫》云：『此案頭之書，非臺上之曲。』余謂《紫釵》，猶然案頭之書也，可爲臺上之曲乎？

傳奇自有曲、白、介、諢。《紫釵》止有曲耳，白殊可厭也。諢間有之，不能開人笑口。若所謂介，作者尚未夢見在。可恨！可恨！

凡樂府家，詞是肉，介是筋骨，白、諢是顔色。如《紫釵》者，第有肉耳，如何轉動？卻不是一塊肉尸而何？此詞家所大忌也，不意臨川乃亦犯此。

元之大家，必胷中先具一大結構，玲玲瓏瓏，變變化化，然後下筆，方得一齣變幻一齣，令觀者不可端倪，乃爲作手。今《紫釵》亦有此乎？

或曰：『子謂《紫釵》有曲、白而無介、諢，大非元人妙技。向嘗見董解元《西廂》，亦有曲白而無介諢者也，此又何說？』曰：『臨川序中，已言之矣，是「案頭之書，非臺上之曲」也。雖然，亦不可概論。如董解元《西廂》，姿態横生，風情迭出。試檢《紫釵》，亦復有此否？不過詩詞富麗，俗眼遂爲其所瞞耳。曾讀過江曲子，知辨臨川與董解元天淵處也。』

（《古本戲曲叢刊初集》影印明末柳浪館

【箋】

〔一〕袁宏道有别墅名柳浪館，故或以此文爲袁宏道撰。如沈際飛《獨深居點次牡丹亭還魂記》卷首《集諸家評語》引『一部《紫釵》，都無關目』云云，即作『袁中郎曰』。鄭振鐸《西諦書跋》中《柳浪館批評玉茗堂還魂記二卷》條，認爲是袁于令撰。日本神田喜一郎《鬯盦藏曲志》，則以爲柳浪館是鍾惺書齋名，見黄仕忠《日藏中國古典戲曲文獻綜録》頁一二六引。鄭志良《袁于令與柳浪館評點『臨川四夢』》（《文獻》二〇〇七年第三期），引《薛寀詩文稿》中《再題袁鳧公評點牡丹亭》一文，考證柳浪館主爲袁于令的托名，可爲定讞。袁于令（一五九二—一六七二），字令昭，號籜庵、鳧公等，生平詳見本書卷五《西樓記》條解題。

題紫釵記

闕　名〔一〕

《紫釵》之能，在筆不在舌，在實不在虛，在渾成不在變化。以筆爲舌，以實爲虛，以渾成爲變化，非臨川之不欲與於斯也。而《紫釵》則否。小玉愚，李郎怯，薛家姬勤，黄衫人敢，盧太尉莽，崔、韋二子忠，筆筆實，筆筆渾成，難言其乖於大雅也。惟詠物評花，傷景譬色，穠縟曼衍，皆《花間》、《蘭畹》之餘，碧簫紅牙之拍。自古閲今，不必癡於小玉，才於李郎，婉於薛姬，而皆可有其端委，有其托喻。此《紫釵記》所以止有筆、有實、有渾成耳也。臨川自題曰：『案頭之書，非臺上之曲。』案頭書與臺上曲果二？〔以下闕半頁〕

（明崇禎九年吴郡沈氏刻《獨深居點定玉茗堂集》所收《紫釵記》卷首）

【箋】

〔一〕此文當爲沈際飛撰。

紫釵記序

闕　名

臨川才子作詞曲繁多，志於風月場中之人，詎有不調音律、不諧歌聲者乎？臧子以荊棘之才，寡陋之學，何故擅改舊説而增臆論，令本來之面目俱泯？天下後世，將視臨川爲何如人？又將置臨川於何地？嗚呼！臧子非知音者也，附和時流而已。讀此曲者能不悵然抱歉者，吾不識其中懷矣。使有原本在，則人何有花殘月缺之慨也哉！臧子、臧子，其亦何心之忍乎？後世效張三祭掃，必自臧子始。

（明末刻《玉茗堂四種傳奇》所收本《紫釵記》卷首）

附　紫釵記跋〔一〕

劉世珩

《紫釵記》，本名《紫簫》，搬演《霍小玉傳》。舊傳臨川作酒、色、財、氣四記①，當時以語涉諷刺，幾罹於禍。故作此以揜之，廑存半本而罷，其後乃足成之。以記中有紫玉釵，更名《紫釵》，梓之，明無所與於時也。

會稽陳浦雲（棟）論曲云〔一二〕：『《燕子箋》盛行一時，品其高下，尚不能並玉茗少作之《紫簫》。』今觀此記，刻意琱琢，備極穠麗，奇彩騰躍，謂是少作，當無疑誼。玉茗填詞，皆滿心而發，肆口而成，不屑斷斷緦律，多强譜以就詞。沈詞隱貽書規之，玉茗听然笑曰：『余意所至，不妨拗折天下人嗓子。』不朽之業，當日蚤已自定。是曲驚才絕豔，壓倒元人，言南曲者，奉爲圭臬。文章之工，詎必繩趨尺步耶？

惜原刻本不可得。臧晉叔刻本改削泰半，往往點金成鐵。如《佳期議允》折【三學士】曲首句，玉茗原文云『是俺不合向天街倚暮花』，正得元人渾脱之意；晉叔改爲『這是我不合向天街事遊要』，强緦格調，自謂勝玉茗，而於文字，竟全無生動之氣。抑知元文之妙，政可解不可解，如此改法，豈非黑漆斷紋琴乎？葉懷庭譏其爲『孟浪漢』，文律、曲律，皆非所知，不知薶沒元人幾許佳曲，大氐面目全非，此《紫釵記》爲尤甚耳。

近世流傳，唯毛子晉集《六十種曲》所刻本，尚非難致。且子晉時去玉茗未遠，其本或佳。而張鴻卿（雲逵）舊藏之竹林堂本，頗有遠勝毛刻者。今據兩本曲詞證之，以葉懷庭譜，復取各本，比勘釐定，加以圈點。間采臧本賓白、畫圖、批語，標明『吳興臧晉叔評』。剖析同異，舍短用長，因文審曲，不以曲害文，俾音律罔盭齒髮，舉三百數十年之枝梧蔽翳，一掃而空之，玉茗可作，庶勉附於知音之末矣乎？

吾友吳瞿盦(梅)跋臧刻《紫釵記》有云：『玉茗宫調舛誤，音韻乖方，不知凡幾。《牡丹》、《邯鄲》、《南柯》，有鈕、雷諸子爲之訂譜，而未能盡善。晉叔取四種而盡酌之，則案頭、場上，皆稱便利。唯喜揜人美，不無小疵，究其所詣，亦足並轡玉茗。』此持平之論也。夫以瑕能揜瑜，不惜磨瑜以去瑕，是則臧氏之失，非余所敢徇也。臧則精擘宫律，不失其爲可傳。唯其可傳，爲能湮沒前人之本，眞使後人不復考，而余之校訂此本，愈不容已焉。僅以完清暉公案，傳『四夢』佳刻云爾。

宣統甲寅穀雨節，梅溪釣徒劉世珩識於楚園。

【校】

①記，底本作『犯』，據文義改。

【箋】

〔一〕底本無題名。版心題『跋』。

〔二〕陳浦雲：即陳棟（一七六四—一八〇二），字浦雲，會稽（今浙江紹興）人。清諸生，屢試不第，遊幕汴中，賫志以歿。工詩詞。著有《北涇草堂集》。傳見馮金伯《墨香居畫識》卷八。撰雜劇《維揚夢》、《苧蘿夢》、《紫姑神》三種，《清代雜劇全目》著錄，現存道光三年（一八二三）劍南室校刻《北涇草堂外集》本（《清人雜劇二集》據以影印）。

附　紫釵記跋

吳　梅

『四夢』中惟①《紫釵》最爲難勘，以玉茗當時無搬演之人。直至我朝乾隆中，葉懷庭始爲正訂。今世歌者止唱『折柳楊關』一折，而專論此劇者，曾不一覯。今楚園先生重刻此曲，全書體制一遵汲古、竹林兩本，分配角色，則從臧本，萃集衆長，成此精刻。余復效鈕少雅《格正還魂記》例，援據《大成宫譜》，爲之分别正襯，考訂曲牌。又舉毛本、葉譜，依律互勘，句梳字櫛，多所證明。讎校既竟，用述厓略。

第二折韋、崔二人登場，原本未通名氏，今於【賀聖朝】下各述己名，庶清眉目。第四折【祝英臺】第四支云『知麽俺爲你高情是處閒停踏』，按换頭格律，尚脱一句，今作『知麽我也曾爲你高情是處閒停踏』。第十三折【醉翁子】云『怕寒宫桂影高』，誤填六字句，今作『怕蟾宫桂晚』。第十九折【山花子】云『倚空同長劍天山外』，失協一韻，今作『天外山』。第四十七折【下山虎】云：『覻不上青苔面』，下文脱四字一句，今作『覻不上青苔面，要他枉然』，始各合體格。此概依臧本者也。

又第四折【祝英臺】第四支後白文『資質穠豔』，誤作『資糧』。第二十一折【滴溜子】云：『人中選出神仙』，『選』誤作『遠』。第二十三折【畫眉序】第三支云：『翠翹花勝』，『勝』誤作『滕』。第三十折【滚繡毬】下脱漏【倘秀才】一曲，及科白數語。第五十一折【高陽臺序】第四支云：『趁靈心袖籠輕翦，翦下斷紅輕送』，誤移『翦』字於『送』下。第五十三折【一撮棹】云：『鞋兒夢酒家錢』，『錢』誤作『釵』；『儘人間諸眷屬』，『諸』誤作『諧』。今一一釐正，此概依毛本者也。

又如第六折【雁過江】原作【江兒水】，第七折【三鳥集高林】原作【啄木公子】之類，凡今刻曲牌，與原本不同者，皆若士捩嗓處，懷庭改作集曲，大有見地。至辭句脱譌處，並經其補綴者，亦復不少。如第七折【三鳥集高林】云：『瓊枝透紫』，原作『透紫瓊枝』；第三十一折【錦衣香】云：『和你同上飛樓』，原脱『和你同上』四字之類，凡今刻文句，較原本增多一二字，或移易上下者，皆玉茗舛律處，亦爲懷庭所補正。此又概依葉譜者也。

間亦有鄙意是正者。如第十六折【月上海棠】云『三寸蓮』，原作『蓮三寸』，是失韻，且不諧平仄矣。第十八折【長拍】云：『吉日又良辰，醉你箇狀元紅酒浪桃生暈』，二語律以句法，一應五字，一應九字，而以一字領頭，今於『日』下加『又』字，『紅』下加『酒』字，則句讀合矣。又『臨上馬御酒三杯，喧盡滿六街塵，香風細妒煞遊人』三句，諸刻皆以『喧』字置『盡』字下，緊接下文，遂成『喧滿六街塵』句，而與【長拍】格律大相刺謬。今爲改正，則『滿六街塵，香風細妒煞遊人』云云，案諸板式，不爽分寸矣。他若曲詞有不合式者，概爲悉心校補，以期盡善。又記中諸賺曲，率與本宮不符，則不敢强分正贈。

閲三月之久，乃得卒業，心之所嗜，並自忘其譾陋焉。猶憶十七八歲時，輒喜度曲，歌『渭水陽關』之句，心折其藻繢之工，而又與《曇花》、《玉玦》以餖飣爲能者迥異。今得致師摩壘，盡心力於其間，哀樂中年，正賴絲竹陶寫，是楚園之貺我者多也。因書其顛末如此。

乙卯孟冬〔二〕，長洲吳梅校畢並識。

（以上均民國間貴池劉氏刻《暖紅室彙刻臨川四夢》之三《校正增圖紫釵記》卷）

【校】

①惟，底本作『爲』，據文義改。

【箋】

〔一〕乙卯：民國四年（一九一五）。

附　紫釵記跋〔一〕

吴　梅

《紫釵》原名《紫簫》。相傳臨川欲作酒、色、財、氣四劇，《紫簫》，色也，暗刺時相。詞未成而訛言四起，然實未成書。因將草稿刊佈，明無所與於時，事遂得解。此記即將《紫簫》原稿改易，臨川官南都時所作。通本據唐人《霍小玉傳》，而詞藻精警，遠出《香囊》、《玉玦》之上。『四夢』中以此爲最豔矣。余嘗謂：工詞者或不能本色，工白描者或不能作豔詞。惟此記穠麗處，實合玉谿詩、夢窗詞爲一手；疏雋處，又似貫酸齋、喬孟符諸公。或云刻畫太露，要非知言。蓋小玉事非趙五娘、錢玉蓮可比，若如《琵琶》、《荊釵》筆法，亦有何風趣？惟記中舛律處頗多，緣臨川當時，尚無南北宫譜，所據以填詞者，僅《太和正音譜》、《雍熙樂府》、《詞林摘豔》諸種而已。不得以後人之律，輕議前人之詞也。且自乾隆間葉譜出世後，《紫釵》已盛行一時，其不合譜處改作集曲者，十有六七。其聲别有幽逸爽朗處，非尋常洞簫玉笛可比。然則謂此詞不合律者，僅皮相之評耳。試讀臧晉叔删改本，律則合矣，其詞何如？

霜崖。

（民國十九年上海商務印書館排印本吳梅《曲選》卷二《紫釵記》卷末）

【箋】

〔一〕底本無題名。

臧改本紫釵記題識〔一〕

吳梅

臨川《紫釵》，穠麗已極，而宫調、音均，時多乖舛。要其才大，不屑拘拘繩尺，所謂『不顧捩盡天下人嗓子也』。懋循斟酌之，線索脈絡，較有端倪。葉懷庭譏其爲『孟浪漢』，未免太過。

辛亥十二月〔二〕，長洲吳梅識。

（中國國家圖書館藏明萬曆四十六年臧懋循雕蟲館刻本《紫釵記》外封墨書〔三〕）

【箋】

〔一〕底本無題名。

〔二〕辛亥：宣統三年（一九一一）。

〔三〕此文又見《吳梅全集·理論卷》，題爲《紫釵記跋》（頁八四九）。

附　紫釵記傳奇序

許之衡

玉茗之曲，文采絕豔，惟多病不合律。《紫釵》一記，詞勝《牡丹》，而劇場難演者，苦其律度乖舛故也。向聞明吳興臧氏有改本，久未得見，今始獲之。原本五十三齣，改本刪爲三十六齣，其中不合律者固刪去不少，卽文律並美，如《隴吟》、《七夕》等折，亦徑刪去，可謂卓識，蓋臧氏純爲搬演計故也。統觀所改，妙合曲律排場，而事蹟亦絕不脫漏。刪去支蔓，益增妍美。至其文詞，亦有勝過原本之處，比勘自知。蓋晉叔浸淫元曲至久，故深得曲中三昧，不徒以熟於排演見長。使玉茗當日得見之，必當俯首以謝，不同答沈寧庵，有『彼烏知曲意』之語也已。

壬戌十二月〔一〕，許飮流記〔二〕。

（《綏中吳氏藏鈔本稿本戲曲叢刊》第四冊民國間飮流齋鈔本《紫釵記》卷首）

【箋】

〔一〕壬戌：民國十一年。是年十二月，公元已入一九二三年。

〔二〕題署之後有陽文長方章：『飮流』。

牡丹亭（湯顯祖）

《牡丹亭》傳奇，一名《還魂記》、《牡丹亭還魂記》，呂天成《曲品》著録。現存版本除「四夢」合刻本外，明清單行之本甚夥，參見〔日〕根山ケ徹《明清戲曲史論敘説——湯顯祖牡丹亭研究》第六章《〈牡丹亭還魂記〉版本試探》（東京：創文社，二〇〇一）、郭英德《〈牡丹亭〉現存版本敘録》（《戲曲研究》第七一輯，文化藝術出版社，二〇〇六）。

牡丹亭還魂記題辭〔一〕

湯顯祖

天下女子有情，寧有如杜麗娘者乎？夢其人卽病，病卽彌連，至手畫形容傳於世而後死。死三年矣，復能溟莫中求得其所夢者而生。如麗娘者，乃可謂之有情人耳。情不知所起，一往而深，生者可以死，死可以生。生而不可與死，死而不可復生者，皆非情之至也。夢中之情，何必非眞。天下豈少夢中之人耶？必因薦枕而成親，待挂冠而爲密者，皆形骸之論也。

傳杜太守事者，仿佛晉武都守李仲文、廣州守馮孝將兒女事，予稍爲更而演之。至於杜守收考柳生，亦如漢睢陽王收考談生也。

嗟夫！人世之事，非人世所可盡。自非通人，恆以理相格耳。第云理之所必無，安知情之所必有耶？

萬曆戊戌秋〔二〕，清遠道人題。

【箋】

〔一〕《古本戲曲叢刊初集》影印明泰昌間吳興閔氏刻朱墨套印本卷首有此文，題《牡丹亭題詞》。

〔二〕萬曆戊戌：萬曆二十六年（一五九八）。按，萬曆間刻本、萬曆間七峯草堂刻本、萬曆間朱氏玉海堂刻本、萬曆間槐堂九我堂刻本、泰昌間閔氏朱墨印本、明末懷德堂刻本等，所署皆同。唯臧懋循雕蟲館刻本《玉茗新詞四種》所收《牡丹亭》卷首《牡丹亭題詞》，末署『萬曆戊子秋清遠道人題』。戊子即萬曆十六年（一五八八），疑爲『戊戌』之訛。清代三婦合評本、清怡府本及暖紅室刻本等，亦沿此訛。參見黄仕忠《『玉茗堂四夢』各劇題詞的寫作時間考》（《文學遺産》二〇一一年第五期）。

書牡丹亭還魂記

石林居士〔一〕

嘗讀《臨川樂府》，半出之夢，《還魂》則尤夢之幻者矣。非緣情結夢，翻緣夢生情，卒至生而死，死而生，以極其夢之變。嗚呼！夢固如是哉？非也。既已夢矣，何適而不可。鹿可矣，蝶可矣，即優游蟻穴亦無不可矣，而況同類中人？雖然，此猶執著之論也。我輩情深，何必有，何必無哉？聊借筆花，以寫若士胷中情語耳。而腐儒不解，且以爲迂。嗟乎！叩盤而求日之聲，捫籥而索日之形，癡人說夢，大率類此。

萬曆丁巳季夏，石林居士書於銷夏軒。

（以上均明萬曆四十五年丁巳石林居士序刻本《牡丹亭還魂記》卷首）

【箋】

〔一〕石林居士：姓名、籍里、生平均未詳。

批點牡丹亭記序

茅元儀〔一〕

《玉茗堂樂府》〔二〕，臨川湯若士所著也。中有《牡丹亭記》，乃合李仲文、馮孝將兒，睢陽王、談生事，而附會之者也。其播詞也，鏗鏘足以應節，詭麗足以應情，幻特足以應態。自可以變詞人抑揚俯仰之常局，而冥符於創源命派之手。

雉城臧晉叔，以其爲案頭之書，而非場中之劇，乃删其采，剉其鋒，使其合於庸工俗耳。讀其言，苦其事怪而詞平，詞怪而調平，調怪而音節平，於作者之意漫滅殆盡，並求其如世之詞人俯仰抑揚之常局而不及。余嘗與面質之，晉叔心未下也。

夫晉叔豈好平乎哉？以爲不如此，則不合於世也。合於世者必信乎世，如必人之信而後可，則其事之生而死、死而生，死者無端，死而生者更無端，安能必其世之盡信也？今其事出於才士之口，似可以不必信。然極天下之怪者，皆平也。臨川有言：『第云理之所必無，安知情之所必有耶？』我以不特此也，凡意之所可至，必事之所已至也，則死生變幻，不足以言其怪。而詞人之音響慧致，反必欲求其平，無謂也。

家季爲校其原本〔三〕，評而播之，庶幾知其節、知其情、知其態者哉！ 然亦必知其節、知其情、知其態者，而後可與言矣。

前溪茅元儀題。

【箋】

〔一〕茅元儀（一五九四—一六四〇）： 字止生，號石民，別署東海書生、東海波臣、夢閣主人、半石址山公，歸安（今屬浙江湖州）人。 茅坤（一五一二—一六〇一）孫，茅國縉（一五五五—一六〇七）子，茅維（一五七五—約一六七〇）姪。 明萬曆間任兵部右侍郎楊鎬（？ —一六二九）幕僚，經略遼東。 天啓元年（一六二一），授副將。 兵部尚書孫承宗（一五六三—一六三八）督師，爲幕僚。 崇禎二年（一六二九），授副總兵，尋獲罪下獄，憂憤國事，縱酒而逝。 著有《武備志》、《督師紀略》、《復遼砭語》、《石民四十集》、《石民未出集》、《暇老齋雜記》、《野航史話》、《石民賞心集》、《諭水集》、《江村集》、《横塘集》等。 傳見錢謙益《列朝詩集小傳》丁集下、光緒《歸安縣志》卷三六等。

〔二〕《玉茗堂樂府》： 可能指吴敬輯刻本，參見本卷前録吴之鯨《玉茗堂樂府總序》條。 然則此本在泰昌間仍然流行。

〔三〕家季： 指茅暎，字遠士，號清若，歸安（今屬浙江湖州）人。 茅元儀弟。 著有《唾香集》，評點《詞的》等。 現存明泰昌元年朱墨套印本《牡丹亭記》，爲其評點、校刻本。

題牡丹亭記

茅暎

說者曰：《詩三百篇》變而爲樂府，樂府變而爲詞，詞又變而爲曲，逮至曲而詩亡矣。不知詩之亡也，亦音不叶律，辭不該洽，情不極至，而徒爲嘽緩靡曼之響耳。

余幼讀季札之觀樂，子野之覘楚，與夫開皇、大業《房中》、《清夜》諸曲，識者每於此窺治忽，心竊領之。繼而進秦七，揖柳郎，而登清照，心又竊豔之。因彙《金荃》、《蘭畹》諸集，遴較諸名家合作，爲《詞的》一刻。爰考九宮十三調，以旁及於曲，使曲不掩詞，詞不掩樂府，去《三百篇》又豈遠也？

但南音北調，不啻充棟，而獨有取於《牡丹亭》一記，何耶？吾以家弦而戶習，聲遏行雲，響流淇水者，往哲已具論。第曰傳奇者，事不奇幻不傳，辭不奇豔不傳。其間情之所在，自有而無，自無而有，不魂奇愕眙者亦不傳，而斯記有焉。夢而死也，能雪有情之涕；死而生也，頓破沉痛之顏。雅麗幽豔，燦如霞之披而花之旖旎矣。

論者乃以其生不踏吳門，學未窺音律，局故鄉之聞見，按無節之絃歌，幾爲元人所笑（一），不大難爲作者乎？大都有音即有律，律者，法也，必合四聲，中七始而法始盡；有志則有辭，曲者，志也，必藻繪如生，顰笑悲涕而曲始工。二者固合則並美，離則兩傷。但以其稍不諧叶而遂訾之，是以折腰齲齒者攻於音，則謂夷光、南威不足妍也，吾弗信矣。試考元以曲取士，猶分十二科，豈非兼才難而作者之精神難昧乎？

余於帖括之暇，間爲數則，附之《唾香集》後，並刻茲記。非敢謂咀宮嚼徵，以分臨川前席；酒後耳熟，聊與知者行歌拾穗，以自快適耳。

青苕茅暎遠士纂。

【箋】

〔一〕此說見本卷前錄臧懋循《玉茗堂傳奇引》（《負苞堂文選》卷三）。

（牡丹亭記）凡例

闕　名〔一〕

一、南曲向多宗匠，無論新聲。第事涉玄幻，語臻葩雅，恐《牡丹亭》一記，不唯遠軼時流，亦當並轡往哲。昔賢既已嘔心，今世何無具眼？因特梓之，與有情人相爲拈賞。

一、曲每以儐白輳調，舊本混刻，不唯昧作者苦心，亦大失詞家正脈。今悉依寧庵先生《九宮譜》訂正。

一、臧晉叔先生刪削原本，以便登場，未免有截鶴續鳧之嘆。欲備案頭完璧，用存玉茗全編。此亦臨川本意，非僕臆見也，臨川尺牘自可考。

一、晉叔評語，當者亦多，故不敢一概抹殺，以瞑前輩風流。僕不足爲臨川知己，亦庶幾晉叔功臣。

（以上均《古本戲曲叢刊初集》影印明泰昌元年朱墨套印本《牡丹亭還魂記》卷首）

【箋】

〔一〕此文當爲茅暎撰。

批點玉茗堂牡丹亭詞敍〔一〕

王思任

火可畫，風不可描；冰可鏤，空不可斡。蓋神君氣母，別有追似之手，庸工不與耳。古今高才，莫高於《易》。《易》者，象也；象也者，像也。其次則五經遞廣之。此外能言其所像，人亦不多，左丘明、宋玉、蒙莊、司馬子長、陶淵明、老杜、大蘇、羅貫中、王實甫，我明王元美、徐文長、湯若士而已。

若士時文既絕，古文詞、詩歌、尺牘，玄貴浩鮮，妙處夥頤。然稟胎江右，開乳六朝，赬糟粉肉，響屧板袍之意，時或有之。至其傳奇靈洞，散活尖酸，史因子用，元以古行，筆筆風來，層層空到。卽若士自謂一生『四夢』，得意處惟在《牡丹》。情深一敍，讀未三行，人已魂銷肌栗。而安頓齣字，亦自確妙不易。其款置數人，笑者眞笑，笑卽有聲；啼者眞啼，啼卽有淚；嘆者眞嘆，嘆卽有氣。杜麗娘之妖也，柳夢梅之癡也，老夫人之軟也，杜安撫之古執也，陳最良之霧也，春香之賊牢也，無不從觔節竅髓以探其七情生動之微也。杜麗娘雋過言鳥，觸似羚羊，月可沈，天可瘦，泉臺可瞑，獠牙判髮可狎而處，而梅、柳二字，一靈咬住，必不肯使劫灰燒失。柳生見鬼見神，痛叫頑紙；滿心滿意，只要插花。老夫人眢是血描，腸鄰斷草，拾得珠還，蔗不陪檗。杜安撫搖頭山屹，强笑河清，一味做官，半言難入。陳教授滿口塾書，一身襶氣，小要便益，大經險怪。春香眨眼即知，錐心必盡，亦文亦史，亦敗亦成。如此等人，皆若士玄空中增減朽塑，而以毫鋒吹氣生活之者也。

然此猶若士之形似也，而其立言神指：《邯鄲》仙也，《南柯》佛也，《紫釵》俠也，《牡丹亭》情也。若士以爲情不可以論理，死不足以盡情。百千情事，一死而止，則情莫有深於阿麗者矣。況其感應相與，得《易》之『咸』；從一而終，得《易》之『恆』。則不第情之深，而又爲情之至正者。今有形一接而即殉夫以死，骨香名永，用表千秋，安在其無知之性，不本於一時之情也？則杜麗娘之情，正所同也，而深所獨也，宜乎若士有取爾也。至其文冶丹融，詞珠露合，古今雅俗，泚筆皆佳，沛公殆天授，非人力乎？若夫綽影布橋，食肉帶刺，冷哨打世，邊鼓撾人，不疼不養處，皆文人空四海，墳五嶽，習氣所在，不足爲若士病也。

往見吾鄉文長批其卷首，曰：『此牛有萬夫之稟。』雖爲妒語，大覺頫心。而若士曾語盧氏李恆嶠云：『《四聲猿》乃詞場飛將，輒爲之唱演數通，安得生致文長，自拔其舌！』其相引重如此。予不知音律，第粗以文義測之，雖不能爲周公瑾，而猶不至如馬子侯。僭加評校，以復兩張新湯之請〔二〕，便卽交付一語。若士見改竄《牡丹》詞者，失笑一絶：『醉漢瓊筵風味殊，通仙鐵笛海雲孤。總饒割就時人景，卻愧王維舊雪圖。』持此作偈，乞韋馱尊者，永鎮此亭，天下之寶，當爲天下護之也。

天啓癸亥陽生前六日，謔庵居士王思任題於清暉閣中。

陳仲醇曰〔三〕：湯太常詞得王比部一敍，遂覺物必有對，色上起色，影中幻影，珠裳玉巘之前，卻綴一行吉光繡襮也。

米仲詔曰〔四〕：提酥合塔之手，卽義仍亦以此事推季重，便謂莊子注郭象，應早首肯矣。

【箋】

〔一〕清初竹林堂輯刻《玉茗堂四種曲》所收張氏著壇藏板《玉茗堂還魂記》卷首有此文。

〔二〕兩張：指張弢、張弘兄弟。詳見本卷後錄張弢《牡丹亭跋》條箋證。

〔三〕陳仲醇：卽陳繼儒（一五五八—一六三九）。

〔四〕米仲詔：卽米萬鍾（一五七〇—一六三〇），字仲詔，一字子愿，號友石、湛園，別署文石居士、勺海亭長、海淀漁長、研山山長、石隱居士，安化（今甘肅慶陽）人，徙居宛平（今北京）。萬曆二十二年甲午（一五九四）舉人，次年進士，授永寧知縣。歷任江西按察使、太仆寺少卿。天啓五年（一六二五），魏忠賢黨倪文煥劾之，遂削籍。崇禎三年（一六三〇），起太僕少卿，管光祿寺寺丞，卒於官。善書畫，與董其昌（一五五五—一六三六）齊名，時稱『南董北米』。著有《澄澹堂文集》、《澄澹堂詩集》、《易義》、《兵鈐》、《石史》、《象緯兵鈐》、《琴史》、《弈史》等。傳見倪元璐《鴻寶應本》卷八《墓志》、《畿輔人物志》卷一四、康熙《宛平縣志》、《式古堂朱墨書畫史》、《明史》卷二八八等。

王季重批點牡丹亭題詞

陳繼儒

吾朝楊用修，長於論詞而不嫺於造曲。徐文長《四聲猿》，能排突元人，長於北而又不長於南。獨湯臨川最稱當行本色，以《花間》、《蘭畹》之餘彩，創爲《牡丹亭》，則翻空轉換極矣。一經王山陰批評，撥動髑髏之根塵，提出傀儡之啼哭。關漢卿、高則誠，曾遇如此知音否？

張新建相國嘗語湯臨川云〔一〕：『以君之辯才，握麈而登皋比，何渠出濂、洛、關、閩下？而逗漏於碧簫紅牙隊間，將無爲青青子衿所笑？』臨川曰：『某與吾師終日共講學，而人不解也。師講性，某講情。』張公無以應。

夫《乾》、《坤》首載乎《易》，《鄭》、《衛》不刪於《詩》，非情也乎哉？不若臨川老人，括男女之思，而托之於夢。夢覺索夢，夢不可得，則至人與愚人同矣；情覺索情，情不可得，則太上與吾輩同矣。化夢還覺，化情歸性，雖善談名理者，其孰能與於斯？張長公、次公曰：『善。不作此觀，大丈夫七尺腰領，畢竟罨殺五欲甕中。臨川有靈，未免叫屈。』

白石山倉道人陳繼儒題。

謔庵曰：湍悍香致之文。

（以上均明天啓四年跋會稽張氏著壇刻本《清暉閣批點玉茗堂還魂記》卷首）

【箋】

〔一〕張新建：即張位（一五三八—一六〇五），字明成，號洪陽，新建（今屬江西）人。隆慶二年戊辰（一五六八）進士，官至禮部尚書、文淵閣大學士，加封太子太保。謚文瑞。著有《問奇集》、《詞林典故》、《警心類編》、《周易參同契注解》、《悟眞篇注解》、《老子注解》、《閒雲館集鈔》、《叢桂山房彙稿》等。傳見《明史》卷二一九。張位爲湯顯祖座師，《玉茗堂詩》有《奉洪陽師二十韻》，《玉茗堂尺牘》有《壽洪陽張相公》。此段故實始見於此文，殆出於傳聞。明末清初馮夢龍《古今譚概》、朱彝尊《靜志居詩話》、周亮工《書影》、尤侗《西堂雜俎》、朱素臣《秦樓月》傳奇等書廣爲徵引。

牡丹亭跋〔一〕

張弢〔二〕

『魂不可還，夢不可說』，學究正襟而譚如是矣。臨川先生曰：『嘻！學究腐障，毒入文運百餘載。』惟是印梅譜柳，圄情囚理。知死爲盡境，而不知死中有生；知夢爲幻緣，而不知幻中有寔。死腔孔孟，日供生頰，滿眼不還魂之木偶；枵形傀儡，互譸睡魘，一口活說夢之薪丁。求一二慧師，剖混沌酸腐釀餡，出乾坤新鮮手目，提學究焚濡水火，而未之見也。臨川先生曰：『嘻！吾得以麗娘梅根清穴，灑大士柳葉瓊津矣。』

余不敏，偕弟毅孺子〔三〕，塤篪此傳，若有獲臨川之心者。乃質我遂東師曰〔四〕：『趣麗娘夢殉花姻，超臂髮斷剖之肉緣；駃柳子病聯鬼帨，消彩卺請納之繪場。杜老宦僻，陳生館饞，活葬女徒一篇雎鳩君子；夫人性棉，春香嘴棘，生獄瑤珠數句亭臺花史。不勝學究登壇，講四戒箕箒，六禮頭巾。父母桎梏姻盟，夫妻飯茶恩愛耶？而未也。陰陽溷胎之道姑，《千字文》嘔盡積年鄉塾；硃靛交搽之判主，百花經勘破酖世妖師。溜金雌王，笑筆墨鬚眉不男子；桃枝殿領，享皮肉敲箠是丈夫。此等肝腸，鏤塵雕影；若樣科數，踢井弄天。臨川先生眞有涕腐墳之海淚，斬猴圈之利鋒，脫窠班、馬戲處，靈通眞種翻相，紅鶯夢裏閴藏我念者乎？』

遂東師曰：『臨川爲學究換筋斗山河，小子爲臨川挑肉身燈火。余又爲湯老、張雛下柴胡，透一猛汗，令世間得《牡丹》勝藥，不染學究寒嚕。則作者、繡者，扁盧萬古，余亦勝禮懺三年矣。爰命壽梨，用垂不朽。』

余友王行行，既富情癡，復饒筆戰。袖内驪珠，牀頭祕笈，止有此傳作生死交。余刻成，寄數語曰：『若士衣鉢，喫著不盡；我輩香火，供奉難完。得此，普施萬世，勿誇念佛千聲。世人夢醒，若士亦魂還矣。』余不敢沒同好，因兼志之。嗟乎！傳奇、《法華》，果且有二也歟哉？

天啓甲子花朝日〔五〕，會稽亦寓張弢跋。

張毅孺曰：以傳奇與《法華》同功，令臨川眘舞。大藏《牡丹》，戲場《法華》，看得破，都是這個空也，離不得色。麗娘宿世色種，能闖入，能躍出，便是火宅金蓮。臨川全從空色界中，參成一部傳奇。此跋片語點睛，遂開靈山一笑。

（明天啓四年序會稽張氏著壇刻本《清暉閣批點玉茗堂還魂記》卷末）

【箋】

〔一〕版心題『玉茗堂還魂記跋』。

〔二〕張弢：字亦寓，會稽（今浙江紹興）人。善畫。與弟張弘編時文集《著壇收逸》，參見張岱《瑯嬛文集》卷六《公祭張亦寓文》。

〔三〕毅孺子：即張弘（？—一六六四後），字毅孺，會稽（今浙江紹興）人。張弢弟。工詩，曾入楓社。著有《著壇詩》、《紀年詩》，編輯《明詩存》。張岱（一五九七—一六七九）族弟，交契三十年，稱詩學知己，爲張岱撰《瑯嬛詩集小序》。

〔四〕遂東師：指王思任（一五七五—一六四六）。此處眉批云：『遂師一《敍》，已補《牡丹》合傳，用縮地法；此又爲遂師下一注腳，用轉輪法。』

〔五〕天啓甲子：天啓四年（一六二四）。

清暉閣批評玉茗堂還魂記凡例

張弘〔一〕

一、是刻悉遵玉茗堂原本，間有刪改，非音旁，則標額。雖屬山陰解牛，亦爲臨川存羊。凡時本，或疏於校讎如柳浪館，或謬爲增減如臧吳興、鬱藍生二種，皆臨川之仇也。

一、批不取多，取要；點不取濫，取當。世人耳熟口頌，不辨瑕瑜，輒稱佳妙。不知臨川亦有自露習氣處，如不攻其瑕，將並埋其瑜，即字評字點，總屬缺陷。吾師精於點評，而復嚴於刪改。

臨川有靈，當默饋心血數斗。

一、曲爭尚像，聊以寫場上之色笑，亦坊中射利巧術也。臨川傳奇，原字字有像，不於曲摹像，而徒就像盡曲，人則誠愚。帥惟審曾云：『此案頭之書，非場上之曲。』本壇刻曲不刻像，正不欲人作傳奇觀耳。

一、凡刻書序跋，俱寬行大草，令覽者目眩，縱饒名筆，亦非雅觀。故諸序悉照本內行格。

一、本壇原擬並行『四夢』，迺《牡丹亭》甫就木，而識者已口貴其紙，人人騰沸，因以此本先行。海內同調須善藏此本，俟三夢告竣，彙成一集。佳刻不再，珍重，珍重！

一、校書如拂几塵，如埽落葉。是曲校過付鈔，鈔後復校，校過付刻，刻後復校，時則經年，勞非一手。其間魯魚帝虎之類，蒐核殆盡，庶不負玉茗堂苦心、清暉閣慧眼。區區後學，亦不失爲兩先生功臣也。

一、翻刻乃賈人俗子事，大足痛恨。遠至之客，或利其價之稍減，而不知其紙板殘缺，字畫模糊，批點遺失。本壇獨不禁翻刻，惟買者各認原板，則翻者不究自息矣。

著壇主人張弘毅孺父謹識。

（清初竹林堂輯刻《玉茗堂四種曲》所收著壇藏板《玉茗堂還魂記》卷首〔二〕）

【箋】

〔一〕張弘（？—一六六四後）：生平詳見本卷張弢《牡丹亭跋》條箋證。

〔二〕此文又見清乾隆五十年（一七八五）冰絲館增圖重梓本《玉茗堂還魂記》卷首。

牡丹亭題詞

沈際飛

數百載以下筆墨，摹數百載以上之人之事，不必有，而有則必然之景之情，而能令信疑、疑信，生死、死生，環解錐畫。後數百載而下，猶恍惚有所謂懷女、思士、陳人、迂叟，從楮間眉眼生動。此非臨川不擅也。

臨川作《牡丹亭》詞，非詞也，畫也，不丹青而丹青不能繪也；非畫也，眞也，不啼笑而啼笑即有聲也。以爲追琢唐音乎？鞭箠宋調乎？抽翻元劇乎？當其意得，一往追之，快意而止，非唐，非宋，非元也。柳生騃絕，杜女妖絕，杜翁方絕，陳老迂絕，甄母愁絕，春香韻絕；石姑之妥，老駝之勤，小癩之密，使君之識，牝賊之機，非臨川飛神吹氣爲之，而其人遁矣。

若乃眞中覓假，呆處藏黠，繹其指歸，□則柳生未嘗癡也，陳老未嘗腐也，杜翁未嘗忍也，杜女未嘗怪也。理於此確，道於此玄，爲臨川下一轉語。

震峯沈際飛書於獨深居。

（明崇禎九年吴郡沈氏刻《獨深居點定玉茗堂集》所收《牡丹亭記》卷首）

牡丹亭序

徐日曦〔一〕

玉茗先生初以言事出爲平昌令，風流佚宕，人共傳説，足供胡盧者亦復不少。余幼知景慕，曾獲其《紫簫》半劇，日夕把玩，不啻吉光之羽。迨『四夢』成，而先生之奇傾儲以出，道妙宗風。祇自抒其所得，匪與世人爭妍月露，比叶宫商也。

《牡丹亭記》膾炙人口，傳情寫照，政在阿堵中。然詞致奥博，衆鮮得解，剪裁失度，或乖作者之意。余稍爲點次，以畀童子。海虞子晉兄見而悦之〔二〕，欲付剞劂。此登場之曲，非案頭之書，鳧短鶴長，各有攸當。如謂剽割文離，强作解事，余固先生之罪人也。

碩園居士徐日曦。

（《六十種曲》初印本零種《碩園删定牡丹亭》卷首〔三〕）

【箋】

〔一〕徐日曦（？—一六三〇後）：原名日炅，字瞻明，號碩園，一號碩庵，別署碩園居士，西安（今浙江衢州）人。萬曆三十四年丙午（一六〇六）舉人，天啓二年壬戌（一六二二）進士，授廬州府推官。以不附魏忠賢，削籍歸。崇禎間，起松江府推官，卒於官。毛晉（一五九九—一六五九）之友。著有《爛柯山志》。傳見乾隆《敕修浙江通志》卷一七〇、嘉慶《西安縣志》卷三一、民國《衢縣志》卷二二等。

〔二〕海虞子晉兄：即毛晉（一五九九—一六五九），字子晉，常熟（今屬江蘇）人。生平詳見本書卷十一《六十種曲》條解題。

〔三〕此本爲吳曉鈴所藏，見其《從『呂碩園訂』的〈牡丹亭〉談到考證工作》（《吳曉鈴集》第五卷）。未見。此文又見徐扶明《牡丹亭研究資料考釋》（頁五九—六〇）。

明刻臧晉叔改訂湯若士還魂記題識〔一〕

葉德輝〔二〕

明刻臧晉叔改訂湯若士《還魂記》二卷，校玉茗堂原刻刪並，存三十五折，皆於上欄標明。蓋當時此曲盛行，伶人苦其繁，而晉叔改並者也。晉叔刻有《元人百種曲》，改北曲爲南曲，頗爲識者所譏①。茲則本以南曲改之，尚能得其精要。前有萬曆戊子清遠道人序，即若士別號。敍文似於『四夢』中先刻此一種。

臧訂於《虜諜》等折，早已刪之，不待乾隆時進呈本始然。或謂此折爲金主完顏亮入寇事，有所忌諱。而在前明則無所諱而亦刪之者，蓋此折本爲正腳消停地步，故以閒文間之。凡作曲者，皆有此安排處，刪本不過圖速完局耳。

臧刻《元曲百種》，在萬曆乙卯，後於此二十八年。一生結習，始終其事，金元院本、明人雜曲，賴其一線之傳，不可謂其於此道無功也。偶成絶句十六首，並書於後。

宣統三年辛亥上巳後一日，麗瘻主人葉德輝記。

何處天生杜麗娘，爲雲爲雨事荒唐。憑空造出鴛鴦譜，一闋詞終一斷腸。

人生哪有夢醒時，夢裏成婚卻更奇。拋下生花一枝筆，牡丹亭下血如絲。

不能講性只言情，情到眞時死亦生。此是媧皇補天事，何關名士悦傾城？周亮工《因樹屋書②影》八云：『湯義仍《牡丹亭》劇初出，一前輩勸之曰：「以子之才，何不講學？」義仍曰：「我固未嘗不講也。公所講性，我所講情。」頗見機鋒。』

如此姻緣事果眞，誓心都作夢中人。不須月下尋紅線，只向泥犁一轉輪。

春香亦是女崑崙，尚有紅娘體格存。祇恐春光虛擲去，一心心繫後花園。《西廂記》之紅娘，《還魂記》之春香，《義妖傳》之青兒，忠於所事，余以爲伊尹、周公一流人物，可以托孤寄命者也。

臧生訂譜改宫商，頭白毛生刻木忙。爭似吴山三婦子，深閨夜夜集三唐。《還魂記》刻本極多，余藏玉茗堂原刻四夢傳奇本，毛晉汲古閣刻本、《六十種曲》刻本，清暉閣評點刻本及此本。惟吴儀一③三婦人評本，於每折後集唐詩句，注出人名，較他刻爲有依據。

吴本④曾藏臥雪園，蠅頭蚊腳字如蠶。玉丰脂粉香猶涴，風雨誰招燕燕魂。吴儀一三婦人評點原本，曾藏吾縣袁漱六太守芳瑛臥雪園。書讀破損，爲脂粉污涴。上題『慈淑留覽』四字，似閨中人筆。書中朱墨評點，字細如髮，筆弱如蠶，塗寫盈行，多不可辨。惟集唐詩集句，以朱筆補出人名，極爲清朗。評語無甚精華，故傳刻本多從删削⑤。

明月春風玉女祠，簫聲湖影夢痕知。綠楊城郭清於畫，那有秋墳鬼唱詩？杜、柳事本屬子虛，今揚州郭外有杜麗娘墓，殆好事者抔土爲之。流言不實，傳爲丹青，世間事都如此。

院本流傳入管絃，太平無事日中天。删除《虜諜》消烽燧，已在前明萬曆年。乾隆四十六年進呈本中，删《虜諜》一折，因其有金主完顏亮入寇事。其實臧本早已删之，進呈時何不錄此本？可見當時諸臣知曲者少也。

秀才終是狀元郎，雜曲篇篇總濫觴。看盡《寫眞》成習套，《春燈謎》裏韋家娘。

傳奇心事鬼神通，幻作靈籤語自工。試問同宗湯太守，可尋快壻似乘龍？戴璐《藤陰雜記》五云：『同年湯萼棠，將選知府，求籤得「君是山中萬戶侯，那知騎馬勝騎牛？今朝馬上看山色，始信騎牛得自由」。及選得南，同年餞飲，首演杜寶勸農，正吟此絕。杜乃南⑥安太守也。後終南昌守。』

探花同宴曲江青，腳色人人賜出身。一霎俳優文格變，科名佳話說庚辰。錢泳《履園叢語》二十一云：『乾隆庚辰一榜進士，大半英年。京師好事者以其年貌，分派《牡丹亭》全本腳色，如狀元畢秋帆爲花神，榜眼諸重光爲陳最良，探花王夢樓爲冥判，童梧岡侍郎爲柳夢梅，宋小巖編修爲杜麗娘，曹竹墟尚書爲春香。同年每呼宋爲小姐，曹爲春香，兩公應聲以爲常也。尤奇者，派南康謝中丞啓昆爲石道姑，漢陽蕭侍郎芝爲農夫。見二公者，無不失笑。』

玉茗才高祇曲師，論文尚覺隔藩籬。如何評抹《弇州集》，撼樹蚍蜉不自知。錢謙益《初學集》三十一《湯義仍文集序》云：『義仍官留都，王弇州豔其名，先往造門。義仍不與相見，盡出其評抹《弇州集》，散置几案。弇州信手翻閱，掩卷而去。弇州沒，義仍之名⑦益高，海內訾謷王、李者，無不望走臨川。義仍自守泊如也。』又《列朝詩集》丁集十二云：『若士於王元美文賦，標其用事出處，及增減《漢》、《史》、唐詩字面，流傳白下，使元美見之。元美曰：「湯生標塗吾文，異時當有標塗湯生者。」』余謂此猶元美謙詞。若士擅長在曲，其詩文多不入格，不足供人標塗。余藏其《玉茗堂詩文全集》，可覆按也。

亦有虛名負史才，平生雜纂稿成堆。無繆拉入參軍坐，遲與中男付劫灰。錢謙益《有學集》四十六《跋東都事略》云：『若士翻閱《宋史》，朱墨塗之，如老學究兔園冊子。某傳宜刪，某傳宜補，某人宜合某傳，某某宜附某傳，皆注目錄之下，釐然可觀。若士沒，次子開⑧遠叔寧曰：「此先人未成之書，須手自刊定。」不肯出，識者恨之。今聞舊本在苕上潘昭度家。』又《列朝詩集》云：『義仍次子開遠，好講學。取義仍續成《紫簫記》殘本，及詞曲未行者，悉焚棄之。』王士禛《香祖筆記》十二云：『予最愛湯若士先生絕句：「清遠樓中一覺眠，雨鳩風燕乍晴天。年來愛作團欒語，不見中男在眼前。」不減子由《彭城逍遙堂絕句》也。興觀羣怨，當作於此等求之。』余按，《玉茗堂集》中，如此佳什，正復無多。

如花美眷紅顏老，似水流年白日過。我亦尋春傷歲晚，豔情還比玉谿多。

遺址誰尋玉茗堂？豕圈雞棲半荒涼。惆思舊宅重新日，不見虞山陸上綱。《列朝詩集》云：『義仍所居玉茗堂，文史雜藉，賓朋雜坐，雞塒豕圈，接迹庭戶，蕭閒詠歌，俯仰自得。』王士禛《居易錄》二十四云：『湯若士先生玉茗堂，亂後久毀兵火。門人常熟⑨陸軌次通判撫州，捐俸重新之。落成日，遍召太守以下諸同官，及郡中士夫，大集堂中，令所攜吳伶合樂，演《牡丹亭傳奇》，竟夕而罷。自賦二詩紀事，一時江西傳之，多屬和者。』

（大連圖書館藏明刻本臧懋循改訂《還魂記》卷末〔三〕）

【校】

①譏，底本作『識』，據文義改。

②書，底本無，據書名補。

③一，底本無，三婦人評本評者爲吳儀一，茲補。下同。

④本，底本作『東』，據文義改。

⑤削，底本作『消』，據文義改。

⑥南，底本無，據文義補。

⑦名，底本無，據《初學集》卷三十一補。

⑧開，底本作『聞』，據《有學集》卷四十六改。

⑨熟，底本作『塾』，據《居易錄》卷二十四改。

【箋】

〔一〕底本無題名。

〔二〕葉德輝（一八六四—一九二七）：字奐彬，一作煥彬，號直山、郎園，別署朱亭山民、麗廔主人等。原籍吳縣（今江蘇蘇州），其父遷居長沙，以湘潭（今屬湖南）爲籍。光緒十八年壬辰（一八九二）進士，官吏部主事。尋辭官歸里。精於版本目録之學，著有《書林清話》、《書林餘話》、《觀古堂藏書目録》、《郋園讀書志》等，校勘《元朝祕史》，刻印《觀古堂彙刻書》、《觀古堂所刊書》、《雙楳景闇叢書》、《觀古堂書目叢刻》等。

〔三〕此本未見，據王若《明刻〈還魂記〉葉德輝題記》（《文獻》一九九六年第三期）迻録。

還魂記題序〔一〕

林以寧〔二〕

昔元稹欲亂其表妹而不得，乃作《會眞記》，誣其事。金人董解元、元人王實甫，先後譜曲以傳之。稹此文，正當令中使批頰。而《西廂》所譜之曲，董則聯綴方語，王亦捃摭舊詞，原非有奇文雋味足以益人，徒使古人受誣而俗流惑志，最無當於風雅者也。小慧之人，妄牽禪理，又指爲文章三昧。夫宗門語録，隨處單詞片言，皆可借轉《法華》，而行文闔闢通變之機，發於天地之自然，非藉《巴人》、《下里》，然後可悟其旨趣者也。治世之道，莫大於禮樂；禮樂之用，莫切於傳奇。愚夫愚婦每觀一劇，便謂昔人眞有此事，爲之快意，爲之不平，於是從而效法之。彼都人士，誦讀聖賢感發之神，有所不及。君子爲政，誠欲移風易俗，則必自删正傳奇始矣。若《西廂》者，所當首禁者也。

予持此説已久，顧嘗念曹孟德欲誅一妓，以善歌，留之教他妓，有能爲其歌者，乃殺之。今玉茗《還魂記》，其禪理文訣，遠駕《西廂》之上，而奇文雋味，眞足益人神智。風雅之儔，所當耽玩，此可以媲元稹、董、王之作者也。書初出時，文人學士，案頭無不置一册。唯庸下伶人，或嫌其難歌；究之善謳者，愈增韻折也。當時玉茗主人既有以自解，而世之文人學士反復申之者尤多。世乃共珍此書，無復他議。然而批郤導窾，抉發藴奥，指點禪理文訣，以爲迷途之津梁、繡譜之金鍼者，未有評定之一書也。

今得吴氏三夫人本讀之，妙解入神，雖起玉茗主人於九原，不能自寫至此，異人異書，使我驚絶。嗟乎！自有天地以來，不知幾千萬年，而乃有玉茗之《還魂》；《還魂》之後，又百年餘，而乃有三夫人之評本。自古才媛不世出，而三夫人以傑出之姿、間鍾之英，萃於一門，相繼成此不朽之大業。自今以往，宇宙雖遠，其爲文人學士，欲參會禪理、講求文訣者，竟無以易乎閨閣之三人，何其異哉！何其異哉！

予家與吴氏世戚，先後覩評本最蚤，既爲驚絶，復欣然序之。蓋杜麗娘之事，憑空結撰，非有所誣，而托於不字之貞，不礙承筐之實，又得三夫人合評表彰之，名教無傷，風雅斯在。或尚有格而不能通者，是眞夏蟲不可與語冰，井蛙不可與語天，癡人前安可與之喃喃説夢也哉！

甲戌春日〔三〕，同里女弟林以寧拜題。

【箋】

〔一〕底本無題名，據版心題。

〔二〕林以寧（一六五五—一七三五）：字亞清，號墨莊，錢塘（今浙江杭州）人。進士林綸女，監察御史錢肇修（一六五二—?）室。工詩文，善書畫，爲『蕉園七子』之一。著有《墨莊詩鈔》、《墨莊文鈔》、《墨莊詞餘》、《鳳簫樓集》。撰傳奇《芙蓉峽》，焦循《曲考》著録，已佚。傳見《國朝書人輯略》卷一一、《清代閨閣詩人徵略》卷二、《清畫家詩史》庚下等。

〔三〕甲戌：康熙三十三年（一六九四）。

還魂記序〔一〕

吴　人〔二〕

吴人初聘黄山陳氏女同〔三〕，將昏而没，感於夢寐，凡三夕，得《倡和詩》十八篇。人作《靈妃賦》，頗泄其事，夢遂絶〔四〕。有邵媪者，同之乳孃也，來述同没時，泣謂媪，必詣姑所，説同薄命，不逮事姑，嘗爲姑手製鞵一雙，令獻之。人私叩同狀貌服飾，符所夢。媪又言：同病中，猶好觀覽書籍，終夜不寢。母憂其茶也，悉索篋書燒之，僅遺枕函一册，媪匿去，爲小女兒夾花様本，今尚存也。人許一金相購，媪忻然攜至，是同所評點《牡丹亭還魂記》上卷。密行細字，塗改略多，紙光冏冏，若有淚迹。評語亦癡亦黠，亦玄亦禪，即其神解，可自爲書，不必作者之意果然也。惜下卷不存，對之便生於邑。

已，取清溪談氏女則〔五〕，雅耽文墨，鏡奩之側，必安書簏。見同所評，愛玩不能釋。人試令背誦，都不差一字。暇日，仿同意，補評下卷，其杪芒微會，若出一手，弗辨誰同誰則。

嘗記人十二歲時，偕衆名士集毛丈稚黄齋〔六〕，客偶舉臨川『恨不得肉兒般團成片』語爲創獲，人笑應曰：『此特衍《詩》義耳。《詩》不云乎：「聊與子如一兮。」』遂解衆頤。諸子虎男載之

《橘苑雜紀》。今視二女評，人説直糟魄矣。

則既評完，鈔寫成帙，不欲以閨閣名聞於外。間以示其姊之女沈歸陳者〔七〕，謬言是人所評。沈方延老生徐丈野君譚經〔八〕，徐丈見之，謂果人評也，作序詒人。於時遠近聞者，轉相傳訪，皆云『吳吳山評《牡丹亭》』也。

則又沒十餘年，人繼取古蕩錢氏女宜〔九〕。初僅識《毛詩》字，不大曉文義，人令從崑山李氏妹學〔一〇〕。妹教以《文選》、《古樂苑》、《漢魏六朝詩乘》、《唐詩品彙》、《草堂詩餘》諸書，三年而卒業。啓篋，得同、則評本，怡然解會，如則見同本時。夜分燈炧，嘗欹枕把讀。一日，忽忽不懌，請於人曰：『宜昔聞小青者，有《牡丹亭》評跋，後人不得見，見「冷雨幽窗」詩，淒其欲絶。今陳阿姊評已逸其半，談阿姊續之，以夫子故，掩其名久矣。苟不表而傳之，夜臺有知，得無秋水燕泥之感？宜願賣金釧爲鍥板資。』意甚切也，人不能拂，因序其事。

吳人舒鳧書。

【箋】

〔一〕底本無題名，據版心題。

〔二〕吳人（一六四七—？）：一名儀一，字瑹符，一字舒鳧，又作抒鳧，號吳山，別署芝塢居士，室名吳山草堂，錢塘（今浙江杭州）人。髫年入太學，名滿都下。後遍歷邊塞，詩文益工，尤長於詞。曾爲洪昇《長生殿》傳奇作序加評。著有《吳山草堂詞》等。傳見王晫《霞舉堂集·芝塢居士傳》、《國朝杭郡詩續輯》卷二、乾隆《杭州府志》卷九四等。

〔三〕此處眉批云：『陳姊與姑同名，故稱同，字次令。』陳同（一六五〇—一六六五），因與吳人母同名，故諱稱『同』，字次令，黄山（今屬安徽）人。許字吳人，未婚而歿。

〔四〕此處眉批云：『《靈妃賦》、《倡和》十八篇，俱載《吳吳山夢園别録》第四十二種。』

〔五〕此處眉批云：『談姊字守中，著有《南樓集》二卷。』談則（一六五五—一六七五），字守中，清溪（今屬浙江）人。吳人室。著有《南樓集》。

〔六〕毛丈稚黄：即毛先舒（一六二〇—一六八八），字稚黄，生平詳見本書卷十二《南曲入聲客問》條解題。

〔七〕其姊之女沈歸陳者：姓名未詳。

〔八〕徐丈野君：即徐士俊（一六〇二—一六八一），原名翽，字三有，號野君，生平詳見本書卷五《春波影》條解題。

〔九〕此處眉批云：『宜，字在中。』錢宜（一六七一—一六九五後），字在中，古蕩（今屬浙江）人。吳人續室。

〔一〇〕此處眉批云：『李小姑名淑，字玉山，有詩集，又工畫。』李淑，字玉山，崑山（今屬江蘇）人。生平未詳。

還魂記序〔一〕

陳同

坊刻《牡丹亭還魂記》，標『玉茗堂元本』者，予初見四册，皆有譌字，及曲白互異之句，而評語率多俚陋可笑。又見删本三册，唯山陰王本有序〔二〕，頗雋永，而無評語。又呂、臧、沈、馮改本四冊，則臨川所譏『割蕉加梅，冬則冬矣，非王摩詰冬景也』。後從嫂氏趙家得一本，無評點，而字句增損與俗刻迴殊，斯殆玉茗定本矣。爽然對玩，不能離手，偶有意會，輒濡毫疏注數言。冬釭夏簟，聊遣餘閒，非必求合古人也。

《還魂記》賓白，間有集唐詩，其落場詩，則無不集唐者。元本不注詩人姓氏，予記憶所及，輒爲注之。至於詩句中多有更易字者，如『莫遣兒童觸瓊粉』作『紅粉』，『武陵何處訪仙郎』作『仙郎』，雖於本詩意刺謬，既義取斷章，兹亦不復批摘也。

右二段，陳阿姊細書臨川《序》後空格七行內，自述評注之意，共二百四十字。碎金斷玉，對之黯然。

談則書。

【箋】

〔一〕底本無題名，據版心題。

〔二〕山陰王本：　卽王思任（一五七四—一六四六）清暉閣批點本。

還魂記序〔一〕

談　則

向見《牡丹亭》諸刻本，《詰病》一折無落場詩，獨陳阿姊評本有之。而他折字句亦多異同，靡不工者，洵屬善本。每以下卷闕佚，無從購求爲怏怏。適夫子遊苕霅間，攜歸一本，與阿姊評本出一板所摹。予素不能飲酒，是日喜極，連傾八九瓷杯，不覺大醉，自晡時，睡至次日日射帳鉤，猶未醒。鬬花賭茗，夫子嘗舉此爲笑噱。於時南樓多暇，仿阿姊意，評注一二，悉綴貼小籤，弗敢自信矣。積之累月，紙墨遂多。夫子過泥予，往許可與姊評等埒，因合鈔入茗溪所得本內，重加裝潢。循環展覽，笑與抃會，率爾題此。

談則又書。

同語二段，則手鈔之，復自題二段於後。後以評本示女甥，去此二頁，折疊他書中，予弗知也。沒後，點檢不得，思之輒增悵惘。今七夕曬書，忽從《庚子山集》第三本翻出，楮墨猶新，映然獨笑。又念同孤冢薶香，奄冉十三寒暑，而則戢身女手之卷，亦已三度秋期矣〔二〕。悵望星河，臨風重讀，不禁淚潸潸下也。

吳山人記。

【箋】

〔一〕底本無題名，據版心題。

〔二〕此處眉批云：『陳姊沒於乙巳，談姊沒於乙卯。』按，乙巳爲清康熙四年（一六六五），乙卯爲清康熙十四年（一六七五）。

還魂記序〔一〕

錢　宜

此夫子丁巳七月所題〔二〕，計予是時才七齡耳。今相距十五稔，二姊墓樹成圍，不審泉路相思，光陰何似？若夫青草春悲，白楊秋恨，人間離別，無古無今。兹辰風雨淒然，牆角綠萼梅一株，昨日始花，不禁憐惜。因向花前酹酒，呼陳姊、談姊魂魄，亦能識梅邊錢某，同是斷腸人否也？細雨積花蕊上，點滴如淚，既落復生，盈盈照眼，感而書此。

壬申晦日〔三〕，錢宜記。

夫子嘗以《牡丹亭》引證風雅，人多傳誦，談姊鈔本采入，不復標明，今加『吳曰』別之。予偶有質疑，間注數語，亦稱『錢曰』，不欲以蕭艾云云，亂二姊之蕙心蘭語也。若序首所注，則無庸識別焉。

宜又書。

（以上均清康熙三十四年夢園藏版《吳吳山三婦合評牡丹亭還魂記》卷首）

【箋】

〔一〕底本無題名，據版心題。

〔二〕丁巳：　康熙十六年（一六七七）。

〔三〕壬申：　康熙三十一年（一六九二）。

還魂記或問〔一〕

吳人錢宜

或問吳山曰：『《禮》：「女未廟見而死，歸葬於女氏之黨，示未成婦也。」子於陳未取也，而評《牡丹亭》，概稱三婦，何居？』曰：『廟見而成婦，謂子婦也，非夫婦之謂也。女之稱婦，自納采時已定之，而納徵則竟成其名。故納采辭曰：「吾子有惠，貺室某。」室者，婦人之稱。納徵則曰：「徵者，成也。」至是而夫婦可以成也。《禮》：「取女有吉日，而女死，壻齊衰而弔，既葬而除之。夫死亦如之。」女之可夫，猶壻之可婦矣，夫何傷於禮與？』〔二〕

或曰：『曲有格，字之多寡，聲之陰陽去上限之，或文義弗暢，衍爲襯字。限字大書，襯字細書，俾觀者了然，而歌者有所循。坊刻《牡丹亭記》往往如此。今於襯字，何概用大書也？』曰：『元人北曲多襯字，概用大書，南曲何獨不然？襯字細書，自吳江沈伯英輩，始斤斤焉，古人不爾也。予嘗聞歌《牡丹亭》者，「裊晴絲吹來閒庭院」，格本七字，而歌者以「吹來」二字作襯，僅唱六字，具足情致。神明之道，在乎其人。況玉茗元本，本皆大書，無細書襯字也。』

或謂：『《牡丹亭》多落調出韻，才人何乃許邪？』曰：『古曲如《西廂》「人值殘春蒲郡東，才高難入俗人機」，「值」字、「俗」字，作平則拗。《琵琶》支虞、歌麻諸韻互押，正不失爲才人。若斷斷韻調，而乏斐然之致，與歌工之乙尺四合無異，曷足貴乎？』曰：『子嘗論評曲家，以西河大可氏《西廂》爲最。今觀毛評，亟稱詞例。《牡丹亭》韻調之失，何不明注之也？』吴山曰：『然。不嘗論說書者乎？意義訛舛，不可不辨。若一方名，一字畫，偶有互異，必旁搜羣籍，證析無已。如「蟫」、「食」字，亦爲不知務矣。聲律之學，韻譜具在。故陳未嘗注，談亦仿之。且南曲多用北曲方語，亦非詞例，並語有費說者，概不復注云。』

或問曰：『有明一代之曲，有工於《牡丹亭》者乎？』曰：『明之工南曲，猶元之工北曲也。元曲傳者無不工，而獨推《西廂記》爲第一。明曲有工有不工，《牡丹亭》自在無雙之目矣。』

或曰：『子論《牡丹亭》之工，可得聞乎？』吴山曰：『爲曲者有四類：深入情思，文質互見，《琵琶》、《拜月》其尚也；審音協律，雅尚本色，《荊釵》、《牧羊》其次也；吞剝坊言讕語，《白兔》、《殺狗》之流也；專事雕章逸辭，《曇花》、《玉合》之亞也。案頭場上，交相爲譏，下此無足觀矣。《牡丹亭》之工，不可以是四者名之，其妙在神情之際。試觀記中佳句，非唐詩即宋詞，非宋詞即元曲，然皆若若士之自造，不得指之爲唐、爲宋、爲元也。宋人作詞，以運化唐詩爲難，元人作曲亦然。「商女後庭」出自牧之，「曉風殘月」本於柳七。故凡爲文者，有佳句可指，皆非工於文者也。』

或曰：『賓白何如？』曰：『嬉笑怒駡，皆有雅致，宛轉關生，在一二字間。明戲本中，故無此白。其冗處亦似元人，佳處雖元人弗逮也。』

或問：『坊刻《牡丹亭》本，《婚走》折，舟子又有「秋菊春花」一歌；《淮警》、《禦淮》二折，有「箭坊」、「鎖城」二諢，何此本獨無也？』曰：『舟子歌，乃用唐李昌符《婢僕詩》〔三〕。其一章云：「春娘愛上酒家樓，不怕歸遲總不憂。推道那家娘子臥，且留教住要梳頭。」言外有春日載花、停船相待之意。二章云：「不論秋菊與春花，箇箇能噇空腹茶。無事莫教頻入庫，一名閒物要些些。」則與舟子全無關合，當是臨川初連用之，後於定本削去。至以「賤房」爲「箭坊」，及「外面鎖住李全，裏面鎖住下官」諸語，皆了無意致，宜其並從芟柞也。』

或問：『記中雜用哎喲、哎也、哎呀、咳呀、咳也、咳咽諸字，同乎，異乎？』曰：『字異，而義略同；字同，而呼之有輕重疾徐，則義各異。凡重呼之，爲厭辭，爲惡辭，爲不然之辭；輕呼之，爲幸辭，爲嬌羞之辭；疾呼之，爲惜辭，爲驚訝辭；徐呼之，爲怯辭，爲悲痛辭，爲不能自支之辭。以此類推，神理畢見矣。』

或曰：『《牡丹亭》集唐詩，往往點竄一二字，以就己意，非其至也。』曰：『何傷也？孔孟之引《詩》，有更易字者矣。至《左傳》所引，皆非詩人之旨，引《詩》者之旨也。』曰：『落場詩皆集唐，何但注而不標也？』曰：『既已無不集唐，故玉茗元本，不復標集唐字也。落場詩不注爨色，亦從元本。』

或云：『若士集詩，腹笥乎？獺祭乎？』曰：『不知也。雖然，難矣。陳於上卷，未注三句，談補之；談於下卷，亦未注一句，錢疏之。予涉獵於文，既厭翻檢，而錢益覩記寡陋。《唐人詩集》及《類苑紀事》、《萬首絕句》諸本，篇章重出，名氏互異，不一而足。錢偶有所注，註漏實多。

它如「來鵠」或云「來鵬」，「崔魯」一作「崔櫓」；「誰能譚笑解重圍」，皇甫冉句也，譌刻劉長卿；「微香冉冉淚涓涓」，李商隱詩也，謬爲孫逖。不勝枚舉，皆不復置辨。覽者無深摭掎焉。』

或問：『若士復羅念庵云：「師言性，弟子言情。」而《還魂記》用顧況「世間只有情難說」之句，其說可得聞乎？』曰：『人受天地之中以生，所謂性也。性發爲情而或過焉，則爲欲，《書》曰「生民有欲」是也。流連放蕩，人所易溺。《宛丘》之詩，以歌舞爲有情，情也而欲矣〔四〕。故《傳》曰：「男女飲食，人之大欲存焉。」至浮屠氏以知識愛戀爲有情，晉人所云「未免有情」，類乎斯旨。而後之言情者，大率以男女愛戀當之矣。夫孔聖嘗以好色比德，詩道性情，《國風》好色，兒女情長之說，未可非也。若士言情，以爲情見於人倫，倫始於夫婦。麗娘一夢所感，而矢以爲夫，之死靡忒，則亦情之正也。若其所謂因緣死生之故，則從乎浮屠者也。王季重論玉茗「四夢」：「《紫釵》，俠也；《邯鄲》，仙也；《南柯》，佛也；《牡丹亭》，情也。」其知若士言情之旨矣。』

或者曰：『死者果可復生乎？』曰：『可。死生一理也。聖賢之形，百年而萎，同乎凡民。而神常生於天地，其與民同生死者，不欲爲怪以惑世也。佛、老之徒，則有不死其形者矣。夫强死者尚能厲，況自我死之，自我生之，復生亦焉足異乎？予最愛陳女評《牡丹亭題辭》云：「死可以生，易；生可與死，難。」引而不發，其義無極。夫恆人之情，鮮不謂疾疹所感，溝瀆自經，死則甚易；明冥永隔，夜臺莫旦，生則甚難。不知聖賢之行法俟命，全而生之，全而歸之，舍生取義，殺身成仁，一也。孔子曰：「朝聞道，夕死可矣。」又曰：「原始反終。」故知死生之說，死不聞道，則輿百物同澌葩耳。古來殉道之人，皆能廟享百世，匹夫匹婦凜乎如在，死邪？生邪？實自主之。陳女茲評，黯與道合，不徒佛語涅槃、老言谷神也。』

或又曰：『臨川言「理之所必無，情之所必有」，理與情二乎？』曰：『非也。若士言之而不欲盡也。情本乎性，性卽理也；理貫天壤，彌六合者也。言理者莫如《六經》，理不可通者，《六經》實多。無論玄鳥降生，牛羊腓字，其迹甚怪。卽以夢言，如商賚良弼，周與九齡，孔子奠兩楹，均非情感〔五〕。《周禮》掌夢獻夢，理解傅會；左氏所紀，益荒忽不倫已。然則世有通人，雖謂情所必無，理所必有，其可哉？』

或問：『若士言：「夢中之情，何必非眞？」何謂也？』曰：『夢卽眞也。人所謂眞者，非眞也，形骸也。雖然，夢與形骸，未嘗貳也。不觀夢構而精遺，夢擊躍而手足動搖乎？形骸者，眞與夢同，而所受則異。不聲而言，不動而爲，不衣而衣，不食而食，不境而無所不之焉。夢之中又有夢，故曰「天下豈少夢中之人」也。』

或稱：『評論傳奇者，類作鄙俚之語，以諧俗目。今《牡丹亭》評本，文辭雅儁，恐觀者不皆雅人，如臥聽古樂也。』曰：『是何輕量天下也！天下不皆雅人，亦不絕雅人。正使萬俗人譏不足恨，恨萬俗人賞，一雅人譏耳。』

或曰：『子所謂鈔入苕溪本者，嘗見之矣。陳評上卷，可得見乎？』吳山悄然而悲，喟然而應之曰：『癸丑之秋〔六〕，予館黃氏，鄰火不戒，盡燔其書，陳之所評，久爲灰塵。且所謂苕溪本者，今亦亡矣。』曰：『何爲其亡也？』曰：『癸酉冬日〔七〕，錢女將謀剞劂，錄副本成。日暮微霰，燒燭焫酒，促予檢校。漏下四十刻，寒氣薄膚，微聞折竹聲。錢謂此時必大雪矣，因共出。推窗見庭樹枝條，積玉堆粉。予手把副本，臨風狂叫，竟忘室中燭花爆落紙上，烟達簾外，回視熚熚然，不可嚮邇。急挈酒瓮傾潑之，始熄，復簇鑪火然燈，酒縱横流地上，漆几焦爛，燭臺融錫，與殘紙煨燼團結不能解。因嘆陳本既災，而談本復罹此厄，豈二女手澤，不欲留於人世，精靈自爲之邪？抑有鬼物妒之邪？殘釭欲炧，雪光易曉，相對淒然。久之，命奴子坎牆陰梅樹旁，以生絹包燼團瘞之。至今留焦几，志予過焉。』

或曰：『女三爲粲，美故難兼。徐淑、蘇蕙，不聞繼媺；韋叢、裴柔，亦止雙絕。子聘三室，而祕思妍辭，後先相映，樂乎？何遇之奇也！抑世皆傳子評《牡丹亭》矣，一旦謂出三婦手，將無疑子爲捉刀人乎？』吳山曰：『疑者自疑，信者自信，予序已費辭，無爲複也。且詩云：「人知其一，莫知其他。」其斯之謂矣。予初聘陳，曾未結褵，夭閼不遂；談也三歲爲婦，炊臼遽徵；錢復清瘦善病，時時臥牀，殆不起。予又好遊，一年三百六十日，無幾日在家相對，子以爲樂乎否也？』

右《或問》十七條，夫子每與坐客譚論所及，記以示予，因次諸卷末。是日晚飯時，予偶言『言情之書都不及經濟』。夫子曰：『不然。觀《牡丹亭記》中「騷擾淮揚地方」一語，卽是深論天下形勢。蓋守江者必先守淮，自淮而東，以楚泗、廣陵爲之表，則京口、秣陵得以遮蔽；自淮而西，以壽、廬、歷陽爲之表，則建康、姑熟得襟帶。長江以限南北，而長淮又所以蔽長江。自古天下裂爲南北，其得失皆在於此。故金人南牧，必先騷擾其間；宋家策應，亦以淮揚爲重鎮。授杜公安撫也，非經濟而何？』因顧謂兒子向榮曰：『凡讀書，一字一句，當深繹其意，類如此。』

甲戌秋分日〔八〕，錢宜述。

【箋】

〔一〕底本無題名，據版心題。

〔二〕此條眉批云：『甲戌長夏曬書，撿得舊竹紙半幅，乃陳姊彌留時所作斷句，口授妹書者。夫子云：「陳歿九年後，得諸其妹壻。妹亦亡二年矣。」竹紙斜裂，止存後半，猶有殘闕，逸者蓋多也。因鍥夫子《還魂記或問》上方空白，感其「昔時閒論《牡丹亭》」之句，附錄於此，俾零膏賸馥，集香奩者猶得采摭焉。第一行「北風吹夢」四字，二行「卻如殘醉欲醒時」七字，是末句也。以後皆一行二十一字、一行七字相間，凡九首。三行下闕二字，其文云：「也曾枯坐閱金經，不斷無明爲有形。及到懸崖須□□，如何煩惱轉嬰寧。」按闕文疑是「撒手」二字。次云：「屧子裁羅二寸餘，帶兒折半裹猶疎。情知難向黃泉走，好借天風得步虛。」次云：「家近西湖性愛山，欲遊孃卻罵癡頑。湖光山色常如此，人到幽扃更不還。」次云：「簇蝶臨花繡作衣，年年不著待于歸。那知著向泉臺去，花不生香蝶不飛。」次云：「盡檢箱奩付妹收，獨看明鏡意遲留。算來此物須爲殉，恐向人間復照愁。」次云：「耶孃莫爲女傷情，姊嫁仍悲墓草生。何似女身猶未嫁，一棺寒雨傍先塋。」次云：「看儂神欲與形離，小婢情多亦淚垂。金珥一雙留作念，五年無日不相隨。」次云：「口角渦斜痰滿咽，涓涓清淚滴紅緜。傷心趙嫂牽衾語，多半啼痕是隔年。」次云：「昔時閒論《牡丹亭》，殘夢今知未易醒。自在一靈花月下，不須留影費丹青。」又按：談姊《南樓集》載補陳姊遺詩闕文一首，云：「北風吹夢欲何之，簾幕重重只自垂。一縷病魂銷未得，卻如殘醉欲醒時。」予亦有補句云：「北風吹夢斷還吹，一枕餘寒心自疑。添得五更消渴甚，卻如殘醉欲醒時。」自顧形穢，難免續貂之誚矣。』

〔三〕此處眉批云：『臨川曲白多用唐宋人詩詞，不能悉爲引注，覽古者當自得之。即「尋夢」二字，亦出唐詩，乃評者往往驚爲異想，遼豕白頭，抑胡可怪耶？』

〔四〕此處眉批云：『宜按，「洵有情兮」，是千古言情之祖。晉元亮效張蔡爲《閑情賦》，專寫男女，雖屬託諭，亦一徵也。』

〔五〕此處眉批云：『嘗與夫子論夢境，夫子曰：「吾其問諸焦冥乎？眼睫一交，已別是一世界。古德教人參睡著無夢時，便似鴻濛混沌也。」予謂：「按囟則驚，拊心則魘，此處大可觀夢。」夫子頷之。又一日論夢，夫子曰：「晝與夜，死生之道也；醒與夢，人鬼之道也。」予曰：「其寐也，綿綿延延，如微雲之出岫，若不遽然；其寤也，千里一息，捷如下峽之船，何也？」夫子曰：「陽見而陰伏，故出難而歸速。」』

〔六〕癸丑：康熙十二年（一六七三）。

〔七〕癸酉：康熙三十二年（一六九三）。

〔八〕甲戌：康熙三十四年（一六九五）。

還魂記紀事〔一〕

錢　宜

甲戌冬暮，刻《牡丹亭還魂記》成，兒子校讎譌字，獻歲畢業。元夜月上，置淨几於庭，裝褫一冊，供之。上方設杜小姐位，折紅梅一枝，貯膽瓶中，然燈，陳酒果爲奠。夫子听然笑曰：『無乃大癡！觀若士自題，則麗娘其假托之名也，且無其人，奚以奠爲？』予曰：『雖然，大塊之氣寄於靈者，一石也，物或馮之；一木也，神或依之。屈歌湘君，宋賦巫女，其初未必非假托也，後成叢祠。麗娘之有無，吾與子又安能定乎？』夫子曰：『汝言是也，吾過矣。』

夜分就寢。未幾，夫子聞予嘆息聲，披衣起，肘予曰：『醒醒！適夢與爾同至一園，彷彿如所謂紅梅觀者，亭前牡丹盛開，五色間錯，無非異種。俄而一美人從亭後出，豔色眩人，花光盡爲之奪。意中私揣：「是得非杜麗娘乎？」汝叩其名氏居處，皆不應，迴身摘青梅一丸撚之。爾又問：「若果杜麗娘乎？」亦不應，銜笑而已。須臾，大風起，吹牡丹花滿空飛攪，餘無所見。汝浩嘆不已，予遂驚寤。』所述夢，蓋與予夢同，因共詫爲奇異。夫子曰：『昔阮瞻論無鬼而鬼見。然則麗娘之果有其人也，應汝言矣。』聽麗譙紞如打五鼓，向壁停燈未滅。予亦起，呼小婢簇火瀹茗，梳掃訖，亟索楮筆紀其事。

時燈影微紅，朝暾已射東牖。夫子曰：『與汝同夢，是非無因。麗娘故見此貌，得無欲流傳人世邪？汝從李小姑學尤求白描法，盍想像圖之？』予謂：『恐不神似，奈何？』夫子乃强促握管。寫成，並次記中韻，繫以詩，詩云：『蹔遇天姿豈偶然，濡毫摹寫當留仙。從今解識春風面，腸斷羅浮曉夢邊。』以示夫子，夫子曰：『似矣。』遂和詩云：『白描眞色亦天然，欲問飛來何處仙？閒弄青梅無一語，惱人殘夢落花邊。』將屬同志者咸和焉。

錢宜識。

（以上均清康熙三十四年夢園藏版《吴吴山三婦合評牡丹亭還魂記》卷末）

【箋】

〔一〕底本無題名，據版心題。

跋麗娘小照〔一〕

馮　嫺〔二〕

或謂水墨人物，昉自李伯時，非也。晉衛協爲《列女圖》，吴道子嘗摹之以勒石，則已是白描法矣。龍眠墨筆仕女，仿也，非昉也。予與吴氏三夫人爲表妯娌，嘗見其藏有韓冬郎《偶見圖》四幅，不設丹青，而自然逸麗，比世所傳宋畫院陳居中摹《崔麗人圖》，殆於過之。惜其不署姓名，或云是吴中尤求所臨。今觀錢夫人爲杜麗娘寫照，其姿神得之夢遇，而側身斂態，運筆同居中法。手搓梅子，則取之《偶見圖》第一幅也。昔人論管仲姬墨竹梅蘭，無一筆無所本，蓋如此。

乙亥春日〔三〕，馮嫺跋。

（同上《吴吴山三婦合評牡丹亭還魂記》卷首）

【箋】

〔一〕底本無題名，刻於錢宜繪《麗娘小照後》，故題。

〔二〕馮嫺：字又令，錢塘（今浙江杭州）人。同安知縣馮仲虞女，諸生錢廷枚室。工詩善畫，爲『蕉園七子』之一。著有《和鳴集》、《湘靈集》。傳見《清代閨閣詩人徵略》卷二、《清畫家詩史》癸上、《清代畫史增編》卷一、

《歷代兩浙詞人小傳》卷一三等。

〔三〕乙亥：康熙三十四年（一六九五）。

還魂記跋〔一〕

李　淑

吳山四哥聘陳嫂，取談嫂，皆蚤夭。予每讀其所評《還魂記》，未嘗不泫然流涕，以爲斯人既沒，文采足傳，而談嫂故隱之，私心欲爲表章，以垂諸後。四哥故好游，談嫂沒十三年，朱弦未續，有勸之者，輒吟微之『取次花叢懶回顧，半緣修道半緣君』之句。母氏迫之，始復取錢嫂。嘗與予共事筆硯，酬花嘯月之餘，取二嫂評本參注之。又請於四哥，賣金釧，雕板行世。

予偶憶吳郡張元長氏《梅花草堂二談》載：『俞娘，行三，麗人也，年十七夭。當其病也，好觀文史。一日，見《還魂傳》，黯然曰：「書以達意，古來作者，多不盡意而出。若『生不可死，死不可生，皆非情之至』，眞達意之作矣。」研丹砂旁注，往往自寫所見，出人意表。如《感夢》折注云：「吾每喜睡，睡必有夢，夢則耳目未經涉，皆能及之。杜女故先吾著鞭耶？」如斯俊語，絡繹連篇。其手蹟遒媚可喜。某嘗受冊其母，請祕爲草堂珍玩，母不許。急倩錄一副本，將上湯先生，謝耳伯願爲郵，不果上。虞山錢受之，近取《西廂》公案，參倒洞聞、漢月諸老宿，請俞娘本戲作《傳燈錄》甚急，某無以應也。』由此觀之，俞娘之注《牡丹亭》也，當時多知之者，其本竟湮沒不傳。

夫自有臨川此記，閨人評跋，不知凡幾，大都如風花波月，飄泊無存。今三嫂之合評，獨流布不朽，斯殆有幸不幸耶？然《二談》所舉俞娘俊語，以視三嫂評注，不翅瞠乎？則不存又何非幸耶？合評中詮疏文義，解脱名理，足使幽客啓疑，枯禪生悟，恨古人不及見之，洵古人之不幸耳。錢嫂夢覩麗娘，紀事、寫像、詠詩，又增一則公案。予亦樂爲論而和之，並識其後，自幸青雲之附云。

玉山小姑李淑謹跋。

【箋】

〔一〕底本無題名，據版心題。

還魂記跋〔一〕

顧　姒〔二〕

《牡丹亭》一書，經諸家改竄，以就聲律，遂致元文剝落，一不幸也；又經陋人批點，全失作者情致，二不幸也。百餘年來，誦此書者，如俞娘、小青，閨閣中多有解人，又有賦『害殺婁東俞二娘』者，惜其評論，皆不傳於世。

今得吴氏三夫人合評，使書中文情畢出，無纖毫遺憾，引而伸之，轉在行墨之外，豈非是書之大幸耶？文章有神，其足以垂後者，自有後人與之神會。設或陳夫人評本殘闕，無談夫人續之；續矣，而祕之篋笥，無錢夫人參評，又廢手飾以梓行之；則世之人能誦而不能解，雖再閲百餘年，此書猶在塵霧中也。今觀刻成，而麗娘見形於夢，我故疑是作者化身矣。

同里女弟顧姒題。

【箋】

〔一〕底本無題名，據版心題。

〔二〕顧姒（一六六二—一七二二）：字啓姬，錢塘（今浙江杭州）人。諸生鄂曾室。工詩，爲『蕉園七子』之一。著有《靜御堂集》、《翠園集》、《未窮集》。傳見《清代閨閣詩人徵略》卷二、《歷代兩浙詞人小傳》卷一三等。

還魂記跋〔一〕

洪之則〔二〕

吴與予家爲通門，吴山四叔，又父之執也，予故少小以叔事之，未嘗避匿。憶六齡時，僑寄京華，四叔假舍焉。一日論《牡丹亭》劇，以陳、談兩夫人評語，引證禪理，舉似大人，大人歎異不已。予時蒙稺無所解，惟以生晚，不獲見兩夫人爲恨。大人與四叔持論，每不能相下。予又聞論《牡丹亭》時，大人云：『肯綮在死生之際。記中《驚夢》、《尋夢》、《診祟》、《寫真》、《悼殤》五折，自生而之死；《魂遊》、《幽媾》、《歡撓》、《冥誓》、《回生》五折，自死而之生。其中搜抉靈根，掀翻情窟，能使赫蹏爲大塊，隃糜爲造化，不律爲眞宰，撰精魂而通變之。』語未畢，四叔大叫歎絶。

忽忽二十年，予已作未亡人。今大人歸里，將於孤嶼築稗畦草堂，爲吟嘯之地。四叔故好西方《止觀經》，亦將歸吴山草堂，同錢夫人作龐老行逕。他時予或過夫人習靜，重聞緒論，卽許拈此劇，參悟前因否也？因讀三夫人合評，感而書其後。

同里女姪洪之則謹識。

（以上均清康熙三十四年夢園藏版《吴吴山三婦合評牡丹亭還魂記》卷末）

【箋】

〔一〕底本無題名，據版心題。

〔二〕洪之則（一六七三—？）：字止安，錢塘（今浙江杭州）人。洪昇（一六四五—一七〇四）女。參見章培恒《洪昇年譜》。此跋當作於康熙三十三年甲戌（一六九四）。

附　三婦評還魂記題識〔一〕

吴梅

此書名播藝苑，先君聲孫公久欲一見，而無從購覓。余細讀數過，則僅文律上有中綮語，於曲中毫無關涉，無怪冰絲本時加譏諷也。論玉茗此劇者，當以鈕少雅格正本爲最，而葉懷庭譜尚稱妥善，臧晉叔改本亦遠盛碩園。乃此書獨享盛名，亦奇。

瞿安識。

（中國國家圖書館藏清康熙三十四年夢園藏版《吴吴山三婦合評牡丹亭還魂記》外封墨筆書）

【箋】

〔一〕底本無題名。此文又見《吴梅全集·理論卷》，《新曲苑》本《霜厓曲跋》亦收錄，無開頭至「購覓」二十字，餘略同。

附　三婦評還魂記跋〔一〕

吳　梅

《或問》十七則，已刊沈氏《昭代叢書》中，惟倉間詩評削去，亦殊可惜。中論襯字，謂自吳江沈璟輩始斤斤，古人不爾。然《太和正音譜》、《詞林摘豔》早已分析正襯，吳江特守法更嚴而已，安得謂創始耶？至若士集詩，亦隨意而出，原本故不注明，今爲一一蒐正，卻是玉茗功臣也。

己未十月〔二〕，偕程生木安①（龍驤）過小市〔三〕，見有此書，逸其下卷。余屬其購歸。翼日，木安來，因以此本示之，則印本遠遜此書。惟圖尚全，亦足寶矣。晴窗無事，因書此空白中。

十月初八日，長洲霜崖吳梅識〔四〕。

戊午臘月〔五〕，讀三婦評本《還魂》劇，吾婦鄒强邀題詩，爲賦四絕。

臨川說夢首《還魂》，絲竹旗亭子細論。自有曇陽徵信錄，不須紅雪記傳聞。（此劇，或謂爲曇陽子作，紅雪樓《臨川夢》信之。）

閨閣憐才俞二姑，孤山更惜小青孤。白頭紅粉無聊甚，合補西江殉夢圖。（蘇州吳江俞二姑，因讀此劇死，見《玉茗集》。錢唐女子欲委身若士，後以若士年老，赴西湖死，見《艮齋雜說》。而小青『冷雨幽窗』之句，尤淒惋欲絕。此皆三婦前之賞音也。）

藝苑商量月旦高，碩園不及墨憨豪。若論妙悟通禪理，應讓佳人奪錦袍。（碩園、墨憨皆刪改此劇，要以子猶爲佳。至論文律，應推此本。）

玉茗新詞壓教坊，《紫簫》一傳最淒涼。驚才絶豔開千古，冷落西都李十郎。（《紫釵》文字最勝，合玉溪詩、夢窗詞方有此境。而今古才人，皆視之漠然，余爲十郎叫屈。）

瞿庵居士吴梅書於京師斜街寓廬〔六〕。

（同上《吴吴山三婦合評牡丹亭還魂記》卷首墨筆書）

【校】

①安，底本作『階』，據程龍驤字改。下同。

【箋】

〔一〕底本無題名。此文又見《吴梅全集·理論卷》。

〔二〕己未：民國八年（一九一九）。

〔三〕程龍驤：字木安，吴縣（今江蘇蘇州）人。民國八年（一九一九）修學北京大學，師事吴梅，加入北京大學音樂研究會。民國二十三年（一九三四），在南京加入詞社『如社』，詞作收入《如社詞鈔》。吴梅曾爲其《明制舉考》做序。中國國家圖書館藏胡存善輯《類聚名賢樂府羣玉》（五卷）程龍驤鈔本，有吴梅跋。

〔四〕題署之後有陽文方章：『瞿安』。

〔五〕戊午：民國七年。此年臘月，公元已入一九一九年。

〔六〕題署之後有印章二枚：陽文方章『臞安』，陰文方章『吴梅』。

三婦評牡丹亭雜紀題跋

楊復吉〔一〕

（錢塘吳人吳山著）

臨川《牡丹亭》數得閨閣知音，同時內江女子因慕才而至沈淵。茲吳吳山三婦復先後爲之評點、校刊，豈第玉簫象管出佳人口已哉？近見吾鄉某氏閨秀又有手評本，玉綴珠編，不一而足。身後佳話，洵堪驕視千古矣。

丙申長夏〔二〕。

（中國藝術研究院圖書館藏清嘉慶二十三年戊寅秋刻本吳江楊慧樓《昭代叢書五編題跋》第十三頁A面）

【箋】

〔一〕楊復吉（一七四七—一八二〇）：字列歐，一作列侯，號慧樓，震澤（今江蘇吳江）人。乾隆三十七年壬辰（一七七二）進士，吏部裁取知縣，不謁選。師事王鳴盛，家富藏書，有藏書樓名『香月樓』。輯《元文選》、《虞初餘志》、《元稗類編》、《燕窩譜》等。道光間，續輯《昭代叢書》。著有《遼史拾遺補》、《史餘備考》、《夢闌瑣筆》、《香月樓學古文》等。傳見《江震人物續志》卷四。

〔二〕丙申：乾隆四十一年（一七七六）。

鈕少雅格正牡丹亭序〔一〕

胡介祉〔二〕

湯臨川先生所著傳奇，文情兼美，其膾炙人口者，以《牡丹亭》爲最。衹以不便於歌，遂受呂玉繩改竄，大非先生本意。蓋先生以如海才，拈生花筆，興之所發，任意所之，有浩瀚千里之勢，未嘗不知有軼於格調之外者，第惜其詞而不之顧也。

兹本則金閶逸士鈕少雅勘正定本〔三〕，余得之於虎丘市肆中，披閲之次，驚喜無已。買之而歸，細讀一過，心目豁然。始知古人學問精密，考訂詳明，一開未有生面，用作後進津梁，其功誠偉矣哉！

少雅負雋才，放浪詩壇酒社間，而於聲調之學，老而靡篤，終始不衰。平日所著，審音辨律之書頗多，但以世無知己，且非人不傳，成後輒自焚之，故世之耳逸士之名者甚少，其書之失傳者亦多也。余之得此本也，幸甚。然不敢祕爲家珍，用以公諸宇内，遂加校核付刊。臨川、少雅，其無憾矣乎？

時康熙歲在甲戌花朝，自娱主人胡介祉題并書〔四〕。

（清康熙三十三年序胡介祉谷園刻《鈕少雅格正牡丹亭》卷首）

【箋】

〔一〕底本無題名。此文又見中國國家圖書館藏稿本胡介祉《谷園文鈔》卷二，題《鈕少雅格正牡丹亭序》。

〔二〕胡介祉（一六五九—一七二三後）：生平詳見本書卷六《廣陵仙》條解題。

〔三〕鈕少雅（一五六二—一六四九後）：號芍溪老人，蘇州（今屬江蘇）人。生平詳見本書卷十三《南曲九宮正始》條解題。

〔四〕題署之後有印章二枚：陽文方章『自娛主人』，陰文方章『循齋鑒賞』。

附 格正還魂記詞調跋〔一〕

劉世珩

丙午、丁未間，與揭陽曾剛庵參議（習經）同官部處〔二〕。剛庵見余校刻《還魂記》，亟以所藏《格正還魂記詞調》一本相貽，鈔寫極工。翻讀一過，題作『按對大元九宮詞譜格正全本牡丹亭還魂記詞調』，無作者姓氏。惟自第二折《言懷》起，疑有訛奪；第十折《虜諜》，並未照進呈本删去，卻改『虜』字爲『邊』字，是在冰絲館刻《還魂記》之前本也。

歲癸丑十一月十六日〔三〕，恭值崇陵奉安，先期與剛庵同宿梁格莊。剛庵告余，近在廠肆，又得一刻本。禮成，返都門，過剛庵潮州館，攜歸上海楚園一校，前本果非完書。此本刻極精緻，標題亦不相同，第一行題『鈕少雅格正牡丹亭上』，第二行小字雙行題『九宮詞譜，非詞隱先生之本也』，第三行題『自娛主人藏本』。白口下有『谷園』二字，前有胡介祉序。其缺之家門、第一折具在，惜刻本尾殘半葉，而鈔本獨完。按語小注，間與鈔本不同。鈔本又有勝此刻本處。鈔本《鬧殤》折注：『夊本「鬧」作「悼」。』《僕貞》折注：『夊本「貞」作「偵」。』是以夊本校鈔於原本，復稍有改易，以兩本互爲勘訂，從其善者，則今所刊，更有過於原書矣。

按少雅，長洲人，蚤歲得聞金白嶼、梁少白緒論，於曲律有神悟。憤當時《牡丹亭》詞語割裂太甚，乃爲之格正，於原本不增減一字，獨存廬山面目，允爲後學津梁。吳門李玄玉編訂《北詞廣正譜》，少雅爲之參酌。吳江沈伯英《南宮曲譜》，於『不收宮調諸曲』加三十腔之類，皆未敢點板。少雅斟酌斠讎，亦有《南九宮正譜》之輯，與張心其《南曲譜》並稱，世號『鈕張』。其後，楊震英曾同莊恪親王編《九宮大成譜》，頗取裁焉。

胡介祉序言：『得之虎邱市肆中，康熙甲戌刊成。』介祉，字循齋，號茨村，又號自娛主人，山陰人，大興籍，官至河南按察使。其陳臬山左時，楊震英亦佐幕中。著有《廣陵仙傳奇》，並輯《隨園曲譜》十二卷，書成未刊。楊緒序《南詞定律》，述之甚詳。是循齋與少雅有同嗜焉，宜其精鐫此本。仌絲館刻《還魂記》，並據此本校律，著於眉上，而亦未全依此譜。余刻《還魂記》，取此譜與葉懷庭譜合校。今並以此本刊附於後，藉以作校記云。

甲寅長夏[四]，雙忽雷閣道士貴池劉世珩並識。

（民國八年貴池劉世珩暖紅室《彙刻傳劇》本《格正還魂記詞調》卷末）

【箋】

[一]底本無題名，據版心題。

[二]曾習經（一八六七—一九二六），字剛甫，號蟄庵居士，廣東揭陽棉湖人。光緒十五年己丑（一八八九）舉人，十八年壬辰（一八九二）進士，累官度支部左丞。宣統辛亥後，抱節不出，窮困以終。著有《蟄庵詩存》。有藏

書樓，『名湖樓』。孫淑彦著《孫淑彦文字集》第十二册《年譜四・民國曾習經先生年譜》收有輯自《似園老人佚存文稿彙鈔》卷四曾國藩《蟄庵居士傳》。

〔三〕癸丑：民國二年（一九一三）。

〔四〕甲寅：民國三年（一九一四）。

批才子牡丹亭序

程　瓊〔一〕

湯撫州序其所批《西廂記》云〔二〕：『余守病家園，傲骨日峭。朝語官箴，輒嗽松風吹去；高人韻士，忙開竹戶迎來。兼喜穠文豔史，時時游戲眼前，或剪或裁，或聯或合，欲演爲小説而未暇。歐公之後，又有作《五代史》者，於五史所無者千餘卷，皆編入，鳩聚散逸，聯綴改定，除其冗長，掇其精華，以廣異聞。竊謂詳盡亦未易哉。茲崔、張一傳，微之造業於前，實甫續業於後，人靡不信其事爲實事。余人信亦信，讀之評之，好事者輒以「旦暮不能自必」之語，直欲公行海内，冤哉！毒哉！陷余以無間罪獄也。嗟乎！事之所無，安知非情之所有。』其作《還魂記》，有『自掐擅痕教小妹，通仙鐵笛海雲孤。假饒改就時人意，不是王維舊雪圖』，『畫閣搖金燭，珍珠泣繡窗。如何傷此曲，偏只在婁江』，『何自爲情死，悲傷必有神。一時文字業，天下有心人』句。自言王相國書來，云：『吾一老人，近頗爲此曲惆悵。』又俞二娘者，酷嗜之，蠅頭細字，批注其側；幽思苦韻，有過於本詞者，年十七死。

族先輩吳越石〔三〕，家伶妖麗，極吳越之選。其演此劇，獨先以名士訓義，次以名工正韻，後以名優協律。武封夫子觀其所訓，始知玉茗筆端，直欲戲弄造化，往往向余道諸故老所談説。余喜其俊妙，輒付柔毫。亦南梁王筠少好觀書，雖遇見瞥觀，皆即疏記，後重省覽，歡興彌深；陳眘公意親則登，不拘代次，迹同斯筆，罔問雅俗，意既爲搜僻之助，又作癡種子歸依。《卒夜》一折，分五色書之，不止昔人『滿卷胭脂字』也。燈昏據案，神悴欲眠則已。即多拾瀋攟遺，要由暗解神悟；方知窮情寫物，自有幽思顯詞。雖爲玉茗才人，取諸國土，莊嚴此土，信筆所至，可成自書，正不必盡與作者膚貌相屬。

然幻珍變錯，在此書，溷潔爲蕪，則爲至多；在俞娘輩，即約獲博，則爲至少。紗窗綠洞，焚香矜賞，如此相守，亦復何恨耶？崔浩所云『閨人筐篋中物』，蓋閨人必有石榴新樣，即無不用一書爲夾袋者，剪樣之餘，即無不願看《牡丹亭》者。閨人恨聰不經妙，明不逮奇，看《牡丹亭》，即無不欲淹通書史，觀詩詞樂府者。然知識甚欲其廣，卷帙又必甚畏其多，既無不欲得縮地術，將亙古以來有意趣事，有思路語，聚於盈寸一編者。我請借《牡丹亭》上方，合中國所有之子史百家、詩詞小説，爲縻以餉之。

凡人著書，必有本願。文都憲之孫女曰良卿，以姑韓氏喜讀書，爲撰《北齊演義》。我恨形壽易盡，不能與後來閨秀少作周旋，願得爲灑翰事姑之媚媳以娛之。彭繡衣女，性嗜酒，嘗結女社，談經濟，我又請得爲揮觥鼓掌之豪伴以悦之。莫謂不似丹唇皓腕中拈出，嫌爲嚼飯之餧也。辛稼軒詞：『如十三女兒學繡，一枝枝不教花瘦。』作者當年『鴛鴦繡出從君看』，批者今日『又把金針度與人』矣。其本非通人，以理相格者無論。即或心有同然矣，思及翻刻之費，不肯捐金百數，爲前人傳名，則故加駁削，移爲己有。不知暗銷神祕，則心精湮沒，含靈共悲。載筆君子，惡傷其類，多生以來，與彼何仇，必欲摧之，比於武事，亦秉心之不淑云。

或曰：『爾依諸人所訓，將褻喻一一注明，使好名男女，從此以後，不敢説《牡丹亭》做得好，豈非反禍作者耶？』答曰：『渠若竟因好名，忍説《牡丹亭》做得不好，則其人之尚僞，亦復何足與談！使猶稍存本心，畢竟説《牡丹亭》原做得好，是我批得舛繆。必又有好事者，欲存此批，使後人無復如是之舛謬。則批雖舛謬，可無廢矣。』

阿傍識。

（清雍正間刻本《才子牡丹亭》卷首上欄〔四〕）

【箋】

〔一〕程瓊：字飛仙，小字阿傍，號安定君，別署轉華夫人、瓊飛仙侶、無涯居士，徽州休寧（今屬安徽）人。吴震生（一六九五—一七六九）室。卒於雍正年間，享年三十餘歲。編《雜流必讀》，與吴震生等合編《廣對食》，撰傳奇《風月亭》。生平見史震林《西青散記》卷一。其品評《牡丹亭》爲《繡牡丹》，見《西青散記》卷四。

〔二〕湯撫州：即湯顯祖。其敍《北西廂》，見明崇禎間固陵孔如氏刻本《三先生合評元本北西廂》卷首。

〔三〕吴越石：即吴琨，字越石，號水田居士，歙縣（今屬安徽）人。曾校蘇茂相、何喬遠等編《皇明寶善類編》。有家班，善演《牡丹亭》。潘之恆（約一五三六—一六二一）曾撰《豔曲十三首》，逐一品題其家班演員（見

《鸞嘯小品》卷二）。

〔四〕此書爲吳震生與程瓊合作批注，初名《繡牡丹》，未刊。雍正年間，程瓊逝世後，吳震生改名《才子牡丹亭》，刊刻問世。後又改題《箋注牡丹亭》，乾隆二十七年壬午（一七六二）重印。吳震生去世後，同一書版改題《牡丹亭傳奇》，託名『錢塘袁氏子才氏評』、『小倉山房藏板』，於嘉慶十三年戊辰（一八〇八）秋增補重刻問世。參見華瑋《〈才子牡丹亭〉作者考述》（《戲曲研究》第五五輯，文化藝術出版社，二〇〇〇）。

刻才子牡丹亭序

吳震生〔一〕

唐詩云：『知音知便了，俗流那得知？』錢虞山云〔二〕：『拍肩羣瞽說文章，詞壇無復臨川叟。』《才子牡丹亭》者，刻《牡丹亭》，即刻批語，方知其爲才子之書；刻《牡丹亭》，不刻此批，便等視爲戲房之書也。有此批，而後知《牡丹亭》之作於才子，則世間他本，皆不得謂之《才子牡丹亭》也。

臨川別駕，既得此批，繕寫裝潢。適有名班過撫，生旦皆女，因新玉茗堂而設祭焉，陳此批几筵之上，令優唱演。我一貧士，則何爲而刻之也？起於憤乎世之無知改作者。嘗見有妄男子，將玉茗『四夢』盡行删改，以便演唱，齣齣批注其上，覺原本頗多贅言，且於調有出入，又精繡其板，以悦衆目，遂使普天下耳食庸人，只知删本，而不復問原本。豈知爾於『四夢』，一字不解其意，故敢如此；爾果小有聰明，何不另自成書，而必妄改古人耶？

夫『四夢』，才子之書，非優師作也，才子則豈以曲調之小誤論也？吾於書攤得此破碎鈔本，既代古人轉恨爲快，安敢以吝阿堵故，不急刻之？即如聖歎《西廂》，亦有删改，其《慟哭》二篇者，以爲語多重疊。汝知聖歎之筆，得自《華嚴》，其妙正在重疊乎？亦是精板廣印，以誤庸人，致令原本漸就湮滅。閻浮世間，可惱之事，寧復有過於此者，不止如升庵之跋新刻《水經》與《世說》矣。故並著之。

聖歎所批，已屬共賞，孰知金批之外，又有此等批法。不但於才色之事入微，復用芥子納須彌法，特寓大言於小言之中，使偶觀經史，欠伸思睡者，即俳諧而詣勝地。挾曲一部，腹已果然；用作詩文，總非凡料。又奚翅《夷堅志》中，飲食藥餌，恣口所需而已！識者賞之，亦可以知世間妙人妙事，妙理妙文，眞不可測度，無有窮盡也。

湯卿謀夜坐〔三〕，閱《牡丹亭》，因憶比來所傳『世上演《牡丹亭》一本，若士在地下受苦一日』，頗爲不平。其婦丁從旁語曰：『當是遇著陳、杜輩作判耳！』使見此批，又不知云何？

笠翁漁翁。

（清雍正間刻本《才子牡丹亭》卷首下欄）

【箋】

〔一〕吴震生（一六九五—一七六九）：别署笠閣漁翁，生平詳見本書卷六《太平樂府》條解題。

〔二〕錢虞山：即錢謙益（一六八二—一六六四），生平詳見本書卷五《眚山秀題詞》條箋證。

〔三〕湯卿謀：即湯傳楹（一六二〇—一六四四），字子輔，更字卿謀，吴縣（今屬江蘇）人。明末諸生。二度公車不第，鬱悒不自得。崇禎十七年（一六四四）甲申之變，感憤而死。其妻丁氏亦病亡。著有《湘中草》等。傳見尤侗《西堂雜俎》二集卷六《湯傳楹小傳》及《艮齋倦稿文集》卷一一《亡友湯卿謀墓志銘》、乾隆《長洲縣志》卷二四等。

批才子牡丹亭序後〔一〕

吴震生

笠閣漁翁曰：余觀《西遊記》內，有正陽門、後宰門、謹身殿、光禄寺、司禮太監、錦衣校尉、五城兵馬等字，則知亦明人所作。觀《牡丹亭》喻意，一一由此觸發，又知作於萬曆以前。《西遊》欲壞色情，玉茗特言色情難壞。乃知秀心之人，自有變蛇神爲仙骨，變板重爲輕新，變迂腐爲超異，變死煞爲空靈之法，出藍勝藍。如花果山水簾洞，爛桃山蟠桃宴，三界坎源山，如意筋箍棒，齊天大聖，托塔天王，毛團猷根，金剛套、緊箍兒。眼看喜，耳聽樂，鼻嗅愛，舌嘗思。青罐白瓶，草窠小路，藤蘿蒿棘，細皮白肉的和尚，一個定魂樁，一片白玉板。碗子山，波月洞，寶象國，百花羞，喜事挂紅，葉底偷桃，戲水氣，隱妖雲，毒魔狠怪。風和尚，平頂山，蓮花洞，擎天柱，架海梁，入爐發昏，吃肉抛水，池裏醃了下酒。鬚眉山壓蛾眉山、壓太山，壓頂之法。販醃臘的客人，紫筋紅葫蘆，羊脂玉淨瓶，念個『急急』就化爲膿。山凹裏霞光焰焰，是妖魔的寶貝。精細鬼，伶利蟲，一塌腳便下海。老奶奶帶了挽筋繩，只他自己會使。烏林裏兩扇門，半開半掩。純鋥銼銼斷圈，不論眞假，都裝進入，全然烏黑，那頂得動。塞門甚緊，撒抛尿搖得响①。雌雄雄雌都莫論，裝得便是好寶貝。平白地扇出火來。使個身外身法，毛收上身，撞入洞裏。急抽身往外走。兩扇來，一棒去。山後有個壓龍洞，母舅要雪姐家仇。衣名一裹窮，門外一條漢。渾身水淋淋，做了井裏鬼。入井盗尸，偷賣就要。悟空道：『我只圖名。』皮笊籬一撈罄盡。只與你打鬬，不與你認親。如意皮袋，如意勾子。急如火，快如風。養家看瓶的夯貨。山河地理乾坤裙，破爛漿糊一口鐘。滚油鍋裏洗澡。嬉人字粉牆垣，倒垂簾門屋。一堆骸骨，錦繡衣裳。兜筋洞，白玉圈。空著手，敗了陣。兩眼淚，撲疎疎。無主杖，怎施功？諸火器，都套去。水一灌，反冒出核桃兒大，勉强纏帳。左右抹粉搽胭，個個狼餐虎咽。燒死大半，得勝回來。這賊使機關，不知我本事。魔頭巍巍冷笑，重新整頓房廊。要你老子不來，除非服降陪禮。和尚已被我洗淨。適纔響了一聲，丹砂就不見了。一道山河，柳蔭垂碧。咿咿啞啞，撑出隻船。毒敵山邊琵琶漏，蓬頭女子坐花亭。面前一盤人肉包，背後亦有素饅首。沒頭沒臉又將來，口內生烟鼻出火，便是如來也怕奴。兩個毛人到那裏，毒樁扎扎大聖頭，悟空叫聲利害也，不腫不破卻作癢。把門打碎也無益。秀麗芭蕉洞，惡狠鐵扇精。結束整齊縱身出，你不怕我又尋死。渴了渴了急呼茶，老孫都是實本事。招了玉面公主，因此抛了髮妻。王母靈芝潭内養。金鐃丟下合在中，左拱右撞不能出。思想將身變得高，鐃隨身長全無縫。悶煞我也。打著响，顺著你。物緊噙住，拚死命纔帶出來。好男子不可遠走高飛。裝了去一條白布搭膊。後有一條稀柿洞，此路要須猪拱開。鱔魚在腿襠裏亂鑽。毒藥是積下百鳥糞。白雪神仙府，又名黄花觀。更有千花洞，坐落紫雲山。别有陰陽二氣瓶，一年不動一年陰。纔動火蛇，便亂咬物。長瓶也變得長，鑽破便難裝人。只好也挐痾屎。在人肚裏做勾當，後門裏走豈長進。蓋著籠悶氣蒸，開著籠出氣蒸。救便脫根救，莫又復籠蒸。持齋素甚屬苦惱，吃人肉受用無窮。錦②香亭，鐵櫃裏。國號比丘，動擬孔聖；鵝③籠赤子，倒是黑心。柳枝波，清華洞。兩手齊捫，左右分擘。鮮血冒出，便失樹身。光明霞采，化作寒風。黑松林奇花異草，其實可人情意。彼美婦藤綁樹上，半截埋在土裏。原來是想吃人肉的法鬼，反叫放著活人性命不救。那門東倒西歪，拚讓强人安歇。左右弓鞋，亦可代身。陷空山下，有無底洞，伏在洞邊，仔細往下一看，叫八戒去先看多少淺深，進去的路都忘了。這洞古怪不好走，進時要打上頭往下鑽，出時要打底下往上鑽。不但拖碎他肝腸，還要擣破他皮袋。不容咬破就進肚。罷了罷了，奴死也千方百計要鑽進肚。略鬆一鬆，回過氣來。俺肚裏有了人也，腌腌臢臢做什麼。黑角落上，另有一個小洞，也鑽進去，忽聞一陣香風。太醎了，吃不多；任怎醎，我越喜。竹節山，九曲盤桓洞；獅子吼，卻戀錦雲窩。眞個是鐵甕金城，空留下擣藥短杵。卽欲爲臨川諱，謂《還魂》、《南柯》喻意，非從《西遊記》學去，千載以下之慧人，其信我乎？

【校】

①响，底本作『晌』，據文義改。

②錦，底本作『緊』，據《西遊記》第七十七回改。下同。

③鵝，底本作『訛』，據文義改。

【箋】

〔一〕底本無題名，緊接程瓊《批才子牡丹亭序》，另成一段落。

附　南都耍曲秦炙箋

闕　名

音之爲物，夏叩羽則霜雹交下，川池暴涸；　冬叩徵則陽光熾烈，草木發榮。騷賦不能入樂，而後有古樂府；　古樂府不入俗，而後以唐絕句爲樂府；　絕句少委蛇，而後有詞；　詞不快北耳，而後有北曲；　北曲不諧南耳，而後有南曲。異焉者時，同焉者情，故皆爲萬古一代之鉅章。

間有一二異才，既操古音以追昔日之格，復創變調以開後日之端。然長吉輩生，而樂府沉深雄渾、高古拙淡之氣消盡。後之稱樂府者，僅襲古題，即有音節，不能合奏，固不若竟作詩餘也。自崇寧間立大晟樂府，命周美成等討論古昔，審之古調，零落之後，少得存者。由此八十四調之音稍傳，周等復增演慢曲引，或遂移宮換羽，爲三犯四犯之曲，按月令爲之，其曲遂繁。顧周生負一代名，作詞能融化詩句於音譜，亦且兼有未諧，足知難矣。

製曲則先擇曲名，然後命意。最是過、變，不要斷了曲意，須要承上接下。字面粗疏，改之又改。若倦於修擇，豈能無病？　抑恐未協音律，字字妥溜輕圓，敲得響，方爲本色。字面亦調中起眼處，何可忽也？　質實則凝塞滯晦，疏快則神觀飛越。若字字質實，讀之且不通，況付雪兒乎？第清空中有媚趣，用事不爲事使，心存目想，神領意造，無筆力者亦未易到。拘而不暢，便滯於物，致付之歌喉者，反讓率俗不自惡之俚調。

夫聲出鶯吭燕舌之間，詠物而止詠物，不著豔語，固非詞家體例。然說情太露，便是要曲、纏令。人之有心，不能無欲；人之有口，不能無言。景中帶情，以景結情尤妙。全在情景交煉，得言外意。大抵前輩一曲中，有兩三句膾炙千古，餘或率易。邇以爲專門學，反多苦澀。楊誠齋謂：『須立新意，方能作不經人道語。止能煉字，並無精爽。屋上架屋，只是人奴。』沈伯時與夢窗講論，又云：『詞用字不可太露，露則直突；發意不可太高，高則狂怪。斷不可用經史中生硬字面。』耆卿律甚協，豔俗所宜，未免有鄙處。白石知音，亦未免有生硬處。施梅川音律有源流，故其聲無舛誤，間有俗氣，亦漸染教坊之習故也。

腔律豈必人人皆能？按簫塡譜，但看句中，用去聲字最爲緊要，將古知音人曲參訂，如都用去聲，亦必用去聲。其次如平聲，卻用得入聲字替，上聲最不可用去聲字替。不可以上、去、入盡道是側聲，便用得。前輩好詞甚多，往往不協律，無人唱，如秦樓楚館，承意變聲，多是教坊樂工及市井做賺人所作，只緣律腔不差，故多唱之。古曲譜多有異同，至一腔有兩三字多少者，或句法長短不等者，蓋被教師改壞。亦有嘌唱一家，多添了字，吾輩於嘌唱之腔不作可也。雖然，烏猪生白子而殺之，是無分於善不善也，從其同異愛憎而已。此怪石也，畜之不利，下土之錦，皆有虛名。知與不知，相去甚遠。忌心不萌，必於他人難解處，尋繹而得其味。自枝山謂『此中有無盡藏』，作《琴心》等集後，習尚繁華，物事瑰異，精思翻樣，匠巧神奇。一事新創，見者色飛；一語怪豔，聆者絕倒。有意出塵外，怪生筆端，或設異想，或切至情，奇尤傑絕，必力徵致傳其物理，施之無窮者，使無市井教坊，彼且安所歸乎？故明之妓帖花案，鄙穢難堪，出北齊花品之外。百穀《嘲妓詩》二卷外，或已編爲《彩筆情詞》〔一〕。惟漉籬子有言：『今所狂惑之奇豔，已不在諸妓，而在諸媼。正如漢末都魁達於藝，黷利之所在，人人龍君，故舍其談妓者，而登其非妓者。』披裘負薪翁記〔二〕。

（以上均清雍正間刻本《才子牡丹亭》卷首上欄）

【箋】

〔一〕《彩筆情詞》：即《彩筆情辭》，明張栩（？—一六二四後）編，詳見本書卷十四該條解題。

〔二〕披裘負薪翁：姓名、籍里、生平均未詳，或即此文作者。

附　才子牡丹亭題識〔一〕

吴梅

《才子牡丹亭》，癸酉中秋得自南都〔二〕，價銀跌式拾圓。是書將若士原文，一一比附穢褻事，可云荒謬絶倫。然世間羣籍，殫見洽聞，非深於乙部之學者不能，眞天壤間一大奇書也。末附南都時曲，如和沈青門《唾窗絨》等（書中誤作梁少白），尤爲不可多見者。得一書而見諸祕本，更奇！

霜厓，癯叟。

（中國國家圖書館藏清雍正間刻本《才子牡丹亭》首封墨筆題識）

【箋】

〔一〕底本無題名。

〔二〕癸酉：民國二十二年（一九三三）。

冰絲館重刻還魂記敍

快雨堂〔一〕

世有見玉茗堂《還魂記》而不歎其佳者乎？然欲眞知其佳，且盡知其佳，亦不易言矣。風雲月露，天之才也；山川花柳，地之才也；詩詞雜文，人之才也。此三才者，亙古至今而不易，推遷變化而弗窮。《還魂記》，一傳奇耳，乃薈天地之才爲一書，合古今之才爲一手。以爲禪，則禪宗之妙悟靡不入也；以爲《莊》、《列》，則《莊》、《列》之詼誕靡不臻也；以爲《騷》、《選》，則《騷》、《選》之幽渺靡不探也。以爲史，則史家之筆削靡不備也；以爲詩，則詩人之溫厚靡不蘊也；以爲詞，則詞人之縟麗靡不抒也；以爲曲，則度曲家之清濁高下、宮商節族，靡不極其微妙、中其窾郤也。噫，觀止矣！

予童子時，愛讀此記。讀之數十年，自恨於其佳處，尚有未能悉者。冰絲館居士與余同好〔二〕，取清暉閣原本〔三〕，編較重刊，務存玉茗舊觀，不敢增刪隻字。至於愜目賞心，莫能自割，輒於原評之外，略綴數言，另署冰絲館、快雨堂之名以別之，冀與讀《還魂記》者少作周旋焉。顧《還魂記》博奧淵微，評跋豈能盡闡？仍待讀之者自爲領取而已。

快雨堂敍。

（清乾隆五十年乙巳冰絲館增圖重刻本《玉茗堂還魂記》卷首）

【箋】

〔一〕快雨堂： 王文治家有快雨堂，姚鼐曾爲之作記，王著有《快雨堂題跋》、《快雨堂詩稿》等。未詳此『快雨堂』是否卽王文治別署，待考。王文治（一七三〇—一八〇二），字禹卿，號夢樓，丹徒（今江蘇鎮江）人。生平詳見本書卷八《迎鑾新曲》條解題。

〔二〕冰絲館居士： 姓名、籍里、生平均未詳。

〔三〕清暉閣原本： 卽王思任評本。

附　冰絲館本還魂記跋〔一〕

吴梅

臨川《還魂》，同時已有竄改。一爲呂玉繩，『醉漢瓊筵』絕句，卽爲呂氏而發，見《玉茗集·與淩初成書》。一爲臧晉叔，卽葉懷庭所譏『孟浪漢』者，實則爲吴下優人計，則删改本亦頗可用。（晉叔將《四夢》全行删削，實有見地，余别有題記。）一爲龍子猶，劇名改作《風流夢》，卽世傳墨憨齋本者是也。俗伶所歌《叫畫》一折，卽是龍本，知者鮮矣，删改本中，以此爲最。余所見者止此。

至於刊本之高下，更難論斷。余所藏如汲古、文林、清暉諸本，固以毛本最劣，王本最優，然總不如此本之善也。臨川填詞，信手揮灑，頗多不合宫調。同時吴江沈寧庵，則斤斤扐黍，不少寬假，所刻諸曲，皆分别正襯，寧庵以前，無此格也。冰絲以寧庵之律，校海若之詞，可謂匠心獨苦，雖鈕少雅且不能專美於前矣。（少雅有《格正還魂記》，字字剔腎鏤心，至佳。今爲貴池劉氏刻。）

丙辰臘八日〔二〕，奢摩他室主人吳梅題記。

丙子六月〔三〕，據金陵世德堂刻本重校一過。吳梅。

【箋】

〔一〕底本無題名。民國二十九年鉛印本《新曲苑》所收《霜厓曲跋》卷三有此文，文字略有改動，題《冰絲館本還魂記跋》，據以題名。

〔二〕丙辰：民國五年（一九一六）。

〔三〕丙子：民國二十五年（一九三六）。

附　冰絲館本還魂記跋〔一〕

吳　梅

沈寧庵改本《還魂記》，止有唐氏世德刻本。雖割蕉加梅，爲臨川所訶，而律度固諧合也。潘生景鄭藏有唐刻，因假歸校之如右。此宜暑佳伴。吳中作冷淡生涯如我者，恐鮮矣。

丙子六月廿七日，霜厓吳梅題記。

（以上均中國國家圖書館藏清乾隆五十年冰絲館增圖重梓本《玉茗堂還魂記》卷末墨筆書）

【箋】

〔一〕底本無題名。

重刻清暉閣批點牡丹亭凡例

闕　名〔一〕

一、《牡丹亭》傳奇，以詩人忠厚之旨，爲詞人麗則之言，句必尖新，義歸渾雅。高東嘉爲曲聖，湯玉茗爲曲仙，洵樂府中醇乎醇者。是編悉依原刻，或有一二字句似乎失檢之處，則謹遵乾隆四十六年進呈訂本，此外不敢妄有增删，幸識者鑒之。

一、是劇刻本極多，其師心改竄，自陷於庸妄，如臧晉叔輩，著壇已明斥之矣。近世又有三婦評本，識陋學膚，妄自矜詡，具眼者諒能別白；但其中校訂字句，紕繆處固多，可采處亦或間有。是編於可采處必加纂録，且爲標出簡端；至乖謬特甚者，亦予拈出。瑕瑜不掩，葑菲可收。意在發揮古人，不與評家較量長短也。

一、集唐詩注出作者姓名，三婦本頗爲有功，今采補之。

一、山陰之評〔二〕，著語不多，幽微畢闡，俾臨川心匠躍然楮墨間，觀止矣，無以加矣！然細流土壤，或補高深；爝火桔槔，或資明潤。快雨、冰絲，各有所見，不必與古强同也。弗揣固陋，附綴數言，然必注明某某加圈，某某加評，使古人廬山眞面與管蠡私臆，了了分明，庶閲者知所決擇。

一、山陰自謂『不知音律，以文義測之』，此實語，非謙詞也。然文各有體，既已塡詞，卽當以曲律爲文律矣。是編參考曲律，不厭詳明，俾曲律彰而文律倍顯。非敢增益山陰，仍是發揮玉茗云爾。

一、玉茗博極羣言，微獨經史子集，奥衍閎深，卽至梵筴丹經，稗官小説，無不貫穿洞徹。間有一二僻書難字，偶爲儉腹所知者，亦爲拈出。此外挂漏尚多，專望海内博物君子，惠我弗逮。

一、玉茗所署曲名，因填詞時得意疾書，不甚檢核宫譜，以故訛舛致多。然被之管弦，竟無一字不合，且無一音不妙，益服玉茗之神明於曲律也。近日吴中葉氏《納書楹譜》，考訂極精，爰另爲録板行世。是刻曲名，且仍舊貫，卽宫調亦不復補注焉。

一、著壇不取繡像。然左圖右書，自古有之，今爲增補。

一、著壇校字，自謂功臣，然魯魚之誤，依然不少。甚矣，校書之難也。是刻於文義灼有關係，或諸家互異，折衷一是者，特爲標出簡端。其間明係傳刻之譌，校對時偶然失檢者，但予改正，不復標明，厭繁瑣且不欲暴己長也。

又著壇原刻凡例七條並列於後。（下略）

（清乾隆五十年冰絲館增圖重梓本《玉茗堂還魂記》卷首）

【箋】

〔一〕此文當爲冰絲館居士撰。

〔二〕山陰：指王思任（一五七五—一六四六）。此本卽據王氏批點本增補重刻。

玉茗堂還魂記跋〔一〕

劉世珩

臨川《四夢》，精心結撰，膾炙人口，推《牡丹亭還魂記》。呂棘津《曲品》謂：『《還魂》傳杜麗娘事甚奇，而著意發揮懷春慕色之情，驚心動魄，且巧妙疊出，無境不新，眞堪千古矣。』《靜志居詩話》：『《牡丹亭》曲本，尤眞摯動人。或傳云刺曇陽子而作，然太倉相君實先令家樂演之，且曰：「吾老年人，近頗爲此曲惆悵。」假令人言可信，相君雖盛德有容，必不反演之於家也。』其時傳說不一，而遭後人塗抹，亦以此記爲最甚。觀臨川《答淩初成書》云：『《牡丹》一記，大受呂玉繩改削，云便吳歌，猶見王摩詰《冬景芭蕉》，而割蕉加梅焉。』臨川在日，已有删改者。臧晉叔所刻《四夢》，尤多改竄。沈伯英、馮子猶①，則並其名亦改之，曰《合夢記》，曰《風流夢》。蓋至是而臨川本色雖存焉者鮮矣。

快雨堂、冰絲館刻一本，題『重刻清暉閣批點牡丹亭』，乃王譃庵比部所評校，快雨、冰絲爲之增補繡像，加以批評圈點，標明『清暉閣原本』，世稱此本最佳。前有竹林堂刻《四夢》本，其《還魂記》，卽據王比部清暉閣本刻者。又有吳吳山之三婦陳同、談則、錢宜評本，於『集唐詩』注出作者姓名，益見苦心孤詣矣。余正合數本校訂，適得十行二十二字本，白口單邊，介白提行低一格，雙行小字，字體古雅，一無圈點批評。其中插附圖畫，雕鏤精工，詞曲介白，與通行本頗有異同。或疑是臨川原本，惜無序跋可證。仌本增補繡像，全從此本橅出，於詞曲介白，又未依據。快雨堂《序》言：『取清暉閣原本編校重刊，務存舊觀。』《凡例》言：『是編悉依原刻，或有一二字句似乎失檢之處，則謹遵乾隆四十六年進呈訂本，此外不敢妄有增删』云云。以之相校，多所未合。詎庵序，且遺其名『王思任』三字。序後陳仲醇、米仲詔兩家評語，又復失載。眉批並云『從三婦本改訂』，亦未依據。

今刻悉從十行本，扮色間用臧本，圈點合取清暉、三婦、快雨冰絲三本。至如繡像畫圖，山荊則謂《四夢》全橅臧圖，當歸一律；十行本之原圖，另橅刻於卷首，使兩存之，得以見冰本所橅之所自焉。評語仍以王比部本爲主，並列其序，書題『山陰王思任謔庵評校』。此外各家批評，擇其精者，采列於眉，著明某某；行邊批注，皆照錄入。凡與各本不同處，均加按語，標出簡端。復取鈕少雅《格正詞調》，附刻於後，藉作校記。其曲牌、曲律，恐讀者未必案頭盡人置譜一編，以之比勘，有據鈕譜、葉譜改正，都爲標注，集曲並詳載牌名。悉心讎校，校過付寫，寫後復校，校過付刻，刻後復校，校非一次，時逾三年，始克成此完本。自信可免『割蕉加梅』之譏，一無拗嗓聱牙之弊。臨川有知，九京下當亦深許直駕乎快雨、冰絲而上。其毋繙刻，笑人以賈人俗子事，爲清暉大足痛恨者也。

然余之傳《四夢》，首列臨川二傳，傳其史冊彈文，使咸知是孝子、是忠臣、是堅貞名節之士，能僅以『曲仙』稱之耶？從來傳奇家多傳生旦，臨川獨於傳外，有己在焉。前人祗知《四夢》本酒、色、財、氣四記②：《南柯》，酒也；《還魂》，色也；《邯鄲》，財也；《紫釵》，氣也。不知《南柯》之契玄，《還魂》之老判，《邯鄲》之純陽子，《紫釵》之黄衣豪客，是皆臨川自謂也。現身說法，固已別具一格，而其醒世苦心，則亦見道之文，豈可以癡人說夢，等閒觀之乎哉？

光緒三十四年戊申長至，夢鳳主人貴池劉世珩識於京師東安門外西堂子衚衕天祿西堂。

（民國間貴池劉氏刻《暖紅室彙刻傳劇》第十二種《玉茗堂還魂記》卷末）

【校】

①猶，底本作『猷』，據人名改。

②記，底本作『犯』，據文義改。

【箋】

〔一〕底本無題名。

玉茗堂還魂記圖題識〔一〕

傅春姍

右十行，本圖四十；冰絲館改本，圖一。都四十一圖。蓋冰本刻圖皆橅此本，而去款字，世皆以爲冰絲館所重畫者。夢鳳樓主今刻《四夢》，其圖皆橅臧晉叔原本，以歸一律。余又重橅此圖，弁之卷首，可以知冰本之圖所由來，益以見余二人之好事矣。

戊申仲冬既望〔二〕，暖紅室主人淑仙劉傅春姍並識。

（同上《玉茗堂還魂記》卷首圖後）

【箋】

〔一〕底本無題名。

〔二〕戊申：光緒三十四年（一九〇八）。

附 牡丹亭跋〔一〕

吴 梅

此劇肯綮在死生之際。記中《驚夢》、《尋夢》、《診祟》、《寫眞》、《悼殤》五折，自生而之死；《魂遊》、《幽媾》、《歡撓》、《冥誓》、《回生》五折，自死而之生。其中搜抉靈根，掀翻情窟，爲從來填詞家屐齒所未及，遂能确踞詞壇，歷千古不朽也。

是記初出，度曲家多棘棘不上口，因有爲之刪改者。吴江沈寧庵（璟）首爲筆削，屬山陰呂玉繩轉致臨川。臨川不懌，作小詩一首，有『縱饒割就時人景，卻愧王維舊雪圖』之句（沈本更名《合夢記》）。其後有碩園刪定本（刻入《六十種曲》），有臧晉叔刪改本，有墨憨齋改訂本（易名《風流夢》，見《墨憨齋十四種》），皆臨川歿後行世，雖律度諧和，而文辭則遠遜矣。

又有謂臨川此劇，爲王氏曇陽子作。按王世貞《曇陽大師傳》，略云：師姓王氏，父學士荊石，母朱淑人，夢月輪墜牀而孕，名曰桂。許字徐景韶。年十七，將嫁，師乃灑掃淨室，奉觀世音像，願長齋受戒。禪居三月，會景韶病死，以訃來，師縞服草屨，別築一土室居之。夜夢至上眞所，香烟成篆書『善』字，有朱眞君，令師吸之，命名壽貞，號曇陽。醒卽卻食，惟進桃杏汁液，手挽雙髻。已而丹成，並不復進諸果。嘗築茅齋於僻地，榜曰『恬澹觀』。閱五年，道有成。請謁徐郎墓，酹畢，遂於享室東隅，以一氈據地而坐，不復移足，亦不令有所蓋覆。九月二日，問學士：『龕成否？重九吾期也。』世貞促載龕至，曰：『卽氈所爲高坐。』召世貞等之稱弟子者及女弟子，各有誨語，忽袖刀割髻於几曰：『吾以上眞度，不獲死，遺蛻未卽朽，不獲葬，此髻所以志也。爲我啓徐郎窆而祔之。』遂入龕，出所書遺教及辭世歌偈，復命女僮傳語：『吾曇鸞菩薩化身也。』左手結印執劍，右手握麈尾，立而瞑。時年二十三。觀者數萬人，莫不讚歎云云。傳凡萬一千九百八十二言，與麗娘事絕不相類，因節錄之，明其無所與也。又朱竹垞云：『義仍塡詞，妙絕一時，語雖斬新，源亦出於關、馬、鄭、白。其《牡丹亭》曲本，尤眞摯動人。人或勸之講學，答曰：「諸公所講者性，僕所言者情也。」世或傳刺曇陽子而作，然太倉相君實先令①家樂演之，且曰：「吾老年人，近頗爲此曲惆悵。」假令人言可信，相君雖盛德有容，必不反演之於家也。』（《靜志居詩話》）據此則譏刺公曇陽之說，不攻自息矣。而蔣心餘《臨川夢·集夢》折【懶畫眉】云：『畢竟是桃李春風舊門牆，怎好把帷薄私情向筆下揚？他平生罪孽這詞章。』未免輕議古人，余甚無取焉。

惟記中舛律處頗多，往往標名某曲，而實非此曲之句讀者。清初鈕少雅有《格正還魂》二卷，取此記逐句勘核《九宮》，其有不合，改作集曲，使通本皆被管絃，而原文仍不易一字，可謂曲學之健將，不獨臨川之功臣也。（今爲貴池劉氏刊入《彙刻傳奇》中。）冰絲館校刊此記，釐正曲牌，校對正襯，未嘗不慘澹經營，以較少雅，實有天淵之別。納書楹訂定歌譜，自詡知音，亦以少雅作爲藍本，有識者自能辨之也。

臨川此劇，大得閨閫賞音。小青『冷雨幽窗』一詩，最傳人口，至播諸聲歌，賡續此劇（吳石渠《療妒羹》）。而婁江俞氏，酷嗜此詞，斷腸而死，藏園復作曲傳之（蔣士銓《臨川夢》），媿美杜女。他如杭州女子之溺死（見西堂《艮齋雜説》），伶人商小玲之歌死（見焦里堂《劇説》），此皆口孽流傳，足爲盛名之累。獨吳山三婦，合評此詞，名教無傷，風雅斯在，抉發藴奥，指點禪理，更非尋常文人所能辨矣。

霜厓。

（民國十九年上海商務印書館排印本吳梅《曲選》卷二《牡丹亭》卷末）

【校】

①令，底本作『今』，據文義改。

【箋】

〔一〕底本無題名。

附　怡府本還魂記跋〔一〕

吳　梅

怡府本《還魂記》，余丁巳十月得於廠肆〔二〕，餘三夢姑俟他日。

長洲吳梅〔三〕。

余丙辰歲除《祭書》詩〔四〕，有『一事平生差得意，案頭六種《牡丹亭》』句，今並此爲七矣。（六種爲玉茗原本、三婦評本、清暉閣本、冰絲館本、臧晉叔本、馮猶龍墨憨齋本。他如鈕少雅、葉懷庭、馮雲章諸譜，皆不記云。）是亦一快也。

老臞又識〔五〕。

玉茗以善用元詞名，記中以北詞法填南曲，其精處直駕元人而上之，自有詞家，無人能敵也。呂玉繩、臧懋循以南詞法繩之，又何怪鑿枘也。世人不知玉茗之所自，交口言其舛律，此少雅所以爲之訂譜歟？

小雪日，老臞又記〔六〕。

（中國國家圖書館藏清怡府刻本《牡丹亭還魂記》卷首墨筆書）

【箋】

〔一〕底本無題名。

〔二〕丁巳：民國六年（一九一七）。

〔三〕題署之後有陰文方章：『吳梅』。

〔四〕丙辰：民國五年（一九一六）

〔五〕題署之後有陽文方章：『臞安』。

〔六〕題署之後有陽文方章：『臞安』。

南柯夢（湯顯祖）

《南柯夢》傳奇，一名《南柯記》，又名《南柯夢記》，呂天成《曲品》著錄。現存版本除《四夢》合刻本外，尚有萬曆間金陵唐振吾刻本、萬曆間刻本、明末汲古閣原刻初印本、汲古閣刻《六十種曲》本、民國間貴池劉氏刻《暖紅室彙刻傳劇》本等。

南柯記題辭〔一〕

湯顯祖

天下忽然而有唐，有淮南郡。槐之中忽然而有國，有南柯。此何異天下之中有魏，魏之中有王也。李肇讚云：『貴極祿位，權傾國都。達人視此，蟻聚何殊？』嗟夫！人之視蟻，細碎營營，來①不知其②所爲，去③不知其④所往，意之皆爲居食事耳。見其怒而酣鬭，豈不呹然⑤而笑，曰：『何爲者耶？』天上有人焉，其視下而笑也，亦若是而已矣。白舍人之詩曰：『蟻王乞食爲臣妾，螺母偷蟲作子孫。彼此假名非本物，其間何怨復何恩？』世人妄以眷屬富貴影像，執爲我想，不知虛空中一大穴也，倏來而去，何家之可到哉？

吾所微恨者，處士田子華⑥能文，周弁能武，二人⑦無病而死，其骨肉必下爲螻蟻食，無疑矣。

又從而役屬其魂氣以爲臣，螻蟻之威，乃甚於虎倀⑧。此猶死者耳。淳于固儼然人也，靡然而就其徵，假以肺腑之親，藉其枝幹之任。昔人云：『夢未有乘車入鼠穴者。』此豈不然耶？一往之情，則爲所攝。人處六道中，嚬笑不可失也。

客曰：『人則情耳，玄象何得爲彼示儆？』此殆不然。凡所書福⑨象不應人國者，世儒即疑之，不知其亦爲諸蟲等國也。蓋皆因天立地，非偶然者。

客曰：『所云情攝，微見本傳語中，不得有生天成佛之事。』余曰：『謂蟻不當上天耶？《經》云：「天中有兩足、多足等蟲。」世傳「活萬蟻可得及第」，何得度多蟻生天而不作佛？夢了爲覺，情了爲佛。境有廣狹，力有强劣而已。』

萬曆庚子夏至〔二〕，清遠道人題⑩。

（中國國家圖書館藏明末朱墨套印本《南柯記》卷首）

【校】

①來，徐朔方《湯顯祖集》卷三三《南柯夢記題詞》作『去』。

②『其』字，徐朔方《湯顯祖集》卷三三《南柯夢記題詞》無。

③去，徐朔方《湯顯祖集》卷三三《南柯夢記題詞》作『行』。

④『其』字，徐朔方《湯顯祖集》卷三三《南柯夢記題詞》無。

⑤然，傅惜華藏本《南柯記原敍》作『也』。

⑥處士田子華，徐朔方《湯顯祖集》卷三三《南柯夢記題詞》、傅惜華藏本《南柯記原敍》皆作『田子華處士』。

⑦二人，徐朔方《湯顯祖集》卷三三《南柯夢記題詞》、傅惜華藏本《南柯記原敘》皆作『一旦』。

⑧偎，徐朔方《湯顯祖集》卷三三《南柯夢記題詞》、傅惜華藏本《南柯記原敘》皆作『狼』。

⑨福，徐朔方《湯顯祖集》卷三三《南柯夢記題詞》、傅惜華藏本《南柯記原敘》皆作『祲』。

⑩《湯顯祖集》卷三三《南柯夢記題詞》文末無題署，傅惜華藏本《南柯記原敘》僅題『清遠道人湯顯祖題』。日本大谷大學藏明萬曆間金陵唐振吾刻本《鐫新編出像南柯夢記》（卷端署『臨邑玉茗堂編，門人周大賚校』），卷首之《南柯夢題詞》，署『萬曆丙午夏至清遠道人書』。萬曆丙午，即萬曆三十四年（一六〇六）。

【箋】

〔一〕此文又見徐朔方《湯顯祖集》卷三三，題爲《南柯夢記題詞》（頁一〇九六）。傅惜華藏本題爲《南柯記原敘》。

〔二〕萬曆庚子：萬曆二十八年（一六〇〇）。黃仕忠《『玉茗堂四夢』各劇題詞的寫作時間考》（《文學遺產》二〇一一年第五期）認爲，此年應是《南柯夢記》完成時間，其付刻則在萬曆三十四年。

題南柯夢

沈際飛

夫蟻，時術也，封戶也，雉堞具也，甲胄從也，黃黑鬬也，君臣列也，此昔人之言，非臨川氏之夢也。蟻而館甥也，謠頌也，碑思也，象警也，佞佛也，此世俗之事，臨川氏之說也。臨川有概①於不及情之人，而樂說乎至微至細之蟻；又有概於溺情之人，而托喻乎醉醒醒醉之淳于生。淳于未醒，無情而之有情也；淳于既醒，有情而之無情②也。惟情至，可以造立世界；惟情盡，可以不壞虛空。而要非情至之人，未堪語乎情盡也。世人覺中假，故不情；淳于夢中眞，故鍾情。既覺而猶戀戀因緣，依依眷屬，一往信心，了無退轉，此立雪斷臂上根，決不教眼光落地。卽槐國螻蟻，各有深情，同生忉利，豈偶然哉！彼夫儼然人也，而君父、男女、民物間悠悠如夢，不如淳于，并不如蟻矣，并不可歸於螻蟻之鄉矣。《賢愚經》云：長者須達，爲佛起立精舍，見地中蟻子。舍利弗言：『此蟻子經今九十一劫，受一種身，不得解脫。』是殆不情之蟻乎？斯臨川言外意也。

震峯居士沈際飛漫書〔一〕。

（明末刻《獨深居合選玉茗堂集》所收《南柯夢》卷首）

【校】

①概，《湯顯祖集》附錄《題南柯夢》作『慨』。下同。

②『而之有情也淳于既醒有情而之無情』十五字，《湯顯祖集》附錄《題南柯夢》無。

【箋】

〔一〕題署之後有陽文方章二枚：『般若中來』、『慧男子』。

南柯夢記總評

闕　名〔一〕

此亦一種度世之書也。螻蟻尚且生天，可以人而不如蟻乎？

從來災異不應者，未必不應之螻蟻諸國，此宋人所不敢言也。然實千古至論，不意從傳奇中得之。

余嘗謂情了爲佛，理盡爲聖。君子不但要無情，還要無理。又恐無忌憚之人藉口，蘊不敢言，不意此旨，《南柯記》中躍躍言之。

（明末刻本《柳浪館批評玉茗堂南柯夢記》卷首）

【箋】

〔一〕此文當爲袁于令（一五九二—一六七二）撰。參見本卷《紫釵記總評》條箋證。

附　玉茗堂南柯記跋〔一〕

劉世珩

《南柯記》本唐人小說。靜志居云：『此記悟徹人天，勘破蟣虱，言外示幻，居中點迷，直與大藏宗門相吻合。此爲見道之作，亦清遠度世之文也。』山陰王謔庵比部，意在校刊此記，彙成『四夢』，見快雨堂、冰絲館《重刻清暉閣本牡丹亭還魂記凡例》，並列著壇原刻凡例七條，其第五條有言：『本壇原擬並行「四夢」，迺《牡丹亭》甫就本，而識者已口貴其紙，人人騰沸，因以此本先行。海内同調，須善藏此本，俟三夢告竣，彙成一集。佳刻不再，珍重，珍重』云云，其矜貴可想。厥後『三夢』終未見行世。竹林堂刻『四夢』，亦祇《牡丹亭還魂記》一種，爲山陰王謔庵清暉閣批校本。快雨、冰絲僅刻《牡丹亭還魂記》一夢，其餘『三夢』，亦未刻有傳本。

余彙刻雜劇傳奇五十種，於『四夢』更能無佳刻精本乎？《還魂記》前已據十行二十二字本刊行，並以鈕少雅《按對大元九宫詞譜格正全本牡丹亭還魂記詞調》附後，藉作校記。《紫釵記》則據竹林堂本，《邯鄲記》則據獨深居本。此記初亦據獨深居點次本，嗣得柳浪館批評本，前載目錄，聯綴圖畫，惜畫有殘缺。卷首有《總評》一葉，右角下鈐『三槐堂』朱文大長方印，第一葉右角下鈐『華韋齋』朱文小方印、『吳趨里人』白文小方印，是經雅宜山人所藏。柳浪館或刻有『四夢』，曾於清暉閣刻《牡丹亭還魂記》凡例中，見有引及柳浪館本，其爲前明舊刻可知。而所得惟此《南柯記》，餘亦未之見。卽依此本付刻，批評圈點，極其謹嚴。復合獨深居題辭、批語、圈點於一本。柳浪館本無邊批，並從獨深居本采入。字句偶有異同，加以按語標出書眉。獨深居本批評，亦有從柳浪館本，蓋柳浪館本刻在前也。眉批未加標注者，皆爲柳浪館本原批；有采臧吳興、獨深居兩本者，則標明『臧曰』及『獨深居本云』以別之。獨深居本亦復審慎，間有偶改一二字，多因不合韻脚，非如臧吳興任意改竄，直似與清遠爲仇。要如臧之改訂折目，删節曲詞，皆取便於場上演唱，故於扮色最詳，亦有可取。又以汲古閣、竹林堂各本互相勘訂。如第一齣，柳浪館、汲古閣、獨深居三本，均目作『提世』，竹林堂本目作『提綱』，因從竹林堂本。第三十六齣，柳浪館、汲古閣、竹林堂目作『還朝』，獨深居目作『議冢』，臧吳興本目作『議葬』，是齣多言葬事，改從臧本。清遠填詞，往往得意疾書，不甚檢核宫譜，以故譌舛致多。葉懷庭《納書楹譜》考訂極精，並從葉本校正。扮角有照臧本，關白參用毛本，圖像則全槭臧本，俾『四夢』皆歸一律。擇善者而從焉，庶以暴清遠之眞面，亦可補清暉之缺憾，不敢謂此記之功臣也。世傳『四夢』既鮮善本，今以四家各刻之一夢集爲『四夢』，又據諸本互校，乃成此佳刻。海内同調，其亦有如清暉所云『善藏而珍重之』者耶？

宣統丙辰新秋〔二〕，南山村劉世珩識於楚園。

【箋】

〔一〕底本無題名，據卷末題署。

〔二〕宣統丙辰：民國五年（一九一六）。

附　玉茗堂南柯記跋〔一〕

吴　梅

楚園先生此刻，據柳浪館本，復以諸本互校。余又依葉氏《納書楹譜》，訂正曲牌、詞句，取莊邸《大成宮譜》，分別正襯格式。其改訂曲牌處，如《樹國》折之【劍器令】，《貳館》折之【步蟾宮】，《玩月》折之【小桃紅】，《生恣》折之【鴨香三枝船】、【赤馬兒】、【雙赤子】、【拗芝蔴】之類，皆舊刻所訛，而今刻正之也。其補正詞句處，如《引謁》折【絳都春序】第二曲云：『便衣衫未整，造次穿朝。』原脱『未整』二字。《得翁》折【醉太平】曲云：『這遇妻之所，拾得親父。』原脱『之』字。《粲誘》折【金落索】：『秋波選俊郎。』脱『俊』字。《御餞》折【尾聲】云：『看他們時至宣風化』，原作『看他們時至氣化』。《錄攝》折【字字雙】第二曲云：『山妻叫俺外郎郎』，原作『山妻叫俺是外郎』。《召還》折【集賢賓】曲云：『論人生到頭難悔恐』，原作『論人生到頭成一夢』。《象譴》

折【尾聲】云：『且奪了淳于親侍衛』，原作『且奪了淳于棼侍衛』。《尋寤》折【繡帶兒】曲云：『還鄉定出了這一座大城，宛是我昔年東來之徑。』諸刻皆作白文。此皆不諧格律，亦舊刊所訛也。他若《繫帥》折之【滴滴金】、【四門子】，《生恣》折之【解三酲】，句法乖異，不可繩以舊式。余以沈寧庵《南曲譜》、李玄玉《北詞譜》與莊邸《九宮大成譜》，互勘格正之。三曲中，以【解三酲】爲尤難。臧晉叔所謂『楊花腔格』，今世不傳，無從考究矣。又集調誤爲正曲，么篇書作前腔，體例有所未安者，亦一一釐訂之。至於齣目之同異，角色之分配，具詳楚園跋中，不復贅云。

丁巳孟春〔二〕，長洲吴梅校畢並跋。

（以上均民國間貴池劉氏刻《暖紅室彙刻傳劇》第十五種《南柯記》卷末）

【箋】

〔一〕底本無題名，據卷末題署。

〔二〕丁巳：民國六年（一九一七）。

附　南柯記跋〔一〕

吴　梅

《南柯》一劇，暢演玄風，爲臨川度世之作，亦爲見道之言。其《自序》云：『世人妄以眷屬富貴影像，執爲我想，不知虛空中一大穴也，倏來而去，有何家之可到哉？』是其勘破世界微塵，方得有此妙諦。『四夢』中惟此最爲高貴。蓋臨川有慨於不及情之人，而借至微至細之蟻，爲一切有情物說法；又有慨於溺情之人，而託喻乎落魄沉醉之淳于生，以寄其感喟。淳于未醒，無情而之有情也；淳于既醒，有情而之無情也。此臨川填詞之旨也。今此記①傳唱，有《啓寇》、《圍釋》二折，皆北詞，故不入選。就今所錄，精警處已略具此矣。霜崖。

（民國十九年上海商務印書館排印本吴梅《曲選》卷二《南柯記》卷末）

【校】

①今此記，底本作『令此託』，據《新曲苑》所收《霜厓曲跋》卷二《南柯記》條改。

【箋】

〔一〕底本無題名。

邯鄲夢（湯顯祖）

《邯鄲夢》傳奇，一作《邯鄲記》，一作《邯鄲夢記》，吕天成《曲品》著錄。現存版本除《四夢》合刻本外，尚有萬曆唐振吾廣慶堂刻本之覆刻本、天啓元年（一六二一）閔光瑜刻朱墨套印本、明吴郡書業堂刻本、明末柳浪館刻本、明末毛晉汲古閣刻《繡刻演劇十本》本、清初汲古閣刻《六十種曲》本、清大知堂刻巾箱本《十二種曲》貞集所收本等。

邯鄲夢記題辭〔一〕

湯顯祖

士方窮苦無聊，倏然而與語出將入相之事，未嘗不憮然太息，庶幾一遇之也。及夫身都將相，飽厭濃醒之奉，迫束形勢之務，倏然而語以神仙之道，清微閑曠，又未嘗不欣然而歎，惝然若有遺，暫若清泉之活其目，而涼風之拂其軀也。又況乎有不意之憂、難言之事者乎？回首神仙，蓋亦英雄之大致矣。

《邯鄲夢記》，盧生遇仙旅舍，授枕而得婦遇主，因入以開元時人物事勢，通漕於陝，拓地於番，讒構而流，讒亡而相。於中寵辱、得喪、生死之情甚具，大率推廣焦湖祝枕事爲之耳。世傳李鄴侯泌作，不可知。然史傳泌少好神仙之學，不屑婚宦，爲世主所强，頗有幹濟之業。觀察郟、虢，鑿山通①道，至三門集，以便餉漕，又數經理吐蕃西事。元載疾其寵，天子至不能庇之，以②爲匿泌於魏少游所。載誅，召泌。懶殘所謂『勿多言，領取十年宰相』是也。《枕中》所記，殆泌自謂乎？唐人高泌於魯連、范蠡，非止其功，亦有其意焉。獨嘆《枕中》生於世法影中，沈酣啽囈，以至於死，一哭而醒。夢死可醒，眞死何及？

或曰：『按《記》，則邊功河功，蓋古今取奇之二竅矣，談者殆不必了人。至乃山河影迹③，萬古歷然，未應悉成夢具。』曰：『既云影迹，何容歷然？岸谷滄桑，亦豈常醒之物耶？第概云如夢，則醒復何存？所知者，知夢遊醒，必非枕孔中所能辯耳。』

辛丑中秋前一日〔二〕，臨川居士題於清遠樓④。

【校】

①通，徐朔方《湯顯祖集》卷三三《邯鄲夢記題詞》作『開』。

②以，徐朔方《湯顯祖集》卷三三《邯鄲夢記題詞》無。

③迹，徐朔方《湯顯祖集》卷三三《邯鄲夢記題詞》作『路』，疑誤。

④徐朔方《湯顯祖集》卷三三《邯鄲夢記題詞》文末無題署。日本立命館大學藏明萬曆間金陵唐振吾刻本《鐫新編全像邯鄲夢記》（卷端署『臨邑玉茗堂編，門人周大賚校』），卷首之《邯鄲夢傳奇題詞》，署『丙午中秋前一日題於清遠樓』。丙午，即萬曆三十四年（一六〇六）。

【箋】

〔一〕此文又見徐朔方《湯顯祖集》卷三三，題爲《邯鄲夢記題詞》。

〔二〕辛丑：萬曆二十九年（一六〇一）。黄仕忠《『玉茗堂四夢』各劇題詞的寫作時間考》（《文學遺産》二〇一一年第五期）認爲，《邯鄲夢記》完成時間應在萬曆二十九年至三十四年間，其付刻則在萬曆三十四年。

（邯鄲夢）題辭

劉志禪〔一〕

丙辰秋夕〔二〕，夜氣初清，有客共坐既久，余爲客言：『道家以酒、色、財、氣爲四賊，然非此四者，亦別無道。所謂『從地蹶還從地起』，舍是則必爲旁門、爲剪徑矣。臨川蚤識此者，將四條正路，布列《邯鄲》一部中，指引證入，悟時自度，詎謂渠爲戲劇？』

時許彥卿同聞之〔三〕，嗤然嘆曰：『《邯鄲》本以說夢，先生反以言眞，何也？』余曰：『一夢六十年，便是寔寔事，何必死死認定盧生眞伏枕也。不聞仙人丁令威，去家千載，復來歸乎？計其時，直華山道士一盹眠耳，乃城郭人民幾桑田、幾滄海矣。彼千年世界與六十年光景，孰夢孰眞？識得此者，可與言道，可與言酒、色、財、氣。』

客謝曰：『余今乃知夢。』垂頭作睡。余起，括帙濡筆爲記。

四明天放道人劉志禪題。菰城玉蟾居士書〔四〕。

【箋】

〔一〕劉志禪：或卽劉志選，號海日，別署天放道人，四明（今浙江寧波）人。參見本卷劉志選《李丹記》條解題。

〔二〕丙辰：萬曆四十四年（一六一六）。

〔三〕許彥卿：字號、籍里、生平均未詳。

〔四〕菰城：楚國春申君所築城址，位於湖州南郊金蓋山下。故菰城可代指湖州（今屬浙江）。玉蟾居士：當卽施成嘉，別署玉蟾道人，或爲湖州人，嘗爲徐復祚《紅梨記》撰《題紅梨記傳奇》。

（邯鄲夢記）小引

閔光瑜〔一〕

刻是傳者，地在晟溪里，其室曰隆恩堂。主人夢迷生曰：昔人有言：詩變爲詞，詞變爲曲，曲之意，詩之遺也。則看曲者，正當與《三百篇》等觀，未可以雕蟲小視也。元曲勿論，明則《玉茗四種》，紙貴《三都》。若《邯鄲》，若《南柯》，托仙托佛，等世界於一夢。從名利熱場一再展讀，如滚油鍋中一滴清涼露。迺知臨川許大慈悲，許大功德，比作《大乘》、《貝葉》可，比作《六一》、《金丹》可，卽與《風》、《雅》驂乘亦可，豈獨尋宫數調、學新聲、鬭麗句已哉！雖然，臨川説夢，夢也。余贅之繪像、批評、音釋，可謂夢中尋夢，迷之甚矣。因自號曰『夢迷生』。夢迷者誰？吴興閔光瑜韞孺氏。

時天啓元年立夏日謹識。

【箋】

〔一〕閔光瑜（一五八〇——一六五八）：字韞孺，號韞如，一作韻如，別署夢迷生，室名隆恩堂，吴興（今屬浙江）人。邑庠生。精岐黄，著有《傷寒明理論》。傳見光緒《烏程縣志》卷一七、《晟舍鎮志》卷五、道光《閔氏宗譜》等。參見周興陸《明代吴興刻書家閔、淩二姓世系考》（《浙江社會科學》二〇〇八年第七期）。

(邯鄲夢記)凡例

闕　名〔一〕

一、玉茗堂舊刻刊行既久,不無魚虞豕亥之訛。茲與臨川初本校對,一字不差。其有於義應作某字,而原本借用某字者,附注於傍,不改其舊。

一、新刻臧本,止載晉叔所竄,原詞過半削焉,是有臧竟無湯也。茲以湯本爲主,而臧改附傍,使作者本意與改者精工,一覽並呈。

一、批評舊有柳浪館刊本,近爲坊刻删竄,淫蛙雜響。茲擇采其精要者,與劉評共用朱印,惟作字差大以別之。若臧評,則梓在墨板,以便看也。

一、音切悉遵《九宫調》、《太和正音譜》,考訂的確。或平聲借仄,仄聲借平,一字而二三音者,俱從本調起叶。

【箋】

〔一〕此文當爲閔光瑜撰。

邯鄲夢記總評

闕　名〔一〕

袁中郎云〔二〕:『一切世事俱屬夢境,此與《南柯》,可謂發洩殆盡矣。然仙道尚落夢影,畢竟如何方得大覺也？我不好言，當稽首問之如來。』

許中翰曰〔三〕：『《邯鄲》離合悲歡，倏而如此，倏而如彼，絶無頭緒，此都描畫夢境也。噫！可謂獨得臨川苦心者矣，可與讀玉茗堂中著述矣。』

臧晉叔云〔四〕：『臨川作傳奇，常怪其頭緒太多。而《邯鄲記》不滿三十折，當是束於本傳，不敢別出己意故也。然使顧道行、張伯起諸人爲之，即一句一字不能矣。』

劉放翁云〔五〕：『臨川曲正猶太白詩，不用沈約韻。而晉叔苦束之音律，其不降心也固宜。中間如【夜雨打梧桐】、【大和佛】等曲，及夫人問外補、司戶弔場等關目，亦自青過於藍。』

（以上均《古本戲曲叢刊初集》影印明天啓元年閔光瑜刻朱墨套印本《邯鄲夢記》卷首）

【箋】

〔一〕此文當爲閔光瑜輯錄。

〔二〕袁中郎：即袁宏道（一五六八—一六一〇），字中郎。

〔三〕許中翰：即許自昌（一五七八—一六二三），屢試不第，萬曆三十五年丁未（一六〇七）謁選，授文華殿中書舍人，故稱『許中翰』。生平詳見本卷《橘浦記》解題。

〔四〕臧晉叔：即臧懋循（一五五〇—一六二〇）。

〔五〕劉放翁：名字、籍里、生平均未詳。

題邯鄲夢

沈際飛

人生如夢，惟悲歡離合，夢有凶吉爾。邯鄲生忽而香水堂、曲江池，忽而陝州城、祁連山，忽而雲陽市、鬼門道、翠華樓，極悲極歡，極離極合，無之非枕也。狀頭可奪，司戶可笞，夢中之炎涼也；鑿郟行諜，置牛起城，夢中之經濟也；君㲹喪元，諸番賜錦，夢中之治亂也；遠竄以酬悉那，死讒以報宇文，夢中之輪迴也。臨川公能以筆毫墨瀋，繪夢境爲眞境，繪驛使、番兒、織女輩之眞境爲盧生夢境。臨川之筆夢花矣。

若曰：死生，大夢覺也；夢覺，小生死也。不夢卽生，不覺卽夢，百年一瞬耳。奈何不泯恩怨，忘寵辱，等悲歡離合於漚花泡影，領取趙州橋面目乎？嗟乎！盧生蔗蘖八十年，蹢躅數千里，不離趙州寸步，又烏知夫諸人仙衆非卽我眷屬跳弄，而蓬萊島猶是香水堂、曲江池、翠華樓之變現乎？凡亦夢，仙亦夢；凡覺亦夢，仙夢亦覺。微乎，微乎，臨川教我矣。

震峯居士沈際飛漫書。

（明末刻本《獨深居合選玉茗堂集》所收《邯鄲夢》卷首）

邯鄲夢總評

闕　名〔一〕

玉茗堂諸作，《紫釵》、《牡丹亭》以情，《南柯》以幻。獨此因情入道，即幻悟眞，閱之，令凡夫濁子俱有厭薄塵埃之想，『四夢』中當推第一。世俗以黄粱夢爲不祥語，遇吉事不敢演。夫夢則爲宰相，醒則爲神仙，事孰有吉祥於此者？

通記極苦、極樂，極癡、極醒，描摹盡興，而點綴處亦復熱鬧。關目甚緊，吾無間然。惟塡詞落調及失韻處，不得不爲一竄耳。

貴女安得獨處？花誥豈可偷塡？招賢榜非一人可袖，千片葉非一人可刺。記中種種俱礙理，然不如此，不肖夢境。

《東遊》折，向年串者，累卓挂彩以象龍舟，唐皇與羣臣登之，采女周行棹歌，略如《吴王采蓮》折扮法，甚可觀。近見優童，殊草草。

（明末刻本《墨憨齋新曲四種》所收《墨憨齋重定邯鄲夢傳奇》卷首）

【箋】

〔一〕此文當爲馮夢龍（一五七四——一六四六）撰。

附　邯鄲夢跋〔一〕

吳　梅

玉茗此記爲江陵發，篇中憤慨甚多。臧晉叔、龍子猶輩皆未之知，各爲刪改，眞是夢夢。玉茗有知，當齒冷地下。

己巳六月〔二〕，霜厓偶書。

（明末刻本《墨憨齋新曲四種》所收《墨憨齋重定邯鄲夢傳奇》卷首〔三〕）

【箋】

〔一〕底本無題名。

〔二〕己巳：民國十八年（一九二九）。

〔三〕此本未見，據魏同賢主編《冯夢龍全集·墨憨齋重定邯鄲夢傳奇》迻錄。

附　邯鄲記跋〔一〕

吳　梅

臨川諸作，頗傷冗雜，惟此記與《南柯》，皆本唐人小說爲之，直捷了當，無一泛語，增一折不得，刪一折不得，非張鳳翼、梅禹金輩所及也。今世傳唱，有《度世》、《西諜》、《死竄》、《合仙》四折，膾炙已久，皆未入選。僅錄《入夢》、《東巡》、《織恨》、《生寤》諸齣者，亦避熟意也。記中備述人世險詐之情，是明季官場習氣，足以考鏡萬曆年間仕途之況，勿粗魯讀過。蓋臨川受陳眉公媒孽下第，借此洩憤，且藉此喚醒江陵耳。

霜崖。

（民國十九年上海商務印書館排印本吴梅《曲選》卷二《邯鄲記》卷末）

【箋】

〔一〕底本無題名。

附　（邯鄲夢）跋〔一〕

劉世珩

《邯鄲記》，傳盧生遇道士吕翁事，長沙楊朋海（恩壽）《詞餘叢話》謂自《枕中記》，湯若士演爲院本。《枕中記》者，明初谷子敬所作雜劇也。會稽陳浦雲（棟）《論曲》云：『《南柯》、《邯鄲》，歛才就範，風格遒上，前無古人，後無來者。』《列朝詩集小傳》：『若士晚年師盱江而友紫柏，翛然有度世之志。《邯鄲記》托蹟靈幻，陶寫胷中魁壘，要於洗滌情塵，消歸空有，則其微尚所存，略可見矣。』

惜原刻本不可得，臧晉叔刻本往往彊詞就律，不無點竄失眞，變易廬山面目。兹據獨深居本，寫付梓人，並合汲古閣本、竹林堂本、舊刻巾箱本、十二種曲本，參互讎勘，折衷一是。其圖畫影橅臧晉叔所刻。臧於扮色，又獨詳備，並爲參酌。眉批間亦采録，而以『臧曰』别之。曲牌正襯，以葉懷庭譜一一校正。信稱善本，刻入《彙刻傳劇》，得與《還魂》、《紫釵》、《南柯》合成一集，並行於世，庶幾『四夢』之傳，無豪髮遺憾。天壤間有此精槧，豈非藝林中之一大快事耶？況乎黄粱未熟，丹枕遽驚，而紛紛蝸角蠅頭，每於繁絃急筦時，更安得有此一服清涼散也。

宣統乙卯閏夏〔二〕，楚園主人病起漫識。

（民國間貴池劉氏刻《暖紅室彙刻臨川四夢》本《邯鄲夢》卷末）

【箋】

〔一〕底本無題名，據版心題。

〔二〕宣統乙卯：民國四年（一九一五）。

鷩鴻記（吴世熙）

吴世熙（一五五〇後—一六一三後），字緝侯，一字仲子，號羣玉，别署多口洞天人，烏程（今屬浙江）人。萬曆三十一年癸卯（一六〇三）舉人，後屢試不第。著有《國事譚林》、《清溪論草》等。撰傳奇《鷩鴻記》，吕天成《曲品》著録，題吴世美撰，爲後人所本。北京大學圖書館藏世德堂本《新鍥重訂出像附釋標注鷩鴻記題評》前附葉德輝跋，謂：『至吴世英，而有《鷩鴻記》之作。』未詳何據，吴世英亦未詳何人。參見李潔《〈鷩鴻記〉作者及其家世考》（《文化遺産》二〇一三年第三期）。

《驚鴻記》傳奇，現存萬曆十八年（一五九〇）序刻本（題《新刻驚鴻記》，《日本所藏稀見戲曲文獻叢刊》第二輯據以影印）、萬曆間金陵世德堂刻本（《古本戲曲叢刊二集》據以影印）、萬曆間金陵文林閣刻本、清咸豐同治間瑞鶴山房鈔本等。

敍驚鴻

沈肇元〔一〕

《驚鴻記》者，余友人仲子所爲，睥睨滑稽，爲東方玩世之語，以寄其牢騷不平之氣者也。仲子雅負才，目無人士，尤善建安而下諸詞賦。一日爲制科所縛，悒怏謂余曰：『「滄浪」之歌，「萍實」之謠，亦足會致。丈夫屈首受書，豈必飣餖字句，拘拘博士家言哉？』蓋扼腕月餘，而《驚鴻》遂成。

嗟乎！昔宋廣平爲《梅花賦》，投繡衣直指使者而名大振，遠近嘖嘖稱聞人。以廣平之器，困於窮，阨於躓，亦有是賦，何惑仲生哉，何惑仲生哉！

雖然，亦知陳子昂之市琴乎？客有賣胡琴者，直百萬，豪貴傳視莫辨。子昂顧左右，出千緡市之。衆驚問，答曰：『余善此。』曰：『可得聞乎？』曰：『明旦可集宣易里。』如期偕往，則酒肴畢具陳，置琴牀前。食畢，捧琴而碎之。因爲文百軸，遍贈會者，曰：『賤工之役，豈宜留意哉！』自是聲華溢都内。今生卽善劇，余願生爲胡琴之碎也已矣。

萬曆庚寅七月七日，沈肇元元瀛父書於清音館。

【箋】

〔一〕沈肇元（一五六九—一六〇七）：字元瀛，德清（今屬浙江）人。萬曆二十二年甲午（一五九四）舉人，二十六年戊戌（一五九八）進士，授掖縣知縣。三十年（一六〇二），知南康縣，後擢刑部主事。

驚鴻記敘

吴叔華〔一〕

夫博異之士，附鮑、蕭而景光；妖妍之姝，登晉、楚而傳響。故蘭風椒馨，潛山隱林，沖寂自芳，蕭蔚同腐。追陳井幹之臺，塗昭陽之壁，合歡常寧，披香發越。次乎寶樹，拂彼玄墀。龍步天子，而鳳儀后母。物有幸不幸，時有來不來。《子虚》、《上林》之辭，傾城傾國之笑，武皇帝同時而嘆不遇。遇而華曜並夫天施，不者與物異化，隨時同泯，曷足怪哉！

若夫夷光姣而吴宮墟，毛嬙媚而越國滅，妲己豔而商祚亡，飛燕翔而漢成殀。斯殊色者，國家之蠹，敗亡之緒。由余之卻戎嬪，高熲之斬麗華，志有預戒，夫豈徒然？

又若孟弋期乎桑中，總角乘乎垝垣，靜女俟乎城隅，舜英鳴乎佩玉。褰裳涉溱，秉蕑觀洧。清揚頓蔓草之野，繽紛遊東門之池。悉列詩歌，以彰淫佚。時人至比之蝃蝀，醜其挑撻。斯乃一人之敗節，天下未蒙其禍。

夫禍莫大於楊氏之覆唐矣。姊妹擅國，兄弟列侯，金屋玉樓，專嬌侍夜。蓋至七夕之盟，而天下生靈眞不足棄，斯所爲當其心者可知也。

及考《外傳》所載，則楊妃妖美，未若江氏。明皇得江，而視嬪妃四萬人如塵土。驚鴻之舞，江身不勝風，幾至沖舉，殆飛燕、合德之流。而帝之戲楊曰：『爾則任吹多少？』蓋妃豐於肌態，《霓裳羽衣》豈遂掩前古哉！史稱楊善巧便佞，先意希旨，非徒尤豔，兼有智計。江氏殆恃色矜才，又天性柔雅，明皇耄而謬取舍乎？或者天欲禍唐，妖亂之至，迷心失魄，喪智眩目，無可解脫，遂成孽冤。漁陽之變，罪首歸楊，而采蘋不與。千秋萬祀，咏白郎《長恨歌》，歎頌楊美，江則蔑如也。余謂江氏以絶代之姿，遭極淫之主，而無誤國之罪，守正俟死，元始以來，女伴所希矣。

余兄仲氏，適覽及之，輒慨慷涕洟，百憤俱集，心不可止。度爲新聲，授之慧伶，御於綺筵。使夫清時藎臣，知禍天下止一女子。而女子之姣如江氏者，不得歌詞品題，猶之隨珠卞玉，陸沉海沒。藻士冶女，殊塗一致，顯微闡幽，所以寄哀。斯仲氏鬱鬱之懷，耿耿之恨。大雅君子，其勿以吾兄迺優伶儺劇之心，同類而見鄙哉！

七月七夕，叔華周鄭王敍。

（以上均《日本所藏稀見中國戲曲文獻叢刊》第二輯影印明萬曆十八年序刻本《驚鴻記》卷首）

【箋】

〔一〕吳叔華：此文末署『叔華周鄭王』，似以《百家姓》『周吳鄭王』之序，隱『吳』姓，然則叔華應姓吳。但此本『周鄭王』三字係剜改，或有所諱。待考。按吳叔華，即吳世美，字叔華，號華陽，吳世熙同胞弟。呂天成《曲品》

著錄作《驚鴻記》作者，並云：『吳叔華逸藻出於世家。』著有《夢蓮草》、《越游小草》等。

觀燈記（林章）

林章（一五五一—一五九九），初名春元，字寅伯，一字叔寅，後改名章，字初文，號太丘子，福清（今屬福建）人。萬曆元年癸酉（一五七三）舉人，後累試不中。嘗走塞上，從戚繼光（一五二八—一五八八）游，以立事功自期。後攜家僑寓金陵（今江蘇南京）。十七年（一五八九），因事繫金陵獄，三年後出獄。復因奏止礦稅下獄，二十七年（一五九九），暴卒獄中。工詩善文，著有《林初文詩文全集》。兼作詞曲，撰《觀燈記》傳奇、《青虯記》雜劇，均傳於世。傳見乾隆《福清縣志》卷一四、乾隆《福州府志》卷六〇等。

《觀燈記》傳奇，徐𤊹《徐氏家藏書目》卷四、別本《傳奇彙考標目》等著錄，現存崇禎間刻《林初文詩文全集》卷一一所收本（《日本所藏稀見中國戲曲文獻叢刊》第一輯據以影印）。

題觀燈記

俞　彥〔一〕

林初文氏橫睨一世，合生縛五單于致闕下，俾樓頭少婦見夫壻朝回拜侯，迺其本願。時平無用，降而之制科、之賦、之詩，至《觀燈記》極矣。猶使人讀之，如置身三選七遷、六鰲雙鳳之下，惝恍累數十日。

天啓甲子元日，爰爰居士俞彦書。

（《日本所藏稀見中國戲曲文獻叢刊》第一輯影印明崇禎間刻《林初文詩文全集》卷一一所收《觀燈記》卷首）

【箋】

〔一〕俞彦（一五七二—一六四一後）：字容自，一字仲茅，别署爰爰居士，原籍太倉（今屬江蘇），遷居上元（今江蘇南京）。萬曆二十八年庚子（一六〇〇）舉人，次年辛丑（一六〇一）進士，歷任兵部主事、員外郎、光禄寺少卿。謫夷陵知州，遷南京兵部郎中。著有《四書疑》、《古今樂府》、《爰園詞話》等。傳見陳作霖《金陵通傳》卷二一。

觀燈記後序

林古度〔一〕

自古文人才士處窮通順逆之際，當離合悲歡之場，可以寄興宣情，恆託諸詩辭歌咏，此先子《觀燈記》之所由作也。蓋從萬曆丙戌，北上春官。四海良朋，參逢令節；一時名妓，共度良宵。偶此嬉遊，立爲張本，其書雖劇，其旨則文。積有歲年，塵之篋笥，每一展閲，不任感傷。想其牢騷拂鬱之懷，放曠揮霍之意。學與筆隨，出聖經賢傳之餘緒；身從境歷，破酒色財氣之迷關。其間所爲升沈得喪，好醜妍媸，君子小人，調嘲笑謔，萬情千態，靡弗備陳。至於標帝城之壯麗，恍鰲山倚鳳闕以騰輝；發燈月之清光，儼金吾縱車馬於達旦。窮華極豔，撫景對時，皆考辭以就班，選義而按節。故其韻流音暢，句妙字工，篇若織錦貫珠，聲迺鏗金戛玉。不求隱僻，寔有高明之卓見；多卽顯書，絕無譏誚之微言。托樂府爲恢諧，假俳優以觀感。未嘗流蕩忘返，所謂『樂而不淫』；莫不得之性情，亦已繫乎風化。視眞爲幻，勸孝勖忠。足使沉湎惑匿之夫，亟動挽回；貪得豪强之輩，早行禁戒。抑欲諷賢醒愚於千載，寧獨寫心快志於一時。所以取姓氏於木金，知五行之分定；命春秋爲名字，慨四序之推遷。豈非察於理數，思超世以消憂；惜此光陰，欲及時而行樂者乎？

嗟夫！代往事存，終難泯沒；人亡言在，能不悲涼。聊以告之，敢謂父作而子述；儻同賞此，不妨家演而世傳。

男古度謹書。

（同上《觀燈記》卷末）

【箋】

〔一〕林古度（一五八〇—一六六六）：字茂之，號那子，别署乳山老人、江東父老，福清（今屬福建）人，寓居江寧（今江蘇南京）。林章之子。入清不仕，以遺民終其身。工詩。著有《林茂之文草》、《賦草》、《林茂之詩選》等。傳見《清史列傳》卷七〇、《國朝耆獻類徵初編》卷四七五、《南雷學案》卷五、《金陵通傳》卷二四、《清代七百名人傳》、《昭代名人尺牘小傳》卷一、《皇清書史》卷二二、道光《上元縣志》卷二二等。

青虯記（林章）

《青虯記》雜劇，徐𤊹《徐氏家藏書目》卷四、别本《傳奇彙考標目》等著録，現存明崇禎間刻《林初文詩文全集》卷一一所收本（《日本所藏稀見中國戲曲文獻叢刊》第一輯據以影印）。

青虯記引

林　章

作《青虯記》，不知何人，然而讀其辭，至令人泣下，豈古所謂鄒陽、江文通流耶？夫二子皆以獄中上書，而梁興、建德二王皆爲動念出之，其書猶在也。以比斯記，其辭旨大略相似，然以之風世，則舍彼而取此矣。

林章識。同郡後學鄧慶寀書〔一〕。

（同上《青虯記》卷首）

【箋】

〔一〕鄧慶寀：字道協，一作道叶，閩縣（今福建福州）人。鄧原岳（一五五五—一六〇三）子，翁正春（一五四五—一六〇七）壻。明天啓間國子生，曾任長蘆都轉運鹽使。著有《閩中荔枝通譜》、《還山草》、《荷新集》、《塵韻》等。崇禎元年（一六二八）刻其父《西樓全集》。

（青虯記）後序〔一〕

闕　名〔二〕

先子昔蒙冤在獄，作《青虯記》。人初讀之，以爲劇也；再讀之，以爲文也；終讀之，乃知其爲上書也。蓋先子以自比於鄒陽、江淹，謂過之也，其情同，其事異。其中引用魯褒《錢神論》、韓愈《送窮文》，皆豈得已也。始而問李下之無靈，究而盻孟涂之有救，誠無可奈何之詞也。不孝胡忍更述其作記之心，而詳盡其傳奇之旨也。千載下覽此者，不必劇，不必文，不必上書，直視爲魯論、韓文與夫《山海經》之注疏可也。痛矣哉！予不孝，至今日而始得序於記後也。

（同上《青虯記》卷末）

【箋】

〔一〕底本無題名。

〔二〕林章有二子：君遷、古度，此文當爲林古度撰。

義俠記（沈璟）

沈璟（一五五三—一六一〇），字伯英（一作瑛），晚字聃和，號寧庵、詞隱，别署詞隱生，吴江（今屬江蘇蘇州）人。萬曆元年癸酉（一五七三）舉人，二年甲戌（一五七四）進士，歷官吏部員外郎、光禄寺丞。十七年（一五八九），以疾告歸。嘗釐正同里沈義甫《樂府指迷》，增訂明蔣孝《南九宫十三調譜》爲《南九宫十三調曲譜》（一名《南詞全譜》），别輯《南詞韻選》。尚有《古今詞譜》、《唱曲當知》、《正吴編》、《論詞六則》等，及散曲集《情癡寱語》、《詞隱新詞》、《曲海青冰》。撰傳奇《紅蕖記》、《埋劍記》、《雙魚記》、《義俠記》、《桃符記》、《墜釵記》、《博笑記》、《十孝記》、《分錢記》、《鴛衾記》、《四異記》、《鑿井記》、《珠串記》、《奇節記》、《結髮記》、《合衫記》、《分柑記》十七種，總名《屬玉堂傳奇》。改定湯顯祖《牡丹亭》爲《同夢記》，改定《紫釵記》爲《新釵記》。參見徐朔方《沈璟年譜》（《晚明曲家年譜·蘇州卷》）。

《義俠記》傳奇，呂天成《曲品》著録，現存萬曆四十年壬子（一六一二）繼志齋刻本（《古本戲曲叢刊初集》據以影印）、萬曆間文林閣刻本、明萬曆間環翠堂刻本、明末汲古閣原刻初印本、汲古閣刻《六十種曲》本、清咸豐同治間瑞鶴山房鈔本等。

義俠記序

呂天成〔一〕

松陵詞隱先生，表章詞學，直剖千古之迷。一時吴越詞流，如大荒逋客〔二〕、方諸外史〔三〕、桐柏中人〔四〕，遵奉功令唯謹。先生紅牙館所著傳奇、雜曲，凡十數帙，顧人罕得窺。先是世所梓行者，惟《紅蕖》、《十孝》、《分錢》、《埋劍》、《雙魚》凡五記，及《考訂琵琶》、《南曲全譜》、《南詞韻選》；予所梓行者，惟《合衫》；半野主人所梓行者〔五〕，惟《論詞六則》、《唱曲當知》，及宋人之

《樂府指迷》。乃予嘗從先生屬玉堂乞得稿本，如《義俠》、《分柑》、《桃符》、《鑿井》、《鴛衾》、《珠串》、《結髮》、《四異》、《奇節》凡九記，手授副墨，藏諸櫝中。而《義俠》則半埜主人索去，已梓行矣。

始，先生聞梓《義俠》，貽書於予曰：『此非盛世事，亟止勿傳。』既而曰：『即梓矣，必盡校其譌，而後可行。』今予任校譌之役，愧不能精閱。而世聞是曲已久，方欣欣想見之，又何所忌諱而欲强祕也？

且武松一雈苻之雄耳，而閭里少年，靡不侈談膾炙。今度曲登場，使奸夫、淫婦、强徒、暴吏種種之情形意態，宛然畢陳，而熱心烈膽之夫，必且號呼流涕，搔首瞋目，思得一當以自逞，即肝腦塗地而弗顧者。以之風世，豈不溥哉！彼世之簪珮章縫，柔腸弱骨，見義而不能展其俠，慕俠而未必出於義，愧武松多矣！然讀此不亦興起而有立志乎？昔李老子序《水滸》〔六〕，謂嘯聚諸人，皆大力大賢、有忠有義之儔，足爲國家干城腹心之選，其持論抑何快也。嗟乎！草莽江海之間，不乏武松，第致武松之爲武松者，伊誰責也？若有武松而終收武松之用者，則柄國者宜圖之矣。

半野主人博古好奇，羅布剞劂氏於廡下，日出祕籍，行於四方。而於曲部，首梓《義俠》，誠有感於老子之快論，而識先生風世之意遠也。先生諸傳奇，命意皆主風世，曷盡梓行，以啖蔗境，何如？

萬曆丁未中秋日，東海鬱藍生題。壬子清明日〔七〕，陳大來手書〔八〕，重梓於繼志齋中。

（《古本戲曲叢刊初集》影印明萬曆四十年繼志齋刻本《重校義俠記》卷首）

【箋】

〔一〕吕天成（一五八〇—一六一八）：　生平詳見本卷《金合記》條解題。

〔二〕大荒逋客：　即卜世臣（一五七二—一六四五），字孝裔，别署大荒逋客，生平詳見本卷《冬青記》條解題。

〔三〕方諸外史：　即王驥德（一五五七？　—一六二三），字伯良，號方諸生，别署方諸外史，生平詳見本卷《題紅記》條解題。

〔四〕桐柏中人：　即葉憲祖（一五六六—一六四一），字美度，别署槲園生、桐柏中人等，生平詳見本卷《雙修記》條解題。

〔五〕半野主人：　即商濬，又名維濬，字初陽，號石溪，别署半野主人，室名半野堂、瑞蓮堂，會稽（今浙江紹興）人。徐渭（一五二一—一五九三）門生。藏書甚富，好刻書。萬曆二十六年（一五九八）編刻徐渭《徐文長三集》，萬曆間輯刻《稗海》七十四種、《續稗海》二十七種。著有《古今評録》。

〔六〕李老子序《水滸》：　指李贄（一五二七—一六〇二）《水滸傳序》，見萬曆間容與堂刻本《忠義水滸傳》卷首。

〔七〕壬子：　萬曆四十年（一六一二）。

〔八〕陳大來：　即陳邦泰。

墜釵記（沈璟）

《墜釵記》傳奇，吕天成《曲品》著録。《南詞新譜》『古今入譜詞曲傳劇總目』著録，謂：『俗名《一種情》。』現存順治七年庚寅（一六五〇）鈔本（題《串本墜釵記》，《傅惜華藏古典戲曲珍本叢刊》第九冊據以影印）、康熙二十八年（一六八九）王獻若鈔本（題《一種情傳奇》，《古本戲曲叢刊初集》據以影印）、懷寧曹氏（心泉）舊藏清鈔本（今歸梅蘭芳紀念館）、民國二年（一九一三）姚華過錄康熙二十八年王獻若鈔本（民國初闕名據以覆鈔，《不登大雅文庫珍本戲曲叢刊》第八冊據覆鈔本影印）、民國初張玉森過錄康熙二十八年王獻若鈔本（版心題『古吴蓮勺廬鈔存本』，《鄭振鐸藏古吴蓮勺廬鈔本戲曲百種》據以影印）、民國初許之衡飲流齋鈔本（《綏中吴氏藏鈔本稿本戲曲叢刊》第三冊據以影印）等。參見龍賽洲《沈璟〈一種情〉傳奇版本考略》（黄仕忠編《戲曲與俗文學研究》第三輯，社會科學文獻出版社，二〇一七）。

（串本墜釵記）識語

闕名

順治庚寅桃月中浣三日閑窗自錄。

（《傅惜華藏古典戲曲珍本叢刊》第九冊影印清順治七年庚寅鈔本《串本墜釵記》卷上末尾題識）

此本先父較正鈔寫點校無誤，不可輕賤與！借去不還，男盜女娼〔一〕。

（同上《串本墜釵記》卷下末題識）

【箋】

〔一〕此書卷末有印章兩枚：『徐麟』、『□瑞』。

（一種情傳奇）識語

王獻若〔一〕

康熙二十八年十月初十日，在景山內興慶閣，王獻若鈔錄《一種情傳奇》終。

（《古本戲曲叢刊初集》影印康熙二十八年王獻若鈔本《一種情傳奇》卷末）

【箋】

〔一〕王獻若：字號、籍里、生平均未詳。

附　一種情題識〔一〕

姚　華〔二〕

《一種情傳奇》二卷，康熙中舊鈔。

黃叔暘《曲海》題明沈璟。按：璟字伯英，號寧齋，世稱詞隱先生。所著《南九宮譜》，今尚行世。又《義俠記》，刻汲古閣《六十種曲》中。與義仍齊名。所撰曲，重聲情而不矜色采。此曲文多改竄，非詞隱原本也。

姚華漫題。

（同上《一種情傳奇》首封）

【箋】

〔一〕底本無題名。

〔二〕姚華（一八七六—一九三〇）：字重光（一作崇光），又字一鄂，號茫父，別署弗堂、蓮花庵主，貴筑（今屬貴州貴陽）人。光緒二十三年丁酉（一八九七）舉人，三十年甲辰（一九〇四）進士，授工部虞衡司主事。後東渡日本，就讀於法政大學。民國時任貴州省參議員，後任北京女子師範學校校長、京華美術專科學校校長等。因病在北京去世。能詩善畫，精通戲曲。著有《小學答問》、《說文三例表》、《金石系》、《黔語》、《弗堂類稿》、《弗堂詞》、《五言飛鳥集》、《蓮花庵書畫集》、《姚茫父先生詩札精冊》等。戲曲論著有《曲海一勺》、《菉漪室曲話》等。傳見章邵《姚君碑》（《貴州文史資料選輯》第十八輯，一九八六）、鄧見寬《近代學者、詩人、書畫家姚華》（《貴州文史資料選輯》第八輯，一九八三）。參見顧明遠主編《北京師範大學名人志·校長篇》（北京師範大學出版社，二〇一〇）、杜鵬飛《藝苑重光——姚茫父編年事輯》（故宮出版社，二〇一六）。

附　一種情補目識語〔一〕

姚華

案傳奇舊例，目錄多是耦數，此本獨三十一出，奇數特見。殆由樂人以意增減，故不能合耳。然如下卷《選場》，在本書中無關序目處，教坊隨例搬演，原本應在必省之列，除去此出，仍三十出也。

茫父〔二〕。

（同上《一種情傳奇》補目後識語）

【箋】

〔一〕底本無題名。

〔二〕題署之後有陰文方章『姚華』。

附　一種情傳奇識語

姚　華

予別有一鈔本。癸丑太陽一之六於太陰爲壬子十一月廿有九日（中晝），先孝憲先生年正七十有一初度，鈔至此，以爲大吉語也，因於鈔本記之。此鈔本已爲飲冰得去〔一〕。

戊午五月十日茫父記。時先君見背年有半矣，追憶往事，不勝感懷。

鈔本記云：　家君以清宣宗道光二十二年（壬寅）十一月三十日生，今紀元前歲閱七十，事更五席，復見開國，又覩太平。小子幸託餘慶，列席議院，得以暇日優游文史。晨興致祝，鈔錄至此，既幸且喜，因謹記之。

菉漪室。

（同上《一種情傳奇》第十六出出目後識語）

【箋】

〔一〕飲冰：即梁啓超（一八七三—一九二九），生平詳見本書卷九《俠情記傳奇》條解題。

附 一種情傳奇跋〔一〕

姚華

詞隱先生以詞名萬曆間，與清遠並稱。然《四夢》盛傳，《還魂》尤享大名，詞隱則《義俠記》僅存《六十種曲》中，世亦①無論之者。抑由清遠才華炫人，詞隱務峻矩矱，而不屑以脂粉爲工，適中於俗之所好惡，故其傳不傳如是耶？

予嘗服膺詞隱，蓄志爲搜所作，欲使詞壇條令，顯於既衰。國變一年，建子之月，適得此本。喜是詞隱遺墨，如此快事，年來僅遇也。卷尾署鈔者姓氏、年月、地址畢具。按景山，俗所謂煤山，壽皇殿後西北，興慶閣在焉。密邇宮掖，蓋亦內庭議事之地。清沿明制，宮中演劇，皆②內監搬弄。此或是當時演習口授寫本，故脱譌間出，標目亦時有時無，掌故所存，不難徐考也。頗欲訂正此本，因以詞隱所輯《南九宮譜》對勘，有所箋記。而原本無餘地，且甚惜之，更覆寫本，以便丹黄，閲四日而訖事〔二〕。適有《曲話》之作，更十有四日，乃書其尾。於是世間《一種情》又多一本矣。

壬子太陰十二月十四日〔三〕，姚華。

鈔本已贈飲冰矣。

戊午端陽〔四〕，茫父記〔五〕。

戊午四月十六日，飲冰招榮慶部演《冥勘》於贛館，因攜鈔本去，爲飲冰所見，遂强索之，且以覃溪爲嘲，必欲傳其醜於後人，豈不冤哉！

（同上《一種情傳奇》卷末）

【校】

①『亦』字，《不登大雅文庫珍本戲曲叢刊》第八册影印覆鈔姚華過録清康熙間鈔本《一種情》無。

②皆，覆鈔姚華過録清康熙間鈔本《一種情》作『皆由』。

【箋】

〔一〕底本無題名。

〔二〕此姚華過録本，今藏中國國家圖書館。民國間闕名覆鈔姚華過録清康熙間鈔本，現存北京大學圖書館，《不登大雅文庫珍本戲曲叢刊》第八册據以影印。

〔三〕壬子：民國元年。此年十二月十四日，公元已入一九一三年。

〔四〕戊午：民國七年（一九一八）。

〔五〕題署之後有陰文印章『姚華』。

附　炳靈公題記〔一〕

姚　華

此沈寧庵先生《一種情》第九折也。癸丑七月二十日太陽八之二十一〔二〕，偕印昆〔三〕、百鑄〔四〕，拜謁孔廟。歸過隆福寺，適值廟集，以銀圓一角買回。一校，略有同異。所注音讀、唱法數處，乃搬演家口訣也。向疑《一種情》是弋陽腔，今得此本，售者云是高腔，乃信予非妄斷。禮失而求諸野，此類是也。

鈎深堂記。茫。

（中國國家圖書館藏清康熙二十八年王獻若鈔本《一種情》後附百本張鈔本《炳靈公》首封題記）

【箋】

〔一〕底本無題名。

〔二〕癸丑：民國二年（一九一三）。

〔三〕印昆：即周大烈（一八六二—一九三四），字印昆，别署夕紅廔、十嚴居，室名樂三堂，湘潭（今屬湖南）人。光緒三十一年（一九〇五）留學日本，曾與姚華同窗。辛亥（一九一一）後，任衆議院議員。晚年隱居北京香山，以詩詞書法自遣。著有《夕紅廔詩集》、《夕紅廔詩續集》等。

〔四〕百鑄：即桂詩成（一八七八—一九六八），原名伯助，字詩成，後名詩成，字百鑄，號蓬頭陀，室名百蕙堂，貴筑（今貴州貴陽）人。光緒二十九年癸卯（一九〇三）舉人。三十三年（一九〇七），以策論考取學部主事。辛亥後，任職於教育部普通教育司。後任獨山、息峯、惠水縣長。一九四九年後，任貴州省文史館副館長。能詩詞，工書畫。參見《山水畫家桂百鑄》（《貴州文史資料選輯》第四六輯）。

雙魚記（沈璟）

《雙魚記》傳奇，呂天成《曲品》著録，現存萬曆間繼志齋刻本（《古本戲曲叢刊初集》據以影印）、民國十五年（一九二六）海鹽朱氏飲流齋鈔本（《綏中吴氏藏鈔本稿本戲曲叢刊》第四册據以影印）、民國十五年王玉章鈔本（吴梅舊藏，今歸中國國家圖書館）、民國間古吴蓮勺廬墨筆朱絲欄鈔本（《鄭振鐸藏古吴蓮勺廬鈔本戲曲百種》第二三册據以影印）。

附　雙魚記跋〔一〕

闕　名〔二〕

《雙魚記》二卷，明吴江沈璟撰。璟，字寧庵，號詞隱。萬曆進士，官光禄丞。邃於音律，釐定《南曲全譜》，抉奥探微，條分目晰，卓然爲曲家不祧之宗。所著《屬玉堂傳奇》廿一種（見《曲品》、《新傳奇品》），一時詞壇，奉爲榘矱。呂氏《曲品》，以『上上』屬之公與玉茗，以爲『臨川近狂，吴江近狷』。王伯良歎爲知言，故《曲律》尤推崇之，稱公『斤斤反古，力障狂瀾，中興之功，良不可沒』，皆定評也。

此曲世所罕見。天成①謂其『寫書生坎坷之狀，令人慘慟②。《薦福碑》中北調尤佳』。伯良則謂：『公作當以《紅蕖》稱首，《雙魚》而後，專尚本色。』今觀是曲，於本色之中，並饒詞致。所塡

【端正好】、【滚繡球】諸北曲，聲調激楚，不減金、元，足與王、呂之説相證明。其爲詞隱原本無疑。《屬玉堂曲》傳世者，僅《義俠》一記，刻於汲古《六十種》中。餘如《紅蕖》、《十孝》、《鑿井》諸曲，不過散見於《九宮譜定》、《欽定曲譜》各書，亦僅零章片句而已，求一全帙，了不可得。是此本雖出重刻，已爲人間鴻寶矣。（頃得諸廠肆，喜而識之。）〔三〕

（《古本戲曲叢刊初集》影印明萬曆間繼志齋刻本《雙魚記》卷末）

【校】

①成，底本作『生』，據人名改。

②慟，底本作『動』，據文義改。

【箋】

〔一〕底本無題名。

〔二〕此文當爲王立承（一八八三—一九三六）撰。

〔三〕末有印章二枚：陰文方章『立承』，陽文方章『孝慈』。《鄭振鐸藏古吳蓮勺廬鈔本戲曲百種》第二三冊影印民國間古吳蓮勺廬鈔本《雙魚記傳奇》卷首有此文，末署『王立承孝慈』。

附 雙魚記跋〔一〕

許之衡

《雙魚記》二卷，明吳江沈璟撰。璟，字寧庵，號詞隱。萬曆進士，官光祿丞。邃於音律，釐定

《南曲全譜》，抉奧探微，條分目晰，卓然爲曲家不祧之宗。所著《屬玉堂傳奇》二十一種（見《曲品》、《新傳奇品》），一時詞壇，奉爲矩矱。呂氏《曲品》，以『上上』屬之公與玉茗，以爲『臨川近狂，吴江近狷』。王伯良歎爲知言，故《曲律》尤推崇之，稱公『斤斤反古，力障狂瀾，中興之功，良不可沒』，皆定評也。

此曲世所罕見，天成謂其『寫書生坎坷之狀，令人慘動。《薦福碑》中北調尤佳』。伯良謂：『公作當以《紅蕖》稱首，《雙魚》而後，專尚本色。』今觀是曲，於本色之中，並饒詞致。所填【端正好】、【滚繡球】諸北曲，聲調激楚，不減金元，足與王、呂之説相證明。其爲詞隱原本無疑。《屬玉堂曲》傳世者，僅《義俠》一記，刻於汲古《六十種》中。餘如《紅蕖》、《十孝》、《鑿井》諸曲，不過散見於《九宮譜定》、《欽定曲譜》各書，亦僅零章片句而已，求一全帙，了不可得。是此本雖出重刻，已爲人間鴻寶矣。頃得諸友人藏本，爰假①得而録存之。

丙寅四月〔二〕，許飲流記〔三〕。

（《綏中吴氏藏鈔本稿本戲曲叢刊》第四册影印民國十五年許氏飲流齋鈔本《雙魚記傳奇》卷首）

【校】

①『友人藏本爰假』六字旁，有小字批：『厰肆喜而識之』。據筆迹，當爲吴曉鈴批校。

【箋】

〔一〕底本無題名。此文與王立承《雙魚記跋》文字基本相同，當據王跋鈔録。然則此本亦據明繼志齋刻本覆鈔。此文又見民國十五年王玉章鈔本《雙魚記》卷首，文字悉同。

〔二〕丙寅：民國十五年（一九二六）。

〔三〕題署之後有陽文長方章「飲流」。

附　雙魚記跋〔一〕

吴曉鈴

國立北平圖藏鈔繼志齋本，封面作「鐫出像點板古本雙魚記」，「繼志齋原板」。卷首跋文與許氏全同，而署王孝慈作，疑許氏代王氏所爲者。第三十折後半，原本不存，亦恐許氏補作。暇中對校一過，並記所知如此。

曉鈴，卅七·六·十五。

（同上《雙魚記傳奇》卷末）

【箋】

〔一〕底本無題名。

附　雙魚記跋〔一〕

吴　梅

寧庵諸作，頗傷庸拙。此記結構罅漏，誠有如王生玉章云云者。然選調配目，亦自有法，無害爲大家也。許君飲流得諸京師，因囑王生鈔存之。

丙寅嘉平月〔二〕，霜厓吳梅。

【箋】

〔一〕底本無題名。

〔二〕丙寅：民國十五年（一九二六）。

附 （雙魚記）書評

王玉章〔一〕

寧庵，有明一代詞林之宗匠也。所著《屬玉堂傳奇》二十一種，鬱藍生輩目爲神品。今覘是劇，辭致雋逸，音節嘹亮，洵内家手筆。然於浮文小節處，往往罅漏百出，殆昔人所謂大醇而小疵者是也。

夫劇中趙誠，正人也，扶危鋤姦，頗明大義。而寧庵配以丑角，致《逋亡》折【玉抱肚】、【好姐姐】兩曲，言詞雍容，殊不合淨丑口吻。老嫗拯春娘於亂離之中，其子雲裹手賺入构欄，二人固非正目，然其後收場如何，終卷未道隻字。邢縣尹暴骨郊原，范經略代致讐人，則王氏得意而後，對二人者，宜如何感恩圖報，一束前情，然而竟未及言者。其於茲事之頭緒，得無欠圓①潤乎？

此劇共計三十幕，每幕終，綴下場詩一首，而《適館》、《迷途》、《師中》、《攘官》、《毀服》諸折（皆南詞），均無此詩。或謂之數折者，所演係零星隻曲，故省作下場詩，以別於他折。然則《毀服》折

【紅衲襖】四支，已成套式，奈何亦無下場詩乎？南北詞合套，例用【清江引】或【北尾】作結，而此劇【新水令】合套之尾，竟用南聲度之，不幾與曲律大相剌謬乎？

居，撮脣也；模，滿口也；微，收衣音也；回，收哀音也。度曲家對之數韻，當條分類析，不相含混，方稱合作。而此劇《轅下》折竟將『居魚』與『蘇模』並用，《述懷》折又以『齊微』與『歸回』通叶，致撮脣、滿口、收衣、收哀諸音，混爲一談，蓋亦明人之慣例而已。

且『琴瑟』、『揶揄』等，雙字不可倒用。而此劇《脱籍》折【東甌令】結句云：『方把瑟琴調據』，將『琴瑟』二字倒用，强爲合律。又《宜家》折【畫眉序】第四語云：『路鬼揄揶』，是又以『揶揄』二字倒置，雜湊成韻。昔寧庵不云乎『願以文之不工，而不願歌之不諧』，殆指此等處也。

夫以寧庵之才，老於詞場，作一傳奇，於粘韻、切字之失既如此，而於分角、聯套之乖又如彼。然綜觀全劇，如玉之有玷，固不能爲賢者恕。予故曰：寧庵此作，大醇而小疵，其庶幾乎？予作館金陵，明燈子夜，曾鈔是編，檢其失如此。非敢詆諆前哲，亦所以自箴云爾。

丙寅嘉平月，王玉章識。

（以上均中國國家圖書館藏民國十五年王玉章鈔本《雙魚記》卷末）

【校】

①圓，底本作『園』，據文義改。

【箋】

〔一〕王玉章（一八九五—一九六九）：江陰（今屬江蘇常州）人。民國八年（一九一九）入南京高等師範學校

（後改名東南大學）文史地部。十二年（一九二三）畢業，次年加入潛社，師從吳梅。先後任復旦大學、暨南大學、同濟大學、雲南大學、中央大學、中央戲劇學院教授。一九五二年，轉任南開大學中文系教授。編《雜劇選》。著有《元詞斠律》、《南北曲研究》、《讀曲漫志弁言》、《美術文》等。撰雜劇《玉抱肚》，《古典戲曲存目彙考》著錄，現存民國十七年（一九二八）刻盧前《木棉集》附錄本。

博笑記（沈璟）

《博笑記》傳奇，呂天成《曲品》著錄，現存明天啓三年癸亥（一六二三）序刻本（民國二十一年上海傳眞社、《古本戲曲叢刊初集》均據以影印）。

刻博笑記題詞

茗柯生（一）

每見傳奇家演至驚心動魄處，或令人泣下霑襟，或令髮上指冠。此亦足以明其感人之深，有出聲律外者矣。顧觀場□□，義取忘憂，事資蠲忿，而必務出於悲涼激烈，似亦不免傷懷損氣。矧斥古賢之名，貌正人之爲，其事愈眞，其語愈莊，而其爲褻侮也乃愈甚，豈若事事獻嘲，語語挑調之爲善謔乎？ 此詞隱先生《博笑記》所繇作也。

先生性資忠孝，學業精博。其所傳於家者，有疏草及詩文稿各若干卷。而所先盛行於世者，乃在傳奇數種。蓋先生既擅白傅諭妓之風流，又負周郎顧曲之神解。當其早賦歸與，嘯歌永日，加以天才驚逸，韻學探微，矢口卽中宫商，搖筆動成拍調。今世塡詞度曲者，業無不奉先生所製爲律令。

若此記，則又特創新體，多采異聞，每一事爲幾齣，合數事爲一記，既不若雜劇之拘於四折，又不若傳奇之强爲穿插。能使觀者靡不仰面絶纓，掀髯撫掌，而似譏似諷、可嘆可悲之意，又未始不悉寓其間。當吾世而有欲寄愁天上、埋憂地下者乎？則是編眞忘憂蠲忿之善物也。請付殺青，聊供浮白。

天啓癸亥長至日，茗柯生書於算香室。

【箋】

〔一〕茗柯生：姓名、籍里、生平均未詳。

附　詞隱先生論曲

沈璟

【二郎神】何元朗，一言兒啓詞宗寶藏，道欲度新聲休走樣。名爲樂府，須教合律依腔。寧使時人不鑒賞，無使人撓喉捩嗓。說不得才長，越有才越當著意斟量。

【前腔】參詳，含宫泛徵，延聲促響，把仄韻平音分幾項。倘平音窘處，須巧將入韻埋藏。這是詞隱先生獨祕方，與自古詞人不爽。若遇調飛揚，把去聲兒塡他幾字相當。

【囀林鶯】詞中上聲還細講，比平聲更覺微茫。去聲正與分天壤，休混把仄聲字填腔。析陰辨陽，卻只有那平聲分黨。細商量，陰與陽，還須趁調低昂。

【前腔】用律詩句法須審詳，不可廝混詞場。【步步嬌】首句堪爲樣，又須將【懶畫眉】推詳。休教鹵莽，試一比類，當知趨向。豈荒唐，請細閲，《琵琶》字字平章。

【啄木鸝】《中州韻》，分類詳，《正韻》也因他爲草創。今不守《正韻》填詞，又不遵中土宫商。製詞不將《琵琶》仿，卻駕言韻依東嘉樣。這病膏肓，東嘉已誤，安可襲爲常。

【前腔】北詞譜，精且詳，恨殺南詞偏費講。今始信舊譜多訛，是鯫生稍爲更張。改絃又非翻新樣，按腔自然成絕唱。語非狂，從教顧曲，端不怕周郎。

【金衣公子】奈獨力怎堤防，講得口唇乾，空鬧攘，當筵幾度添惆悵。怎得詞人當行，歌客守腔，大家細把音律講。自心傷，蕭蕭白髮，誰與共雌黄？

【前腔】曾記少陵狂，道細論詩，晚節詳，論詞亦豈容疏放？縱使詞出繡腸，歌稱遶梁，倘不諧律呂也難褒獎。耳邊廂，訛音俗調，羞問短和長。

【尾聲】吾言料沒知音賞，這流水高山逸響，直待後世鍾期也不妨。

（中國藝術研究院圖書館藏明天啓三年癸亥序刻本《博笑記》卷首）

附　博笑記跋

鄭振鐸

王靜庵先生《曲錄》，載沈伯英所作傳奇凡二十一種。實則《耆英會》等三種，爲鞠通生作；《一種情》一本，爲《墜釵記》之俗名。詞隱生平所著僅十七種耳。見傳於世者，《義俠》、《雙魚》、《埋劍》、《桃符》外，初無第五種。去冬，嘗於明刊本《羣音類選》中，得《十孝記》全文，詫爲奇遇，惜僅爲曲文，不附賓白，猶未爲完書也。今春，又於陳乃乾先生許①，得《博笑記》一帙，首有天啓癸亥茗柯生序，圖刻皆精絕，殆即茗柯生所刊也。詞隱之作，並此有六種傳世矣。

《博笑》體例與《十孝》同，於一本之中，敘述十則不相關聯之故事，而以『假婦人事演過，義虎事登場』，或『義虎事演過，賊救人登場』云云，爲前後文之過度。此種體例之劇本，明代殊見流行。楊升庵以二十四則故事合爲《太和記》，徐文長以四個故事合爲《四聲猿》，沈采以四個故事合爲《四節記》等等，皆其先聲也。而詞隱同時諸家，效爲此體者尤衆。車任遠之《四夢記》、葉憲祖之《四豔記》、顧大典之《風教編》，其尤著者。此體但可名爲南雜劇，非戲文也。（胡文煥《羣音類選》，有南雜劇一體。）

《博笑》所載故事十則，頗多諷勸，不僅意在解頤而已。其中《惡少年誤鬻妻室》一則，夢覺道人曾演爲平話，見其所著《幻影》中。《起復官遘難身全》一則，敘僧人陷官吏爲活佛事；《安處善臨危禍免》一則，敘船人謀財害命爲虎所殺事，並見於明人小說中。其他諸作，殆皆詞隱寓言也。詞隱論曲，貴本色而貶繁縟。故《博笑》曲白，並明白如話，無一艱深之語。是蓋場上之劇曲，而非僅案頭之讀物也。

二十一年四月三日，鄭振鐸跋。

（民國二十一年上海傳眞社影印明刻本《博笑記》卷末）

八珠環記（鄧志謨）

鄧志謨（約一五五九—一六二四後），字景南，又字明甫、鼎所，號百拙生，亦作百拙、拙生，別署竹溪散人、竹溪主人、竹溪風月主人、嘯竹主人。所著書或署安邑，或署饒安，或署雲錦，或署豫章，應係江西饒安府安仁縣（今屬江西鷹潭）人。舉業無成，浪迹吳楚。萬曆二十二年（一五九四）前後游閩，爲建陽書坊余氏塾師，故所著多爲余氏所刊。著有《得愚集》、《續得愚集》、《蟫吟稿》等。撰小說《鐵樹記》、《呪棗記》、《飛劍記》。編著《精選故事黃眉》、《重刻增補故事白眉》、《古事鏡》、《花鳥爭奇》、《山水爭奇》、《風月爭奇》、《豐韻情書》等。參見陳旭東《鄧志謨著述知見錄》（《福建師範大學學報》二〇一二年第四期）。

撰傳奇《玉連環記》、《並頭花記》、《瑪瑙簪記》、《鳳頭鞋記》、《八珠環記》，合稱《百拙生傳奇》，又稱《五局傳奇》。所撰單折雜劇《秦樓簫引鳳》、《唐苑鼓催花》、《見雁憶征人》、《折梅逢驛使》、《幽王舉烽火》、《龍陽君泣魚固寵》、《青樓訪妓》等，均穿插於『爭奇』類小說中，《遠山堂劇品》、《明代雜劇全目》著錄。《八珠環記》傳奇，《曲海總目提要》卷二四著錄，現存玉芝齋鈔本。

（八珠環記）凡例

鄧志謨

以人氏生、和氏女爲配，以雜色牌名有類人名者輳合，以成傳奇，名曰《珠環記》。此是囊家一局。

（八珠環記）敍

倪士選〔一〕

孤注之場，有骨牌局戲於中，按美名人和，可締絲蘿；桃源二士，可契金蘭；把靁二姑，可爲君子好逑；七紅沉醉，可陶讌樂之懷；正馬拗馬之軍，可展安民之略……人氏生、和氏女聯爲婚姻，才子麟儀，佳人鳳采，允相若矣。二士孚以交契，則金蘭雅誼也。把靁二姑，爲三平頭之妻，則琴瑟雍和也。九溪十八洞之蠻，削而平之，則戡禍亂、安邊徼偉績也。七紅沉醉之宴功臣，則彤弓盛典也。弁曰《八珠環記》，蓋珠環本骨牌之名牽合，巫山神女之所賜，抹額鍾馗之所護。引商刻羽，令觀者擊節，鄧君誠優於詞也。

【箋】

〔一〕倪士選：字號、籍里、生平均未詳。

玉連環記（鄧志謨）

《玉連環記》傳奇，《曲海總目提要》卷二四著錄，現存玉茈齋鈔本。

（玉連環記）凡例

鄧志謨

曲牌名。以倘秀才、香柳娘爲配，外以別牌名有類人名者輳合，以成傳奇，名《玉連環記》。此是梨園一局。

鳳頭鞋記（鄧志謨）

《鳳頭鞋記》傳奇，《曲海總目提要》卷二四著錄，現存玉茈齋鈔本。

鳳頭鞋記凡例

鄧志謨

鳥名。以金衣公子、雪衣娘爲配，他以諸禽中有類人名者輳合，以成傳奇，名曰《鳳頭鞋記》。此是羽族中一局。

（以上均一九五九年人民文學出版社排印本《曲海總目提要》卷二四）

敘鳳頭鞋記

周孔訓〔一〕

或問余曰：『羣鳥之中，黄鶯謂金衣公子；曰①鸚鵡謂雪衣娘；鸜鵒謂寒皋，亦曰八哥；鷦鷯謂巧婦；秦吉了能言；雪客鷺，仙客鶴，飛奴鴿，閑客白鷴，南客孔雀，鷹鷂又謂淩霄君、沖漢君，鳥而人其名也。有好事者，用以作傳奇，可乎？』余曰：『可惜無作手也。求作手，其鄧君百拙生乎？』

或乃以其事屬拙生，不旬月，拙生卽以稿示余。觀金衣公子與雪衣娘，聯婚媾好逑矣。而公子任柳州刺史，賞鳥兒，烹梟兒，政昭彰癉，此濁世之翩翩佳公子哉！鷹鷂肆毒，雪衣娘不肯辱，而飴視斧鑕。巧婦代死，八哥伏誅，一爲主母殞，一爲朋友亡。秦吉了更舌戰鷹兇，周旋其友家患難，飛奴亦奔走不輟。是傳奇也，不惟可觀，抑又可風。

余覽之歎賞，亟謂拙生曰：『巧人哉！巧人哉！』拙生曰：『以無爲有，吾老而顛也，抑怪乎？』余曰：『紫陽，道學儒也，嘗爲《泥滑滑》、《麥熟吟》、《婆餅焦》、《提葫蘆》、《脱袴脱袴》，作《五禽言》。朱夫子亦怪乎？自古稱奇才，無若李長庚，使長庚不怪，又安有《大鵬遇希有鳥》之賦也？』

東汝古徒周孔訓拜題。

（玉芷齋鈔本《鳳頭鞋記》卷首）

【校】

①『曰』字，疑衍。

【箋】

〔一〕周孔訓：别署東汝古徒，籍里、生平均未詳。

瑪瑙簪記（鄧志謨）

《瑪瑙簪記》傳奇，《曲海總目提要》卷二四著録，現存玉芷齋鈔本。

瑪瑙簪記凡例

鄧志謨

藥名。以檳榔、紅娘子爲配，外以諸藥中有類人名者輳合，以成傳奇，名曰《瑪瑙簪記》。此是藥名中一局。

並頭蓮記（鄧志謨）

《並頭蓮記》傳奇，《曲海總目提要》卷二四著録，現存玉芷齋鈔本。

並頭蓮記凡例

鄧志謨

花名。以宜男、水仙子爲配，外以雜花類人名者輳合，以成傳奇，名曰《並頭蓮記》。此是百花中一局。

（以上均一九五九年人民文學出版社排印本《曲海總目提要》卷二四）

紅梨記（徐復祚）

徐復祚（一五六〇—一六三〇），原名篤儒，字陽初，又字訥川，號謩竹，別署陽初子、爽鳩文孫、洛誦生、休休生、破慳道人、三家村老、忍辱頭陀、慳吝道人、琴川逸士等，常熟（今屬江蘇）人。南京刑部尚書徐栻（一五一九—一五八一）孫。諸生，屢試不第，遂杜門著述。著有筆記《三家村老委談》、散曲集《徐陽初小令》，輯有曲選《南北詞廣韻選》。撰雜劇《一文錢》、《梧桐雨》、《鬧中年》，傳奇《宵光記》、《紅梨記》、《投梭記》、《題塔記》、《雪樵記》、《祝髮記》。傳見張大復《梅花草堂筆談》卷一一、王應奎《柳南隨筆》卷一、顧崇善《里睦小志》卷上等。參見徐朔方《徐復祚年譜》（《晚明曲家年譜·蘇州卷》）。

《紅梨記》傳奇，一名《紅梨花》，又名《三錯認》，呂天成《曲品》著錄，現存萬曆間洛誦生原刻本、萬曆間海陽范氏校刻本、明末刻朱墨套印本、明末汲古閣原刻初印本、汲古閣刻《六十種曲》本、清康熙間鈔本、乾隆間內府鈔本、乾隆五十年（一七八五）環翠山房刻巾箱本等。

（紅梨記）小引〔一〕

徐復祚

《閒中鼓吹》，泰峯郁先生所作也，中載趙伯疇事甚悉。庚戌長夏展玩間〔二〕，輒感余心，特爲譜諸聲歌。及閲古劇，亦傳此一段事，雖稍有抵梧，要之不爲無本。或疑兩生未嘗覩面，那至思慕乃爾？余曰不然。自古憐才之主，何必相識？漢武思馬卿，孟德贖文姬，豈有生平之誼邪？或又訾其是非顛倒，閃爍挒擋，類《齊諧》之志怪，非莊士之雅譚。余又曰不然。聞野丈人謂之田父，河上姹女謂之婦人，當世之是非眞假，孰能辨之？正亦何須屑屑辨也。觀《紅梨》者，請作如是觀。

萬曆歲在辛亥孟秋中元日，書於寶恩堂之東偏，忍辱頭陀纂。

（明萬曆間洛誦生原刻本《新鐫趙狀元三錯認紅梨記》卷首〔三〕）

【箋】

〔一〕底本無題名，據版心題。

〔二〕庚戌：萬曆三十八年（一六一〇）。

〔三〕中國國家圖書館藏本卷末有吳梅墨筆題識：『《紅梨》爲明陽初子撰。陽初姓徐，名復祚，常熟人，所著尚有《宵光劍》、《梧桐雨》、《一文錢》諸本。《盛明雜劇》曾刻《一文錢》，餘則未見也。余藏有《紅梨》一種，亦記謝氏事，而文字大不同，可知明人作此者不獨陽初矣。長洲吳梅跋。』

題紅梨花傳奇

施成嘉〔一〕

自博陵遇合，而佳人才子，遂隻千古。正以世無尤物，徒使巫山雲雨，長夜漫漫耳。巧矣哉，紅梨花之遇合也。『女中素秋，男中伯疇』，先炙人口，後合豐城，則謝、趙風流，媲崔、張而兩之矣。然余不多素秋、伯疇，而多孟博其人也。始終玉之，婉轉就之，令其乍喜而乍戚，乍合而乍離，疑眞疑假，驚信驚誤，所謂『天下有心人』，非孟博之謂乎？琴川逸士豔紅梨之奇，副以《桃葉》之歌，洵足傳矣。然聽之則爲《桃葉》，觀之則爲金蘭。故知《紅梨傳》之傳也，非傳姻譜也，傳交箴也。

第其徵聲度曲，蓋以元劇中《詩酒紅梨》而演之者。於是晟溪朗庵子爲之尋宮摘調〔二〕，指事諧聲，流其漆，朱丹其轂，一振南音之雅，而綴以北音之劇，令南北不分曹而奏。若曰音之有南北，自元始也，今仍元之舊已耳。余笑曰：然乎？昔塗山女候禹，始作南音；有娀氏候帝，始作北音。則音之有南北，振古如斯，獨元也乎哉？若素秋之迓伯疇也，伺伯疇也，遇伯疇也，作塗山之音可也，作有娀之音亦可也。

雖然，度曲者汗牛，而賞音者寥寥矣。蜀之用修，吳之元美，雲間之元朗，松陵之伯英，以暨吾湖故鄣之晉叔，亦邈矣。是傳也，可同義仍之《四夢》，日置案頭。倘矮子觀場，隨①人胡盧，以俳優視之，余又願爲吳琴之碎也已矣，奚暇置喙南北之異乎否？

玉蟾道人題於珠水山房〔三〕。

【校】

①隨，底本作『遂』，據文義改。

【箋】

〔一〕施成嘉：別署玉蟾道人，籍里、生平均未詳。

〔二〕晟溪朗庵子：卽淩性德（一五九二—一六二三），字成之，別署朗庵子、朗庵主人，烏程（今屬浙江湖州）人。天啓元年（一六二一）刻《曹子建集》，天啓間刻《虞初志》等。

〔三〕題署之後有印章二枚：陽文圓章「玉蟾」，陰文方章「施成嘉氏」。

素秋遺照引〔一〕

淩性德

昔唐子畏適明洲①，晚泊一烟渚。攬衣而登，步至一村落，薜蘿遠逕，流水一灣，花木參差，競秀函韻，殆非人間。曰：『此何異苧蘿村？獨不得一浣紗人貯之耳。』夜有一美人見夢，妖豔絕世，容光照耀人，曰：『恨生不與子同時，遂致凡陋之姿，銷沈千載，不得與上陽、博陵諸美並留遺照於人間。』吁嗟不已。因詢其姓氏，逡巡答曰：『雖譜綴於東山，而才慚於詠雪。』恍惚若淩波而去。子畏亦驚寤。其明日，欲蹤迹其所夢，而杳無所得。訪之土人，間有一二知者云：『宋有謝素秋，曾避兵燹於此。』嘆曰：『洵哉，洛川、巫岫，殆非謬也！古來尤物，必不甘自堙沒，其顯靈著異類如此。』因繪所夢，直追其所見焉，豈第彷彿其形似而已乎？

予今歲梓《紅梨》，聞之友人顧茂安者〔二〕，珍此像爲世寶，購名筆往摹之，神情意態，無不一一逼肖。固不知於素秋何如，而於子畏，則自謂無遜矣。

吳興朗庵子識〔三〕。

（以上均《古本戲曲叢刊初集》影印明末

刻朱墨套印本《校正原本紅梨記》卷首）

【校】

①洲，疑當作『州』。明州，今浙江寧波。

【箋】

〔一〕原畫題『素孃遺照』，版心署『劉杲卿刻』。

〔二〕顧茂安：字號、籍里、生平均未詳。

〔三〕文末題署後有印章二枚：陽文方章『成之』，陰文方章『朗庵主人』。

（紅梨記）跋

闕名

余閱《紅梨花記》，竊笑趙伯疇衹一耳食漢耳。居平，與素秋無（？）有覿面之機（？）也，但以一二行言，遂因聞而慕，因慕而思，因思而底於病，一似憐才意無出其右者。及觀其道旁贗璞，雖心病（？）不恤，至名園真質，反以鬼魅呵之，錯謬一何不倫也！具眼者固如是歟？將毋任目不如任耳。遴才者往往若□於伯疇，正無足訴（？）歟？雖然，素秋亦猶（？）善自重（？）者。脫令甘爲閉門之敲雨，爲涼樹之迎風，則胡帝（？）伯疇之注想？自應而□價，亦因此益□，至以身未鬼魅［後闕］

（中國藝術研究院圖書館藏明萬曆間海陽范

氏刻本《新刻趙狀元三錯認紅梨記》卷末）

紅梨記序

徐守愚〔一〕

予嘗讀《西廂》矣，竊觀君瑞與雙文，於《驚豔》一篇，彼此鍾情也；又嘗讀《牡丹亭》矣，竊觀夢梅與麗娘，於《幽遘》一篇，彼此鍾情也。天下有從未嘗驚豔，未嘗幽遘，而多情纏綿，離而後合者，是莫如《紅梨記》之趙汝洲與謝素秋。夫驚豔而鍾情者，文雖突兀而事尤不奇；幽遘而鍾情者，文雖隱怪而情亦不奇。至於絕不相關，彼此鍾情，如《紅梨記》，則奇矣。

紅梨非紅葉之爲媒而作之合，亦非始緣紅梨而起其端。彼趙解元落於貧士，謝素秋落於教坊，以絕不相蒙之人，而訂百年連理之好。其間將聚而散，即合仍離，前後間一段曲折文字，前伏一花婆，即《西廂記》之紅娘也；撮合一錢孟博，即《牡丹亭》之花神也。然最妙一段文字，在西園之紅梨花，或撮合，或恐嚇，纔合復離，因離復合，隱隱躍躍之妙，故劇本因以名焉。

至如才如伯疇，而得素秋以爲配；貞如素秋，而得伯疇以爲良。姦如王黼，不免喪身；忠如李綱，名垂青史。巧如花婆而設計，義如孟博而成全。原作者之心，總爲以諷世。雖演劇填詞，好色不離於《國風》，幽思不離於騷雅者也。坊友翻刻見請，予亦樂爲之序云。

乾隆乙巳新春，錫山蓉塘徐守愚書並題。

（《不登大雅文庫珍本戲曲叢刊》第八册影印清乾隆五十年環翠山房刻本《紅梨記》卷首）

【箋】

〔一〕徐守愚：號蓉塘，錫山（今江蘇無錫）人。生平未詳。

附　紅梨記跋〔一〕

吳　梅

此記譜趙伯疇、謝素秋事，頗稱奇豔，明曲中上乘之作也。陽初，常熟人。所作有《宵光劍》、《梧桐雨》、《一文錢》諸劇，或改易元詞，或自出機局，盛爲歌場生色。而《紅梨》尤爲平生傑作。中記南渡遺事，及汴京殘破情形，大有故國滄桑之感。傳奇諸作，大抵言一家離合之情，獨此記家國興衰，備陳始末，洵爲詞家異軍。記中《錯認》、《路敍》、《託寄》諸折，淒迷哀感，雖《狡童》、『禾黍』之歌，亦無以過此。而葉懷庭止取《訴衷》一折，且云：『《紅梨》才弱，一二曲後，未免有捉衿露肘之態。』此言亦覺太過。《訴衷》折固佳，必謂他折皆頹唐不稱，亦不應輕率乃爾。且其時尚無曲譜，而《亭會》、《三錯》、《詠梨》數折，皆用犯調，穩愜美聽，又非深於音律者不能。雖通本用《琵琶》格式至多，不免蹈襲舊格，但明人多有此病，不可專責徐氏也。

霜崖。

（民國十九年上海商務印書館排印本吳梅《曲選》卷一《紅梨記》卷末）

【箋】

〔一〕底本無題名。

附 新刻趙狀元三錯認紅梨記題識〔一〕

鄭振鐸

《新刻趙狀元三錯認紅梨記》二卷，明萬曆刊本。印刻之工，至爲精美，插圖尤流動有生意。予嘗收有白綿紙本一部，劫中以迫於債，並他書八十餘種，讓歸北平圖書館。數年來，往來胸中，無片刻忘之。頃北方書友某復持此黄紙印本者來，予一見卽留之。雖較遜予之白綿紙本，然亦初印精晰，人間殆無第三本也。失之東隅，收之桑榆，亦杜門閉關時一樂也。春光遍地，飛絮滿天，明窗淨几間，多此一物，頻增顏色。

紉秋居士。

此本前後均有闕頁，暇時當假北①平館藏本補錄。

（中國國家圖書館藏明刻本《新刻趙狀元三錯認紅梨記》卷首）

【校】

①北，底本脱，據文義補。

【箋】

〔一〕底本無題名。

丹管記（汪宗姬）

汪宗姬（一五六〇——一六一九後），字師文，一字肇邰，號休吾子，徽州（今安徽歙縣）人。與曲家汪道昆（一五二五——一五九三）同族。其家累世以鹽筴起，自幼隨父客居揚州（今屬江蘇），入太學。科舉失意，常往來於金陵、蘇州、杭州間。著有《穎秀堂稿》、《儒函數類》等。撰戲曲《丹管記》、《續緣記》，皆佚。

丹管記題詞

梅鼎祚

新都多博雅之士，繇文詠、書繪至雕幾、象數，靡所不有，然未有以塡詞聞者。太函先生嘗一染指〔一〕，且苦聱牙，它可知已。余友汪肇邰，太函之宗也。幼卽扶侍客廣陵，已入太學，爲秣陵遊，金閶、虎林蓋所常往來地，以故絕不能操歈音。時時把吳姬之袂，嗡越女之脣，倚節和歌，微恨元子之聲雌，頗媿周郎之顧誤。一日，感玉壺春與玉清庵事，而更南詞，爲《丹管》以記之。

夫音由心生，詞由音出者也。五方之民，其音各一。大較東南之輕浮，西北之重濁，有相用而鮮兼劑。今之治南者，鄭氏《玉玦》而後，一大變矣。緣情綺靡，古賦之流爾，何言戲劇？尚論者思反所自始，則又第以『荊劉拜殺』爲口實，本色當家爲貌言，而一切惟務諧里俗，曰何以文爲是？

方厭八珍純采之泰，而直追茹毛衣葉之初，其能耶？否，否！之兩者雖有間，要以與耳食何異。肇部是記，質而不俚，藻而不繁。語不必銷魂動鼻，觸籟則鳴；事不必索隱鉤深，取材亦贍。庶幾哉其克衷矣！二陵、吴越之間，必有能譜而傳者。子桓有言：『識曲知音，善爲樂方。』楚子而欲齊語也，吴越固莊嶽乎？

（《續修四庫全書》第一三七九册影印明天啓三年玄白堂刻本《鹿裘石室集》卷一八）

【箋】

〔一〕太函先生：即汪道昆（一五二五—一五九三），號太函。

玉局新劇二种（吴奕）

吴奕（一五六四—一六一九），原名宗奕，字世于，號敬所，别署觀復、艾庵、玉局先生等，武進（今江蘇常州）人。萬曆二十八年庚子（一六〇〇）舉人，三十八年庚戌（一六一〇）進士。授浙江縉雲知縣，補福建龍溪知縣。著有《觀復庵綺集》、《觀復庵綦集》、《觀復庵續集》等。撰雜劇《空門游戲》、《燕市悲歌》二種。

《玉局新劇二種》，趙萬里《明人文集題記（二）》著録（《文史》二〇〇〇年第四輯），現存萬曆間刻十六卷本《觀復庵集》所收本，均署『渤海玉局先生戲編』，中國國家圖書館藏，《明清孤本稀見戲曲彙刊》、《稀見明代戲曲叢刊》均據以校點。

劇引

山水間人〔一〕

近日士大夫林居無事，聚徒講學，亦是無事中生事。有等逸羣之人，佻浪不羈，起而以俠勝之，曰世無眞儒，有大俠，則好奇之過也。又有等熱中之夫，躁急無聊，起而以禪勝之，曰儒無眞脩，禪有妙理，亦好奇之過也。玉局新編二劇，將無有世思乎？《燕市悲歌》，令人色動；《空門游戲》，令人意消。然使荊軻爲俠，何難取義成仁？彌勒爲禪，不妨呵佛罵祖。正恐似俠非俠，慣用三尺鋼刀；似禪非禪，先下十重地獄，又爲道學先生所竊笑耳。劇中不云乎：『笑殺了咱的他，就是你的俺。』

山水間人題。

【箋】

〔一〕山水間人：姓名、籍里、生平均未詳。或卽吴奕别署。

劇原

吴　奕

維時春風漸老，春草漸深，一病淹淹，獨愁眇眇，蓐食而廢櫛沐者，幾兩浹辰。乃静中觀竅，見世間多可哭可笑之事，少能哭能笑之人。則肝膽易傾，除非酒後；針芥莫逆，庶幾禪門耳。有不自知而不必與人知者，若阮籍之率意於獨駕，迦葉之悟言於一花，是眞哭眞笑也。浸假而逢慕容熙以含辛，行將借淚亡妾；浸假而聽魚朝恩之說鼎，聊復彊嘻從人，誠恥之矣！誠畏人矣！則何如不眞不假間，付之生旦丑淨，色色遞新；離合悲歡，般般皆演者乎？凡作如是觀者，請讓矮人居前，令其得以自哭自笑。惟自則眞，亦惟自則能。視世之笑以頬，哭以涕洟，卽嚮之不以耳聽而以食者，何啻千里。

玉局先生識於坐卧房中。

（以上均中國國家圖書館藏明萬曆刻十六卷本《觀復庵集》所收《空門游戲》卷首）

雙修記（葉憲祖）

葉憲祖（一五六六—一六四一），字美度，一字相攸，號六桐、桐柏，別署檞園生、檞園外史、檞園居士、紫金道人、桐柏中人等，室名青錦園、抑抑堂，餘姚（今屬浙江）人。萬曆二十二年甲午（一五九四）舉人，九赴春闈，屢困公車，至四十七年己未（一六一九）始中進士。授新會知縣，歷官至工部主事。因譏議魏忠賢（一五六八—一六二七）建生祠，坐故削籍。崇禎三年（一六三〇）起復，歷官至廣西按察使，以疾辭。歸鄉五年而卒。著有《青錦園集》、《青錦園續集》、《白雲初稿》、《白雲續集》、《蜀遊草》等。現存許運鵬輯《青錦園文集選》五卷。撰雜劇二十四種、傳奇六種。傳見黃宗羲《南雷文定前集》卷五《墓志銘》、康熙《紹興府志》卷五〇、康熙《浙江通志》卷三七、乾隆《紹興府志》卷五三、光緒《餘姚縣志》卷二三等。參見徐朔方《葉憲祖年譜》（《晚明曲家年譜·浙江卷》）。

《雙修記》傳奇，呂天成《曲品》、《曲海總目提要》卷八著錄，已佚。或云即《雙卿記》，當非。

雙修記序

闕　名〔一〕

檞園居士，托言紫金也……居士精詞曲，其所作《玉麟》、《四豔》諸記，皆爲世膾炙。精究佛理，篤信淨土。暇日取《劉香女小卷》〔二〕，被之聲歌，名《雙修記》。

（一九五九年人民文學出版社排印本《曲海總目提要》卷八）

【箋】

〔一〕《曲海總目提要》卷八未言作序者何人，但云：『刊本標奉佛紫金道人編著……其記年則萬曆癸丑……近代詞曲中談佛法者，屠隆《曇花記》爲博極内典。觀此劇序及其開場數語，則似嫌其仙佛並提，禪淨互舉，故作此矯之，專言淨土一門，以唱導淨緣。至其事則出小說，本文亦云借此觀修行，不必論其有無也。』（頁三四四—三四五）按，萬曆癸丑，即萬曆四十一年（一六一三）。

〔二〕《劉香女小卷》：即《劉香女修行寶卷》，全名《太華山紫金鎮丙世修行劉香女寶卷》，凡二卷。參見鄭振鐸《佛曲敍錄》（《中國文學研究》下册，人民文學出版社，二〇〇〇）。

竹林小記（鄧雲霄）

鄧雲霄（一五六六—一六三二），字玄度（清人因避諱書作『元度』），號虚舟，别署鏡園主人，東莞（今屬廣東）人。明萬曆二十二年甲午（一五九四）舉人，二十六年戊戌（一五九八）進士，授長洲知縣。官至廣西布政使司參議。工詩賦，以塡詞聞於嶺南。著有《留都疏草》、《百花洲集》、《浮湘集》、《越鳥吟》、《燃桂稿》、《秋興集》、《漱玉齋文集》、《竹浪齋集》、《紫烟樓集》、《鏡園集》、《冷邸小言》等。傳見崇禎《東莞縣志》卷三、康熙《東莞縣志》卷八、雍正《東莞縣志》卷一二等。參見吴書蔭《〈竹林小記〉作者考》(《文獻》一九九二年第一期)。

撰雜劇《竹林小記》,《遠山堂曲品》著録,未題名氏。原有刻本,後收於明末清初山陰祁氏家藏《名劇彙》,已佚。

竹林小記序

張　萱〔一〕

今藝苑詞壇,彌天匝地,迸珠屑玉,超乘齊驅,文非兩漢以上,詩非三唐以上,不足挂齒頰也。惟是塡詞度曲,當家者鮮以追金元逸軌,瞠乎後矣。輓近勿論,國初詞曲當家者,劉伯溫、王子一、劉東生、谷子敬、藍楚芳、蘇復之諸名流,南北爭鳴,洋洋盈耳,嘗聞其語矣。以余所藏諸小令爲世膾炙,如趙宗藩《紅梅驛使》、楊邃庵《寂寞過花朝》、陳石亭《梅花序》、顧東橋《單題梅》、王威寧《黄鶯兒》、陳大聲《三弄梅花》、祝希哲《玉盤金餅》數十餘家。及昔者余友汪伯玉《大雅堂》、張伯起《紅拂》、徐文長《四聲猿》、梁伯龍《吴越春秋》、鄭伯庸《玉玦》、湯義仍《紫簫》、屠緯眞《曇華》,亦能以小語致巧,麗字取姸,播於北里,豈不自謂當家? 第務頭板眼,時或乖剌,於元人『十法』非惟不能入室,卽周德清之十六調亦未升堂,又何問崔令欽之三百二十四曲乎? 塡詞則工,度曲則拙。以詞起調,以調按詞,有可與貫酸齋、馬東籬、喬夢符、鄭德輝輩抗聲並奏乎?

夫曲有南北此天地自然之音也。北曲以北九宫統之,九宫之外,别有道宫、高平、般涉三調。

故比肉於竹，比竹於絲，既不捩喉，亦不拗指。統南曲者，南九宮也，變半二聲，與北稍異。花前彩袖，月下氍毹，足佐觥籌，亦堪演習。獨《房中》、《馬上》，難以搊彈。王司寇元美曰：『北字多而調促，南字少而調緩。南則詞情少，聲情多；北則詞情多，聲情少。北宜和歌，南宜獨奏。北氣易粗，南氣易弱。』又謂：『北主勁切雄麗，南主清峭柔遠。』自謂此語爲詞曲三昧，余竊不然。夫字分子母，聲别陰陽，何問南北？元人『十法』，或字多聲少，或字少聲多，南北一也。蓋塡詞度曲，别有才情，别有學問。南曲不得著北語，北曲不得著南語，亦猶詩中著詞語不得，詞中著詩語不得。故有才人不能作情語，情人不能作才語；有學問人不能作才情語，才情學問人又不能作諢語。而諢語中有奇語，有巧語，此又古今南北，鮮能並美者。獨元美謂『北力在絃，南力在板』，則詞曲之金科玉條也。

余少而宕軼，喜歌舞，曾館穀元美弇園。一日，元美爲余徵歌，余因笑謂元美：『公嘗欲令吴下教師改楊用修《洞天玄記》，李伯華百闋《傍粧臺》及《寶劍》、《登壇》諸作。公何不自度一曲，以爲「十法」、十六調、三百二十四曲金針？豈畏解故不作，如宋武帝畏解故不畜耶？』元美亦笑而不答。

歲戊申〔二〕，分司吴關。一旦悼亡，未免作有情癡，因梓行《北雅》一編〔三〕。復幸校書祕閣，得元人院本數十百種，欣然會心，數欲爲《蘇子瞻春夢記》〔四〕，以寄余悼。時馮開之太史居錢唐，多屏後歌。因以重貲募其屏後師，以度余詞，可免王渼陂以物爲護之誤。奈未及卒業，自令見放，行吟澤畔，而故稿遂飽蠹魚，不可復問。今耄矣，名山之藏，尚須焚膏繼晷，不暇作溫柔鄉生活，爲韓叔言執板。

何幸玄度之《竹林小記》，實獲我心也。玄度才情蓋世，爲藝苑詞壇宗工哲匠。其迸珠屑玉，無論有韻無韻，片紙隻字，落在人間，皆爲鳳毛麟角。其爲此記也，無亦爲元人【沉醉東風】『問天公許我閒身，莫居官朝裏，無人買斷青山、隔斷紅塵』，再下一轉語耶？第【沉醉東風】止一小令，玄度之記《竹林》，凡一萬六千餘言。才語中有情語，情語中有才語，學問中有才情語。故能入麗字，又能入澹字；能入雅字，又能入俗字；能入諢字，又能於諢字中入奇字、巧字，皆前人未經道語。不至如『澹黃楊柳帶棲鴉』之生剝賀方回，『愛它風雪奈它寒』之熟撏朱希眞，業足以轢金躪元，雄視千古。

余爲披金揀金，如【甘州歌】：『鞦韆牆外，飄落紅雲一片。』【一剪梅】：『燕帶春來，春帶愁來。』【駐馬聽】：『澹日輕籠解語花。』【念奴嬌序】：『芳心含欲吐，未許蝶蜂知了。』【小桃紅】：『睡不著晚將愁鬢整，聽鄰笛兩三聲，忽叫雲孤雁遙相應。』【東原樂】『殘角疏鐘恰五更，西風勁。它無情，妾身薄命。』即置之涵虛子所稱元詞一百八十七家中，誰復能辨？至於【二犯傍粧臺】：『兩般情況，一樣秋光，正好把三杯遙酹吊沙場。』又：『西風匹馬人千里，南浦孤帆水一方。』歌之有不遏雲，聽之有不啜泣者乎？即余《春夢記》成，亦當自廢。所恨不得楊用修、王元美諸公，爲玄度作玄晏先生，而撏撦西園公作崔令欽耳。然玄度此記，行歌樓伎館，無不如郵亭遊女歌王摩詰詩，又何待用修、元美及西園公之爲介駟也。

更恨盈盈一水，欲濟無梁，不獲朝夕酣醉鄰仙樓，作周郎顧誤，王應辨撾；從胡證尚書、鄭光業補衮、裴思謙狀元、鄭合敬先輩，覓般般醜、事事宜；與崖公蜆斗，共相標弄，敢寄一聲。玄度能爲西園公香火兄弟，改鏡園作月陂乎？第從政者新有過鏡園，乞主人一書，作道地史局，如蜀子楊侍郎者，玄度亦能手琵琶，擊胡牀迸碎否？不則，西園公之鐵將軍銅板拍尚在，不作《春夢記》，且作渼陂【折桂令】『紫羅襴老盡英雄』矣。

（明刻清康熙四年重修本張萱《西園存稿》卷一六）

【箋】

〔一〕張萱（一五五三—一六三六）：字孟奇，號九嶽，別號西園，博羅（今屬廣東）人。萬曆十年壬午（一五八二）舉人，屢上春官不第。二十六年，任職中書省。三十六年，徙官戶部郎中，分司吳關。三十九年罷歸，居家二十五年卒。工詩文書畫。著有《彙雅》、《西園聞見錄》、《西園存稿》、《疑耀》、《西園彙史》等。傳見康熙《廣東通志》卷一六、汪兆鏞《嶺南畫徵略》卷一等。參見曾天華《張萱年譜簡編》（廣州美術學院本科論文，二〇〇九）。

〔二〕戊申：萬曆三十六年（一六〇八）。

〔三〕《北雅》：張萱改訂《太和正音譜》爲《北雅》，詳見本書卷十三《北雅題詞》條。

〔四〕《蘇子瞻春夢記》：葉德均《戲曲小說叢考》卷上《曲目鉤沉錄》著錄。此雜劇未完成。

量江記（佘翹）

佘翹（一五六七—一六一二），字聿雲，一作聿文，號燕南，别署銅鵲山人，室名九峯樓，池州（今安徽銅陵）人。廣東按察使佘敬中（一五二六—一六〇六）子。萬曆十九年辛卯（一五九一）舉人，屢上春官不第。歸治一畫舫，曰浮齋，往來湖上。著有《幼服集》、《翠微集》、《白下遊草》、《偶記》等。撰雜劇《鎖骨菩薩》，傳奇《量江記》、《賜環記》。傳見陳弘績《陳士業集·寒崖近稿》卷一《孝廉佘聿雲先生墓表》、康熙《池州府志》卷八〇、康熙《杏花村志》卷三與卷四、乾隆《池州府志》卷四七、乾隆《江南通志》卷一六七、道光《安徽通志》卷一七八、《五松佘氏族譜》等。參見徐朔方《佘翹年譜》（《晚明曲家年譜·皖贛卷》）。

《量江記》傳奇，呂天成《曲品》著録，現存萬曆三十六年（一六〇八）序金陵繼志齋刻本（《古本戲曲叢刊二集》據以影印）。

量江記題

佘翹

余故不喜填詞，間製一二種，義取於章既往、鑒方來而已，不欲以聲律自見也。今夏煩暑掩扃，偶披《宋史·樊叔清傳》，因惟叔清亦吾郡一奇士，郡令不聞所以表異者，里中人或多不悉其事，輒復假傳奇以章之。且以叔清其才，違命能用之，卽不能與宋祖代興，何至遂屋其社，而乃棄以資宋？一失之林仁肇，再失之樊叔清，而李氏王氣盡矣。人言宋取南唐爲無罪，棄叔清非其罪邪？此所謂事足以鑒者也。

雖然，橋而渡江，亦幸違命之闇，而南唐無人甚耳。迺其事之不經，去魏氏之縫囊幾何？向令朱令贇之計行，宋師安得橋而濟乎？然則叔清之策，雖不可謂不奇，然本非萬全之道也。叔清誠抱萬全之策，必不至以西川之役，身名俱衄矣。嗟乎！宋祖南並之志非一日也，煜之罪非深於景也。杜著、薛良之謀，未必拙於樊氏也。彼無能救死於頸，而此以盟山河、垂竹帛，人於功名之際，有幸有不幸如此哉！爲之投筆增嘆。

萬曆戊申孟春之吉，銅鵲山人題〔一〕，一眞散人書〔二〕。

（《古本戲曲叢刊二集》影印明繼志齋刻本《新鐫量江記》卷首）

【箋】

〔一〕題署之後有陽文方章「聿雲氏」。

〔二〕題署之後有陽文方章「大來」，則一眞散人爲繼志齋主人陳邦泰（字大來）别署。

量江記序

馮夢龍

《量江》事奇，聿雲氏才情更奇。間有微疊纖瑕，余爲釁而縫之。

（上海中華書局一九四〇年排印《新曲苑》本《曲海揚波》卷四）

獅吼記（汪廷訥）

汪廷訥（一五六九—一六二八後），字昌朝，號無如，別署坐隱先生、無無居士、全一道人、清癡叟、松鶴子、先先子等，休寧（今屬安徽）人。萬曆二十五年（一五九七），秋試不第，捐貲官鹽課提舉使。曾任寧波同知、鄞江司馬等。因故遭貶，致仕閒居。家築坐隱園、環翠堂，廣儲圖書。著有《環翠堂集》、《坐隱先生集》、《無如子正續贅言》、《環翠堂隨集》，輯刻《人鏡陽秋》、《文壇列俎》、《環翠堂華袞集》、《坐隱先生訂棋譜全集》、《四詞宗合刻》等。參見徐朔方《汪廷訥行實繫年》（《晚明曲家年譜・皖贛卷》）。

撰戲曲集《環翠堂樂府》，包括雜劇《畫舫尋梅》（又名《青梅佳句》）、《捐奩嫁婢》、《聞歌納妓》（又名《廣陵月》）、《中山救狼》、《詭男爲客》、《石室悟棋》、《同僚認父》、《報仇歸釋》、《太平樂事》，傳奇《獅吼記》、《投桃記》、《三祝記》、《彩舟記》、《義烈記》、《重訂天書記》、《長生記》、《種玉記》、《二閣記》、《威鳳記》、《飛魚記》、《忠孝完節》、《高士記》、《同昇記》等。二〇〇九年巴蜀書社出版李占鵬編校《汪廷訥戲曲集》。參見李云峯《汪廷訥戲曲研究》（安徽師範大學碩士學位論文，二〇〇七）、劉井亮《汪廷訥戲曲研究》（福建師範大學碩士學位論文，二〇一一）、左青英《汪廷訥現存傳奇研究》（山西師範大學碩士學位論文，二〇一三）。

《獅吼記》傳奇，吕天成《曲品》著録，現存明萬曆間環翠堂原刻本、明末汲古閣原刻初印本、汲古閣刻《六十種曲》本、清同治元年（一八六二）瑞鶴山房鈔本等。

獅吼記小引

闕　名〔一〕

婦人秉陰氣以生陰，猶水也，水深沉而不可測。爲男子者，以好色之心愛之，愛生寵，寵生梗，梗生妒，有由來矣。自非大丈夫，鮮不遭其蠱惑，剛腸柔於紅粉，俠氣萎於衽席，甚且束手受制而莫可誰何。此無異故，總之愛爲禍始也。嗟夫！苦海何能溺人，人自溺耳。

余竊慨夫之於婦，三綱之一，倒壞至此，後將何極？乃采獅子吼故事，編爲雜劇七齣，欲使天下之强婦悍婢盡歸順於所天。說者以爲前段似謔，後段似幻，不知卽謔寓正，就幻寄眞，意在言詞之外。至於詳稽經典，雜引史傳，則言皆有據，事匪無徵，其誰曰不然？惟願觀場者從［後闕半頁］

【箋】

〔一〕此文當爲汪廷訥撰，乃原作《獅吼記》雜劇之序。

（獅吼記）又敍

汪廷訥

汪無如曰：往余編《獅吼》雜劇，刻布宇内，人人喜誦而樂歌之，蓋因時之病，對症之劑也。秣陵焦太史〔一〕，當今博洽君子，以爲不足盡蘇、陳事蹟。余復廣捜遠羅龍丘、眉山當日之事，庶無滲漏矣。乃取雜劇而更編之，始以七齣，今以三十齣。閨闈之隱情，悍戾之惡態，模寫殆盡，不待終場而觀者無不撫掌也。復以幽冥恐懼之，以菩提化誘之，則兇人可善，善人可佛，誰肯甘於恃頑怙惡也者？其於今日風俗之陵夷，夫綱之頽敗，未必無小補云〔二〕。

（以上均《日本所藏稀見中國戲曲文獻叢刊》第一輯影印明萬曆間環翠堂原刻本《獅吼記》卷首）

【箋】

〔一〕秣陵焦太史：即焦竑（一五四〇—一六二〇）。

〔二〕文末有印章三枚：陽文葫蘆形印『全一』，陰文方印『汪廷訥印』，陽文圓形印『坐隱先生』。

長生記（汪廷訥）

《長生記》傳奇，呂天成《曲品》著録，已佚。

（長生記）自序

汪廷訥

余夙慕乎元宗，於環翠堂右，建百鶴樓，高十丈許，奉事純陽子唯謹。蓋表余一念皈依之誠，且祈以廣嗣續，其雅志也。乙巳暮春〔一〕，余晨參純陽子，禮畢，假寐瓊蕊房。純陽子揖余，闡發玄扃，力驅宿垢，且囑以『指導塵世，將降令子以報若』。余覺而異香滿室，神情爽朗。轉思無誘世之術，則急翻《呂眞人集》暨《列仙傳》、逸史、百家，搜求純陽子顛末，爲作《長生記》。

按，純陽子未遇雲房時，垂涎富貴，若非黃粱一夢，幾不免墮落宦海中。厥後名登紫府，誰非此夢力也？余今瓊蕊之夢，雖不敢上擬黃粱之夢，然感我師之提誨諄諄，敢不書紳敬佩之。是秋杪而記成。越明年夏五月，余果舉一丈夫子，於是信我師之夢，果不我欺矣。

【箋】

〔一〕乙巳：萬曆三十三年（一六〇五）。

（長生記）序

陳弘世〔一〕

新安友人汪昌朝者，尊信導引之術，爲閣事呂祖甚謹。通籍拜鹺大夫，志益修潔，別號坐隱先生。一日夢感純陽之異，若以玄解授記而報之誕子者。公覺而搜羅仙籍，摭純陽證果之始末，演爲傳奇，標曰《長生記》。

【箋】

〔一〕陳弘世：字延立，一作延之，江寧（今江蘇南京）人。太僕卿陳沂（一四六九—一五三八）孫。萬曆三十一年（一六〇三），爲陳沂《獻花巖志》撰跋。著有《延立詩集》、《金陵古迹詩》、《詠物詩》等。

義烈記（汪廷訥）

《義烈記》傳奇，呂天成《曲品》著錄，現存萬曆間環翠堂原刻本（《古本戲曲叢刊二集》據以影印）。

（義烈記）序

薛應和〔一〕

東漢黨錮之事，張山陽亡命，而孔氏爭死於一門，高義薄雲天，偉烈貫金石。余友無如君櫽括其概，編爲傳奇。戲劇中有繫名教，非偶然已也。劇中皆紀實，多本《漢書》列傳。

【箋】

〔一〕薛應和（？—約一六〇八）：字子融，號霞峯，一號絜庵，江寧（今屬江蘇南京）人。萬曆元年癸酉（一五七三）舉人。十一年（一五八三），授長洲教諭。十三年，陞成安知縣。歷三年，丁艱歸，遂不復出。居家二十年，公府無片牘。傳見康熙《江寧府志》卷二二、道光《上元縣志》卷一五、同治《上江兩縣志》卷二四、陳作霖《金陵通傳》卷二一等。

威鳳記（汪廷訥）

《威鳳記》傳奇，呂天成《曲品》著錄，已佚。

（威鳳記）序

馬翼如〔一〕

坐隱先生以豪爽之才，憤時嫉俗之抱，莫由宣洩，往往觸發於新聲。以故樂府之夥，直入高、王閫奧。茲觀《威鳳》一記，不尤可喜可愕，而大繫風教者乎？韓氏紫荊之賞，因訓若子俾遵家範。詎意胎鶚兄鬩牆之禍，動豺友下石之謀，甚至甘棄其親而不養。向非仗義如馮生，道行母子必且爲冤鬼矣，奚待遼東私賂而後知其計之慘哉？卒之帝鑒不爽於毫芒，孑窮棲身於靈宇。伯氏之禍仲者乃自禍，僅幸免其溝壑焉耳。猗歟！儀鳳文章，鼎名紫閣，造化斡旋於仲，豈可誣哉？夫貪淫殘暴，示懲也；孝友仁賢，昭勸也。非記不足以發其隱，無亦得《三百》之遺旨而寄之音律者耶？

（以上均一九五九年人民文學出版社排印本《曲海總目提要》卷八）

【箋】

〔一〕馬翼如：陳留（今屬河南）人。字號、生平均未詳。

同昇記（汪廷訥）

《同昇記》傳奇，呂天成《曲品》著錄，已佚。

《同昇記》序

冶城老人〔一〕

海内梵刹，間設三教之堂，龕三師於上。有儒者進曰：『吾孔氏之尊，豈居二氏之下？』奉而中移。釋道者進曰：『孔子，吾師之弟子也，而位師上耶？』又奉而中移。主僧更復其故位。釋是屢屢更移而像旋壞。三師因相謂曰：『吾三人本相忘，乃各爲劣徒搬壞。』嗚呼！達三聖相忘之旨者，幾何人哉？

達者閔之，思借人間之戲劇，以寓省悟之微機。此雖循人間讌樂之習，而究其不得已之心，則良苦矣！如余之傳柳翠，亦遇賞音。第余專明佛乘，未及三教。兹有東海一衲，與無無居士、赤肚子、了悟禪師三數人，初遇，各持門戶，若相矛盾，而卒乃相忘於無言。於是東海一衲耳既有覺，便思覺人，演六賊之竊發，歸一將之擒獲。卓爾三家，渾同一事。不廢讌笑而直啓玄扃，不離聲色而竟收太乙，茲《同昇》之所爲作也。

（一九五九年人民文學出版社排印本《曲海總目提要》卷三九）

【箋】

〔一〕《曲海總目提要》卷三九《同昇記》條謂有『冶城老人序』，並云：『記內有潘太史，則東海一衲所自寓也。按「余之傳柳翠」一語，似爲徐渭序。序中無無居士卽汪廷訥。第六折所謂全一眞人，亦卽廷訥別號。廷訥有戲劇數種，大都留心佛乘，假託神仙。此劇爲東海一衲所撰，中多演廷訥事。其意不過紐合三教，儒則潘淩雲，釋則了悟禪師，道則全一眞人，皆卽當時所交，而改易姓名，現身說法。後三十一折又有僧圓通、道士張胄，亦同此意。』（頁一八〇四—一八〇五）冶城老人：姓名、籍里、生平均未詳。撰《衍莊》雜劇，《遠山堂曲品》著錄。葉德均《戲曲小說叢考》卷上《曲目鉤沉錄》謂：『按，冶城老人當爲南京人或僑寓南京之人，其家近冶城，故有冶城老人之稱，而徐渭乃山陰人也。』並引《曲海總目提要》卷五《玉禪師》條：『又按，明萬曆間陳藎卿同航隱老人有合編《柳翠》雜劇。』認爲『此冶城老人豈所聞或航隱老人耶？』按陳藎卿，卽陳所聞（一五五三—一六〇五後），生平詳見本書卷十四《北宮詞紀》條解題。航隱老人，卽于慎思（一五三一—一五八八），字無妄，號航隱，別署航隱老人，東阿（今屬山東）人。東閣大學士于慎行（一五四五—一六〇七）兄。庠生。坎壈蹭蹬，白首一經。工詩文詞曲。著有《龐眚生集》。傳見于慎行《穀城山館文集》卷二四《墓志銘》。

彩舟記（汪廷訥）

《彩舟記》傳奇，呂天成《曲品》著錄，現存萬曆間環翠堂原刻本。

彩舟記敍

夏尚忠〔一〕

天下有奇品，而後有奇見聞。卽見聞之奇而寓於言，斯足以駭人耳目，傳今古爲不磨。海陽汪無如君，閎粹沖襟，琳琅武庫，灑灑焉，炯炯焉，一世人龍也。以其人龍也，在丘壑則龍潛，居金馬門則龍見。時潛時見，無如總付之無心，用至妙矣。

不佞與無如交最久，每聽其麈譚，酷若曼倩。頃屬予爲《彩舟記敍》。記後先悉鬚龍事，甚奇。予撫掌大噱，曰：『唯人龍而後知龍。』鬚龍而人焉，其幻化矣。幻化而度賈人子，爲玉堂青瑣之客。龍之德無量哉！夫江生何幸，遘二千石吳公之閨秀；而閨秀又眼能識豪傑之可掀揭爲托根，訂緣畫舫，永偕伉儷。然其梗概，始而合，中而分，終而功名轟烈，一生悲歡隱顯，大抵皆出鬚龍之妙用。事若不經，實非怪也。化梭化杖，之二者，古不大明鏡哉？旣知梭杖之化而鬚化者，奇矣！無如一一模寫，令人且愕且喜，恍若覩鬚龍之妙用。故曰：『無如，人龍也。』若夫新聲雅調，儷幽蘭而偶白雪，爲昭代詞人之雄，則操史筆者自有無如定評，不佞復何贅！

奉議大夫同守湖州府事建業友人夏尚忠拜撰〔二〕。社弟金曰黄書〔三〕。

（《古本戲曲叢刊二集》影印明萬曆間環翠堂原刻本《彩舟記》卷首）

【箋】

〔一〕夏尚忠：字筠泉，上元（今屬江蘇南京）人，府軍右衛籍。萬曆十三年乙酉（一五八五）貢生，授欒城知縣，陞湖州府同知。卒年八十餘。傳見道光《上元縣志》卷一〇、同治《上江兩縣志》卷二四等。

〔二〕題署後有陰文方章二枚：『夏尚忠』、『奉議大夫』。

〔三〕金曰黃：字號、籍里、生平均未詳。題署後有陰文方章二枚：『金曰黃印』、『中□氏』。

投桃記（汪廷訥）

《投桃記》傳奇，呂天成《曲品》著錄，現存萬曆間環翠堂原刻本。

題汪無如投桃記序

闕　名〔一〕

余雅有聲律之癖，顧得與博古通今者上下其議論。新都無如汪先生，學業宏肆，著作繽紛，賈其餘勇，旁通於聲律。與余交驩有年，其所撰刻，悉以示余，余數數爲之敍。

近作《投桃記》，記成，不遠數百里而教之。及開卷番閱，則宋潘用中與黃姬故事。此事播於都下，傳於紫闥，至理宗皇帝亦且嘉揚而完聚之。第以命不由父母，言不通媒妁，婚媾大禮，男女爲政，恐非所以正其始。謂宜儒者噤口不道，無如曷爲取而編歌之？毋亦其腹笥便便，無所宣洩，乃風流玩弄，而揮其才情之一斑乎？蓋自太極分則有陰陽，有陰陽則有交構，恢恢宇宙，安能人繩以禮法，家束以廉隅？而私合之事，何世無之？夫人藏其心，至不可測。惟深閨韶穉，涉世淺而天眞完，心誠意篤，毫無虛假，雖值勢籠威愓，竟不能奪其志，是以君子猶有取焉。

況嘲風弄月，本達人之常事；　行吟浩歌，雖賢者所不廢。古來騷人詞客，遊戲傳奇，散軼篇章者，詎可以數計？　如元之王實甫、鮮于伯機、虞伯生，國朝之楊太史、夏少保、祝京兆、汪司馬，此特其表表者也。近而臨川湯太常、東海屠祠部，不稱兩博洽君子乎？　其所編次，如《玉合》、《彩毫》等記，且家傳而戶誦之，並無有訾其失者。大都以我使彼，非以彼使我。借脂粉以抒翰墨，托聲歌以發性靈，則何嫌其爲情慾而不自見其所長哉？　昔尼聖刪《詩》而不廢《鄭》、《衛》，此其意以爲人必有所懲創，而後有所感發。故桑間濮上之吟，與《關雎》、《麟趾》並垂不朽，此乃尼聖之微旨。故余嘗謂，載籍極博，只爲君子之畏聖言者設，非爲小人之侮聖言者，爲宣淫導欲之資也。

無如是編之刻，其願天下人知所懲創，而開示以自省之門乎哉？　觀黃姬末路，守志斷髮，從一而終，持義凜若秋霜，矢志皎如烈日，則惡可以前之瑕掩後之瑜，以昨之短棄今之長。所謂『發乎情，止乎禮義』者，黃姬具有之矣。紅粉叢中，何可多得？　俾千禩而下，觀場者靡不感發興起，無如之意，夫豈獨使人懲創已也？

且曲調擅美，步武金元。試取而紬繹之，意旨委蛇，則豁胷洞心之巖壑也；　音韻鏗鏘，則鳴金戛玉之武庫也；　雅俗並陳，則啓聾起瞶之藥石也；　情思眞切，則去僞存誠之鏌鋣也。時曲濫觴已極，今得此編，洵可黜靡而振雅，韻學何患無指南哉？

余坐處實堂中，作老蠹魚，恨不能攜杖藜，登白岳，晤無如以談千秋大事。惟閱其近作，敍其

簡端，使環海内外，知吾兩人［後闕半頁］

（《古本戲曲叢刊二集》影印明萬曆間環翠堂原刻本《投桃記》卷首）

【箋】

〔一〕《序》云『余坐處實堂中』，處實堂爲張鳳翼書齋名，則此文當爲張鳳翼（一五二〇—一六一三）撰。

三祝記（汪廷訥）

《三祝記》傳奇，呂天成《曲品》著錄，現存萬曆間環翠堂原刻本。

敍三祝記

陳昭遠〔一〕

新安無如汪鹾使，天縱慧悟，性樂潛藏，五車藴藉，《三百》才情，窮海内外，誰不想慕其人？而復世好行德，扶困濟厄，父子相承無替。而今且以大夫起家，天之報施善人，良不爽矣。復欲勸化顓蒙，偕與爲善。以濁世不可莊語也，著《三祝》之傳奇，取其還金、贈麥二事，足以風天下之仗俠仗義者，是爲寓言寄意云。

至於詞曲之佳，則鹾使之餘技。旨趣委婉，丰韻美秀。恢諧絕類曼倩，麗藻豈讓相如？其間敍朝廷竄謫之危，則忠藎之誼著；摹閨閫肅雍之象，則慈孝之德昭；錄邊彊感附之深，則誠信之化洽。若夫義田周於一族，賑濟及於萬民，此尤其彰明較著焉者。而又描寫之工，善惡兼呈，美刺具備，直使文正公家之幽行隱德，奕世如見。其有裨於風化者，豈尠小哉？

嗟乎！世道日變，誰不哆談因果？甚之持齋布施，以求福利，而於日用人情，絕不肯少行方便。是舍近圖遠，惡知夫因果之義也。試取《三祝記》歌詠之，自當知所興起矣。

萬曆戊申端陽前一日。秣陵陳昭遠纂。

（《古本戲曲叢刊二集》影印明萬曆間環翠堂原刻本《三祝記》卷首）

【箋】

〔一〕陳昭遠（？—一六一九前）：綏陽（今屬貴州）人，寓居秣陵（今江蘇南京）。萬曆三十四年丙午（一六〇六）貢生。《環翠堂華衮集》有陳昭遠署『萬曆戊申上元日滇池友弟陳昭遠題於芙蓉別墅』之《坐隱吟奉贈無如汪權君》，序云：『坐隱先生，不佞神交之日久矣。歲丁未夏，始識荊於白門。先生手一冊視不佞，悉諸名公所贈言。』按戊申，萬曆三十六年（一六〇八）；丁未，萬曆三十五年。參見萬曆四十七年（一六一九）劉仁臣撰《陳子昂祠堂記》（道光《遵義府志》卷八《壇廟》）。

附　三祝記題詞〔一〕

姚華

高曾規矩看將盡，冠冕文章尚此存。崑亂已來凡幾變，曲中心事更誰論？

鎔裁經史作波瀾，語不翻空下筆難。學步幾人曾褻弄，一回搊撍一回看。

讀《三祝記》，漫成二截句，貴筑姚華〔二〕。

【箋】

〔一〕底本無題名。

〔二〕題署之後有陽文方章『鄰樓』。

附　三祝記題識〔一〕

吴　梅

右《三祝》二卷，明汪昌朝作。昌朝少年登第，官至鹽運使，家有環翠堂，極亭臺樓閣之勝。所著傳奇十種，今所通行者僅《獅吼》、《種玉》二記，見汲古《六十種曲》中而已。他如《長生記》，譜呂純陽事；《天書記》，譜龐涓事；《投桃記》，譜潘昉事；《二閣記》，譜朱生事；《彩舟記》，譜江情事，此皆可考也。《高士》、《同昇》二種，不知譜何人故實，海内藏家或有藏弆者。總名《環翠堂樂府》。余舊得《獅吼》、《種玉》、《投桃》、《彩舟》四種，他則未見。孝慈先生以此劇見示，與舊藏四種印本相同，始知此十種曲，皆非單行矣。此本情節曲白，在明人中尚稱中乘。余舊見《種玉》，有玉茗手批，雕板極精。可見昌朝諸作，嘗就正湯義仍，宜乎出詞爾雅矣。孝慈得自日本，詫爲奇寶，囑余加墨，因述之如此。

庚申季秋〔二〕，長洲吴梅〔三〕。

（以上均《古本戲曲叢刊二集》影印明萬曆

間環翠堂原刻本《三祝記》卷末墨筆書）

【箋】

〔一〕底本無題名。

〔二〕庚申：民國九年（一九二〇）。

〔三〕題署之後有陰文方章『霜崖』。

紅蓮記（陳汝元）

陳汝元（一五七二前—一六二九後），字起侯，號太乙，一作太一，别署太乙山人、燃藜仙客，室名函三館，山陰（今浙江紹興）人。徐渭（一五二一—一五九三）弟子。萬曆二十五年丁酉（一五九七）舉人。二十六年，任陜西清澗知縣。三十五年，任直隸易州知州。四十五年，陞延綏城堡廳同知，以母老乞歸養，加銜運同。著有《明浙士登科考》，補注徐渭輯《玄鈔類摘》。撰雜劇《紅蓮記》，傳奇《金蓮記》、《紫環記》、《太霞記》，訂補吴昌齡《西天取經》雜劇。傳見康熙《山陰縣志》卷二〇、嘉慶《山陰縣志》卷一四、道光《清澗縣志》卷五等。參見徐朔方《陳汝元行實繫年》（《晚明曲家年譜·浙江卷》）。

《紅蓮記》雜劇，一名《紅蓮債》，《遠山堂劇品》著錄，現存萬曆三十四年丙午（一六〇六）序陳氏函三館原刻本（首封題『蘇子瞻前世紅蓮女北劇』，中國國家圖書館藏）、崇禎間刻《盛明雜劇》二集卷二四本（題『紅蓮債』）。

紅蓮記小引

陳汝元

兔角龜毛，慧域玄詮。莫破牛泥馬石，冥司果報須知。故一念無渣，可從紅粉叢中鍊性；若萬緣未解，輒向青蛾夢裏湛身。千尋孽障雖深，易世或能省悟；一種利根夙植，來生仍得圓明。迺其壚敗於紅蓮，縱自投慾海；而彼詩題於白瓣，寔頓啓玄關。戒犯荒淫，寧免動遭幻苦；功成修證，終能再悟眞空。春風不護柔條，何怪債償於章柳；秋露遽摧老幹，還期願遂於夭桃。雖云境界自呈，委係輪迴難脫。夢中印果，半生冤孽全銷；合下指迷，兩世箴規漫逼。冷落門前車馬，祝髮爲尼；提醒鏡裏鸞鳳，改粧入道。乃四人之眞覺，悉三寶之玄機。激徵流商，以補金蓮之未備；譚禪說偈，用扶貝葉於無窮。

萬曆丙午八月既望，燃藜仙客書於函三館之瑞芝樓〔一〕。

（明萬曆三十四年丙午序越郡陳氏函三館原刻本《紅蓮記》卷首）

【箋】

〔一〕題署之後有印章四枚：陰文方章『畹芬契重』，陽文方章『女元』，陰文方章『太式山人』、『古孝廉』。

冬青記（卜世臣）

卜世臣（一五七二—一六四五），字孝裔，號大荒，一號藍水，別署大荒逋客，秀水（今浙江嘉興）人。諸生。博學多聞，磊落自負。著有《拄頰言》、《玉樹清商》、《多樂識》、《樂府指南》、《山水合譜》等。撰傳奇《冬青記》、《乞麾記》、《雙串記》。傳見《檇李詩繫》、《聞湖詩鈔》等。

《冬青記》傳奇，呂天成《曲品》著錄，現存萬曆間原刻本（《古本戲曲叢刊二集》據以影印）。

冬青記凡例

闕　名〔一〕

一、宫調按《九宫詞譜》，並無混雜。間或一齣用兩調，乃各是一套，不相聯屬。

一、《中原韻》凡十九，是編上下卷，各用一週。故通本只有二齣用兩韻，餘皆獨用。

一、每齣韻不重押，偶重一二字，亦係別調。

一、凡引子内不用韻處，每句圈斷。

一、塡詞大概取法《琵琶》，參以《浣紗》、《埋劍》。其餘佳劇頗多，然詞工而調不協，吾無取矣。

一、點板悉依前輩古式，不敢輕徇時尚。

一、『侵尋』、『監咸』、『廉纖』三韻，皆當閉口，演者宜知。
一、落場詩俱是集句，止有數齣杜撰耳。
一、近世登場，大率九人，此記增一小旦、一小丑。然小旦不與貼同上，小丑不與丑同上。以人衆則分派，人少則相兼，便於搬演。

（《古本戲曲叢刊二集》影印明刻本《冬青記》卷首）

【箋】
〔一〕此文當爲卜世臣撰。

（冬青記）附談詞

闕　名〔一〕

吳郡詞隱先生閱是編，謂意象音節，靡可置喙，間有點板用調處，尚涉趨時，宜改遵舊式。敬錄出，以證當家。

【漁家傲】『虎』字無板。『韜』字無截板。『張』字、『遙』字有板。『鎮』字止有截板。『響』字無截板。『夜』字有板。『分』字換截板。『帶』字無板。今人唱《拜月亭》『天不念去國愁人』，謬甚。看《荊釵》之『明月蘆花』，則了然矣。

【山坡羊】首二句該點板於『遙』字、『澄』字，而『懷』字、『眥』字下俱無截板，乃爲至當，但嚇肉眼耳。

【月雲高】第四句止該用四字。曾見古本《琵琶》云『盤纏使盡』，又云『把咱不認』，今坊刻多一『都』字、『廝』字，係後人妄增。

【雁來紅】乃【雁過沙】及【朱奴兒】二曲合成者。『荒』字板當移在『覷』字，而『麥』字無板，『金』字換實板。『君父』上增二平聲字，『君』字有板，『恩』字有掣板。『忍坐視』一句，改作平平仄仄平平仄，後曲仿此。《雙珠》、《玉玦》諸傳奇，此調皆做錯。不知何年作俑。

【獅子序】『做』字板當移在『薄』字，而『假』字有截板。『法』字二板都不用。『斷』字有板。『腸』字無板。『能』字無截板。『禁』字有板。相傳唱『他息婦』，雖有之，皆誤。

【瑣窗寒】，細查此腔，『解』字有截板，『請』、『裁』二字不用。『無』字有板，又有一截板。『展』字無板。『破』字有板。『蒼』字無板。『苔』字換實板。第二曲同。《荊釵記》『論人生』一闋可見。

【二郎神】據《琵琶》，『簪花』二字連打二板，則『瘞山坳』、『冠濡毫』二句亦當改正。

【雙勸酒】第五句照《荊釵》云『若得他配合秦晉』，又云『只恐怕誤了公文』，今作法如七字詩一句，未妥。

【鎖南枝】第一曲第四句，當依《琵琶記》云『自從昨日到如今』，第二曲（謂之換頭）前四句云『鄉官可憐見，這是公婆命所關，若是必須將去，寧可脫下衣裳』云云，方是正體。

右數條，皆樂府三昧，識者自知。但俗師舌上傳訛，已非朝夕，驟繩以古格，彼且駭爲怪物，閧然走耳。嗚呼！鍾期杳莽，逸響空彈，況絃板小技，聊寄騷人孤憤，不必太認眞，姑以徇里耳，可乎？然其中忤俗處亦多矣。願解顧君子，謚節愍。相與振起斯道。余才短，未敢獨任詞壇砥柱也。

（《古本戲曲叢刊二集》影印明刻本《冬青記》卷末）

【箋】

〔一〕此文當爲卜世臣撰。

淩雲記（韓上桂）

韓上桂（一五七二—一六四四），字芬男，一字孟鬱，號月峯，别署羅浮天遊子，謚節愍，番禺（今屬廣東）人。萬曆二十二年甲午（一五九四）舉人，兩赴春官，不售。遂放懷詩酒，遊詠勝地。四十四年，出任定州學正，歷官至建寧府同知。著有《朶雲山房遺稿》、《定州志略》。傳見黄宗羲《思舊錄》、黄嗣艾《南雷學案》卷四、同治《番禺縣志》等。參見羅忼烈《韓上桂年表》（《兩小山齋雜著》，中國和平出版社，一九九四）。

撰傳奇《淩雲記》、《青蓮記》。《淩雲記》傳奇，一名《相如記》，《遠山堂曲品》著錄，現存民國二十一年（一九三二）重鈔本（《古本戲曲叢刊五集》據以影印）。

淩雲記凡例八款

闕　名〔一〕

一、此記全譜司馬相如出處，不專求鳳一事，故特舉淩雲以見概。

一、此記俱依相如本傳，間有附會少異者，特取脈絡貫通，故不拘泥。

一、記內故事，俱用漢前，相如本漢初人也。間有影借，不露姓氏。惟仙釋不定年代者參用。

一、記內凡形容相如、文君風流豪俠處，並不用齷［下闕］。

一、此記全用□音，並不用攙入□音。

一、此記腔調，俱依次序，並不紊亂，且少重疊。

一、此記內字，悉依《中州韻》，入聲盡押入平、上、去三聲。內止注平聲及叶，餘上、去二聲，讀書自考。

一、狗監楊得意，乃史稱鷹犬坊使者之類，雖爲近幸，寔非內官，扮者勿誤。

【箋】

〔一〕此文當爲韓上桂撰。

附 淩雲記序〔一〕

鄧　鍔〔二〕

韓節愍公所著《淩雲記》，其哲裔慈銘兄持以示余〔三〕，拜讀之餘，彌深景仰。竊維節愍公文章節義，彪炳史乘，有《朶雲山房遺稿》如干卷行世。並著有塡詞傳奇《青蓮記》及斯篇，惟均未刊行。歲久而《青蓮記》且輾轉散佚，餘此集，亦幾經年月，字裏行間，每多蠹蝕，漫漶難志，殊可珍惜。

夷考詞曲之作，元明綦盛。緣南北異地，調聲協律，頗難諧叶。故吾粵人之能爲此者，代尠其人。斯篇迺節愍公出其餘緒，漫筆成之。而辭藻典雅蘊藉，旨趣純潔曲折，洵爲傑構。韓君敬恭先世手澤，恐其日就蕩佚漫滅，爰重錄襲藏之。而不以余爲不敏，屬紀其端。自維譾陋，曷敢當此，謹綴數言，聊以塞責，非敢云序也。

壬申夏月〔四〕，後學東官鄧鍔敬撰並書〔五〕。

（以上均《古本戲曲叢刊五集》影印還珠羅氏藏民國二十一年重鈔本《淩雲記》卷首）

【箋】

〔一〕底本無題名。

〔二〕鄧鍔：　字貴詩，東官（廣東惠州一帶）人。生平未詳。

〔三〕韓慈銘：　字號、生平均未詳。韓上桂之子。

〔四〕壬申：民國二十一年（一九三二）。
〔四〕題署之後有陽文方章『鄧氏貴詩』。

再生緣（吴大山）

吴大山（一五七三—一六二七），字仁仲，號州來，室名蘅蕪室，錢塘（今浙江杭州）人。萬曆間隨父吴果任京師，召試楷書，授内閣中書。萬曆十九年辛卯（一五九一）中順天鄉試。三十八年，授中書舍人。歷官至雲南參政兼僉事。天啓二年（一六二二），擢雲南按察使，未蒞任，以病辭，歸老西湖。著有《大雲編》、《傲素軒詩》、《秋柳》等。

《再生緣》雜劇，《遠山堂劇品》著録，現存明崇禎間刻《盛明雜劇》初集卷二八所收本，明刻、清初印《環翠堂精訂五種曲》（一名《名家雜劇》）本，均題『蘅蕪室編』。同時王衡（一五六一—一六〇九）亦有《再生緣》雜劇，當非此劇。參見吴書蔭《〈再生緣〉雜劇作者考辨》（《文學遺産》二〇〇四年第一期）。

題李夫人再生緣雜劇

黄汝亨〔一〕

漢武英略邁世，有蓬海三神山之想，而傳記《西王母》以爲非仙才，意有情閉耶？然天下豈有無情仙人哉？ 夫情消意歇，海枯石爛，卽神仙無投足所矣。 李夫人之綢繆生死，去而復來，而少君能魂致之，姍姍乎響答色授於瞻睇之間，蓋情結也。 腐生謂少君幻術，烏有是事？ 則梁武帝不因寶公見地獄相，而三生石畔無牧笛乎？ 予故感友生雜劇而題之，以愧天下淺情人而，且以悲世有美人，不及遇漢武而塵土者； 遇矣，或世無少君，一死不可復作，而蘭摧玉折，沉泉下之痛者，可悼也！

（《四庫禁燬書叢刊》集部第四二冊影印明天啓四年刻本黄汝亨《寓林集》卷三〇，頁六三八）

【箋】

〔一〕黄汝亨（一五五八—一六二六），傳見本書卷三《徐文長集序》條。 據吴書蔭《〈再生緣〉雜劇作者考辨》（《文學遺產》二〇〇四年第一期），此文當作於萬曆二十九年（一六〇一）。

新灌園（馮夢龍）

馮夢龍（一五七四—一六四六），字猶龍，一字子猶，別署顧曲散人、龍子猶、姑蘇詞奴、墨憨子、墨憨齋主人等，長洲（今江蘇蘇州）人。 久困名場。 崇禎三年庚午（一六三〇）貢生，授丹徒縣訓導。 七年（一六三四），陞福建壽寧知縣。 十一年（一六三八）任滿，歸隱鄉里。 順治三年（一六四六）春，感憤而死。 曾輯《甲申紀事》，刊佈《中興偉略》等書，編刊話本小說集《喻世明言》（《古今小說》)、《警世通言》、《醒世恆言》,民歌集《挂枝兒》、《山歌》,改訂章回小說《新平妖傳》、《新列國志》,編纂《太平廣記鈔》、《古今譚概》、《情史》、《智囊》等。撰傳奇《雙雄記》、《萬事足》,更定數十種傳奇,通稱《墨憨齋定本傳奇》。尚編有《太霞新奏》、《墨憨齋新譜》、《墨憨齋詞譜》等。參見徐朔方《馮夢龍年譜》(《晚明曲家年譜·蘇州卷》)。

《新灌園》傳奇,據張鳳翼(一五二七—一六一三)《灌園記》傳奇改定,高奕《新傳奇品》著錄,現存明崇禎間墨憨齋刻本、明末刻清初印《墨憨齋定本十種傳奇》本、明末刻清鐵瓶書屋印《墨憨齋定本十種傳奇》本、明末刻清乾隆五十七年(一七九二)重修《墨憨齋新曲十種》本等。

(新灌園)敍

馮夢龍

奇如灌園,何可無傳? 而傳奇如世所傳之《灌園》,則愚謂其無可傳,且憂其終不傳也。夫法章以亡國之餘,父死人手,身爲人奴,此正孝子枕戈、志士臥薪之日,不務憤悱憂思,而汲汲焉一婦人之是獲,少有心肝,必不乃爾。且五六年間,音耗隔絕,驟爾黄袍加身,而父仇未報也,父骨未收也,都不一置問,而惓惓焉訊所私德之太傅,又謂有心肝乎哉? 君王后千古女俠,一再見而遂失身,卽史所稱『陰與之私』,譚何容易? 而王孫賈子母忠義,爲嗣君報終天之恨者,反棄置不錄。若是則灌園而已,私偶而已,灌園、私偶何奇乎,而何傳乎? 伯起先生云:『吾率吾兒試玉峯,舟中無聊，率爾弄筆，遂不暇致詳。』誠然與！誠然與！自余加改竄，而忠孝志節種種具備，庶幾有關風化而奇可傳矣。若夫律必叶，韻必嚴，此塡詞家法，卽世俗論議不及，余寧奉之惟謹。

古吳詞奴龍子猶述〔一〕。

（明末刻清乾隆五十七年冬重修《墨憨齋新曲十種》所收《墨憨齋重定新灌園傳奇》卷首）

【箋】

〔一〕文末署名後有印章二枚：陰文方章『馮猶龍氏』，陽文方章『子猶』。

新灌園總評

馮夢龍

舊記惟王蠋死節、田單不肯自立二事，差强人意，餘只道淫，未足垂世。新記法章念念不忘君國，而夜祭之孝，討賊之忠，皆是本傳絶大關目。君夫人不失節，尤得爲賢者諱之義。寶簪，世子故物，借此取巧，方成佳話。

不誅淖齒，君仇不報；不臣服三晉、魯、衛諸國，君仇亦報之未盡。得末折點破，始無遺漏。

舊本臧兒、牧童，率皆備員，未足發笑。且牧童孳尾而出，殊覺草率。請觀新劇，冷熱天懸矣。

田將軍迎立，在世子不無突然。今添『臧兒途遇』一折，前後血脈俱通，且於下折『夜深歸犖犖荷鋤』亦有照應。

（一九五九年人民文學出版社排印本《曲海總目提要》卷九）

雙雄記（馮夢龍）

《雙雄記》傳奇，呂天成《曲品》著録，《笠閣批評舊戲目》題作《善惡圖》。現存崇禎間墨憨齋刻本（《古本戲曲叢刊二集》據以影印）、明末刻《墨憨齋新曲十種》本、明末刻本《墨憨齋新曲四種》本、明末刻清初印《墨憨齋定本十種傳奇》本、明末刻清鐵瓶書屋印《墨憨齋定本十種傳奇》本、明末刻清乾隆五十七年（一七九二）重修《墨憨齋新曲十種》本等。

雙雄記敍〔一〕

馮夢龍

詞家於今日，僉謂南音盛，北音衰，蓋時尚則然。余獨以爲不不。北音幸而衰，南音不幸而盛也。夫北詞暢於金元，雜劇本勾欄之戲，後稍推廣爲傳奇。而南詞代興，天下便之。《荊》、《劉》、《蔡》、《殺》而後，坊本彗出，日益濫觴。高者濃染牡丹之色，遺卻精神；卑者學畫葫蘆之様，不尋根本。甚至村學究手摭一二椿故事，思漫筆以消閒；老優施腹爛數十種傳奇，亦效顰而奏技。《中州韻》不問，但取口內連羅；《九宮譜》何知，只用本頭活套。作者逾亂，歌者逾輕。調罔別乎宮商，惟憑口授；音不分乎清濁，只取耳盈。或因句長而板妄增（如《荊釵記》【小梅香】之類），或認調差而腔並失（如《琵琶記》『把土泥獨抱』之類）。弄聲隨意，平上去入之不精（如讀『忿』爲上聲，『髀』爲去聲之類）；識字未眞，脣舌齒喉之無辨（如『孃』、『你』爲舌尖音，宜北不宜南。又不可以《中州韻》爲據也）。語云：『童而習之，白首不解。』南詞之謂與！ 而世多耳食，謬謂南詞易，北詞難。嗚呼！ 南詞豈獨易哉？ 時尚在南，而爲南者多； 時尚不在北，而爲北者少。爲南者多，則易之； 爲北者少，則難之。易南而南之濩已壞，難北而北之體猶存。繇此言之，南非盛，北非衰也。孰幸孰不幸，亦可知也已。

說者又謂北調入於弦索，南調便於簫管。吳人賤絃索而貴簫管，以故南詞最盛。是又不然。吳人直不知弦索耳，寧賤之耶？ 若簫管是何足貴？ 夫塡詞之法，謂先有其音，而以字肖之。故聲與音戾，謂之不協，不協者絀。今簫管之曲，反以歌者之字爲主，而以音肖之。隨聲作響，共曲傳訛，雖曰無簫管可也。然則簫管之在今日，是又南詞之一大不幸矣。

余發憤此道良久，思有以正時尚之訛，因搜戲曲中情節可觀而不甚姦律者，稍爲竄正。年來積數十種，將次第行之，以授知音。他不及格者，悉罷去。庶南詞其有幸乎？

墨憨齋主人龍子猶述。

（明末刻本《墨憨齋新曲四種》所收《雙雄記》卷首）

【箋】

〔一〕此文似爲《墨憨齋定本傳奇》之總序。錄以待考。

雙雄記總評

馮夢龍

世俗骨肉參商，多因財起。丹三木之事，萬曆庚子、辛丑間實有之〔一〕。是記感憤而作。雖云傷時，亦足警俗。

（人民文學出版社一九五九年排印版《曲海總目提要》卷九）

【箋】

〔一〕萬曆庚子、辛丑：萬曆二十八年（一六〇〇）、二十九年（一六〇一）。呂天成《曲品》云：『姑蘇近實有其事，此記似爲其人泄憤耳。』祁彪佳《遠山堂曲品》云：『姑蘇近實有其事，特邀馮君以筆墨傳之。』按馮夢龍《太霞新奏》卷一二《青樓怨》序稱：『余友東山劉某，與白小樊相善也，已而相違。頃偕予往，道六年別意，淚與聲落。匆匆訂密約而去，去則不相聞。每瞯小樊，未嘗不哽咽也。世果有李十郎乎？爲作此詞。』《青樓怨》跋云：『子猶又作《雙雄記》，以白小樊爲黃素娘，劉生爲劉雙，卒以感動劉生，爲小樊脫籍。孰謂文人之三寸管無靈也？』徐朔方以此劇撰於萬曆三十六年（一六〇八）左右（《晚明曲家年譜·蘇州卷·馮夢龍年譜》，頁四〇五）。

萬事足（馮夢龍）

《萬事足》傳奇，高奕《新傳奇品》著錄，現存崇禎間墨憨齋刻本（《古本戲曲叢刊二集》據以影印)、明末刻本《墨憨齋新曲十種》本、明末刻本《墨憨齋新曲四種》本、明末刻清初印《墨憨齋定本十種傳奇》本、明末刻清鐵瓶書屋印《墨憨齋定本十種傳奇》本、明末刻清乾隆五十七年(一七九二)重修《墨憨齋新曲十種》本等。

萬事足敍〔一〕

馮夢龍

蓋聞《關雎》之德,徵於《小星》;《螽斯》之慶,肇於《樛木》。婦人無儀,不妒爲儀。然形妒者十之八,心妒者十之二,不妒者千百而一二耳。妒雖天性,强半釀成於男子。如椒丘縮臂於一呼,琅琊汗顔於九錫;尉遲馳髡首之訴,二洪協鼓盆之歡。王侯將相,勢非不隆;學士名賢,識非不廣。然莫能誦周《詩》以規貞,膳倉庚而療癖。含垢忍欲,銜恨終身。甚者敝笱羞姬,迴波誚李,禍水斬漢,玉環召胡,殺身亡國,亂宗絶饗。覆轍相尋,莫知省悔。所以然者,非漸於愛,卽敝於弱。愛則養嬌,弱則過讓,而結之以一字,曰懼。懼者,妒之招也。

古之治妒者,多謬托巫師神鬼之教,以儆愓淫悍。然或有信,有不信。乃若朋友治妒,未之前聞。陳循事載《楮記室》,以一擊之義勇,延高公之祀於中翰,事極痛快。而邳氏知過能改,亦有足多。至梅夫人委曲進妾,成夫之美,則更出於尋常賢孝之外,可與《關雎》、《樛木》嗣音。覽斯劇者,能令丈夫愛者明,弱者有立志,勝捧誦《佛説怕婆經》多多矣。其閨人或覽而喜,或覽而怒。喜則我梅，怒則我邳。孰賢孰不，孰吉孰凶，到衰老沒收成時，三更夢醒，自有悔著。此自爲身家百年計，勿恃陳狀元棒喝不到爲幸也。

姑蘇詞奴龍子猶述〔二〕。

（《古本戲曲叢刊二集》影印明崇禎間刻本《墨憨齋訂定萬事足傳奇》卷首）

【箋】

〔一〕底本題『敍』，據版心題。

〔二〕題署之後有印章二枚：陰文方章『馮猶龍氏』，陽文方章『子猶』。

萬事足總評

馮夢龍

舊有《萬全記》〔一〕，詞多鄙俚，調復不叶。此記緣飾情節而文之。

（一九五九年人民文學出版社排印本《曲海總目提要》卷九）

【箋】

〔一〕《萬全記》：祁彪佳《遠山堂曲品》著錄，云：『傳陳相國循、高相國穀，掇拾遺事，至於不經。此等識見，欲以作者自命，難矣。』《曲海總目提要》卷二六著錄，云四顧居士撰。參見李金松《馮夢龍傳奇〈萬事足〉之藍本〈萬全記〉探考》（《文史》二〇〇二年第二輯）。

酒家傭（馮夢龍）

《酒家傭》傳奇，祁彪佳《遠山堂曲品·紫綬》言及，《曲海總目提要》卷九著錄，現存崇禎間墨憨齋刻本（《古本戲曲叢刊二集》據以影印）、明末刻清初印《墨憨齋定本十種傳奇》本、明末刻清乾隆五十七年（一七九二）重修《墨憨齋新曲十種》本等。

（酒家傭）敍

馮夢龍

存孤奇事，胡可無傳？先輩陸天池、欽虹江各有著述〔一〕。天池闡僞儒之幽，虹江描狡童之隱，皆傳中奇觀也。然本存孤者文姬，而天池謬以已死趙伯英爲生，未免用客掩主。虹江以杜喬之女爲李燮妻，中間離合，復入泛常圈套；而滕女作妾，情節亦支蔓，且失實。余酌短長而鑄焉。采陸者十之三，采欽者十之四，而余以襪線足之。

蓋書成，而因歎清議之可畏也。馬季常，經術名儒，一爲不義，千載而下，討不得一副乾淨面孔。而文姬、王成、郭亮、吳祐，至今凜凜有清霜烈日之色。令當場奏伎，雖婦人女子，胷中好醜，亦自了了。傳奇之衮鉞，何減《春秋》筆哉！世人勿但以故事閲傳奇，直把作一具青銅，朝夕照自家面孔可矣！

古吳龍子猶述〔二〕。

【箋】

〔一〕陸天池：即陸采（一四九七—一五三七）。撰《存孤記》傳奇，已佚，明馮夢禎《快雪堂集》卷二《陸子玄詩集序》著錄。明陸無從（一五二八—一六一三，名君弼，一名弼，江都人）據以改編，亦名《存孤記》，呂天成《曲品》著錄，今無傳本，僅《怡春錦》禮集收錄《私期》一齣，《南詞新譜》卷二三存【仙呂入雙調·水金令】一曲。欽虹江：長洲（今江蘇蘇州）人，字號、生平均未詳。撰《存孤記》傳奇，祁彪佳《遠山堂曲品·紫綬》言及，已佚。

〔二〕題署之後有印章二枚：陽文方章『子猶』，陰文方章『馮猶龍氏』。

酒家傭總評

闕　名〔一〕

《漢書》李燮變姓名爲酒家傭，以此名傳，甚當。舊本生腳，或用趙伯英，或用李固，總不如用李燮。滕公以女娶李燮，亦實事也。

秦宮事，用陸天池本；吳祐、友通期等事，用欽虹江本，可謂合鯖。天池本尚有趙子賤妻勸夫一折，以事冗刪去。惟孫壽四妝，余前刻已刪，以其便於女優雜演，故復存之。

李固門人，執義相殉者甚多，不能備載，聊存王成、郭亮等一二。演李固，要描一段忠憤的光景；演文姬、王成、李燮，要描一段憂思的光景；演吳祐、郭亮，要描一段激烈的光景。

（以上均《古本戲曲叢刊二集》影印明末墨憨齋刻本《酒家傭》卷首）

【箋】

〔一〕此文當爲馮夢龍撰。

女丈夫（馮夢龍）

《女丈夫》傳奇，馮夢龍據張鳳翼（一五二七—一六一三）《紅拂記》傳奇、劉方《女丈夫》傳奇及淩濛初（一五八〇—一六四四）《北紅拂》、《虯髯記》雜劇，參酌己意，更定而成，《今樂考證》著録。現存明末刻清初印《墨憨齋定本十種傳奇》本、明末刻清鐵瓶書屋印《墨憨齋定本十種傳奇》本、明末刻清乾隆五十七年（一七九二）重修《墨憨齋新曲十種》本。

女丈夫序

馮夢龍

旌紅拂之能識英雄而從之，故以爲女中丈夫也……詞譜有古《紅拂記》，不傳。世行張伯起本，將徐德言所有《金鏡記》兼而用之，情節不免錯雜，韻有不嚴，調有不叶。蓋張少年試筆，晚成亦自悔，欲改未及耳。《女丈夫》增入龍宫求雨及娘子軍二事，以屬晉充事。蓋事見本史，且切本傳也。

女丈夫總評

馮夢龍

删去原《越公賞月》一折，因其只爲過文；而增入《煬帝南巡》一折，以隋帝荒亂，唐兵始興也。

（以上均一九四〇年上海中華書局排印本任訥《曲海揚波》卷四）

楚江情（馮夢龍）

《楚江情》傳奇，馮夢龍據袁于令（一五九二——一六七四）《西樓記》傳奇更定，《曲海總目提要》卷九著錄，現存崇禎間刻《墨憨齋重定傳奇四種》本、明末刻清初印《墨憨齋定本十種傳奇》本、明末刻清鐵瓶書屋印《墨憨齋定本十種傳奇》本、明末刻清乾隆五十七年（一七九二）重修《墨憨齋新曲十種》本等。

楚江情敍

馮夢龍

此記模情布局，種種化腐爲新。《訓子》嚴於《繡襦》，《錯夢》幻於《草橋》。即《考試》最平淡，亦借以翻無窮情案，令人可笑可泣。但有幾處未妥，必當竄定者。胥長公一世大俠，於謀一婦人何有，乃計無復之，而出此棄妾之下策，豈惟忍心哉！其伎倆亦拙甚矣。長公與叔夜素昧平生，戀妓亦無關大事，何必相爲乃爾！池、趙二生即與叔夜有隙，亦何至謀刺，且旅店逢俠而遂委腹心乎？此又事之萬萬不然者也。合通記觀之，不過欲描佳人才子相慕之情而已。忽而殺一妾，忽而殺兩生，多情者將戒心焉，余不得不爲醫此大創。

《看梅》折便出洪寶，既便收科，又伏池生故人之案。至《易姬》折，竟用洪寶兩全其美，池公子即此了局，葛藤盡去……觀劇須於閑處著眼，《買駿》一折似冷，而梅花衕衕之有寓，馬之能致千里，叔夜、貞侯之才名，色色點破，爲後來張本，此最要緊關目……趙不將但不合人情耳，其罪不至絕交。末折勸婚修好，稍仿樂道德收科，然必如此結局，方是一團和氣。

（一九五九年人民文學出版社排印本《曲海總目提要》卷九）

精忠旗（馮夢龍）

《精忠旗》傳奇，李梅實草創，馮夢龍改定，《曲海總目提要》卷九著錄，現存崇禎間墨憨齋刻本、明末刻清初印《墨憨齋定本十種傳奇》本、明末刻清鐵瓶書屋印《墨憨齋定本十種傳奇》本、明末刻清乾隆五十七年（一七九二）重修《墨憨齋新曲十種》本等。李梅實，西陵（今屬湖北宜昌）人，字號、生平均未詳。

精忠旗敘

馮夢龍

舊有《精忠記》，俚而失實，識者恨之。從正史本傳，參以《湯陰廟記》事實，編成新劇，名曰《精忠旗》。精忠旗者，高宗所賜也。涅背誓師，岳侯慷慨大節所在。他如張憲之殉主，岳雲、銀瓶之殉父，蘄王諸君之殉友，施全、隗順之殉義，生死或殊，其激於精忠則一耳。編中長舌私情，及森羅殿勘問事，微有粧點。然夫婦同席，及東窗事發等事，史傳與別記俱有可據，非杜撰不根者比。方之舊本，不逕庭乎？

（一九五九年人民文學出版社排印本《曲海總目提要》卷九）

精忠旗自序

馮夢龍

岳忠武事，舊有《精忠記》，俚而失實。於是西陵李梅實公，從正史本傳，參以《湯陰廟記》事實，編《精忠旗》。（《精忠旗》）爲高宗所賜之物。初以忠被旌，而終卽以忠被戮，冤哉！……是刻也，信天翁主白，司空公主曲，而龍氏爲調潤就律，又增《湖中遇鬼》、《獄廟進香》二折。

（一九四〇年上海中華書局排印本任訥《曲海揚波》卷四）

風流夢（馮夢龍）

《風流夢》傳奇，馮夢龍據湯顯祖（一五五〇——一六一六）《牡丹亭》傳奇改定，高奕《新傳奇品》著録，現存崇禎間墨憨齋刻本、明末刻《墨憨齋新曲十種》本等。

（風流夢）小引

馮夢龍

若士先生千古逸才，所著《四夢》，《牡丹亭》最勝。王季重敘云：『笑者眞笑，笑即有聲；啼者眞啼，啼即有淚；歎者眞歎，歎即有氣。麗娘之妖，夢梅之癡，老夫人之軟，杜安撫之古執，陳最良之腐，春香之賊牢，無不從觔節竅髓，以探其七情生動之微。』此數語直爲本傳點睛。

獨其塡詞不用韻，不按律，即若士亦云：『吾不顧捩盡天下人嗓子。』夫曲以悅性達情，其抑揚清濁，音律本於自然。若士亦豈眞以捩嗓爲奇？蓋求其所以不捩嗓者而未遑討，强半爲才情所役耳。識者以爲此『案頭之書，非當場之譜』，欲付當場敷演，即欲不稍加竄改而不可得也。若士見改竄者，輒失笑。其詩曰：『醉漢瓊筵風味殊，通仙鐵篴海雲孤。總饒割就時人景，卻愧王維舊雪圖。』若士既自護其前，而世之盲於音者，又代爲若士護之，遂謂才人之筆，一字不可移動。

是慕西子之極，而並爲諱其不潔，何如浣濯以全其國色之爲愈乎？

余雖不佞甚，然於此道竊聞其略，僭删改以便當場。卽不敢云若士之功臣，或不墮音律中之金剛禪云爾。梅柳一段因緣，全在互夢，故沈伯英題曰《合夢》，而余則題爲《風流夢》云。

古吴龍子猶述〔一〕。

【箋】

〔一〕題署之後有陽文方章『子猶』。

風流夢總評

闕　名〔一〕

兩夢不約而符，所以爲奇。原本生出場，便道破因夢改名，至三四折後，旦始入夢，二夢懸截，索然無味。今以改名緊隨旦夢之後，方見情緣之感。《合夢》一折，全部結穴於此。俗優仍用癩頭黿發科收場，削去【江頭金桂】二曲，大是可恨。

凡傳奇最忌支離。一貼旦而又翻小姑姑，不贅甚乎？今改春香出家，卽以代小姑姑，且爲認眞容張本，省卻葛藤幾許。又李全原非正戲，借作線索，又添金主，不更贅乎？去之良是。

生謁苗舜賓時，旦尚無恙也。途中一病，距投觀爲時幾何？而《薦亡》一折，遂以爲三年之後，遲速太不相照，今改周年，較妥。

眞容叫喚，一片血誠，一遇魂交，置之不問，生無解於薄情矣。《阻歡》折，添【忒忒令】一曲，爲生補過，且借此懸挂眞容，以便旦之隱身，全無痕迹。原本如老夫人祭奠，及柳生投店等折，詞非不佳，然折數太煩，故削去。卽所改竄諸曲，儘有絶妙好辭。譬如取飽有限，雖龍肝鳳髓，不得不爲罷箸。觀者幸勿以點金成鐵而笑余也。

（以上均《古本戲曲叢刊初集》影印明墨憨齋刊本《墨憨齋重定三會親風流夢》卷首）

【箋】

〔一〕此文當爲馮夢龍撰。

旗亭記（鄭之文）

鄭之文（約一五七四—約一六四七），字應尼，一字豹先，又字水濂，號豹卿、愚公，南城（今屬江西）人。萬曆十九年辛卯（一五九一）舉人，三十八年庚戌（一六一〇）進士，授南京工部主事。四十三年，任蕪湖關監督。次年，陞眞定知府，因觸忤上司，僅一年卽免歸。居家三十年，足不履公門，潛心著述。著有《遠山堂集》、《錦研齋集》、《鄭工部詩》、《愚莊稿》。傳見黃汝亨《寓林集》卷三《送鄭應尼出守眞定序》、錢謙益《列朝詩集小傳》丁集上、同治《南城縣志》卷八等。參見徐朔方《鄭之文行實繫年》（《晚明曲家年譜・皖贛卷》）。

撰傳奇《旗亭記》、《芍藥記》、《白練裙》。《旗亭記》傳奇，呂天成《曲品》著錄，現存萬曆間金陵繼志齋刻本（《古本戲曲叢刊二集》據以影印）。

董元卿旗亭記序

湯顯祖

予讀小史氏宋靖康間董元卿事，伉儷之義甚奇。元卿能不忘其君，隱於仳離。某氏能歸其夫，且自歸也。最所奇者，以豪鷙之兄，而一女子能再用之以濟，卻金示衣，轉變輕微，立俠節於閨閣嫌疑之間，完大義於山河亂絕之際。其事可歌可舞，常以語好事者，而友人鄭君豹先遂以浹①日成之。其詞南北交參，才情並赴。千秋之下，某氏一戎馬間婦人，時勃勃有生氣，亦詞人之筆機也。

嗟夫！董生得反南冠矣，獨恨在宋無所短長於時，有以自見，使某氏之俠烈不獲登於正史，而旁落於傳奇。雖然，世之男子不能如奇婦人者，亦何止一董元卿也。

萬曆歲癸卯小春，臨川湯顯祖題〔一〕。

（《古本戲曲叢刊二集》影印明萬曆間金陵繼志齋刻本《重校旗亭記》卷首）

【校】

①浹，底本作『挾』，據文義改。

【箋】

〔一〕題署之後有印章二枚：陰文方章『湯顯祖印』，陽文方章『清遠道人』。

橘浦記（許自昌）

許自昌（一五七八—一六二三），字玄祐，一作源祐，號霖寰，又號去緣，别署梅花主人，别業名梅花墅，藏書樓名霏玉軒，長洲（今江蘇蘇州）人。屢試不第，萬曆三十五年丁未（一六〇七）謁選，授文華殿中書舍人，因終養告歸。富藏書，好刻書，晚年崇奉佛道。著有《卧雲稿》、《樗齋詩草》、《樗齋漫錄》、《捧腹編》、《唾餘草》等，編有《前唐十二家詩》、《李杜全集》。校刻《太平廣記》等書。撰傳奇《水滸記》、《橘浦記》、《靈犀佩》、《弄珠樓》、《報主記》、《臨潼會》、《瑤池宴》，改訂明人傳奇《節俠記》、《種玉記》。參見徐朔方《許自昌年譜》（《晚明曲家年譜·蘇州卷》）。

《橘浦記》傳奇，《遠山堂曲品》著錄，現存明萬曆四十四年（一六一六）序刻本，一九二九年日本京都九皐會據以影印，《古本戲曲叢刊初集》復據影印本影印。

題橘浦記

葉　晝

讀《橘浦記》罷，拍案大叫曰：人耶？畜生。畜生耶？人。人，畜生耶？劣畜生。畜生，人耶？勝人。畜生勝人耶？畜生。人，劣畜生耶？人。咳！

慧山葉晝醉筆。

橘浦傳奇敘

穢道比丘〔一〕

異哉！涇陽傳書之事也。不知何人，塡入曲譜，協以宮商，而松江友人稍加更易，益便觀覽。莫不張目撟舌，驚心動魄，令人欲鼓湘江之瑟，扣喬口之橘，恍惚悅惘，莫能自按。何哉？蓋彼旣托事以攄情，此則因文而演義，咸能感人，兩不相妨者也。

夫吳楚相去數千里，而吾郡中有柳毅橋、柳毅祠，洞庭山有橘社。無非因楚之洞庭湖，而傳吳之洞庭山，以訛傳訛，好事詫爲龍宮異蹟，神仙姻眷云耳，何必問其有無哉？

且北調肇於燕京，南曲盛於永嘉：北調有中原自然之音，而南調饒悠揚靡曼之致。閨情密約，匪南詞不可。茲涇陽之事，描寫殆盡。中間黿蛇等頗知感恩，一段眞心，奈人爲萬物之靈，反生忮害。作記者其感於近日人情物態乎？是可慨也，特爲拈出。

萬曆丙辰新正雨雪中，穢道比丘題。于權臧信書〔二〕。

（以上均《古本戲曲叢刊初集》影印一九二九年日本京都九皐會影印明萬曆四十四年序刻本《橘浦記》卷首）

【箋】

〔一〕穢道比丘：姓名、籍里、生平均未詳。

〔二〕于權臧信：姓名、籍里、生平均未詳。或姓臧名信字于權。

種玉記（許自昌）

《種玉記》傳奇，許自昌據汪廷訥（一五六九—一六二八後）同名傳奇改訂，祁彪佳《遠山堂曲品》汪廷訥《種玉記》條云：「經梅花墅改訂者，更勝原本。」同書王元功《種玉記》條亦謂：「此梅花主人改訂者，簡煉過原本，一洗脂粉之病。」現存明末刻本《玉茗堂批評種玉記》（《古本戲曲叢刊二集》據以影印），即署「梅花墅改訂」。另有明末汲古閣原刻初印本、汲古閣刻《六十種曲》本。

序種玉記

劉元起〔一〕

黑甜國裏，變態叢叢。上焉侯王，下焉乞丐，俱從此國遨遊一過，但夢良夢舛，所遭不齊。良者昌榮奮達，舛者苦悴驚搖。甚之良良舛舛，翻覆之中，更多翻覆。人世幻境耳，何煩營逐哉？

余山栖無事，喜向竹牀自在。覺來，謀所以解幽寂者，攤所枕諸書，得《種玉記》。披讀之，而知霍休文之遇合如此也。休文緣三星贈玉，受封將相，非終身之良夢乎？其間夢之紛出者，如始焉起於縣掾卑役，侯門舛矣；忽與麗姝私遘綢繆，鳳樹梧石爲媒，何其良也？忽因旁謀陰間，鶼鶼散，人各西東，又何舛也？及返平陽，舛復成良，有凰求鳳，再結執拂之新歡。奈錯認和番，良復成舛，赴邊訣別，横被雁門之拘繫。至其伯子冠軍，仲子公輔，二媛重諧，錫大齡，寵殊封，則贈玉之局，於是乎結矣，詎非永無其舛，永有其良也哉？

雖然，天下事醒時都假，夢安得眞？記此者以手爲夢，閱此者以眼爲夢，聊借休文入蝴蝶羣中，互相栩栩點綴一番耳。噫嘻！『一場春夢』四字，括盡千古婆子，不獨爲蘇長公言也。長公做得夢成，看不夢破；婆子看得夢破，説得夢出。余將函寶籙數章，奉春夢婆爲黑甜國主。隨寫《種玉》一冊，進供清覽。

清嘯居士題於雲和小築〔二〕。

（《古本戲曲叢刊二集》影印明刻本《玉茗堂批評種玉記》卷首）

【箋】

〔一〕劉元起：別署清嘯居士，籍里、生平均未詳。

〔二〕題署之後有印章二枚：陰文方章『元起』，陽文方章『鄘王孫』。按南宋开禧元年（一二〇五），追封高宗時將領劉光世（一〇八九—一一四二）爲鄘王。其七世孫爲劉基（一三一一—一三七五）。然則清嘯居士當姓劉，名元起。

附 種玉記跋〔一〕

吴梅

昌朝築三教園於新安，極亭臺樓閣之勝。中有環翠堂，爲園中最勝處。陳藎卿作【中呂·粉蜨兒】套曲贈之，其【撲燈蛾】云：『把談天口兒緊閉，把拿雲手兒袖起。做一箇東海上釣鰲人，做一箇急流中砥柱石。檢《鴻寶》將元元周濟，自澆成茶丘藥畦。耕玄莊茅舍疏籬，逍遥在雲區烟際。這的是笑風塵無無高士悟希夷。』（見《北宮詞紀》）其雅趣可想。所作傳奇至多，有《廣陵月》、《高士記》、《長生記》、《天書記》、《獅吼記》、《投桃記》、《彩舟記》、《二閣記》、《同昇記》、《三祝記》、《七國記》及此記，統名曰《環翠堂樂府》。又取古今忠孝可慕事，輯成《人鏡陽秋》五卷。蓋亦風流好事者也。此作雖本《漢書》，而殊多裁翦，傳奇家類皆如是。《往邊》折【武陵花】二支，以文不甚佳，略之。

霜崖。

（民國十九年上海商務印書館排印本吳梅《曲選》卷三《種玉記》卷末）

【箋】

〔一〕底本無題名。

節俠記（許自昌）

《節俠記》傳奇，許自昌據許三階同名傳奇改訂，現存崇禎間刻本（《古本戲曲叢刊初集》據以影印），題《玉茗堂批評節俠記》，正文首頁署『梅花墅改訂』。許三階《節俠記》傳奇，現存明末汲古閣原刻初印本、汲古閣刻《六十種曲》本。

題節俠記

淳齋主人〔一〕

老嫗，亙古之惡物也、妖物也、奇物也、傑物也、趣物也，腐措大往往極口罵之不少恕，是烏足以服其心。非他，無暇論，卽登極時，宋家諸鬚眉臣子，能令可汗來朝乎？喜怒褒誅，能不憑佞倖左右乎？則此傳奇何能不作乎？然此傳奇之妙，不在於仙先之能諫，而在於老嫗之不殺；不在於劉生之死義，而在於閨華之憐才。至若承嗣、秦授之怙寵趨炎，傾邪側媚，描寫逼眞，如燈取影，可謂化工。吾何以付之？付之叔敖之優孟。

淳齋主人〔二〕。

（《古本戲曲叢刊初集》影印明崇禎間刻本《玉茗堂批評節俠記》卷首）

【箋】

〔一〕淳齋主人：姓名、籍里、生平均未詳。

〔二〕題署之後有陰文方章『淳齋主人』。

節俠記總評

闕名〔一〕

無一處疏漏，無一處懈緩。次第之妙，落筍之神，學富五車，才超千古。曲詞鍊而機流，白意深而語簡，《鳴鳳》不獨擅美於前矣[二]。

（《古本戲曲叢刊初集》影印明崇禎間刻本《玉茗堂批評節俠記》卷末）

【箋】

[一]底本正文首頁署『梅花墅改訂』，則此總評當爲許自昌撰，而托名湯顯祖。

[二]《鳴鳳》：即《鳴鳳記》傳奇，明闕名撰，詳見本書卷三該條解題。

三桂記（紀振倫）

紀振倫，字春華，別署秦淮墨客、空谷老人，江寧（今江蘇南京）人。編校通俗小說《楊家府世代忠勇演義志傳》，現存萬曆三十四年（一六〇六）臥松閣刻本；《續英烈傳》（又名《雲合奇蹤後傳》），現存萬曆間勵園書室本。編輯戲曲選集《陶眞選粹樂府紅珊》，現存萬曆三十年唐振吾刻本。校訂傳奇《三桂記》、《七勝記》、《折桂記》、《西湖記》、《雙杯記》、《葵花記》、《霞箋記》，皆存於世。參見楊靜亞《紀振倫及其小說戲曲編創研究》（暨南大學碩士學位論文，二〇一二）。

《三桂記》傳奇，全名《三桂聯芳記》，祁彪佳《遠山堂曲品》著錄，現存萬曆間金陵唐對溪刻本。

（三桂記）序

闕名

和氣致祥，自古重之。是編之作也，小桃僅一私幸耳，而二桂挺生。其嫡母猶溺於私，每有不愜之意。其子與僕私竊而長育之，曲成其美。而嫡母無妒忌之失者，子與僕之力居多。雖謂一門之和氣可也。家門興替，出自閨中。馮衍有忌妻，不免自操井臼；劉孝標有妒婦，遂致家道坎坷。婦德之賢否，關家運之盛衰。予固錄是傳奇，以愧世之妒婦，又因以爲世之孝子義僕勖哉！

（一九五九年人民文學出版社排印本《曲海總目提要》卷一六）

折桂記（紀振倫）

《折桂記》傳奇，祁彪佳《遠山堂曲品》著錄，現存明唐振吾廣慶堂刻本（《日本所藏稀見中國戲曲文獻叢刊》第一輯據以影印）。

折桂記敍

紀振倫

天下懷瑾握瑜士，咸以折桂爲榮。蓋謂其名登天府，步蟾宫直攀仙桂，人人所欣羡者。然或才高矣而德不足，文工矣而志不堅，曷以記爲？

大素粱公，文光射乎斗牛，豪氣衝乎天地。神仙被結，求救於文曲星；天風掣女，吹送於望仙樓。此其事出奇異，若可驚詫。然德行無愧乎衾影，往往爲鬼神護祐。從古已然，又復何疑？蚤歲占二元，迨至師弟同榜，喬梓聯芳，似亦足以滿志矣。尤自負才高，不肯居其次第，赴九科，定期玉殿冠先。直至八十有二，首奪大魁而後已。得非浩首愈壯，不墮折桂之志歟？若夫祖孫父子，聯登甲第，要皆此德此志，有以玉成之。天之報施善人，洵不爽矣。

然則今之習舉子業者，勿謂小惡無傷而自壞其行檢，勿謂少年不第而墮志於晚節。窮通遲速，各以其時，子牙、伏生，彰彰可紀。觀人者又安得輕視老成，而限有志之士也？吾固熟玩此記，正可提醒人心，鼓舞豪傑，使丹桂飄香，不負生平志願，尤爲之深致意焉。

秦淮居士題。

（《日本所藏稀見中國戲曲文獻叢刊》第一輯影印明唐振吾廣慶堂刻本《新刊校正全相音釋折桂記》卷首）

分金記（葉良表）

葉良表，字正之，籍里未詳。少習經生業，屢試不利，專事著述，尤工詞賦。旁及岐黃、堪輿諸書，靡不究意。撰傳奇《分金記》，現存萬曆間金陵富春堂刻本（《古本戲曲叢刊初集》據以影印）、民國間朱絲欄鈔本等。

分金記引

祝世祿〔一〕

荊璧在璞，雙龍掩獄，超乘伏櫪，借非□賞神識，亦終碱砆璠璵，塵土斗光，鹽車太行已耳，安知希世之珍，干將之器，空羣之足哉？故鴻毛垂喙，同風失□，曲木先容，輪輞離奇，自古記之矣。是故士之用世之難也。葉山人正之有志於①此，乃逐（？）管鮑遺跡，著《分金記》，來速余言，以徵其志。余觀□□□而覈，婉而切，順而正，蓋亦憤世而非□□者歟。

嗟夫！管鮑之石交，亙古之希覯，□□今論交者，每視爲嚆矢焉，何以故？世之附②勢趨利，炙暄背涼，毫髮得失，反面相讐，甘心穽石，視管、鮑終始全交，休戚一體，顧不以窮通得？而易其誼，其匡持扶助之力，每見於噓枯甦厄之時，此人情之所難也。不然，管子之在當時，屢奮屢躓，使非鮑叔之眞知雅契以成之，其得不死者幸矣，尚望其弘匡輔之功，樹霸齊之盛耶？善哉！蘇子之論曰：『以齊之治，吾不曰管仲，而曰鮑叔。』杜子亦曰：『管鮑貧時交，此道今人棄如土。』不其信歟？噫！世不乏才，憐才如叔，千載絕響，此仲獨著名於春秋也。彼山林之中，豈少撓雲干霄之幹，匠石遇之則梁棟巖廊，不遇則爲溝中之斷。嗚呼！時無薛卞，而康匏鉛刀皆得以效其珍，此青萍、結綠希見於天下也。世無九方皋，而牝牡驪黃皆得以應其求，此騄駬、驊騮滅跡於當世也。《分金記》之發，良以此耶！

山人少習經生業，屢試不利。去事鉛槧，尤工詩賦，及岐黃、堪輿諸書，靡不究意。是編之著，特其緒餘耳。其絺章繪句，比詞合節，無論引宮刻羽，泛徵流商，有合於樂府否也，余獨惜山人富才情，憐其志而憫其遇，爲引其端云。

萬曆龍集甲午冬，賜進士知休寧縣事祝世祿書於海陽冰玉軒〔二〕。

（浙江圖書館藏明萬曆二十二年金陵富春堂刻本《新刻出像音註管鮑分金記》卷首）

【校】

①志於，底本漫漶，據文義補。

②世之附，底本殘，據一九五九年人民文學出版社排印本《曲海總目提要》卷一一所引補。

【箋】

〔一〕祝世祿（一五四〇—一六一一）：字延之，號無功，鄱陽（今屬江西）人。嘉靖四十三年甲子（一五六四）舉人，萬曆十七年己丑（一五八九）進士，授休寧知縣。二十三年，遷南京尚寶司卿，尋致仕歸。以書法名世。著有《環碧齋詩集》、《環碧齋尺牘》、《環碧齋小言》（一名《祝子小言》）等。傳見焦竑《南京尚寶司卿石林祝公墓志銘》、黄宗羲《明儒學案》卷三五、道光《休寧縣志》卷七、同治《德興縣志》卷八等。

〔二〕題署之後有印章三枚：陰文方章『石林』，陽文方章『無功父』、『己丑進士』。

李丹記（劉志選）

劉志選（一五六一——一六二七），一名志禪，字可選，一字幼真，號還初，又號海日，別署天放道人，室名大雅堂，慈谿（今屬浙江）人。萬曆十年壬午（一五八二）舉人，十一年癸未（一五八三）進士，授刑部主事。歷官至合肥知縣。二十九年罷歸，逍遥山水間。參見程蕓《明傳奇〈李丹記〉作者劉還初新考》（《文獻》二〇一一年第一期）、李潔《傳奇〈李丹記〉作者再考》（戲曲與俗文學研究第五輯，社會科學文獻出版社，二〇一八）。

撰傳奇《李丹記》，一名《再來人》，《徐氏家藏書目》著録，現存萬曆間大雅堂朱墨套印本（署『天放道人劉還初編』、『雲間陳眉公批評』、『方外彭幼朔續評』、『社友趙當世訂正』，一九六二年中國藝術研究院據以覆鈔）、明刻本（署『四明大雅堂編』、『雲間陳眉公評』、『友人趙當世校』，《古本戲曲叢刊五集》據以影印）、傳鈔本（題《李丹記》）、傳鈔本（題《再來人》）等。

李丹記題辭〔一〕

陳繼儒

神仙者，英雄之退步也①。陳②希夷嘗攬鏡掀髯，笑曰：『非帝則仙。』趙輔國問徑山欽禪師：『弟子欲出家，得否？』欽喝云：『出家乃大丈夫事，豈將相所能爲？』說者謂具帝王福，然後可證神仙果，余謂不然。漢武帝何人也，西王母且以骨濁胎濁呵之，則下此將相，又可知矣。當時東方一歲星，日在殿廷中，嘲侮調笑，武帝眼中不識，而乃從文成、五利輩，索長生不死之術，非濁而何？今眞人列仙，無日不遊行人間，而士大夫爲黄白男③女所愚，未學長④生，先學造死，轉蜣丸與屠羊肆，豈不相去萬萬哉？

浙東有英雄，曰海日先生，夙具靈根，最堅道念。嘗以建言出部曹，又以神明宰名邑。一旦挂冠神武，逍遥山水間，每見冠劍車騎貴人，輒障面避去。有以學道至者，爲聚頭磕膝，經月彌旬。室中所置，惟經案藥爐，一衲一瓢，與二氏之書而已。痛憫一切羣生，沉五慾，昧三生，癡如赴火之蛾，危似嚙藤之鼠，此非莊語格言所能覺也。乃借裴諶、王恭伯故事，作《李丹傳奇》，從人間唱演一翻，可以哭世，可以傲世，可以住世，可以出世⑤。其中汪洋恍惚，滅没出現，非凡夫思路所能窺，非文士筆端所能狀。覺蓮邦之淨土遙，桃源之蹊徑淺，醉鄉睡鄉之日月促。徐天池《四聲》，湯義仍《四夢》，又無論矣。其傳奇中之《南華經》哉？此傳先焚鷓鴣香，濯薔薇水，然後命雪兒、紅兒、彩局兒，度曲於香槽藻洞、金迷紙翠之間，按以紫玉板，和以碧玉簫，一字一匹錦，一回一斛珠，乃不負先生五色彩毫耳⑥。

先生令合肥，數夢左元⑦放授以至道，因於虎林創祠立碑以報之。清虚恬淡，裴諶輩中人也。雖托寓言，寔亦自道。若使天風飄颻，吹入碧落紫虚，即雙成、飛瓊，且將洗耳拍手以聽。古有『天上無憂，人間可憐』之曲，庶幾與此譜並傳乎⑧！

雲間陳繼儒撰⑨。

【校】

①『神仙者英雄之退步也』九字，《白石樵眞稿》卷一九《題李丹記》無。

②陳，《題李丹記》作『吾家』。

③男，《題李丹記》作『兒』。

④未學長，《題李丹記》作『未嘗學』。

⑤『可以哭世可以儆世可以住世可以出世』十六字，《題李丹記》無。

⑥『此傳先焚』至『五色彩毫耳』數句，《題李丹記》無。

⑦元，《題李丹記》作『思』。

⑧乎，《題李丹記》作『矣』。

⑨《題李丹記》無題署。

【箋】

〔一〕此文又見《四庫禁燬書叢刊·集部》第六六冊影印明崇禎間刻本陳繼儒《白石樵眞稿》卷一九，題《題李丹記》。

李丹記凡例

闕　名〔一〕

一、是編專爲勸修道之士，莫犯色戒。從頭徹尾，不離此意。故絕無旁出，而諢謔亦少。

一、丹道主逆，務先斷緣，此獨昵之使就，乃以順爲逆，玄之又玄，達者當得之言外。

一、悲歡離合之處，力脫蹊徑。中間變幻百出，脈絡自貫，令觀者不厭。

一、詞雖下里，中有內外之事，因果之理，與人心道心、經世出世之學，悟時儘有得力處，弗以尋常戲本目之。

一、下場詩三十首，俱集唐句，對景撮合，語意天成。上場詩亦三分之二。

一、前後情節，自相照應。梨園無能刪削折數，多於曲內失其款段。演者宜量從優待，務目其全。

（以上均《古本戲曲叢刊五集》影印明刻本《李丹記》卷首）

【箋】

〔一〕此文當爲劉志選撰。

焚香記（王玉峯）

王玉峯，松江（今屬上海）人。撰傳奇《焚香記》，呂天成《曲品》著錄，現存萬曆間刻本（《古本戲曲叢刊初集》據以影印）、明末刻本、明末汲古閣原刻初印本、汲古閣刻《六十種曲》本等。

（焚香記）序

袁于令〔一〕

樂府之淫濫，無如今日矣。所稱江南勝部，自王實夫、高則誠而下，王弇州首推《拜月亭》，猶曰：『所嫌者，曲終不能使人淚下。』斯言也，眞得詞家三昧。蓋劇場卽一世界，世界只一情人。以劇場假而情眞，不知當場者有情人也，顧曲者尤屬有情人也，卽從旁之堵牆而觀聽者，若童子、若瞽叟、若村媼，無非有情人也。倘演者不眞，則觀者之精神不動；然作者不眞，則演者之精神亦不靈。

玆傳之總評，惟一『眞』字足以盡之耳。何也？桂英守節，王魁辭姻無論，卽金壘之好色，謝媽之愛財，無一不眞。所以曲盡人間世炎涼喧寂景狀，令周郎掩泣，而童叟、村媼亦從而和之，良有以已。

然又有幾段奇境，不可不知。其始也，落魄萊城，遇風鑒操斧，一奇也；及所聯之配，又屬青樓，青樓而復出於閨幃，又一奇也。新婚設誓，奇矣；而金壘套書，致兩人生而死，死而生，復有虛訃之傳，愈出愈奇。悲歡沓見，離合環生。讀至卷盡，如長江怒濤，上涌下溜，突兀起伏，不可測識，真文情之極其紆曲者，可概以院本目之乎？

劍嘯閣主人〔二〕。

【箋】

〔一〕袁于令（一五九二——一六七四）：別署劍嘯閣主人，生平詳見本書卷五《西樓記》解題。

〔二〕題署之後有陽文方章『白賓』。

焚香記總評

闕 名〔一〕

此傳大略近於《荊釵》，而小景布置，間仿《琵琶》、《香囊》諸種。所奇者，妓女有心；尤奇者，龜兒有眼。若謝媽媽者，蓋世皆是，何況老鴇！此雖極其描畫，不足奇也。作者精神命脈，全在桂英。《冥訴》幾折，摹寫得九死一生光景，宛轉激烈。其填詞皆尚真色，所以入人最深，遂令後世之聽者淚，讀者顰，無情者心動，有情者腸裂。何物情種，具此傳神手？獨金壘換書，及登程，及招壻，及傳報王魁凶信，頗類常套，而星相占禱之事亦多。然此等波瀾，又氍毹上不可少者。此獨妙於串插結構，便不覺文法沓拖，真尋常院本中不可多得。

（以上均《古本戲曲叢刊初集》影印明萬曆間刻本《玉茗堂批評焚香記》卷首〔二〕）

【箋】

〔一〕此文當爲湯顯祖（一五五〇—一六一六）撰。

〔二〕徐朔方《湯顯祖集》卷五〇據此補遺。

金合記（呂天成）

呂天成（一五八〇—一六一八，一作一五七九—一六一七），原名文，字天成，改名天成，字勤之，號棘津，又號懤庵，別署鬱藍生、竹癡居士、艾園冢子、艾林居士，餘姚（今屬浙江）人。南京工部虞衡司郎中呂胤昌（一五六〇—一六一五）子。明萬曆間副貢，未仕。著有小説《繡榻野史》、《閒情別傳》等。撰傳奇《神女記》、《金合記》、《戒珠記》、《神鏡記》、《三星記》、《雙閣記》、《四相記》、《四元記》、《二淫記》、《神劍記》）、《雙棲記》、《李丹記》、《藍橋記》、《碎琴記》、《玉符記》等，雜劇《秀才送妾》、《勝山大會》、《夫人大》、《兒女債》、《耍風情》、《纏夜帳》、《姻緣帳》、《齊東絕倒》等，總名爲《烟鬟閣傳奇》。並撰有《曲品》。傳見呂德森修《山陰新和里呂氏宗譜》附《元遷餘姚本宗支系圖・呂天成小傳》（清道光三年纂修，鈔本）。參見徐朔方《王驥德呂天成年譜》（《晚明曲家年譜・浙江卷》）、吳書蔭《呂天成和他的作品考》（《曲品校注・附録》）、張萍《明代餘姚呂氏家族研究》（浙江大學出版社，二〇一二）、李潔《呂胤昌、呂天成父子生平資料新證》（洪惟助主編《戲曲研究通訊》第十期，二〇一五年十二月）。

《金合記》傳奇，《遠山堂曲品》著錄，已佚。

金合記題詞

梅鼎祚

徐武功出治河，⿰礻坙圮堤屢圮，夢告以神龍無欲，寤而臆之曰：『龍不易神，他則皆有欲者也。』因以計驅之去，而堤成。夫海雖百谷王廣利，亦豈離欲界，況其女乎？王、董爲鶯兒宣人間之怨慕，漁父爲龍女寫泉底之情采，各極其態，各殫其才，不亦通幽明之故哉？至其綴引藍面，以戒夫貪而無制、進而不止者，則所託遠矣。一時俊士，若緯眞之《曇花》、若士之《紫釵》，膾炙人口，然微傷繁富。是記獨以簡得之，所謂共探驪龍，子得其珠耳。

戒珠記（呂天成）

《戒珠記》傳奇，《遠山堂曲品》著錄，已佚。

戒珠記題詞

梅鼎祚

自《世說》行，毫吻所及，輒自斐然。何元朗撮近代之勝，而爲《語林》；王弇州撮兩家之勝，而爲《語補》。彭城、瑯琊又先後爲之評隲，其於晉人之標致，可謂不遺餘力矣。巖君是記，復總攝而條貫之。右軍一時寄慨於誓墓，千載申志於戒珠，清眞瀟灑，風調若新。蕺山鬱蒼，鏡湖澄澈，歌於斯，使人益想見其父子。

神女記（呂天成）

《神女記》傳奇，《遠山堂曲品》著録，已佚。

神女記題詞

梅鼎祚

騷纍與日月爭光，神女以雨雲著夢，後代遂指大夫之所諷、襄王之所遇者而詫以爲奇，又一夢矣。蘆中人乃復譜出，是以夢解夢者也。體嫺雅而口微辭，殆以宋玉自命乎？至若弔屈懷湘，則又茹志於憂國，寓誹於詈余，將亦被放之辰、行吟之次，以代詹卜耶？吾聞之：『倡優拙，楚劍利。』是記出，倡優且工，吾不勝爲楚慮矣。

（以上均《續修四庫全書》集部第一三七九册影印明天啓三年玄白堂刻本《鹿裘石室集》卷一八）

識英雄紅拂莽擇配（淩濛初）

淩濛初（一五八〇—一六四四），字玄房，號初成，一號稚成，亦名淩波，又字波厈，別署卽空觀主人，烏程（今屬浙江）人。工部郎中淩迪知（一五二九—一六〇〇）子。貢生，曾四中副榜。崇禎七年（一六三四），授上海縣丞，署海防事。十五年，擢徐州通判。十七年，卒於任。工詩文，著有《詩經人物考》、《聖門傳詩嫡冢》、《言詩異》、《詩逆》、《左傳合鯖》、《倪思史漢異同補評》、《戰國策概》、《國門集》、《鴻講齋詩文》、《燕筑謳》、《合評選詩》等。編撰小説集《拍案驚奇》、《二刻拍案驚奇》，散曲集《南音三籟》。撰雜劇十三種，現存三種：《識英雄紅拂莽擇配》、《虬髯翁正本扶餘國》、《宋公明鬧元宵》。傳奇《雪荷記》、《合劍記》，均佚。改定高濂《玉簪記》傳奇爲《喬合衫襟記》，僅存佚曲。另有《吴保安》一劇，體類《西廂記》，未完成。輯評、批點、校刻套印本《西廂記》，並作《西廂記解證》；批點、校閲《琵琶記》。二〇一〇年鳳凰出版社出版魏同賢等主編《淩濛初全集》。傳見同治《湖州府志》卷七八、光緒《烏程縣志》卷一六等。參見葉德均《戲曲小說叢考》卷中《淩濛初事迹繫年》、徐定寶《淩濛初研究》（黄山書社，一九九九）、徐永斌《淩濛初考證》（江蘇人民出版社，二〇一〇）等。

《識英雄紅拂莽擇配》雜劇，簡稱《莽擇配》、《北紅拂》，《遠山堂劇品》著録，現存明末淩氏自刻本，民國十九年（一九三〇）上海金氏據以影印，《傅惜華藏古典戲曲珍本叢刊》第一一冊據影印本影印，周貽白《明人雜劇選》據以排印。

紅拂雜劇小引

淩濛初

蓋余嘗譚曲而及《紅拂》，止言《私奔》一折寂寥耳，未盡大都也。李藥師慷慨士，侯王且不當一盼，彼侍者自矚目，豈其所關情者，乃歸逆旅思之，有是理乎？其最舛者，髯客恥居第二流，故棄此九仞，自王扶餘。既得事矣，乃謂其以協禽高麗，重踏中土，稱臣唐室。操此心於初時，豈不能亦隨徐、李輩，博一侯王封，何必自爲夜郎耶？剞劂圖像，有大冠脩髯而隨隊拜跪者，髯客有靈，定爲掩面。

余夙有意以北調易之，卒之未得。頃者薄游南都〔一〕，偶舉此事，余友丘藎明大稱快〔二〕，督促如索逋。南中友孫子京〔三〕，每過逆旅，必徵觀。間日一至，問更得幾行。出視，卽撫掌絶倒。因命酒相與飲，酒後耳熱，狂呼叫嘯；復得一二語，又拍案浮大白相勞。此中多酬對，頗少暇息，則於肩輿中、蹇衛背，俱時有所得，踰旬乃成。

余因謂子京、藎明曰：『余居恆言：「覓有心人，丈夫不若女子。」人定以爲誕。今觀越公、衛公，皆命世人豪，乃越公不識衛公，衛公不識髯客。而紅拂一伎，遂於倉卒中兩識之，且玩弄三人股①掌上有餘，誰謂其智乃出丈夫下哉？嗟乎！世有具眼，毋致有血氣者，徒索鍾期於此輩，令明眸皓齒，直登賞鑒之堂，卻笑鬚眉男子，不得其門而入也。』兩人仰天一笑，冠纓幾絕。

即空觀主人淩波戲題〔三〕。

【校】

①股，底本作『鼓』，據文義改。

【箋】

〔一〕薄游南都：據徐永斌《淩濛初〈紅拂〉雜劇創作考》（《內蒙古大學學報》二〇〇八年第四期），淩濛初『薄游南都』，並與丘藎明、孫子京二人交遊、創作《紅拂》雜劇，當在萬曆三十二年（一六〇四）至三十三年八月之間。

〔二〕丘藎明：字號、籍里、生平均未詳。

〔三〕南中友孫子京：即孫超都，字子京，別署意在亭主人，江東人，籍里未詳，久居金陵（今江蘇南京）。諸生，湯顯祖門人。《湯顯祖詩文集》卷四七『玉茗堂尺牘之四』有《與門人孫子京》，卷四八『玉茗堂尺牘之五』有《與孫子京》、《答孫子京》。據徐朔方箋證，《答孫子京》一文作於萬曆三十七年（一六〇九），謝孫子京寄六旬壽禮（頁一三七八）。

〔四〕題署之後有陰文方章二枚：『初名淩波』，『一字波厈』。

書紅拂雜劇

孫超都

嘗讀范高平《過庭錄》，謂藥師竊一富室女，逆旅遇黄鬚，疑爲追者。乃黄鬚導之見眞主，且屬善事之，遂别去。四十五年而王于海，乃虞初微變其目，爲張堅，復蠛處道以自重。夫士方微時，跅跐多有之，及事就名立，卽曩所指越禮放誕，皆尊爲談棅。今士不務奇其節，而唯於河中、臨邛，庶幾旦晚遇，眞戲論也。作是傳者，須買中度世，旣已見數子瞭然，然後入吾搬弄，而暘其狂言。吾友淩初成，天賦特異，而知者絶少。卽知者，復與藥師微時所遇類。故感以玄術，譜其事，曲折如畫。説者謂此初成自道。夫吾黨二三子，材具不同，大氐皆不甚爲世人所知，其嶔碕歷落可笑處，不患異代無爲。初成所爲者，要之事就名立，足以自見於世而已。

意在亭主人手書〔一〕。

（以上均《傅惜華藏古典戲曲珍本叢刊》第一一册影印民國十九年上海金氏影印明末淩氏自刻本《識英雄紅拂莽擇配》卷首）

【箋】

〔一〕題署之後有印章二枚：陰文方章『孫超都印』，陰陽文方章『子京氏』。

識英雄紅拂莽擇配跋〔一〕

淩濛初

余既以三傳付剞劂氏〔二〕，友人馬辰翁見而擊節〔三〕，遂爲余作圖，且語余曰：『昔人道王右丞「詩中有畫，畫中有詩」，子曲已如畫矣。』余曰：『子畫中不乃亦有曲耶？』辰翁名雲，字猶龍，今以字行，更字辰翁。博雅多能，此特其一斑也。

即空觀主人書〔四〕。

（同上《識英雄紅拂莽擇配》卷末）

【箋】

〔一〕底本無題名。

〔二〕三傳：指《識英雄紅拂莽擇配》、《李衛公驀忽姻緣》、《虬髯翁正本扶餘國》。

〔三〕馬辰翁：即馬雲，字猶龍，以字行，更字辰翁。籍里、生平均未詳。

〔四〕題署之後有印章二枚：陽文方章『初成』，陰文方章『淩濛初印』。

大室山房四劇（祁麟佳）

祁麟佳（一五八〇——一六二九），字元孺，號太室，別署太室山人，山陰（今浙江紹興）人。祁彪佳（一六〇二—一六四五）長兄。太學生。善詩文詞曲。著有詩集《問天遺草》。撰《大室山房四劇》，含《錯轉輪》、《救精忠》、《慶長生》、《紅粉禪》四種雜劇，《遠山堂劇品》著錄。僅存《錯轉輪》一種，現有崇禎間刻《盛明雜劇》二集卷二六所收本。

太室山房四劇及詩稿序

祁彪佳〔一〕

噫嘻，世有文人而不遇，如我伯兄氏者哉！夫惟文人故不遇，不遇故文人本色也。往往以其牢騷感慨，寄之詩歌以及詞曲。彼驕貴郎君，不能轉眼存活；而文人之文，則壽世而不朽。是其不遇一時，已遇千古矣。文人之死也，葫蘆中人方且悲之哭之，欷歔而憑吊之，不知彼方徜徉於無何有之鄉，以與造物遊。即其所爲詩歌詞曲，或幻爲彩雲，舒卷天際；或散爲清風，披拂林表。雖欲悲之哭之，欷歔而憑吊之，其可得耶？

雖然，此不可爲世人之道也。世人非情不死，非情不生。況情之所鍾，正在我輩，人琴之感，賢者不免。自卜商文成，而廣陵之散中絕。每見架上殘編，輒恍忽有靈氣護之，夢然而夢，則伯兄氏在也；颯然而醒，則痛哉伯兄氏，衰草白楊，蕭蕭霜露矣。嗚呼！伯兄氏不可見，見其文如見伯兄焉。

伯兄著作甚富，茲先簡其四劇，暨古近體若干首，灑淚授梓。夫世既不能知伯兄矣，予尚欲使伯兄受世知哉？卽子期不乏，能知之於其詩，知之於其詞也。而世方賞之，予固悲之；世方歌之，予固哭之。世方於琳瑯函中、氍毹場上歡笑而燕樂之，予固欷歔而憑吊之矣。嗟乎！自有天地，便有文人掩映其間，而後山不崩，海不竭，麒麟鳳凰不爲鷹鸇檮杌。胡乃上帝私之白玉樓上，以九州之廣，無一隙坐地，徒使牢騷感慨之概，在山而虎豹不敢狎，在海而蛟龍不敢吞也。予將舉此以問青天，故復題其詩曰《問天遺草》。

（《續修四庫全書》第一三八五册影印清初祁氏啓元社鈔本《遠山堂文稿》）

【箋】

〔一〕祁彪佳（一六〇二—一六四五）：生平詳見本書卷五《全節記》條解題。其《遠山堂尺牘·與袁鳧公》云：『大先兄四劇，荷俞惠跋語，生死交情，於此具見。劇之底本，更求批削，勿謂地下無知，徒作虛胦也。大筆評點，萬祈速之，劂剞氏待之久矣。』袁于令之跋，今已不可見。

紅梅記（周朝俊）

周朝俊（約一五八〇—一六二四後），字夷玉，一作儀玉，鄞縣（今浙江寧波）人。明諸生。撰傳奇《紅梅記》、《李丹記》、《香玉人》、《畫舫記》。參見徐朔方《周朝俊事實錄存》（《晚明曲家年譜·浙江卷》）。

《紅梅記》傳奇，一名《紅梅花》，《遠山堂曲品》著錄，現存萬曆間金陵廣慶堂刻本、明末刻本

（題《玉茗堂批評紅梅記》，《古本戲曲叢刊初集》據以影印）、崇禎間三元堂刻本（題《新刻袁中郎先生批評紅梅記》，《美國哈佛大學哈佛燕京圖書館藏中文善本彙刊》第三六冊據以影印）、清乾隆四十六年（一七八一）益善堂重刻本等。

敍紅梅記

王穉登〔一〕

四明周生者，余初未嘗識。己酉秋〔二〕，余復有西湖之遊，宿昭慶上人房。偶於壁上見所題詩句清宛，後有生名，余歎賞之。上人云：『此生仰王先生，非一日矣，今亦寓敝刹。先生倘有意乎？弗靳一面，以慰生夙志，可乎？』余曰：『所作如此，其人可知。』遂屬上人，邀之同席。觀其舉動言笑，大抵以文弱自愛，而一種曠越之情，超然塵外。

余次過其寓中，見几上一帙，展視之，乃生所製《紅梅記》也。循環讀之，其詞真，其調俊，其情宛而暢，其布格新奇，而毫不落於時套，削盡繁華，獨存本色。嘻！周郎可爲善顧曲焉。余友緯真〔三〕，向製《曇花》，記李青蓮詩，大行於世。緯真逝後，四明絕響。今復有周生，則緯真不能擅美於江南矣。

太原王穉登撰。

【箋】

〔一〕王穉登（一五三五—一六一二）：字伯穀，一作百穀，別署半偈長者、半偈主人、青羊君、廣長庵主、廣長閶主、松壇道人、松壇道士、長生館主、解嘲客卿等，江陰（今屬江蘇）人，移居吴門（今江蘇蘇州）。布衣終身，於吴中主詞翰之席三十餘年。著有《吴社編》、《弈史》、《吴郡丹青志》等。傳見《明史》卷二八八。

〔二〕己酉：明萬曆三十七年（一六〇九）。

〔三〕緯眞：卽屠隆（一五四三—一六〇五）。

紅梅記總評〔一〕

湯顯祖

裴郎雖屬多情，卻有一種落魄不羈氣象，卽此可以想見作者胷襟矣。境界紆迴宛轉，絕處逢生，極盡劇場之變。大都曲中光景，依稀《西廂》、《牡丹亭》之季孟間。而所嫌者，略於細筍鬭接處。如撞入盧家，及一進相府，更不提起盧氏婚姻，便就西席，何先生之自輕乃爾！此等皆作者所略而不置問也。上卷末折《拷伎》，平章諸妾，跪立滿前，而鬼旦出場，一人獨唱長曲，使合場皆冷。及似道與衆妾，直到後來纔知是慧娘陰魂，苦無意味。畢竟依新改一折名《鬼辯》者方是，演者皆從之矣。下卷如曹悅種種波瀾，悉妙於點綴，詞壇若此者，亦不可多得。

（以上均《古本戲曲叢刊初集》影印明末刻本《玉茗堂批評紅梅記》卷首）

附　紅梅記跋〔二〕

吳梅

此記爲玉茗堂批本，久已散逸。余從冷攤得之，心殊得意，因選錄數齣。記中情節，頗有緊湊處。敍述如下：　錢唐裴禹，寓昭慶寺讀書。社友郭謹、李子春，邀禹湖上看花。過斷橋，適賈似道擁伎坐畫船至。伎有李慧娘者，見裴年少，私云：『美哉少年！』賈怒其屬意於裴也，歸卽手刃之。時總兵盧氏夫人崔，孀居湖上。一女曰昭容，頗具才貌；婢朝霞，亦聰慧。春梅盛放，登樓閒眺。裴偶過牆外，見紅梅可愛，因攀花踣地。婢以告女，女卽以梅贈之，遂詢知盧氏家世。會似道詗知女美，欲謀爲妾，盧母欲拒之，而苦無良策。裴適至，見盧母，獻策云：『賈氏人至，可紿云女已字人，吾卽權充若壻，禍可免也。』母用其策，賈亦無奈。繼偵知爲裴生計，銜之次骨。假以禮聘裴，授餐適館，極道欽慕之意，而陰使人告盧氏，謂裴感平章知遇，已贅府中，以絕盧女之望。盧知其僞，知故里不可居，挈家往揚州，依託姨母曹氏。及賈使人强娶盧女，女已遠避矣。時裴居平章第後園，園故慧娘所居地。慧雖死，而屬意於裴，未少減也。及裴至，遂與幽媾，積半年。賈恨裴生沮其美事，急欲殺之。慧娘大懼，轉告裴生，勸其宵遁。裴既出府，卽訪郭謹，謹慫恿應試。場事甫畢，遇揚州盧氏使，云女將字曹姨子矣，裴急往揚州。則曹姨子訐告江都縣，謂裴奪其妻。時江都縣爲李子春，卽裴之舊識，知曹氏子誣告，因潛送盧氏母女回杭，爲裴執柯。是時，似道已貶死漳州，裴亦擢探花第矣。通本情節如此。

余按元人稗史，有《綠衣人傳》，與此記中李慧娘事絕類。略云：天水趙源，延祐間遊學杭州，居西湖葛嶺，其旁卽賈秋壑舊宅也。日晚，輒徙倚門外，見一女子從東來，綠衣雙鬟。後日日來此，源試挑之，女遂留。問其姓氏，初不肯言。後細叩之，女曰：『兒與君舊相識也。兒爲賈平章侍女，君前世爲其蒼頭，少年美貌，兒頗慕之，爲同輩所讒賜死。』源曰：『如此，則吾與卿再世緣矣。』因常留源舍（按：此卽傳中之李慧娘也），每說秋壑舊事。一日，秋壑倚樓閒望，諸姬皆侍。見湖堤二人，烏巾素服，乘小舟登岸。一姬曰：『美哉二少年！』秋壑曰：『願事之耶？當令納聘。』姬笑而無言。逾時令人捧一盒，呼諸姬至前，曰：『適爲某姬納聘，可啓視之。』則姬之首也，諸姬戰慄而退（記中慧娘死事卽本此）。大抵此記事實，皆本此傳也。

明萬曆時袁弘道有刪改本，清乾隆三十五年有重刻本，余皆未見。意乾隆本爲伊齡阿設局揚州修改詞曲時所刊也。《殺妾》折【繡帶兒】曲，按格，少末二句，與《玉簪記》之『難提起』，《紫釵記》之『金杯小』，同犯一病。蓋明中葉詞人，皆以【繡帶兒】爲【素帶兒】，沿《南西廂·酬韻》折之譌也。此記傳唱絕少。五十年前，有《鬼辨》、《算命》等折，偶現歌場。余生也晚，已不及見。近亂彈腔有《紅梅閣》一劇，卽檃括此記而成，實是點金成鐵。余故多錄數折，並詳述本末，爲並世學者告焉。

霜崖。

（民國十九年上海商務印書館排印本吳梅《曲選》卷三《紅梅記》卷末）

【箋】

〔一〕底本無題名。

歲寒操（陳箴言）

陳箴言（一五八三—一六八二後），字賡卿，山陰（今浙江紹興）人。崇禎十五年壬午（一六四二）舉人。受業董懋策之門，博學敦行。年百歲，郡守歲給廩餼。撰《歲寒操》傳奇，已佚。曾評點孟稱舜《貞文記》傳奇。傳見乾隆《紹興府志》卷五三、嘉慶《山陰縣志》卷一四、黃宗羲《南雷詩曆》卷四《贈百歲翁陳賡卿》詩注。參見鄭志良《明末清初紹興曲家魏方炳所作雜劇考》（黃仕忠主編《戲曲與俗文學研究》第一輯，社會科學文獻出版社，二〇一六）。

歲寒操傳奇序

朱一是〔一〕

天地之正氣，不擇人而施，不以貴施賤不施也；亦不擇人而受，不以貴受賤不受也。施同受同，而能全者不同，惟溺之以逸樂，而保之以艱貞。於是貴無正氣而賤有正氣，如松柏與凡木並植，而松柏獨能抗霜雪，惟無繁花，遂有勁節爾，孔子以『後凋』美之。

吾友陳賡卿，隱君子也，別十三年而始一見，猶然吾賡卿也。出所著《歲寒操》傳奇示余，此豈獨其書云爾哉！舍男子而取婦人，舍妻與妾之婦人而取爲婢之婦人。夫婦人而婢，其賤已甚，然獨能全操，其貴又甚，不獨貴於爲妻妾之婦人，且貴於爲丈夫之男子矣。然以天下之大，綱常名教之重，男子與婦人之多，而守志存孤，天地正氣偏屬諸爲婢之婦人，抑亦作書者所深悲乎？

（中國國家圖書館藏清順治、康熙間朱顒愚、朱顒爲等刻本《爲可堂初集》卷八）

【箋】

〔一〕朱一是（一六一〇—一六七一）：字近修，改名恒晦，字以養，號欠庵，別署林居士、養明子、濇溪下農、梅溪旅人等，海寧（今屬浙江）人。明崇禎十五年壬午（一六四二）舉人。明末主海寧文社。入清，隱居嘉興梅里，緇衣授徒。工詩擅畫。著有《爲可堂集》、《史論》、《梅里詞》等。傳見《碑傳集》卷一七三、《國朝耆獻類徵初編》卷四七七、《國朝先正事略》卷四四、《明遺民錄》卷二五、黄容《明遺民錄》卷四、《兩浙輶軒錄》卷一、《海會詩選二集》卷六、《國朝畫識》卷一、《國朝書畫家筆錄》卷一、《國朝書畫家小傳》卷二、《清畫家詩史》卷八、《清代畫史增編》卷五、《梅里志》卷一一等。參見陳雪軍《朱一是年譜》（《梅里詞派研究》，上海古籍出版社，二〇〇九，頁三〇六—三一一）。

呂眞人黄粱夢境記（蘇元儁）

蘇元儁（？—一六〇六後），字漢英，號太初，別署不二道人，室名小有山房、伴鶴齋，祖籍莆田（今屬福建），生於金陵（今江蘇南京）。明太學生，屢試不第。萬曆三十四年丙午（一六〇六），試卷爲場屋所剪，以爲他人所用，乃棄舉子業。性耽山水，擅詩古文詞。著有《小有初稿》。傳見丘兆麟《玉書庭全集》卷一九《閩蘇漢英先生墓志銘》（清康熙間刻本）。參見鄭志良《蘇元儁與〈呂眞人黄粱夢境記〉》（《明清戲曲文學與文獻探考》）。

撰傳奇《呂眞人黄粱夢境記》，簡稱《夢境記》，《遠山堂曲品》著録，現存萬曆間繼志齋刻本（《古本戲曲叢刊初集》據以影印）、一九七一年景照日本京都宮崎氏藏萬曆四十三年（一六一五）序百歲堂刻本（日本京都大學人文研究所藏）。

呂眞人黄粱夢境序

張國維〔一〕

是集出葉宰府藏版〔二〕，殷銓部僅得其二分之一屬予〔三〕。予以其取義呂眞人，他刻固多，較之殊俗，此特新奇。中有篇斷其行，字餘其半，若深傷時事，不忍遽録。大抵托山林之玄想，舒廊廟之隱憂，正使聖賢豪傑爲一日千古之人耳。予故不效剖腹之藏，以助志士一奇觀云。

時萬曆乙卯嘉平月，六無居士張國維謹識。

（一九七一年景照日本京都宮崎氏藏明萬曆四十三年序百歲堂刻本《呂眞人黄粱夢境記》卷首〔四〕）

【箋】

〔一〕張國維：　別署六無居士。按明末有多人名張國維：（一）萬曆五年丁丑（一五七七）進士；（二）吳縣（今屬江蘇蘇州）人，萬曆二十九年辛丑（一六〇一）進士；（三）安定人，萬曆三十八年庚戌（一六一〇）進士；（四）張國維（一五九四—一六四六），字其四，號玉笥，東陽（今屬浙江）人。天啓二年壬戌（一六二二）進士，授廣東番禺知縣。福王時，官至吏部尚書、兵部尚書，武英殿大學士。兵敗投水死，謚忠敏。著有《吳中水利全書》、《張忠敏公遺集》。傳見《明史》卷二七六。此六無居士未詳何人。

〔二〕葉宰府：　或指葉向高（一五五九—一六二七），字進卿，號臺山，別署福廬山人，福清（今屬福建）人。萬曆十一年癸未（一五八三）進士，授編修，官至東閣大學士。崇禎初追贈太師，謚文忠。著有《説類》、《葉臺山全集》。傳見《明史》卷二四〇。

〔三〕殷銓部：　姓名、籍里、生平均未詳。

〔四〕此本未見，據黄仕忠《日藏中國戲曲文獻綜録》迻録（頁一〇九）。

東郭記（孫鍾齡）

孫鍾齡（？—約一六三四），字仁孺，號峨嵋子，別署白雪樓主人、白雪道人，籍里、生平均未詳。撰傳奇《東郭記》、《醉鄉記》，合刻爲《白雪樓二種曲》。另有《溫太眞玉鏡臺記》，已佚。

《東郭記》傳奇，《遠山堂曲品》著録，現存萬曆四十六年戊午（一六一八）序刻本（《古本戲曲叢刊二集》據以影印）、明末汲古閣原刻本、汲古閣刻《六十種曲》所收本、清初文茂堂重刻本、清致和堂重刻本、道光二十六年（一八四六）達觀堂刻本、同治十一年（一八七二）經綸堂刻本等。

東郭記引〔一〕

孫鍾齡

峨眉子曰：樂府之傳，其間節義廉恥，不過十之一耳，盡爲富貴利達者傳耳。既盡爲富貴利達者傳，則齊人老先生又安可不傳乎？況其二夫人更超超賢甚者乎！

然予傳之，而中庭訕泣以後，多增益之者，何也？皆鄒夫子意也。蓋乞墦者必登壠，而妻妾之奉，宮室之美，所識窮乏者之得我，總皆大人所必至者耳。

然而卒托之附於陵以終者，何也？則以齊人丈固猶可附於於陵也。蓋乞矣，而尚欲蓋之，爲之妻妾者知矣，而尚復羞之。如齊人生者，反可謂之陳仲子，而其妻其妾，亦貴婦中之辟纑人矣，又安可以不傳乎？嗟夫！假令吾孟老觀之，又不知嘆息何如矣。

萬曆戊午重九越三日，峨眉子書於白雪樓〔二〕。

【箋】

〔一〕版心題『東郭記序』。底本眉批：『讀此序，便應知峨眉肝腸、《東郭》大意矣。謔先生曰：「當與孟夫子不朽。」誠然。』

〔二〕題署之後有印章二枚：陰文方章『孫氏仁孺』，陽文方章『白雪樓』。

齊人生本傳贊〔一〕

闕名〔二〕

索隱贊曰：齊人何始，未稽厥父。善處爾室，二美在戶。出必饜飽，入每歌舞。問厥與者，云是賢主。室人疑之，未見顯甫。循彼行迹，東郊之塢。乞而顧他，饜足何補？羞語爾娣，淚淫如雨。詛詈未畢，厥來我曁。未知爾瞷，驕疾罔愈。君子念之，我目屢覩。朝有姬嫗，士或商賈。蒙其二女，式喜無怒。一或見焉，有如爾祖。

（以上均《古本戲曲叢刊二集》影印明萬曆四十六年戊午序刻本《東郭記》卷首）

【箋】

〔一〕底本無題名，書於《孟子·離婁》「齊人有一妻一妾」章後。

〔二〕此文當爲孫鍾齡撰。

附　時義一首（「齊人有一妻」至「驕其妻妾」）〔一〕

蕭伯玉〔二〕

摹齊人之態，久於齊也。夫齊人則誠何人也？曰：齊之人大抵然也，是故人之而不名。蓋吾觀孔子之爲《春秋》也，鄙其國，則舉其號，如吳、如於越者是也；鄙其人，則不著其名，如荊人、小邾人者是也。孟子因之而著《齊人》云。齊人者，何許人也？其爲烏有乎？其爲無是人乎？

夫亦有其人而諱之乎？且衆而類舉之乎？吾請案其生平，摹其光景，就其人想其事，就其事實其人。其卑而能傲也，毋乃爲子敖乎？則不與驩言，何遍國之皆孟子？其汙而能文也，將又爲景丑乎？則召不俟駕，豈東郭之有齊王？其爲稷下之贅壻與？故應以播間爲滑稽，淳于髡聊復爾。其爲仕齊之戮臣與？故應以小才爲饜足，盆成括何足云？通其重飲食者於爵祿，當爲未諫之蚳鼃；行其驕妻妾者於賢人，又似幣交之儲子。其乞萬鍾於蓋，而又復顧盼於生鵝。將爲仲子之兄，戴其受壯者之詛；而又復啼呼於老稚，將爲平陸之距。心染指燕鼎之餘，而勸王於湯武，既意其爲沈同；甘心齊廷之豢，而解王以周公，又疑其爲陳賈。三齊之粟，藉口以要賢，雖其將主之詞，時子之爲人也近似；二霸之勳，流涎而請復，若非學古之道，公孫之得免者幾希。以衆人之口，爲賢人之譏；去齊時之士，當是中庭侶也。度君子之心，以小人之腹。宿晝間之客，故知播間來耶？公行氏雖無聞焉，然何以來右師之弔？東郭氏即未著耳，又何以近乞祭之播？蓋宮室之美，妻妾之奉，大要不出諸大夫；踰階而揖，歷位而言，故知即此諸君子。氏族故蕃，已遍乎秦、楚、燕、韓、趙、魏；氣骨相近，便是其父子、兄弟、夫妻。嗟嗟！生而猶死，哭其夫者，幾不減於華周、杞梁；臭而如芳，傳其事焉，尚猶追夫管仲、晏子。蓋有之矣，誠然乎哉！

（《古本戲曲叢刊二集》影印明萬曆四十六年戊午序刻本《東郭記》卷末）

【箋】

［一］此處眉批云：『嘗讀蕭伯玉《齊人篇戲作十首》，各一議局，俱堪諧笑。聊刻其一，以爲此傳別錄，即以作跋可也。』『游戲之仙，滑稽之聖，當不令湯若士獨有臨川。』

〔二〕蕭伯玉：即蕭士瑋（一五八五—一六五一），字伯玉，號三莪，泰和（今屬江西）人。萬曆四十四年丙辰（一六一六）進士，任行人司行人，官至南京太常寺卿。入清隱居，專心著述。著有《春秋辨疑》、《起信論解》、《春浮園集》等。傳見錢謙益《有學集》卷三二《墓志銘》、陳家禎《明太常寺卿蕭伯玉先生行狀》、《小腆紀傳》卷五七、《皇明遺民傳》卷一等。

附　東郭記題識〔一〕

鄭振鐸

《東郭記》二卷，《六十種曲》收入，無作者姓氏。又見一道光刊袖珍本，則已改易作者姓氏矣。此是萬曆原刊本，有白雪樓主人孫仁孺自序。仁孺又號峨眉子，未知其里居仕履，殆是蜀人，或仕遊於蜀者，當時蜀中演劇之風亦頗盛也。我國諷刺劇最是罕見，此戲嬉笑怒罵皆成文章，一雋永之人性諷刺劇也。作者殆具一肚皮憤世妒俗之鬱鬱歟？予別藏一《醉鄉記》，爲崇禎間刊本，亦仁孺所作，則三百年來未見翻印本矣。

紉秋居士書。

（中國國家圖書館藏明崇禎間刻《白雪樓二種曲》之《東郭記》卷首墨筆書）

【箋】

〔一〕底本無題名。

附　東郭記題跋〔一〕

吴　梅

此書毛刻《六十種曲》亦有是本，各藏書目録皆題作陽初子撰，陽初爲常熟徐復祚。今讀序文，乃知爲孫仁孺筆，李斗、王國維輩皆失考也。顔黄門云：必須眼學，勿尚耳食。讀書之難如此。

長洲吴梅書於京師二道橋寓齋〔二〕。

（中國國家圖書館藏明崇禎刻、清夢園印本《白雪樓二種曲》之《東郭記》卷下外封墨筆書）

將一部孟子顛倒出之，雖其旨在分宜。嗟乎，天下顯者豈獨分宜也。

長洲吴梅識〔三〕。

（同上卷末墨筆書）

【箋】

〔一〕底本無題名。

〔二〕題署之後有陰文方章「瞿安眼福」。

〔三〕題署之後有印文方章：陰文「吴楳」、陽文「臞安」。

東郭記跋〔一〕

悟飛子〔二〕

佈局既工，措詞尤雅，固可滌俗士之肺腸，亦可慘文人之脾胃。於篇中熱喝冷罵處，足懲汙世之風。莫謂傳奇小史無關於世道也。

悟飛子〔三〕。

（中國藝術研究院圖書館藏清初文茂堂重刻本《東郭記》卷末）

【箋】

〔一〕底本無題名。

〔二〕悟飛子：姓名、生平、籍里均未詳。

〔三〕題署之後有陽文圓章『臣本布衣』。

（東郭記）序一

三十六灣釣徒〔一〕

勢力場開，炎涼態幻。鮮衣怒馬，驚富貴之逼人；社鼠城狐，快憑依之得計。秉樞軸而參機務，權重朝端；仗鈇鉞而制戎行，威宣閫外。交遊側目，親戚傾心。而孰知其性本貪饕，行原乞丐，甘心狗苟，靦面蠅營。宿草墓門，枵腹狼餐之地；秋風原野，豢頭豕突之天。猶復白晝驕人，謬託冠裳之伴侶；豈意紅顏短氣，早覩醉飽之情形。夫也不良，曷其有極？俄而廁身仕宦，溷跡朝班；竊取威權，獨等壟斷。回念與由蹴爾，食本嗟來，蓋不禁其吐氣揚眉，而倒行逆施者矣。更有竊雞口之資，而倖居高位；飾蛾眉之態，而巧媚長官。貴胄悉化狐祥，仕途皆成鬼蜮。一時笑柄，千古罵名。吁，可慨也已！

說者謂丈夫豈無氣節，仕籍亦有名流。何至壞品喪行，寡廉鮮恥，有若是乎？不知逐臭慕羶，何非此輩？舐癰吮痔，豈乏斯人？惟羞惡之不存，故顯榮之可致，而又何疑于《東郭記》哉！況其爲書，本《孟子》七篇，得此好題目，緣『齊人』一節，發爲大文章。蒿目官場，率皆齷齪；痛心仕路，大類穿窬。既禮義之風微，遂江河之日下。懼傷名教，力挽頹波。怒罵悉寓箴規，嬉笑亦關勸戒。窮形盡象，何殊鼎鑄神姦；湯魄褫魂，真個筆嚴斧鉞。言者無罪，聞者足懲。

試教菊部歌來，相應色變；更借梨園演出，那不魂銷？然而迷途未遠，晚蓋匪遲。翹首於陵，卽是修行之境；追蹤仲子，可高偕隱之風。無戀浮華而乘素志，務矜名節而固厄窮。則斯記詎非醒世之真言，渡人之寶筏也哉！

時道光二十六年歲在柔兆敦牂長嬴餘月浴佛日，三十六灣釣徒書於古潭州之濯錦坊寓館。

【箋】

〔一〕三十六灣釣徒：姓名、籍里、生平均未詳。或爲湖南人。

《東郭記》序二

殘杯冷炙，乃杜陵閱歷之場；鐵板鋼絃，亦坡老悲歌之會。悟風花之過眼，等竿木以隨身。人海升沈，淚灑吹簫之客；宦途徵逐，首低向火之徒。見此良人，紅顏短氣；描成乞相，白眼看他。即此聞聞見見之因，何非怪怪奇奇之事。

然而書生緒論，不如里閈之常談也；學士箴規，不及俳優之棒喝也。則有《東郭記》者，文成嬉笑，態寫炎涼。擬變相之圖，執屍頭之筆。觸酒腸之芒角，看棋局之榮枯。座上虎賁，豈徒形似；箇中狐媚，大有心傳。蠅鑽紙以何求，虎有威而可假。與旣同於蹴爾，食何問乎嗟來？優孟得時，居然上客；穿窬取徑，轉託清流。借牙拍以頻敲，實唾壺之欲碎。又何待熱溫犀而燭影，借禹鼎以圖姦。具極幽微，始窮形相也哉。

或者謂，鉤致物情，有傷人巧；周內世態，亦戾天和。逞劍鋒之機，話泥犁之趣，競同燕說，何補虞箴？不知鼉鼉寒號，蟲蟲熱戲。幾日樓羅之歷，一場傀儡之棚。苟非吹牖民之篪，振徇路之鐸，則黿淫日肆，狙詐天端，亦何以怵凡夫之心，而褫宵小之魄哉？

嗟夫！一朝富貴，無非春夢之婆；半世逢迎，直等夏畦之病。執下官之手版，察大吏之眉頭。但逐凫趨，甘爲牛後。甚或術工蝎譖，媚擅蛾眉。進轂炙之諧譚，貢韋柔之顔色。續同狗尾，爛甚羊頭。袖暮夜之金，曾遊馬廄；據要津之路，大肆鵰鴞。利實薰心，熱堪炙手。卒之茄花委鬼，立見冰銷；義子乾兒，都隨煙化。鼠兩端而卒斃，兔三窟以徒營。何去何從，孰得孰失？所願閱是編者，知其譎諫，悟彼寓言。作清夜之鼓鐘，屹中流之砥柱。相與同回覺岸，共挽頹波，是則作者之意也夫？

時道光二十六年歲次丙午竹罪日，桃花源外史識於善卷山下武陵洞口舟次。

（以上均北京師范大學圖書館藏清道光二十六年達觀堂刻本《東郭記》卷首）

【箋】

〔一〕桃花源外史：姓名、籍里、生平均未詳。或爲湖南人。

附　東郭記跋〔一〕

吴　梅

此記總四十四齣，以《孟子》全部演之，爲歌場特開生面。題『白雪樓主人編本』、『峨眉子評點』，意皆仁孺別號也。齣目皆取《孟子》語，其意不出『富貴利達』一句，蓋罵世詞也。卷首有《齊人本傳》，卽引《孟子》原文。其贊語爲仁孺自作。詞云：『齊人何始，未稽厥父。善處爾室，二美在戶。出必饜飽，入每歌舞。問厥與者，云是賢主。室人疑之，未見顯甫。循彼行迹，東郊之墦。乞而顧他，饜足何補？羞語爾娣，淚淫如雨。詛詈未畢，厥來我暨。未知爾瞯，驕疾罔愈。君子念之，我目屢覩。朝有姬嫗，士或商賈。蒙其二女，式喜無怒。一或見焉，有如爾祖。』文頗雋永，妙在不作滑稽語。書刊於崇禎三年庚午，是仁孺爲光、熹間人。其時茄花委鬼，義子奄兒，簪紱厚結貂璫，衣冠等於妾婦，士大夫幾不知廉恥爲何物，宜其嬉笑怒駡，一吐胷中之抑鬱也。此記以齊人、陳仲子爲對照，齊人之無恥，仲子之高潔，各臻絕頂。而一則貴達，一則窮餓，正足見世風之變。此等詞曲，若當場奏演，恐竹石俱碎矣。

又有時義一篇，題爲《齊人》一節，附列卷首〔二〕，節錄如下：

（起比云）『其卑而能傲也，毋乃爲子敖乎？則不與驩言，何遍國之皆孟子？其污而能文也，又爲景丑乎？則召不俟駕，豈東郭之有齊王？』（末六比云）『蓋宮室之美，妻妾之奉，大要不出諸大夫；踰①階而揖，歷位而言，故知即此諸君子。氏族故蕃，已遍乎秦、楚、燕、趙、韓、魏；氣骨相近，便是其父子、兄弟、夫妻。嗟嗟！生而猶死，哭其夫者，幾不減於華周、杞梁；臭而如芳，傳其事焉，尚猶追②夫管仲、晏子。』諸比極滑稽之致，亦仁孺所作。蓋仁孺心中有隱痛，故假此題以宣洩之。君臣夫婦間，顛倒錯亂，愈荒唐愈可喜也。明曲多《鄭》、《衛》之音，零露采芍，如出一手。仁孺一切鄙棄，其託體高於施、高、湯、沈矣。

霜崖。

（民國十九年上海商務印書館排印本吳梅《曲選》卷三《東郭記》卷末）

【校】

①踰，底本作『疏』，據蕭伯玉《附時義一首》改。

②追，底本作『追想』，據蕭伯玉《附時義一首》改。

【箋】

〔一〕底本無題名。

〔二〕萬曆四十六年戊午序刻本附於卷末。

醉鄉記（孫鍾齡）

《醉鄉記》傳奇，《遠山堂曲品》著録，誤題《睡鄉記》，現存明崇禎三年庚午（一六三〇）序刻本，《古本戲曲叢刊二集》據以影印。

刻醉鄉記序

王克家〔一〕

人生原幻住，世界等虛空。槐國黃粱，秦臺楚榭，誰眞誰幻？而況驟加之功名，偶聚之伉儷乎？達人道眼覷破，高才綺語，礙我晴空；　豔質名姝，比他革穢。人睡我寤，人醉我醒。盡大千世界，如起滅浮漚，又何憾焉？

惟是未能超世，亦復有情。而奇文受嫓於拙目，深情抱恨於孤闈。魔鬼司權，英雄短氣，此眞千古不平之冤。而慧人開士，往往才而窮，窮而癡，癡而憤，憤而縱酒尋花，長歌慟哭，無所不發抒。迨至世人皆欲殺，而夢夢之老，一朝豁慈悲之目，而無所不隨順措大之懷，此又閻浮世界之大凡也。

蘇子瞻遇不悒志，託《睡醉鄉記》，以寄牢騷； 吾友孫仁孺，才未逢知，更譜《醉鄉傳》，以寫情事。其所載銅白多金而先售，歐陽蒙目而誤收，窮鬼情魔從中磨折，自有天地，便有此等，何足爲怪？顧一經描寫，勘盡世情，眞與《西遊》、《水滸》盡其變，《道德》、《南華》並其幽，《法華》、《楞嚴》同其妙。從今以往，卓家幼女，郗氏老翁，任他各從所好； 銅相公、白才子，任他先我著鞭。而酒癖詩魔，愁花悶月，果有烏有生其人，恐終勤魁宿之駕，而辱嫦娥之盼也。

謝安石四十不仕，子弟朱紫滿門。每從簾下過，婦以爲言，謝捉鼻答曰：『但恐不免耳。』想爾時東山絲竹，亦復何在？則當銅白睡鄉得意時，烏生雖感憤，無益也。仁孺兄卽未能斷綺語業而忘情，大爲慧業文人解嘲而說法。予刻而傳之，讀其文，海內當想見仁孺之人已。

時崇禎庚午仲夏，晴空居士王克家漫書。

（《古本戲曲叢刊二集》影印明崇禎三年庚午序刻本《醉鄉記》卷首）

【箋】

〔一〕王克家： 字未詳，別署晴空居士，錢塘（今浙江杭州）人。崇禎十五年壬午（一六四二）進士。

附　醉鄉記跋〔一〕

鄭振鐸

予前獲孫仁孺《東郭記》，爲白雪樓原刊本，已是得意。今復得仁孺《醉鄉記》於北平，益爲之狂喜。仁孺才未遇知，故滿肚牢愁，托之烏有亡是之流，以見其意。《東郭》是諷刺，此記則鄰於謾罵矣。明清之間，抑塞未遇之士，往往喜掇拾《李白登科》、《杜默哭廟》二三事，以抒其悲憤，仁孺亦其流亞也。惟彼輩僅以數折短劇寫之，仁孺此記則洋洋灑灑凡四十四齣，殊見匠心獨運、才高難及耳。夫科舉本以牢籠天下人才，而科舉之敝，則庸者登庸而才人見棄。處內憂外患交煎之際，肉食者唯知固位保祿，在野者則愁嘆抑抑，無有以國事爲意慮者，明帝國之亡，固非偶然事也。

紉秋書，時距得書時已十載矣。

（中國國家圖書館藏明崇禎刻《白雪樓二種曲》之《醉鄉記》卷首）

【箋】

〔一〕底本無題名。

帝妃遊春（程士廉）

程士廉，字小泉，室名小雅堂，休寧（今屬安徽）人。生平未詳。明隆慶、萬曆間在世。撰雜劇《帝妃春遊》、《秦蘇賞夏》、《韓陶月宴》、《戴王訪雪》四種，合稱《小雅堂樂府》，一名《小雅四紀》，《遠山堂劇品》著錄。

《帝妃春遊》雜劇，一名《幸上苑帝妃春遊》，現存明萬曆間陳與郊編刻《古名家雜劇》本（《古本戲曲叢刊四集》據以影印），萬曆二十四年（一五九六）刻胡文煥《羣音類選》卷二六選錄曲文。

帝妃遊春跋〔一〕

泥蟠齋〔二〕

小泉程君，漁獵百家，縱步詞林，舊矣。間者復出是製示余，而程仲子、吳伯子綴之以語，以屬余書。余閱之，晉唐汴宋，千載目前，天子公卿，賞心樂事，宛如也。不惟音節快人視聽，抑亦情文得其奧旨。以《小雅堂》名，夫誰匪然！泥蟠齋〔三〕。

萬曆己丑孟秋，書林徐□□〔四〕。

（《古本戲曲叢刊四集》影印明萬曆間刻《古名家雜劇》本《帝妃春遊》卷末）

【箋】

〔一〕底本無題名。

〔二〕泥蟠齋：姓名、籍里、生平均未詳。

〔三〕署名後有陽文、陰文方印各一，難以辨識。

〔四〕書林徐□□：鄭振鐸《跋脈望館鈔校古今雜劇》注謂《古名家雜劇》爲龍峯徐氏所刻。

陌花軒雜劇（黄方胤）

黄方胤（約一五八七—？），初名方蔭，亦作方印、方儒，字仲坤，號醒狂，别署醒狂散人，室名陌花軒，金陵（今江蘇南京）人。吏部郎中黄甲（一五一九—？）三子。著有《陌花軒小集》、《陌花軒詞》、《曲巷詞餘》等。傳見清陳作霖《金陵通傳》卷一九。

《陌花軒雜劇》，一名《柳浪雜劇》，《遠山堂劇品》著錄，收雜劇《倚門》、《再醮》、《淫僧》、《偷期》、《督妓》、《孌童》、《懼内》七種，現存順治間刻本、康熙間《雜劇新編》附刻本、民國間刻藍印本（《傅惜華藏珍本戲曲叢刊》據以影印）、民國間朱絲欄鈔本。

陌花軒雜劇敍

馬麗華〔一〕

醒狂黄四君，蓋翩翩佳公子也。儂竊辱一日之雅，風晨月夕，舉白命歌，多君稱賞。因出《陌花軒雜劇》示儂，捧讀未終，令人鼓掌。不謂塵寰情態，被君三寸舌盡而吐矣。君曰：『匪有所指。』儂則曰：『殆甚十指哉！第假而名，用存忠厚耳。奏之王公之前不爲褻，歌之閭里有所懲。然則斯刻也，詎徒廣戲場一粲已耶？儂所弗信矣。』

秦淮盈盈馬麗華志。

（《傅惜華藏古典戲曲珍本叢刊》第一七册影印民國間蓝印刻本《陌花軒雜劇》卷首）

【箋】

〔一〕馬麗華：字盈盈，明末南京秦淮妓女。

衍莊新調（王應遴）

王應遴（？—一六四四），字堇父，號雲萊，亦作雲來，別署雲來居士，山陰（今浙江紹興）人。明萬曆四十年（一六一二）順天鄉試，以副榜貢。四十六年（一六一八），閣臣葉向高薦授中書，次年奉召修志。尋晉大理寺評事。天啓初，以觸怒魏忠賢，削籍歸。崇禎初，復原職，遷禮部員外郎。甲申（一六四四）國變，自殺於京邸。工詩文，精曆法。與徐光啓等合撰《曆書》一百二十六卷。著有《乾象圖說》、《備書》、《王應遴雜集》、《慈無量集》等。撰雜劇《衍莊新調》，今存；傳奇《清涼扇》，已佚。另有《離魂》劇，亦佚。傳見乾隆《紹興府志》卷五七、嘉慶《山陰縣志》卷一四等。並參《家譜》。

《衍莊新調》雜劇，《遠山堂劇品》著錄作『逍遙游』，現存天啓間刻《王應遴雜集》卷五所收本，題『衍莊新調』，日本內閣文庫藏；崇禎間刻《盛明雜劇》二集卷二九所收本，題『逍遙游』。參見王宣標《明王應遴原刻本〈衍莊新調〉雜劇考》（《文化遺產》二〇一二年第四期）。

自題衍莊新調

王應遴

人最易溷是名利關，人最難破是生死關。余不善治生，阿覩中物，恁其視我若仇。乃邇蒙浩蕩恩，又釋我名繮矣。惟是病魔纏、朝露怖，於生死事茫茫，言之神悚。

丙寅秋〔一〕，恭謁泗、鳳兩陵，道出蒙，即莊生夢蝶處也。散步街衢，得舜逸山人《骷髏嘆》〔二〕，寓目焉。訝然曰：『莊之爲莊，全在變化神奇，不可端倪，顧爲是銖銖之稱、寸寸之度耶？』因就肩輿中腹稿，盡竄原文，獨摛新調。及抵宿，宿宿而小劇成。余素不諳此道，大意爲酣名利者頂門針，爲迷生死者夜行燭，其工拙勿論也。

或曰：人言郭注莊，乃莊注郭。今子衍莊乎？抑莊衍子乎？噫嘻！余老矣，過去爾爾，前路若何！《傳燈錄》載襄陽龐居士將入定，于公頔問之。居士曰：『但願空諸所有，慎勿實諸所無。』是劇也，其空所有耶？抑實所無耶？起莊生而爲周郎之顧，諒當莞爾一笑，曰：『王生非游戲筆也。』

越人雲來居士題於宿州官署之水墨軒〔三〕。

【箋】

〔一〕丙寅：天啓六年（一六二六）。

〔二〕舜逸山人：即杜蕙，毗陵（今江蘇常州）人。據舊本編撰《新編增補評林莊子嘆骷髏南北詞曲》二卷，現存明萬曆間毗陵陳奎刻本，日本大東急紀念文庫藏。

〔三〕題署之後有陰文方章二枚：『堇父』、『王應遴印』。

衍莊新調引

常新道人〔一〕

天地，戲場也。嗜利徼名，貪生怖死，是戲場中可醜者耳。乃錮若鎖，酣若寐，搖搖若曳，粗法之難調，細締之不入。非一種激論危詞，隱刺深詆，沈痼未易起。此雲來道人《衍莊新調》所由作也。

南華寓言，大都爲此輩說法。先生羅一部旨，借骷髏爲小劇。眞非眞，幻非幻，所以警昏庸、振聾聵，悉出之明了解脫。試清夜味之，眞暗室明燈，迷津寶筏也。嗟乎！處世至此時，笑啼俱不敢。先生以冷眼熱腸，醜世殆盡。劇中不乏罵意，必觸人怒。袁石公曰〔二〕：『罵得著時，惟恐其不狠罵。』是眞實語。此輩良心具在，及水涸木落後，穆然深思，怒者未必不轉而莞爾也。書此爲先生解嘲。

天啓丙寅菊月吉社末，常新道人題。

【箋】

〔一〕常新道人：姓名、籍里、生平均未詳。參與訂正此劇。

〔二〕袁石公：即袁宏道（一五六八—一六一〇），號石公。

（衍莊新調）凡例八則

闕　名[一]

一、是編意專化俗，不特於名利明規，而插科打諢處多所譏刺，眞令人顙泚面赭。顧世不乏嫌醜惡鏡者，倘以此罪我，勿辭也。

一、是編所用姓名、籍貫，並原載世所刊行本中。明知杜撰架空，乃倚壁靠牆，非此無以措手，不得不仍之耳。

一、是編所用事迹，以其時考之，多在題目正名後，殊堪抵掌『蹈搖船，娶外婆』之誚。然從來詞曲，不以此拘拘也。

一、是編韻遵《中州》，單用『東鍾』一韻。自開場以至落場，卽賓白詞調中仄韻，亦無一字失拈。

一、是編塡詞，多有襯貼字，特細書以別之。歌者須著意疊搶頓挫，勿令尒拍可也。

一、是編并不用險怪奇僻字句，其意義亦只取浮淺，專爲通俗，令婦豎亦易領略耳。

一、是編全套只三四牌名，並不用過宮、入賺等。蓋不惟漁鼓簡板，非此不便合拍，而亦令歌伶易於演習也。

一、元人小劇，例分四折。是編題目正名，亦析四人。但詞意一串，難以分截，故不拘舊格，觀者諒之。至於據事原屬荒唐，摘詞亦盡游戲，實實虛虛，爲周郎之顧者，付之一笑可也。

（以上均《日本所藏稀見中國戲曲文獻叢刊》第二輯影印明刻本《衍莊新調》卷首）

【箋】

〔一〕此文當爲王應遴撰。

天函記（文九玄）

文九玄，號澹然，別署赤城山人，天台（今浙江台州）人，世居吴中。撰傳奇《天函記》，已佚。《曲海總目提要》卷一〇著錄，云：『按劇中所演，多神仙之事。（汪）廷訥好神仙，故文九玄爲之作此記。或曰：此廷訥自作，而託名於九玄者。未知孰是。』

天函記序

米萬鍾

文君赤城《天函記》，字字出色，與玉茗鼎峙。此記據《坐隱先生紀年傳》，摘而敷衍，稱實錄也。

天函記序

陳端明〔一〕

赤城山人以《坐隱先生紀年傳》中悟棋偶仙一事，或本傳，或訂譜，或古語合其意者，采集而稍緣飾之。名《天函記》者，以仙翁挂冠時，貽先生天函藏書，則指其實而名之也。

（以上均一九五九年人民文學出版社排印本《曲海總目提要》卷一〇）

【箋】

〔一〕陳端明：字號、籍里、生平均未詳。

丹青記（徐肅穎）

徐肅穎，字敷莊，柘浦（今福建浦城）人。明崇禎間刪訂《明珠記》、《異夢記》、《西樓記》、《丹青記》、《丹桂記》、《玉合記》、《玉杵記》等傳奇，均由書林師儉堂刊刻。《丹青記》傳奇，一名《留眞記》，係據湯顯祖（一五五〇——一六一六）《牡丹亭》刪潤而成，《明清傳奇綜錄》著錄，現存明末刻本，題《陳眉公先生批評丹青記》。

丹青記題辭〔一〕

湯顯祖

天下女子有情，寧有如杜麗娘者乎？夢其人卽病，病卽彌連，至手畫形容，傳於世而後死。死三年矣，復能溟莫中求得其所夢者而生。如麗娘者，乃可謂之有情人耳！情不知所起，一往而深，生者可以死，死可以生。生而不可與死，死而不可復生者，皆非情之至也。夢中之情，何必非眞？天下豈少夢中之人耶？必因薦枕而成親，待挂冠而爲密者，皆形骸之論也。

傳杜太守事者，彷佛晉武都守李仲文、廣州守馮孝將兒女事，予稍爲更而演之。至於杜守收拷柳生，亦如漢睢陽王收考談生也。嗟夫！人世之事，非人世所可盡。自非通人，恆以理相格耳！第云理之所必無，安知情之所必有邪？

清遠道人題。

（明末刻本《陳眉公先生批評丹青記》卷首）

【箋】

〔一〕此文改竄湯顯祖《牡丹亭題詞》，字句悉同。

丹桂記（徐肅穎）

《丹桂記》傳奇，《明清傳奇綜錄》著錄，係據周朝俊（約一五八〇——一六二四後）《紅梅記》傳奇刪潤而成，現存明末書林師儉堂刻本（《古本戲曲叢刊初集》據以影印）。

敍丹桂記〔一〕

王穉登

四明周生者，余初未嘗識。己酉秋，余復西湖之遊，宿昭慶上人房。偶於壁上見所題詩句清宛，後有生□，□歎賞之。上人云：『此生仰王先生，非一日矣，今亦寓敝刹。先生倘有意乎？弗靳一面，以慰生夙志，可乎？』余曰：『所作如此，其人可知。』遂屬上人，邀之同席。觀其舉動言笑，大抵以文弱自愛，而一種曠越之情，超然塵外。

余次過其寓中，見几上一帙，展視之，乃生所製《丹桂記》也。循環讀之，其詞眞，其調俊，其情宛而暢，其布格新奇，而毫不落於時套，削盡繁華，獨存本色。吁！周郎可爲善顧曲焉。余友緯眞，向製《曇花》，記李青蓮詩，大行於世。緯眞逝後，四明絕響。今復有周生，則緯眞不能擅美於江南矣。

太原王穉登撰。

（《古本戲曲叢刊初集》影印明末刻本《丹桂記》卷首）

【箋】

〔一〕此文與本卷王穉登《敍紅梅記》字句幾乎全同，唯易《紅梅》爲《丹桂》。

丹桂記識語〔一〕

寶珠堂

本堂蒐請原本，費既不貲，仍懇巨筆，評復軒豁。字體依乎古宋，畫意出自名家，足稱鄭虔之三絕。付諸剞劂，良苦心哉！歷五寒暑，始克竣工。商者毋以碔砆混良玉焉。寶珠堂識。

（中國國家圖書館藏明末刻本《丹桂記》首封左欄）

【箋】

〔一〕底本無題名。

灑雪堂（梅孝巳）

梅孝巳，號情癡，易縣（今屬河北）人。生平未詳。撰有《灑雪堂》傳奇，馮夢龍（一五七四—一六四六）改定，《今樂考證》著錄，現存明崇禎間墨憨齋刻本（《古本戲曲叢刊二集》據以影印）、明末刻清初印《墨憨齋定本十種傳奇》本、明末刻清鐵瓶書屋印《墨憨齋定本十種傳奇》本、清乾隆五十七年（一七九二）重修《墨憨齋新曲十種》本等。

灑雪堂小引

梅孝巳

人心不必然之想，卽天下終必有之事。故偶有所設，雖怪誕恢奇，世先有之，機之所動，靡不然矣。況夫鍾情之至，可動天地，精氣爲物，遊魂爲變，將何所不至哉？故重言情者，必及死生。然而變不極者，致不窮也。極之爲此死而彼生，神生而軀死，盡之矣！

卽如雲華附月娥事，豈但事出不經，卽其姓氏名字之間，固已自露其烏有、亡是之意。然而情則何可泯也？是其傳之者，必自有一種難處之情，而鍾之至也。欲如其死，求其遂也；欲如其生，碍其人也。則生不於其身，明其緣之定也。則假借以指腹之盟，而符合以神人之夢，是直破事勢之難，而窮死生之變者也。傳者之事，何取於眞？作者之意，豈遂可沒？取而奇之，亦傳者之情耳。

崇禎改元春正月，西陵梅孝巳識〔一〕。

【箋】

〔一〕題署之後有印章二枚：陰文方章『孝巳氏』，陽文方章『情癡』。

灑雪堂總評

闕　名〔一〕

是記窮極男女生死離合之情，詞復婉麗可歌，較《牡丹亭》、《楚江情》，未必遠遜，而哀慘動人，更似過之。若當場更得眞正情人，寫出生面，定令四座泣數行下。是記情節關鎖，緊密無痕，插科亦俱雅致。惟腳色似偏累生旦，然古傳奇如《琵琶》、《金釵》，無不如此。他腳雖稀，亦自不妨見長也。

（以上均《古本戲曲叢刊二集》影印明刻本《墨憨齋新定灑雪堂傳奇》卷首）

【箋】

〔一〕此文當爲馮夢龍（一五七四—一六四六）撰。

碧珠記（王國柱）

王國柱，字未詳，別署澹生老人，所居曰薇室，錢塘（今浙江杭州）人。撰傳奇《鴛簪記》、《碧珠記》、《海棠詩》等。《碧珠記》傳奇，《遠山堂曲品》著録，原有萬曆間刻本，惜燬於上海「一·二八」事變。

碧珠記序

高陽生〔一〕

過友人王司馬齋頭，得《碧珠》一編，演趙懷之本末。

（一九四〇年中華書局排印本《新曲苑》所收任二北《曲海揚波》卷四）

【箋】

〔一〕高陽生：姓名、籍里、生平均未詳。

香山記（羅懋登？）

羅懋登，字登之，號二南里人，籍里未詳，或云陝西人。明萬曆間遊燕、鄒、魯、齊、梁、吳、越等地。萬曆二十一年（一五九三）後，寓居南京。著小説《三寶太監西洋記通俗演義》，現存明三山道人刻本，首載萬曆二十五年丁酉自序。注釋《西廂記》、《琵琶記》、《拜月亭》、《投筆記》、《金印記》等。

傳奇《香山記》，《遠山堂曲品》著録，未題撰者。《曲海總目提要》卷一八有此本，云：『明萬曆間作，有羅懋登序，在二十六年戊戌，疑卽其所撰也。』現存萬曆間金陵富春堂刻本（《古本戲曲叢刊二集》據以影印），與《曲海總目提要》著録本略異，或爲羅氏原本之改編本。參見周秋良《明刊本〈香山記〉作者及版本考》(《文藝研究》二〇一二年第九期)。

香山記序

羅懋登

二南里人,蓋陜西人。所演《觀世音菩薩修道因緣》,與《海潮音》稍有同異。内云大士成道,爲衆宣説《妙法蓮華經》、《觀世音菩薩普門品》,點出應以女人身得度者,即現女人身而爲説法也。《藏經》有妙莊王之號,並不聞菩薩爲王女。經又有云:『觀世音菩薩,與南閻浮提女身有緣。』是故,諸女身於觀世音菩薩尤加敬信。劇以菩薩在香山竹林成道,故曰《香山記》。

(一九五九年人民文學出版社排印本《曲海總目提要》卷一八)

【箋】

〔一〕據《曲海總目提要》卷一八云,此序作於萬曆二十六年戊戌(一五九八)。

張子房椎秦記(王伯揆)

王伯揆,字號、籍里、生平均未詳。所撰《張子房椎秦記》,葉德均《戲曲小説叢考》卷上《曲目鉤沈錄》著錄,已佚。葉德均『補記』云:『一九五二年發現之明祁彪佳《曲品》手稿,内有王萬幾《椎秦記》一種,敍張子房事,疑即此本。設所見不誤,則萬幾乃伯揆之名也。』

王伯揆張子房椎秦記序〔一〕

方應祥〔二〕

秦始皇帝瀕死而倖免者再，荊卿徐夫人匕首，失鏑於殿柱；張子房博浪之椎，誤中於副車也。荊卿之智不如山鬼有之，子房顧亦作此蚤計，何哉？雖然，副車碎而祖龍之心膽已與俱碎矣。沙丘之魄，安知不即此奪之？夫天至神且威也，雷庭之擊物，有不必盡制其死命者矣。豪傑舉事，魄礌廓落，一意所至，百折必前。馮吾一意以遊戲鬼神，其肖吾之意，與不必肖吾，亦以馮鬼神之遊戲。懸的而射之，巧者以必中爲奇；伯昏瞀人，有穹后羿之射，時或以不中徵其巧。老猴之雪涕而乞死，矢固未嘗去由基之手也，況乎策勳中不中間哉！有能賞吾此語者，可與共賞吾友王伯揆《張子房椎秦記》矣。

或曰：『伯揆之發憤於秦也，何以不並譜荊卿，而譜子房？』嗟乎！丈夫胷懷本趣，遊戲千古，於傀儡之場，瀟灑高寄，豈可世人情量言之。然則子房父祖五世未伸之痛，懣快𢚩於博浪之一椎，副車誤中，千古惋惜。博浪百斤之椎，感慨知己於伯揆《椎秦》之一記矣。

（《四庫禁燬書叢刊》集部第一七二册影印明崇禎間刻本《媚幽閣文娱初集》『序』類）

【箋】

〔一〕此文又見於衛泳《冰雪攜》卷上（《國學珍本文庫》第一輯本）。

〔二〕方應祥（一五六〇——一六二八）：字孟旋，號青峒，西安（今屬浙江衢州）人。久困場屋。萬曆三十四年丙午（一六〇六）舉人，四十四年丙辰進士，授南京兵部職方司主事。天啓五年（一六二五），陞山東布政司參政兼按察司僉事，提督學政。母喪歸居，尋病逝。崇禎元年（一六二八）刻印茅坤選評《唐宋八大家文鈔》。著有《四書講義》、《青來閣文集》等。傳見錢謙益《有學集》卷二九《墓志銘》、清康熙《衢州府志》、嘉慶《西安縣志》卷三三等。

餘慈相會（顧思義）

顧思義，號雁峯，上海人。生平未詳。董斯張《吴興藝文補》（明崇禎六年刻本）卷四〇所録臧昇《復兩省設兵議》提及其人。撰《餘慈相會》雜劇，《遠山堂劇品》著録，現存傳鈔本。參見譚正璧《顧思義及其作品〈餘慈相會〉的發現》（黄仕忠編《戲曲與俗文學研究》第二輯，社會科學文獻出版社，二〇一六）。

餘慈相會總評〔一〕

白　牛〔二〕

餘、慈最多偉人，且饒名儒。其糊口四方而可笑者，亦千百中一二耳，遂爲四方口實，可恨也！然當今師道陵夷，借此爲師箴，亦快事也。寄語讀此劇者，勿笑餘、慈而復爲餘、慈之可笑也，則四方弟子幸甚，則四方主人亦幸甚。

白牛。

（黃仕忠編《戲曲與俗文學研究》第二輯排印本顧思義撰、吳書蔭校點《餘慈相會》卷末）

【箋】

〔一〕底本無題名。

〔二〕白牛：姓名、籍里、生平均未詳。

藍橋玉杵記（雲水道人）

雲水道人，姓名、籍里、生平均未詳。撰傳奇《玉杵記》，雜劇《天台奇遇》，及散曲《蓬瀛真境》一套，均傳於世。按，近人多以明楊之炯嘗撰《玉杵記》，誤以雲水道人爲楊之炯之別署。據呂天成《曲品》及《曲海總目提要》卷一〇著錄，知楊作乃合裴航、崔護兩事爲一者，而雲水道人之作則單演裴航，不可混爲一本。參見趙俊玠《楊之炯作〈藍橋玉杵記〉辨》（《晉陽學刊》一九九五年第二期）。

《藍橋玉杵記》傳奇，《遠山堂曲品·具品》著錄，作無名氏撰，現存萬曆三十四年丙午（一六〇六）序浣月軒刻本（《古本戲曲叢刊初集》據以影印），明末徐肅穎刪潤、陳繼儒批評本（美國國會圖書館藏）。

藍橋玉杵記敘

虎耘山人〔一〕

余師謝迹塵囂，怡情雲水，久不作聲聞想。適友人把玩《藍橋勝事》，丐爲傳奇以風世。師咤之曰：『箕山之隱，聞風卻瓢，予遑爲人間飾鼓吹乎？』友人復跽而請曰：『黄鍾絕而雷缶鳴，郢曲高而知音寡，先生得無是慮邪？世有鍾儀，伯牙未可輟操也。』師數辭不得，乃强取故傳，稍加鉛飾，表以羽曲。大都托人籟以鳴天籟，皆風世寓言也。

倘觀場君子能入耳而感衷，則李女之貞，未始不足以繼響《柏舟》；盧友之直，未始不足以嗣音『伐木』。而裴君慈帥師討罪，奮三尺於燕中；授訣飛仙，起二老於地下，未必不足以壯玁狁之薄伐，觸《蓼莪》之深思也。至若出入玄谷，吐咳丹砂，則烟霞之味，又在撫無絃者賞之。彼烟火塵襟，慾深天淺者，寧能作是觀耶？

雖然，人生三萬六千，統屬傀儡場中，求其解脱羈縻、自持線索者，古今不可屈指。誰爲祛迷雲於中天，懸明月於長夜？則余請以玉杵振清鐸云。

萬曆丙午仲秋月，虎耘山人書於浣月軒中〔二〕。

【箋】

〔一〕虎耘山人：姓名、籍里、生平均未詳。

〔二〕題署之後有印章二枚：陰文方章『虎耟山樵』，陽文方章『浣月軒』。

（藍橋玉杵記）凡例

闕　名〔一〕

一、本傳原屬霞侶祕授，撰自雲水高師，首重風化，兼寓玄詮。閱者齋心靜思，方得其旨。
一、本傳中多聖眞，登場演者，須盛服端容，毋致輕褻。
一、本傳詞調，多同傳奇舊腔，唱者最易合板，無待强諧。
一、本傳腔調，原屬崑、浙，而楷錄復仿鍾、王，俱洗凡庸，以追大雅。具法眼者，當自辯之。
一、詞曲不加點板者，緣浙板、崑板，疾徐不同，難以膠於一定。故但旁分句讀，以便觀覽。
一、本傳逐齣繪像，以便照扮冠服。
一、本傳科諢似詳，演者慎勿牽强增入，以傷大雅。
一、本傳兹因海内名公聞多渴慕，故急刊布，未遑音釋，重訂有待。
一、末附《蓬萊》、《天台》二曲，同出祕授。

（以上均《古本戲曲叢刊初集》影印明萬曆三十四年丙午序浣月軒刻本《新鐫全像藍橋玉杵記》卷首）

【箋】

〔一〕此文疑爲虎耘山人撰。

箜篌記（證聖陳生）

證聖陳生，或誤作證聖成生，紹興（今屬浙江）人。姓名、生平均未詳。撰《箜篌記》傳奇，呂天成《曲品》著録，謂：『此乩仙筆也……或云乃越人證聖陳生作。』祁彪佳《遠山堂曲品》著録，誤題韋宓撰。現存明萬曆間會稽商氏半野堂刻本，《古本戲曲叢刊二集》據以影印。

（箜篌記）自敘

闕　名〔一〕

予始玄都散聖，因微瑕謫凡，爲唐名臣，若傳云。其事，史亦著，後爲司馬君實芟去。詩約二十篇，爲郭鋒所惡，俱禓以他名；其餘又付之火，今竟湮沒無聞。余甚恨之爾。二三子肯譜傳奇以傳於後，吾能貴顯之，且增之壽。以□□□□□，且□年壽宮事，故云。

【箋】

〔一〕此文爲證聖陳生託名韋宓所撰。

（箜篌記）自傳

闕　名〔一〕

韋宓者，字長賓，太原人。父元旦，嶺南節度使，有《送金城公主和親》詩傳世，以疾故。宓方齔，母衛夫人育長，尋亦故。宓無藉，走長安，有詩名，爲王昌齡、李白所推。會與皇弟李隆緒善，因藉之。緒歸楚邸，言祖泣下，把宓袂曰：『以君才，豈其長貧賤者？不腆資斧，敢佐秣馬，敝姬敢充下陳。』宓謝不協，强之，納碧瓊。宓乃藉永興侯杜恒，無何，辭去。以桓蒽壽，適醉長安市，遭吐蕃僧曰盧時者。時蓋解將祝髮，多節俠，與宓一語，投許刎頸，亦解羈贈宓而歸。宓尋領殿對第一，授翰林供奉。其詩譜奏御尊，傳入宫，爲壽陽公主所賞。丞相楊國忠惡宓，因以詩刻，改主瞿塘簿，投楚邸云。

時吐蕃復將盧時犯邊，上命杜恆討之。師北，丞相議以壽陽和親，以其有貳於太眞也。適宓因楚邸奏復，上遂命送主和番。宓請曰：『自古恥夫城下，乞背城借一，其弗捷，議和。』丞相曰：『戰而捷，且以罷我；戰而弗捷，重以怒虜，恐君之肉不足食。臣不敢聞命。』上亦可宓請。宓至隴西，時請宵□□合□□□。明日，宓知將時，單騎往見。時乃歸我全師壁，主杜恆□焉。捷聞，上遂以主尚宓，加門下侍郎，從郭子儀征燕。主隨駕遷蜀。靖安史後，方會主。官至中書令，封劍南侯。

其事，史不少見，詩復無傳。越千載，從鸞中自傳云。

（以上均《古本戲曲叢刊二集》影印明萬曆間會稽商氏半野堂刻本《鐫唐韋狀元自製箜篌記》卷首）

【箋】

〔一〕此文爲證聖陳生託名韋宓所撰。文後附詩八首，不錄。

櫻桃宴（愚溪漁者）

愚溪漁者，姓名、籍里、生平均不詳。撰雜劇《櫻桃夢》，已佚。

讀櫻桃宴雜劇

顧夢麟〔一〕

原夫『二南』、《雅》、《頌》，皆被管絃，則三百五篇。漢魏以降，《大予》、《黄門》、《鐃歌》，樂府之濫觴也。唐近體率爲紙上之詩，然如李太白之『雲想衣裳』，王之渙之『黄河遠上』，王摩詰之『渭城朝雨』，傳記小說，頗謂同是當時之所歌。至詩變爲詞，詞變爲曲，北曲又變爲南曲，卽全供演唱，與樂府同源，又不待言矣。但詞猶自極情境而止，曲卽代他人爲之，無所不代，將無所不工。又其妙，至於使人當場而奏，不知其身非眞千載以上之人；鬨堂而觀，亦不知其事非卽千載以上之事。悲者爲笑，樂者爲泣；憤者爲暢，慾者爲釋。自非至精極變之才，故無移情蕩魄之致。臧晉叔曰：『鄭若庸《玉玦》，始用①類書爲之』，宜其不能佳也。

李希烈篡逆被戮，今古快心。然書之正史，惟曰『淮西將陳仙奇殺之以降』；或又曰：『會希烈有疾，仙奇使醫毒殺之』，卽猶牀蓐，未正藁街，殺亦平平耳。愚溪漁者一日示予所撰《櫻桃宴雜劇》，遂覺之死復生，檻車乞命，神仙女俠，玩弄一時，理故有之，而特爲載記之所軼。嗟乎！何其意思跌蕩至於如斯也。且其間架口齒，逼眞元人，匠心獨成，入耳咸解。發源於詩而不可謂之詩，奪胎於詞而不可謂之詞，浸淫於南曲而不可謂之南曲，則正足行家，關、鄭、馬、白，又何多讓者耶？屬弁以詩不以文者，久斷文，未斷詩也。亦附播揚之前，竊比塤和之義云爾。

文心淫夷何不可，著述途窮聲技補。德輝小吏漢卿醫，闌入排場寫磊砢。清河才子舊知名，唱嘆無端似不平。關目每從言外得，徽音全自悟中生。祿山亂後聞希烈，天寶貞元兩峗嵲。定知一死未足償，阿鼻黑風吹汝活。史策由來豈盡眞，櫻桃故事又重新。竇家有女功如此，慚愧鬚眉多少人？

懶仙云〔二〕：譜敍詩樂源流，慷慨歷落之思，抒寫殆盡。麟士文章宗匠，亦寄情聲技，豈眞磊砢不平，致嘆著述途窮耶？

（清順治十一年酉陽室刻衛泳輯《名文小品冰雪攜二刻》『題辭』類）

【校】

①始用，底本作『乃以』，據本書卷十一，臧懋循《元曲選序》改。

【箋】

〔一〕顧夢麟（一五八五—一六五四）：字麟士，號中庵，一號織簾，時稱織簾先生，室名織簾居，太倉（今屬江蘇）人。世居雙鳳，後徙常熟唐市。明天啓四年（一六二四），與楊彝、張溥、張采等倡立應社。崇禎六年癸酉（一六三三）副貢。入清，隱於鄉。著有《四書說約》、《詩經說約》、《四書十一經通考》、《雙鳳里志》、《譚藝錄》、《織簾居詩》、《顧麟士詩》等。傳見黃宗羲《南雷詩文集·墓志銘》、陳瑚《確庵文稿》卷一九《碑文》、汪琬《堯峯文鈔》卷三四《合傳》、《碑傳集》卷一二三、《皇明遺民傳》卷三、《國朝耆獻類徵初編》卷四一三補錄等。

〔二〕懶仙：即衛泳，字永叔，號懶仙，長洲（今江蘇蘇州人）。家富藏書。明末清初輯刻《悅容編》（一名《鴛鴦譜》）、《枕中祕》、《名文小品冰雪攜》等。傳見清王晫《今世說》卷四。

紅杏記（闕名）

《紅杏記》傳奇，《遠山堂曲品》著錄，未題撰者。現存明天啓間潭陽黃氏存誠堂刻本，題《鼎鐫鄭道圭先生評點紅杏記》。

紅杏記題詞

王驥德〔一〕

憶昔金蘭之契，道義之交，匪辭不傳久矣。第詞發於咏歌，情呈於逸思，則有異焉者。大抵興情善類，則義正詞嚴；　至觸興柔邪，未免飄飄焉瀟灑不羈，令百千年後，聞者靡弗慓然猛省。慶曆而來，爭芳競麗，各擅詞壇，作者不一，觀而感者亦復不一。每每非詭於正，卽互於邪。吁嗟乎，作之者是耶非耶？　抑亦觀法者之自卽於邪耶？

桂秋暇日，偶覩《紅杏》佳集，三復之而重有慨焉。陳生之於功名也，固甚赫奕，而非袁氏，胡由發祥？　非張、黄二三莫逆，誰與翊成？　卽蔡中郎之與張廣才也不異。而陳生之於伉儷也，潔貞、慕貞，會合多艱，非袁公誰與作其合？　卽張君瑞之於崔鶯鶯也，又曷以異？　且也傳其奇者，自是錦心繡口，而於二氏之精美金玉，布帛菽粟，兼而有之。故其致佳，其景現，其事詳而覈。是傳也，直與蔡、張二記，並垂不朽也可。

天啓乙丑仲夏月，友人方諸生題於信安之白雲舍〔二〕。

（明天啓間潭陽黄氏存誠堂刻本《鼎鐫鄭道圭先生評點紅杏記》卷首）

【箋】

〔一〕方諸生：　王驥德（一五五七？—一六二三）號。據《曲律》卷末毛以燧跋，王氏卒於天啓三年（一六二三），則此《題詞》當爲僞托。此本卷端署『晉江鄭之玄道圭父評點』，然則僞託者或卽評點此劇之鄭之玄。鄭之玄（一五六六—一六三三），字太白，一作大白，號道圭，晉江（今屬福建）人。天啓二年壬戌（一六二二）進士，選庶吉士，纂修《神宗實錄》。崇禎三年（一六三〇），遷右春坊贊善。著有《鄭太史精注易經翼解》、《四書翼解》、《克薪堂詩文集》。傳見王鐸《擬山園選集·文集》卷四四、道光《晉江縣志》卷五六。

〔二〕題署之後有印章二枚：　陰文方章『方諸生』，陽文方章『□撰』。